KB274519

내 가슴에 사랑이 내린다

내 가슴에 사랑이 내린다

주디스 크란츠 | 오현수 옮김

THE JEWELS OF TESSA KENT

큰나무

오 현 수

한국외국어대학교를 졸업했다.
역서로 『나에게 쓰는 영혼의 편지』, 『아프로디테의 반지』,
『폭풍처럼 다가온 기사』, 『달빛 소네트』, 『청혼』,
『오직 당신 사랑만으로』, 『황금빛 사막』, 『미녀와 야수』 등
다수의 책이 있으며 현재 전문 번역가로 활동중이다.

내 가슴에 사랑이 내린다

초판 인쇄 | 2001년 10월 10일
초판 발행 | 2001년 10월 15일

지은이 | 주디스 크란츠
옮긴이 | 오현수
펴낸이 | 한익수
펴낸곳 | 도서출판 큰나무

등록 | 1993년 11월 30일(제5-396호)
주소 | 120-837 서울시 서대문구 충정로 3가 3-95 2층
전화 | 02) 365-1845 · 1846   팩스 | 02) 365-1847
e-mail | btreepub@chollian.net
홈페이지 | www.bigtreepub.co.kr

값 9,000원

ISBN 89-7891-123-4 03840

독자 여러분께.

저는 아들만 둘을 둔 엄마입니다.

그 아이들에게 만족하고 자부심과 기쁨을 느껴 왔지만, 작가로서 데뷔한 지 20년이 넘는 요즘 들어 새로운 사실을 각성했습니다. 그건 제가 딸자식에 대한 갈망을 작품의 여주인공이란 형태로 풀어 왔다는 겁니다, 무의식적으로.

그래서 이 책에서는 딸 콤플렉스를 철저하게 파헤치기로 했습니다. 만일 14살의 독실한 천주교 소녀가 딱 한 번의 실수로 인하여 딸을 낳게 된다면……? 이런 극적인 가정에서 출발하여 그 소녀의 인생 역정, 출생에 얽힌 비밀을 전혀 모르다가 뒤늦게 발견한 그 딸이 꿋꿋하게 개척해 나가는 삶의 향방을 그려 나가게 되었습니다.

맨해튼을 중심으로 전 세계를, 특히 영화계와 경매계를 배경으로 한 이 작품에 저는 딸이자 여자이자 어머니로서 살아오면서 체험하고 터득한 전부를 담고자 심혈을 기울였습니다. 인류의 역사를 이어 온 이 세상의 모든 딸들에게 경의를 표합니다.

주디스 크란츠

Judith Krantz

프롤로그

테사 켄트는 총총히 은행을 빠져나와 뉴욕의 폭 좁은 보도를 가로질렀다. 기사가 공손하게 리무진 문을 열었다. 테사는 차에 올라 일찍이 은행에 들어가기 전에 벗어뒀던 코트로 어깨를 감쌌다. 아침 나절에는 전형적인 초가을답게 쾌청했던 하늘이 이제 구 월 중순 하루의 마감을 앞두고 찌뿌둥한 것이 한바탕 비를 예고했다.

"어디로 모실까요, 켄트 양?"

기사인 랄프가 물었다.

"잠깐 기다리세요. 보고 싶은 게 있어요."

그녀는 충동적으로 대답하고 코트를 단단히 여몄다.

은행에서 끝도 한도 없어 뵈던 오후를 보내는 동안 테사는 일을 마친 즉시 칼라일 호텔로 돌아가 느긋하게 향수 목욕을 즐기며 피로를 푼 다음 가장 좋아하는 폭신한 가운을 걸치고 올해 갓 베어낸 싱싱한 과일목으로 침실의 큼지막한 벽난로에 불을 붙인 앞에 누우리라 다짐해 왔다. 팽팽한 격무에 시달려 왔던 지난 사흘을 달콤한 술 한잔과 황홀한 불꽃의 영상으로 달래며 시원섭섭한 공허감을 극복할 작정이었다.

하지만 리무진에 오르자마자 테사 켄트는 아직 평화로운 순간으로 도피하기엔 이르다는 사실을 깨달았다. 아직 미진한 부분이 남아 있었다. 지금 착용한 몇 점의 보석 이외에 다른 컬렉션들이 빠짐없이 평가받고 목록에 기입되었던 과정에 완벽한 마침표를 찍는 광경이.

그래, 보석들이 은행의 안전 금고를 떠나는 모습을 봐야 한다. 수백만 달러의 보석들이 타인의 이목을 받지 않도록 허술한 서류 가방과 쇼핑백에 담겨, 저기 여섯 명의 운반 책임자와 그 두 배에 달하는 무장 경비팀의 입회 하에 각각 세 대의 택시와 자동차에 실리는 광경을 지켜봐야 할 필요가 있다.

이 드라마의 마지막 장면을 놓친다면 앞으로도 계속 수많은 보석이 벨벳 케이스의 어둠 속에서 대기한 채 그녀가 시사회나 정식 파티 또는 일류 레스토랑에서의 만찬에 참석할 때만을 기다린다고 착각할 것이다. 테사의 심층 의식 한구석에서 보석이 더 이상 그녀의 것이 아님을 두 눈으로 똑똑히 확인하라고 요구했다. 이제 영원히 사라졌다는 사실을 인정하라고 다그쳤다.

세계에서 가장 사랑받는 미국의 대형 영화 스타, 테사 켄트는 18년 전 결혼한 이래 화려한 보석을 걸치지 않고 대중 앞에 모습을 드러냈던 적이 한 차례도 없었다. 심지어 비키니 차림에도 보석 박힌 조개껍질 목걸이를 걸었다. 시간과 공간, 스타일과 유행에 상관없이 보석을 착용해 왔기 때문에 이제 그것들은 그녀의 달콤한 목소리와 관능적인 입술 그리고 독특한 눈 색깔만큼이나 테사 켄트라는 존재의 대명사가 되었다.

드디어 첫번째 운반 책임자가 세 개의 쇼핑백을 들고 은행 정문으로 나왔다. 그 책임자의 양옆으로 두 명의 무장 경비원들이 바짝 붙어 서로 바쁘게 지시를 내리자, 벌써 몇 시간째 은행 주변을 빙빙 돌았던 택시 한 대가 얼른 테사의 리무진 옆에 서서 세 명의 일행을 태우고 매디슨 애버뉴로 향했다.

이틀 전 테사는 이와 똑같은 호송 과정을 보지 않았었다. 마지막 보석 상자가 목록에 더해지고 봉해진 오늘까지 그럴 필요조차 느끼지 못했다. 이제 그녀의 눈앞에서 더 많은 운반 책임자와 경비원들이 세심하게 사전 준비된 절차에 따라 차례차례 은행에서 나와 사라지는 광경을 지켜보자니 테사는 뭐라 형언할 수 없이 복잡한 심정이 되었다. 상실감과 흥분, 안도감과 기대감, 불신과 아련한 향수가 하나로 뒤엉켰다. 그러나 가장 지배적인 감정은 뭐니뭐니해도 희망이었다.

"이제 집으로 가요, 랄프."

테사는 마지막 보석 운반 차량이 뉴욕의 자동차 행렬 속으로 사라지자 기사에게 지시했다. 교통난이 점점 가중되어 리무진이 거북이 걸음으로 두 블록을 간신히 빠져나왔을 때, 굵직한 빗방울이 툭툭 떨어지기 시작했다.

"아, 완벽해!"

테사가 감탄사를 발했다.

"이 근방 아무 곳에나 차를 세워요, 랄프. 나는 좀 걷겠어요."

이미 기사도 알다시피 비는 그녀의 친구였다. 커다란 검정색 우산을 교묘하게 방패삼으면 세간의 이목을 피해 얼마든지 뉴욕 거리를 활보할 수 있기 때문이다. 화창한 날에는 불가능한 자유였다. 아무리 선글라스와 스카프로 꼭꼭 무장한다 해도 눈썰미 좋은 프리랜서 사진사들의 추적망을 빠져나가기란 좀처럼 쉽지 않았다.

오늘은 냉방 장치가 빈틈없이 작동하는 은행 지하의 안전 사실(私室)에서 여러 시간을 보낸 터라 테사는 텅 빈 거리를 혼자 걷고 싶은 열망에 사로잡혔다. 그게 거품 목욕이나 한잔의 술보다 더 절실했다.

악천후에 감사하며 그녀는 베레모를 눈썹에 닿도록 푹 눌러썼다. 하이힐 대신 리무진 뒷좌석에 상비해 놓은 부츠로 바꿔 신고 가벼운 레인코트의 단추를 끝까지 채운 뒤 칼라를 올려 턱선을 감춘 다음 우산을 집어들었다. 이제 자유를 누릴 모든 준비가 완료된 것이다.

"랄프, 바람을 쐬고 올 테니 저쪽 모퉁이에서 기다리세요."

테사는 밖으로 나가 우산을 활짝 펴고 종종걸음을 놀렸다. 일년 중 이맘 때, 특히 해가 뉘엿뉘엿 넘어가고 도시의 불빛이 하나둘 되살아나는 이 시간대가 센트럴 파크를 산책하기에 딱 좋다.

어느덧 5번 가와 47번 가의 교차로에 도착했다. 그녀는 깊은 숨을 마음껏 내뱉으며 잰걸음으로 길을 가로질렀다. 귀가하는 직장인들과 노점상이 뒤엉킨 인파 속에서 그녀를 알아보는 이가 아무도 없다는 사실은 짜릿하기까지 했다.

극히 드문 자유를 만끽하며 성 패트릭 성당을 지나 족히 세 블록을 가로질렀을 때 테사는 문득 걸음을 멈추고 돌아섰다.

올해 나이 38살.

마지막으로 성당에 갔던 때조차 가물가물했다. 그 햇수조차 헤아리고 싶지 않았지만 오늘은 뭔가가 테사를 장엄한 성당 안으로 이끌었다. 그녀는 우산을 접었다. 그리고 오랜 습관에 힘입어 본당 입구의 성수대에서 물을 찍어 성호를 긋고 뒷좌석에 얌전히 꿇어앉았다.

몇 분만 있다가 다시 달콤한 자유가 일렁거리는 부산한 거리로 나가리란 다짐과 달리 눈가리개를 한다 해도 지금 어디에 있는지 금방 알아차릴 수 있는 성당 특유의 분위기와 향기 그리고 압도적인 침묵이 그녀를 너그럽게 감싸안으며 초조함을 풀어주었다.

별 생각 없이 테사의 두 손이 모아지고 저절로 고개가 숙여졌다. 어느덧 기도를 올리고 있었던 것이다. 더 이상 기도의 힘을 믿지 않는 테사 켄트가 다시 소녀 시절로 돌아간 듯 열렬하게 기도하고 있었다. 그러나 이번에는 어떤 기도서나 간청이 더해지지 않은, 오직 기도만을 위한 순수한 기도였다.

오늘 오후 일찍이 품었던 희망이 훨씬 강렬한 세기로 돌아와 마음을 채웠다. 이곳에서는 안전해, 테사는 꿈꾸듯 생각했다. 아주 오래, 너무 오랫동안 참아 왔던 눈물이 편안하게 뺨으로 흘러내려 한 방울씩 쉼없이 손등에 떨어졌다.

1

아그네스 라일리 호바트, 훗날 테사 켄트로 유명세를 떨칠 테레사의 엄마는 침대에서 새벽 세 시를 맞았다. 평소처럼 잠을 이루지 못한 채 말똥말똥한 눈을 하고 누워 남편 샌도르에 대한 분노와 적개심을 활활 불태웠다. 올해 12살이 된 무남독녀 외동딸의 교육을 꽉 움켜쥐고 있는 남편이 정말 마뜩찮았다.

부모님이 왜 좀더 강경하게 그녀와 샌도르 호바트의 결혼을 말리지 못했는지 아그네스는 유감스럽기만 했다. 옆집의 노총각 샌도르에게 정신이 홀랑 나가 있었던 내가 뭘 알았겠어? 그 당시 부모님께 갖은 거짓말을 일삼고 샌도르와 연애질을 했던 자신이 부끄러웠다.

샌도르의 강경한 반대만 없었다면 테레사는 진작에 경력을 쌓았을 텐데…… 아그네스는 못내 분해서 씩씩거렸다. 그녀의 눈에 딸의 성공은 지구의 공전처럼 확실하고 의문의 여지가 없는 운명이다.

그녀의 딸은 스타가 될 팔자를 타고 태어났다, 스타가!

저 어린 나이에도 특출한 미모와 뛰어난 재능을 지니지 않았는가. 이건 제 새끼가 무조건 예뻐 보이는 어미로서의 자만이 아니라, 딸을 한 번이라도 봤던 사람들이 입을 모아 동의한 진실이다. 그래, 테레사는 영화에 출연해야 한다. 최소한 미래의 발판이 될 만한 광고를 찍거나.

하지만 완고하고 고리타분한 남편이 문제였다. 샌도르는 어린 소녀에게 무엇이 옳고 그르다는 유럽풍의 구식 가치관에 젖어, 테레사를 뉴욕으로 데려가 영향력 있는 사람들에게 딸의 범상한 재주를 소개하겠다는 아내의 계획을 가차없이 저지했다.

밤이면 밤마다 아그네스 호바트는 겨우 18살이란 어린 나이에 무슨 콩깍지가 씌여, 까마귀처럼 새까만 머릿단에 파란 눈을 한 라일리 집안의 다섯 딸 중 막내였던 자신이 긴밀한 유대 관계로 똘똘 뭉친 아일랜드 천주교인 사회에서 이방인이나 다름없던 남자와 결혼하겠다고 고집을 피웠는지 스스로에게 묻고 또 물었다. 내가 왜 공산당을 피해 헝가리에서 온 35살의 음악 교사에게 마음을 줬을까?

그런 자문을 되풀이할 때마다 아그네스는 그 질문이 또 다른 심오한 수수께끼를 잉태한 새삼스런 문제인양 진지하게 숙고했다. 마치 지금까지 잊고 있었던 어떤 사실만 깨우치면 천지가 개벽하고 현실이 백팔십 도로 바뀔 것처럼 심각하게 과거를 헤집었다.

하지만 대답은 언제나 똑같았다. 남편 샌도르는 압도적인 미남으로, 당시 우물 안 개구리처럼 세상 물정을 모르고 철없던 아그네스를 한눈에 사로잡았다. 또래의 여느 미국 청년들보다 훨씬 우아하고 정확한 영어를 구사하던 고상한 남자, 그것도 외국에서 온 남자가 정열적인 어린 처녀의 눈에 얼마나 매력적이고 낭만적으로 보였는지 모른다.

아그네스는 울분을 삼키며, 요 모양 요 꼴이 된 건 전적으로 <바람과 함께 사라지다>를 너무 많이 봤던 탓이었다고 가슴을 쳤다. 예전이나 48살이 된 지금이나 남편은 레슬리 하워드(그 영화에서 '애슐리' 역을 맡았던 남자 배우)와 흡사했던 것이다. 바로 그 잘생긴 외모와 지적이고 섬세한 분위기가 그녀를 옭아맨 남편의 규칙과 제재와 싸울 때마다 아그네스의 성미를 돋구는 화근 덩어리로 변할 줄이야! 정말이지 철없던 처녀의 소갈머리로는 상상조차 못했던 일이다.

결혼 생활 13년째로 들어선 아그네스 호바트는 자신이 독실한 천주교 신자로서 저지를 수 있는 최악의 과오를 범했다는 사실을 절반쯤 인식하기에 이르렀다. 남편이 아무리 못마땅하고 불만스러워도 이혼이란 가당치 않았다. 그리고 설령 이혼이 죄악이 아니어도 여자의 몸으로 뭘 해서 먹고살며 자식새끼까지 부양한단 말인가? 그녀는 동세대의 다른 여자들처럼 보호받는 아내이자 헌신적인 어머니로 키워져 왔다.

샌도르는 코네티컷 주(州) 스탬퍼드에 위치한 그들의 집에서 멀지 않은 부촌, 그리니치 학군의 한 여학교에서 음악 교과장으로 재직하며 넉넉한 봉급을 받았다. 그곳은 테레사가 다니는 성심(聖心) 수녀원 부속 학교와 함께 수준 높은 교육으로 쌍벽을 이루는 명문교였다.

이제 아그네스는 잠자리에서 뒤척거리며 애써 마음을 추슬렀다. 샌도르가 열심히 노력해서 새로운 나라에서 터전을 잡았다는 점은 인정해야 해. 그녀의 언니들은 친정인 브릿지포트 근방에서 평생 교과장 자리는 언감생심 꿈도 못 꿀 위인들과 짝을 맺었다. 아일랜드계 형부들 가운데 일부는 천한 노동직으로 샌도르보다 더 많은 돈을 벌었지만 집안 전체가 아그네스의 우아하고 교양 있는 남편을 우러러봤다.

게다가 그 자식들도 한결같이 평범하고 수수해서 누가 누군지 구별조차 되지 않았다. 때문에 테레사를 잦은 친정 모임에 데려갈 때마다 열둘이 넘는 조카들 사이에서 집중적인 관심 세례를 받았다. 아그네스의 어린 딸이 워낙 빼어난지라 친정 식구들은 시기심을 품거나 경쟁하길 아예 포기하고 집안 전체의 자랑거리로 여겼다. 테레사는 갓난아이일 때부터 너무도 특출나고 예뻐서 그 아이를 신통해하는 화제가 친정 모임의 주요한 화제였다. 테레사 없는 파티는 파티라고 할 수도 없었다. 좁은 세상에 안주한 아그네스의 언니들은 막내동생의 딸에게 경외심마저 느꼈으며, 그 자식들은 어린 사촌동생이 마치 귀하고 깜찍한 인형이나 되는 양 서로 데리고 놀겠다며 싸웠다.

특히 그 사촌들이 전부 똑같은 교구 성당의 부설 학교를 다니는 것에 반해, 테레사는 전세계적인 교육 기관 ‘성심’의 학생이었다. 대부분

학우들이 기숙생인 것과 달리 그녀는 통학생이지만 백만장자의 딸들과 함께 공부한다는 점이 라일리 집안에서 차지한 테레사의 특별한 위치에 화룡점정을 찍었다.

"당신네 식구들이 테레사의 버릇을 망쳐놓겠어."

최근 처갓집 모임에 다녀온 후부터 샌도르는 우려를 금치 못했다.

"저러다 테레사는 노는 아이가 될 거요. 지금까지는 유순하고 고분고분한 아이였지만 최근엔 뭔가 심상찮아. 뭐라 딱히 지적할 수 없지만 일종의 반항기가 엿보인다고나 할까. 그리고 가장 못마땅한 점은 테레사의 교우 관계요. 그 단짝 친구 미미 피터슨이란 아이와 놀지 못하게 해야 해. 천주교인이 아닌 아이의 머리 속에 제대로 된 생각이 박혀 있을 리 없소."

"그건 지나친 억측이에요."

아그네스가 쏘아붙였다.

"소녀 시절에는 단짝 친구와 붙어 다니기 마련이에요. 그리고 피터슨 집안이 어디가 어때서요? 내가 보기에는 사람 좋고 사근사근하기만 합디다. 개신교이기는 하지만 보통 학교보다 성심의 교육질이 월등하다는 걸 알 만큼 사리가 밝다구요. 게다가 그 집 부부가 테레사를 얼마나 좋아하는데요. 그 아이를 제 친아버지보다 훨씬 더 알아준다구요."

"여보, 어떻게 그런 부당한 말을 할 수 있소?"

샌도르가 상처받은 표정으로 항변했다.

"난 우리 딸을 내 몸보다 더 사랑하오. 그러나 세상은 만만찮고 테레사는 공주마마가 아니잖소. 당신이 이미 도에 넘을 만큼 아이를 떠받들고 애지중지하는데 다른 사람들까지 그 대열에 가세한다면 테레사가 앞으로 커서 뭐가 되겠소? 당신의 자식 사랑은 뻔뻔스런 수준이오. 내가 보기에는 교만죄에 가깝소."

"여보!"

"교만이란 스스로를 지나치게 높이 평가하는 것이오."

"내가 말뜻도 모르는 줄 알아요!"

아그네스가 버럭 화를 냈다.

샌도르는 차분한 훈계조로 계속 말을 이었다.

"자식을 너무 높이 평가하는 것도 교만함처럼 주님에 대한 불경이오."

"죄악에 대한 신학적인 해석이 필요하면 어디로 가야 하는지 잘 알고 있어요. 지금 나에게 설교하는 거예요?"

"그게 아니오. 이제 일년도 채 되지 않아 우리 테레사가 십대가 되리라는 사실을 지적하는 거요. 처형들이 십대 자식들 때문에 골머리를 썩는 모습을 무수히 봐왔잖소. 우리라고 뭐가 다르겠소? 만일……"

"만일 자식이 더 있었다면 사정이 달라졌으리란 말 따윈 꺼내지도 마세욧! 자식 욕심이라면 나도 당신에게 뒤지지 않는다구요. 흥, 몇 번씩이나 유산했던 게 내 잘못이라는 말을 하고 싶어서 빙빙 돌리는 거죠?"

"제발 생사람 잡는 말은 그만해, 아그네스! 나는 십여 년 전처럼 세상이 단순하다면, 만일 확실한 규범이 있다면, 그리고 사람들이 예전과 똑같이 살 수 있다면 우리도 딸 걱정을 할 필요가 없으리란 말을 하려던 참이었소. 내 조국에서 십대들은 학교에 다니는 학생답게 굴었소. 자, 더 이상 유산이 누구 잘못인지 따지지 맙시다. 성모 마리아께서 딸자식 한 명만 허락하셨으니 우리는 마땅히 그분의 뜻에 따라야 하오."

이이는 내 탓을 하고 있어, 아그네스 호바트는 앵돌아진 채 혼잣말을 했다. 남편의 마음속 깊은 곳에는 유산이 아내의 잘못이란 생각이 박혀 있지만 아그네스가 스스로를 탓하는 정도에 비하면 새 발의 피이리라. 물론 그녀도 오로지 주님의 의지에 달린 문제를 놓고 시시비비를 가린다는 게 부질없고 헛되며 도덕적으로 그르다는 건 알지만 그런 마음을 주체할 수 없었다.

그러나 나에게는 테레사가 있어. 뛰어난 딸 하나가 평범한 아들 열보다 낫지 않을까?

　엄마아빠가 나 때문에 그만 싸웠으면 좋겠어, 테레사는 비참한 생각에 젖어 잠을 이루려고 뒤척였다. 부모의 말다툼 소리가 들리진 않았지만 아까 그녀의 잠자리 기도를 지켜보던 엄마아빠의 잔뜩 긴장된 표정은 언쟁을 예고하고 있었다.
　오래 전에 테레사는 침실 밖의 소리를 엿듣길 그만 뒀다. 부모님 사이의 근본적인 차이는 변함없고 그녀가 어떤 행동을 하건 두 사람 중 어떤 쪽도 충족시키기란 불가능해 보였기 때문이다.
　어렸을 때부터 다른 사람들을 기쁘게 해주려고 얼마나 노력해 왔던가. 엄마아빠, 토요일 교리문답 교실의 수녀님들, 학교 선생님들, 성심학교의 많은 마담들, 심지어 친척들 한 명 한 명에 이르기까지 비위를 맞추려고 불철주야 노력했다. 아주 오랫동안 엄마의 실망감을 누그러뜨리면서 아빠의 엄격함에 맞출 길이 있을 거라고 믿었다. 하지만 모두 부질없는 헛수고였다. 엄마는 그녀에게 극도의 관심을 쏟았고 아빠는 항상 의혹과 경계어린 눈으로 바라보며 엄하게 감독했다. 심지어 발음을 정확하게 교정해 주고 속어를 쓰지 못하게 하는 통에 다른 아이들에게 '공주병 환자'라는 오명까지 뒤집어써야 했다.
　엄마아빠가 정말 나를 속속들이 안다면 까무러칠걸! 테레사는 몇 해전 자신이 아무도 기쁘게 해주지 못하리란 사실을 깨달은 순간부터 지상 최악의 끔찍한 공포와 죄책감, 수치심과 방어감에 사로잡혀 자책했다.
　그건 너희 부모님의 잘못이라고 친구 미미가 지적했듯이 테레사네 분위기는 고양이가 팔짝 뛸 만큼 숨통이 꽉꽉 막혔다. 테레사에게 가정 생활은 돌아버릴 정도로 짜증과 긴장의 연속이었던지라 때때로 비명을 지르며 모든 접시를 깨버리고 레이스 침대보를 갈가리 찢어발긴 다음 부엌칼로 예쁜 베개를 난도질해서 깃털로 마룻바닥을 도배질하고 싶은 충동마저 섬뜩섬뜩하게 들었다.
　집에서 숨 한 번 크게 쉬거나 만족감 혹은 그 모든 감정 중에서 가장 중요한 안도감을 느껴본 역사가 없었다. 아, 젠장…… 편안하고 애정에 넘치는 무조건적인 인정으로 긴장이 한꺼번에 해소되는 그런 안전한 날, 안전한 시간, 최소한 안전한 일 초라도 만끽할 수 있다면.

바로 어제만 해도 테레사는 학교 연극의 예행 연습을 하는 동안 어두컴컴한 강단의 뒷좌석에 웅크리고 앉아 있는 엄마를 발견했다. 그녀는 수업을 마치고 집에 돌아오자마자 화를 터뜨렸다.

"엄마! 다시는 그러지 않겠다고 약속했잖아요!"

"오툴 수녀님이 연극 연습을 몰래 구경해도 좋다고 허락하셨어. 그리고 누구의 눈에도 띄지 않았잖니, 한 사람에게도."

"내 눈에는 띄었죠. 엄마가 거기에서 내 일거수 일투족을 지켜보는데 어떻게 연극에 집중할 수 있겠어요? 엄마는 언제나 그래 왔어. 유치원 발표회 때부터 나를 쥐고 흔들지 못해 안달이었다구요! 정말 싫어, 싫단 말이에요! 그러면 만사가 꼬인다고 누누이 설명했는데 엄마는 달라지는 게 없어. 제발 나를 내버려둬요!"

"난 잘못한 게 없다."

아그네스가 방어적인 태도에서 싹 돌변하여 냉정하게 나왔다.

"무엇보다 너는 관객을 무시하는 훈련을 쌓아야 해. 언젠가 본격적인 배우의 길로 접어들면 모든 사람의 관심을 받게 될 테니까. 관중 없는 배우란 존재 가치도 없어."

테레사는 부엌으로 향하는 엄마의 뒷모습을 기막힌 표정으로 지켜봤다. 엄마는 자기 의심이란 실낱조차 없는 사람 특유의 자신만만한 확신으로 가득 차 있었다.

친구 미미마저 없었다면 돌아버렸을 거야, 테레사는 속으로 감사 기도를 올렸다. 미미를 만나기 전에는 아빠의 기대대로 착하고 어린 딸이면서 엄마의 자랑이자 기쁨이란 버거운 짐을 짊어질 길이 막막했다.

지금은 숙제를 핑계삼아 엄마가 너무 부러워서 표현조차 못하는 미미의 화려하고 넓은 저택으로 탈출했다. 테레사는 피터슨 집안의 무남독녀 외동딸인 미미와 피로 맹세한 의자매였다. 물들인 금발과 사치스런 옷차림의 피터슨 부인은 낙천적이고 사교적인 부인답게 브릿지 모임이며 골프 게임으로 너무 바쁜 나머지 두 소녀가 자기 집에서 어떻게 오후를 보내는지 눈치채지 못했다.

"테레사, 넌 우리 미미에게 좋은 영향을 끼쳐."

피터슨 부인은 일찍 집에 돌아와 운 좋게 테레사를 만날 때마다 칭찬을 아끼지 않았다.

"미미는 너와 공부하기 전에는 숙제를 제대로 해간 날이 없었단다."

하지만 피터슨 부인은 테레사와 미미가 머리를 맞대고 달려들면 숙제가 얼마나 쉽게 끝나는지 몰랐다. 총명한 두 아이는 숙제를 반씩 나눠하는 근사한 방법으로 한 시간 내에 말끔하게 해치웠다.

그리고 최소한 일주일에 두 번씩 미미의 표현대로 소위 '성인 경험에의 탐닉'에 나섰다. 첫번째 탐닉 대상은 술이었다. 피터슨네는 전문 주류점이 무색할 정도로 온갖 종류의 술이 갖춰진 보고였던 것이다.

소녀들은 미미의 양치질 컵에 세 종류의 술을 조금씩 섞고 술병에는 물을 대신 채워 들통나지 않게 한 다음, 침실로 돌아와서 방문을 걸어 잠그고 번갈아 술을 홀짝거리며 미치광이처럼 웃고 떠들고 속마음을 털어놨다.

아직 똑같은 술병에 한 번 이상 손대지 않았고 술 한 잔을 나누어 마셔도 둘 다 거나한 기분이 들기 때문에 다시 아래층으로 충원을 나설 필요가 없었다. 게다가 피터슨 부인이 돌아오기 전에 언제나 공들여 양치질하고 입을 헹궜다.

피터슨 부부는 삼십대 중반으로, 미미의 자랑스런 보고에 따르면 아직 뜨거운 성생활을 즐겼다. 부부 침실까지 탐색 반경을 넓힌 간덩이 부은 소녀들은 아주 쉽게 방대한 양의 <펜트하우스>와 <바리에이션>을 찾아냈는데 이 소책자의 도색 잡지는 주로 관능적인 단편 소설과 야한 체험담으로 채워져 있었다. 그뿐이 아니었다. 피터슨 부인의 옷장 서랍 두 칸은 전적으로 섹스만 염두에 둔 속옷으로 가득했으므로 미미와 테레사는 한 번에 여러 벌의 손바닥만한 레이스 팬티, 가터 벨트와 검은 실크 스타킹, 강력 바스트업 브래지어와 속이 훤히 비치는 속옷 등을 마음껏 약탈하여 미미의 침실로 돌아와선 피터슨 부인의 낡은 하이힐까지 활용, 전리품을 한 점도 남김없이 다 착용해 봤다.

둘다 성인 여성에 필적할 만큼 키가 컸지만 미미가 어쩔 수 없이 인정했듯이 아직 열두 살에 불과한 만큼 섹시한 속옷이 맞기엔 너무 어리고 미숙했다. 그러나 눈을 요염하게 내리깔고 양손으로 작은 가슴을 한껏 위로 들어올리는 동시에 엉덩이에 힘을 주면 이 년 후의 성숙한 모습을 충분히 가늠할 수 있었다.

그리고 <펜트하우스>와 <바리에이션>을 한 번에 한 권씩 철저히 탐독 분석한 결과, 일부 기사가 넋이 나갈 만큼 가슴 뛰고 매혹적이란 사실을 발견하기에 이르렀다. 테레사는 남녀가 함께 할 수 있는 그 압도적으로 흥분되고 금지된 행위에 대한 생각을 떨쳐버리지 못했기 때문에 죽어서 유황 불지옥에 빠지리란 확신으로 우울해지기까지 했다.

어찌 생각하면 한 편의 코미디다. 영광스런 바티칸 제2차 협의회*의 시대에도 불구하고 여전히 공중 전화 박스를 연상시키는 붉은 벨벳 벽지의 오래된 성당 고해 성사실에서 퀴퀴한 냄새를 피해 숨을 참으며 차분하게 경미한 죄를 줄줄 지어내야 한다는 게 말이다.

하지만 거짓말로 순간을 모면해도 진실은 엄연히 존재했다. 테레사는 교리문답 시간에 수없이 배워 온 일곱 가지 대죄 가운데 의문의 여지없이 네 가지를 범했고 그 죄책감으로 사지가 떨렸다. 그녀의 대죄는 분별없이 욕정에 빠진 미색의 죄, 술을 지나치게 마신 탐욕의 죄다. 미미와 야한 속옷을 입고 거울을 들여다보며 느낀 뿌듯한 감정은 분명 수녀님들이 누누이 강조하신 '깔끔한 용모에서 정상적인 긍지를 가지라'는 가르침에 위배되므로 교만죄에 속한다. 또한 일요일마다 그 주에 반복적으로 범한 세 가지 대죄를 고백하지 않고 성당을 떠났으니, 고백하지 않은 죄까지 추가된 셈이다.

---

* 1962-1965년. 오늘날 교회의 영적 부흥 및 위상 재고를 목적으로 개회되었음. 개신교에서 동방 정교에 이르기까지 사절단을 파견했던 가장 혁신적인 종교 회의.

용서받지 못한 대죄들이 무겁게 테레사의 마음을 짓눌렀지만 죄책
감에서 해방되려고 생지옥을 택할 순 없는 노릇이었다. 참다운 고백성
사를 하려 한다면 여러 날에 걸쳐 하루 몇 시간씩 예배석에 꿇어앉아
참회의 기도를 드려야만 면죄 성찬을 받을 수 있으리라. 그건 괜찮다.
하지만 엄마가 고해 성사실과 가까운 곳에서 기도 드리는 마당에 면죄
성찬을 받았다간 한바탕 난리가 나리라.

난 지옥에 빠질 거야, 테레사는 한 점 의심 없이 확신했다. 다섯 살
때 교리문답 교실에 등록한 이후 지금까지 매주 토요일 아침마다 매년
다른 수녀님에게 규칙과 규율과 기도문을 주입받아 온 터였다. 여덟
살 때 첫 영성체를 받았을 때부터 사후 천국행을 약속받았던 테레사는
그날 수놓인 아름다운 순백의 드레스를 입고 어린 초동과 함께 성당
통로를 가로지르며 느꼈던 순수한 빛을 상기하는 것만으로도 여전히
감격의 눈물이 북받쳤다.

젠장…… 미미와의 만남이 지옥행으로의 시발점이었다. 그 전에는
하찮은 죄와 똑같이 질투, 분노, 게으름의 대죄도 서슴없이 고백하고
개운한 마음으로 고해 성사실을 나섰다. 그러나 이제는 벗은 남녀의
사진을 보고 상상으로 즉각 이어지는 생생한 성 경험담을 읽었노라고
신부님께 고백하기는커녕 고해성사를 태만히 하고 거짓을 일삼았다.

그렇게 일년이 흐르자 테레사의 견진성사가 박두했다.

"아, 이제 어쩌면 좋지?"

그녀는 미미에게 넋두리를 했다.

"견진성사를 받기 전에 진짜 고해성사를 해야 해. 하지만 진실을 털
어놔서 엄마에게 알려지느니 아주 무서운 짓을 저지르고 말 테야."

"너희 엄마 몰래 다른 성당에 가서 고해성사를 하면 괜찮지 않을
까?"

미미가 제안했다.

"내가 같이 가줄게. 아무도 모르게 택시를 타고 가자. 우와, 내가 생
각해도 완벽한 계획인걸! 그리고 견진성사 전에 정식으로 고해성사를

할 때까진 욕설 정도만 하고 진짜 죄는 범하지 않는 거야. 어때, 기발하지? 난 역시 너처럼 사악한 천주교도 계집애에게 쓸모 있는 충고를 해줄 만큼 똑똑하다니까.”

그녀는 자화자찬하며 애정어린 몸짓으로 테레사의 볼을 살짝 꼬집었다.

“미미, 앞으로 똑같은 죄를 다시 짓지 않겠다고 주님에게 약속하지 않는 한 고해성사를 해도 소용없어. 난 왜 너희 부모님 밑에서 태어나지 못했을까!”

“동감이야. 그러면 진짜 친자매가 될 수 있을 텐데. 이런, 범행 증거물을 치울 시간이다. 엄마가 삼십 분 내로 돌아올 거야.”

미미의 계획에 힘입어 테레사는 긴 흑발을 단순하게 땋아내린 위로 소박한 미사포를 써서 가슴이 뭉클하리만치 날씬하며 품위 있고 소녀다운 자태로 외갓집 친척들이 지켜보는 앞에서 견진성사를 받았다. 위엄이 깃든 사랑스런 용모와 매끄럽고 짙은 속눈썹에 둘러싸인 초록빛 눈은 완벽한 평온 그 자체였다. 평소의 경쾌한 활력을 자제하여 시흥이 절로 넘치는 걸음을 사뿐사뿐 옮길 때마다 엄마의 실망과 반대를 무릅쓰고 고집했던 일자형의 소박한 드레스 자락이 사락거렸다. 성스런 행사가 끝난 후 누구의 드레스가 가장 화려하고 예쁜지를 겨루는 경연장인 교리문답 교실에서는 돌처럼 굳고 숙연한 태도를 취했다.

“네 딸이 혹시 신의 소명을 받아 수녀가 되려는 건 아니겠지?”

아그네스의 언니들 가운데 한 명이 조카의 엄격하리만치 절제된 검정색 드레스와 흰 칼라를 뚫어지게 응시하며 동생에게 속삭였다. 다른 소녀들은 꽃밭이 무색하리만치 화려한 색과 봉긋한 드레스를 차려입고 순진하게 방실거리는 와중에서 테레사의 점잖은 태도와 표정은 한결 성숙해 보였다.

“언니는 별 말을 다하네.”

아그네스가 웃었다.

"저건 단지 취향의 문제야. 테레사는 요즘 친구들을 따라서 <보그>지(誌)를 구독하거든. 하긴 언니에게는 그게 신의 소명처럼 들리겠지?"

"<보그>? 하느님 맙소사, 부잣집 마나님들이나 보는 잡지잖아. 네 딸에게 너무 빨라. <세븐틴>이 적당하다구."

"그 잡지는 시시하대. 언니, 저 아이가 너무 빨리 자라는 것 같아."

"앞으로 성장 속도가 더 빨라질 테니 두고보렴. 이미 여섯 아이나 겪은 경험자로서 하는 말이니까 믿어도 돼."

2

성심 고등학교의 신입생으로 처음 몇 주를 보내고 둘다 14살을 넘기자, 미미와 테레사는 전보다 더 가까운 사이가 되어 둘이서만 붙어 다니며 다른 친구들 몰래 비밀스런 행각을 계속했다.

지난 이 년 간 그들은 외모에 주력해 왔다. 각자 허리까지 오는 굽실굽실한 파마 가발을 하나씩 마련했고 투명 마스카라와 아이라이너를 비롯하여 시꺼먼 색에서 터키색에 이르기까지 모든 색조의 아이 섀도, 진빨강과 연핑크 사이의 열두 가지색 립스틱과 일체의 화장 도구를 사서 모았다. 최신 유행의 하이힐을 미미의 옷장에 숨겨놓고 익숙해질 때까지 걸음걸이를 연습하는 것도 잊지 않았다. 형형색색의 그물 스타킹과 타이츠는 물론이고 몸에 착 달라붙는 스웨터와 맞춰 입을 요량으로 재봉시간을 최대한 활용하여 검정색 초미니 스커트까지 만들었다. 이제는 가슴이 미미 엄마의 브래지어가 맞을 정도로 발육되었기 때문에 미미는 싸구려 모조 속옷을 마련하는 데 풍족한 용돈을 펑펑 썼다.

"직업 창녀처럼 보여."

테레사가 부모님의 허락을 받고 미미의 집에서 밤을 보내게 된 9월 중순의 어느 토요일에 선언했다. 그녀의 목소리에는 감탄이 짙게 배어 있었다. 마침 미미의 부모님이 컨트리 클럽으로 출타하고 넓디넓은 저택에는 두 소녀만 남았기 때문에 마음껏 모양을 부린 참이었다.

"웃기지 마. 우린 최고야, 거의 성스럽다구. 넌 제인 쉽톤*과 전성기의 비비안 리를 합쳐놓은 것보다 더 예뻐."

미미가 거울 속을 요리조리 뜯어보며 평가했다.

"그리고 나는 그럭저럭 베루쉬카*의 축소판으로 통하겠다."

"피이, 그러면 뭐 해. 난 열여섯이 될 때까지 데이트를 못하는 게 현실인데."

테레사는 침대에 털썩 누우며 비참하게 중얼거렸다.

미미가 돌연 흥을 냈다.

"기똥찬 생각이 떠올랐어."

"관둬."

"일단 들어보라니까. 우리, 마크 오말리네 파티에 가자! 죽여주게 재미있을 거야. 안성맞춤으로 파티가 오늘밤이고 우리는 벌써 옷도 차려입은 데다 부모님도 늦게 돌아오실 예정이잖아. 야호, 삼박자가 척척 맞는구나!"

"절대로 안 돼."

"얘, 파티에 가는 게 대역죄는 아니잖니."

"그냥 파티가 아니라 난장판 파티니까 문제지. 너처럼 교활한 혀를 가진 계집애도 그게 보통 파티와 똑같다고 얼렁뚱땅 넘기진 못해."

"최악의 사태라고 해봤자 뭐겠니? 우리가 파티장에서 쫓겨나는 거? 사랑스런 친구야, 그런 일은 절대로 있을 수 없어. 마크 오말리가 일단 우리를 보면 자기 집에 왕림해 준 걸 감사해할 거야. 우리가 이 세상

---

* 온몸이 길쭉한 팔과 다리뿐이어서 '호리호리한 제인'이라는 애칭으로 60년대를 풍미한 흑발의 모델.
* 폴란드계의 이국적이고 늘씬한 관능미를 자랑하는 모델 겸 배우. 보그 지(誌) 표지를 11번 장식

에 존재한다는 사실만 알았어도 그가 직접 초대했을걸.”
“오죽하겠니.”
테레사는 어깨를 으쓱거렸다.
“그리니치 고교의 그 풋볼팀 주장은 우리의 미모와 매력에 홀딱 넘어가 두 명의 수녀 학교 학생들에게 파티에 와달라고 울며불며 매달렸겠지. 하지만 우리는 그의 경기마다 쫓아다녔는데도 불구하고 눈에 띄지 않았어. 그러니 다 잊어버려.”
“테레사, 내 말을 잘 들어. 난 그 파티에 갈 거구 너도 갈 거야. 네가 마크 오말리에게 반했다는 건 네 코끝의 붉은 점만큼이나 또렷하다구! 그게 벌써 언제부터니? 네 짝사랑 하소연을 몇 년째 들었더니 내 귀에 딱지가 앉았어. 요 위선자 계집애야, 너 지금 내가 성은을 베풀려는 마당에 싫은 척하면서 나에게 모든 책임을 뒤집어씌우려는 거지?”
미미가 으르렁거리며 엄포를 놨다.
“빨랑 이 그물 스타킹을 팬티 스타킹으로 갈아 신자. 이건 고교 졸업반 파티엔 너무 성숙해. 상급생과 같은 학년인 척하면 무사통과라구. 우리는 몇 년씩 연습해 온 몸이니까 그 정도는 식은죽먹기지!”
“내가 네 미친 계획에 동의한다 해도 제 시간 내에 파티에 갔다올 길이 없잖아.”
“택시의 유용함을 벌써 잊었니, 이 소심한 생쥐야?”
“넌 정말 타고난 망할 년이야!”
“그래서 네가 나를 좋아하잖아.”
“숨김없는 진실이야. 그밖에 다른 이유는 상상도 못하겠다.”

파티가 시작되고 한 시간 반이 진중하게 흘렀을 즈음, 테레사와 미미는 마크 오말리의 북적거리는 집에 조심스럽게 스며들어갔다. 그들은 가장 낙관적인 상상보다 더 빨리 상급 여학생들과 완벽하게 뒤섞였다. 치마 길이와 신발, 머리 모양과 화장 덕분에 실제 나이보다 족히 서너 살은 위로 보였기 때문에 상급생들은 그저 다른 학교에서 온 동급생인가보다 하고 넘겼다.

"술 한잔하면서 용기를 내자."

미미가 소곤거렸다.

테레사는 고개를 가로저었다.

"술은 피하고 맨정신을 지키기로 했잖아. 미미, 우리가 나중에 택시를 불러야 한다는 걸 명심해."

"여기에는 잘해 봤자 후르츠 펀치가 고작일 텐데 몸을 사릴 필요가 있을까, 이 술꾼 아가씨야? 어서 술잔이라도 들고 안절부절못하는 그 손을 어떻게 좀 해봐."

미미가 새침한 숙녀답게 잔을 기울였다.

"이럴 줄 알았어. 파인애플 주스에 술 한 방울 떨어뜨린 거야. 테레사, 한 모금만 마셔 보라구."

"좋아. 그런데 이렇게 멀뚱하게 서 있지 말고 사람들과 어울리자. 하지만 너무 멀리 가진 마, 알았지?"

"너에게 눈을 떼지 않을 테니까 걱정 붙들어 매. 어머머, 마크, 안녕! 대단한 파티로구나. 세상 사람들을 전부 초대했니?"

"왠지 그래야 할 것 같았어."

파티의 주인공이 미소 띤 얼굴로 두 소녀를 번갈아 봤다. 생면부지였지만 이렇게 깜찍한 아가씨들인데 아무럼 어떠랴. 아니, 깜찍한 건 금발 쪽이고 흑발은 침이 질질 나올 정도로 아름다웠다. 한 번 보면 도저히 잊어버릴 수 없는 미녀다.

"누구 춤출 사람?"

"제의는 참 고마워."

미미가 순발력 있게 대답했다.

"하지만 난 화장실에 간 데이트 상대를 기다리는 중이어서 사양하겠어. 테레사, 마크랑 춤추지 그러니?"

"테레사."

마크가 말했다.

"이름이 좋구나. 자, 가자."

그는 테레사의 펀치 잔을 대신 내려놓고 위팔을 단단히 잡아끌었다.

"넌 말을 못하니, 우리의 수수께끼 손님? 통역해 줄 친구가 필요해?"

"나 혼자서도 말할 수 있어."

테레사는 극적인 노력을 기울이고 몸 안의 힘을 짜낸 끝에야 겨우 목소리를 내는 데 성공했다. 마크 오말리의 실체는 멀찌감치 떨어져 경기하는 모습을 봤을 때와 비교가 안 됐다. 정말 근사했다. 성인 남자에게 빠지지 않는 근육질의 몸과 훤칠한 키, 학교 규정을 어긴 긴 갈색의 고수머리, 자신만만하고 진짜 사내답게 눈웃음치는 파란 눈……. 테레사는 그의 뜨거운 체온에 온몸이 활활 타오르는 기분이었다.

"몇 살이니?"

마크가 걸음을 우뚝 멈추고 뜬금없이 물었다.

"18살. 왜?"

"더 많이 먹은 줄 알았어. 너에 비하면 다른 여자들은 갓난애들이야."

"아냐. 평범한 열여덟에 불과해."

"하지만 경험은 무궁무진하지?"

"그 말을 어떻게 받아들여야 하니?"

"네 눈에는 뭔가 있어."

"그럼 내가 소위 말하는 성숙한 영혼의 소유자인 모양이지 뭐."

테레사는 살짝 미소지으며 노련하게 받아넘겼다. 하나도 어렵지 않잖아. 괜히 걱정했네.

마크도 상큼하게 웃었다.

"젊은 육체에 깃든 관능적이고 성숙한 영혼의 소유자는 네가 처음이야. 기가 막힌 조합이구나."

"춤추지 않을 거야?"

"정말 춤추고 싶니? 여긴 시끄럽고 혼잡해서 가만히 서 있어도 서로 몸이 부딪치고 땀이 줄줄 흐르잖아. 춤을 추면 이야기도 못하고 다른 녀석들이 너를 채갈려고 껄떡거릴 거야. 차라리 펀치나 몇 잔 마시면서 서로 친해질 수 있는 장소로 가는 게 어때? 마침 내가 적당한 곳을 알고 있어."

"하지만 미미가……."

"네 친구는 스스로를 돌볼 수 있겠지. 아냐?"

"호호, 당연하지."

"너를 초대받지 않은 파티에 끌고 온 장본인이 네 친구지?"

"어머!"

"괜찮아, 수줍어하지 마. 네가 끌려와 줘서 반가운걸. 그런데 너희 둘은 어느 학교에 다니니?"

"… 스탬퍼드에 있는 작은 사립 학교야. 이름을 들어도 넌 모를걸."

"어디서 나를 봤니?"

"풋볼 경기에서."

"우와, 너 같은 미인에게 찍히다니 어깨가 으쓱해지는데. 혹시 이 동네보다 열 배나 큰 스탬퍼드의 남자애들 마음을 모조리 박살냈니? 그래서 새로운 희생자를 찾아 배회하는 거야? 참, 네 성(姓)이 뭐지?"

"카펜터."

"테레사 카펜터, 위층에 올라가서 저 날강도 같은 녀석들의 방해 없이 조용히 이야기나 나누자. 난 너에 대해서 더 많이 알고 싶어. 다시 만나고 진짜 데이트를 하고 싶다구."

"이러면 안 되는데……."

테레사는 끌려가면서 아주 미약하게 반항했다.

마크는 자신만만하게 그녀의 손을 잡고 계단을 올라갔다.

"나와 다시 만나고 싶지 않아?"

"너와 단 둘이서 있고 싶지 않아."

"하고 싶지 않은 거야, 해선 안 된다는 거야?"

"후자야."

"나쁜 짓은 하지 않을게. 약속해."

테레사는 마크의 얼굴을 살폈지만 거기에는 그녀의 저항을 교태쯤으로 여기는 재미와 관심 외에 다른 빚은 없었다. 내가 사촌을 제외한 또 래나 연상의 소년들과 단 둘이 되어 본 적이 없다는 사실을 마크가 어 떻게 알겠어? 진짜 열여덟이라면 이런 상황에 대처하는 법을 알 거야.

그녀는 방문 앞에서 우물쭈물하며 뒤로 뺐다.

"아까 편치를 더 마시자고 했잖아."

"여기에 내 전용 술창고가 있어. 파티 주인이 누군지 알지?"

"어머, 여긴…… 네 침실이잖아!"

테레사는 방으로 들어서다 풋볼 상패와 팀 깃발을 보고 우뚝 멈추 었다. 마크는 약간 짜증스런 표정으로 어깨를 으쓱거렸다.

"그럼 어디인 줄 알았니?"

"아무 생각도 없었어. 난 아래층으로 내려갈래."

"테레사! 괜히 내숭떨지 말고 저기 창턱에 앉아. 꼭 내가 너에게 달 려들 것처럼 구는구나."

"그러지 않는다는 보장이라도 있니?"

"난 한 번도 여자를 덮쳐본 적이 없어. 솔직히 말해서 그럴 필요도 없고 그러고 싶지도 않다구. 그래, 이렇게 편하게 앉아 있으니까 좋잖 아. 그런데 남자 친구와 찢어졌니? 걔의 질투심을 불러일으키려고 여 기 온 거야? 그건 너에게 일도 아니겠다. 지금 나를 대하는 표정으로 도 충분할 테니까."

"표정? 내가 어떤 표정을 짓고 있는데?"

"마치 나를 잘 알고 있다는 듯…… 나를 사로잡고야 말겠다는 표정 이야."

"그게 네 마음에 드나보구나."

테레사는 마크 오말리와 둘이 있다는 현실을 받아들이려고 노력하 며 미적지근한 술을 연거푸 마셨다. 마크라면 몇 년 동안이나 짝사랑 해 온 상대가 아닌가. 애달프고 정열적인 첫사랑의 상대, 고교 전체의 영웅, 항상 그녀의 환상에서 주인공을 도맡았던 남학생이다. 백만 년 을 산다 한들 바로 그 마크와 달빛이 쏟아지는 창턱에 앉아 술술 대화

하는 건 상상도 못하리라. 현실이기에는 너무 좋아서 꿈을 꾸는 기분
이었다. 테레사는 터질 듯 뛰는 맥박과 요란하게 고동치는 심장을 느
꼈다. 손바닥이 땀으로 흥건히 젖고 시선은 붙들어 맨 듯 마크의 입술
에 고정되었다.

"한 잔 더 줄래?"

그녀는 술잔을 내밀었다. 알코올 도수가 그리 강하지 않은데다 흥분
으로 입이 바짝 말랐다.

"좋아. 우리 아버지가 이걸 만들어 주고 엄마와 컨트리 클럽에 가셨
어. 그러면서 두 분이 자정에 돌아올 때까지 망할 날라리들을 집에서
몰아내지 않으면 요절을 내놓겠다나. 빨리 대학 신학기가 시작돼서 부
모님의 독수리 같은 감시망에서 벗어났으면 좋겠어."

"우리 부모님이랑 똑같구나. 난 독립하는 날을 기다릴 수 없을 정도
야."

"넌 어느 대학에 지원했니?"

"으응…… 그저 그런 학교에."

"하향 지원했구나? 입학은 확실하니?"

"물론이지."

테레사는 태연하게 대답했지만 속으로 정신없이 머리를 굴렸다. 어
떤 대학이 하향 지원에 속하지?

"어딘데?"

"… 스미스 대학교."

"꽤 웃기는구나. 끝내주게 예쁜 여자치고 둘러대는 솜씨가 형편없어.
너, 엄청난 유머 감각의 소유자니 아니면 뛰어난 IQ의 천재인 거니?"

마크가 고개를 숙이고 그녀의 입술에 살짝 키스했다.

"아, 좋은데. 정말 좋아. 자, 다시 키스하자…… 너도 기분 좋지?"

"세상에나…… 아, 마크, 정말 좋아!"

"이제 뚝 그쳐!"

미미는 안전한 침실에 들어서자마자 윽박질렀다. 집으로 돌아오는 택시 안에서 테레사가 내내 소리 없이 오열해 왔던 뒤였다.

"안 돼, 눈물이 멈추질 않는걸. 아, 미미…… 나 어떡해…….”

"테레사, 너 때문에 무서워서 심장 멎는 줄 알았어! 눈 깜짝할 사이에 마크와 없어지면 어떻게 하니? 너를 찾아 밤새도록 헤매느라 난 아무것도 못했다구. 네가 영영 나타나지 않으면 어떻게 하나 애를 태웠단 말이야. 도대체 어디에 있었니?”

"흑흑…… 나 어떡해…… 일어나선 안 될 일이었는데…… 제발 이건 꿈이라고 말해 줘.”

테레사는 쉬지 않고 눈물을 흘리며 간청했다.

미미의 얼굴이 왈칵 치민 두려움으로 하얗게 질렸다.

"뭐가 일어나선 안 됐다는 거지?”

"말 못해…… 흑흑…… 도저히 말할 수 없어…… 흑흑흑…….”

"빨랑 불지 않으면 우리 엄마에게 마크 오말리가 끔찍한 짓을 저질렀다고 고해 바치겠어. 네 머리는 산발에 브래지어는 없어지고 충격 상태에 빠졌잖아. 우리 엄마는 그 자식의 부모와 잘 아는 사이니까 오늘밤 무슨 일이 일어났는지 철저히 파헤칠 거야.”

"안 돼! 절대로 안 돼!”

"이렇게 찝찝한 채로 놔둘 순 없어. 대체 무슨 일이야? 겁탈당했니?”

"아냐, 아니야. 제발 그만해, 미미!”

미미는 있는 힘을 다해 테레사의 턱을 위로 들어올리고 눈물로 얼룩진 참담한 얼굴을 살폈다.

"나쁜 새끼! 그 자식이 너를 이 지경으로 만들어 놓고 미꾸라지처럼 빠져나가게 내버려두지 않겠어. 우라질, 이건 전부 내 잘못이야. 애초에 내가 화근이었어. 난 죽어버릴 테야!”

"겁탈당한 게 아냐!”

"그렇다면 왜 이러는지 빨랑 불어.”

"우리는…… 사랑을 나눴어. 내 생각에는…… 그래."

"테레사, 이 돌대가리야! 그건 사랑이 아니라 미친 짓을 한 거야. 그것도 분간을 못하니? 사랑을 나눴다는 둥 귀신 씨나락 까먹는 말은 관둬. 내 지성을 믿고 일이 어떻게 돌아갔는지 소상하게 털어놓으라구."

"처음에는 키스만 했어. 근사한 키스, 알지? 우린 마크의 침실 창턱에 나란히 앉아 있었어. 난 펀치를 두 잔, 아냐 세 잔 마셨는데 그게 생각보다 독했나 봐. 아무튼 우리는 아주 조금씩 불이 붙어서 뜨거워졌고 결국 침대에서 애무를 주고받았어…… 진한 애무를. 그리고 마크가 내 드레스와 브래지어를 벗기더니 젖가슴에 키스하면서 유두를 빨고……."

"그게 바로 강간이야!"

"아냐. 난 마크가 그렇게 해주길 원했고 그를 도왔어. 내 손으로 직접 팬티 스타킹을 벗었는걸. 멈출 수가 없었어. 그 미칠 듯한 기분은 입으로 설명 못해. 난 그저 끝장을 봐야 했어, 알아야만 했다구. 사진으로가 아니라 그게 정말 어떤 기분인지 직접 느껴야 했어. 그리고 마크가 바지에서 성기를 꺼내 내 배에 올려놓고 그냥 가만히 있었어."

미미가 사정없이 다그쳤다.

"그래서 이렇게 울고불고하는 거니? 남자의 물건이 네 배에 닿아서? 그 다음에는 어떻게 됐지?"

"난 마크의 것을 만졌어…… 아주 많이. 억제할 수 없었어. 그건 딱딱했는데 점점 더 딱딱해졌고…… 딱딱해질수록 난 더 만지고 싶었어. 다음에는, 다음에는…… 마크가 그 끝을 내 안으로 밀어넣었어."

"성기 삽입! 테레사, 이 바보! 너 싸우지도 않았어?"

"… 마크가 해도 되냐고 물어 봤지만 거절하지 않았어. 난 그걸 몸 속에서 느끼고 싶었거든. 그 끝만 말이야, 미미. 끝 부분만 살짝. 무엇보다 그 느낌이 어떤지 알아야 했다구. 마크의 것은 아주 컸고 난 굉장히 원했어. 완전히…… 정신이 나간 것처럼 눈에 뵈는 게 없었어……."

테레사가 속삭였다.

"… 그리고 흑흑흑…… 마크는 내 안으로 살짝 들어오기가 무섭게 사정해 버렸어. 내 안에서 말이야. 심지어 움직이지도 않았어. 그냥 몸을 부르르 떨며 한숨 같은 소리를 내고는 끝났어. 아무것도 하지 않고!"

"개떡 같구나! 강간도 아니고 완전히 미친 지랄이야. 엿 먹을 자식! 하지만 넌 처녀니까 걱정할 것 없어. 그 자식이 뭐라디?"

"미안하대. 내가 조금만 기다려 주면 다시 하겠다나. 내가 즐길 수 있도록 아주 천천히. 상상이 가니? 다시 한다는 게 말이나 되는 소리냐구!"

테레사가 비탄에 잠겨 울부짖었다.

미미는 친구의 어깨를 다독거렸다.

"그만 울고 목욕이나 해. 내가 엄마의 진정제와 수면제를 한 알씩 가져올 테니까 한숨 자고 오늘밤 일은 싹 잊어버려. 머리 싸매고 고민해 봤자 소용없어. 악몽으로 여기라구. 마크 자식이 너를 알아낼 방법이 있니?"

"가명을 대고 스탬퍼드에서 왔다고 했어."

"운이 따르면 그놈이랑 두 번 다시 마주치지 않을 거야. 그리고 네 맨 얼굴을 알아보지도 못할 테고. 모든 게 끝났어, 땡이야. 아예 없었던 일이야. 알았지? 죄악이니 뭐니 하는 소린 듣기도 싫어. 너는 네가 무슨 짓을 하는지조차 몰랐어. 그 나쁜 놈이 너를 취하게 만들었으니까 네 잘못이 아니라구. 알아들었니, 테레사?"

"네 말은 이해해. 하지만 난 내가 무슨 짓을 하는지 알고 있었어. 하지 말았어야 했음에도 불구하고 해버렸어. 죄를 저지른 거야. 성부와 성자와 성신에게 엄청난 죄를 범했고 순결하신 성모 마리아의 이름을 더럽혔어. 네가 무슨 말을 해도 내 죄는 없어지지 않아."

3

"미미, 나 임신한 것 같아."

테레사의 얼굴이 하얗다 못해 퍼렇게 질려 있었다. 순간 미미는 공포로 심장이 쿵 내려앉았다. 그녀는 얼른 자리에서 일어나 방문을 걸어 잠갔다.

"넌 처녀인데 어떻게 아이를 가질 수 있니? 월경이 늦는 거겠지."

미미는 테레사의 차갑고 떨리는 두 손을 잡고 피가 통하도록 비볐다.

"작년에 첫 월경을 한 이래로 항상 정확했는데 그 파티에 다녀온 다음에는 이 주째 소식이 없어. 난 겨우 용기를 내서 학교의 백과사전을 뒤져봤어. 정자가 운동한다는 거 아니? 믿을 수 없이 빠른 속도로 운동하고 질(膣) 내에서 여러 날 동안 살아 있을 수 있대."

"하지만 넌 처녀야! 그런 일은 있을 수 없다구!"

"처녀막이 있어도 생리할 때 피가 나오잖아. 그건 자궁을 완벽하게 보호해 주지 못해. 너희 엄마가 줬던 그 책의 내용을 기억하지? 처녀막이 있어도 임신이 가능하단 말이야."

"도저히 못 믿겠어! 있을 수 없어!"

"미미, 있을 수 있어. 사태를 똑바로 봐. 바로 나에게 일어난 일이야."

테레사가 떨리는 입술과는 대조적으로 엄숙하게 말했다.

미미는 극도의 공포에 사로잡힌 나머지 되는 대로 지껄였다.

"넌 유산이나…… 뭐든 해야 해, 오늘밤 당장. 아니면 내일이라도. 우리는 이제 겨우 14살이야. 아이를 낳을 순 없어."

"나도 너랑 똑같은 말을 해왔어."

테레사의 어조는 지친 기색이 완연했다.

"매일 밤마다 여러 시간씩 무릎을 꿇고 기도하고 또 기도했어. 제발 아기를 거두어 달라고. 주님이 주신 아기니까 도로 거두어 가실 수도 있잖아. 학교에선 쉬는 시간마다 화장실에 가서 혈흔이 있나 없나 살폈고, 배변을 볼 때 엉덩이에 쥐가 날 만큼 힘을 줬어. 하지만 임신은 엄연한 사실이야. 엄마에게 말하는 것과 자살 중에서 어느 쪽이 더 나쁠까? 난 모르겠다."

"2주일이 늦었댔지? 두 달, 아니 석 달까진 몰라."

"알아. 그래서 날짜를 정확하게 헤아리는 중이야. 네 말대로 속단하기에는 아직 일러. 확실해질 때까지 기다렸다가 너에게 말해야 한다는 건 알지만 나 혼자 알고 있기엔 너무 힘들었어."

"만일……."

"뭐?"

"아, 네가 열렬한 천주교인만 아니었어도! 우리 엄마가 어떤 의사를 알고 있어. 그는 완벽한 솜씨를 지닌……."

"입도 벙긋하지 마, 미미. 절대로, 죽어도 안 돼. 내가 아무리 못된 계집애라도 그 짓만은 못해. 목에 칼이 들어와도 안 돼."

"알아."

미미가 한숨을 푹 내쉬었다. 이 대화의 초반부터 테레사가 정말 임신했다면 낙태 생각은 하지 않으리라 확신했으면서도 실낱 같은 가능성에 의지하여 꺼낸 말이었다. 맙소사, 종교적인 신념 때문에 창창한

미래를 망치고 인생을 포기하다니! 테레사에게 선택의 여지가 없다는
건 이해하지만 납득하기 어려웠다.

긴 침묵을 깨고 미미가 속삭였다.

"이제 우린 어떻게 하지?"

"기도해. 주님이 아기를 거두어 가신다면 그건 그분의 결정이지, 내
잘못이 아냐. 난 아무 짓도 하지 않았잖니. 나로선 기도하고 기다리는
것 이외에 다른 방법이 없어."

"내 기도도 도움이 될까, 아니면 천주교 신자만 통하니?"

"기도해. 사도 바울의 말씀대로 쉼없이 기도해."

테레사는 억지 미소를 지었지만 눈물 방울이 뺨을 따라 흘러내렸다.

"넌 개신교잖니. 주님은 너같이 길 잃은 양의 기도를 받아주실 거
야."

아그네스 호바트는 네 명의 자매들과 부대끼며 자랐기 때문에 싫어
도 자연히 여성적인 지식에 달통할 수밖에 없었다. 그녀는 테레사를
임신했을 때 헛구역질 따윈 경험하지 않았지만, 지난 사흘 아침마다
화장실에서 나지막하게 끅끅거리는 소리가 들리고 딸이 허옇게 질린
얼굴과 충혈된 눈으로 아침 식사에 늦게 나타나 수저를 뜨는 둥 마는
둥 복통을 둘러대며 등교하자 서서히 의심이 싹트기 시작했다. 특히
테레사가 학교에서 돌아올 즈음에는 복통이 씻은 듯 나았다가 다음날
아침에 또 시작되는 징후의 원인은 하나뿐이었다.

그러나 아그네스가 아는 한 테레사는 처녀였다. 흠 잡을 데 없이 착
한 딸이었다. 남자와 어울려 본 적도, 첫 키스도 못해 본 순진무구한
처녀였다. 아무튼 아그네스는 그렇게 알고 있었다.

하지만 그 테레사가 임신한 게 틀림없었다. 완벽하고 사랑스럽고 어
미의 미래와도 같은 딸이 갑자기 타인으로 변해버린 것이다. 부도덕하
고, 더럽고, 교활하고, 영원히 지옥불에 처박힐 몹쓸 년이 되었다.

금요일 아침 아그네스는 화장실 앞을 지키고 서 있다가, 백짓장 같

은 얼굴로 비틀거리며 나온 딸을 낚아채고 힘껏 따귀를 쳤다.

"어떻게 네가 나에게 이럴 수 있니, 응!"

아그네스는 다른 쪽 뺨도 마저 때렸다.

"어떻게 이럴 수 있어, 이 나쁜 년!"

테레사는 울음을 터뜨리며 엄마에게 팔이 잡힌 채 맥없이 마룻바닥에 주저앉았다.

"그래, 울어라. 펑펑 울어! 그러면 일이 달라지고 다시 착한 딸로 돌아가니? 이 맹추 같은 년, 육시랄 년아! 빨리 방으로 가. 내가 학교에 결석한다고 전화할 테니 방에서 기다려."

잠시 후 아그네스가 돌아왔을 때 테레사는 안락의자에 앉아 목놓아 울고 있었다.

"어서 그쳐! 그렇지 않으면 기절할 때까지 패줄 테다! 너에게 울 권리가 있니, 있어? 지금 통곡해야 할 사람은 바로 이 어미야."

아그네스는 너무 분하고 화가 나서 씩씩거렸다.

"엄마에 대한 사랑보다 외간 남자에 대한 정욕이 더 강하더냐, 응? 아이구, 이 망할 것아."

"아녜요…… 그런 게 아녜요…… 엄마와는 상관없어요……."

"나하고는 상관이 없어? 이건 내 일이야. 넌 정욕이 부도덕하고 치명적인 죄악이라는 사실을 알면서도 그걸 택했어. 이 어미보다 미미 피터슨의 영향력을 선택했듯이. 맞아, 그 깜찍한 년이 이 일에 관계된 게 분명해. 그렇지 않으면 네가 어디서 어떻게 남자를 만날 수 있었겠니? 하지만 평생 네 뒷바라지를 한 사람이 대체 누구냐? 네가 원하는 것이라면 전부 사주고, 성심 학교에 들여보내고, 네 장래를 굳게 믿고 네 재능을 키워준 사람이 누구냐구? 내 사랑에 대한 보답이 겨우 이거니? 장하다, 장해. 이 배은망덕한 년 같으니! 지금까지의 내 사랑과 수고를 배반해도 유분수지. 난 너 같은 딸은 둔 적이 없어!"

테레사가 비탄에 잠겨 울부짖었다.

"엄마!"

“나를 엄마라고 부르지도 마. 내 뱃속으로 난 딸이라면 너 같은 짓은 못해. 그놈이 누구냐? 아냐, 됐다. 추잡한 이야기를 시시콜콜하게 듣고 싶지 않아. 고해성사는 했니?”

“아뇨.”

“부도덕적인 죄를 숨긴 지가 얼마나 됐니? 그러니까 같은 죄를 반복해서 지을 수 있었겠지. 이 역겨운 것! 하지만 이제 넌 꼬리가 밟혔어. 당장 브렌넌 신부님께 가자. 고해성사를 하고 그분의 서재에서 이야기를 해야 해. 신부님은 너를 어디로 보내야 할지 알고 계실 거다.”

“예?”

“너처럼 하늘 무서운 줄 모르고 뻔뻔스럽고 부도덕한 계집애가 숨어 지내면서 아이를 낳아 입양시키는 기관이 있어.”

“하지만 여러 달이 걸릴 텐데 말없이 사라질 순 없어요! 성심의 마담들과 친구들과 학부형들이 의아해할 거예요. 다 알 거예요.”

“테레사, 넌 내 인생을 망쳤어. 나는 지금까지 너에게 모든 것을 다 바쳤다. 너라고 생각했던 허구의 딸에게 말이야. 이제 나에게 남은 것이라곤 외가에서의 우리 지위야. 네 이모들이 뭐라고 할 것 같니? 아무리 핏줄이라도 네 명의 여자들이 평생 입을 다물 것 같아? 너처럼 어리석은 년은 소문이 얼마나 빨리 도는지, 네가 얼마나 더러운 웃음거리가 되리라는 걸 알 리가 없지. 열네 살짜리가 애를 배다니! 제대로 된 남자가 너를 데려가겠어? 하지만 제2의 기회를 주마. 착각하지 말아라. 너에게 그럴 가치가 있어서가 아냐. 넌 벌을 받아 마땅하고 앞으로 그렇게 될 거야.”

“하지만…… 왜? 왜 두 번째 기회를 주는 거죠?”

“내 딸이 이웃의 소문거리와 추잡한 웃음거리가 되도록 놔둘 수 없으니까. 내가 키우고 그토록 자랑스러워한 딸의 실체를 세상에 밝힐 수 없어.”

“내가 어떻게 감쪽같이 사라졌다가 다시 돌아올 수 있겠어요? 그건 불가능해요.”

“우리 식구를 다른 곳으로 이사하면 돼, 가능한 빨리. 네 아버지는 다른 직장을 알아봐야겠지. 내가 오늘밤 말씀드리마.”

“아빠는 아직 모르세요? 엄마만 아시는 거예요?”

“이건 남자가 나서야 하기 전에 알아야 할 일이 아니다.”

아그네스는 엄숙하게 말했다.

“이제 성당 가게 옷이나 갈아입어. 모자 꼭 쓰고. 참, 묵주도 빼놓지 말아라.”

“여보, 당신 말을 정리해 봅시다.”

그날 밤 샌도르 호바트는 아내의 말을 다 듣고 입을 열었다.

“그러니까 나보고 직장을 관두고 다른 일을 구하란 뜻이오?”

“꼭 그래야 해요. 아무리 생각해도 그 방법밖에 없어요.”

“그리고 테레사는 텍사스의 미혼모 시설에서 지내며 아이를 낳고 그 아이가 낯선 사람들에게 입양되도록 브렌넌 신부님께서 주선해 주실 거란 말이지? 그 후에 테레사는 아무 일도 없었다는 듯 집으로 돌아오고?”

“아이가 좋은 천주교인 가정에 입양되리란 점을 잊지 마세요.”

“내가 반대하리란 것도 잊지 마.”

“샌도르! 우리 딸은 여섯일곱 달씩 타지에 있다가 돌아올 수 없어요. 사람들이 달수를 헤아려 보고 무슨 일인지 알아차릴 거예요. 그건 공표를 하는 셈이라구요.”

“이건 우리 손자의 일이야, 내 손자! 난 절대로 포기 못해. 그 아이는 내 혈육이야.”

“지금 감상적으로 굴 때가 아니에요. 테레사의 장래가……”

“테레사의 장래 따윈 빌어먹으라고 해! 처형들도! 또 집안 최고의 미녀를 둔 어머니로서 당신의 숭고한 평판도! 지금 나보고 모든 가치와 믿음을 저버리란 말이오? 안 돼, 그리고 내 동의 없이 당신은 아무 짓도 못해.”

아그네스는 무슨 말로도 남편의 마음을 돌릴 수 없음을 깨달았다. 드디어, 드디어 지난 사흘 동안 고려해 온 마지막 카드를 내놓을 때가 되었다.

"여보, 우리가 이사를 간다면…… 당신이 낯선 곳에 직장을 얻는다면 그 아이를…… 내 자식으로 키우겠어요. 나는 겨우 33살이니까 아주 자연스럽게 보일 거예요."

샌도르는 천천히 물었다.

"그 아이가 우리 자식이 된단 말이지, 테레사의 남동생이?"

"혹은 여동생이요. 예, 우리 자식이 될 거예요. 당신과 내 자식."

"테레사가 어떻게 받아들일까?"

"개의 기분은 중요하지 않아요. 이미 모든 권리를 포기했어요. 그런데 여보, 테레사가 브렌넌 신부님께 했던 고해성사로 모든 죄가 없어질까요?"

"신부님이 죄를 사해 주셨소? 테레사가 참회의 성찬을 받았소?"

"예."

"그럼 주님께서 테레사를 용서하신 거요. 우리도 그분의 뜻을 따라야 해. 내가 내일 당장 일자리를 알아보기 시작하겠소."

"여보, 정말 고마워요."

좌우지간 남자들이란……! 아그네스는 질식할 듯한 분노에 사로잡혔다. 남자들은 만사를 단순하게 받아들인다. 고해하고 용서받으면 끝이라는 식. 딸이 음탕하고 더러운 창녀짓으로 어미의 정당한 기쁨과 긍지와 희망을 뭉개놓고 아비의 특권적인 지위를 포기하도록 만들었는데도 신부님에게 잘못을 고백하고 그깟 주기도문 몇 백 번 외우라는 보석(保釋)으로 용서받다니. 안 될 말이다, 어림없어. 설령 교회의 모든 가르침에 반한다 해도 이 아그네스 호바트는 절대로 용서 못해.

손자, 그의 이름과 핏줄을 이어줄 손자의 탄생에 은밀히 흥분한 샌도르는 재빨리 로스앤젤레스의 유명한 사립 학교인 하버드 남학교의 음악과에 자리를 구했다. 월급은 지금보다 적었지만 아는 사람이 없는 먼 곳으로 당장 떠날 수 있다는 장점이 유혹적이었다.

몇 주일 내로 호바트 가족은 샌프란시스코 밸리 레세다의 작은 임대 주택으로 이사갔다. 원래 목장 지역인지라 도로 포장도 안 된 곳이었으며 집 주위는 너른 공지로 둘러싸여 한적했다. 아그네스는 친정 식구들에게 남편이 거절할 수 없을 만큼 멋진 제안을 받아 이사할 수밖에 없다고 둘러댔기 때문에 그리니치에서 진실을 아는 유일한 사람은 오직 미미 피터슨뿐이었다. 그녀와 테레사는 학교 탈의실에서 몰래 만나 이별의 눈물을 흘렸다.

미미는 훌쩍거리며 물었다.

"최소한 건강하게 아이를 낳았다는 소식은 전해 주겠지?"

"노력할게. 하지만 답장은 쓰지 마. 미미, 지금 네 기분은 알아. 그리고 앞으로도 네가 내 생각을 하리란 것도 알구."

"한 가지 말할 게 있어."

미미가 흐느껴 울며 말했다.

"난 결혼할 때까지 섹스하지 않을 거야."

"난 다시는 안 할 거야."

"그런 바보짓은 하지 마."

"아, 미미, 너를 잊지 않을게."

레세다에서의 몇 달은 테레사의 상상 이상으로 느리게 흘러갔다. 학교는 물론이거니와 인근 마을 외출도 금지였다. 상점가를 어슬렁거리며 진열된 물건을 눈요기하는 십대 임산부를 사람들이 두 번 쳐다볼 테니까.

긴긴 겨울 동안 테레사는 죄수처럼 집에서 옴짝달싹 못하며 엄마가 마지못해 던져준 염가판 소설책과 TV 낮방송을 벗삼아 지냈다. 이웃과 멀리 떨어진 지리적인 혜택 덕분에 집 주변을 빙빙 산책하면서 해산날을 기다리는 게 고작이었다. 특히 엄마가 소형차를 구입해서 요지경 세상인 비벌리힐스나, 그곳과 반대쪽인 멀홀랜드까지 구경을 다녔기 때문에 혼자 지내는 시간이 더 많아졌다. 엄마는 바람 쐬러 가자고 청하지 않았고 테레사는 감히 말조차 꺼내지 못했다. 딱 한 번 엄마차를 탔을 때 투명인간인양 완벽하게 무시당했기 때문이다.

가장 고독한 시간은 매주 일요일마다 부모님이 레세다 성당으로 미사를 보러 갈 때였다. 테레사의 소망은 아빠 차를 타고 함께 성당에 가서 사람의 온기와 미사의 위안을 느끼고 대화에서 훈훈함을 얻는 것이었다. 그러나 물론 사람들 앞에 임신한 모습을 드러내는 짓은 금물이었다.

"미사, 그것도 전례주기 미사 불참은 대죄잖아요……?"

테레사는 아직 일말의 희망이 남아 있었을 때 조심스럽게 물었다.

아그네스가 매섭게 쏘아붙였다.

"넌 임신해서 불편한 몸이니까 괜찮다. 흥, 이런 상황에서 미사 불참같이 사소한 죄를 걱정하다니 가증스럽구나."

그래서 테레사는 매주 금요일이나 토요일만 손꼽아 기다렸다. 날이 어두워지면 아버지와 슬슬 드라이브를 하다가, 자동차까지 아이스크림 소다를 갖다주는 가게로 갔다. 원래 과묵했던 아버지는 간간이 딸의 손을 다정하게 잡아주는 이외의 감정 표현을 삼갔다. 테레사는 어려서 가끔 그랬던 것처럼 아버지의 넓은 품에 안기고 싶은 마음이 굴뚝 같았지만 부푼 가슴과 배 때문에 아버지가 접촉을 꺼린다는 걸 눈치챘다.

그녀의 삶에서 유일하게 우호적인 접촉이라면 잠자리에 누워 양팔로 제 몸을 꼭 안거나 배를 살살 어루만지며 어둠을 향해 속삭이는 정도였다.

"다 잘될 거야, 아가야. 아무 걱정하지 마."

테레사는 되도록 엄마의 주의를 끌지 않으려고 애썼다. 최근 들어 엄마의 분노가 캘리포니아의 낯선 환경과 고립감으로 인해 더욱 깊어졌기 때문이다. 일단 헛구역질이 가라앉자 건강에는 별다른 이상이 없는지라 태내의 아이가 움직일 때까지 모녀는 병원 이야기를 서로 미루고 말하지 않았다.

"어머! 방금 아기가 나를 찼어요."

테레사가 흥분과 경이에 사로잡혀 탄성을 터뜨렸다.

아그네스는 넌더리를 내며 고개를 설레설레 흔들었다.

"좋기도 하겠구나."

"모든 게 정상인지 확인하러 병원에 가야 하지 않을까요?"

"넌 좋아 보이니까 걱정할 거 없어."

사실 테레사는 전보다 두 배쯤 아름다워졌다. 혐오스런 몸뚱이와는 달리 얼굴은 청순하고 섬세하며 평온하기 이를 데 없었다.

"하지만 엄마, 한 번도 병원에 가지 않았잖아요. 미사에 불참할 정도로 불편하다면 진찰을 받아야 해요."

"허튼 소리. 넌 잘 자고, 잘 먹고, 규칙적으로 운동하고 있어. 발목조차 붓지 않았다구. 네 입으로 좋다면서 왜 지금 와서 병원에 가야 하지? 해산은 아주 자연스러운 과정이다."

"나야 그렇다 치고 아이가 잘못 되었으면 어떡해요?"

"원치 않은 아이는 항상 괜찮고, 죽도록 원하는 아이에게만 문제가 생기는 법이야. 그건 여자라면 누구나 아는 상식이다."

아그네스가 쓴웃음을 지으며 말을 이었다.

"네 진료 기록을 남겨선 안 돼. 아직도 모르겠니? 의사 선생님이 너에게 곤란한 질문들을 퍼부을 거야. 네 얼굴과 나이를 절대로 잊지 않을 거란 말이다. 그 아이는 내 자식으로 시골 병원에서 태어날 테니, 너와 관련된 흔적은 적을수록 좋아."

그 순간 테레사는 감았던 눈을 뜬 것처럼 진실을 깨달았다.

"엄마는 아직도 내 미래에 대한 희망을 못 버렸군요. 그러니까 이렇게 비밀을 지키려고 전전긍긍하시죠."

"당연하지. 나에겐 그게 가장 중요해. 지금까지 내가 이 난리법석을 떨어 왔던 게 모두 너에게 오점 없는 깨끗한 미래를 주어서 큰 인물이 되길 바래서야. 넌 나에게 머리를 조아리고 감사해야 해. 알겠니?"

“예, 엄마. 이 고마움을 절대로 잊지 않을게요.”

다음 해 6월 15일, 아그네스와 샌도르 호바트는 딸을 얻었다. 부산
해하는 인턴이 정신없이 바쁜 간호사에게, 요즘은 갈수록 산모가 어려
진다는 말을 툭 던진 것 이외에는 다른 여자와 다를 바 없는 진통을
거쳐 여느 날과 똑같은 아침에 건강한 여아가 평범하게 태어났다.

이틀 뒤 아그네스 호바트란 이름의 산모가 퇴원하여 부모와 함께
레세다로 돌아갔다. 시골 병원의 그 누구도 아이 아버지에 대하여 의
심을 품지 않았고 아이는 아그네스 라일리 호바트와 샌도르 호바트의
딸, 메리 마가렛 호바트라고 출생이 신고되었다.

그리고 일주일 후에는 세례를 받았다. 샌도르 호바트는 하버드 남학
교에 친한 동료가 없었지만 우연찮게 브라이언 켈리라는 대단히 사교
적인 역사 선생이 천주교인에 유부남이란 사실을 발견했다. 브라이언
과 아내 헬렌 켈리는 갓 태어난 아이의 대부모가 되어 달라는 청에 놀
라는 한편 우쭐해하면서 아이의 이름에 믿음이 깃들고 악에 물들지 않
으며 주님과 교회의 가르침에 따르며 살도록 보살피겠다고 서약했다.

“이 즐거운 행사를 얼마나 학수고대해 왔는가, 샌도르.”

브라이언이 말했다.

“아주 음흉한 친구로구먼. 내내 한마디도 없다가 깜짝 소식을 확 터
뜨리다니.”

“내 아내 때문이었네. 혹시 일이 잘못될까 봐 아무에게도 말하지 말
아 달라고 부탁했거든. 아내는 큰딸 테레사를 낳은 후 두 번이나 유산
했다네.”

“그나저나 메리 마가렛은 보기 드물게 예쁜 아기야.”

브라이언이 대녀의 성성한 머리카락을 조심스레 쓰다듬었다.

“이 아이가 훌륭한 천주교인으로 성장하도록 내가 대부로서의 의무
를 다하겠네.”

“친부모가 제 역할을 다 하지 못할 경우에만요.”

아그네스가 웃었다.

"우리 딸, 참 예쁘죠?"

그녀는 대모인 헬렌 켈리의 품에서 칭얼거리는 아기를 가능한 한 정중하게 얼른 빼앗았다.

"자자, 울지 말아라. 우리 아기 착하지? 이 엄마가 나쁜 일이 생기지 않도록 지켜줄게. 예쁜 매기, 너는 앞으로 눈물 흘릴 일이 없을 거야."

"매기? 아이 이름을 그렇게 정하셨어요?"

테레사가 놀란 목소리로 어머니에게 물었다. 세례식 내내 그녀는 한 옆에 조용히 자리를 지켰다. 가장 좋은 드레스의 허리를 꽉 졸라매고 아픈 가슴은 낙낙한 품으로 감춘 터였다. 유방이 돌덩어리처럼 단단해지며 사흘 동안 열이 올랐던 최악의 젖병이 막 물러간 뒤였다.

"너희 외증조모의 이름을 땄어, 테레사."

아그네스는 아이를 어르느라 큰딸을 쳐다보지도 않았다.

"내가 마침 없을 때 이름을 정하신 모양이군요."

테레사가 샐쭉하니 이죽거렸다. 전보다 아이와 더 무관해진 기분이었다. 병원에서 집으로 돌아온 순간부터 엄마는 큰딸을 얼씬조차 못하게 하고 매기의 모든 욕구와 울음과 불편한 신호에 일일이 손수 답했던 것이다.

"십대들이란,"

샌도르가 관조적으로 입을 열었다.

"수시로 관심이 바뀌고 변덕을 부리니 다음에는 어디로 튈 줄 모르겠다니까. 자네도 알지, 브라이언?"

"알다마다."

4

사랑하는 미미에게.

네가 여전히 그 집에 살기 바란다. 매번 겉봉에 '바뀐 주소로 전달 바람'이라고 쓸 때마다 병 속에 편지를 넣어 망망대해로 떠내려 보내는 심정이야. 우리가 헤어진 지 2년이나 됐지만 아직도 네 편지를 받을 수 없잖니.

마지막 편지를 썼던 이후 상황이 호전되었어, 산타모니카로 이사했거든. 매기가 로스앤젤레스의 이쪽 동네에 살아야 한다는 엄마의 선언이 결정적이었어. 여기는 근사하고 옛날 동네보다 훨씬 시원해. 주말에는 쉽게 해변에 나갈 수도 있고. 해변을 따라 걷다보면 어느새 파도의 리듬에 사로잡혀 평화롭고 행복해져. 태평양과 사랑에 빠졌다고나 할까! 우리 집은 아담한 임대 주택이고 아빠는 승진해서 예전처럼 음악과장이 되셨어.

가장 좋은 소식은 모두 학교에 관한 거야. 난 메리마운트에서 전액 장학금을 받았어. 마리아 성심 수녀회에서 운영하는 학교로 연극반이 끝내줘. 정말 좋은 학교지. 연극반의 엘리자베스 수녀님은 불을 뿜는

용이지만 나를 마음에 들어하시는 것 같아.

반면에 학우들은 왕재수야. 하긴 전교생 태반이 왕재수지. 다들 끼리끼리 알고 지내 온 눈치더라. 상당수가 엄청난 부자여서 아이들의 전반적인 주요 관심사는 이 년 후 연미복과 흰 나비넥타이 차림의 아버지와 함께 데뷔할 사교계 무도회란다! 대부분이 ‘캘리포니아의 구가문’ 출신이고—흥, 역사가 짧은 이 주(州)에서 집안의 역사가 길어 봤자지!—엄마와 할머니도 이 학교 출신들이야. 난 비록 미천한 장학생이지만 이 명문교의 일원이라는 점에서 다소나마 인간 대접을 받고 있어. 교복을 착용해서 다행이지만 방과후에는 기사 딸린 그림 같은 차들이 교문 앞에 줄줄이 늘어서 있어. ‘누구’는 처량하게 버스를 기다리는데 말이야.

최근 들어 16세 생일 축하 파티가 연이어 열렸어. 나도 그 나이가 됐지만 엄마가 파티를 허락하지 않을 게 뻔해서 말도 못 꺼냈단다. 뭐, 초대할 사람도 없구. 넌 파티했니? 아주 멋진 파티를 열었길 바래. 그리고 나를 조금쯤은 그리워했길.

캘리포니아의 놀라운 점은 16살만 되면 누구나 운전 면허를 딸 수 있다는 거야. 동급생의 상당수가 차를 몰고 다니는 거 있지! 엄마의 불신 때문에 아르바이트는 못하지만 몇 년 내로 꼭 중고차를 마련할 거야. 난 여전히 수업을 마치고 총알같이 귀가하는 신세란다. 다른 집에 공부하러 가는 것도 금지야. 당연히 친구를 만들기 어려울 수밖에. 너와 네 나쁜 영향이 우리 부모님의 머리 속에서 지워지지 않나 봐! 나 같은 죄인이야 입이 열두 개가 있어도 할말이 없지. 하지만 너에게라도 불평하지 않으면 내가 누구를 붙잡고 하소연하겠니?

넌 매기의 소식이 궁금하겠지? 걱정하지 마. 매기는 깨어 있는 일분일초, 심지어 잠들었을 때조차 우리 엄마의 눈 밖에서 벗어나지 않거든. 아빠도 마찬가지구. 두 분은 매기가 예뻐서 어쩔 줄 모르셔. 당신들의 진짜 친자식으로 여긴다는 데 의문의 여지가 없어. 전에도 편지에 썼듯이 엄마는 내가 서툴다는 이유로 매기에게 우유를 먹이거나 기저귀를 갈지 못하게 하더니 요즘에는 공부나 하라면서 같이 놀지도 못하게 해! 마치 나와 함께 있으면 그 어린것에게 나쁜 물이 든다는 듯이.

하지만 매기는 아주 착하고 사랑스러워. 나날이 똑똑해지고 잘 웃는단다. 미미, 긍정적인 사고의 힘에 대해서 우리가 나눴던 대화 생각나니? 열심히 집중적으로 생각하면 가슴이 커질 거라고 믿었잖아. 아무래도 내가 부지불식간에 그 요령을 나 자신에게 사용한 모양이야. 혹은 환경에 세뇌당했거나. 매기가 정말 내 동생처럼 느껴지거든. 그 아이에게 모성적인 감정을 전혀 못 느끼겠어. 그래, 차라리 이 편이 잘된 거야. 아니면 너무 슬퍼서 견디지 못할 테니까.

매기는 토실토실하고 힘이 넘쳐. 넘어질 때마다 그게 세상에서 가장 재미있는 일인양 까르르 웃어. 진주 같은 앞니를 드러내고 동그란 얼굴에 환한 불이 켜진 듯한 웃음이야. 타고난 매력덩어리란다. 그러나 배가 고플 때는 자지러지는 울음과 함께 때굴때굴 굴러. 생긴 건 당까마귀처럼 검은색 고수머리에 발그레한 볼과 파란 눈이야. 외가인 라일리 집안을 닮아 구대륙의 직계후손다운 아주 새파란 눈. 그래서 속눈썹이 긴 옛날 인형과 똑같아. 게다가 엄마가 항상 너풀거리는 예쁜 드레스만 입혀서 더 그래. 하지만 그 옷가지는 매기의 극성 덕분에 두 달을 못 버틴단다.

개가 나를 뭐라고 부르는 줄 아니? '테사, 테사' 하고 혀짧배기 소리를 해. 낮잠 든 매기를 못 본 척하고 숙제하러 방으로 올라갈 때마다 가슴이 찢어지는 것 같아. 곧 저 아이가 잠에서 깨어나, 천국의 냄새를 풍기며 방긋거리고 통통한 손을 내밀 텐데……. 하지만 그건 우리 엄마가 가장 좋아하는 시간이고, 난 정말 공부에 집중할 시간이 필요해. 무엇보다 장학금을 계속 받으려면 전 과목에서 A를 유지해야 하니까.

어느 모로 보나 매기는 우리 엄마의 자식이야. 언젠가 결혼하면 나도 나만의 자식을 갖게 되겠지.

그런데 너 드디어 데이트했니? 말할 나위도 없이 난 데이트는커녕 남자 구경조차 못하고 있어. 설령 누군가를 만난다 해도 데이트는 못할 거야. 우리 모두 그게 어떤 결말로 이어질 수 있는지 알잖니. 엄마 아빠는 내가 돌대가리가 아니라는 걸 언제쯤 깨달으실까! 그래서 난 착실하지만 지루한 생활을 영위하고 있어. 고해성사라고는 '신부님, 사흘 전에 프라이팬에 손을 데고 나쁜 욕을 했습니다' 정도야. 어떤 생활인지 알 만하지?

어떤 죄는 고백하고 참회하고 다시 범하지 않겠노라 굳게 다짐해도 완전히 씻어지지 않아. 성부와 성자와 성신의 이름으로 속죄의 성찬을 받는다 해도 말이야. 왜 그것으로 충분하지 못할까, 미미? 아마 우리 부모님이 나를 죄인 취급하기 때문이겠지. 한시도 죄책감을 떨쳐버릴 수 없어. 넌 계속 내 신앙심의 십분의 일도 갖지 않길 바래. 마음껏 네 죄를 즐겨!

이제 더 이상 쓸 말이 없구나. 뭔가 기발한 사건이 터지면 또 모를까, 나는 이 년 후 대학에 진학할 때까지 이 모양 이 꼴일 거야. 하긴 대학에 가면 뭐가 달라지겠니? 수준은 높지만 집에서 가까운 마운트 성모 마리아 대학이 될 텐데. 고등학교와 대학의 차이는 수녀님이 더 많다는 정도야. 수녀님이 싫은 건 아니지만 남자 선생님도 있으면 기분전환이 될 거야. 혹시 우리 부모님이 나를 완전히 포기하고 괴짜들의 집합소인 버클리 대학에 보낼지도 모르지. 그러면 난 히피가 되어 머리에 꽃을 꽂고 신나게 놀아 젖힐 거야. 우리가 그토록 염원했던 대로 말이야.

네 생일 축하가 약간 늦긴 했지만 온 마음과 사랑을 다해 진심으로 축하해. 근사한 한 해가 되고 내 몫까지 재미있게 지내렴. 하지만 지나치진 마. 명심해, <u>정자가 운동한다는 걸!</u>

너의 영원한 친구,
테레사.

5

"테레사, 내일 오후에 학교로 데리러 가마."

아그네스가 침실문을 열고 딸에게 알렸다.

테레사는 숙제에서 고개를 들며 항의했다.

"치과 정기 검진받을 때가 아직 안 됐잖아요."

"맞아. 할리우드에서 공모한 십대 소녀 오디션에 너를 데려갈 참이
야. 파라마운트 영화사가 <작은 아씨들>의 리메이크에 출연할 어린 배
우들을 찾고 있어. 넌 항상 만반의 준비 태세를 갖춰 왔고 네 아버지
도 어젯밤 승낙하셨다. 그러니까 저녁 먹고 머리를 감아라."

"정말이에요? 농담이 아니죠?"

테레사는 흥분해서 벌떡 일어났다.

아그네스가 차갑게 대꾸했다.

"이 엄마가 왜 실없이 농담을 하겠니?"

"하지만 여러 해 동안 한마디도 없으시길래 엄마가 그 생각을 포기
한 줄 알았어요."

"포기해? 너를 위해서 내가 악전고투해 온 이 마당에?"

아그네스의 눈이 분노로 번뜩이고 목소리에 날이 섰다. 엄마가 저렇게 상처받은 얼굴이 될 때마다 죄책감이 새록새록 더했다. 테레사는 장님에 귀머거리인 척하고 제 말만 했다.

"왜 지금에야 말씀하세요? 빨리 귀띔해 줬으면 원작 소설을 다시 읽어봤잖아요. 워낙 고풍스런 작품이어서 제대로 연기하지 못할 거예요."

"무작위 오디션이어서 벼락치기 연구를 해봤자 소용없어. 어쨌든 나도 그제 <L.A. 타임스>를 보고 알았다. 캐스팅 담당 사무실에서 일주일 내내 오디션을 한다더라. 내일 매기를 봐줄 사람도 구해놨어."

"아, 엄마. 고마워요!"

"네가 보답할 길은 딱 하나야. 그러니까 잘해. 첫 오디션에서 배역을 따내리란 기대는 없지만 우리가 너를 위해 치른 희생을 궁극적으로 정당화해선 안 될 이유도 없지."

테레사는 귀에 못이 박히게 들어온 희생에 대한 화제를 얼른 바꿨다.

"뭘 입을까요?"

"교복 차림이 가장 좋아. 메리마운트의 학생이라는 걸 은근히 알리면서 참한 분위기를 내줄 테니까. 이제 옷 걱정은 그만하고 숙제나 마저 끝내거라. 얘, 거울은 그만 봐!"

"최소한 눈썹이라도 다듬게 족집게를 빌려주시면 안 돼요? 눈썹이 너무 짙어요."

테레사가 애원했다. 아무것도 안 하느니 뭐라도 하자.

하지만 아그네스는 냉정하게 잘라 말했다.

"네 눈썹은 흠 잡을 데 없어. 내일 아침에 말할 걸 잘못했구나. 반드시 머리를 감고 잘 말려라."

"예, 엄마."

아그네스가 돌아서자마자 테레사는 화장실로 달려갔다. 학칙상 무색의 입술 보호제 이외의 화장은 금지되었지만 모두들 화장품을 몰래 가지고 다니며 연하게 찍어 발랐다. 이제 그녀는 떨리지만 능숙한 손으로 재빨리 립스틱을 바르고 아이라인을 그린 다음 얼굴을 자세히 살 폈다.

　어렴풋이 기억하는 원작 소설의 빅토리아풍 아가씨들에겐 너무 야해 보였다. 화장에서 손을 놓은 지 오래여서 그 동안 자기 얼굴이 꽤 노숙해졌다는 걸 미처 깨닫지 못한 것이다.

　테레사는 한숨을 쉬고 세수한 다음 맨 얼굴을 곰곰이 뜯어보았다. 잡티 없고 밀랍처럼 하얀 피부와 날씨 여하에 상관없이 항상 차가운 밖에서 막 들어온 듯 발그레한 뺨. 길고 쭉 뻗은 코는 다른 부분과 황금률을 이루었으며 아버지를 닮은 광대뼈와 아래턱이 야무졌다. 거기에 초록과 회색이 오묘하게 섞인 눈동자, 변함없이 봉긋한 입술, 아주 긴 목. 테레사는 거울을 향해 시험삼아 웃어보았다. 이목구비 중에서 가장 완벽한 부분이라면 치아인 듯했다. 얼굴의 절반이 넘도록 활짝 웃는데도 잇몸이 드러나지 않는 건 신에게 감사드릴 일이다.

　그녀는 항상 아름답다는 칭찬을 들어왔다. 면전에서나 등뒤에서나 인사처럼 들었다. 친척들이나 미미뿐 아니라, 심지어 엘리자베스 수녀님까지 그녀의 미모를 인정했다. 늙었지만 비범한 영어 교사이자 연극반 지도 선생인 그 수녀님은 테레사가 잔다르크 역에 ‘지나치게 아름답다’고 한 차례 주의에 가까운 칭찬을 해주셨다. 하지만 아무리 칭찬을 들어도 실감이 나지 않았다. 이 얼굴은 그녀에게 익숙해진 신체 일부에 불과했으니까.

　그리고 정말 아름답다면 왜 친구들이 더 많이 생기지 않을까? 왜 엄마가 용서해 주지 않을까? 16살인 지금, 왜 이런 최악의 자기 연민과 쓸데없는 질문에서 해방되지 못한단 말인가?

　베테랑 캐스팅 담당자인 페기 브라이언 웨스트브룩과 젊은 보좌관 피오나 브릿지는 새 콜라를 땄다.

　“오늘만 해도 벌써 얼마째야?”

　페기가 지친 어조로 물었다.

"콜라요, 아니면 소녀들이요?"

피오나가 물었다. 그녀는 런던에서 약 이백 년이 넘도록 무대 안팎의 일로 생계를 이어온 뿌리 깊은 연극인 가문 출신이었다. 말을 타고 사냥에 나선 앵글로 색슨계의 전형적인 용모와 걸맞게 성품도 야심만만한지라 삼 년 전 할리우드로 건너와 페기의 밑에서 도제 생활을 하며 이 업계의 가장 중요한 부분 중 하나인 캐스팅 기법을 배우는 중이었다.

"양쪽 모두. 콜라나 소녀 배우들은 맛도 비슷하거니와 결과도 똑같아. 너무 달착지근하지 않으면 트림이 나오거든."

"어림잡아 콜라 5병에 56명의 소녀를 해치웠죠. 덜도 더도 아닌 딱 쉰다섯 명."

피오나의 임무는 페기 대신 자질구레한 일을 정밀하게 처리해 사부가 배우들에게 온 정신을 집중하도록 보좌하는 것이었다.

"오디션 사흘째인데 쓸 만한 꿈나무는 고사하고 싹수라도 보이는 영계조차 없군. <작은 아씨들>의 베스, 에이미, 매그감도 없는데 조는 말할 나위가 없지. 혹시 콜라를 과음하면 대머리가 된다는 말, 못 들어봤어?"

페기가 애처롭게 푸념을 늘어놨다.

십대 소녀는 아이들 다음으로 페기가 가장 싫어하는 캐스팅 대상이었다. 하지만 안타깝게도 그녀가 가장 좋아하는 감독인 로디 펀스터월드의 배우 선호도는 정반대였다. 로디 감독은 모든 여성의 추앙을 전폭적으로 받았고, 특히 여배우들은 물불을 가리지 않고 그에게 몸과 마음을 내던졌다. 공공연한 동성연애자가 그토록 환장할 듯 매력적이라는 건 일종의 범죄요 불가사의라고 페기는 늘 생각해 온 터였다.

"대머리가 되기 전에 이부터 썩을 걸요."

피오나가 명랑하게 대답했다.

"이제 다음의 무명 기대주를 대령할까요?"

"좋아. 지옥으로 근사한 휴가를 떠나보자."

"지옥은 꽤 멋진 곳이에요. 역겨운 음식을 먹고 다 함께 부대껴야 하는 조건만 빼면 잘난 남색꾼이 바글거리는 데다 이승에서 금지된 행위를 실컷 할 수 있다구요. 시간이 쏜살같이 흘러갈 거예요."

"지금 이 시점에선 귀가 솔깃해지는군. 적어도 십대 소녀들은 없겠지?"

"쯧쯧, 불쌍한 웨스트브룩 마나님. 과로사하기 일보직전이군요. 아무래도 남은 후보자를 내일 오라고 쫓아 버릴까보다."

"못된 년, 감히 꿈도 꾸지 마."

"일하기 싫다면서요?"

피오나가 새침하니 반박했다. 배우들을 쫓아보내겠다는 협박은 항상 사부의 활력을 되살리는 명처방이었다. 왜냐하면 페기는 배우를 보고, 듣고, 냄새 맡으며 살아왔기 때문이다. 한 종류의 먹이만 먹는 동물과도 같았는데 그녀의 먹이는 바로 배우였다. 목숨을 부지하려면 질에 상관없이 매일 적당량의 배우를 섭취해야 했고, 바로 그 때문에 할리우드 최고의 캐스팅 담당자이자 염세주의자─그런 동물이 있다면─의 자리에 등극한 것이다.

이제 피오나가 비서에게 인터폰을 했다.

"다음 후보를 들여보내요, 진저."

밖의 대기실에서 테레사는 긴장한 채 대본을 훑어보는 틈틈이 희망에 부푼 다른 소녀들을 힐끔거렸다. 부모와 동반한 후보는 그녀 혼자였다. 교복을 입은 사람도 그녀 혼자였다. 테레사는 비참한 시선으로 회색 주름치마, 풀 먹인 셔츠, 메리마운트의 교표가 달린 남색 윗도리를 훑어봤다. 젖내나는 유치원생으로 돌아간 기분이었다.

다른 소녀들은 오디션에 익숙한 듯 생기발랄하게 대본을 연구하는 거동부터가 전문 배우 냄새를 폴폴 풍겼다. 거의 대부분이 멋들어지는 세일러 나팔바지와 야한 배꼽 스웨터의 최신 유행 차림이었고, 절반 이상이 요즘 미국 전역을 강타한 제인 폰다의 부스스한 파마 머리였다. 또한 테레사를 제외한 전부가 세련된 화장을 곁들여 타고난 미모를 강조했다.

이다지도 예쁜 소녀들이 한자리에 모이다니!

하지만 쟤들은 전국 방방곡곡에서 모인 유망주라고 테레사는 속으로 자신을 위로했다. 이 소녀들은 제가 좋아서 천릿길도 마다 않고 여기 캐스팅 사무실까지 달려왔으며, 서로 이야기를 나누진 않았지만 대본을 거듭해서 읽는 모습들에서 무언의 동질적인 의사소통이 이루어졌다. 즉, 저 아이들이 이곳에 속한 사람들인 반면 테레사는 아닌 것이다. 이토록 살벌한 분위기 속에서 태연자약하게 잡지를 읽는 엄마가 존경스러울 정도로 테레사는 기가 죽었다.

"다음은 테레사 호바트, 안으로 들어오세요."

비서가 사무실 안쪽에서 문을 열며 호명했다.

아그네스가 침착하게 자리에서 일어났다.

"따라오너라, 테레사."

성모 마리아의 앞으로 불려가는 심정으로 테레사는 가능한 어깨를 쭉 펴고 엄마 뒤를 따라갔다.

"호바트 부인, 죄송합니다만 밖에서 기다려주세요. 캐스팅 담당이 그걸 더 좋아해요."

비서인 진저가 상냥하게 웃으며 말하자 아그네스는 아슬아슬하게 성질을 눌렀다.

"뭐예요!"

진저는 변함없이 웃음 띤 얼굴로 말을 이었다.

"예외는 없습니다. 안으로 들어가세요, 테레사."

감사한 마음으로 테레사는 엄마의 옆을 지나 작은 사무실로 들어갔다. 일단 방문이 닫히자 다시 몸이 쭈뼛거렸다.

"안녕, 학생."

페기가 콜라와 사진으로 어수선한 책상 뒤에서 말했다.

"와줘서 고마워요. 이쪽은 내 보좌관인 피오나 브릿지예요. 테레사가 맞죠? 아니면 애칭이라도 있어요?"

“예, 있어요.”

테레사는 그렇게 대답하는 자신의 목소리를 들었다.

“제 애칭은 테사예요.”

그녀는 석상처럼 꼼짝하지 못했다. 돌연 강력하고 예상치 못한 자신감이 솟구쳐 스스로 깜짝 놀란 것이다. 지금 이 순간보다 정신이 맑고 차분했던 때는 다시 없었다.

“좋은 애칭이군요.”

시들시들하던 페기의 관심이 테레사의 명료하고 운율적인 목소리에 섬광처럼 되살아났다.

“그럼 테사, 이쪽으로 와서 자기 소개를 해보세요.”

테사는 떨리는 손을 감출 요량으로 뒷짐을 지고 책상 앞에 섰다. 두 여자 모두 우호적인 미소를 짓고 있었다. 이 사람들이 나를 내쫓기밖에 더 하겠어?

“저는 16살이에요.”

테레사가 입을 열었다.

“산타모니카에서 아빠, 엄마, 동생 매기와 함께 살고 있습니다. 코네티컷 그리니치에 살다가 이 년 전에 캘리포니아로 이사왔어요. 외가는 아일랜드계 대가족이에요. 아버지는 오십 년대 헝가리에서 이주해 오셔서 지금은 하버드 남학교에서 음악 교과장으로 재직중이세요. 특기사항은 없어요. 항상 배우가 되고 싶었다는 것밖에. 아니, 말을 잘못했습니다. 저는 항상 배우였어요.”

“전문적인 경험이라도 있나요?”

캐스팅 담당자가 물었다. 테사의 단순한 삶을 일목요연하게 듣는 동안 페기의 양팔에 소름이 돋고 솜털이 일어났다.

테레사는 간단하지만 대담하게 대답했다.

“학교 연극에 출연했던 게 전부예요. 이번이 최초의 진짜 오디션인 셈이죠. 학교에서의 경험을 치지 않는다면요.”

페기가 천천히 입을 열었다.

“그랬군요. 독사진이나 8×10 증명사진은 가져왔어요?”

“가족 앨범에 내 독사진이 많이 있지만 엄마가 가져오지 않았습니다. 증명사진이 필요한지 몰랐어요.”

“사실은 필요 없지만 후보자들이 얼굴을 기억해 달라며 가져오곤 하죠.”

맙소사. 에이전트도, 경험도, 사진도 없는 여학생이라……. 하지만 이 소름 끼치는 예감은 대체 얼마만이지?

“저는 잊지 못하실 거예요. 멍청하게 교복 입은 아이를 떠올리시면 될 테니까요.”

테레사는 불현듯 우스꽝스런 기분에 사로잡혀 충동적으로 깔깔거렸다. 확 트인 웃음소리가 긴 여운을 남기며 작은 사무실을 가득 메웠다.

페기와 피오나는 재빨리 시선을 교환했다. 경험 없는 무명 배우의 첫 오디션은 그저 몇 마디 나누며 소견을 끄적거리고 만약을 대비해 전화번호를 물어본 다음 돌려보내기 마련이다. 하지만 페기와 피오나 어느 쪽도 테레사에게 대본을 읽히지 않고 오디션을 끝낼 생각은 조금도 없었다.

“테사, 겉옷을 벗고 거기 앉아요. 얼굴이 잘 보이도록 머리를 뒤로 잡고, 그 뻣뻣한 블라우스의 첫 단추를 열도록 해요. 그래야 숨을 쉬죠.”

페기가 지시를 내리며 피오나에게 쪽지를 썼다.

‘저 웃음소리 들었지? 훈련받은 목소리인데???’

피오나가 물었다.

“음성 수업을 받은 적 있어요, 테사?”

“아뇨. 하지만 성가대에서 콘트랄토(여성 최저음)를 맡아 왔어요. 그리고 우리 아버지께서 정확한 발음에 매우 엄격하세요. 부다페스트의 학교에서 영국인 교사에게 영어를 배우셨대요.”

“성가대?”

“성심과 메리마운트, 두 곳에서 계속 성가대 활동을 해왔습니다.”

페기가 놀리는 어조로 물었다.

"그러니까 아가씨는 아주 착한 수녀원 학생이군요?"

"표본이나 다름없죠."

테사는 윤기나는 머리칼을 좌우로 흔들어 뒤로 넘기고 하나로 잡았지만 성긴 고수머리가 손가락 사이로 삐져 나왔다. 그녀는 자신에게 지대한 관심을 보이는 저 여자들에게 가능한 정직하게 대답하려고 애쓰는 사이에 자의식을 잊어버렸다.

"하지만 착한지 여부는…… 글쎄, 대답 못하겠어요. 착해지기란 아주 힘들어요. 거의 불가능하죠. 경미한 죄를 저지르기가 놀라울 만큼 쉽거든요."

"그럼 수녀원 부설 학교의 무대에 서본 게 경력의 전부군요?"

"다른 학교는 다녀본 적이 없어요. 여름 캠프도 못 가봤구요. 하지만 성심의 마담들이나 메리마운트의 수녀님들은 다양한 작품을 공연하셨어요. 또래의 학우들보다 키가 커서 주로 남자 역할을 맡았어요. 하지만 이제는 성장이 멈춘 것 같아요. 작년 교복이 그대로 맞아요."

"대기실에서 네 쪽 분량의 양면 대본을 받았을 거예요. 보다시피 조마치가 언니 매그를 몰아붙이는 장면이에요. 매그는 점잖고 자존심 강하고 부드러운 반면, 조는 독립적이고 열정적이고 반항적이죠. 원작의 이 부분을 기억해요? 안 나요? 아, 상관없어요. 아가씨가 대충 감을 잡았는지 여부만 볼 거니까. 피오나가 큐 사인을 내리면 밑줄 친 대사를 읽으세요. 우선 대본을 여러 번 읽으면서 조의 감정을 느끼도록 해요."

"예."

테사가 고개를 숙이고 대본을 읽자, 페기와 피오나는 회전의자를 빙돌렸다. 피오나가 먼저 나직하게 속닥거렸다.

"저 아이는 조의 역할에 지나치게 예쁘지 않을까요? 조는 머리카락이 유일한 자랑거리인 말괄량이예요. 다듬어지지 않은 유형이라구요. 하지만 저 아이의 미모란! 저 초록색 눈을 봤죠? 글렌다가 까무라치겠어요."

"글렌다는 캐스팅 권한이 없어."

페기가 쏘아붙였다.

"그 중년을 넘긴 사랑의 여신께선 네 자매의 어머니 역을 달라고 로디 감독의 바지 가랑이를 잡고 애걸복걸했어. 비중 있는 연기로 아카데미 위원회에 잘 보여서 오스카를 거머쥘 속셈으로 말이야. 기적적으로 테사가 연기력까지 갖췄다면 글렌다는 자기도 심각한 역을 할 수 있다는 걸 증명하려고 힘 빼지 않아도 될 거야. 다들 테사를 보느라고 바쁠 테니까."

"그래도 저 아이는 키와 머리카락을 제외하고 조의 역할에 전혀 어울리지 않아요."

"브릿지 양, 여기는 할리우드야. 영국의 딱딱한 BBC 방송국이 아니라구. 캐서린 헵번이 몇 살 때 19살의 조를 연기했는지 알아? 자그만치 33살이었지만 완벽하게 소화해냈어. 아무튼 역할에 맞춘 전형적인 캐스팅은 진부해. 다른 세 자매는 모두 예쁘장하면 되지만 조는 관객들을 의자에서 벌떡 일으켜야 해. 왜냐하면 그녀가 주인공이니까. 고로 테사가 연기력 없는 얼굴 배우가 아니길 기도하는 게 건설적이지. 정말 걱정해야 할 부분은 바로 그거라구."

"이제 준비됐어요."

테사가 말했다.

피오나는 지난 긴긴 사흘 동안 헤아릴 수 없이 많이 지시했던 큐 사인을 보냈다. 테사는 대본에서 가능한 고개를 들고 피오나를 똑바로 바라보며 마치 대사를 다 외운 것처럼, 마치 가슴에서 진정으로 우러나오는 말을 하듯 막힘 없이 대본을 읽어 내려갔다.

첫 오디션인데도 테사의 강렬한 개성에 즉시 불이 들어왔다. 방 안의 모든 빛이 집중된 것처럼 보이는 가운데 그녀는 원래 비타협적이고 불굴의 정신을 지녀왔던 양 완벽하게 조 마치로 변신했다. 테사의 입을 통해 흘러나오는 대사는 피오나가 수없이 들었던 것임에도 불구하고 이제 참된 의미를 갖고 신선하게 다가왔다.

네 쪽짜리 양면 대본이 다 읽히자 캐스팅 담당인 페기는 놀라움에
사로잡혀 몸을 부르르 떨었다. 저 아이가 다음에 무슨 말을 할지 듣고
싶어. 꼭 들어야 해. 십 년 동안 이런 일은 없었어. 아니, 십오 년 만에
처음이야!

"고마워요, 테사."

페기는 가까스로 차분하게 말했다.

"아주 좋았어요."

"이것으로 끝인가요?"

테사는 꿈에서 깨어나듯 극중 역할에서 서서히 빠져나오며 실망스
럽게 물었다. 그리고 힘들게 일어나 상의를 도로 입었다. 교복 소매에
팔을 낄 때 처음으로 봉긋한 가슴이 풀 먹인 흰 셔츠 위로 제 존재를
과시했다.

"아, 아니에요. 아직 남았어요."

흥분한 페기는 거칠게 콧김을 내쉬며 말했다. 이 업계에 대한 지식
을 총동원해서 단언하건대 테사는 진짜 물건이다. 가르칠 수 없는 본
질적인 것을 저 어린 나이에 모두 꿰뚫은 진짜 스타! 하지만 페기는
최종 결정권자가 아니었다. 테사를 옳은 배역에 발탁하는 게 최선일
뿐이다.

이제 페기는 비서에게 인터폰을 했다.

"진저, 호바트 부인을 들여보내요."

아그네스가 억지 미소를 띠고 사무실에 들어섰다.

페기는 차분한 어조로 입을 뗐다.

"호바트 부인, 내일 다시 와줄 수 있으세요? 다른 관계자에게도 따
님을 보이고 싶습니다. 오늘보다 더 많은 양의 대본을 드릴 테니 연구
해 오세요. 참, 괜찮다면 다시 교복을 입히시구요."

"내일이요? 물론 괜찮아요."

아그네스가 냉큼 대답하자 테사가 우물쭈물하며 끼어들었다.

"엄마, 내일 오후엔 웨스트라이크 여고와 필드하키 시합이 있……"

"엘리자베스 수녀님께서 이 오디션에 전념하라고 말씀하셨다."

웬 거짓말? 엄마는 다음 영성체를 받기 전에 고백성사부터 하셔야 해, 테사는 속으로 키득거렸다.

"엘리자베스 수녀님? 그분이 여전히 메리마운트에 계시다니!"

페기 웨스트브룩의 탄성에 테사는 깜짝 놀랐다.

"엘리자베스 수녀님을 아세요?"

"그분은 내가 그곳에 다닐 때 영어 교과장인 동시에 연극반을 지도하셨어. 아주 오래전 일이지. 당시에도 나이가 적지 않으셨어."

"어머, 동문 선배님이신 줄 꿈에도 몰랐어요!"

"티내지 않으니까. 내가 그 교복을 착용했던 세월은 너보다 훨씬 길어."

"우리는 얼마전에 <성녀 잔다르크> 공연을 끝냈어요."

"넌 무슨 역할을 맡았지?"

"잔다르크요."

"엘리자베스 수녀님께선 네 연기를 흡족해하셨구?"

"제가 프랑스 아가씨 역할에 안성맞춤이라고 하셨어요. 그게 전부예요. 원래 속내를 잘 드러내지 않는 분이시잖아요."

"그랬었지. 테사, 내일 보자. 그리고 호바트 부인, 비서에게 전화번호를 남겨놓고 가세요."

아그네스와 테사 뒤로 문이 닫히자, 페기와 피오나는 잠시 얼떨떨한 침묵에 잠겼다. 테사가 떠나자마자 방 안이 어두워지고 텅 비어 보였다.

"잔다르크니 엘리자베스 수녀님은 다 뭐예요?"

피오나가 어렵게 입을 뗐다. 사부의 마음이 딴 세상을 헤매고 있는 게 분명해.

페기는 생각에 잠긴 목소리로 천천히 대답했다.

"엘리자베스 수녀님은 잔다르크를 공연하지 않겠노라고 하셨어."

"왜요?"

"주인공에 적임자가 없어서."

“그 수녀님이 나이가 많다는 것 이외에 뭐가 그렇게 대단하죠?”

“최고의 연출가야. 정상급이라구. 수녀만 아니라면 할리우드의 전설이 되고도 남았지. 그런 분이 공언을 깨고 이십 년 만에 잔다르크를 무대에 올리신 거야. 브릿지 양, 자기는 방금 스타 탄생을 목격한 행운아야. 저 여학생의 뼈마디, 근육, 신경 세포, 목청, 걸음새, 오만하면서도 겸허한 태도 등등에 천부적인 자질이 속속들이 배어 있어. 타고난 배우야. 바로 우리가 그녀를 캐낸 장본인들이구! 자기는 오늘 이 자리에 동석시킨 나를 받들어 모셔야 해!”

“나는 테레사가 엘리자베스 수녀님에 대한 말을 꺼내기 전부터 넋을 잃었어요. 사부님은 그녀가 관능적인 목소리로 인사한 순간부터 구름 속을 헤맸구요. 헝가리인 아버지의 핏줄 탓이 틀림없어, 헝가리인들은 끝내주잖아요. 그런데 테레사가 정말 잘해 낼까요?”

“노다지야, 노다지! 엘리자베스 수녀님은 극적인 마력에 대해 신화적인 직감을 지니셨다구. 피오나, 다른 후보자들을 돌려보내. 지금은 너무 흥분해서 오디션을 제대로 진행할 수 없어. 내가 이렇게 지옥 같은 직업을 선택했던 이유가 다시금 떠올랐어.”

“당장 시행하죠. 아, 신비로운 수녀원의 여왕 출현을 축하할 겸 콜라를 딸까요?”

“내가 돔 페리뇽을 어디에 숨겨놨는지 잘 알면서 웬 능청이야!”

“우와, 그 섹시한 교복이 정말 부러워지는데…… 나도 매일 교복을 입을까보다.”

“잔말 말고 빨랑 그 최고급 샴페인이나 가져오라구!”

6

다음날 오후 캐스팅 사무실에는 페기와 피오나, 로디 감독이 자리를 나란히 했다. 그리고 글렌다 밴크로프트도 감독의 비위를 거슬려가며 참석을 고집했다. 이 중년의 스타는 페기의 비서와 돈독한 사이인 개인비서를 통해 싹수 있는 무명 배우의 발굴을 전해들었던 것이다.

"로디 달링, 조의 역할을 찾아냈다면서요! 정말 기뻐요."

글렌다는 전날 밤 감독에게 전화를 걸었다.

"난 한창 뜨는 어린것들을 데리곤 실력 발휘를 못해요. 고것들은 얼굴이 너무 팔린 탓에 버르장머리가 없거든요. 아, 신선한 얼굴을 보고 싶어라. 제발 깍쟁이처럼 굴지 마세요. 우리 아버지 이름을 걸고 맹세하건대, 벽에 붙은 파리처럼 조용히 오디션을 구경할게요. 나 때문에 그 아이가 주눅들지 않게 하겠어요. 출연진이 전부 괜찮지 않으면 나도 죽는다는 걸 당신도 알잖아요. 무엇보다 이 작품은 조화가 관건이니까."

"글렌다, 당신은 분별 있는 말을 할 때가 가장 무서워. 무슨 꿍꿍이지?"

"내 변장실력을 믿으라구요. 난 종종 프라이스클럽에서 쇼핑하며 오후를 보내지만 들킨 적이 한 번도 없어요. 피치 못할 상황이 생기면 나를 비서라고 둘러대요. 필기도구를 지참할게요."

"우라질, 글렌다……."

"후회하지 않을 거예요. 내일 봐요, 달링."

벌써 후회스러워, 로디 펀스터월드는 이를 갈았다. 글렌다 저 마녀가 이목을 끌도록 치밀하게 계산된 몸짓으로 의자를 한구석에 갔다놓은 뒤였다. 진짜 촌스러운 바지 정장하며 스카프로 자신의 트레이드마크인 빨강 머리를 가리는 등 노력한 흔적은 역력했다. 하지만 맨 얼굴이라 해도 월드 스타만이 풍길 수 있는 존재감이 문제였다. 글렌다는 그 위력을 전등처럼 마음대로 켜고 끌 수 있으면서 지금은 최대한 켜놓은 터였다.

로디가 그녀에게 다가갔다.

"벽에 붙은 파리가 되겠다구?"

"이만하면 당신도 못 알아볼 정도잖아요."

"하지만 이 방은 스타에겐 너무 좁아. 당장 존재감을 죽이지 않으면 이 부츠발로 엉덩이를 차버리겠어."

"알았어요."

그녀는 애매하게 구두코를 내려다보며 슬며시 만족스런 미소를 지었다. 아, 로디는 정말 예뻐 죽겠어. 저이는 칭찬하는 법을 제대로 안 다니까.

"이제 준비됐어요?"

페기의 초조한 질문에 로디가 지시했다.

"시작해."

드디어 테레사가 들어오자, 페기가 중년의 감독을 소개했다. 로디는 자리에서 일어나 당신을 만나 감개무량하다는 듯 달콤한 미소를 지으며 악수를 교환했다. 테레사도 미소를 되돌렸다. 로디 감독은 예상외로 젊었다. 그의 작품은 즐겨 봤지만 감독의 생김새는 사진으로도 접하지 못한 터였다. 회색이 성성하고 텁수룩한 머리칼이 어깨를 덮었으며 원숭이 같은 얼굴과 안 어울리는 도수 높은 안경을 끼고 있었다. 키가 크고 뼈대가 굵은 체격에 청바지와 색 바랜 스웨터를 아무렇게나 걸친 차림은 딸자식을 둔 어머니들의 신뢰를 사기에는 역부족이었다.

그가 입을 열었다.

"테사, 오늘의 주안점은 아가씨가 누구인지, 적당한 환경에서 어떤 인물이 될 수 있는지 아는 데 있소. 그러니 카메라나 조 마치를 의식하지 말고 대본을 읽어요. 몇 분 간은 철저하게 테사 호바트가 되는 거요. 아가씨가 평생 연기해 왔던 자기 자신이면 족하오. 요컨대, 이 오디션에서 아가씨 점수는 이미 A학점인 셈이지."

"감사합니다, 펀스터월드 씨."

테사는 겉으로 드러나게 마음을 놓으며 말했다.

"로디라고 불러요. 다들 그러니까."

"노력하겠지만 장담은 못 드려요."

"그럼 엘리자베스 수녀님이라고만 부르지 말아요."

방 안에 웃음꽃이 피었다. 로디가 다른 사람으로 혼동되는 건 있을 수 없다. 그건 본인도 알고 세상도 인정하는 사실이다.

"새 대본을 연구해 왔나요, 테사?"

페기가 물었다.

"예. 다 외웠어요."

"어머나, 그러라고 한 뜻이 아니었는데. 밤을 하얗게 새웠겠군요."

"저녁 식사 전에 외웠지만 밤을 새우긴 했어요. 너무 흥분해서 잠이 안 왔어요."

"암기에 의존할 필요는 없소."

로디가 끼어들었다.

"그러면 시험을 앞둔 수험생처럼 되거든. 편한 마음으로 연기해요. 물을 들겠소?"

"감사합니다."

피오나가 물을 따르는 동안 테레사는 신경질적으로 방을 둘러봤다. 저 구석에서 필기하고 있는 날씬한 여자는 누굴까? 왜 소개시켜 주지 않지? 중요한 사람일까? 그녀의 앉은 자세에서 영향력과 권위와 냉기가 풍겼다.

로디 감독이 자리에 앉으며 말했다.

"테사, 내가 대본 읽기의 상대역을 하겠소."

캐스팅 담당 페기와 피오나는 놀란 시선을 교환했다. 감독은 가만히 앉아서 오디션에 모든 관심을 쏟고 결정을 내리는 게 상례다. 로디가 명배우로 알려지긴 했지만 직접 대본 읽기에 나서기는 처음이었다. 그건 피오나의 역할이었고 가끔 상대 배우에 따라 페기가 맡았다. 캐스팅 담당자와 그 보좌관이 목석처럼 무표정하게 앉아 있는 가운데 로디가 다시 입을 열었다.

"테사, 지금까지의 줄거리를 간추려 보면 이렇소. 조와 매그는 새해 전야 파티에 초대받았소. 문제는 워낙 가난한지라 좋은 드레스가 한 벌씩밖에 없는데 어느 날 조가 벽난로를 뒷짐지고 있다가 그 드레스의 등판을 태워 먹었지. 그럭저럭 수선은 했지만 춤을 추면 탄 자국이 드러날 형편이오. 뭐, 어찌 되건 조는 상관하지 않지만 매그는 워낙 자의식이 강하기 때문에 동생에게 뒷모습을 보이지 않겠다는 약속을 받아냈소. 그래서 파티장에서 조는 성격에 없는 얌전을 떨고 체면까지 완전히 구겨졌소. 언니와의 약속을 지킬 길은 춤도 추지 못하고 벽에 붙어 있는 방법이었거든. 조가 쌍쌍이 즐기는 모습을 구경하며 소외감을 느낄 때 한 청년이 춤을 청할 요량으로 다가오는 거요. 경악한 그녀는 서둘러 커튼 뒤에 숨소."

로디는 청산유수 같은 설명을 잠시 끊었다가 다시 이었다.

"하지만 마른 하늘의 날벼락처럼 거기에는 다른 사람이 있었소. 바로 이웃집 청년인 로리 로렌스였지. 예전에 그 청년이 조의 고양이를 찾아줬던 관계로 둘은 서로 어렴풋하게나마 안면이 있는 처지였소. 로리 로렌스는 외국에서 유학했고 미국 풍습에 익숙하지 않은 터라 커튼

뒤에 숨어 있었지. 자, 그들이 만나는 장면부터 시작합시다.”

테사는 감독의 말을 곰곰이 생각하며 방 안을 둘러봤다. 그리고 자리에서 일어나 깜짝 놀라 더듬거리는 어조로 연기를 시작했다.

“어머나, 여기에 사람이 있는 줄 몰랐네!”

로디가 놀란 표정을 지었다가 만족스럽게 웃으며 대화를 받았다

“저는 없는 사람 셈치고 마음 편히 계세요.”

“내가 방해되는 거 아닌가요?”

“전혀. 아는 사람도 없고 서먹한 기분이 들어서 여기 있는 것뿐입니다.”

“나랑 똑같네요. 그럼 우리 함께 있어요.”

장면이 계속 이어질수록 그들은 친해져서 거리낌없이 각자의 생활에 대한 정보를 교환하기에 이른다. 결국 로리가 조에게 춤을 신청하고 조는 언니와의 약속을 고백한다.

“내 드레스는 감쪽같이 수선되었지만 언니가 제발 얌전히 있어 달라고 통사정을 했어요. 뭐, 웃고 싶으면 웃어도 좋아요. 내가 생각해도 재미있으니까요.”

테사가 마지막 대사를 마쳤다.

로디 감독은 테사의 눈망울을 가만히 들여다보았다. 그리고는 그녀와 자신의 대본을 공중에 던져버리고 테사를 덥석 안더니 대본에 있는 대로 폴카를 추기 시작했다. 페기와 피오나는 죽은 듯 가만히 있었지만 속으로는 환호성을 치고 싶었다.

춤이 끝나자 로디는 화려한 몸짓으로 절하고 테사를 사무실 문으로 이끌었다.

“우리가 상의하는 동안 밖에서 기다려주겠소?”

“감사합니다, 로디 감독님! 너무 재미있었어요! 참, 이 방에서 나가기 전에 밴크로프트 양에게 사인을 받아도 될까요?”

“밴크로프트 양?”

“진작부터 저쪽에 앉아 계신 숙녀가 누군지 궁금했어요. 그런데 대

본 읽기에 들어가기 직전 눈이 마주쳤죠. 금방 알아봤어요. 이 세상에 밴크로프트 양처럼 아름다운 눈을 가진 사람은 또 없을 테니까요."

"어서 사인을 받도록 해요."

테사는 서둘러 글렌다 밴크로프트에게 사인을 받고 밖으로 나갔다.

로디 감독이 다시 점잖게 입을 뗐다.

"페기와 피오나, 잠깐 자리를 피해 주겠소?"

그들이 사라지자마자 로디는 분통을 터뜨렸다.

"눈을 맞춰! 테사를 주눅들게 하려고 아주 작정을 했군! 어떻게 그따위 짓거리를 내 앞에서 할 수 있지? 도저히 용서 못해. 내가 당신을 다시 믿으면 성(姓)을 갈겠어."

"달링, 우연이었어요. 그 소녀가 어떻게 생겼는지 궁금해서 쳐다본 찰나 서로 눈이 맞은 거라구요. 정말이에요. 그리고 설령 땅이 두 쪽으로 갈라졌다 해도 그 맹랑한 계집애의 아귀 같은 기세를 막진 못했을 걸요. 정말 소박하고 천진난만한 소녀로군요. 하지만 이 업계와는 맞지 않아요. 로디, 진심으로 그녀를 캐스팅할 생각은 아니겠죠?"

"당신이 상관할 바가 아냐."

"난 당신 이상으로 이 영화를 성공시키고 싶어요. 우리가 이미 동의했듯이 <작은 아씨들>은 조화가 관건이잖아요. 하지만 자기도취에 빠진 저 소녀는 극의 균형을 무너뜨릴 거예요. 테사가 못생겼다는 말은 하지 않겠어요. 연기를 못한다는 비난도 생략하죠. 심지어 내가 저 나이로 돌아갈 수 있다면 악마에게 영혼을 팔겠다는 말도! 하지만 저 아이는 너무 생생해요! 방 안의 모든 분위기를 휘어잡잖아요. 무대 배우 감이지 영화 배우는 아니에요. 뭐, 재능은 기꺼이 인정해요. 하지만 이 영화는 안 돼요. 카메라 앞에서 연기하는 경험을 쌓은 후라면 또 모를까, 지금 나와의 공연은 어림없어요."

"내가 신사라는 사실을 망각하고 당신을 치기 전에 퇴장해 주겠소?"

"홍, 당신이 저 앙큼한 말괄량이와 시시덕거리는 꼴을 내 눈으로 봤어요. 로디 펀스터월드가 풋내기와 사랑에 빠지다니! 아무래도 좋아요.

하지만 제발 판단력까진 잃지 마세요.”

“아주 흥미진진한 상황 해석이로군. 배우는 주어진 상황에서 뭐든 하는 게 직업이오. 연기란 사랑의 느낌, 그 자체라구. 그리고 난 현실적으로 테사를 독점할 배짱이 없소. 미국 남성들의 열화와 같은 원성을 어떻게 감당하겠소?”

“<작은 아씨들>은 감성적인 여성용 영화예요. 그리고 내가 저 계집애의 엄마 역할을 하면 쪼그랑 할머니처럼 보일 거라구요!”

“글렌다, 이미 말했듯이 집으로 돌아가서 대리인과 상의해요. 당신 불평을 들어주는 게 대리인의 일이고 그 때문에 엄청난 돈을 받잖소. 하지만 당신이 아직 영화 계약서에 사인하지 않았다는 점을 명심해.”

“치사하게 굴지 말아요.”

글렌다가 거만하게 쏘아붙였다.

로디는 픽 웃었다.

“당신은 자존심 세울 때가 가장 아름답더군. 아, 그 변장은 끝내줬소. 특히 머리에 뒤집어쓴 보자기가 당신의 새로운 면모를 보여주는군. 다른 사람들이 뭐라고 지껄이든 난 항상 당신에게 미개척 분야가 있다고 주장해 왔지. 자, 나가는 길에 페기와 피오나를 들여보내.”

7

화창한 어느 여름의 토요일, 테사는 반항적인 기분으로 잠자리에서 일어났다. 육 주 후면 19살인데 배움의 전당 메리마운트에서의 학창시절과 뭐가 달라졌지? 오히려 학교에 다닐 때보다 의무가 세 배쯤 늘어났다!

모든 노동자에게 황금 같은 토요일마저 빡빡한 일정에 시달리는 건 과잉 착취다. 아침을 먹자마자 승마 교습, 귀가하여 다시 샤워하고 아버지가 알선해 주신 재정 고문과 오찬, 집으로 다시 돌아와 신작 <제미니 섬머>의 제작사가 수배한 인터뷰 준비차 옷을 또 갈아입고 <파리 마치>지(誌)의 프랑스인 기자들에게 오후 내내 시달린 다음, 엄마의 희망에 따라 집에서 저녁 먹기.

도무지 숨 돌릴 틈이 없어, 테사는 어느 스튜디오의 미용 담당자들도 길들이지 못한 천연 고수머리를 빗으며 투덜거렸다.

특히 승마 교습은 최악이다. 말(馬)이라면 지긋지긋했다. 공연히 그녀를 들볶지 말고 에이전트가 직접 '팔방미인'이 돼보라지! 짜증스러운 것으로 치면 인터뷰도 안 빠진다. 기자들을 상대하느니 차라리 치과의사가 백 배 천 배 낫지.

따끔한 치근(齒根) 마취와 소름 끼치는 드릴 고문은 겨우 반 시간이면 끝나지만 영화사 홍보팀의 주문에 따라 주연 여배우의 '가장 자연스런' 모습을 포착하겠다는 일념으로 발꿈치를 들고 뒤를 졸졸 쫓아다닐 기자와 사진사의 횡포는 무려 세 시간이나 지속되니까. 일거일동이 사진에 찍히고 사소한 망설임까지 기사에 실리는 상황에서 자연스러움? 정말 어처구니없는 노릇이다.

지난 3월 <작은 아씨들>로 아카데미 조연여우상을 수상했을 때 테사는 스스로에게 선물을 하겠다고 결심했다. 큰상을 받은 기념이자 열아홉 생일 선물인 만큼 티파니 보석상을 이용하기로 찍어놓은 터였다. 하지만 숨가쁜 일정으로 좀처럼 틈이 나지 않아 결국 오늘에 이르렀고 시간이 갈수록 선물 생각은 더욱더 간절해졌다. 좋아, 오늘은 스케줄을 빼먹자. 당장 티파니로 가는 거야.

테사는 최근에야 설치된 침실 전화기를 집어들고 개인 매니저인 피오나 브릿지에게 몸살 기운으로 승마 교습이 어렵겠다고 알렸다. 거짓말은 싫지만 옆에서 지켜보거나 참견하는 사람 없이 혼자만의 은밀한 순간과 기쁨을 향유하고 싶었던 것이다.

그녀는 신중하게 의상을 골랐다. 티파니와 어울리는 동시에 가급적이면 사람들의 이목을 끌지 않을 의상을 찾았지만 피오나의 의견이 압도적으로 반영된 옷장에는 적당한 옷이 한 벌도 없었다. 모두 특별한 행사와 저녁 모임용으로 화려함의 극치를 달렸다. 아니면 캘리포니아 주민다운 청바지와 스웨터, 티셔츠 쪼가리와 반바지 같은 널널한 평상복이 전부였다.

적당한 옷을 찾다가 결국 포기하고 주일 미사용 복장으로 낙찰을 보았다. 초록색 리넨 정장에 흰색 실크 블라우스를 받쳐입고 화장조차 생략한 맨 얼굴에 머리칼을 한껏 부풀려 모습을 가린 것이다.

최대한 고심한 결과, 우아한 여자가 거울 속에 비추어졌다. 지나치게 멋부린 흔적이 없으면서 중서부 부촌인 그리니치의 학부모들처럼 고상하고 수준 있어 보이는 게 일류 보석상의 판매원에게 정중한 호의를 불러일으키기 그만이었다.

테사는 전화로 불렀던 택시가 집 앞에 도착하자마자 총알같이 밖으로 뛰어나가며 소리쳤다.

"엄마, 피오나를 만나고 올게요."

왜 아침을 거르는지, 승마 교습은 어떻게 되었는지, 왜 가장 좋은 정장을 입었는지 어머니에게 물어볼 틈조차 주지 않기 위한 주도면밀한 행동이었다.

성공적으로 집을 탈출하고 택시가 비벌리힐스의 티파니 보석상을 향해 빠른 속력으로 달리기 시작하자 해방감이 파도처럼 밀려들었다. <작은 아씨들>의 오디션 이후 처음 맛보는 흥분이었다. 테사는 기쁨에 들떠 자화자찬했다. 아, 재정 고문에게 적은 액수나마 개인 구좌에 넣어 달라고 말해 놓길 잘했지. 한푼도 남김없이 노후 대비용 안전 투자에 넣었더라면 재미라곤 하나도 못 볼 뻔했잖아.

"난 젊어요, 스티브."

노후에 대한 화제가 나왔을 때 테사가 재정 고문인 스티브 밀러에게 말했다.

"향후 이십 년은 젊은 여자 역할을 맡을 수 있다구요. 그리고도 겨우 38살이에요. 우와, 서른여덟이라니! 물오른 중년 여성! 그때는 성격 배우로 나서면 돼요. 자애로운 어머니, 상냥한 노처녀 아줌마, 깐깐한 여선생, 세파에 찌든 택시 운전사, 명랑한 수녀 등 주어지는 역할을 모두 소화하면서 죽는 그날까지 일할 거예요."

스티브는 십대 소녀의 순진함을 비웃었지만 결국 개인 구좌에 3천 달러를 예치해 줬다. 그 정도의 액수라면 그녀가 마음먹었던 선물을 사기에 충분할 테고 오늘이야말로 처음으로 수표책을 사용해 볼 그날이다.

택시가 티파니 보석점이 입점한 비벌리힐스의 윌셔 호텔 앞에 섰다. 테사는 희미하게 풋풋함이 도는 젊음의 활력과 천성적인 관능이 절충을 이룬 특유의 걸음으로 재빨리 보석상으로 들어섰다.

그리고 과연 여기에서 사고 싶은 것이 있을지 모르겠다는 듯 오만하며 비판적인 태도로 상점 안을 쓱 훑어봤다. 도자기와 은제품 코너는 오른쪽, 남성용 시계와 커프스 단추는 왼쪽에 있었다. 그 너머에 여성용 보석류가 있고 마지막이 열쇠고리 코너였다. 그런데 정작 염두에 둔 품목은 어디에도 보이지 않았다. 하지만 모든 판매원이 고객을 상대하고 있었으므로 테사는 잠시 어정쩡하게 서 있었다. 풍성한 머리칼로 얼굴이 반쯤 가려졌음에도 불구하고 170센티미터가 살짝 넘는 팔등신의 몸매와 생기발랄한 초록색 정장으로 인하여 누가 보아도 상류계급의 그림 같은 미녀였다.

"제가 도와드릴까요?"

뒤에서 남자의 목소리가 들려왔다. 테사는 돌아서서 상냥한 미소를 띤 중년 남자를 대했다.

"예. 나는…… 진주 목걸이를 찾고 있어요."

"그렇다면 제대로 찾아오셨군요. 자, 이쪽으로 오시겠습니까? 진주 제품은 저기에 전시되어 있습니다."

테사는 그를 따라 상점 안쪽의 길쭉한 진열대로 갔다. 유리 진열장 속에 각양각색의 진주 목걸이와 귀걸이가 헤아릴 수 없이 늘어져 있었다.

"선물용입니까, 직접 착용하실 겁니까?"

"내가 할 거예요."

흥분에 사로잡혀 테사는 저도 모르게 특유의 통통 튀는 어조로 대답했다. 일년이 넘도록 진주 목걸이를 꿈꿔 왔지만 상상 이상으로 그 종류가 다양했다.

"생각해 두신 것이라도……?"

판매원은 전적으로 고객의 선택에 맡긴다는 식으로 말꼬리를 흐렸다. 그리고는 여러 점의 진주 목걸이가 담긴 케이스를 테사에게 바치는 찬미자의 선물인양 진열장에서 꺼내 공손하게 내밀었다.

세금을 포함해서 삼천 달러 이내의 진짜 진주 목걸이를 보여주세요,

하고 연습해 왔던 대사와 달리 테사의 입에선 엉뚱한 말이 튀어나왔다.

"착용해 보기 전에는 마음을 정할 수 없어요. 목걸이를 해봐도 될까요?"

"물론입니다. 똑같은 색상의 진주는 없으니까요. 모두 미묘한 차이가 있지요. 육안으로는 엇비슷해도 피부에 닿으면 그 차이가 선명하게 드러납니다."

아가씨의 완벽한 우윳빛 피부라면 모든 목걸이가 영롱하게 빛날 겁니다, 판매원은 속으로 덧붙였다. 이 아가씨보다 진주 목걸이에 더 제격인 주인은 없을걸.

"그렇겠죠."

테사는 판매원과 장단을 맞췄지만 그녀의 눈에는 목걸이가 다 똑같은 색으로 보였다. 진주색.

"목걸이 길이는 40센티미터가 적당할까요?"

"글쎄요……."

"아, 가장 실용적인 길이니까 이미 갖고 계시겠군요."

첫눈에 부유한 출신이 확실한 이 아가씨라면 진주 전용 보석함을 가졌을 거라고 판매원은 장담했다. 하지만 나이가 있으니, 어머니의 것을 빌려서 착용해 왔을지도 모른다. 그나저나 저 눈동자를 무슨 색이라고 불러야 옳을까? 초록 아니면 회색? 바로 그 순간, 테사가 고개를 들었다. 초록에 가깝군. 이른 봄의 은은한 안개에 덮인 숲의 초록이야.

"왜 40센티미터 길이가 가장 유용하다는 거죠?"

견진성사 기념선물인 싸구려 가짜 진주 목걸이의 길이가 얼만지 모른다는 사실을 인정하느니 차라리 죽어버리겠다고 테사는 굳게 결심했다. 그 목걸이는 허술한 보관과 험한 사용으로 진주 표면이 벗겨져 속의 유리알이 드러난 터였다.

"그 길이가 이브닝 드레스에서 스웨터에 이르기까지 다양하게 착용할 수 있으니까요. 45센티미터는 옷의 칼라 부분에 가려질 우려가 있거든요."

"그렇다면 40센티미터로 하겠어요."

"진주의 밀리미터는……?"

판매원이 약삭빠르게 말을 흐렸다. 진주의 크기가 가격을 결정짓기 때문이다.

"밀리미터라……."

무수한 구매 요건 중에서 겨우 목걸이 길이를 결정하고 안도감에 젖어 있던 테사는 바다를 표류하듯 막막하기만 했다. 지금 이 남자가 목걸이 전체를 말한 걸까, 아니면 진주 하나의 크기를 말하는 걸까?

"당신이라면 어떤 걸 사겠어요?"

"젊은 여성에게는 보통 8, 9밀리미터를 권해 드리고 있습니다. 너무 크지도 작지도 않거든요. 자, 이 제품을 한 번 보실까요?"

그가 케이스에서 들어올린 진주 목걸이는 테사의 가짜 목걸이와 진주 크기가 비슷했다. 그녀는 실망감을 감추며 다시 물었다.

"이게 8밀리미터인가요, 아니면 8.5밀리미터인가요?"

"양쪽 모두에 해당됩니다. 0.5밀리미터의 오차는 한 치수로 잡고 목걸이를 꿰거든요."

"아, 천연 진주니까 당연하죠."

테사가 서둘러 맞장구를 쳤다. 진주잡이들이 심해의 깊은 바다 속에서 똑같은 크기의 진주를 한 아름 캐진 못하겠지.

"천연이 아닙니다."

판매원이 미소를 억누르며 설명했다.

"요즘 유통되는 진주는 모두 양식입니다. 하지만 X-레이 검사를 하지 않는 한, 천연과 양식의 구별은 거의 불가능합니다. 천연은 1930년대 이후 고갈된 상태라 경매를 통해서만 구입 가능하고 그 가격 또한 천정부지예요."

"경매? 비싼 돈을 주고 출처도 확실치 않은 중고품 진주를 산다구요? 나라면 절대 그러지 않겠어요."

"꼼꼼하시군요. 그런 면에서 우리 제품은……."

“미키모토 진주죠.”

테사가 선전 광고를 떠올리며 냉큼 아는 척을 했다.

판매원은 미소를 감추며 진지하게 정정했다.

“실은 그렇지 않습니다.”

“아니에요? 으흠…….”

“저희 회사는 특별한 진주 공급처를 갖고 있습니다. 미키모토는 중간 매매 회사명인 관계로 여러 등급의 진주가 섞여 있지요. 반면에 저희 티파니는 최상의 등급만을 고집합니다.”

바로 저 입술이야말로 최상급이라고 판매원은 결정했다. 평균치를 웃도는 큼직한 입술이 말할 수 없이 매혹적이었다. 입술선이 또렷하고 도톰하며 단정하면서도 산딸기처럼 붉었다. 그리스의 모든 신과 여신들이 아낌없이 베푼 선물이야.

“제가 아가씨의 결정을 도와드리지요. 저희 사실(私室)에서 여러 제품을 착용해 보시면 어떻겠습니까? 그곳의 조명이 여기보다 훨씬 좋습니다.”

“좋아요.”

테사가 얼른 동의했다. 주위 사람들이 흥미진진한 표정으로 이쪽을 힐끔거리기 시작했기 때문이다.

판매원은 세 개의 진주 목걸이를 골라 테사를 작은 방으로 안내했다. 회색 벨벳 벽지가 발라진 방의 가구라고는 책상과 의자, 대형 원탁 거울뿐이었다. 그가 제품을 아주 조심스럽게 회색의 벨벳판 위에 내려놓았다.

“어떤 것부터 착용해 보시겠습니까?”

“이거요.”

그녀가 아무렇게나 고른 목걸이를 판매원이 등뒤로 돌아가서 걸어 줬다. 순간적으로 테사는 경이로움에 사로잡혀 말문을 잃었다. 가짜와 똑같아 보였던 목걸이가 그녀의 쇄골 사이에서 엄청난 차이를 드러낸 것이다. 진품은 맨살에 닿자마자 진주 알알이 빛을 뿜어내듯 실제보다 약간 크게 보이면서 은은하고 신비스러운 분위기를 자아냈다. 테사는 목걸이의 효과를 반감시키는 재킷을 얼른 벗고 블라우스의 칼라를 가능한 옆으로 젖혔다. 그래도 여전히 진주가 머리칼에 가려졌다. 이번에는 핸드백에서 고무줄을 꺼내어 머리칼을 뒤로 묶었다.

"아하, 훨씬 낫군요."

판매원이 테사가 상의를 벗은 순간 참았던 숨을 나직하게 뱉으며 격찬했다. 솜털이 보송보송한 아가씨치고 저 가슴은…… 기막힌 경이로군. 하지만 테사는 목걸이에 사로잡힌 나머지 그의 시선을 눈치채지 못했다.

"마음에 꼭 들지 않으십니까? 그렇다면 이걸 해보시죠."

그가 테사의 등뒤에서 목걸이를 갈아 끼우며 말을 이었다.

"우윳빛이 강한 목걸이입니다. 좀전의 것은 핑크 계열이었죠."

"으흠……."

사실 더 이상 할말이 없었다.

"이것도 별로입니까? 그럼 회색이 감도는 진주는 어떨까요?"

그가 두 번째 목걸이와 세 번째 것을 교체했다. 하지만 테사는 가격을 알기 전에 뭐라고 말할 처지가 아님을 떠올리며 무뚝뚝하게 입을 열었다.

"모두 비슷비슷하게 보여요."

"그러시면 다른 제품을 가져오겠습니다. 이건 시작에 불과합니다."

판매원이 즉각 물러가자 테사는 목걸이의 작은 가격표를 빠짐없이 확인했다. 약속이나 한 듯 전부 3,400달러였다. 충격으로 그녀는 의자에 주저앉았다. 어떻게 체면을 구기지 않고 빠져나갈 수 있을지 눈앞이 캄캄했다. 사실(私室)로 들어온 게 후회스럽고 판매원의 시간을 있는 대로 잡아먹고 허탕치게 만들어서 미안했다. 어떻게 하지? 그럴 듯한 핑계를 떠올리기도 전에 판매원이 석 점의 새 목걸이를 가져왔다.

"이 제품들의 크기는 12에서 12.5밀리미터입니다. 그리고 남태평양 진주죠. 아가씨의 신장과 목둘레와 어깨 넓이를 감안할 때 좀전의 것보다 크고 기품 있는 진주가 어울리실 겁니다.”

그는 테사에게 새 목걸이를 걸어주고 물었다.

“제 판단이 옳았습니까, 틀렸습니까?”

“세상에나…… 전적으로 옳아요. 이게 내 거예요. 다른 것은 볼 필요도 없어요.”

바로 이 목걸이였다! 그녀가 염두에 두고 꿈꿔 왔던 그 진주였다. 복숭아와 우웃빛이 절묘하게 섞인 색깔하며 적당한 크기가 다른 목걸이들을 가짜처럼 보이게 했다.

테사는 묶은 머리칼을 사랑스런 몸짓으로 뒤통수에 올려붙여 판매원의 숨을 막히게 한 다음 고개를 이리저리 돌려봤다.

“혹시 손거울이 있으세요? 옆모습과 뒷모습을 보고 싶어요.”

그가 책상 서랍에서 손거울을 꺼냈다.

그녀는 무표정하게 아주 오랫동안 거울을 들여다봤다.

“얼마죠?”

“14,500달러입니다.”

“아까 봤던 것들과 고작 삼 밀리미터 차이인데, 왜 다섯 배나 더 비싸죠?”

테사가 항의했다. 계란값 인상을 알아차린 공작 부인처럼 거만하기 이를 데 없는 어조였다.

“시간 문제지요. 일 밀리미터의 진주층이 형성되는 데도 오랜 시간이 걸립니다. 그러니 이처럼 완벽한 크기와 색채의 진주는 어련하겠습니까?”

“문제가 한 가지 있어요.”

“예, 압니다. 이 목걸이와 한 쌍인 귀걸이를 원하시는 거죠? 즉시 가져오겠습니다.”

“그게 아니에요. 지금 내 수중에는 삼천 달러가 전부예요. 신용카드도 없구요. 아무래도 다음에 다시 와야겠어요.”

테사는 한숨을 쉬었다. 빨리 이 목걸이를 떼는 게 좋겠어. 꿈 속에서도 가물거릴 진주야.

"켄트 양, 현금 지불이라니요! 저희 지배인이 아가씨의 외상 장부를 준비하고 있는 중입니다!"

"예?"

상상조차 못한 전개에 테사는 얼이 빠졌다.

"좀전에 객장으로 나갔을 때 지배인이 그렇게 귀띔했습니다. 송구스럽게도 저는 좀처럼 영화를 보지 않아서…… 심지어 오스카 시상식도 놓쳤습니다. 뒤늦게나마 아가씨의 수상을 진심으로 축하드립니다."

"외상 장부? 티파니의 외상 장부?"

테사는 귀를 의심하며 가쁜 숨을 헐떡거렸다.

"지금 당장 그 목걸이를 하고 오찬에 가셔도 됩니다. 가격표를 떼드리죠. 자, 이제 아가씨께서 이 목걸이의 주인입니다! 정말 완벽한 선택이에요, 완벽합니다! 이왕에 귀걸이까지 보여드릴까요? 이것과 똑같은 크기의 아주 단순한 모양으로?"

그녀는 티파니에 발을 디딘 이래 처음으로 활짝 웃었다. 피오나의 도움이 필요 없을 줄 알았어.

"귀걸이는 다음으로 미루겠어요. 재정 고문과 오찬을 하기로 했는데 그가 심장발작이라도 일으키면 곤란하거든요."

이리하여 테사 켄트가 첫번째 진짜 진주를 착용하고 밖으로 나가자 우레와 같은 박수갈채가 터졌다. 수십 명의 사람들이 사실 밖에서 기다리고 있었던 것이다.

너무 놀란 나머지 그녀는 우뚝 멈췄다가 즉시 고개를 뒤로 젖히고 의기양양하게 미소짓기 시작했다. 테사는 사람들에게 사인해 주고 악수를 나누며 행복한 마음으로 인파를 헤쳤다.

"여러분 감사합니다, 정말 감사합니다."

8

아그네스 호바트는 주방에 우두커니 서 있었다. 옆에선 찻물이 끓고 위층 테레사의 침실에선 내일 런던행을 앞두고 짐을 꾸리는 딸과 매니저 피오나의 경쾌한 웃음소리가 들려왔다.

런던에서 테레사는 데이비드 린 감독과 만나 의상 가봉과 분장 시연을 거친 후에 신작의 촬영 장소이자 16세기의 잉글랜드를 재현해 놓은 어느 성(城)으로 이동하여 스코틀랜드의 메리 여왕을 연기하게 된다. 피터 오툴과 앨버트 피니* 같은 쟁쟁한 배우들이 여왕의 두 번째와 세 번째 남편 역을 맡았고 바네사 레드그레이브*가 엘리자베스 여왕으로 낙점되었다. 그리고 인기 절정의 스타 테사 켄트가 런던으로 행차하신다. 제 본명을 부끄러워하는 테사 켄트가.

최근 20살을 넘긴 저 배은망덕한 딸년은 로디 감독이 추천한 에이

---

* 1936년 생. 영국의 셰익스피어 전문 연극배우로 성공한 후 영화 배우 및 제작자로 변신. 극중 대사이긴 하지만 역사상 오드리 헵번에게 'Bitch'라고 욕한 유일한 인물.
* 1937년 생. 영국의 유명 연극인 가문 출신. 붉은 머리칼과 뛰어난 연기력으로 인정받는 배우. 오스카 여우주연상 3회 노미네이트, 1회 수상('78).

전트 아론 주커의 꼬드김에 넘어가 예명을 지었다. 주커는 개성과 본명이 어울리지 않는 배우들에게 완벽한 이름을 찾아주는 전문가인양 거들먹거리며, 아일랜드와 헝가리인의 피를 이어받은 소녀에게 영국 귀족내가 풀풀 나는 '켄트'란 성(姓)을 붙여놨다!

게다가 어젯밤 영화 관계자에게만 공개한 최신작 시사회에서 아그네스가 봤던 망측한 장면은 또 어떻고! 그 원흉은 불경스런 2인조 아론 주커와 로디 감독이었다. 그런데도 책임을 경각하기는커녕 좋아서 희희낙락했던 시러베 자식들 같으니.

특히 저 사악하고 간교한 악마, 로디 감독이 테레사를 위하는 척 나서서 자신의 신작에 끌어들인 게 화근이었다. 애초부터 아그네스가 로디 감독에게 의혹과 혐오감을 느끼고 적극 만류했음에도 불구하고 테레사는 그가 자신을 영화판에 끌어들인 장본인인 만큼 그녀의 경력과 성공을 염려하는 게 당연하다고 주장했다.

신작의 제목이 '제미니 섬머'란다. 흥, 그 불결하고 퇴폐적인 영화는 '불경'이라 불려도 과분하다.

<제미니 섬머>에서 테레사는 전형적인 요부, 즉 아름답고 대담한 소녀형 여인으로 성(性)의 힘을 이용하여 남자들을 파멸로 이끄는 역할이었다. 저명한 예술가들이 즐겨 찾는 여름 휴양지의 웨이트리스로 분하여 연상의 작가와 화가 역할을 맡은 로버트 듀발과 로버트 미첨을 동시에 농락하다 결국 질투에 사로잡힌 듀발에게 살해당한다는 줄거리였다.

영화 의상이라곤 야한 웨이트리스 유니폼과 초미니 반바지 혹은 과다 노출의 비키니 일색인지라 테레사의 싱싱한 육체가 홀딱 벗었을 때보다 훨씬 관능적으로 보였다. 어젯밤 시사회 종영 후 아그네스는 너무 충격을 받은 나머지 문자 그대로 말문을 잃은 반면, 다른 사람들은 일제히 테레사를 둘러싸고 극찬을 아끼지 않았다. 하긴 누가 평범한 어미의 반응에 신경 쓰랴?

아그네스의 감정 따윈 중요치 않았다. 이미 엎질러진 물이었다. 그 영화는 처음부터 끝까지 천박하고 야하고 부도덕적이라 몇 장면을 뜯어고친다고 해결될 문제가 아니었다. 하기사 테레사를 첫 오디션에 내보냈을 때부터 어미로서의 지위가 와르르 무너졌다. 페기 웨스트브룩이 테레사에게 눈독을 들인 순간부터 아그네스는 투명인간이었다. 무엇보다, 황금알을 낳은 거위로서 마땅히 받아야 할 대접조차 무시된 점이 아그네스의 분노를 부채질했다.

평생을 딸에게 바쳐 오스카 수상 스타로 만든 사람이 로디 감독인가? 아니다. 바로 나, 아그네스 라일리 호바트이다. 하지만 나에게 돌아온 보답이 뭐지? 삼천 마일이나 떨어진 친정 식구들의 흥분에 찬 전화가 고작이다.

친정 언니들은 나를 부러워하지도 않았어, 아그네스가 씁쓸하게 회상했다. 그들은 언젠가 이런 날이 올 줄 알았다는 식으로 조카딸의 영광을 기뻐하고 흐뭇해했다. 오히려 당연하게 여겼다.

정말 불공평해! 그토록 염원해 왔던 일이 상상을 초월한 현실로 이루어졌는데 오직 공허감과 상실감밖에 느낄 수 없다니……. 딸에 비하면 그녀의 삶은 초라하고 하찮았다. 제대로 날갯짓 한 번 해보지 못하고 남편과 자식에게 얽매여 쪼그라들었다. 이제 겨우 서른여덟의 나이에 말이다.

세상에 정의는 없다. 앞으로 무슨 낙이 있으랴? 쉰다섯의 고리타분한 남편은 엄하기만 했지 살뜰한 면이라곤 눈 씻고 찾아봐도 없다. 다섯 살된 딸은 한창 미운 짓만 골라하는 데다 스타가 될 싹수조차 안 보인다. 그렇다고 매기에게 불만이 있는 건 아니었다. 테레사 호바트 같은 딸을 키웠던 어미의 기대와 욕심에 차지 않을 뿐이지, 매기는 여느 계집애들처럼 귀엽고 앙증맞고 예뻤다.

이게 그 오랜 세월 동안 희생하고 계획해 왔던 삶이란 말인가? 도대체 정의는 어디에 처박혔지? 아그네스는 속으로 울부짖었다. 앞날을 정확하게 예견하고 헌신했던 수고와 희생을 알아주는 이가 대체 어디에 있지? 아, 이런 질문에 대한 신부님의 대답은 이미 알고 있다. 주님의 의지를 받아들이고 지상에서의 보답을 구하지 말라고 하리라. 남편도 심판의 날을 기다리라고 말할 것이다. 둘째가라면 서러운 독실한 신자니까.

사실 테레사는 <제미니 섬머>의 출연료를 알자마자 부모님에게 새 집과 자동차를, 매기에게 많은 장난감을 사주고 싶어했다. 그러나 샌도르가 장난감 두서너 개를 제외한 나머지는 일체 거절하고 딸의 재정 고문인 스티브 밀러에게 돈 관리를 일임했다. 그리고는 아그네스에게 자신이 가족을 부양하기에 충분한 돈을 벌고 있으므로 딸에게 일전 한 푼 받을 생각이 없다고 통보했다. '테레사는 출연료를 현명하게 투자해야 하오. 배우로서 단명하게 될지 누가 알겠소?' 그게 샌도르의 논리였다.

이제 아그네스는 차에 설탕을 넣고 따뜻한 찻잔으로 손을 녹였다. 그녀 자신은 사방이 꽉꽉 막혀 답답한데 위층에선 웃음소리가 끊이지 않았다.

테레사는 <작은 아씨들>에 출연하기 시작했을 때부터 집에 붙어 있을 시간이 없을 정도로 바빴다. 부모의 간곡한 만류를 저버리고 학교까지 중퇴했지만, 이미 열여섯을 넘긴 성인인지라 어쩔 재간이 없었다. 촬영이 비는 날에는 에이전트인 아론 주커의 명령 하에 사교 댄스와 운전과 승마와 테니스 교습을 받았다.

아그네스는 나날이 독립적이고 이기적이며 세련돼지는 딸의 식모와 다름없었다. 침대를 정리하고 아침이나 차리는 게 전부이니 가정부와 뭐가 다르랴? 반면, 테레사는 영광의 휘황찬란한 망토를 두르고 반짝이는 은하수 사이를 누비는 듯 행복하고 분주해 보였다. 아그네스와 샌도르의 고집으로 함께 살고는 있지만 어쩌다 가끔 집에서 식사할 때를 제외하고 한 가족이란 실감조차 나지 않았다.

<작은 아씨들>이 개봉된 후 몇 달 동안 테레사의 삶에는 확고한 우선 순위가 있었다. 데뷔작으로 오스카를 타기 전까지는 얼굴이 알려지고 각종 교습으로 강행군을 하면서도 어느 정도의 선을 지켰다.

하지만 수상 이후 언론매체에서 앞다퉈 치켜세우자, 테레사는 점점 기고만장해졌다. 모든 관심과 칭찬이 아주 당연하고 고유한 권리인양 콧대가 높아졌다. 불타오르는 영광과 거창한 팡파르가 일제히 그녀에게 집중되자 영화계에서도 거기에 상응하는 대접을 하기에 이르렀다.

테레사의 손짓 한 번, 전화 한 통에 시내의 모든 자동차가 즉각 달려왔다. 매니저 피오나는 테사의 잦은 시사회와 수상식 드레스를 유명한 패션 디자이너들에게 맡기고 행사 동반자를 골랐다. 또한 여러 명의 소녀들을 고용해서 팬레터 답장을 대필시켰으며, 로디 감독의 홍보 전략과 충고에 따라 세계 각국의 언론매체와 인터뷰 일정을 짰다.

그리고 이제 영국 진출은 더 화려한 성공을 약속했다. 스코틀랜드의 메리 여왕, 가장 완강하고 정열적이었던 천주교도 여왕이라. 아, 이름만 들어도 가슴이 찡하도록 낭만적이다.

아그네스는 한숨을 내쉬었다. 내 생활은 너무 단조로워. 지긋지긋해.

"엄마, 배고파요."

테레사가 피오나와 함께 주방으로 뛰어들어왔다.

"먹을 게 없을까요? 가방 꾸리는 일이 꽤 힘들어요."

"벌써 끝났니? 영국에 여러 달 체류할 거라며?"

"다 했어요! 피오나가 필요할 때마다 그쪽에서 구입하재요. 어차피 난 영화 의상을 걸치고 거의 모든 시간을 보내게 될 텐데요 뭐."

"참 편리하구나."

아그네스가 피오나를 노려보며 말했다. 그녀의 자리를 가로챈 원수가 피오나였다. 한 사람을 스타로 키우기까지의 힘든 여정을 살짝 뛰어넘어 스타의 옆자리에서 온갖 재미와 흥분을 만끽하는 행운아가 바로 피오나다. 아그네스는 차가운 원한에 사무쳐 주먹을 움켜쥐었다. 나는 테레사의 어미야. 당연히 피오나보다 훨씬 잘할 수 있어.

"엄마, 음식은요? 냉장고에는 먹다 남은 것과 저녁거리밖에 없어요."

"룸서비스를 주문하려무나."

아그네스가 쏘아붙이고 휑하니 나가버렸다.

"아그네스……."

그날 밤 샌도르가 막내딸 매기를 재운 후 아내에게 말을 걸었다.

"오늘 낮에 테레사와 무슨 일이 있었소?"

"아무 일도 없었어요. 서로 얼굴을 봐야 일이 생기죠. 요즘은 나보다 당신이 테레사와 더 많은 시간을 보내고, 그 피오나란 계집은 껌처럼 붙어 다니잖아요."

"테레사가 피오나와 먹을 것을 찾아서 당신이 화를 냈다며? 그 아이는 요즘 외식이 잦은 만큼 당신이 여분의 음식을 준비하지 않은 게 당연하고, 생각 없이 굴어서 미안하다고 전해 달랬소. 그리고 영국 촬영을 마치고 돌아오면 또래의 젊은이들처럼 독립해서 자신의 삶에 책임지겠다더군."

"그럴 때가 됐죠."

아그네스는 묘한 배신감을 감추고 단호하게 말했다.

샌도르는 생각에 잠긴 표정으로 반박했다.

"내 생각은 달라. 미혼 처녀는 결혼할 때까지 부모와 함께 사는 게 합당하오. 테레사에게도 그렇게 말해 뒀소."

"순순히 받아들이던가요?"

"아니. 자신의 생각을 논리정연하게 피력하더군. 우선 스물이나 먹었으니 피오나와 나가 살아도 흉잡힐 게 없고, 이 좁은 집에서 우리가 전화 공세에 시달리며 살 필요가 어디 있냐는 거야. 무엇보다 넉넉한 옷장과 피오나의 전용 객실, 비서 사무실과 업무용 회의실 등이 절실하대. 가만히 이야기를 듣다보니 그 말에도 일리가 있더군. 우리가 스타의 화려한 생활 방식에 맞추어 살긴 무리요."

"스타의 화려한 생활 방식? 테레사가 제 입으로 그렇게 허풍을 치던가요, 아니면 그 추잡한 성도착자인 로디 감독에게 배웠대요?"

"여보! 로디 감독이 테레사의 독립과 무슨 상관이 있소? 나도 그 사

람 자체는 거슬리지만 그가 우리 딸에게 최선의 노력을 다했다는 점에
는 의심할 여지가 없소. 모든 기량을 발휘해서 테레사의 경력을 만들
어 줬잖소. 로디 감독이 그 아이를 발탁해서 영화에 기용하지 않았더
라면 우리 딸이 어떻게 오스카를 탔겠소?”

“내가 아니었다면 우리 딸은 영화계에 입문조차 못했어요.”

아그네스가 거칠게 쏘아붙였다.

“그리고 당신은 로디 감독을 굳게 믿는 것 같은데, 어젯밤 우리가
봤던 그 천박한 포르노를 찍었던 사람이 누구죠?”

“이제야 내가 왜 어린 테레사가 뉴욕으로 데려가 탤런트 에이전시
에 등록하겠다던 당신을 말렸는지 알겠지? 그 당시 당신은 좌절감과
분노에 사로잡혔지만 나는 12살짜리라도 예쁘다는 이유 한 가지만으
로 착취당할 수 있다는 사실을 이미 알아차리고 반대했던 거요.”

“지금 <제미니 섬머>가 마음에 든다는 거예요?”

“물론 아니지! 하지만 우리 손에서 벗어난 일이오. 그러니까 싫어도
받아들이는 수밖에.”

“당신은 교황님의 동생뻘이나 되는 것처럼 만사를 교회의 가르침에
따라 살아야 한다고 고집을 피워놓고, 이제 와서 테레사가 유명하고
돈이 많아지니까 갑자기 돌변해서 철학자처럼 구는군요! 그 아이는 죄
인이에요, 죄인. 그걸 잊었어요? 그리고 제 주장처럼 ‘스타의 화려한
생활 방식’대로 산다면 다시 죄를 짓게 될 거예요.”

“나는 예전에 말했듯이 그 죄를 용서했소. 일단 주님의 교회가 그
아이를 용서하고 보석해 줬는데 내가 뭐라고 이의를 제기하겠소?”

샌도르는 성질을 누르며 차분하게 말을 이었다.

“그때부터 테레사는 외간 남자를 멀리해 왔소. 그건 나도 알고, 당
신도 아는 사실이오. 그 아이의 데이트는 홍보 전략에 따라 주선되었
고 수십 명의 촬영진이 지켜보는 세트장 이외에선 키스해 본 적도 없
소. 혐오스런 영화 의상을 걸쳐야 했던들 테레사는 정숙한 처녀요. 하
지만 당신은 절대로 용서하지도 잊지도 않았어, 그렇지?”

그의 목소리가 분노로 떨렸다.

"당신은 수년 동안 노여움에 얽매이고 가슴속에 앙심을 품어 왔던 거야. 여보, 그거야말로 주님의 눈에는 가장 확실한 죄악이오."

"나에게 어떻게 살아야 주님의 눈에 어긋나지 않는지 설교하지 마세요! 나야말로 우리 가정을 지탱해 온 장본인이니까. 내가 테레사의 문제를 처리하고 매기를 매일 돌보고 있다구요. 내가 미래에 대한 통찰력을 갖고 테레사에게 성공할 기회를 줬어요. 홍, 내가 아니었다면 당신의 정숙한 딸은 애 딸린 미혼모밖에 안 되었어요."

"하지만 당신은 오만해. 계속해서 교만죄를 저지르면서도 신의 도움 없이 영혼을 구원할 수 있다고 생각하는구려. 한 번이라도 우리 딸에 대한 노여움을 잊게 해달라고 기도해 봤소? 신부님께 고백해 봤소? 당연히 그러지 않았을 테지. 아그네스, 당신은 질투라는 대죄로 나날을 허비하고 있소. 우리 딸의 성공을 질투하고 있단 말이오. 난 매일 당신의 얼굴에서 그 흔적을 발견해 왔소. 질투와 교만은 비도덕적이고 으뜸가는 죄악이오. 어때, 내 말을 부인할 수 있소?"

"당신은 나에 대해서 하나도 몰라요. 전혀 이해하지 못해요."

아그네스가 거세게 반박하며 남편을 조롱하고 나섰다.

"그런 당신은 과연 어떻죠? 그 고귀한 덕목들은 어디로 갔느냐구요? 내가 말해 볼까요? 지금 당신의 잘난 가치관은 탐욕의 구덩이에 푹 빠져 있어요. 딸에 대한 욕심 말이에요. 테레사의 명성과 돈에 탐욕스러워진 나머지 충분한 대가가 따르는 한 그 아이가 쓰레기 같은 영화에 출연하는 것도 마다하지 않잖아요."

"탐욕이라……."

샌도르가 천천히 아내의 비난을 반복했다. 그의 고상한 용모에 충격이 아로새겨져 있었다.

"미처 생각하지 못했지만 당신 말이 옳을지도……. 그래, 불가능한 일은 아니지. 내일 빈센트 신부님에게 상의해야겠소."

"마음껏 해보시구려. 사이 좋은 두 명의 추기경들처럼 머리털이 빠져라 고민해 봐요. 흥, 빈센트 신부님은 당신의 고결한 양심 선언에 감동해서 그 주홍색 비레타(천주교 성직자들이 쓰는 네모난 모자)를 벗어줄 걸요. 난 위층에서 매기와 함께 자겠어요."

"브라이언."
샌도르는 친구이자 매기의 대부인 브라이언 켈리에게 말문을 뗐다.
"우리는 지난 몇 해 동안 서로를 잘 알아 왔지?"
"물론이지. 한 가지 안타까운 게 있다면, 우리 아내들이 좀더 친하지 못한 거라네. 언제쯤 되야 두 사람이 자주 왕래하게 되는지…… 쯧쯧."
"하지만 자네와 나 사이에는 그런 문제가 없지. 나는 자네 생각보다 훨씬 우리의 점심을 손꼽아 기다린다네."
"이하 동문일세. 그런데 무슨 일이 있나? 표정이 어두워 보이는군."
"별일 없네. 그저 자네에게 부탁하고 싶은 일이 있어."
"어서 말해 보게."
"난 앞으로 13년 후에 건네주고 싶은 편지를 한 통 썼네. 유사시의 경우를 대비해서 말일세."
"누구에게 건네줄 편지인가?"
"매기에게."
"유언장 이야기를 하는 건가?"
"그런 일에는 대부가 나설 필요가 없지."
"13년 후에 자네가 직접 건네주지 못한다면 아그네스가 있지 않은가?"
"아내에게 맡길 일이 아냐. 이건 나와 매기 사이의 문제라네. 그래서 자네에게 부탁하는 걸세. 매기가 18살이 되었을 때 내 편지를 전해줄 사람은 자네밖에 없어."
"그럼 나에게 맡기고 싹 잊어버리게. 매기가 18살이 될 때까지 안전 금고에 잘 모셔놓겠네. 그리고 내가 불의의 변을 당할 때는 다른 사람이 전달하도록 수배하지."

"편지 내용이 궁금하지 않나?"

"당연히 궁금하지. 하지만 말할 수 있는 내용이라면 자네가 굳이 이 난리를 칠 리 없지."

"정말 고마우이, 브라이언. 자네 덕분에 내 마음이 한결 편해졌네."

"도움이 되었다니 반갑구먼. 자네도 알다시피 우리 식구들은 매기에게 푹 빠졌다네. 그 아이가 놀러올 때마다 우리 집 자식들이 두 손 두 발을 다 들어. 정말 쾌활하고 활기찬 아이야! 자, 식사를 주문하고 좀 더 중요한 화제를 시작해 보세. 내 골프 게임 같은 이야기 말이야."

9

데이비드 린 감독의 말에 의하면 스코틀랜드의 메리 여왕은 최초의 여성 골퍼랬지? 그 여왕은 태양이 구름 뒤에서 나타나길 기다리며 에든버러 성에서 거의 동사할 뻔했던 첫번째 여성이기도 했을까, 아니면 내가 그 영광을 누리게 될까?

만삭의 여왕으로 분한 테사는 두툼하게 천을 동여맨 위에 섬세한 드레스를 걸치고 메리 여왕이 몸에서 떼지 않았다던 흑진주 목걸이를 단 채 위풍당당한 성의 창가에 그림처럼 서 있었다. 이 중세풍 성의 모든 누벽과 파수탑마다 수백 년에 걸쳐 누적된 스코틀랜드의 찬 기운이 스며 나왔다. 발 아래의 도시가 한눈에 들어올 만큼 극적인 높이에 우뚝 선 성이 세찬 바닷바람에 고스란히 노출되었던 것이다.

이제 테사는 해발 270피트 현무암 절벽에 자리잡은 성의 창가에 못박인 듯 서서, 지금은 1566년 6월 중순의 어느 따뜻한 오후이고 여왕은 그당시의 여느 여인네들보다 특별히 튼튼한 것도 아니었으며 골프를 즐길 만큼 정열적이었으니 추위를 못 느꼈을 거라고 연거푸 되뇌었다.

하지만 주여! 난 왕족이 아냐. 골프도 치지 않고. 게다가 캘리포니아의 기후로 피가 흐려진 게 틀림없어. 입이 닳도록 자기 암시를 걸어봐야 사실은 엄연한 사실이지. 무엇보다도 맥베스가 던컨을 살해했던 이 음습한 스코틀랜드에서 촬영이 시작된 이래 침대에 누워 두 겹 퀼트 이불로 몸을 감싼 순간만 빼고 추위에서 해방된 적이 없다는 게 중요해.

테사의 뒤에서는 다른 연기자들이 팽팽한 긴장에 사로잡혀 태양이 다시 얼굴을 내밀기만 기도하고 있었다. 모든 대화에 기대감이 어려 있고 모든 기술진과 카메라 기사들은 감독의 입에서 명령이 떨어지자마자 무섭게 촬영을 속개할 준비를 갖춘 터였다. 이런 마당에 잠깐 대역과 교체해 달라는 요청은 시간 낭비였다. 지금 장면은 여왕이 저 멀리 퍼스 협만을 바라보며 잉태한 아이의 성별이 얼마나 중요한지 혼잣말하는 내용으로 전체 영화에서 십 초 분량이었다. 그러나 다음 장면이 스코틀랜드의 제임스 육 세요, 훗날 엘리자베스 여왕의 뒤를 이어 잉글랜드의 왕좌에 오를 왕자 출산이기 때문에 이 10초가 반드시 필요했다.

그나마 다행이야, 테사는 자신을 위로했다. 앞으로 이틀치 출산 장면 촬영은 따뜻한 세트장에서 이루어질 테니까.

그녀는 가늘지만 속수무책으로 떨기 시작했다. 장면의 연속성을 깨뜨릴까 봐 감히 고개를 돌리거나 손가락 하나 움직이지 못한 채 오직 햇빛이 나기를, 다시 스코틀랜드의 메리 여왕으로 변신하여 오한이 가라앉기를 기도했다. 필름이 돌아가지 않는다고 집중력을 분산시키는 짓은 프로답지 못하다고 자신을 꾸짖었다.

그때 재빠른 발자국 소리가 점점 가까이 다가왔다. 누가 세트장을 돌아다닐까, 궁리하기도 전에 훈훈한 체온이 묻은 두툼한 옷이 테사의 어깨에 걸쳐지고 남자의 강한 손이 그녀를 보호하듯 힘차게 껴안았다.

"이 아가씨를 어쩔 셈인가, 데이비드? 순직이라도 시킬 생각이야?"

남자의 목소리가 우렁차게 울려퍼지는 순간, 고대해 왔던 밝은 햇살이 구름을 거치고 반짝거렸다.

"저 쳐죽일 얼간이!"

감독이 고래고래 소리를 질렀다.

"당장 그녀에게 손을 떼고 세트장에서 꺼져, 이 자식아!"

"그렇게는 못해."

낯선 목소리가 차분하게 반박했다.

"내 옷단추와 이 아가씨의 가발이 얽혔거든."

"의상 담당!"

누군가 소리쳤고, 테사는 친숙한 손길이 서둘러 가발과 그녀의 어깨에 걸쳐진 옷을 분리하는 감촉을 느꼈다. 그녀는 코트가 벗겨질 때까지 마네킹처럼 꼼짝하지 않고 서 있었다.

"이 일을 어쩌면 좋아……."

의상 담당이 절망한 어조로 징징거렸다.

"가발은 산발이 됐고 목걸이는 망가졌잖아! 머리 담당, 소도구 담당, 빨리 와!"

"집어치워. 햇빛이 흐려졌어."

데이비드 린 감독이 좌절감을 듬뿍 담아 쏘아붙였다.

테사의 뒤에서 낯선 목소리가 말했다.

"미안해. 이렇게 될 줄 몰랐지."

"자네가 일부러 그랬다면 이 손으로 죽여버렸을 거야, 이 미치광이 자식아. 아, 테사, 수고했소. 이제 움직여도 괜찮아. 그리고 에디, 오늘 촬영은 끝났어. 뒷정리를 시작하게."

테사는 그 침입자가 세트장에서 쫓겨나는 모습을 예상하며 몸을 돌렸다. 하지만 대신 그와 감독이 너털웃음을 터뜨리며 얼싸안고 있었다.

"루크, 다음에 또 이러면 저 창문으로 던져버리겠어."

"예상대로 내 투자금이 잘 낭비되고 있구먼. 이봐 데이비드, 진작에 경비원을 세워서 나 같은 사람의 통행을 막았어야지."

그녀의 구조자가 여유 있게 대답했다.

"촬영이 진행되고 있는지 몰랐어. 바늘 떨어지는 소리조차 들리지 않았다구."

"그럼 우리가 멀대처럼 서서 괜히 숨죽이고 있는 줄 알았나? 하기야 그 동태눈에는 고난에 빠진 숙녀밖에 보이지 않았겠지. 자네 같은 녀석에게 뭘 기대하겠어. 테사, 이쪽은 불행히도 내 절친한 친구인 루크 블레이크요. 루크, 테사 켄트야."

"몇 초에 불과했지만 몸을 녹여줘서 고마워요."

테사는 루크 블레이크에게 악수를 청했다. 코트의 훈훈함을 느낀 것은 정확하게 3초였다고 그녀는 속으로 토를 달았다. 하지만 벙어리 장갑처럼 크고 따뜻한 루크의 손을 잡는 순간, 그녀의 다리에서 힘이 빠져나갔다. 천국처럼 좋다는 생각 이외에 머리 속이 새하얘졌다. 이 남자에게 손을 맡기고 있노라니 이전에는 경험하지 못했고 어떤 말로도 형용할 수 없는 어마어마한 안도감이 파도처럼 밀려왔다.

무조건적인 안전함이란 지상에 존재하는 물질적인 조건에 의거한 게 아니었구나. 감정적인 상태였어, 테사는 불현듯 깨달았다. 가슴속에서 벅찬 흥분이 세차게 솟아오르는 통에 그만 왁 하고 울어버리고 싶었다. 이다지도 절대적인 확신이 가능할 수 있다니!

테사는 루크 블레이크의 눈을 찾았다. 그 눈동자 역시 따뜻했다. 커다란 두 손이 전하는 육체적인 온기와 달리, 천재지변처럼 강력하고도 인간적인 훈훈함이 깃들여 있었다. 이미 테사의 모든 것을 있는 그대로 받아들였고 앞으로도 영원히 그럴 거라고 소리 없이 말하는 눈이었다. 지성과 유머로 반짝거렸지만 그 무엇보다 따뜻하고 또 따뜻한 눈동자였다. 루크 블레이크는 이 세상에서 가장 호감가는 사내였다. 이러니 그가 촬영을 망쳐놔도 데이비드 린 감독이 용서할 수밖에.

"자, 내 코트를 다시 둘러요."

루크 블레이크가 말했다. 두툼한 모직 스웨터를 걸친 체격이 우람하고 빨간 머리는 아주 짧았다. 개방적이며 태양에 그을린 용모, 큼지막한 코, 권위적인 빛을 내뿜는 푸른 눈. 도회풍의 세련된 사내였지만 야외에서 평생을 보낸 듯한 용모의 소유자로 넓은 어깨와 웃음기어린 입가의 단호한 분위기는 놓칠래야 놓칠 수 없었다.

데이비드 감독이 끼어들었다.

"테사는 의상을 갈아입을 거라네."

"그래도 내 코트를 둘러야 해. 가는 길에 얼어죽으면 안 되잖아."

루크는 고집을 피우며 테사에게 더플 코트를 입힌 후 그녀의 배를 다정하게 토닥거렸다.

"안녕하슈, 제임스 전하? 이 썩을 녀석아, 넌 엘리자베스 아줌마가 네 어머니의 목을 칠 때 반대조차 하지 않았었지? 하여튼 아이들이란 순전히 지들 생각만 한다니까."

호주 사람이로구나. 내가 둔하게시리 왜 이제야 알아차렸지? 테사는 그의 희미한 억양을 알아차리고 속으로 자신을 질타했다.

"이럴 수가! 루크 자네가 역사책도 읽었단 말인가?"

데이비드 린 감독이 허물없이 놀렸다.

루크 블레이크가 넉살좋게 말을 받았다.

"그러엄. 영화가 끝난 후 메리 여왕에게 무슨 일이 생겼는지 정도는 알지. 자네 같은 외통수와 달리 나는 그 인물들에게 관심이 있거든. 데이비드 자네는 촬영을 끝내자마자 불쌍한 메리가 사촌에 의해서 20년간 포로로 수감될 거라는 사실을 까마득하게 잊어버리고 다른 대본에 푹 빠져 다른 배우들을 들들 볶겠지."

"왠지 내가 야만인 같은 기분이로군. 하하하……."

"감독들은 하나같이 야만인이야. 무정한 비렁뱅이라도 켄트 양이 시퍼렇게 얼도록 내버려두지 못했을 걸세. 자네는 창피한 줄 알아야 해. 친구인 내가 부끄러워 얼굴을 못 들겠군. 하지만 과거의 친분을 되살려 오늘 저녁이라도 함께 할까?"

"좋지."

"안녕히 가세요, 블레이크 씨."

테사는 의상 담당에게 끌려가며 작별 인사를 했다. 그가 나도 식사에 초대해 주지 않을까?

"그런데 이 코트를 어떻게 돌려 드리죠?"

“다른 옷이 있으니 걱정하지 말아요. 그런데 내일 저녁에 시간이라
도? 그때 코트 문제를 상의하죠.”
데이비드 감독이 깜짝 놀라며 물었다.
“여기에 머무를 계획인가?”
“자네의 환영을 거절할 수 없지.”
“미리 경고해 두겠는데, 세트장에서 한 발자국만 잘못 옮기면 요절
을 내버리겠어.”
“머무는 대가치고 싸군.”

“그녀에 대해 말해 봐, 데이비드.”
루크가 예의와 서론을 거두절미한 채 다그쳤다.
데이비드 감독은 일류 레스토랑의 자리에 편히 앉아 다리를 꼬았다.
“최소한 내 안부와 촬영이 잘 진행되는지 묻는 게 순리 아닌가? 자
네는 이천오백만 달러를 이 영화에 쏟아부었잖나.”
“말장난은 관두고 빨리 테사 켄트에 대해 털어놓으라니까.”
“그녀는 자네 유형이 아냐.”
“누가 그래?”
“이 세상 전부가. 우선 자네는 전적이 형편없어. 한물간 45살인데다,
결혼은 한 번도 해보지 않았고, 스무 살 때부터 닥치는 대로 여자들과
놀아났지. 사랑 따윈 엿 먹으라는 식의 유명한 바람둥이가 지금 갓 스
물의 보송보송하고 여느 소녀 배우들보다 더 순진하며 아직 가족들과
함께 살고 있는 풋내기 여배우에게 눈독을 들여? 이 친구야, 언감생심
꿈도 꾸지 말게. 황금을 트럭째 가져와도 테사 켄트는 건드릴 수 없고
손에 넣지도 못할걸.”
“그렇게 보이더군.”
“생각조차 말라니까.”
“이봐, 우리는 친구가 아닌가.”
“친구로서 중요한 질문을 한 가지 하지. 왜 자신을 불행의 구렁텅이

에 빠뜨리려고 하나? 세상에는 잘난 루크 블레이크도 건드릴 수 없고, 건드리지 못하며, 건드려선 안 될 사람이 있어. 테사가 바로 그런 사람이야.”

“건드려선 안 된다? 자네가 어디에서 그렇게 단언할 권위와 뻔뻔스러움을 부여받았지?”

“나이 차이가 있어.”

루크가 그쯤은 별거 아니라는 듯 손사래를 쳤다.

“그리고?”

“테사는 처녀야.”

“그 부분에 자네의 과거 판정이 백발백중이었음을 인정하지.”

“게다가 천주교 신자야.”

“아, 난 악에 물들긴 했지만 실은 여전히 천주교의 요람에 있다네. 왕년에 성실하고 순결한 복사였다는 말은 굳이 강조하지 않지.”

“여태껏 숫처녀에게 손댄 적이 없잖아. 루크, 자네답지 않아.”

“그건 사실이야. 난 기본적인 양심은 지키는 놈이니까. 데이비드, 자네는 진짜 밥맛이로군. 내 약점뿐 아니라 내가 숨기려고 노력해 왔던 건실한 면모까지 낱낱이 알고 있어서 밸이 꼬인다구. 자네가 입을 벙긋 하면 사업계의 상어라는 내 이미지가 단숨에 무너질걸.”

“불공평하지?”

“쳇. 그런데 위스키는 어디 있는 거야?”

“웨이터가 가져오고 있네. 맥주 사업은 어떤가?”

“전보다 낫네. 우리 존경스런 증조부께서 그 물건을 만들기 시작하셨을 때 호주인들이 맥주로 배를 채우게 될지 누가 알았겠나?”

“머리가 있는 사람이라면 다 알았지.”

“맞아, 호주는 건조하고 덥고 갈증나는 곳이니까. 결국 모든 사람들이 기를 쓰고 찾아다녔던 금광이 바로 주조업이었다는 게 판명됐지.”

루크 블레이크는 호쾌하게 웃었다.

데이비드 감독도 미소를 지으며 말을 이었다.

"이제 자네가 호주 최고의 부자지?"

"비슷하네. 하지만 그게 어디 내 잘못인가? 어디까지나 제대로 된 집안에서 태어난 운명 탓이지. 맥주 맛은 증조부 시절과 똑같이 좋고 조부께서는 철도와 육우 목장과 제재업에 이르기까지 손을 뻗쳤거든. 우리 아버지는 석유 회사를 비롯하여 복잡하고 수익 좋은 각종 사업체에 대한 권리를 나에게 고스란히 물려주셨고. 게다가 이제는 전 세계에 맥주를 팔아먹고 있지."

"호주 재벌인 그 망나니 데니스 브랜디란 작자는 어떻게 되었나?"

"여전히 나만큼 부유하지만 건달이야. 돈 버는 데 관심이 없어서 사업을 이사회에 맡겨두고 리비에라에서 노름으로 날밤을 새거든. 적어도 난 그 정도로 망나니는 아니지. 해결사를 자처하며 전 세계로 사업망을 확대했으니까."

"잘난 척은. 도박업 투자금은 자네 돈이 아닌가?"

"그거야 취미 생활이지. 좋게 말하자면 계산된 위험이구. 자네에게 투자한 제작비용에 비하면 그까짓 위험이야 우습지."

"맞아, 영화 제작이란 위험의 동의어지. 이쯤하고 메뉴를 볼까?"

"이러다 늦겠어요."

테사는 옷매무새를 손질하는 피오나에게 짜증을 부렸다.

"그러면 어떠니? 넌 하루 종일 해산의 노고를 겪었으니 몸단장에 시간이 드는 게 당연하잖아."

"난 지각하기 싫단 말이에요. 어휴, 이 머리 좀 봐. 스프레이로 회반죽이 되었잖아! 분장 담당자는 나를 임산부가 아니라 죽도록 고문당한 여자로 만들어 놨네."

"맙소사, 한 시간째 안달복달이구나. 이제 거울 앞에 가만히 앉아 있어 봐. 내가 중요한 점을 지적해 줄게."

피오나는 손가락으로 테사의 눈 밑에서 눈썹까지 가볍게 따라 그렸다.

"네가 익숙해졌고 아주 당연하게 받아들이는 이 부분, 평상어로 하자면 이 눈두덩이 역사상 가장 매혹적인 얼굴을 조형하고 있어. 이런 눈두덩을 한 여자를 앞두고 어떤 남자가 머리 모양을 타박하겠니? 그리고 네 미소에 대해선 너도 잘 알고 있으니까 생략하겠어. 그런데 너 미쳤니? 루크 블레이크는 네 나이의 두 배이고 열 배나 경험이 풍부한 남자야.”

“다 헛소문이에요. 영국은 저질 폭로 신문이 횡행하는 게 탈이야.”

테사는 새로운 관점으로 자신의 눈두덩을 뜯어봤다. 피오나의 말이 사실일까?

“헛소문 좋아하시네! 그가 오늘밤 고꾸라져서 죽으면 뉴욕타임스에서 ‘루크 블레이크, 호주의 사업가이자 바람둥이의 대명사가 어제 에든버러에서 사망하다’라고 떠들어댈걸.”

“꼭 그렇게 초를 쳐야 속이 시원해요? 내가 즐기는 꼴을 못 보는군요. 난 진짜 데이트도 못해 본 불쌍한 여자예요. 내 건강을 염려해 줄 만큼 따뜻한 마음씨를 지닌 남자와 밥 한 끼 먹는 게 뭐가 나쁘죠?”

“난 나름대로 은근하게 경고하는 거야.”

“그가 나를 정복 목록에 더할 거라고 생각해요?”

“생각하냐구? 그의 동기는 의심할 여지가 없어. 루크 블레이크는 침대에 끌어들일 마음 없이 여자를 저녁 식사에 초대하지 않아. 그리고 성공률이 99.9퍼센트라는 데 내 재산을 몽땅 걸겠어.”

“피오나, 당신이라면 꼭 데이트 당일이 아니라 다음에라도 섹스할 가능성이 전무하거나, 혹은 그 추잡한 머리 속에 섹스 생각이 전혀 떠오르지 않는 남자와 데이트를 하겠어요? 그런 남자와 데이트해 봤어요?”

“엿 같은 소리! 당연히 해봤지.”

“호호호!”

“좋아, 네 말이 옳아. 솔직히 실토하자면 목사님, 대학 교수, 가장 친한 친구의 아버지를 제외하고는 그런 적이 없어.”

“당신의 안전한 남자 규정은 구멍 투성이예요. 이 세상에 믿을 남자는 아버지뿐이라구요.”

테사가 웃으며 자리에서 일어서자, 피오나가 순백의 레이스가 겹겹이 목선을 장식한 검정색의 복고풍 벨벳 바지 정장에서 먼지를 털었다.

“다시 생각해 보니까 대학 교수들은 잘 모르겠다. 난 대학에 다니질 않았잖아.”

“난 고등학교도 마치지 못했어요. 하지만 메리마운트에는 귀여운 수녀님들이 두어 분 계셨더랬죠…….”

“숫처녀로 익더니 갈 데까지 다 갔구나! 주님의 딸들을 넘보다니! 차라리 늙다리지만 정력 하나는 끝내준다는 루크가 낫겠다.”

피오나가 테사를 방 밖으로 몰아내며 말을 이었다.

“루크는 아직 아래층 호텔 로비에서 기다리고 있을 거야. 나도 여기에서 기다리고 있으면 나중에 데이트 보고를 해줄래?”

“피오나, 잘 자요. 내일 봐요.”

“전기 난방 기구를 보내주셔서 고마워요. 오늘 아침에 배달되었어요.”

테사는 널찍한 프랑스 요리 전문 레스토랑에 자리를 잡자 입을 뗐다.

“도움이 되었습니까?”

루크는 눈처럼 새하얀 레이스에 감싸인 그녀의 얼굴에 넋을 잃었다. 르네상스 시대 젊은 공주의 초상화를 대한 기분이었다. 몇 시간이고 감상하며 그녀가 존재했던 시대에 살기를 열망하게 만드는, 너무도 황홀하고 눈부신 미모였다.

“사실은 삼십 분밖에 그 혜택을 누리지 못했어요. 데이비드 감독님의 마음에 들도록 실감나는 출산 장면을 연기하느라고 땀을 쏟았거든요. 다행히 아기가 내일 태어날 예정이니까, 모레부터는 난방 기구가 제 구실을 톡톡히 할 거예요.”

“처녀의 몸으로 어떻게 출산 장면을 연기했소?”

“내가 처녀라는 걸 어떻게 아셨죠?”

"아⋯⋯."

그는 계면쩍은 듯 눈을 내리깔고 침묵을 지켰다.

테사가 짓궂게 눈을 반짝거리며 따졌다.

"상식, 추측? 아니면 내 얼굴에 처녀라고 쓰여 있나요?"

"데이비드에게 들었소."

"감독님이 뜬금없이 다짜고짜 그러셨어요? 처녀는 유니콘만큼이나 진귀하니까 특별 관광품처럼 잘 살펴보라고?"

"실은 당신을 쫓아다니지 말라고 경고했소."

"신경 끄라고 쏘아 붙여줬길 바래요."

"엇비슷하게 말해 줬다오."

"내가 당신 같은 중죄인에게 너무 어리다는 경고도 받았겠군요?"

"바로 맞췄소. 그런데 내가 중죄인이라고 누가 그럽디까?"

"상식인 걸요. 통탄스럽게도 내가 처녀로 유명한 것처럼."

"아, 우리의 입지가 동등해졌군. 뭐랄까⋯⋯ 동일한 부류의 두 사람? 아니면 정반대인 두 사람이 된 건가?"

지금 내가 흰소리를 지껄여대고 있구나, 루크는 생각했다. 하지만 얼떨떨하면서도 왠지 바보 같은 기분이 들지 않아.

테사는 생긋 웃었다.

"오히려 식사조차 함께 해선 안 될 사람들이 된 거죠."

"그래서 내가 이렇게 천상의 기쁨을 느끼는 거요?"

"모르겠어요."

그녀는 우아하고 무심하게 어깨를 으쓱거렸다.

"난 당신에 대해 아는 게 없으니까. 친절하고 좋은 사람이고, 당신과 함께 있으면 로디에게도 느끼지 못했던 감정이 든다는 것밖에."

"로디?"

루크 블레이크는 마흔다섯 해를 살면서 여태껏 경험해 왔던 그 어느 때보다 훨씬 강렬한 질투에 사로잡혔다.

테사는 그의 마음을 알아차리지 못하고 무심하게 대답했다.

"로디 펀스터월드. 내 첫 출연작 두 편을 감독하신 분이에요."
"그 로디 감독? 안면이 있소. 대단한 사람이지."
루크는 안도의 한숨을 내쉬었다.
"그런데 당신이 나에게만 느꼈다는 그 감정이 뭐요?"
"안도감이에요."
테사는 차분하게 말했다. 그 한마디를 하는데 모든 용기가 필요했지만 솔직해지기로 결심했다.
"완벽하고 전적인 안도감. 당신과 함께 있으면 어떤 불행도 생길 수 없을 것 같아요. 당신이 이 세상의 모든 두렵고 끔찍하고 어려운 일에서 나를 보호해 줄 것 같아요. 겨우 어제 만난 사람에게 이런 감정은 황당하고 말이 되지 않죠. 하지만 어제 당신과 악수했을 때…… 난 하룻밤 사이에 180센티미터의 초 팔등신 미녀가 된 듯, 방금 스키 챔피언이 된 듯 색다르고 경이적인 환희에 사로잡혔어요. 이렇게 솔직히 털어놓는다는 게 창피해요. 하지만 비밀로 묻어두기에는 너무 중요한 감정이라 밝히는 거예요. 그렇다고 의무감을 느끼진 마세요. 현실적으로 당신이 나를 돌봐 주리라곤 기대하지 않으니까. 그저 알리고 싶었어요."
루크는 눈앞에서 천국의 문이 열리는 기분이었다. 당장 뛰어 일어나 펄쩍펄쩍 뛰며 환호성을 치고 싶었지만 가까스로 자리를 지킨 채 대담하고 호기 넘치는 말투로 입을 열었다.
"조금도 두렵지 않소."
"겁주려던 게 아니니까요."
"방금 그 발언은 대다수 남자들의 혼을 빼놓을 만큼 무시무시한 내용이었소."
"당신은 충분히 감당해 낼 강한 남자 같았어요. 내가 틀렸다면 지금 알게 된 편이 낫구요. 하룻밤 내내 생각한 끝에 어렵게 꺼낸 말이에요."
"나도 밤새도록 당신 생각을 했소."

“어떤 생각?”

테사의 표정은 수줍음이나 교태의 흔적이 전혀 없이 진지했다.

루크 블레이크도 엄숙하게 그녀와 눈을 맞추었다.

“당신이 아주 젊은 처녀라는 생각. 그리고 내가 순결을 대단히 중요시한다는 각성. 전에는 미처 몰랐던 사실이오. 우리의 나이 차이는 중요하지 않소. 왜냐하면 당신은 이미 성인이니까. 하지만 누구와도 사랑을 나누어 본 적이 없는 스무 살의 숫처녀라면 문제가 완전히 달라지오. 난 많은 여자를 거쳤지만 숫처녀는 한 명도 없었거든. 아마 내 안에 웃자란 복사 소년이 숨어 있었던 모양이오. 내 과거를 돌이켜 볼 때 신붓감으로 처녀를 고집할 권리 따윈 전혀 없소. 순결을 찬양하고 신비화하는 세상을 조롱해 오기도 했고. 하지만 그게 내 문제가 되니 단순한 언어 이상의 엄청난 의미로 다가오더군. 아마 우리 어머니와 외조모의 영향 때문일 거요. 그분들은 시대의 보편적인 기준에 따라 깨끗한 몸으로 결혼하셨고 처녀를 아내로 맞이하는 게 얼마나 중요한지 누차 언급하셨소. 당시에는 귓전으로 흘려들었지만 내 마음의 깊은 곳에 박혀 있었던 거요.”

빨리 그에게 말해, 테사의 머리 한 켠에서 이성이 충고했다. 대화가 더 진행되기 전에 고백해.

하지만 무슨 고백? 난 모든 면에서 처녀야. 아이를 낳았다고 그 사실이 바뀌진 않아. 이제 이름조차 희미한 소년과의 삼십 초 에피소드를 셈에 넣어선 안 돼. 그건 섹스와 거리가 멀었어. 게다가 난 술에 취해 있었어. 그리고 고해성사를 하고 보석받았던 죄는 주님과 나와의 문제야. 루크에게 고백할 필요가 없어.

테사는 진실을 고백해야 한다는 우스꽝스런 충고를 무시하고 크게 숨을 들이켰다. 이어 호기심어린 어조로 빈정거렸다.

“내 순결이 당신 마음에 든 전부인가요?”

“추위로 떨고 있는 당신을 만난 순간부터 당신의 모든 것을 알고 있은 듯한 기분이었소. 당신의 눈동자, 미소, 목소리의 뭔가가 나에게 마

법을 걸어서 조금이라도 방심하면 조지 거슈윈*의 곡을 흥얼거리게
만들었지. 이제 만족하오?”

“새로운 여자를 만날 때마다 그런 기분이에요?”

“전혀. 그랬으면 벌써 결혼했지.”

“나도 겁나지 않아요.”

테사는 배우로서의 역량을 총동원해 떨림을 억누르고 가능한 한 가
볍게 대답했다. 빨리 화제를 바꾸지 않으면 이 형용할 수 없는 기쁨이
표면으로 분출되리라. 그녀의 가슴 한구석에서 행복의 원자들이 빙빙
돌고 춤추며 단단하고 굳건한 기둥으로 천천히 변해갔다.

“뭘 좋아하세요?”

“소형 보트와 경비행기 조종.”

루크는 우선 순위를 생각하며 대답했다.

“내 목장에서 담근 양고기 절임, 브라질의 삼바춤, 런던 조가반점(曺
家飯店)의 북경 오리구이, 새벽 세 시까지 독서하기, 경매에 참가하기,
상급 코스에서 스키 타기 등이오. 물론 아름다운 여인과의 키스도 빠
뜨릴 수 없고. 사업을 돌보는 것도. 당신은 어떻소?”

테사는 그의 방대한 경험과 수많은 즐거움을 질투하며 분연히 말했다.

“당신과는 비교가 안 돼요! 로디 감독님과 에이전트가 강요한 교습에
쫓겨 뭘 좋아하는지 알 기회조차 없었어요. 춤은 출 수 있지만 삼바는
아녜요. 독서는 좋아하지만 북경 오리구이가 어떻게 생겼는지도 몰라요.
당신은 과잉 특권층이군요, 루크 블레이크. 그럼 어디에서 사세요?”

“여기저기에서 조금씩. 멜버른과 모나코 부근의 캡페랏에 집이 있소,
그곳에서 지내는 시간은 매년 몇 주일에 불과하지만 항해를 즐기며 긴
장을 풀지. 사업상 전 세계를 돌아다니느라 주로 호텔 생활을 하오.”

“무슨 사업?”

“광업, 제분업, 주조업, 지하 자원을 파내는 신기술에 관한 업종.”

---

* 뉴욕 출신 작곡가 ‘랩소디 인 블루’, 오페라 ’포기와 베스’ 등의 명곡을 남김.

"지구를 가만히 내버려둘 수 없나요?"

"그러고 싶은 마음도 종종 들지만 우리 증조부께서 시작하신 가업에 발목이 잡혔소. 이제는 너무 많은 사람들의 밥줄이 내 어깨에 달렸기 때문에 멈출 생각조차 할 수 없고."

"환경 보존이 대두되는 이 시점에서 무자비하게 지구 유린에 앞장서는 행태랄지, 지금의 태도를 다각도로 종합해 볼 때 당신에게는 도저히 합격점을 매길 수 없네요. 당신은 요기를 때워야 한다는 생각조차 없죠?"

"내가 주문을 안 했던가?"

루크가 놀라 반문했다.

테사는 짐짓 입술을 삐죽거렸다.

"식전 음료도 안 시켰어요."

"저런, 미안하오. 뭘 마시겠소?"

"블레이크 맥주. 왜 모두들 요란을 떠는지 알아야겠어요."

"블레이크를 한 병도 마시지 않았단 말이오?"

"실은 맥주 맛도 몰라요."

"이럴 수가! 내 자존심에 금이 가는군."

"어렸을 때 단짝 친구 미미와 진짜 술을 훔쳐 마셨지만…… 그 후로는 친척 결혼식에서 마신 샴페인이 전부예요. 우리 집에는 술이 아예 없고 홍보용 데이트에서 알코올은 절대 금지니까."

"데이비드가 이 자리에 있었다면 당신과 나를 각자 호텔방에 당장 가둬놓았을 거요."

"감독님께는 비밀이에요! 내 평판이 워낙 좋거든요."

"웨이터, 여기 블레이크 맥주 두 병."

이 귀족적이고 세련된 도시에서 가장 권위 있는 프랑스 레스토랑의 웨이터가 학을 뗐다. 홍, 아예 코카콜라를 주문하지 그래?

"노력은 해보겠습니다만 그 맥주를 구할 수 있을지……."

"충격적이로군. 그렇다면 샴페인을 따시오. 돔 페리뇽으로. 테사, 뭘 위해서 건배할까?”
“나의 진짜 첫 데이트를 위해서요.”
그녀가 단호하게 대답했다.
루크 블레이크의 입이 쩍 벌어졌다.
“설마 그 상대가 나는 아니겠지?”
“맞아요.”
“하느님 맙소사!”
“예, 정말 하느님 맙소사죠.”

10

다음날 아침 테사가 청바지와 스웨터를 입고 있을 때 피오나가 쪽지 한 장과 시든 수선화 한 다발을 들고 호텔방으로 들어왔다. 테사는 쪽지를 두 번 읽은 다음 재빨리 돌아서서 수선화를 휴지통에 처박았다.

"그가 가버렸어!"

"뭐야? 이리 줘봐."

피오나는 쪽지를 빼앗아 읽었다.

"갑자기 런던에 일이 생겼고 호텔 꽃집이 문을 열지 않았소. 수선화를 좋아하길 바라오. 잊지 말고 몸을 따뜻하게 해요, 기타 등등 기타 등등."

"어떻게 이럴 수가 있죠?"

테사가 울화통을 터뜨렸다.

피오나가 독단적인 어조로 캐물었다.

"어젯밤 어떻게 끝났니?"

"그가 호텔방까지 데려다주고 내 눈동자를 머리 속에 새겨놓겠다는 듯 아주 오랫동안 그윽하게 바라봤어요. 그리고는 이마에 키스하고 가버렸어요. 나를 바보처럼 멀거니 세워두고. 내가 뭘 기대했는지는 모르지만 루크와 의미 있는 대화를 나눴던 다음이라 그런 끝은 아니었다구요. 아, 내가 틀렸나 봐……. 우리가 서로를 굉장히 좋아한다고 생각했는데……. 그건 장난이 아니었어요, 확실해요. 우린 진정한 대화를 나눴다구요."

테사의 얼굴이 실망과 불신과 배반감으로 서서히 일그러졌다. 완전히 버림받은 심정이었다. 귀신에게 홀린 기분이었다. 이런 쪽지 한 장으로 간밤의 긴긴 저녁 식사와 친밀하고 진지한 대화의 의미를 재고해야 할까? 루크와 나누었던 대화를 거듭 되씹고 엄청난 기쁨으로 혼자 울고 웃으며 어두운 밤을 하얗게 새우지 않았던가.

"하지만 테사, 쪽지에는 돌아오지 않겠다는 말은 없어."

피오나의 퉁명스런 어조에 공허한 희망의 여운이 메아리쳤다.

테사는 겨우 가장했던 분노어린 태도를 내팽개치고 울부짖었다.

"언제요? 다음에 사업차 스코틀랜드에 들를 때? 오 년 후 기차를 갈아타면서? 도대체 말이 돼요? 이게 남자들의 전형적인 태도인가요? 런던에 볼일이 있다구? 그런데 왜 어젯밤에는 행복해 죽겠다고 입이 아프도록 미사여구를 늘어놓으면서 아무 말도 하지 않았죠? 이게 이유 같은 이유가 될 수 있어요? 루크는 데이비드 감독에게 한동안 머물겠다는 식으로 언질을 줬다구요."

"이럴까 봐 걱정했어. 잔뜩 기대를 심어놓고 뺑소니치는 나쁜 자식!"

"난 정말 바보야!"

"적어도 너를 건드리진 않았으니 불행 중 다행이지."

"그래서 도망간 거예요. 루크는 순결 집착증 환자예요. 그의 죄스런 눈에도 내가 너무 순결해 보였던 거죠. 입맞춤조차 못할 만큼 접근 금지로 보였던 거예요. 처녀와 놀아나는 짓은 자신의 종교관에 어긋난다고 분명히 단언했거든요."

"테사 달링, 네가 너무 가슴 아파하니까 속상하다. 하지만 루크 블레이크는 처음부터 네 상대가 아니었어. 넌 그런 자식에겐 너무 착하고 젊고 순수하고 재능이 많아. 액땜했다고 쳐. 이국적인 촬영지에서 늘 일어나는 에피소드지. 솔직히 말해서 네 인생이 구만리라면 루크는 양로원을 바라보는 신세잖니. 그리고 순결 집착증이 뭐니? 정말 웃긴다!”

“영화계 사람들이 나를 처녀라고 하도 떠들어대고 루크는 삼십 년이나 주님에게 등을 돌렸지만 아직 천주교 신자이기 때문에 순결에 대한 고정 관념이 남아 있어요. 그건 병이야, 병! 정말 미워 죽겠어!”

“미워할 가치도 없는 개자식에게 힘 빼지 마. 자, 늦기 전에 어서 촬영장으로 가자. 이럴 때는 바쁜 게 약이야. 다행히 오늘은 의상 가봉으로 할 일이 많고. 그런데 생각할수록 괘씸하네. 다 시들어빠진 수선화를 보내다니! 차라리 아무것도 보내지 말 것이지. 내가 모욕당한 기분이야.”

나중에 테사는 촬영지로 가는 길에서 비참한 어조로 입을 뗐다.

“피오나, 앞으로는 직관을 믿지 않을래요.”

“왜? 이번 일로 직관까지 들먹일 필요는 없어.”

“그를 만나는 순간 압도적인 감정을 느꼈거든요. 삶을 뒤집어놓는 그런 안도감을. 지금은 헛소리로 들리지만 그런 일이 정말 일어났다구요. 내 직관이 결코 틀릴 수 없다고 생각했는데……. 우리가 얼마나 진지한 대화를 나눴는지 몰라요. 나는 내 생각, 희망, 믿음을 비롯하여 그에 대한 감정까지 미주알고주알 털어놨죠…….”

피오나는 속으로 혀를 찼다. 이 철없는 어린것! 너무 젊고 경험이 없어서 불행을 자초했군. 여러 면에서 아직 갓난아기야. 모든 여자들이 상식적으로 아는 진리, 즉 남자에게는 진심을 내보여선 안 된다는 불문율을 깨고 노련한 바람둥이에게 서슴없이 마음을 뒤집어 보이다니.

“쯧쯧, 그런 말은 하지 말았어야지. 루크가 줄행랑친 건 순결 때문이 아니라 책임감 때문이야. 어떤 남자가 잘 알지도 못하는 여자의 감정을 책임지겠니? 누가 그렇게 엄청난 덫에 잡히겠어? 루크는 도저히 감당할 수 없었던 거야. 그리고 그 남자가 보통내기니? 책임이 싫어서 결혼은 고사하고 강아지조차 키우지 않는 남자에게 헌신은 가장 끔찍

한 단어야. 테사, 넌 아직 흠집나지 않았어. 그게 가장 중요해. 앞으로
는 남자들이 여자만큼 감정 문제에 용감하지 않다는 걸 명심해 둬."

"여자만큼 똑똑하지도 다정하지도 않죠."

피오나는 품에 안겨오는 테사의 등을 다독거렸다.

"그건 눈물나도록 실감나는 진실이야. 자, 루크 블레이크 따윈 깨끗
하게 잊어버리고 다시는 같은 실수를 반복하지 마."

사흘 후인 토요일 오후, 테사는 호텔방에 혼자 처박혀 있었다. 피오
나는 주일 내내 미뤄 왔던 캐시미어 쇼핑차 방금 외출했지만 테사는
동행할 기분이 아니었다. 그 운명적인 저녁 식사가 머리 속에서 빙빙
맴도는 바람에 벌써 며칠째 잠을 이루지 못하고 식사조차 거의 못한
실정이었다. 오로지 깡다구 하나로 매일 아침 침대에서 일어났고 카메
라 앞을 제외하고는 맥을 못 췄다.

그때 호텔의 내선 전화가 울렸다.

"블레이크 씨께서 찾아오셨습니다, 켄트 양."

"안 만나요!"

테사는 수화기를 탁 내려놨다. 저조했던 기분이 순수한 분노의 기운
으로 전광석화처럼 솟아올랐다. 루크가 여기에 웬일이지? 희귀하기로
는 흡혈귀와 자매뻘인 숫처녀를 또 눈요기하러 왔을까? 아니면 런던
에서 최근에 먹었던 북경 오리구이의 맛을 자랑하러? 흥, 그의 그림자
를 향해서 침도 뱉지 않겠어.

전화벨이 다시 울렸다. 테사가 수화기를 낚아채고 딱딱거렸다.

"이번에는 뭐죠?"

"블레이크 씨께서 언제 시간이 나시는지 알고 싶으시답니다."

"하늘이 무너져도 안 만나요! 전화하지 마세요. 주일 내내 힘들게
일하고 겨우 힘들게 휴식을 취하는 사람을 방해하지 말라구욧!"

"대단히 죄송합니다, 켄트 양. 다시는 이런 일이 없을 겁니다. 귀하
의 방문에 '방문객 사절' 푯말을 걸어두겠습니다."

“그러세요.”

머리끝까지 화가 나서 테사는 가만히 앉아 있지 못하고 방 안을 서성거렸다. 살인자는 범행 현장을 서성거린다지? 루크가 그 꼴이군. 내 시체를 확인하러 온 거야.

이번에는 방문을 두들기는 소리가 났다.

“누구세요?”

테사는 겨우 차분한 목소리를 냈다.

객실 종업원이겠지. 하지만 루크 블레이크였다.

“문을 열어요, 테사.”

“싫어요.”

“대체 왜 이러는 거요? 내 쪽지를 못 받았소?”

“아주 잘 받았어요.”

“그런데 왜 문을 열지 않소?”

“당신을 보고 싶지 않으니까.”

“그럴 리 없어.”

“제기랄! 어서 떠나지 않으면 호텔 직원을 부르겠어요.”

“내가 이 호텔의 주인이야.”

“협박하는 거예요? 당신이 이 끔찍한 도시의 주인이라도 내가 눈 하나 깜짝할 줄 알아요! 정말 좀스럽고 시시한 남자로군요.”

“테사!”

그가 명령조로 으르렁거렸다.

하지만 그녀는 아무 대답도 하지 않고 루크가 떠나기를 기다렸다. 몇 분이 흐르자 요란한 발자국 소리가 밖에서 진동을 했다. 그리고 문에서 떨어지라는 경고음에 이어 귀청 떨어지는 소리와 함께 눈 깜짝할 사이에 침실문이 반으로 쪼개졌다. 복도에 두 명의 우람한 소방수들이 도끼를 들고 서 있었다.

“이 침실에서 연기가 났소.”

루크가 소방수들에게 말했다. 그들이 침실로 우우 몰려갔다. 테사는 낡은 핑크색 목욕 가운을 걸친 채 충격으로 입을 벌리고 서 있었다.
마침내 루크가 입을 열었다.
　"내가 짐작했어야 했는데. 당신, 수선화를 싫어하는군."
　"미쳤어요?"
　"아마도. 하지만 꽃 때문에 꼭 이래야 하오?"
　"당신과는 할말이 없어요. 저 소방수를 데리고 당장 꺼져요!"
　"챕스?"
　"예, 블레이크 씨."
　"이제 괜찮소. 켄트 양께서 손수 불을 끈 모양이오. 침실문은 내일
고치도록 하겠소."
　루크는 소방수에게 수고료를 건네고 방에서 내보냈다.
　"테사, 난 원래 글재주가 없소. 전화를 할 걸 그랬지?"
　"빨리 나가라니까요!"
　그녀는 목욕 가운의 허리띠를 단단히 졸라매고 냉기어린 위엄을 풍
기며 꼿꼿하게 등을 폈다. 그리고 이 지구상에서 가장 징그럽고 하찮
은 생명을 대하듯 루크를 노려봤다.
　"하지만 그날 저녁 식사 때는……."
　"잊어버려요. 기억 속에서 싹 지워버리라구요. 당신은 달콤한 빈말
을 속삭이는 데 달통했죠? 난 당신 같은 남자가 처음이래서 그것도 모
르고 한껏 들떴어요. 기만적인 만남은 한 번으로 족해요."
　"테사, 내 말은 모두 진심이었소."
　"홍, 공연히 변명하지 마세요."
　그녀는 저승사자 같은 미소를 제법 근사하게 지어 보였다.
　"루크, 당신이 왜 이러는지 모르겠지만 헛소리는 그만해요. 항상 이
런 식으로 비틀린 재미를 추구하나요? 난 지쳤어요. 그러니 당장 떠나
세요."
　"이 돌대가리! 난 바보야! 당신이 모르는 게 당연하지! 그러니까 이
렇게 복수의 천사처럼 굴 수밖에."

“뭘요?”

“난 당신의 선물을 사러 런던에 갔었소. 오랫동안 눈독을 들여 왔던 물건인데 마침 그 주인이 내놓았다기에 뉴욕까지 갔다가 허탕치고 다시 제네바로 가야 했소. 거기에서도 당장 구하지 못하고 다음날 소더비 경매가 열리기까지 기다려야 했지. 하지만 결국은 구해 왔소.”

그가 주머니에서 작은 청색 가죽 상자를 꺼냈다.

테사는 고개를 모로 꼬고 코를 치켜올렸다.

“당신에게는 아무것도 받고 싶지 않아요.”

“내가 실수 연발이군. 이런 적은 처음이야. 완전히 연습 부족이야. 대체 어디에서부터 시작해야 하지?”

“나가 달라니까요.”

“테사, 내 말을 좀 들어봐요.”

루크가 동상처럼 굳건하게 서서 끈질기게 말을 이었다.

“난 당신과 처음 만난 순간부터 우리의 결혼을 확신했소. 지금까지 숱한 세월 동안 사랑할 수 있는 여자를 만나리란 희망을 포기해 왔는데 당신이 내 앞에 홀연히 나타난 거요. 당신의 말 한마디, 당신과 함께 한 일분 일초가 내 마음에서 모든 의심을 말끔히 씻어줬소. 테사, 당신이 내 여자라는 걸 첫눈에 알았소. 맙소사, 꼭 나 혼자만 이렇게 느끼는 것처럼 들리는군. 하지만 그게 아냐. 우리는 마음이 일치했고 그래서 난 특별한 약혼 반지를 마련해야겠다고 결심한 거요. 자, 반지가 이 상자 안에 있소.”

“청혼조차 하지 않고 약혼 반지를 사려고 사흘씩이나 쫓아다녔단 말이에요? 바람둥이는 이런 식의 저질 농담을 하나요?”

“당신…… 설마 나와의 결혼을 원치 않는 건 아니겠지?”

“결혼? 저녁 한 끼에 그렇게 중요한 결정을 내리라구요?”

“그건 저녁 한 끼 이상이었어.”

루크는 막무가내로 고집을 피웠다.

“당신은 나를 사랑한다고 했잖소. 나도 사랑을 고백했고.”

"아니에요! 사랑이란 단어는 내 입이나 당신 입에서 나오지 않았어요."

"우리가 나눴던 모든 말, 대화 전체의 숨은 뜻이 바로 그거였소."

"그렇지 않아요!"

"그럼 단순명쾌하게 말하지. 테사, 당신을 사랑하오. 당신은 내가 사랑에 빠진 유일무이한 여자야. 우리는 꼭 결혼해야 한다고 주장하는 바요."

루크는 테사의 눈을 사로잡고 계속 감정적인 방어벽을 치려는 그녀의 시도를 봉쇄한 채 명령조로 선언했다.

희망을 품어선 안 돼, 테사는 있는 힘껏 빈정거렸다.

"지금 주장한다고 했어요? 까무라치게 낭만적이군요."

"어서 대답해요."

"대답할 필요도 없어요."

"이런 젠장할! 전화해야 한다는 걸 알았지만 공항에서 공항으로 날아다니느라 그만! 당신이 수선화를 싫어한다는 건 유감이오. 그러나……."

"수선화는 아주 좋아해요!"

"그럼 나를 사랑하지 않소? 내 눈을 똑바로 바라보면서 아니라고 말할 수 있소?"

"내 마음은 나도 잘 모르겠어요."

"결혼해 줄 거지, 테사?"

루크가 엄숙하게 물었다.

그녀는 생각에 잠긴 표정으로 따져보았다. 청혼이 희망을 품을 발판이 될까? 다시 실수하는 게 아닐까?

"테사, 제발 결혼하겠다고 해."

마침내 루크가 자존심을 버리고 간청했다.

"당신이 나를 미치게 하면서 재미있어하는 걸 다 알고 있소. 아무래도 좋으니 제발 결혼하지 않겠다는 말은 하지 마. 믿지도 않을 테니까. 그냥 '예'라고만 말해 줘. 난 자격이 없는 놈이지만 사랑은 무조건적이고 맹목적이잖소."

테사는 고개를 돌리고 눈가에 맺힌 기쁨의 눈물을 숨겼다. 이제 돌이켜보니 가장 비참했던 순간에조차 루크가 돌아오리란 희망을 버리지 않았다. 비록 의식하지 못했지만 그녀의 삶은 오직 이 남자, 바로 이 운명을 찾아 다른 우주를 헤매 왔다.

"당신을 사랑해요, 루크. 당신이 내 손을 잡는 순간부터 당신과 결혼하고 싶었어요."

"주여 감사합니다."

그는 거친 안도의 숨을 내쉬며 그녀를 왈칵 품에 안아 거듭해서 키스했다. 익숙하지 않은 격한 혼란과 환희를 참다 못한 테사가 그를 살짝 밀어내며 속삭였다.

"사흘이나 나를 자살 직전까지 내몰았던 그 특별한 반지가 뭐죠?"

"여기 어디에 있을 거야."

루크는 바닥에서 떨어진 상자를 주웠다. 그리고 석양빛으로 가득 찬 방 안에 램프를 켜고 상자 뚜껑을 열었다.

얼빠진 표정으로 테사는 상자 속을 들여다봤다. 별 하나가 방 안에 뜬 것 같았다. 완벽한 하트형에 표면이 다면체로 깎여진 보석은 눈깔 사탕처럼 컸고 잔잔한 초록이 가장 신비롭고 눈부신 빛을 내뿜었다.

"당신의 눈동자 색깔에 맞췄소."

루크는 말문을 잃은 그녀에게 말했다.

"녹색 다이아몬드요. 적색 다이아몬드 다음으로 희귀한 천연 보석이지만 적색은 당신에게 어울리지 않지. 이건 드레스덴 다이아몬드를 빼고 세상에서 가장 큰 녹색 다이아몬드에다 카멜레온이기도 해."

"카멜레온?"

"색이 변하거든. 빛의 굴절에 따라 색이 변하는 유일한 다이아몬드요. 어둠 속에선 금색을 발하지. 한밤중에 당신을 찾는 데 아주 유용할 거야."

"혼이 나갈 만큼 아름다워요."

“이건 시작에 불과하오. 테사 달링, 반지를 껴주겠소?”

“그럼으로써 내 인생이 바뀔 거예요.”

테사는 묘한 망설임을 느꼈다. 이 반지는 잔잔한 불꽃 광채에도 불구하고 왕관처럼 정통적이고 당당해 보였다. 진정으로 이걸 낄 준비가 되었을까? 이 반지에는 이해하기 어려운 어떤 함축적인 의미가 담겨 있었다.

루크는 보석 상자를 열렬하게 다시 내밀었다.

“내가 장난감 반지를 준다 해도 당신 인생은 바뀔 거요.”

“사실이에요.”

테사는 용기를 불러모아 손가락을 내밀었다. 반지가 손에 완벽하게 맞았다. 멀리 마법의 나라에서 날아온 이국적인 나비 한 마리가 사뿐히 내려앉은 듯했다. 돌연 그녀는 경쾌한 웃음을 터뜨렸다.

“뭐가 그렇게 재미있지?”

“피오나! 피오나는 내가 당신보다 만 배쯤 더 근사하다고 했어요. 나도 그 말에 동의했구요. 이제 뭐라고 설명하죠?”

“그녀의 지적이 정곡을 찔렀지만 내 뇌물에 넘어갔다고 해요.”

테사는 그의 강한 목덜미에 웃음 띤 얼굴을 파묻으며 물었다.

“당신이 정말 이 호텔의 주인이에요?”

“아니. 여기는 망나니 데니스 브랜디의 소유요. 소방서에 전화해서 내가 데니스라고 말했더니 총알같이 달려오더군. 사람들은 호주인을 잘 분간하지 못하거든. 어쨌든 이 침실에서 정말 불이 났다면 좋았을 텐데. 내 쪽지가 타버렸을 테니까.”

“이미 찢어버렸어요. 다시는 나에게 쪽지를 남기지 마세요. 당신 마음을 정확하게 표현하는 법을 배우기 전에는.”

“더 이상 쪽지 따윈 없소. 난 죽어도 당신 곁에서 떨어지지 않겠어.”

11

"염병할, 이럴 수는 없어!"

아론 주커는 노성으로 테사의 기를 꺾어 놓겠다는 듯 수화기를 입에 바짝 대고 외쳤다.

"그럴 듯한 이유를 하나만 대보세요."

테사가 웃었다.

"그리고 당신도 초대했으니까 당장 비행기 좌석을 예약하세요. 열흘 뒤에요."

"한 가지 이유? 염병할, 스무 가지를 대지. 이건 미친 짓이야! 세기의 대작이 세 편이나 줄줄이 잡혀 있다구. <제미니 섬머> 상영 후 당신은 초대형 스타로 떴는데 이런 황금 같은 기회를 던져버리고 내 뒤통수를 때려? 당신은 너무 어려. 집을 떠나서 살아본 적도 없잖아. 그리고 그 남자에 대해서 뭘 알지? 아무것도 몰라. 게다가 로디 감독이 당신을 <작은 아씨들>에 기용했던 이후 세심하게 보살펴 온 나에게 입을 다문 건 범죄야, 범죄! 당신은 내 지도에 따라 인생의 중대사를 결정하고……."

"아하, 그 말이 나올 줄 알았어요."

테사가 홍에 겨워 깔깔거렸다.

"내가 당신의 허락도 없이 결혼해서 기분 나쁜 거죠? 로디 감독님도 당신과 똑같은 말을 하시더군요. '염병할' 대신 '우라질'이라고 욕한 것만 빼구요."

"당신 부모님도 반대하셨지?"

"아직 말씀드리지 않았어요. 당신과 로디 감독님에게 제일 먼저 알려드리는 거예요. 우쭐하죠?"

"반대하실 게 뻔하니까 부모님께 전화 못한 거 아냐?"

"엄마아빠는 내 행복을 기뻐하실 테니까 안달뱅이 2인조부터 달래고 싶었어요."

"왜 이렇게 서둘러? 잘 알지도 못하는 사내와 열흘 후에 결혼하는 이유가 뭐야? 당신 아버지가 딸을 망쳐놨다고 총부리를 겨눠서 하는 결혼도 아니고 정말 모를 일이군."

"지금 하지 않으면 신혼 여행을 즐길 시간이 없어요. 루크가 삼 주 후에 호주로 돌아가야 하거든요. 하지만 무엇보다 결혼식을 서커스 판으로 만들고 싶지 않아요. 아주 조용하고 은밀하게 치를 거예요. 아론, 홍보하지 않는 게 도와주는 거예요. 당신만 믿어요."

"상대의 이름이 루크 뭐라고 했지?"

아론은 테사의 단호한 음성에서 어떤 설득으로도 상황을 돌이킬 수 없음을 깨닫고 진정된 어조로 물었다.

"블레이크예요."

"맥주 상표와 똑같아?"

"그이가 그 맥주예요."

"양조업자와 결혼한단 말이야?"

그가 의심쩍어하며 반문했다.

"그이의 증조부가 양조업자셨어요. 루크는 기본적으로 채광업과 기타 복잡한 사업체를 경영해요."

"그 루크 블레이크? 염병할! 어떻게 만났어? 어디에서? 언제?"

"이제야 감명받았어요? 이제야 좋아하고, 이제야 흥분하는 거예요? 아론, 부끄러운 줄 아세요."

"루크 블레이크는…… 당신에게 좀…… 성숙한 상대가 아닐까?"

"우리는 천생연분이에요. 나이 차이는 전혀 문제되지 않아요."

"좋아. 하지만 테사, 일은 어떻게 할 거지?"

"계속할 거예요. 일년에 한 편씩."

"뭐? 농담도! 차라리 은퇴하고 평범한 가정주부 노릇이나 하지 그래?"

"아론, 과장하지 마세요. 루크와 나는 모든 일에 대해 철저하게 토론했어요. 그리고 일년에 한 편씩 영화를 찍을 때만 제외하고 내가 루크를 따라다니고, 촬영이 시작되면 그이가 내 곁에 있어 주기로 결정했어요."

"으흐흠, 그럼 본거지를 어디에 둘 거야?"

"모르겠어요. 루크는 떠돌이예요. 사업에 문제가 생기면 달려가야 하니까 우리는 집시가 되겠죠. 시간이 나면 주로 멜버른과 캡페랏의 저택에서 지내구요."

"일년에 영화 한 편이면……."

아론은 약간 평정을 되찾았다.

"최대한 사 개월을 촬영 기간으로 잡고 거기에다 전후 준비 기간까지 감안해야 해. 하긴 당신이 혜성처럼 등장해 스타가 된 걸 고려하고 아주 좋은 작품을 딱 한 편만 선정하면 인기와 경력을 유지하기에 충분하지."

"이제 기분이 좋아졌어요? 하지만 제작 기간이 삼 개월에서 하루라도 더 드는 작품은 아무리 좋아도 사양이에요. 촬영 전의 의상 및 기타 준비 기간은 최대한 짧아야 해요. 그리고 유능한 제작진과 정해진 분량의 촬영만 하겠어요. 야외 촬영, 미결 대본, 바다, 아이, 동물은 금물이에요. 참, 스코틀랜드도 빼세요. 당신이 까다롭게 따져서 작품을 정하지 않으면 일하지 않을 테니 알아서 하세요."

“‘왕꼼꼼’이 내 별명이야.”

“‘염병할’은 당신의 애칭이죠. 그런데 언제 비행편을 예약할 거죠?”

“오늘 당장! 하지만 왜 모나코에서 결혼하지? 탈세라도 할 참이야?”

“루크가 그쪽 은행으로 물건을 찾으러 갔다가 친구를 만났대요. 그 분은 우리의 약혼 소식을 알고 꼭 결혼식을 올려주겠다며 성화였대요. 뭐, 모나코는 세계의 중심지에 속하니까 하객들이 참석하기에…….”

“루크의 친구가 내가 아는 사람이야?”

“레이니 공과 그레이스 왕비요.”

“염…… 병…… 할.”

아그네스는 진공 청소기를 끄고 전화를 받았다.

“엄마, 집에 계셨군요. 다행이에요.”

테사의 목소리에는 세차게 두근거리는 심장 고동이 드러나지 않았다. 어머니에게 결혼 소식을 전할 최상의 시간이나 방법은 없는 만큼 그저 결혼 소식이 새나가기 전에 부모님에게 먼저 알려드리려고 다부지게 마음을 먹고 전화기를 잡은 터였다. 이미 로디 감독과 아론을 상대로 연습했지만 어머니의 ‘여보세요’ 하는 목소리를 듣자마자 신뢰를 받지 못하는 소녀로 되돌아간 기분이 들었다.

“테레사, 내가 집이 아니면 어디에 있겠니?”

마치 딸이 근처 모퉁이에서 전화하는 듯 무미건조한 목소리였다.

“쇼핑이나 세탁소에 가셨거나 매기를 데리고 외출하셨거나…….”

즉흥 대답은 그만해, 테사는 엄하게 자신을 꾸짖었다.

“아무래도 좋아요. 전화한 용건은…… 저기…… 믿어지지 않으실 거예요. 실은 나도 얼떨떨하지만…… 엄마, 나 약혼했어요. 결혼할 거예요.”

통화 분위기가 썰렁해졌다.

“엄마, 듣고 계세요? 제가 결혼한다구요.”

“얼마전에 마지막으로 통화했을 때는 촬영 때문에 눈코 뜰새없이 바빠서 시내 구경할 짬조차 없대 놓고서 어떻게 결혼할 수 있니?”

아그네스의 어조는 자식의 응석을 받아주는 부모의 것이었다. 이번에도 하룻밤 사이에 스타가 된 테레사의 충동이겠지. 얘가 언제 클꼬?

“엄마, 그때는 루크를 만나기 전이에요. 그이는 너무너무 근사해요. 엄마도 만나보시면 마음에 쏙 들어하실 거예요.”

어림없지. 엄마는 루크를 싫어하고 반대할 거야. 로디 감독님과 아론과 피오나보다 더.

“테레사, 소설은 그만 써라. 도대체 말이 되는 이야기를 해야 장단을 맞춰주지. 생면부지나 다름없는 남자와 결혼한다는 소리를 나보고 믿으라는 거니?”

“내가 결혼할 남자는 루크 블레이크예요. 호주 사람이고 데이비드 감독과 절친한 사이예요. 데이비드 감독님은 그이가 정말 좋은 사람이라고 칭찬해…….”

“내가 언제 데이비드 감독의 의견이나 증언을 듣겠다던? 그리고 나도 몰랐던 내 딸의 결혼 사실을 그 감독이 어떻게 알았지?”

“엄마에게 제일 먼저 알리려고 했는데 루크가 너무 흥분한 나머지 불쑥 터뜨렸어요.”

“그 루크라는 사내는 천주교인이 아니지?”

드디어 엄마를 흡족하게 해드릴 유일한 질문이 나왔구나.

“루크는 천주교 모태 신앙이에요. 어렸을 때 복사였구요. 우리는 성당에서 제대로 된 결혼식을 올릴 거예요. 안심하세요.”

“그래, 마음 놓이는구나.”

아그네스는 잠깐 입을 다물었다. 테레사가 또 다른 죄를 짓지 않으리란 사실은 다행이지만 워낙 엉터리 신자인지라 주요한 장애는 부지기수다.

“아무리 상대가 천주교인이어도 충동적인 결혼은 이교도와의 결합만큼이나 좋지 않아.”

아그네스가 준엄하게 설교했다.

“지금 너는 모르는 남자에게 홀랑 반한 거야. 그 결혼이 실수로 드러나면—네 나이에는 실수가 틀림없지만—끔찍해져. 이혼하면 성당의 인정을 받지 못하는 재혼밖에 할 수 없고 그 다음부터 영성체도 받지 못해. 천주교 결혼은 배우자 한쪽의 죽음에 의해서만 해소될 수 있다.”

“엄마! 어떻게 그런 말씀을! 엄마는 마음만 자시면 최고급 포도주도 식초로 만드실 분이에요. 친엄마가 맞아요? 마치 근엄하고 늙은 신부님처럼 말씀하시는군요. 루크와의 이혼은 상상조차 못할 일이에요.”

“물론 이혼 생각은 안 하겠지. 어느 여자가 사랑에 빠졌을 때 현실적일 수 있다든?”

그건 내가 전문가지, 아그네스는 속으로 씁쓸하게 덧붙였다. 하지만 그런 말은 딸에게 할 수 없고, 한다 한들 테레사는 듣지도 않으리라.

“네 약혼자는 몇 살이나 먹었니, 테레사?”

“조금 많아요. 하지만 결혼한 적은 한 번도 없어요. 나와 만나기 전에는 사랑에 빠져본 경험조차……”

“그 사람이 몇 살이냐고 물었다.”

“마흔다섯이에요.”

“너 돌았니?”

아그네스가 진저리를 치며 버럭 고함을 질렀다.

전화선 저편에서 테사의 방어적인 설명이 이어졌다.

“그이의 나이는 상관없어요. 우린 천생연분이에요.”

“너보다 스물다섯이나 더 먹은 남자가? 제대로 알지도 못하는 남자가? 중년의 사내와 천생연분이 가당키나 하니? 들을수록 흉하구나. 테레사, 눈이 멀었니? 정신이 나갔어? 최소한 네 에이전트와 로디 감독에게 상의부터 하고 여러 사람들의 의견도 들어……”

“우리는 서로 사랑해요!”

테사의 참았던 분노가 터졌다. 엄마처럼 편협하고 현실적인 분에게 더 이상 루크를 변명하지 않겠어.

“누가 뭐래도 상관없어요! 난 결혼하고야 말 거예요!”

내 가슴에 사랑이 내린다 121

"넌 시간을 두고 그 사람에 대해 더 많이 알아야 해. 그밖에 난 더 이상 할말이 없다."

"결혼식은 열흘 뒤예요. 엄마아빠와 매기가 와주기를 바래요. 매기에게 화동을 시키려고 드레스를 여러 벌 준비해 놨어요."

"테레사, 넌 지금 일생일대의 실수를 하는 거야. 이번에는 울며불며 매달려도 내가 손써 줄 수 없는 실수야. 물론 넌 머저리가 아니니까 그에게 과거를 말하진 않았겠지. 나도 입을 다물 테니 걱정하지 말거라."

엄마가 저 말을 꺼낼까 어쩔까 궁금했었지. 공연한 궁리였어, 테사는 침착하게 뒷말을 이었다.

"모나코에서 결혼할 거예요. 예식은 성 니콜라스 대성당에서 거행되구요. 루크의 집이 그 근처에 있어요. 그이가 우리 식구와 외가 친척들을 위해서 전용 비행기를 보내고 호텔 드 파리에 방을 잡아 놓겠대요. 그이의 가족 사항은 단출해서 의붓형제 내외와 조카가 전부예요. 회사 임원진 부부들도 참석할 테구요. 우리는 약혼 사실을 비밀에 붙이려고 갖은 노력을 다해 왔으니까 조용한 결혼식이 될 거예요."

아그네스가 뜸을 들이며 침묵에 무게를 실었다.

"이제 알겠다, 테레사. 네 약혼자는 돈이 많구나."

"갑부예요. 하지만 돈 자랑은 안 해요. 그저 돈에 구애받지 않는 거지."

테사는 일부러 강조하며 약혼 반지를 만지작거렸다. 열네 살 때 저질렀던 무서운 실수를 불필요하게 상기시키는 어머니의 처사에 왜 아직도 마음이 아플까? 내가 영원히 잊지 못하리란 걸 어머니는 모를까?

"알았다."

"왜 계속 '알았다'라고만 하세요? 내가 돈 때문에 그이와 결혼한다고 생각하시는 건 아니겠죠?"

"네가 돈을 못 벌면 또 모를까, 그 때문에 결혼할 이유가 없지. 하지만 두 발로 뛰며 에이전트에게 수수료를 지불하고 고액 세금까지 내며 벌어야 하는 돈과 결혼해서 편안하게 만지는 돈은 달라. 너처럼 많이 버는 아가씨도 그런 차이는 알고 있으리라 믿는다.”

“엄마, 일단 루크를 만나면 모든 걸 이해하실 거예요.”

테사는 가능한 인내심 있게 말했다. 화를 낼 가치조차 없는 화제야. 아그네스가 냉정하게 비아냥거렸다.

“내가 이해하든 말든 왜 상관하니? 넌 항상 마음대로 해왔으면서. 항상 제멋대로이고 고집스럽고 결과에 개의치 않았잖아.”

“내가 행복하면 엄마도 행복할 수 없어요? 그게 엄청나게 대단한 요구예요?”

“난 거짓말은 못한다. 네 결혼은 완전히 정신나간 짓이야.”

“좋아요, 그렇다고 쳐요. 가능한 빨리 전용 비행기 일정과 숙박 기간을 일러드릴게요. 그래야 아버지가 미리 학교에 통보하실 수 있죠. 엄마, 안녕히 계세요. 아버지와 매기에게도 인사 전해주시구요. 언제 다시 연락하게 될지 지금으로선 모르겠어요. 참, 그레이스 왕비가 예식이 끝난 다음에 왕궁에서 피로연을 열어준대요.”

“그만 끊는다, 테레사.”

아그네스는 수화기를 내려놓고 천천히 부엌으로 가서 냉수를 연거푸 들이켰다. 다시 거실로 돌아와 진공 청소기를 켜고 덜커덩 소리가 나도록 힘차게 끌고 다녔다.

반찬거리 쇼핑과 세탁물 수거? 테레사는 전화를 걸면서 그런 내 모습을 상상했다고 했어, 아그네스는 화가 나서 미칠 지경이었다. 딸의 눈에 비친 나는 파출부야. 온 세상이 나를 그런 식으로 봐. 그녀는 거실 물건을 모조리 내던지고 싶었지만 남편의 면박이 무서웠다. 그렇다고 차분히 앉아서 딸의 결혼 소식을 생각할 심경도 아니었다. 머리 속에서 만화경처럼 스쳐 지나가는 영상들이 눈앞을 가득 메웠다.

케리 그랜트를 닮은 사내와 팔짱을 끼고 있는 테레사. 땅바닥에 질질 끌리도록 긴 밍크코트를 두른 테레사. 다이아몬드로 몸을 휘감고 전용기와 롤스로이스를 굴리며 디자이너 드레스를 걸친 테레사. 전 세계에 저택을 두고 수많은 하인들을 거느린 테레사. 그 중에는 바닥 청소를 하는 충실한 하녀도 있으리라. 부유하고 유명하고 아름다운 상류층 인사들 틈에서 방실거리는 테레사. 제 한 몸에 집중되는 스포트라이트조차 의식하지 못한 채 사랑받고 칭송받는 테레사.

드디어 녹초가 된 아그네스는 의자에 주저앉았다. 난 모든 사람들에게 내 딸이 인정받도록 노력하며 살아왔어. 남편과 투쟁해서 테레사에게 명예와 부를 획득할 기회를 주었어. 그런데 왜 이렇게 견딜 수 없을까? 왜 비명을 지르며 머리카락을 쥐어 뽑고 싶을까?

남편이 뭐라고 생각하든 이건 질투가 아냐. 친딸을 질투하는 어미가 어디 있을라구? 얼토당토 않아! 비정상적이고 사실이 아니라구. 난 상대가 아무리 부자여도 방금 만난 남자와 결혼하고 싶지 않아. 영화 배우가 되거나 오스카를 받고 싶지도 않아. 그러니 이 기분이 질투일 리 없지.

아, 나는 평범한 남자와 결혼해서 친정인 브릿지포트 부근에서 살고 싶었어. 평범한 남자와 평범한 아이들을 낳고 내가 여왕일 수 있는 평범한 가정을 꾸리고 싶었어. 맞아! 내가 질투하는 여자는 샌도르 호바트와 만났을 때부터 본래의 모습을 상실했던 그 단순한 여자야. 난 라일리 자매 중 가장 예쁜 막내딸 아그네스가 부러워. 젊은 시절의 자신, 특히 주변의 다른 여자들과 똑같은 것을 기대하고 특별한 것을 원치 않았던 시절의 자신을 질투하는 게 도덕적인 죄악일 수 있을까?

그때 어떤 이름이 아그네스의 뇌리를 스치고 지나갔다.

그레이스 켈리. 그레이스 왕비가 내 딸의 피로연을 열어주다니!

모든 아일랜드 천주교도 소녀들의 궁극적인 이상이자 매일 꿈 속에서 사는 그레이스 왕비가! 옳거니, 이게 내가 내 피와 살을 향해 질투를 느낄 수 없는 이유여야 해. 내가 질투하는 사람이 있다면 그 대상은 마땅히 그레이스 왕비이고, 그런 종류의 질투심은 신부님께 언급하기조차 우스워. 잡지 표지의 아름다운 미녀를 동경하는 순간에 죄를 지었다고 고백하는 것만큼 우스꽝스럽지.

마음이 가라앉자 테레사가 통화 막바지에 말했던 내용이 더욱 상세하게 떠올랐다. 전용 비행기, 초일류급 호텔, 왕궁에서의 피로연. 그레이스 왕비와 레이니 공. 그리고 신부측 어머니야말로 항상 신랑신부 다음으로 결혼식의 주인공이다. 그런데 친정 언니들은 아직 아무것도 모르고 있어!

언니들이 이 소식을 들으면 폭격을 맞은 것처럼 뒤집어져서 영원히 회복되지 못할 거야, 아그네스는 불현듯 힘이 샘솟았다. 언니들은 테레사가 오스카상을 탔을 때도 흥분했었지만 이 소식에 비하면 약과다!

작년의 오스카 조연 여우상 배우를 누가 기억하랴? 아무도 없다. 하지만 막내동생의 딸이 그레이스 왕비가 베푼 결혼식을 올렸다는 사실을 누가 잊어버리랴? 아무도 잊어버리지 않을 것이다. 그야말로 라일리 집안의 경사요, 자자손손의 입에서 회고될 전설감이다.

아그네스가 막 수화기를 집어들고 큰언니에게 전화하려는 찰나 매기를 결혼식 화동으로 세우겠다던 테레사의 말이 번쩍 떠올랐다. 아, 안 돼. 테레사 넌 사생아 딸을 앞장세워서 꽃을 뿌리게 하고 신부님 앞에서 결혼식을 올릴 수 없어. 네가 제 아무리 배덕한 죄인이라도 내 눈에 흙이 들어가기 전에는 안 돼. 그건 중죄야. 성모 마리아의 안전에서 죄를 범하는 꼴이야. 그런 사태를 어떻게 막을 수 있을까?

황급히 아그네스는 시나리오를 짰다. 남편은 딸의 뻔뻔스런 계획이 신성한 결혼을 우롱하는 짓이라고 생각하리라. 매기에게는 어른들 파티여서 못 데려간다고 말하면 된다. 믿음직한 사람…… 대모인 헬렌 켈리에게 매기를 며칠간 맡기자. 그리고 테레사에게는 매기가 풍진에 걸렸다고 둘러대자. 그 병처럼 임신 가능한 여자들을 기절초풍하게 만드는 건 없으니까.

테레사가 제대로 알지도 못하는 사내와 화려한 결혼식을 올리는 건 막을 방법이 없다. 하지만 그 아이는 원하는 전부를 얻진 못하리라. 누군가 불참할 테니까. 빠진 자리가 표나는 사람이. 매기는 그 신성 모독의 공범자가 되지 않을 것이다.

12

"다 끝났다고 말해 줘요."

탈진한 테사가 운전대를 잡은 루크에게 들릴락 말락한 목소리로 졸랐다. 그들은 고산 마을인 에쩨 빌리지의 바로 아래에 자리잡은 루크의 농가에서 신혼 여행을 보내려고 모엔느 코니쉐를 따라 달리는 중이었다.

루크는 사랑스런 새신부에게 시선을 던졌다. 그녀의 감긴 눈 아래에 희미한 그림자가 어렸고, 도톰한 입술은 유혹하듯 피로로 살짝 벌어져 있었다. 현란하게 굽실거리는 머리카락만이 복잡한 결혼 절차에 구애받지 않은 듯 활기를 내뿜으며 바람에 나부꼈다. 서서히 다가오는 황혼 속에서 검은 머릿단이 언뜻언뜻 붉은 광채를 냈다.

"당신이 결혼 십 주년에 다시 식을 올리자고 고집부리지 않는다면 다 끝난 셈이지."

루크가 다정하게 대답했다.

"뭐, 그런 불상사가 있어도 나는 당신의 뜻에 따르겠지만. 일단은 파파라치들에게 몇 마디 귀띔해 당신 마음을 바꾸도록 시도한 다음에."

"파파라치들에게는 딱 한 마디만 하면 돼요."

테사는 모나코의 엄중한 경찰의 사전 조사를 거쳐 몰려들었던 기자와 사진 작가들의 군도를 떠올리며 한숨을 쉬었다.

"그레이스 왕비의 청을 거절하고 사랑의 도피를 할 걸 그랬어요. 난 이번에 큰 교훈을 배웠어요. 아무리 관대한 사람일지라도 결혼식을 맡기지 말지어다. 아니, 관대한 사람일수록 더. 다시 신부가 되라면 돌아버릴 거예요. 자기 결혼식을 즐기는 사람이 과연 있을까요?"

"없을걸. 그런 사람이 있다는 소리는 못 들었소."

"그런데 우리가 왜 결혼식을 올렸을까?"

"일종의 통과 의례지."

상상력과 상식을 지녔다면 피해야 할 통과 의례다. 어쨌든 그 대부분이 테사의 잘못이었다. 오늘 아침에 거행된 결혼식 자체는 순백색의 꿈결이었다. 수십 개의 화려한 크리스털 샹들리에와 함께 매달린 바구니에서 쏟아지던 흰 꽃잎, 제단을 장식한 흰 꽃바구니와 흰 초. 널찍한 대성당의 중앙 통로를 따라 행진할 때는 꽃이 만발한 정원을 가로질러 사랑하는 이에게 향하는 장중한 산보와도 같았다. 아, 결혼식은 진정코 꿈이었다. 제단에 무릎 꿇고 성모 마리아의 절차에 따라 테사를 합법적인 아내로 맞이하겠다던 루크의 힘차고 즐거운 맹세가 기억나는 전부인 꿈.

그녀의 친척을 전부 초청하지만 않았어도 지난 사흘이 훨씬 즐거웠으리라. 신랑신부가 그 역할에만 충실하면 되는 관례에 따라 다른 사람들의 생각이나 감정을 약간 무심하게 넘겼어도 고역은 면했을 것이다. 하지만 테사의 탐욕이 화근이었다. 모두에게 행복한 모습을 보여주려던 게 결정적인 실수였다.

테사는 외가 친척들이 모나코 공국에 도착한 순간부터 덜 떨어지게 행동하리란 생각을 미처 못했다. 가족 모임에 대한 어린 시절의 추억은, 정답고 살가운 친척들이 속내를 터놓고 웃음꽃을 피웠던 그런 훈훈한 종류였다. 하지만 모나코에서 친척들은 혹시 실수라도 할까 봐

딱딱하게 주눅든 통에 결혼식 하객이라기보다 장례식 문상객에 가까웠다.

특히 루크가 인터내셔널 스포팅 클럽에서 열었던 결혼식 전야 만찬에서 외갓집 사람들은 모나코 국왕 내외의 존재에 완전히 얼었다. 피로연에서는 어찌나 점잖게 춤추는지, 그들의 고향집 러그가 경쾌한 발놀림에 닳아 너덜거린다는 사실을 짐작할 자가 아무도 없었다. 심지어 샴페인마저 한 잔 이상 손대지 않았다. 테사와 루크는 물론이거니와 그레이스 왕비까지 흥을 부추기려고 노력했지만 할리우드 패거리와 그레이스 켈리의 우상화에 물들지 않은 호주 사람들만이 결혼식다운 잔치 분위기를 냈다.

하긴 피로연이 그 중 최악은 아니었어, 테사는 간신히 눈을 뜨고 루크가 요령 있게 꾸불꾸불한 산길을 운전하며 연출해내는 지상 최고의 지중해 풍경을 감상했다.

부모님이 매기도 없이, 그것도 친척들과 달리 전용기가 아니라 보통 비행기편으로 도착한 게 진짜 최악이었다. 매기만 있었어도 이모들은 막내 여동생이 여왕 모후로 격상한 게 아님을 깨달았으리라.

테사는 그 '신격화'를 지켜보기가 고통스러웠다. 이모들이 막내 여동생을 대하는 태도는 숭상 그 자체였고 아그네스는 자매지간의 정을 넘어서서 한껏 콧대를 세웠다.

라일리 집안의 관점에서 보면 아그네스 호바트가 그레이스 켈리와 가장 가까운 인물이 된 셈이므로 그녀는 자신의 위치를 마음껏 즐겼다. 오만한 말과 위엄에 찬 행동 등 수십 가지의 방법을 동원하여 뽐내고 다른 사람보다 우월한 존재임을 과시한 것이다. 주님에 의해서가 아니라 자신의 의지와 노력과 예지력에 의해 다른 자매들보다 성공했고 한없이 축복받았음을 암암리에 밝혔다. 바로 나, 아그네스 호바트가 수십 년에 걸쳐 이 꿈 같은 사건을 연출했다는 식이었다. 라일리 자매들의 눈에는 막내동생이 결혼식의 주역이었다.

어머니의 본의가 어떻든 고깝게 받아들이지 말자, 테사는 다짐했다.

루크는 한참 연하의 처녀와 결혼하는 입장이니만큼 장인장모를 깍듯하게 모셨다. 그 결과 샌도르는 예전에 딸의 에이전트와 재정 고문을 받아들였듯이 약간 건조하고 수상쩍어하는 식으로 사위를 인정했다. 아그네스도 사윗감이 예상과 달리 진솔하고 매력적이며 다정다감했기 때문에 딸에게 이렇게 속닥거리기에 이르렀다.

"네가 왜 이렇게 어리석고 성급한 결정을 내렸는지 알 만하구나."

그 말은 어머니로부터 받을 수 있는 최상의 축복이었다.

한편, 어렸을 때 함께 놀고 자랐던 사촌들은 테사와 어울리려 하지 않았다. 그녀를 우월한 존재로 여긴다기보다, 공통 분모가 전혀 없고 자신들과 똑같은 인간이 아니라는 식이었다. 테사는 항상 집안의 예쁜이 취급을 받았지만 이제 사촌 내외와 조카들은 경이와 놀라움으로 그녀를 대하며 서먹서먹하게 굴었다.

게다가 어린 조카들은 어떻고! 한시도 그치지 않고 서로 싸움박질을 하고 징징거리고 야단맞는 등 예의라곤 눈 씻고도 찾아볼 수 없었다.

아무튼 친척들이 창피한 때가 너무 많아서 얼굴을 붉히는 것 자체가 수치스러웠다.

오스카를 수상했다는 의미가 이런 것일까? 역대의 모든 수상자 집안에서 이런 일이 일어났을까? 아니면 그레이스 왕비가 결혼식을 올려줬기 때문일까? 혹은 여자 친척들이 모두 한번쯤 끼어보고 싶지만 엄두조차 내지 못한 약혼 반지의 위력일까? 그것도 아니라면 테사가 캘리포니아로 이사할 때까지와 지금의 모습 사이에 어떤 실제적인 차이가 있어서일까?

가족들이란…… 그래, 가족은 언제나 마음속에 똑같은 모습으로 남아 있지만 스스로에게 일정한 변화 이하만을 허락해야만 실질적으로 같은 동아리에 남아 있을 수 있다. 지나치게 비상하거나 추락하면 혈연 집단에서 암암리에 추방되어 버린다.

하지만 타일러와 매디슨 웹스터는 테사를 편안하게 대하고 루크의 행복을 진심으로 기뻐했다. 루크의 그 의붓동생 내외는 미국 뉴저지에서 온 미남미녀 부부로서 테사의 아버지를 필두로 레이니 대공, 회사 임원의 내성적인 아내에서 버릇 없는 사돈댁 아이들에 이르기까지 모든 사람들과 격의 없이 어울렸다. 성분이 좋은 출신들답게 겸손하고 품위가 있었다.

테사가 영화 배우가 되기 전부터 알았던 하객들 중에서 미미 피터슨만이 아그네스의 못마땅한 시선에 굴하지 않고 예전과 똑같이 자유분방하고 짓궂은 모습을 보여줬다. 비키니 팬티와 하이힐 차림으로 호텔방을 활보하고, 성심 동창생들의 뒷소문을 비롯하여 대학에서의 남성 편력을 소상하게 전했으며, 루크에게 괜찮은 호주 남자를 소개해 달라고 졸라대고, 적절치 않은 시간에 불가능한 룸서비스를 요구하는 등 테사가 기억하는 그대로의 미미였다.

한편 천사의 후예 피오나는 기쁨에 들떠 런던 해럴드 백화점의 웨딩숍으로 날아가 웨딩 드레스와 들러리 드레스부터 시작하여 일체의 혼수품을 장만하는 데 심혈을 기울였다. 할리우드 패거리들도 나름대로의 즐거움을 만끽하는 듯했다.

아무튼 내 의도는 좋았어, 테사는 자신을 위로했다. 이제 결혼식에 대한 회상이 생각에서 비껴가며 그녀의 어깨를 무겁게 내리누르던 긴장이 풀리기 시작했다. 눈꺼풀에 와닿는 늦은 오후의 햇살이 포근하게 느껴졌다. 루크가 차를 세울 때까지 조금만 자야지. 이제 곧 도착할 거야…….

아, 왜 이렇게 낮잠이 달게 느껴지지 않을까? 테사는 천천히 잠에서 깨어나며 생각했다. 낮잠이란 여하한의 의무가 따르지 않는 잠의 형태이다. 다음날을 위해 꼭 필요하거나 놓쳐서는 안 될 휴식이 아니라 의도를 초월하여 깜빡 녹아드는 신성한 기쁨이요 짧은 축복이자 달콤한 망각이다. 처칠 수상은 매일 낮잠을 취했다지? 그분의 뒤를 따른다면 내 얼굴이 처칠과 비슷해질까, 아니면 브랜디와 시가까지 더해야 할까? 아무래도 루크에게 물어봐야겠다. 그이는 만물 박사니까. 맞아, 루크!

테사는 자리에서 벌떡 일어났다. 여전히 피로연 의상 차림으로 낯선 침실의 넓은 침대에 퀼트 이불을 덮고 있었다.

두툼한 돌벽의 아치형 창문으로 햇살이 들어왔다. 테사는 서둘러 창문으로 다가갔다. 일렬 종대로 경작된 라벤더 들판, 올리브와 사이프러스 나무, 창가를 장식한 덩굴 등 프로방스 지방의 전형적인 농가였다. 그리고 햇살은 석양이 아니라 새벽녘의 색채를 띠고 있었다.

적어도 열세 시간은 잤구나, 테사는 쌀쌀한 공기 속에서 어깨에 퀼트 이불을 둘렀다. 어휴, 신랑을 찾는 것보다 화장실이 더 급해.

다행히 손에 닥치는 대로 연 문이 찾던 그곳이었다. 급한 용무를 해결하자 세면대 옆에 놓여진 화장품 가방이 보였다. 테사는 황급히 세수와 양치질을 한 다음 남편 수색을 잠시 미루고 샤워부터 하려고 구겨진 드레스를 벗었다.

자, 이제 필요한 건 옷과 남편이다. 그녀는 침실에서 가방을 찾아보았지만 허탕치고 큼지막한 수건을 두르는 것으로 옷 문제를 해결했다. 그리고 남편을 찾으러 갔다.

방문을 열고 한 발 떼려다가 테사는 뭔가에 걸려 넘어질 뻔했다. 루크가 복도를 순시하다 마법에 걸린 충실한 보디가드처럼 정장 차림으로 이불을 덮은 채 잠들어 있었던 것이다. 테사는 주저앉아 그의 손등을 가볍게 긁었다. 무반응이었다. 그의 귓불에 키스해 봤다. 루크는 여전히 꿈나라였다. 이번에는 그의 머리카락을 잡아당겼다. 숨소리조차 변하지 않았다.

이이가 몇 시에 잠들었을까? 내가 깨어나길 기다리다 모종의 이유에서 마룻바닥을 잠자리로 정했나보다. 하지만 이대로 놔두면 향후의 전망이 어두워진다. 부부의 활동 시간대는 모름지기 일치해야 하는 법.

단호하게 그녀는 수건을 벗어던지고 나신으로 루크의 이불 속에 기어 들어갔다. 얼마 지나지 않아 몸이 훈훈해졌다.

루크라면 체온으로 빙하도 녹일 수 있을 거야, 테사는 몽롱하게 생각했다. 이이가 조만간 내 존재를 알아차리고 일어나겠지. 그런데 코

내 가슴에 사랑이 내린다 131

사크족이라도 신부를 납치하려고 몰려올까 봐 침실 앞을 지킨 걸까?
무슨 첫날밤이 이렇지?

분개해하며 테사는 루크의 셔츠를 벗겼다. 그가 일찍이 자동차 안에
서 넥타이를 풀렀기 때문에 시간과 수고가 절약되었다. 그녀는 숨결로
루크를 깨울 생각으로 그의 가슴에 대고 후후 숨을 불었다. 하지만 그
는 미동도 하지 않았다.

옆구리를 찔러볼까? 겨드랑이를 간지럽혀? 하지만 그가 간지럼을
타는지 안 타는지 여부도 모르잖아. 차라리 막 흔들어? 안 돼, 루크가
너무 커. 그럼 바지를 벗길까? 바로 그거야. 셔츠를 벗겼으니까 그게
논리적이야.

테사는 아주 쉽게 그의 허리띠를 풀고 바지 지퍼를 내렸다. 루크가
여전히 잠든 채 고개를 다른 쪽으로 돌렸다. 테사는 그의 가슴을 덮은
체모를 어루만졌다. 털을 잡아당기면 잠에서 깰 거야. 뭐, 내 배에는
털이 없는지라 그 확실성 여부를 장담할 순 없지만.

탐색이 성긴 음모에 이르자 테사는 화들짝 멈췄다. 남자의 음모를 잡
아당길 순 없다. 하면 안 되는 일이다. 하지만 굉장히 유혹적이다. 그녀
는 꼼지락거리며 천천히 손을 아래로 내려 루크의 페니스를 쥐었다.

아주아주…… 좋은 감촉이었다. 조금도 무섭지 않았다. 부드럽고 따
뜻하고 유순하며 이상하게 생긴 작은 동물 같았다. 잠든 상태에서도
그녀의 감촉에 반응하는 것으로 봐서 무궁무진한 잠재력을 지녔고 아
주 민감한 애완동물. 매혹된 그녀의 손 안에서 페니스는 눈 깜짝할 사
이에 애완동물다운 귀여움을 잃고 점점 더 굵고 크고 단단해졌지만 여
전히 우호적이었다. 테사는 숨을 멈추고 그걸 위아래로 쓰다듬으며 크
기를 가늠했다. 모든 부분이 흥미진진했다. 탐색이라기보다 보상에 가
까웠다.

“어이! 맙소사!”

이게 그를 깨우는 비법이구나.

“당신, 쿨쿨 잠만 자면 어떻게 해요?”

테사는 그에게 몽정이 아님을 분명히 알리기 위해 손을 떼지 않고
토라진 목소리를 냈다.
"그만해!"
"안 좋아요?"
"좋아. 하지만 멈춰!"
마지못해 테사는 전리품에서 손을 떼고 루크와 눈을 맞췄다.
"잘 잤어요?"
루크는 그녀의 새침한 어조에 코웃음을 쳤다.
"어느 수녀원에서 이런 것을 배웠지?"
"내 본능에 따랐어요."
"아, 달링……."
루크가 그녀의 얼굴에 키스를 흩뿌렸다.
"당신의 본능을 억누르고 싶진 않지만 복도바닥에서는 안 돼."
"어쩌다가 여기에서 잤어요?"
"당신이 낯선 환경에 놀란 나머지 굴러 떨어질까 봐 침대 한가운데
눕혔는데 도무지 일어나질 않더군. 나도 침대에 누웠지만 자칫 당신의
단잠을 깨우면 안 되잖소. 그래서 침대 근처의 깔개에서 잘까말까 망
설였는데 당신이 한밤중에 일어나 내 몸에 걸려 넘어질 가능성도 있기
에 이곳을 잠자리로 정했지."
"침실에 작은 불을 켜고 깔개에서 자지 그랬어요?"
"아……."
"제대로 생각을 못했군요."
그녀는 용서한다는 듯 말했다.
루크의 얼굴에 겸연쩍은 표정이 떠올랐다.
"이런 상황은 생전 처음이라. 실은 이 집이나 저 침대를 아는 여자
는 한 명도 없소."
"오랫동안 캡페랏에 저택을 뒀다면서요?"
"맞아. 하지만 이곳은 약혼한 직후 우리 두 사람만을 위해 마련한

장소요. 이런…… 당신, 나체잖아!"

"언제 알아차릴까 궁금했죠."

루크는 그녀를 퀼트 이불째 번쩍 안아 침대로 옮겼다.

"여기에서 꼼짝 말고 기다려요. 내가 얼른 양치질하고 샤워하리다."

"숨은 쉬어도 돼요?"

이제 그가 정신을 차리고 주도권을 잡자 테사는 객쩍은 말을 방패 막이로 삼았다.

"간간이라면."

테사는 호기심과 기대감과 불안에 압도당한 채 루크를 기다렸다. 생각이 기능을 멈췄다. 거의 숨을 쉬지 못한 사이에 그가 돌아오고 짧은 기다림이 끝났다. 루크가 아랫도리를 가린 수건을 벗어던지고 침대에 눕자 테사는 돌연 강렬한 부끄러움을 느꼈다. 그녀는 이불 속으로 숨으며 헝클어진 머리카락 틈으로 루크를 훔쳐봤다.

"테사 달링, 당신 때문에 돌아버리겠어. 제발 그런 표정으로 보지 마."

루크가 간청했다.

"아무것도 안 해도 돼. 어떤 규칙도 없소. 당신이 가끔 내 키스를 허락해 준다면 일주일 내내 그냥 보내도 괜찮아. 일어나서 아침 먹고 관광하러 갈까?"

"싫어요."

"키스도 허락하지 않겠다는 뜻이오?"

"일어나서 아침 먹고 싶지 않다는 뜻이에요."

"그럼 뭘 하고 싶지?"

"몰라요. 당신이 알아야죠."

"보통 때라면 알겠지만 당신은 숫처……."

"제발 다른 여자들과 침대에 있을 때 하던 식으로 하세요."

"당신은 다른 여자가 아니잖소. 내 아내, 내 운명의 상대야."

"그렇다면 빨리 뭔가를 해봐요."

“우선 당신의 일부만 조사해 볼까?”

루크가 어린애처럼 보채는 테사에게 싱긋 웃었다. 그는 입술로 그녀의 눈가를 탐색했다. 테사가 잠자코 있자 이번에는 광대뼈를 따라 눈썹과 콧날에 이르기까지 짧고 다정한 키스를 비처럼 뿌렸다.

테사가 중얼거렸다.

“그 부분이 내 얼굴에서 가장 예쁘대요. 피오나가 그랬어요.”

“글쎄…… 더 예쁜 부분이 숨어 있을 것 같은데…….”

그는 다정하게 테사와 입을 맞췄다. 말없이 그녀도 키스를 되돌렸지만 루크는 떨리는 입술에서 그녀의 불안을 읽었다. 당연히 긴장되겠지. 이보다 더 자연스런 반응이 또 있을까? 루크는 압도적인 정열로 테사를 질겁하게 만들지 않으려고 욕망의 고삐를 쥔 채 다정하고 부드러운 키스를 퍼부었다. 유혹하는 듯한 감질나는 키스가 이어지는 동안 그녀의 머리칼을 쓰다듬으며 긴장을 풀도록 유도했다. 잠시 후 테사가 점점 뜨겁게 입맞춤을 받아들였다. 루크는 귀를 공략하기 시작했다. 교묘하게 귓불만 빼고 귀에서 목선을 따라 내려가 쇄골 부위의 섬세한 피부까지 리드미컬하고 반복적으로 입술을 오르내렸다.

갈수록 테사의 숨이 가빠졌다. 마침내 그녀는 이불을 확 제치고 봉긋한 가슴을 드러냈다. 핑크색의 작은 유두가 꼿꼿하게 서 있었다. 테사는 헐떡거리며 애원했다.

“여기에 입을 대주세요, 내 귀는 놔두고. 아, 미칠 것 같아!”

“괜찮은 생각이로군.”

루크는 대담하게 제 존재를 과시하는 섬세한 부분을 향해 고개를 숙였다. 테사가 맹목적으로 손을 내밀었지만 루크는 살짝 몸을 사리며 잔뜩 성난 페니스가 그녀의 반경에 미치지 않도록 피했다. 그녀에게 아주 길고 정교한 전희를 베풀 작정이었다. 루크는 그녀의 가슴을 쥐고 혀와 이와 입술로 젖꼭지를 번갈아 애무하여 격렬한 기쁨을 일으켰다. 테사는 쉼없이 꿈틀거리며 하반신을 덮은 이불을 치우려 했지만 루크의 우세한 힘이 그 시도를 저지한 채 그녀의 가슴을 힘차고 달콤하게 빨았다.

"제발…… 제발 부탁이에요!"

테사가 잇새로 재촉했지만 루크는 못 들은 척했다. 절대로 서두르지 않겠다고, 그녀가 아픔을 느끼지 못할 정도로 흥분시키겠다고 되뇌었다.

그때 전광석화처럼 갑자기, 루크에게 대처할 틈도 주지 않고 테사가 힘껏 이불을 제치고 벌떡 일어나는 동시에 그의 위에 걸터앉았다. 깜짝 놀란 루크는 그녀가 페니스를 잡고 수직으로 세우는 감촉을 느꼈다.

"안 돼!"

루크가 소리 높여 반대했지만 테사는 이미 자세를 취했다. 단 하나의 목적에 집중한 외곬의 표정으로 눈을 꼭 감은 채 그녀는 허벅지 사이로 루크의 페니스를 인도했다. 손가락으로 페니스의 끝부분을 살살 만지며 몸을 아래로 내렸고 마침내 두 사람의 몸이 맞닿았다.

"테사 달링……."

"안 돼, 움직이지 마세요. 말하지도 마세요. 나 혼자 해야 해요."

루크는 온힘을 다하여 자제하고 돌처럼 가만히 누워서 그녀가 떨리고 긴장된 몸으로 한 번에 일 인치씩 자신과 결합하는 모습을 매혹된 시선으로 응시했다. 둘 다 숨을 쉬지 못했다. 시간마저 정지된 듯 아무 소리가 들리지 않는 진공 상태에서 테사는 입술을 꾹 다물고 결연하게 그를 향해 몸을 열었다. 무자비하게 루크의 인내를 요구하는 동시에 자신의 아픔에 대해서도 가차없는 여신처럼 보였다. 아니, 아랫입술을 깨물고 활시위를 당기는 여전사 같았다. 테사는 그 부분에 모든 감각을 집중한 채 잠시 쉬었다가 자신을 다시 몰아붙였다. 마침내 그녀의 입에서 긴 한숨이 터져나왔다. 루크는 어느덧 자신이 그녀의 온기에 감싸였음을 깨닫고 테사를 다시 살폈다. 조금 전까지 강렬한 집중과 긴박함으로 낯선 타인처럼 보였던 그녀의 얼굴에 안도감이 어리면서 친숙한 여인으로 되돌아왔다.

그때서야 루크는 아주 조심스럽게 그녀를 껴안은 채 옆으로 굴렀다. 이제 상위를 차지하고는 희미하게 미소 띤 테사를 내려다봤다. 성취감과 자랑스러움과 경이가 뒤섞인 그런 미소였다.

"테사, 나를 봐."

루크가 속삭였지만 그녀는 눈을 뜨지 않았다.

"나를 보라니까, 달링."

고집스런 채근에 테사가 따랐다. 그의 눈에 눈물이 어려 있었다.

"많이 아팠소, 테사?"

"아주 조금. 이제는 괜찮아요. 그런데 왜 당신이 울죠?"

"숫처녀를 아내로 맞이한 게 너무 행복해서. 전부가 상상 이상으로 너무 아름다워서."

"더 이상은 처녀가 아니에요."

루크는 서서히 페니스를 밖으로 뺐다가, 한없이 조심스럽게 다시 안으로 밀어넣어 그녀를 완전히 채웠다.

"그래, 이제 당신은 더 이상 처녀가 아냐."

13

"사람이 사흘씩이나 집에 틀어박힐 수 있다니. 처음 알았소."

루크가 말했다. 마을에서 사온 갓 구운 바게트와 고소한 버터, 신선한 햄과 다섯 종류의 치즈로 점심을 먹고 치운 참이었다.

"오늘밤에는 외식할까, 테사? 마침 선상 파티에 초대받았고 항구까지는 삼십 분 거리잖소."

그녀는 식사 준비를 할 때마다 애용해 온 이웃집 볼렛 부인의 앞치마를 접으며 루크를 놀렸다.

"벌써 농가에서의 사랑 놀음이 싫증난 거예요? 사교가 그리워요?"

"사교가 아니오. 당신을 자랑하고 모든 남자의 질투를 한몸에 받고 싶은 남성주의의 발로지. 난 기본적으로 역겨운 녀석이랄지, 심층적으로 원시인 기질이 왕성한 놈이거든. 날이 갈수록 소유욕과 질투심이 깊어지고 당신을 먼 혹성으로 데려가 독점하고 싶소. 테사 당신이 아이를 원하기엔 너무 젊어서 진짜 다행이오. 십 년 후라면 또 모를까, 그 전에는 당신을 우리 아이들과 공유할 수 없소. 솔직히 자식 필요는 느껴본 적도 없고."

"왜 그런 말을 진작 하지 않았죠?"

"전에는 몰랐으니까. 후계자에 대한 암시는 넌지시 받아 봤지만 우리가 결혼할 때까지 단 오 초도 진지하게 생각해 본 적이 없었소. 내가 이런 녀석이라는 걸 사전에 알았어도 당신이 결혼해 줬을까?"

"당연하죠. 당신에게 여우 같은 마누라와 토끼 같은 자식이 여섯쯤 딸린 경우만 제외하고 그 어떤 것도 내 마음을 바꾸지 못했을 거예요."

유부남이었어도 상관하지 않았을 거야, 테사는 속으로 덧붙였다. 약속과 충족으로 채워진 지난 사흘의 완벽한 일분 일초가 천국의 황록빛으로 물들여져 테사에게 가장 중요한 안도감을 단단하게 뿌리내리게 하고 그녀를 영원히 바꿔놓았다. 세포 수정이 일단 완료되자 두뇌와 마음이 새로운 영혼, 안전한 요새에 깃들여 두려움 없이 사랑할 수 있는 사람으로 변해버린 것이다.

이제는 루크가 옆방에 있는 것조차 감정적으로나 육체적으로 아픈 단계에 도달했다. 그가 샤워하거나 면도하는 시간, 마을에 내려가 <르피가로>지(紙)를 훑어보는 짧은 동안, 해가 지면 벽난로용 장작을 가지러 가는 몇 분마저 아까웠다. 의자나 소파에 앉으면 자연스럽게 눈으로 굵고 강인한 손가락을 찾았고 그녀의 허벅지 사이에서 뜨겁게 고동치는 감각이 강렬하게 의식되었다. 아무리 깊은 만족을 느껴도 좀처럼 잠을 이루지 못한 채 루크의 품에 안겨 꿀처럼 달콤하고 불꽃처럼 뜨거운 순간들을 되씹었다. 잠든 루크와 호흡을 맞추는 순간에도 쉽게 꿈 속으로 녹아들지 못했다. 수면은 그와의 짧은 이별이니까.

"좋아요."

테사는 공들여 가벼운 어조로 동의했다.

"그렇다면 파티에 가요. 뭘 입을까요?"

"깜찍한 검정색 드레스."

"그런 옷은 없어요. 대신 깜찍한 흰 드레스는 어때요?"

"단순하오?"

"뭐가 단순하냐는 거죠?"

"장식이나 자수 없이 단순한 흰색이오?"

"그게 당신의 새로운 성적 기호예요? 아니면 나에게 고백하지 않았던 또 다른 결점?"

"장식만 달리지 않으면 돼."

"더이상 단순할 수 없을 만큼 단순한 드레스예요."

"조금 있으면 내 의도를 알게 될 거요."

루크는 테사를 뒤에서 안으며 따뜻한 손으로 풍만한 가슴을 한 아름 쥐었다. 테사가 기쁨에 젖어 고개를 뒤로 젖히자 그가 갈가마귀 깃털처럼 까만 머리칼에 얼굴을 묻었다. 그렇게 숨죽인 채 가만히 서 있는 동안 루크의 페니스가 바지 가랑이에서 발기되어 그녀의 등에 닿았다.

"부엌에서?"

테사가 헐떡거렸다. 가슴이 그에게 들릴 만큼 요란하게 두근거렸다.

"침실로 갑시다. 이제 내가 왜 침대 정리를 싫어하는지 알겠지?"

"으응…… 그렇게 오랫동안 나를 원하지 않을 수 없으니까."

오후 내내 그들은 침대에서 사랑을 나누고 선잠에 빠졌다가 다시 사랑을 나눴다. 때로는 한우리에 갇힌 동물처럼 장난스럽게, 때로는 백전노장인 루크마저 몰랐던 정열의 광풍에 열렬하게 휘말렸다.

테사는 감각이 샘솟는 우물을 발견한 사람처럼 농밀한 환상을 거침없이 표면으로 끄집어냈다. 가끔은 기꺼이 복종하며 자발적이고 유순하게, 가끔은 달콤한 말괄량이처럼 야한 말로 루크를 충동질하며, 어떨 때는 창녀처럼 거칠고 뜨겁고 급하게 반응했다. 때로는 루크처럼 지배적인 면모를 과시하기도 했다. 그의 육체를 속속들이 알아야 하는 권리를 주장하며 오로지 혀로만 그의 무릎 뒷부분, 겨드랑이, 팔 안쪽, 발뒤꿈치, 고환과 성기까지 핥아내려 루크가 정신을 잃고 간청하도록 한 다음 페니스를 움켜쥐고 허겁지겁 몸을 겹쳐 그에게 진솔한 욕망을 드러냈다. 그들이 별개의 정열을 조화시키려고 노력할수록 두 사람이 하나가 되는 기적과 합일의 리듬을 더욱 자주 발견했다.

"테사 달링, 당신에게 이런…… 창의성은 기대하지 않았소. 수녀원 학교 출신의 처녀들이 각광받은 이유가 이래서일까?"

"나 자신도 놀랐어요. 미미와 어려서 읽었던 야한 이야기들이 고스란히 떠오르는 거 있죠. 아마 적당한 기회가 올 때까지 기다렸나 봐요."

"내가 그 상대여서 주님에게 감사드리오."

태양이 저물기 시작하자 그들은 외출할 준비를 했다. 테사는 다행히 피오나의 권유에 못 이겨 해럴드 백화점에서 값비싼 흰 드레스를 구입했었다. 어깨 숄과 한 벌인 드레스는 그리스 스타일로 주름이 잡혀 몸매를 우아하게 강조하는 것이 과연 크리스찬 디오르의 명성에 걸맞았다. 거울 앞에서 한 바퀴 돌자 치맛자락이 허벅지에서 나풀거리며 무릎 근처에서 살랑거렸다. 몸을 앞으로 기울이자 끈 없는 가슴선 위로 유두가 보일락말락했다.

여기에 흰색 실크 샌들과 열아홉 살 생일 선물로 마련했던 진주 목걸이를 걸었다. 테사는 영화 소도구로 활용하고 밤낮으로 착용할 수 있는 장신구라고 자신에게 변명하며 천오백 달러짜리 진주 귀걸이까지 구입했다. 심지어 어머니도 건조한 목소리로 잘 샀다고 인정했다. 그녀는 이 진주 세트가 웨딩 드레스와 어울렸던 기억을 떠올리며 귀걸이를 달았다.

마지막으로 거울 앞에 서서 가상의 관객을 향해 약혼 반지를 번쩍거린 다음 테사는 숄을 두르고 루크를 찾았다. 그는 푸른색 셔츠에 노란 넥타이를 매고 흰색 리넨 재킷을 걸친 차림으로 거실에서 기다리고 있었다.

"그게 당신의 단순한 흰색 드레스요? 단순할 만큼 단순하다던?"

"단순하지 않은 구석을 지적해 보시죠."

"완벽해. 하지만 진주는 어울리지 않아. 너무 근엄하오."

"우아함을 과소평가하시네요."

"눈을 감아 봐요."

"왜요?"

“절대로 눈뜨지 말아요.”

“왜?”

“내가 그러라고 했으니까.”

“좋아요.”

테사는 눈을 꼭 감고 있는 동안 루크가 진주 귀걸이와 목걸이를 빼는 감촉을 느꼈다. 몸을 스치는 전율의 이유를 자문하기도 전에 나직한 ‘찰칵’ 소리와 함께 묵직한 다른 목걸이의 무게가 느껴졌다. 그리고 갑자기 귓불이 차가운 금속으로 에워싸였다.

“됐어. 완벽해.”

루크는 그녀의 어깨를 잡고 화장실 거울 앞으로 데려갔다.

“이제 눈을 떠도 좋소.”

“어머나!”

진주처럼 깎인 에메랄드 다섯 개가 현란하게 반짝거리는 다이아몬드로 겹겹이 장식된 채 나란히 이어진 목걸이의 정중앙에는 새끼손가락의 마디만한 원형 에메랄드 펜던트가 대롱거리며 녹색의 정수를 내뿜었다. 목걸이와 똑같은 색의 큼지막한 에메랄드 귀걸이 역시 다이아몬드로 가장자리가 빼곡하게 채워져 있었다.

“당신 돌았군요. 미쳤어요. 제정신이 아냐……..”

“이렇게 나올 줄 알았지. 결혼 선물이지만 당신이 준비될 때까지 보류해 뒀소. 아가씨에게는 어울리지 않거든.”

“하지만 난 아가씨예요.”

“아니. 당신은 이제 여인이오, 테사. 그 사실에 익숙해져야지.”

“하지만 난……..”

테사는 에메랄드의 현란한 빛의 교향곡에 빠져들었다.

“보석들이 살아 숨쉬는 것 같아요. 에메랄드는 녹색의 딱딱한 돌멩이라고 생각해 왔는데.”

“요즘 채취되는 원석은 대부분이 그렇소. 하지만 이건 대단히 오래 묵은 것으로 에메랄드의 귀족이고 태양처럼 자체적으로 빛을 내뿜소,

전문가들이 벌꿀색 광채라고 일컫는 빛을."

"묵은 에메랄드·모순적인 표현이네요."

그녀는 꿈을 꾸듯 속삭이며 어깨를 살짝 움직여 영롱한 빛을 일으켰다. 루크가 거울 속의 아내를 흐뭇하게 바라보며 설명을 이었다.

"십육 세기에 콜롬비아에서 채취됐지만 공식명은 인도 에메랄드요. 인도의 호족들이 가장 질 좋은 보석을 골라 모았기 때문이지. 특히 그 펜던트는 분리해서 사용할 수도 있고. 스페인 국왕 알폰소 13세의 소장품이었소."

"당신은 진짜 수집가로군요? 경매인이 천직이에요."

테사는 엄청난 선물의 무게를 감당하려고 그를 놀렸다.

"박사님, 말씀해 주세요. 이 펜던트의 무게가 얼마나 나가죠?"

"거의 오십 캐럿…… 실은 48.95캐럿이오. 정확함을 따지는 건 마음의 선물을 우아하게 받는 법이 아니오."

"약 오십 캐럿이나 되는 에메랄드 펜던트를 어디에 달까요?"

"당신 내키는 대로. 벨트, 옷깃, 플란넬 잠옷, 비키니 등 색깔만 어울린다면 어디든 좋지."

"말도 안 돼요!"

"그럼 나를 위해서만 달아요. 목걸이를 벗겨줄까? 당신이 불편해하는 모습은 싫군."

"어림없어요! 감히 목걸이에 손대지 마세요!"

테사가 얼른 그의 손을 피하자 루크는 껄껄거렸다.

"여자들이 에메랄드에 익숙해지는 속도는 가히 놀랍다니까. 루비에는 시간이 좀 걸리지. 일부 여자는 결코 루비와 평화 조약을 맺지 못하더군."

"내 소심함을 놀리는군요!"

"다시는 눈웃음조차 치지 않겠다고 약속할 테니 용감해져요. 해리 윈스턴(희귀 보석을 취급하기로 유명한 백년 전통의 보석상)에서 가장 좋은 에메랄드를 바쳐야 직성이 풀리는 남자와 결혼한 척하란 말이오. 당신은 배우잖소. 그러니 어떤 보석을 착용했는지 잊을 수 있어야지. 오히려 내가 당신이라면 팔을 들 때마다 드러나는 젖꼭지를 더 의식하겠소.”

“난 안 그래요!”

“내기할까?”

테사는 팔을 들어 에메랄드를 물고 있는 목걸이의 반원형 다이아몬드 체인을 조절했다. 핑크색 가슴 봉오리가 약간 드러났다. 그녀는 불신에 찬 신음을 내뱉었다.

“어머, 안 돼!”

“그 드레스 차림으로는 춤을 못 추겠는걸.”

루크가 유감스럽다는 듯 한마디했다.

“내기할래요?”

“장모님이 뭐라고 하시겠소?”

“엄마는 사흘이나 파리에 묵었으니까 완전히 바뀌셨을 거예요. 어쩌면 아빠가 리도*나 폴리 베르제르*에 데려갔을지도 모르죠. 오늘 아침 비행기편으로 귀국하실 일정이었으니까 곧 전화해서 내 잘못일 수 없는 방종의 죄악을 고백성사해야 하는지 여쭈어 볼게요.”

“내가 경고하지 않았더라면 당신 잘못이 아니겠지. 하지만 이제 알면서도 그 드레스를 입고 춤을 춘다면 방종죄야.”

“그만 따지세요. 이 에메랄드로 나를 망쳐놓은 사람은 당신이잖아요. 루크, 내가 이렇게 물질에 약해도 되는 걸까요? 약혼 반지를 받을 때까지 난 자신이 보석을 좋아하는지도 몰랐어요. 그리고 지금은……전율마저 느껴요. 이런 흥분과 희열로 충만한 기분이 잘못일까요?”

“지금 나에게 당신 영혼의 충고자가 되어 달라고 청하는 거요?”

“여기에는 당신밖에 상의할 사람이 없잖아요.”

“농담이지? 그 목걸이를 즐기는 자신에게 죄책감이 든다는 거요?”

---

* 파리 샹젤리제에 위치. 노래와 무용과 연주를 즐길 수 있는 카바레로 총 60명의 출연진이 넓은 무대를 채우면서 쇼가 진행되는 레뷰가 유명.
* 1869년에 개장한 파리의 뮤직홀. 가벼운 외설이 가미된 화려한 볼거리가 장관.

“… 보석에는 가장 순수한 물질적인 즐거움이 담겨 있어요.”

“잘못이 아닌데 죄책감을 느끼는 짓은 시간 낭비요. 사백 년이 넘도록 그 보석은 여인들을 행복하게 해왔소. 그리고 이제 당신 차례가 되었을 뿐이오. 그런 부질없는 죄책감은 사리에 어긋나. 다른 사람에게서 갈취하거나 빼앗은 게 아니잖소. 내가 자유 의지에 따라 기쁜 마음으로 바친 선물이 헌신짝 취급을 받는 건 질색이오. 당신이 정말 불편하다면 값비싼 선물을 중단하리다. 당신이 결정해요. 하지만 최소한 익숙해지려고 노력할 순 없을까? 나를 위해서?”

“해볼게요.”

테사는 오랜 숙고 끝에 입을 열었다.

“하지만 좀더 쉬운 길이 있어요.”

“말해 봐요.”

“난 황홀하고 몸둘 바를 모르겠어요. 충격을 받아서인지 두 팔이 휭하고 금방이라도 날아갈 거 같아요. 땅에 발을 딛은 기분을 느끼려면 마구 먹고 살쪄야 할까요? 차라리 작은 선물은 어때요? 너무 과하지 않으면서도 묵직한 것으로…… 예를 들어 멋진 팔찌 정도라면?”

다음날 아침 루크는 끈질기게 문을 두들기는 소리에 일어났다. 나지막하게 욕설을 중얼거리며 그는 밖에서 들려오는 목소리가 자신의 부재 기간중에 회사를 책임진 렌 존스의 것임을 알아차렸다. 하긴 저 부사장을 제외하고 회사에서 루크의 행방을 아는 사람은 아무도 없었고, 렌에게도 이유여하를 막론하고 신혼 여행을 방해하지 말라고 말해 놓은 터였다.

재빨리 침대를 빠져나온 루크는 테사에게 퀼트 이불을 여며주고 가운을 걸친 후 현관문을 열었다.

“사장님, 죄송합니다. 하지만 꼭 아셔야 할 일이…….”

“빌어먹을, 무슨 일인지 모르겠지만 보류하면 되잖나.”

“정말 죄송하지만 그럴 사안이 아니라서요. 사장님의 장인장모에 대

해 나쁜 소식이…… 실은 최악의 소식이 입수되었습니다. 그분들의
택시가 공항에서 집으로 향하는 길에 유조 트럭과 충돌, 택시 기사와
장인어른이 즉사했답니다. 장모님은 살아 계시지만 중태라는군요. 사
모님의 동생을 보살피는 사람들이 사장님께서 장인장모께 알려주신
번호로 저에게 전화를 걸어왔습니다.”

“젠장! 어서 몬테카를로의 사무실로 돌아가 내 비행기를 세 시간 내
로 니스에서 이륙시킬 준비를 하게. 아냐, 두 시간 반 이내로. 내가 테
사를 깨우지.”

“기사 딸린 차를 이곳으로 보낼까요?”

“됐네. 자네도 함께 가는 게 좋겠어. 장례식 준비로 바빠질 테니 도
움이 필요해. 내 책상 속의 결혼식 하객 명단으로 처가의 이모들에게
연락하게. 피오나와 미미에게도. 테사에게 큰 도움이 될 거야. 또 누가
있을까? 참, 에이전트와 로디 감독에게도 전화해서 가능한 오래 언론
을 막아 달라고 부탁하게. 비벌리힐스 호텔, 아니 벨 에어 호텔에 객실
을 잡고. 그 호텔 쪽이 기자 단속에 엄격하거든. 렌, 소식을 전해 줘서
고맙네. 그리고 자네에게 모든 일을 맡겨서 미안하군. 하지만 난 테사
를 돌봐야 해. 나중에 공항에서 보세.”

루크는 천천히 침실로 돌아왔다. 아내에게 나쁜 소식을 전할 엄두가
나지 않아 잠시 침대가에 앉아 있었다. 누구나 부모를 여의기 마련이
지만 결혼식을 마친 후에 이렇게 돌연하고 참혹하게는 아니다. 제발
테사가 종교적인 환경으로 인한 죄책감에 사로잡혀 부모를 유럽으로
초청했던 자신을 탓하지 말아야 할 텐데. 장인장모가 다른 친척들과
함께 전세기를 타고 돌아갔더라면……. 장인 어른이 오래 전에 사랑
했던 파리를 다시 방문하겠다고 고집을 피우지 않았더라면…….

그는 테사의 머리칼을 한 줌 집어 손가락 사이에서 비볐다. 갑자기
빅토리아 시대의 사람들이 왜 사랑하는 망자(亡者)의 머리카락을 담은
브로치를 착용했는지 이해가 갔다. 그는 테사를 숭배했다, 경배했다.
테사의 고통을 덜어줄 수 있다면 모든 재산을 버릴 용의가 있지만 그

녀와 함께 하는 삶은 단 하루도 포기할 수 없었다.

조심스럽게 루크는 그녀의 손등을 어루만지며 피할 수 없는 소식을 전하기 전에 짧은 행복감으로 그녀를 깨웠다.

"테사 달링, 일어나요. 그만 일어나, 스위트하트……."

"의식을 되찾으셨나요?"

테사는 세인트 존 병원의 중환자실로 다가가며 간호사에게 물었다. 어머니가 사위에게 망가지고 죽어 가는 모습을 보이길 꺼리리라 단정 짓고 루크를 대기실에 떼어놓고 오는 길이었다.

"간간이 당신의 이름을 부르는 게 전부예요."

"어머니와 단 둘이서만 있을 수 있을까요?"

"그럼요. 필요하면 벨을 누르세요."

테사는 병실문을 열고 가까스로 침대 쪽으로 향했다. 어머니를 본 순간 공포와 연민으로 무릎이 떨렸다. 여전히 윤기 흐르는 검은 머리칼 몇 오라기만이 이목구비가 반듯했던 예전의 유일한 흔적이었다. 테사는 너무 충격을 받아 눈물조차 나오지 않았다. 바닥에 주저앉기 전에 침대가의 의자에 앉았다. 여기가 무덤인양 무릎 꿇은 모습을 보여봤자 어머니에게 도움이 되지 않으리라.

"엄마, 테레사예요. 제가 왔어요, 엄마."

아그네스의 눈꺼풀은 들리지 않았지만 입술이 약간 벌어졌다.

"엄마, 제 말이 들리세요? 테레사예요."

"테레사……."

아그네스가 마른 목소리로 속삭였다.

"난 죽어가고 있어……."

"그렇지 않아요. 죽지 않아요, 엄마는 괜찮아지실 거예요."

테레사의 거짓 위안에 아그네스는 희미한 경멸의 표정을 보였다.

"잘 들어라, 테레사…… 중요해. 네 남편에게 매기 일을 결코 말하지 마…… 절대로, 절대로. 약속해, 아주 중요해…… 무너뜨리지 마…… 아

내 가슴에 사랑이 내린다 147

주 힘들게 쌓았어……."

"엄마, 걱정 마세요. 아무에게도 말하지 않을게요. 매기 걱정도 하지 마세요. 루크가 다 알아서 할 거예요. 매기는 안전해요. 저도 그렇구요. 엄마, 사랑해요."

"네가 자랑스러워…… 넌 착한 딸…… 네 인생을 망치지 마라…… 너를 가장 사랑했어…… 항상, 항상……."

"엄마. 엄마!"

테사는 어머니의 얼굴을 살폈다. 삶의 광채가 너무도 갑작스럽게 꺼졌다. 테사는 무릎을 꿇고 어머니의 영혼을 위해 오랫동안 기도를 올렸다. 침대를 올려다보니, 어머니의 전신을 감은 깁스에서 살짝 돌출한 손톱에는 딸의 혼사를 위해 바른 엷은 핑크색 매니큐어가 남아 있었다. 테사는 어머니의 손을 잡고 눈을 감았다.

'항상 너를 가장 사랑했다.'

어머니의 마지막 말이 왜 이다지도 충격으로 다가올까? 테사는 혼란에 휩싸여 자문했다. 기억할 수 있는 오래 전부터 어머니는 나를 최우선으로 치지 않았던가? 나를 믿고, 나를 용서하고, 나를 위해 계획을 세웠다. 치명적인 실수로부터 나를 지키려고 모든 힘을 들이셨다.

그런데 내가 어떻게 보답했지? 어머니가 학교 연극 연습을 몰래 구경했다고 화를 내고, 미미와 함께 어머니를 속이고, 피오나를 어머니의 대리인으로 삼았으며, 어머니의 헌신을 당연하게 받아들이거나 간섭으로 치부하고 미워했다.

첫 오디션에서 어머니를 빼놓고 그 운명의 방에 들어갔을 때의 우월감이 갑자기 테사의 머리를 스쳤다. 어머니에게 굉장한 의미를 지녔을 기쁨을, 평생을 통해 희구해 온 그 기쁨을 빼앗은 것이다.

테사의 눈에 고통과 수치심의 눈물이 차올랐다. 어머니는 사랑하기 어려운 사람이었다. 부적절한 말을 그른 방식으로 말하는 데 명수였고 딸이 철없는 십대였을 때 저질렀던 실수를 결코 용서하지 않았다. 그런 동시에 딸을 인생의 주요한 기쁨, 삶의 기둥으로 삼았다. 어머니가 전 생애에 걸쳐 자신의 능력껏 좋은 어머니가 되려고 노력했고 또 그랬었음을 테사는 깨달았다. 그녀는 아그네스 라일리―낭만적인 결혼을 꿈꿨던 젊은 여인을 위해 울고 너무 뒤늦게 어머니를 이해한 자신을 위해 눈물 흘렸다.

등뒤에서 간호사의 발자국 소리가 들렸다.

"켄트 양, 어머니께서 돌아가셨군요. 정말 유감이에요. 운명하시기 전에 당신을 알아보셨나요?"

간호사가 호기심을 억누르지 못하고 물었다.

테사는 자리에서 일어났다.

"예. 어머니는 제정신으로…… 임종을 맞으셨어요…… 그 어느 때보다 맑은 정신으로."

14

"장모님은?"

루크는 대기실로 들어서는 테사에게 물었다.

"돌아가셨어요. 나를 알아보고 몇 마디 한 다음에…… 흑흑…… 어머니는 겨우 서른여덟이셨어요…… 루크, 좀더 효도하지 못한 게 한스러워요. 하지만 이제 너무 늦었어요. 영원히."

"테사 달링, 자책하지 말아요."

루크는 테사를 강하게 안으며 위로했다.

"장모님은 당신을 대단히 자랑스러워하셨소. 당신을 볼 때마다 눈이 반짝거렸고 당신으로 인해 행복해하셨소. 스스로를 탓하며 이 불행을 심화시키지 마."

그는 테사가 넘어져서 상처입은 어린 소녀인양 등을 토닥거렸다. 그녀는 지금 무너지면 이 따뜻한 품에서 벗어날 용기를 영영 내지 못하리란 사실을 직감하고 몸을 반듯하게 세웠다.

조만간 부모님을 잃은 상실감에 잠길 수 있겠지만 지금은 의무와 책임이 기다리고 있다.

"여보, 난 매기에게 말해야 해요. 그 애의 대부대모이신 켈리 선생님 내외를 당장 찾아뵈야 해요. 매기가 부모님을 기다리며 걱정하고 있어요."

"아무렴 당신 동생의 시간 감각이 그렇게 정확하려구?"

"매기는 작은 달력을 만들어서 하루하루 지워 나가며 엄마아빠의 귀가를 손꼽아 기다렸어요. 어머니가 몬테카를로에게 그렇게 말씀하신 걸요. 이제 부모님이 돌아올 날이 됐는데 왜 오지 않는지 의아해할 거예요. 아, 내가 대체 무슨 말을 해야 하죠?"

"진실 이외에 무슨 말을 하겠소."

"다섯 살배기에게? 매기가 엄마아빠와 떨어졌던 건 이번이 처음이에요. 부모님은 그 아이의 모든 것이라구요."

"어물어물 넘길 방법이 없소. 매기에게 부모님을 다시 보지 못할 거라고 설명해야 해."

"하지만 어떻게? 엄마아빠가 결혼식에 갔다가 파리에 들렀고 천국으로 직행했다고? 어린아이가 무슨 수로 그런 말을 이해하겠어요?"

"사고에 대해 말해야지."

"알았어요."

"매기에게 내가 낯선 타인만 아니라면 당신을 대신하고 싶구려."

"아무리 당신이라 해도 나를 대신해 줄 수 없는 일이 있어요. 내가 매기를 데리고 호텔로 가는 동안 당신은 병원 업무를 처리하고 산타모니카 세인트 샤를르 성당의 빈센트 신부님에게…… 장례식 준비를 맡기세요. 지금 당신과 매기가 만나면 그 아이의 혼란이 더 커질 거예요. 난 미미와 함께 가겠어요. 아, 루크, 당신은 천사예요. 미미가 필요할 줄 알고 부르시다니…… 조만간 피오나도 오겠죠."

"당신 이모들에게도 소식을 전하겠소."

"고마워요. 난 어떻게 알려야 할지 막막했어요."

"나에게 맡기시오. 그런데 매기가…… 예민하고 섬세한 아이요?"

글쎄요, 테사는 속으로 대답했다. 난 그 아이에 대해 정말 아무것도 몰라요.

"믿어지지가 않아."

미미는 운전석과 칸막이가 달린 리무진에 테사와 나란히 앉아 말했다.

"일주일 사이에 남편을 얻고 부모님을 잃다니. 네가 아연실색한 것도 당연해."

"최소한 엄마와 나는 마지막 순간에 사랑한다는 말을 교환했어. 사실 우리 모녀는 별개의 방식으로 서로를 사랑했단다. 이제야 그걸 깨달았어, 너무 늦게. 세상만사가 왜 이 모양이니?"

그녀는 한숨을 쉬며 넋두리했다.

"반면에 아버지의 사랑은 항상 확신해 왔어. 아버지는 입으론 애정을 표현하지 않으셨지만 특유의 엄격하고 공정한 방식으로 사랑을 전하셨어. 사실 아버지들은 다 그러려니 하고 별반 기대도 하지 않았지. 그나마 마음의 위로가 되는 사실은 부모님이 더 이상 내 걱정을 하지 않으시리란 거야. 특히…… 엄마가."

"어머니께서 다른 말씀은 안 하셨니?"

"하셨어. 솔직담백하게 마음을 털어놓으셨단다, 유언식으로. 우리 엄마는 정말 대단하신 분이야. 아주 의연하셨어."

"무슨 말? 내가 물어도 될까? 어휴, 어떻게 행동해야 할지 헷갈린다."

"넌 미미인 채로 있으면 돼. 이 세상에서 나에게 그 질문을 하고 대답을 들을 수 있는 유일한 사람으로. 내가 너에게 무슨 말을 못하겠니? 엄마는 매기에 대해서 숨기라고 하셨어. '무너뜨리지 말아라'고 하셨지만 당신이 외갓집 친척들과 이모들에게 쌓아올렸던 신화, 내 경력을 포함한 전부를 지키라는 뜻이었겠지. 살아 생전에도 입버릇처럼 말씀하셨으니까 그게 맞을 거야."

"물론 너……."

"뭐?"

"너 영원히 말하지 않을 거지, 그렇지?"

“모르겠어. 뭐가 옳은지 하나도 모르겠어. 매기는…… 사실이……
내 동생인걸.”

테사는 다시 오열하기 시작했다. 부모님을 잃은 슬픔의 눈물이라기
보다 극도의 혼란에서 흐르는 것이었다. 순결이 중요하다던 루크의 말
과 어머니의 유언이 겹쳐 머리 속에서 맴돌았다.

그가 순결을 들먹일 때마다 테사는 침묵으로 인정했다. 그것도 여러
번에 걸쳐서. 맨 처음 저녁 식사를 함께 했을 때가 매기에 대해 고백
할 수 있었던 이상적이고 완벽한 기회였음에도 불구하고 테사는 직관
과 본능에 따라 그 기회를 외면했다. 이제 와서 진실을 털어놓는다면
루크는 두 번 다시 그녀를 믿지 않을 것이다. 그를 바보로 만드는 거
나 진배없다. 사실상 그녀가 부추겨 자신을 처녀로 믿게 한 다음 과거
를 고백하면 루크의 사랑은 죽어버릴 것이다. 최소한 변질되어 버리리
라. 그와 함께 있는 일분 일초마다 의식적으로든 무의식적으로든 처녀
성을 이용해서 사랑을 키워 온 것이다. 하지만 매기에게는 엄연하게
생모가 살아 있다. 너희 엄마아빠가 천국으로 갔다는 소식을 전하려고
달려가는 생모가.

“테사! 뚝 그쳐!”

미미가 화장지를 건넸다.

“울 때가 아냐! 이제부터 내 말을 잘 들어. 매기에게 엄마는 한 분이
야, 두 사람이 아니라구. 넌 매기의 언니야. 앞으로 그 아이를 돌봐주
고 행복하게 해줄 수 있는 유일한 사람이자 혈육. 진실을 고백하겠다
는 둥 과거를 회개하겠다는 둥의 허튼 생각은 싹 지워버려!”

테사는 코를 풀고 미미의 말에 귀를 기울였다. 친구의 훈계는 꼭 옳
은 방향이라곤 할 수 없지만 전체를 조망하는데 항상 도움이 되었다.

“테사, 어머니가 남기신 마지막 말씀을 명심해! 그분의 유언을 거역
하는 건 도리가 아냐. 매기가 알고 있는 진실이 뭐니? 그 아이와 네가
같은 부모 밑에서 태어났고 이제 그분들이 돌아가셨다는 거야. 그런데
지금 기정사실을 뒤집어엎고 매기를 네 딸이라고 주장해서 뭘 얻겠니?

상어떼 같은 언론이 뭐라고 떠들어댈까? '테사 켄트의 사생아에 얽힌 비밀'이란 표제가 눈에 아른거린다. 제발 아서라! 어차피 매기는 네 손에 남겨졌어. 아무도 그 아이를 너에게서 뺏어가지 못해."

"알고 있어."

"그런데 대체 문제가 뭐야? 만일 남편에게 고백할 꿈이라도 꾼다면 넌 자기파괴에 사로잡힌 미치광이야. 정신 똑바로 차려! 멍청하게 굴지 말란 말이야. 루크는 아무것도 모르고 알 필요도 없어. 네가 입을 열었다간 너희 어머니께서 무덤에서 돌아누우실 거야. 아니면 되살아나셔서 당신 손으로 너를 죽여버리거나. 그리고 나에게 그 일은 처녀잉태요 동정녀 마리아의 재림이었어. 맹세해."

"상기시키지 마. 어머, 벌써 도착했어. 주님께 청하오니 저에게 자비를 베푸소서."

"어린아이가 장례식에 왜 참석해야 하는지 모르겠다." ·
미미가 푸념을 늘어놨다.
"꼭 보지 않아도 충분히 나쁘잖아."
테사와 루크, 미미와 피오나는 호텔 룸서비스로 점심을 드는 동안 매기는 옆방에서 낮잠을 자고 있었다.
부모님의 소식을 접했을 때 매기는 울지 않았다. 그냥 한숨을 푹 쉬고 한 가지 질문을 한 다음 테사의 품에 수동적으로 안겨 엄지손가락을 빨았다. 그리고 어른들이 돌아가며 점심을 먹이려 해도 거절하고 우유 한 잔만 마셨다. 테사는 다섯 살배기가 죽음에 대해 얼마나 알지, 언니의 설명을 이해했을지 궁리했다. 이미 망각 속에 묻힌 교리문답 교실을 떠올리며 자신의 어린 시절에 비추어 매기의 심정을 추측하려 노력했다. 아직 매기는 교리문답 수업에 등록하지 않았지만 수년 간에 걸쳐 일요일 미사를 봤으니 기본적인 사항을 습득했으리라.
"내 생각은 달라."
테사가 미미에게 말했다.

"눈으로 보고, 우리와 함께 이야기를 나누고, 훗날 기억할 수 있는 장례식을 통해서 가시적인 마침표를 찍어야 해. 그래야 부모님이 잠깐 자리를 비운 게 아니라 죽었다는 사실을 이해할 거야. 내가 자동차 사고에 대해 설명하자 매기는 '다섯 시 정각 뉴스에서처럼?' 하고 중얼거리고는 입을 다물었어. 심지어 자기가 어떻게 되느냐는 질문도 안 했어. 엄마아빠의 죽음을 아직 실감하지 못한 거지. 그러니 매기도 장례식에 데려가는 수밖에 다른 도리가 없어."

루크가 동의했다.

"당신 말이 옳아. 매기를 위해 장례 미사를 가능한 단순하게 합시다. 하지만 장지까지 데려갈 필요는 없소. 관이 땅에 묻히는 모습은 지나치게 사실적이거든. 난 조부님의 장례식에 참석했는데 입관 장면이 오랫동안 공포로 남아 있었소. 지금도 악몽을 꿔."

"내가 장례 미사 후에 매기를 호텔로 데려와 점심을 먹이겠어요."

피오나가 자원했다.

"모두들 묘지에서 돌아올 때까지 텔레비전을 보거나 낮잠을 재우죠."

"빈센트 신부님과 이야기를 나눴는데,"

루크가 말을 이었다.

"문상객이 성당에 입장하기 전에 관을 닫고 제단에 모시기로 결정했소. 장송 미사는 최대한 단축하고 조문 화환에서 검정색 리본은 떼기로 했소. 그래야 어린 매기에게 덜 섬뜩해 보이지. 물론 오르간이 연주될 테고 매기의 관심을 미사에서 분산시킬 요량으로 대합창단도 부탁해 놨소. 그리고 테사, 우리는 미사 후반에 성체를 모시지 맙시다. 매기를 잠시나마 낯선 사람들 틈에 남겨두어선 안 되잖소."

피오나가 감탄했다.

"하나부터 열까지 다 생각하셨군요, 추모식만 빼고."

"그것도 처리해 놨소. 호텔 지배인에게 전화 한 통으로 해결했지, 이 호텔에서 열기로."

루크는 테사의 손을 잡으며 말했다.

"문상객들이 묘지에서 이곳으로 몰려들 즈음에는 모두 기아와 탈수로 허덕일 거요. 아무튼 추모식에 감사할지어다."

"아멘."

미미가 후렴을 붙였다.

"그럼 결혼식 하객들을 전부 다시 보게 되겠구나?"

"내 사촌들과 조카들은 제외야."

테사가 대답했다.

"하지만 내 동료들, 루크의 지사 사람들, 매기의 대부모, 부모님의 친구분들, 아버지의 제자들과 동료 교사들이 추모식에 참석할 거야. 몇 명이나 될지는 오직 주님만이 아시겠지."

루크가 덧붙였다.

"타일러도 오는 길이오. 장례식에 맞춰 이곳에 도착할 거요."

테사는 깜짝 놀라 눈썹을 세웠다. 모나코에서 말(馬) 이야기를 했던 그 우아한 신사 타일러 웹스터가 장례식에 오리라곤 예상치 않았기 때문이다. 하지만 루크와 타일러는 의붓형제 간이다, 거의 만나지 않는다 해도. 타일러는 참 생각이 깊구나. 하긴 굉장히 상냥한 사람처럼 보였어.

엄마아빠가 이미 천사가 되었을까?

매기는 공처럼 몸을 말고 미미 아줌마가 옷가지와 함께 서둘러 챙겼던 가장 좋아하는 인형을 꼭 안은 채 옆방에서 들려오는 어른들의 목소리를 들으며 궁리했다. 연옥을 벗어나려면 얼마나 걸릴까? 성당에서는 정확한 기간을 대지 않았다. 매기는 엄마아빠가 천국으로 갔다는 말을 들었을 때 테사 언니가 연옥에 대해서 모른다는 사실을 알아차렸다. 연옥이 어떤 곳인지 말해 주는 사람은 아무도 없었다. 신부님들은 천국과 지옥에 대해선 설명했지만 연옥은 쏙 빼먹었다.

아무튼 엄마아빠는 금방 천국으로 올라갈 거야, 매기는 확신했다. 왜냐하면 착한 사람이 죽어서 먼저 연옥을 거친다 해도 최종적으로 가는 곳은 천국이니까.

죽음. 그게 정확한 표현이다. 가장 친한 친구인 수잔은 사람이 '저 세상으로 떠난다'고 했다. 그러나 성경에 의하면 예수님은 십자가에 못박여 죽었지, 십자가에서 저 세상으로 떠났다고 하지 않았다. 엄마 아빠는 잠옷 같은 흰색 드레스를 입고 큰 날개를 얻어 주님의 발치에 앉게 되리라.

그런데 천사들이 천국을 날아다닐 때도 사고가 일어나고, 서로 충돌하거나, 택시 사고를 당할까? 신부님은 천국이 영원히 행복하고 완벽한 곳이라고 했다. 하지만 엄마아빠가 나를 혼자 이곳에 내버려두고 어떻게 행복할 수 있지? 나를 보고 싶어하면서 행복할 수 있을까? 엄마아빠는 결혼식에 가면서 내가 보고 싶을 거라고, 일주일 후에 돌아오겠다고 약속했다. 그런데 이제 테사 언니는 엄마아빠가 영원히 돌아오지 못한다고 했다. 교통 사고 때문에. 엄마아빠는 내가 죽어서 천국에 갈 때까지 나를 보고 싶어할 텐데 나는 죽고 싶지 않아. 주님의 발치에 앉아 있는 것도 싫어. 날개를 펄럭거리며 훨훨 날아다니는 것도 싫어. 영원히 행복한 것도 싫어.

전부 엉망진창이야, 매기는 눈물을 흘리며 생각했다. 어른들과 신부님까지 제대로 설명하지 못하잖아. 실은 알고 있으면서 아이들에게 비밀로 하는 걸까? 그렇다면 불공평해. 죽었다는 표현 대신 저 세상으로 떠났다고 말하는 아기 같은 수잔이라도 옆에 있어서 이야기를 할 수 있으면 좋으련만……

15

추모식이 몇 시간째 순조롭게 진행되고 있을 때 미미가 테사의 귀에 대고 속삭였다.

"바람 쐬러 나가지 않을래?"

때마침 가장 서먹한 관계인 팻시 이모가 이쪽으로 다가오고 있었다. 테사는 얼른 미미의 허리에 팔을 두르고 문가로 향했다.

"좋은 생각이야. 조금만 더 있다가는 숨막히겠어. 술 한잔하기도 겁나. 저 많은 사람들의 이름을 언제 다 외우니."

그들은 눈 닿는 곳마다 만발한 넝쿨 장미와 일년생 화초의 향긋하고 진한 내음을 가슴 깊이 호흡하며 석조 보도를 따라 분수와 벤치가 호젓한 호텔 정원으로 갔다.

"그런데 너희 집안은 진짜 술이 세더라."

미미가 가벼운 어조로 입을 열었다.

테사는 피로에 절은 안면근육을 움직여 억지웃음을 지었다.

"사돈 남말 하는구나."

"매기가 예상보다 잘 견디는 것 같아서 다행이야."

“그게 추모식의 목적 가운데 하나잖니. 일제히 아이들에게 관심을 쏟아 걔들 정신을 쏙 빼놓고 어리벙벙하게 만드는 거.”

“매기가 어찌나 장례식에서 의연하던지 겁까지 났어.”

“동감이야. 현실을 부정하는 걸까? 미미, 난 부모님에 대해 생각할 경황조차 없어. 매기를 어떻게 해야 할지 걱정이 태산이란다.”

“그 대답은 모르겠다. 하지만 네가 뭘 하면 안 되는지는 알아. 너와 루크는 매기를 키워선 안 돼.”

“순리상……”

“매기가 네 동생이라면 아무리 어렵다 해도 네 옆에 두고 키워야겠지. 하지만 이 상황에서는 안 돼, 절대로! 다른 길을 찾아봐.”

“왜? 난 배우야. 아무 내색하지 않고 매기를 잘 키울 수 있어. 루크는 짐작조차 못할 거야.”

“너를 생각해서 하는 말이야. 루크와 매기뿐 아니라 너 자신까지 속이면서 하루하루를 사는 건 지옥이야. 오래 가지 못해.”

“쉽게 단언하지 마!”

“난 네 단짝친구 미미야. 네 부조리한 죄책감과 죄악에 대한 강박 관념을 누구보다 잘 안다구. 지상 최후의 완전 범죄 후보자가 바로 너야. 매기가 자라면서 평범한 질문을 던질 때마다 언니의 가면이 사라지고 모성 본능의 충동이 강해질걸. 그러다가 꽝! 아무리 조심해도 말실수 한 번은 피할 수 없어. 혹은 자포자기해서 진실을 털어놓거나. 어느 쪽이든 네가 먼저 녹초가 될 거야. 항상 신경을 곤두세우고, 항상 지나친 모성애를 드러내지 않으려고 조심하고, 항상 루크의 눈치를 살피고, 항상 매기의 반응을 걱정하면서 말이야.”

“넌 항상 나를 조종하길 좋아했어!”

“그렇게 살면 넌 더 이상 루크가 결혼했던 여자가 아니게 돼.”

미미는 테사의 항변을 무시하고 논리적으로 뒷말을 이었다.

“루크는 네가 왜 변했는지 이해하지 못하고 모든 걸 매기의 탓으로 돌리겠지. 테사, 네가 그와 부부로서 단 둘이 지낸 시간은 겨우 사흘이야. 다른 모든 사람들처럼 조종하고 적응해야 할 문제가 산적한 신혼 부부라구. 오히려 나이 차이를 비롯해서 극복해야 할 문제가 남들보다 많지. 그런데도 불구하고 교제 기간은 굉장히 짧았어. 서로에 대해 아는 게 거의 없다고 해도 과언이 아냐. 루크는 원하는 건 뭐든 가질 수 있고 자식 생각이 별로 없는 남자야. 내가 틀렸니?"

"그이는 자식을 원해 본 적이 없대."

테사가 비참하게 인정했다.

"거 봐! 그러니까 넌 다섯 살배기 아이를 떠맡으면 안 돼. 아이를 최우선으로 고려해야 하는 책임과 짐을 질 수 없다구. 다행히 너에게는 이모가 네 분이나 계셔. 모두 엄마로서의 경험이 풍부할 뿐더러 매기를 키우겠다고 앞다투어 자원하시잖니."

"우리 엄마는 다섯 자매 중 막내셨어. 큰 이모들은 사십대, 심지어 오십대이고 장성한 자식을 뒀는걸."

"그래서? 이십대인 네가 더 훌륭하게 아이를 키울 수 있다구?"

"하지만 이모들은 매기의 엄마가 아니잖니."

테사가 고집스럽게 반박했다. 불현듯 매기의 포동포동한 얼굴과 큼지막한 눈망울, 종종 땋은 갈래머리와 통통거리는 걸음새가 뇌리에 떠올랐다.

미미가 호되게 야단을 쳤다.

"정신 차려! 매기 엄마는 죽었어. 넌 언니에 불과해. 시간날 때마다 그녀를 방문해서 멋진 선물을 주는 사람, 그녀를 가장 잘 이해해 주는 사람, 그녀가 믿을 수 있는 사람, 좋은 충고를 해주는 사람이라구. 매일 숙제를 봐주고 강낭콩을 먹으라고 잔소리하는 사람이 아니라 동화 속의 대모 같은 존재란 말이야."

"미미, 아예 신문사에 취직해서 '인생도사 미미에게 뭐든 물어보세요' 상담란을 맡아라. 너는 모든 사람들이 네 방식대로 생각하리라 가정하고 너무 빨리 결론을 내려. 하지만 내가 매기의 언니가 아니라는 진실이 네 머리 속에 떠오르지 않든? 난 엄마 노릇은 못해 봤지만 매

기를 사랑하지 않았던 순간은 단 일 초도 없어. 내가 그 아이를 낳았
다구. 아홉 달씩이나 이 뱃속에서 매기를 키웠단 말이야. 하늘이 무너
지고 땅이 꺼진들 그 사실은 바뀌지 않아. 미미, 괴로워 죽겠어. 사랑
하는 사람들에게 상처를 주지 않고 헤어날 길이 안 보여.”
　“내 말을 생각해 볼래?”
　“생각은 해볼게. 그러나 무조건 따를 순 없어.”
　“주여!”

　테사는 잠이 너무 오지 않아 약까지 올랐다. 마지막 문상객이 떠나
고 매기와 피오나가 이웃한 객실로 물러가면 아무리 이른 저녁이어도
자리에 누워 가능한 긴 숙면을 취할 계획이었다. 시차, 부모님의 장례
식, 아일랜드식 추모식으로 녹초가 되었으니 즉시 무의식 상태로 빠져
야 옳을 텐데 긴장을 풀고 잠을 청하려고 무려 삼십 분이나 노력했지
만 매기에 대한 걱정만 가슴을 묵직하게 눌렀다. 결국 테사는 수면을
포기하고 루크를 찾으러 갔다. 그는 응접실에서 책을 읽고 있었다.
　“왜 안 자고 나왔소, 테사 달링?”
　루크는 테사를 무릎에 앉히고 헝클어진 머리카락 사이로 그녀의 목
덜미에 키스했다.
　“꼭 비탄에 잠긴 오필리아처럼 보이는군, 당신.”
　“잠이 안 와요. 시차병에 걸렸나봐요. 게다가 아직 저 빌어먹을 태
양이 지지 않잖아요. 지금쯤 에쩨는 몇 시일까요?”
　“동틀녘이겠지.”
　“내 영혼의 가장 중요한 부분을 그곳에 남겨두고 온 기분이에요.”
　“달링, 그곳으로 돌아갑시다. 앞으로 수백 번 더.”
　“하지만 언제? 그리고 다시 간다 한들 전과 똑같진 않을 거예요.”
　“어떤 것도 항상 똑같을 순 없지. 그러나 우리는 항상 함께요.”
　“원래는 에쩨에서 얼마나 있을 계획이었죠?”
　“열흘 정도. 평소에는 휴가가 아무리 길어봤자 이 주를 넘지 않았는

데 당신을 만난 후 사업을 등한시해 왔소. 원래 일정으로는 에쩨에서 멜버른으로 가서 몇 개월 전부터 잡혀 있던 이사회에 참석한 다음 휴스턴에서 며칠 체류하고 앵커리지를 둘러보기로 되어 있소."

"이런 일이 없었다 해도 에쩨에선 며칠밖에 더 있지 못했겠군요?"

"사흘이나 닷새가 됐겠지."

"우리가 이미 멜버른까지 반쯤 와 있는데 에쩨로 돌아갔다가, 지구를 한 바퀴 돌아서 호주까지 간다는 건 터무니없어요."

테사의 목소리는 처량했다. 이 비극적인 상황을 지워버리고 신혼여행을 되찾고 싶은 맹목적인 욕구가 치솟았다.

"그래서 마음이 불편한 거요? 참을 수 없는 시차와 날짜변경선과 여행 일정 때문에?"

"전부 다 불편해요. 뭐 하나 편한 게 없어요!"

테사는 드디어 울음을 터뜨렸다. 루크는 그녀를 꼭 안고 폭포 같은 눈물을 묵묵히 받았다. 이제 울 때도 됐지.

긴 시간이 흐른 후 테사는 가쁜 숨과 딸꾹질을 하며 잠옷 소매로 눈가를 닦았다.

"수건이 필요해요. 하지만 기분은 한결 좋아졌어요."

"물수건을 가져오지."

"아뇨, 가지 마세요. 그냥 내 옆에 있어 주세요."

"알았소."

루크는 테사를 들어올려 함께 화장실로 갔다. 그리고 수건 몇 장과 화장지를 통째로 들고 다시 응접실로 돌아왔다.

"자, 이제 마음껏 울어도 괜찮소. 술을 한잔 마실까? 초콜릿 시럽을 얹은 바닐라 아이스크림은 어때?"

"키스면 족해요. 아, 당신을 사랑해요. 형편없는 신혼 여행이죠? 전에 결혼하지 않았던 게 다행으로 여겨지죠?"

"다른 여자와 결혼하지 않았던 게 천만다행이오."

"지금도?"

"특히 지금. 테사, 내가 십 년 동안 당신을 독점하고 싶다던 말은 더이상 개의치 말아요. 지금은 상황이 완전히 달라졌잖소. 우리가 매기를 키웁시다."

"다음 몇 주일만 해도 멜버른, 휴스턴, 알래스카에 가야 한다면서요."

"최고의 보모를 고용해서 함께 다니면 돼. 아이들은 적응력이 뛰어나니까 매기는 새로운 풍물을 즐길 거요. 입학할 나이가 되면 가정교사를 붙이고, 여덟이나 아홉 살에는 기숙 학교에 보내어 또래의 친구들을 사귀게 하지. 스위스나 영국을 비롯하여 호주에도 좋은 기숙 학교들이 많이 있소. 그리고 방학 때마다 우리와 함께 지내면 돼."

"하지만 매기는 벌써 이 년째 유치원에 다니고 있어요. 내년에는 학교에 입학해야 하구요. 저 또래 아이들은 삼사 년 후가 아니라 지금부터 사회화를 시켜야 해요."

"사회화?"

루크가 멍한 표정으로 반문했다.

테사는 미간을 찌푸리며 열심히 생각했다.

"당신이 다정하지만 불가능한 계획을 말하기 전까지는 나도 그 생각을 미처 못했어요. 어렸을 때 다른 아이에게 모래를 뿌리면서 놀고 친구를 만들었던 행복했던 시간들이 주마등처럼 떠오르네요. 저기, 이모님들이 매기를 데려다가 키우고 싶대요."

"당신 생각은 어떻소?"

"매기가 또래 아이들이 있는 가정에서 정상적으로 컸으면 좋겠어요. 하지만 이모들은 매기를 공주처럼 귀하게 키우겠대요."

"그게 뭐가 어때서?"

"친자식들이 장성해 떠난 가정에서 매기는 소공녀처럼 떠받들여지겠죠. 영화 스타인 언니와 재벌 형부를 뒀으니까. 당신은 매기를 맡는 이모에게 양육비, 새 집, 새 자동차를 아낌없이 베풀 테고 그 아이에게는 예쁜 옷, 사립 학교, 승마 교습, 발레 수업 등 뭐든 최고급을 해주겠죠."

"처제가 당연히 누려야 할 것들이야."

"그러면 매기는 그 집에서 힘을 갖게 되고 중심 인물이 되어서 버릇이 없어질 거예요. 금전의 역학 관계를 너무 빨리 아는 건 바람직하지 않아요. 그리고 매기를 맡은 이모는 다른 친척들에게 우월감을 느끼겠죠. 우리 결혼식 때 엄마가 이모들에게 그랬던 것처럼. 당신은 눈치채지 못했겠지만 정말 봐주기 힘들었어요."

그는 곤혹스러워하며 고개를 내저었다.

"하지만 다른 방법이 없잖소."

"루크, 이러는 게 어떨까요? 나도 외사촌들이 마음에 쏙 들진 않지만 적어도 그들은 매기 또래의 자식들을 뒀어요. 그러니까 당신은 호주로 가고 난 매기를 데리고 동부로 가서 사촌들 집을 한 곳씩 살피는 거예요. 매기가 행복하게 자랄 수 있는 가정이 한 집은 있겠죠."

"으흠…… 내일 아침에 다시 이야기합시다. 지금 당장은 결정하기 어려운 일이고 당신도 너무 지쳤소. 자, 침실로 갈까? 내가 손을 잡아주면 금방 잠들 수 있을 거요."

테사는 하품을 하며 동의했다.

"자도록 노력해 볼게요."

"착하기도 하지."

루크는 테사가 깊은 잠에 빠져드는 모습을 지켜보며 그녀의 외사촌 자녀들에 대한 기억을 떠올렸다. 하나같이 비사교적이고 무례하고 교양도 버릇도 없는 아이들이었다. 뭐, 그 아이들이 타지에서 잠시 혼란스러웠고 자기 집에서는 지상의 소금 같은 존재일지도 모른다. 하지만 루크는 거리낌없이 자신을 속물로 인정하는 사람으로서 어린 처제가 그런 중하층의 철부지들과 함께 성장한다는 게 꺼림칙했다. 아, 그래! 다른 방법이 있어!

다음날 아침 일찌감치 루크는 테사 몰래 침대에서 빠져나갔다. 그리고 오전 비행기로 돌아가기로 한 의붓동생에게 전화를 걸어 삼십 분

후 호텔 식당에서 만나기로 약속했다.

"옷 찾아 입는 속도가 대단하구나, 타일러."

"내가 할 수 있는 최소한의 일이죠."

"아냐, 그건 시작에 불과하다."

"예?"

"타일러, 나를 위해 아주 중요한 일을 해줘야겠어."

루크의 의붓동생은 특유의 다정한 미소를 지으며 뒷말을 재촉했다.

"말씀만 하세요."

"과소 평가되면 안 될 일이야. 동시에 대단히 좋은 대가가 따르기도 하는 일이지. 네 기준으로 봐도."

"형님, 뜸은 그만 들이시고 어서 말씀하세요."

하지만 루크는 토스트에 마멀레이드를 바르는 척하며 더 뜸을 들였다.

웹스터 일가는 전적으로 루크의 호의에 얹혀 살았다. 매력적인 타일러는 게으름과 우유부단이라는 치명적인 약점 때문에 직장에서 두 달을 버티지 못했다. 루크의 부친은 일찌감치 의붓아들을 가업에서 몰아냈지만 미국인 후처를 사랑했기 때문에 그녀가 데려온 아들인 타일러가 인생의 정열에 심취하도록 관대하게 뒤를 돌봐주었다.

멋들어지게 승마하는 것, 그게 타일러의 천직이었으며 말(馬)이야말로 유일한 애정의 대상이었다. 그리고 부친이 별세한 후에는 루크가 의붓동생을 쭉 돌봐왔다. 타일러가 좋은 가문 출신인 매디슨 그랜트와 결혼했을 때는 지급 수당을 늘리고 제부의 친정인 미국의 뉴저지 주(州)에 탄탄한 종마 사육장까지 마련해 주었다. 그곳에서 타일러는 고풍스런 시골 지주처럼 우아한 생활을 영위해 나갔다. 뿐만 아니라 루크가 조카들의 교육비, 제부(弟婦)의 의상비, 파디 비용까지 댔기 때문에 웹스터 집안의 이웃들은 타일러의 재산 정도를 과대평가하고 그의 판단력을 시험하지 않았다. 종마 사육이란 아무리 그 주인의 능력이 뛰어나다 해도 아차 하면 파산하는 게 다반사였지만, 타일러의 경우에는 수년에 걸쳐 실패를 거듭했음에도 불구하고 루크가 군소리 한 번

없이 손실을 메꾸어 주었다.

"형님, 무슨 일이에요? 표정이 굉장히 심각하시네요."

"너희 부부가 테사의 동생인 매기를 키워줬으면 해."

"예?"

"너 이외에는 맡길 사람이 없어. 어린 매기는 건실하고 화기애애한 환경에서 성장할 필요가 있는데 처갓집 이모님들은 연로하셨고 사촌들은 부적절해. 한편, 테사와 나는 전 세계의 사업체와 그녀의 경력 때문에 안정된 생활을 하기 힘들지. 지금 네 아이들이 몇 살이지?"

"저기…… 앨리스가 여덟, 캔디스가 열 살이에요. 막내 버니는…… 음, 그러니까 네 살 반이 됐죠."

"딱 좋아. 버니에게 보모가 딸렸지? 매기를 함께 돌보면 되겠구나. 내 기억에 따르면 너희 집에 객실이 있지? 됐어. 그 방을 매기에게 줘라. 타일러, 제수씨에게 아이들을 데리고 당장 오라고 전화해. 우리 회사의 비행기를 타면 저녁 시간에 맞춰 도착할 수 있어."

"오늘!"

"테사가 매기의 행복을 빨리 알수록 모든 사람에게 좋아."

"아, 그럼요. 이해합니다. 그런데 집사람이 뭐라고 할지……."

"제수씨는 이해할 거야. 이게 나에게 얼마나 중요한 일인지 알면 구구한 설명 따윈 요구하지 않을걸. 웨이터, 전화기를 이리 가져오시오."

매디슨 웹스터는 세 명의 자식들과 함께 비벌리힐스로 드라이브를 나온 사람들인양 말끔한 모습으로 벨 에어 호텔에 들어섰다. 매기는 수줍어하면서도 의연하게 그들과 인사를 나눴다.

"그래, 네가 매기로구나. 참 예쁘게 생겼네."

매디슨이 허리를 숙여 아이의 뺨에 키스하며 말했다.

"만나서 정말 반갑다, 매기야."

"감사합니다."

매기가 중얼거렸다.

그 옆에서 타일러가 신경질적으로 아들에게 종용했다.

"버니야, 매기와 악수하거라."

네 살짜리 소년은 매기의 눈을 똑바로 응시하며 물었다.

"너 몇 살?"

"다섯 살."

"나보다 많네. 하지만 내가 더 커. 훨씬 더."

버니는 주근깨 가득한 얼굴에 함박웃음을 지으며 만족스럽게 선언했다. 그리고 매기의 손을 꼭 잡고 위아래로 흔들었다.

"우리, 놀러 갈래?"

"뭘 하면서 놀 건데?"

"그냥 노는 거야. 자, 가자. 난 재미있는 놀이를 굉장히 많이 알고 있어. 네가 원하면 나무집을 지어줄게."

버니는 숙부 내외에게 인사조차 하지 않고 매기의 손을 잡아끌었다. 두 아이들은 호텔 정원으로 나가자마자 뛰기 시작했고, 모퉁이를 돌아 시야에서 사라질 즈음 매기의 낭랑한 웃음소리가 들려왔다.

"나는 타잔, 너는 제인이라는 식이군요."

테사가 며칠만에 처음으로 미소를 지었다.

16

매기 호바트를 데려오기 전부터 매디슨 웹스터는 집안 살림에 복잡다단한 규칙을 확립했다. 비싸고 단순한 의상들은 예외 없이 뉴욕의 버그도프 굿맨 백화점에서 구입했지만 세심하게 손질해서 오래오래 입었다. 우아한 저택의 실내 장식은 영국풍의 품격을 유지하면서 가령 어떤 가구 한 점이 누추할 정도로 낡으면 동일 무늬의 직물로 겉갈이만 하여 기존의 스타일을 지키는 식으로 허리띠를 졸라맸다.

보석은 일체 삼가고 시어머니에게 물려받은 몇 점으로 만족했다. 파티를 열 때는 삼류 연회업체를 이용했지만 최고의 요리학원 코르동 블루를 수료한 솜씨로 주요리를 직접 만들었기 때문에 아무도 눈치채지 못했다. 실내 화초 기르는 법을 배워 꽃값을 절약했고, 친정 할머님의 유물인 고풍스럽고 묵직한 은식기와 섬세한 레이스 식탁보를 잘 보관해 뒀다가 파티 때마다 유효적절하게 활용했다. 또한 그분에게 물려받은 몇 점의 인상적인 초상화를 가장 돋보이는 장소에 걸어 유서 있는 분위기를 연출했다.

그녀의 스테이션 왜건과 남편의 재규어를 정기적으로 공장에 보내고 매일 마사(馬舍)의 허드렛일 소년에게 세차시킨 터라 훗날 그 차종이 클래식이 될 때까지 타고 다닐 정도였다. 이불보와 수건 그리고 아이들 옷가지는 전부 세일에서 구입한 것이었고 자신은 약국에서 파는 싸구려 화장품을 발랐다. 비누, 화장지, 주방용 종이타월, 캔 제품 일체가 슈퍼마켓의 염가품이었다.

하지만 어떤 면에는 돈을 아끼지 않았다. 웨이터를 필요한 숫자보다 넉넉하게 채용하여 파티를 원활하게 진행시키는가 하면 남편이 와인 수집가로 통할 정도로 일류 포도주만 선별해서 저장실을 채웠다. 삼주일에 한 번씩 뉴욕까지 가서 머리를 손질했고 헤르메스의 가죽 제품이 아니면 거들떠보지 않았다. 칵테일 냅킨과 손님용 타월은 프레테였으며, 이 빠진 워터퍼드 크리스털은 동일 브랜드의 새것으로 교체되었다. 두 딸을 소름 끼치도록 비싼 사립학교인 엘름 카운티에 보낸 한편, 아들 버니는 필립 앤도버 남학교의 입학 허가서를 일찌감치 따놓은 터였다.

이렇게 감추어진 절약과 가시적인 호사의 약삭빠른 조화는 강요된 게 아니었다. 루크가 의붓동생에게 지급하는 수당은 훨씬 사치스럽게 살고도 남았다.

매디슨은 아무도 몰래 매년 저축하고 신중하게 투자해서 상당한 액수를 모았다. 시아주버니의 죽음, 즉 비가 오는 날을 대비한 우산이라고나 할까. 돈줄이나 다름없는 루크가 아니라면 웹스터 일가의 소득은 콩깍지 하나 없었다. 그녀의 할머니와 달리 친정 부모는 기대할 게 없었고 타일러는…… 좋게 말해서 신사였다. 사업가완 거리가 멀었다.

그런 맥락에서 사 년 전 데려온 매기는 시아주버니에게 전보다 더 많은 돈을 받을 수 있다는 보증수표였고, 사실 그런 내용으로 맨해튼의 한 법률 회사에서 정식 서류를 꾸몄다.

이러니 매기를 싫어할 이유가 없잖아? 매디슨은 짜증스럽게 자문했다. 그런데 왜 나는 돈보따리나 다름없는 9살짜리 아이에게 온정의 기미조차 못 느낄까? 매기가 열여덟이 될 때까지 십삼 년 동안 맡기로 되어 있었다. 그리고 대학에 진학한 후에도 여름 방학 때 돌아갈 집이 필요하리란 점에 루크는 두말없이 동의할 것이다.

시아주버니가 오만하고 고압적으로 매기를 떠맡겼던 게 여전히 가슴에 맺혀서일까? 당시나 지금이나 제부의 호의에 빈말로도 감사하지 않는 그의 뻔뻔스러움을 아무리 노력해도 간과할 수 없었다. 솔직히 루크는 동생 내외에게 은혜를 갚도록 무자비하게 몰아붙였다. 그에게 모든 것을 빚졌다는 점에는 의문의 여지가 없지만…… 그 사실을 상기하고 싶지 않은 마음이 잘못일 수 있을까? 매기를 집에 데려온 순간부터 지금까지 매디슨은 심한 무력함과 깊은 수치심을 떨쳐버리지 못했다.

사실 루크는 이전까지 동생 내외에게 아무 부탁도 하지 않았다. 모든 게 공짜인양 용의주도하게 선심을 베풀어 그녀에게 남편의 면목없는 위치를 망각하게 해놓고, 어느 날 갑자기 자신이 보잘것없는 남자의 아내임을 깨닫게 했을 뿐이다.

그리고 매기를 볼 때마다 루크에게 진 빚이 새록새록 떠올랐다. 아니, 매기에게 신세를 지고 있다는 기분마저 들었다. 일단 어떤 문제를 각성하면 생각이 꼬리에 꼬리를 물고 결국 과대망상증으로 발전하기 마련이다. 매디슨과 달리 남편은 속 편해 보였다. 하지만 타일러는 원래 아무 생각이 없는 남자다. 애초에 그녀는 똑똑한 여자답게 자신이 쥐고 흔들 수 있는 무능한 바보를 배우자로 골랐잖은가.

하지만 이제 그 선택이 그녀의 목을 졸랐다. 매기가 '매디슨 숙모'라고 부르면 왈칵 거부감이 솟았다. 웹스터 부부는 다섯 살배기 아이에게 시시콜콜하게 촌수를 따져서 호칭 문제로 혼란을 주지 않기로 했다. 하지만 그녀는 매기의 숙모가 아니다. 타일러는 그 아이의 숙부가 아니다. 아무 관계도 없는 사람들이다. 매기는 그들 부류, 즉 존경할 만한 가문 출신이 아니고 그 사실은 세상의 무엇으로도 바뀌지 않는다. 정상적인 상황이라면 매기를 집안에 들이지 않았으리라.

이웃 사람들은 매기의 비극적인 상황을 듣고 눈썹을 치켜올렸다. 아무리 둘러대도 브릿지 클럽, 사냥 클럽, 테니스 클럽의 회원들은 왜 웹스터 부부가 친딸들을 한 방에 몰아넣고 매기에게 방을 내줬는지 의아해했다. 매기가 블라우스 자락을 치마나 바지 안으로 넣어 입는 법이 없는데도 심하게 야단 한 번 치지 않았다는 사실을 알면 사람들이 뭐라고 쑥덕거릴까?

매기는 여자다운 구석이 하나 없었으며 소년처럼 버니와 어울려 다녔다. 머리는 빗 한 번 대지 않은 것처럼 텁수룩하고 얼굴은 세수 한 번 하지 않은 것처럼 꾀죄죄했다. 제 언니가 사준 파티 드레스나 좋은 스웨터는 우선 아이의 평상복으로 어울리지 않을 뿐더러 매기의 손에 걸리면 몇 주를 못 넘겼다. 매디슨은 그 옷값을 생각하면 화가 나서 자다가도 벌떡 일어났다. 저런 아이에게 돈을 쳐들이다니! 극도로 무가치해.

게다가 매기는 집에 있을 때와 없을 때가 너무 표났다. 거리낌없이 깔깔대고, 쿵쿵거리며 뛰어다니고, 우당탕 방으로 들어와 질문을 쏟아부었다. 그 아이가 갈구하는 관심과 애정은 명배우가 아닌 매디슨으로선 베풀 수 없었다. 정말 심하다, 강압에 의해 애정을 베풀어야 한다니! 매기는 또래의 아이들보다 더 요구사항이 많았다. 자의식이란 걸 모르는 아이였다. 얌전하게 옹송그리는 적이 없었다. 오히려 이 집의 주인인양 활개쳤다. 아홉 살짜리 아이가 의식적으로 그럴 수야 없겠지만 웹스터 저택이 루크의 소유인만큼 매디슨의 눈에는 매기가 주인 행세를 하는 것처럼 보였다. 현재로서 시아주버니 내외의 상속인이 매기뿐이어서 더 그렇게 여겨졌다.

이제 매디슨은 두 딸을 생각하며 한숨을 뱉었다. 장녀 캔디스는 비범하게 예쁜 열네 살의 소녀이고, 그보다 두 살 아래인 앨리스는 앞으로 두고봐야겠지만 가능성은 다분하다. 어쨌든 둘다 나무랄 데 없다. 깔끔하고, 예의 바르고, 신중한데다, 여자답게 정리를 잘하고, 승마 부츠를 광나게 닦아 신고, 침실을 깨끗하게 치우고, 잔소리하지 않아도 숙제를 착착 해갔다. 매기도 그런 혈통으로 절차탁마될 수 있다면!

하지만 혈통이란 만들어지지 않는 법. 오직 타고날 뿐이다. 웹스터 가문은 모순적인 표현이지만, 미국의 귀족 계급으로서 유서 깊은 개신교이고 품격 있는 신분을 입증하듯 모두 차분하고 상냥했다. 반면 매기는…… 눈부신 테사처럼 아일랜드와 헝가리 유전자의 결합에 세기적인 행운이 가해져 빚어진 창조물이 아니었다. 그 아이의 지나치게 뽀얀 피부, 새빨간 볼, 곱슬거리는 시꺼먼 머리, 강렬한 진푸른 색의 눈동자 등 전부가 '천한 아일랜드'의 후손임을 외쳤다.

하늘이 아시듯 매디슨은 아일랜드에 반감이 없고, 스스로 확신하듯 속물도 아니었지만, 이웃과 엘름 카운티 학교에 그쪽 핏줄은 한 명도 없었다. 이 동네에선 매기가 매주 목요일마다 고백성사 차, 그리고 매주 토요일마다 교리문답 수업 차 삼십 마일이나 떨어진 성당을 오가는 유일한 아이였다. 자동차 뒷좌석과 예배석에 번갈아 멀뚱히 앉아 있는 게 고작인데도 그 아이는 꾀부리지 않고 열심히 다녔다. 매디슨은 테사를 의식하여 손수 매기를 성당까지 데려갔다. 그러나 일요일은 예배를 핑계대고 가정부를 딸려 보낼 수 있으니, 이성적인 성공회에 경배드릴 일이다.

그리고 작년 매기의 첫 영성체 때 벌어졌던 소동이란! 처음에는 아이의 고집으로 완벽한 드레스를 찾아 뉴욕까지 다녀와야 했다. 그나마 성당이 멀어서 매기의 친구들은 다행히 참석하지 못했다. 다들 매기가 천주교인이라는 것은 알고 있었지만 행사의 세세한 부분은 상상력에 맡겨두는 게 최고다. 치렁치렁한 흰 드레스를 요란하게 차려입은 여덟 살 아이, 예수 그리스도의 피를 마시고 육신을 먹는 식인종 꼬마 신부(新婦)의 축소형 정도로 말이다.

고개를 설레설레 흔들며 매디슨은 침실에서 <월 스트리트 저널>지(誌)를 읽기로 작정했다. 신경이 한층 누그러지리라.

"매기, 정말 저 망아지를 타야겠니?"

버니가 승마 연습장의 울타리 밖에 서서 애걸복걸했다.

“주위에 어른이 없을 때 승마하면 안 돼. 너도 알잖아.”

“나는 꾸준하게 연습해야 해. 안 그러면 저 말을 길들일 수 없어.”

매기는 뇌물용 각설탕을 새 망아지에게 먹이며 고집을 피웠다.

문제의 망아지 페어리는 루크에게 받은 올해 생일 선물로, 가치평가를 불허하는 서러브레드였다. 미끈하게 잘 빠진 녀석이었지만 안타깝게도 그 이름값이나 하듯 버릇 없고 신경질적이며 건방진데다 새치름했다. 차라리 매기에게는 수만 명의 아이들을 태워 왔던 승마 학교의 늙은 구렁말이 적당했지만 그 사실을 귀띔해 주는 사람이 없는 고로 루크가 알 턱이 없었다.

“매기, 넌 승마에 젬병이야. 왜 인정하지 않니? 그건 창피한 일이 아냐.”

“아예 사람들을 붙잡고 소문내지 그래. 이 동네에서 말을 못 타는 사람은 병신이야.”

“내일 승마 교관이 올 때까지 기다려, 응?”

“그래서 들들 볶이라구? 이거 해라, 저건 하지 말아라…… 지겨워. 잔소리를 들으면 일이 더 꼬인단 말이야.”

“다 너 잘되라고 하는 조언이야.”

“그래, 너 잘났다.”

“작년처럼 또 팔이 부러지면 어떡해? 너희 누나가 얼마나 걱정했었는지 기억해 봐.”

“그 사고는 내 잘못이 아냐. 말이 덤불에 앉은 새를 보고 발을 헛디딘 거라구. 그리고 이 근방에서 팔 하나 부러뜨린 것쯤은 대수가 아냐. 어쨌든 나는 페어리를 탈 테야. 버니, 기다리기 싫으면 너 먼저 집으로 가.”

입 속으로 성모 마리아와 아기 예수에게 기도를 올리며 매기는 악전고투 끝에 안장에 올랐다. 일단 자세를 잡고 고삐를 정확하게 조절한 뒤, 페어리에게 살짝 신호를 보냈다. 망아지가 고분고분하게 명령에 복종했다. 여기까지는 괜찮군. 하지만 연습장 구내를 터벅터벅 걷는 건 승마가 아냐. 매기는 신호를 보냈고 페어리가 정말 종종걸음을 치자 깜짝 놀랐다.

　아주 오랫동안 열심히 자신의 문제를 고심한 끝에 내린 매기의 결론은 말이 무섭다는 거였다. 갓 태어난 새끼를 제외한 모든 말이 심술궂게 보였다. 그 떼구르르한 눈, 침 투성이의 입술, 벌름거리는 콧구멍이라니! 하지만 웹스터 일가, 학교의 전교생, 이 일대의 모두가 승마를 위해 태어난 분위기 속에서 말이 무섭다는 고백은 불가능했다.

　승마가 싫다고 털어놔서 주변의 이해와 동정을 받는 것보다, 차라리 용기를 내서 형편없이 타는 편이 낫다. 말에 대한 공포가 승마를 하지 않아도 되는 유일무이한 이유로 인정받는 곳에서 진실을 알리느니 안장에서 죽으리라.

　"잘한다, 매기!"

　버니가 응원했다. 매기의 망아지가 경보를 하자, 버니는 튼실하고 믿음직한 암말에 올라타고 그녀의 뒤를 따라갔다.

　저렇게 엉망진창 승마는 처음이야, 버니는 속으로 혀를 찼다. 매기는 정말 아니올시다였다. 고삐를 써서 원하는 대로 말을 부리지도 못하거니와 페어리를 한 방 걷어차 누가 주인인지 가르치지도 못했다. 그녀는 자기의 마음씨가 너무 고운 게 탈이라고 변명했다. 피이, 헛소리! 매기는 순수한 보행성 인간이다. 하지만 고집이 세서 가장 친한 친구인 그에게조차 인정하지 못하는 것뿐이다.

　버니가 지켜보는 가운데 매기는 이럭저럭 망아지를 천천히 달리게 했다. 저럴 때 대부분의 재난이 일어났다. 페어리에게 구보를 시키면 속보로 변하기 십상이었고 매기에게 속보와 재난은 동의어였다. 아니나 다를까, 매기는 바짝 긴장한 채 낙마의 운명을 피하려고 무릎으로 망아지를 죄었다. 무릎을 썼다는 의미는 종아리를 말의 옆구리에 붙일 수 없다는 뜻이다. 사실 그녀의 다리가 힘없이 너펄거렸고, 다리를 의식하자 상체가 꼿꼿해졌으며, 곧이어 말을 멈추려고 고삐를 확 잡아당겼다. 짜증난 페어리가 전속력으로 달리기 시작했다. 하얗게 질린 매기는 입도 벙긋 못한 채 안장에 매달려서 고삐를 더 힘주어 당겼다.

버니가 재빨리 매기를 따라잡아 페어리의 고삐를 대신 잡아줬다.

“고마워.”

매기는 입술을 깨물며 인사했다.

“별거 아냐. 페어리는 정말 고약한 녀석이야.”

“그 때문이 아냐.”

“내 말을 타면 더 잘할 거야.”

“글쎄…….”

차라리 페어리가 모르는 말보다 낫다고 매기는 결론 내렸다.

버니가 살살 꼬셨다.

“한 번 시도해 봐. 그건 그렇고 이제 그만 가자.”

“싫어.”

매기는 헐떡거리는 와중에도 오만상을 찡그리며 고집부렸다.

“밤을 새워서라도 페어리를 제대로 달리게 할 테야.”

안 돼! 버니가 울상을 지었다. 야구 연습이 있는데…….

17

매기의 양육을 웹스터 내외에게 맡기기로 결정했을 때 루크는 혼자 멜버른의 이사회에 참석하고 테사는 동생을 데리고 뉴저지로 갔다.

그녀는 매기와 웹스터 저택의 한 방에서 일주일 동안 숙식을 같이 한 결과, 동생이 마른하늘의 날벼락처럼 갑작스럽게 가정을 잃은 다섯 살배기 아이치고 새 환경에 잘 적응하고 있다고 판단내렸다.

특히 버니가 매기에게 홀딱 반해서 뒤를 졸졸 따라다니고 티없는 헌신과 꼬마 기사다운 신사도를 발휘하는 모습은 감동적이었다. 인근에 좋은 유치원이 있고 일년 후에는 엘름 카운티 학교에 입학시키면 됐다. 웹스터 내외는 저녁상에 한 사람 몫을 더 준비하는 게 뭐 어렵겠느냐고 테사를 안심시켰으며 조카딸 캔디스와 앨리스는 상냥하고 착한 소녀들이었다. 때문에 루크와 휴스턴에서 재회할 시간이 다가오자 테사는 완벽한 해결책이 없는 상황에서 이게 최선이라고 자위하기에 이르렀다.

매기를 웹스터 일가에 맡긴 첫해, 테사는 남편과 촬영에서 짬이 날 때마다 자주 동생을 찾으려고 노력했다. 하지만 그런 방문이 오히려 매기의 적응을 방해할 뿐더러 웹스터 일가의 의무적인 환대 속에서 동생과 단 둘이 보내는 시간이 극히 짧은데다 두루두루 불편을 초래한다는 사실을 깨달았다. 차라리 매기를 불러오는 편이 여러 불이익을 최소화했기 때문에 다음 해부터 어린 소녀는 방학과 휴일 때마다 언니 부부와 함께 지냈다.

루크는 나름대로 매기에게 관심을 쏟으려고 애썼지만 어린 처제와 감정적이고 끈끈한 유대 관계를 맺지 못했다. 테사로서는 귀가하기가 무섭게 그녀의 모든 관심을 요구하는 강하고 독단적인 남편이 없는 편이 매기와 훨씬 즐거운 시간을 보낼 수 있었다.

그 소중하고 극히 진귀한 방문 때마다 매기가 언니의 온전한 관심을 독차지하느냐의 여부는 오로지 루크의 여행 일정, 테사의 촬영 일정, 매기 본인이 일년에 몇 차례씩 학기중에 시간을 낼 수 있느냐에 달려 있었다.

재회 장소를 불문하고 테사는 매기에게 많은 시간을 할애했으며 웹스터 일가의 대소사를 인내심 있게 들어주었다. 매기가 '언니들은 외모에만 신경 써' 하고 캔디스와 앨리스를 비판하면 테사는 두 십대 소녀들의 한계를 동정했다. '걔는 나를 혼자 내버려두지 않아. 꼭 애완 강아지를 키우는 기분이라구' 하고 버니의 애정 남발이 심판대에 오르면 동류 의식에서 어린 소녀을 진심으로 감싸줬다. 한편 매디슨 웹스터의 죄악은 '우리 저녁은 일등 갈비살인데 하인들은 싸구려 고기 스튜를 먹어. 너무하지? 숙모는 내가 아무것도 모르는 줄 알지만 난 요리사 아줌마와 친구여서 성당 가는 길에 다 들어'였고 테사는 그 엄격한 근검절약에 감탄사를 금치 못했다.

테사는 매기를 위해 각종 인형을 모았지만 어린 소녀는 '성장(盛裝)'의 즐거움을 발견하자 장난감에 흥미를 잃었다. 성장 놀이는 두 가지의 별개 영역으로 분리되었다.

첫 영역은 온갖 잡동사니가 담겨진 트렁크와 연관되었다. 테사가 출연한 영화 의상과 소품을 치워뒀던 그 트렁크는 1930년대의 반짝거리는 새틴 무도복에서 모피와 깃털 소품, 주름 잡힌 벨벳 망토와 우비, 화려한 자수의 겉옷, 동물 복장과 가면, 새털이나 베일 혹은 꽃장식이 달린 가지각색의 모자들, 실생활에서 도저히 신을 수 없이 화려한 하이힐의 보고였다. 워낙 종류가 많고 다양한지라 매기의 드문 방문으로 새롭게 탐사되기까지 테사조차 거기에 무엇이 들어 있는지 기억하지 못했다.

매기가 혼자 트렁크의 물건을 끄집어내고 조물거려 원형의 흔적이 완전히 사라진 의상을 선보이면 테사는 그 옷에 맞춰 동생을 주인공으로 한 이야기를 꾸며서 들려줬다.

성장 놀이의 또 다른 영역은 훨씬 진지하고 무게가 있었다. 테사의 보석과 관련되었기 때문이다. 4년에 걸친 결혼 생활 동안 루크는 온갖 기념일을 구실삼거나 아예 만들어내어 보석 세례를 퍼부었다. 매년 영화 촬영의 개시일과 종영일, 테사의 생일, 성 패트릭 축일(3월 17일로 아일랜드의 수호 성인 축일), 발렌타인 데이, 그들이 처음 만난 날, 약혼 기념, 결혼 기념, 호주 대륙이 발견된 날, 몬테카를로 국경일, 매년 봄 가을 소더비의 보석 경매일마다 루크는 선물을 사들였다.

테사는 항상 바뀌는 보석 컬렉션을 지참하고 남편을 따라 여행했다. 루크가 장소와 모임의 성격을 불문하고 보석으로 휘감은 아내의 모습을 좋아했기 때문이다. 그래서 그녀는 거의 청색 자갈돌만한 캐보숑(보석 윗면을 둥글게 연마한 방식) 사파이어를 청바지와 면셔츠 차림에 달았다. 옥(玉)이 질병을 물리친다는 루크의 주장에 따라 중국 황실의 옥 목걸이를 걸고 잤다. 하지만 남편의 사업상 지인이나 할리우드 족속과 만나는 자리, 또는 복잡다단한 생활에 꼭 필요한 의상을 쇼핑할 때에는 수많은 컬렉션 중에서도 특히 귀한 보석을 골랐다. 테사는 그 나이에도 불구하고 결코 할리우드 청춘 스타의 소탈한 경향을 쫓지 않았다. 유명한 국제 스타답게 차려입는 것이 그녀의 주의였다.

매기가 방문하면 두 자매는 종종 옷방에서 한나절을 보냈다. 테사는 <보석의 힘>이란 책을 사서 모든 종류의 보석이 지닌 치유력과 신비한 힘 또는 거기에 얽힌 미신과 전설을 빠짐없이 공부하고 기억해 두었다가 매기에게 들려준 다음 그 보석을 직접 달게 해 동생의 판단력을 길러 주었다. 놀이를 재미와 교육의 현장으로 바꿔놓았던 것이다.

"아주 특별한 것을 보여줄게."

테사는 여덟 살의 매기에게 목걸이를 채워주며 말했다.

"매기, 이게 무슨 보석인지 맞혀볼래?"

"검회색 구슬처럼 생겼어. 하지만 초록과 자주색이 언뜻언뜻 보이니까 완전한 검정색은 아냐. 우와, 거울처럼 방 안의 모든 빛을 반사하잖아. 커다란 진주 모양인데…… 이게 대체 뭘까?"

"진주야, 흑진주."

"조개가 이런 진주도 만들어?"

"아주 특별한 조개만 흑진주를 품는단다. '핀크타다 마르가리티페라'라는 조개야. 별 희안한 이름이 다 있지? 찾아보면 아마 세상에는 '핑크색 매기 조개'도 있을걸."

"맞아, 맞아."

매기는 웃음을 참으며 맞장구쳤다.

테사는 빙그레 미소를 지으며 지구본을 빙 돌렸다.

"이런 조개는 프랑스령 폴리네시아 바다에서 자란단다. 자, 지도의 이 지역이야."

"언니랑 여기에 가는 날이 있을까?"

"그럼. 언젠가 꼭 가자구나."

"흑진주가 다 이렇게 커?"

"이 크기는 보기 드물어."

테사는 목걸이의 진귀함을 떠올리며 대답했다. 이 양식 흑진주 목걸이의 가장 작은 알은 일반 시중에서 대형으로 취급되는 19밀리미터보다 2밀리미터나 더 컸다.

"언니, 흑진주의 색깔이 전부 이래?"

"검정색의 농도에 따라 무려 칠십 가지로 분류된단다. 그러니 동일한 색상의 알을 꿰어 목걸이로 만드는 게 얼마나 어렵겠니.”

테사는 루크가 두 달 전 소더비 경매에서 75만 달러를 지불한 목걸이의 가치를 무심한 어조로 설명했다.

“매기야, 내가 진주 손질법에 대해서 말해 줬지? 아직 기억하고 있니?”

“응. 진주는 햇빛과 열을 피해서 보관해야 해. 수분 함유량이 이 퍼센트밖에 안 되기 때문에 말라서 쪼개지기 쉽거든. 그래서 잘 닦고 서늘한 곳에 보관해야 진주가 좋아해. 닦을 때는 전분을 살짝 뿌려서 소금기를 없애야 하구. 참, 한 번 착용한 다음에는 최소한 여섯 달은 쉬게 해야 해. 그리고 목에 향수나 로션을 바르고 진주를 걸면 안 돼. 왜냐하면 색이 변하니까. 절대로 헤어 스프레이를 뿌려서도 안 돼. 그러면 진주층이 파손되어서 가장 치명적인 결과를 낳거든.”

“그리고 뭐가 있지?”

“으음음…… 맞아, 아무 곳에나 던져두어서도 안 돼. 반드시 상자에 넣어서 보관해야 해.”

“매기 학생에게 진주 과목의 A학점을 주겠어요.”

테사가 동생을 꼭 껴안았다.

“그리고 왜 진주를 다이애나 여신과 연관시켰는 줄 아니?”

“아니.”

매기는 고개를 뒤로 젖혀 아름다운 언니의 얼굴을 바라봤다.

“옛날 옛적 신과 여신들이 경배받던 시절에 다이애나는 숲과 처녀의 여신이었어. 그리고 진주는 순결과 평화 그리고 순수의 상징이었지. 때문에 진주가 다이애나의 표상이 되었고 순결한 처녀들은 여신의 보호를 받기 위해 진주를 착용했던 거야.”

“그럼 어린 소녀들도 진주 목걸이를 걸었어?”

“목걸이까진 아니고 귀걸이 정도는 했겠지. 하지만 아주 오래오래, 몇 천 년에 또 몇 천 년 전에는 진주를 달과 비너스 여신을 연결해 생각했단다. 알다시피 비너스 여신과 달은 사랑과 관련 있잖아. 그래서 어떤 여자가 한 남자를 사랑에 빠뜨리고 싶으면 진주 가루를 포도주와 섞어서 남자에게 먹였대. 그걸 사랑의 묘약이라고 부르면서.”

“효과가 있어?”

“내 개인적인 생각으로는 당시의 모든 사람들이 묘약의 힘을 믿었을 테니 미남자라면 매일 최소한 열두 명의 여자들에게 진주 가루가 섞인 포도주를 대접받고 다음날 숙취에 시달렸겠지. 그리고 의사들은 심장 질환의 치료약으로 진주 가루를 썼어. 또 몇 백 년 전부터 지금까지 보석 가치가 없는 못난이 진주의 가루가 화장품과 크림, 파우더를 만들었단다. 그리고…….”

“그리고?”

“일부 중국인들은 하늘에서 용이 서로 싸울 때 진주와 빗물이 땅으로 떨어진다고 믿었어. 비현실적이지?”

“얼마든지 있을 수 있어. 하늘에 용이 없다고 누가 장담하지? 천사가 있다면 용도 있어.”

“중국식으로야 그렇겠지.”

테사는 매기의 목에 채워진 흑진주 목걸이의 위치를 바로했다.

“어떠니, 매기? 네 마음에 드니?”

“으흠.”

매기는 전신 거울과 거리를 좁혔다, 떨어졌다 하면서 주도면밀하게 살폈다.

“잘 모르겠어. 이 흑진주 목걸이와 한 쌍인 귀걸이는 없어?”

“까다롭게 나오는구나.”

“귀걸이가 있구나? 그럼 그렇지. 이 목걸이에 다른 귀걸이는 정말 어울리지 않아. 그리고 언니는 귀걸이 없이 외출하지 않는다고 골백번도 더 말했잖아.”

“너는 보석 상인으로 나가면 대성할 거야.”

“아잉, 빨리 귀걸이를 보여줘.”

테사가 보석 상자의 다른 칸에서 펜던트형 귀걸이를 꺼냈다. 대형 흑진주의 가장자리에 마퀴즈(타원형으로 세공된 방식) 다이아몬드를 촘촘히 박아넣고 다시 원형 다이아몬드를 여러 줄로 늘어뜨린 끝마다 작은 흑진주가 대롱대롱 매달린 귀걸이였다. 목걸이와 한 조로 경매에 나온 물건이라 색상과 품질이 동일했다. 테사는 조심스럽게 매기의 작은 귓불에 귀걸이를 달아주었다.

"이것 봐, 훨씬 보기 좋잖아."

매기가 단언했다.

"하지만 난 언니의 흰 진주와 핑크색 진주가 더 마음에 들어. 이것도 아름답지만 진주의 고정관념에 딱 들어맞질 않거든."

"애, 보석 상인은 관둬라. 하지만 나도 네 생각에는 찬성이야."

"그렇다면 내 안목과 미래를 위해서 언니는 다른 새 보석들을 보여줘야 해."

"말이 왜 그렇게 돌아가니?"

"그래야 공정하다구."

"어휴, 네가 공정과 불공정을 따지면 할말이 없더라."

"히히히!"

매기는 의기양양했다. 그녀는 항상 언니의 정의로운 버팀목이요, 솔직한 보석 감식가로 자화자찬해서 한 번은 해리 윈스턴의 완전무결한 '아쇼카' 다이아몬드 반지가 언니의 손에 비해 너무 길다고 비판했다. 테사는 인도의 전설적인 골로곤다 광산에서 채취된, 예외적으로 투명한 사십 캐럿짜리 다이아몬드를 한없이 아꼈고 갸름한 손가락에도 딱 어울렸음에도 불구하고 동생의 의견에 반박하지 않았다. 매기는 타인의 의견이나 일반적인 이유에 따라 판단내리지 않았다. 좋고싫고가 분명한 아이였다.

"있잖아, 내가 진주 목걸이를 하나 갖는 게 공정하지 않을까?"

매기는 잔뜩 기대어린 목소리로 말을 이었다.

"나는 젊고 순결한 처녀잖아. 언니가 티파니에 가서 그 제일 예쁜 목걸이를 샀을 때처럼 말이야."

"그건 전혀 공정하지 않아. 난 다이애나 여신을 경배하지 않거든. 너도 마찬가지잖니."

테사는 웃으며 말했다.

"하지만 언젠가 네가 보석을 찰 나이가 되면 비너스 여신에게 선물을 받게 될 거야."

"약속하지?"

"약속해."

이듬 해 가을, 매기는 아홉 살이 되고 엘름 카운티의 4학년으로 올라갔다. 지난 몇 년 동안의 학교 생활은 소외감을 안겨줬다. 호바트 같은 이름을 한 학우는 전교에서 한 명도 없었다. 천주교 신자도 없고, 진짜가 아닌 가족과 사는 아이들도 없었다. 대부분의 학부형이 서로 아는 처지였으며 디너 파티와 사냥 무도회, 브릿지와 골프 게임을 함께 했다. 매기가 2총사라고 명명한 캔디스와 앨리스는 식구들 앞에선 매기에게 잘해 주다가도 학교에선 안면을 몰수했다.

매기는 그런 태도에 깊이 상처받았지만 차마 대놓고 물어볼 수 없었다. 왜 언니들의 태도가 집과 학교에서 싹 달라질까? 어떤 이유가 있어서 나를 부끄러워하는 걸까, 아니면 내가 함께 살기 때문에 미워하는 걸까? 캔디스와 앨리스는 저녁 식사 시간만 빼고 매기를 다른 집에 사는 사람처럼 대했다. 학교의 다른 소녀들은 복도에서 자매를 만나면 웃고 머리칼을 잡아당기며 아는 척하지, 캔디스와 앨리스처럼 외면하지 않는다.

어느 날 탈의실에서 체육관으로 가는 길에 매기는 급우인 샐리 브래드퍼드가 전학생을 붙들고 매기 호바트가 '수수께끼 소녀'라고 하는 말을 엿들었다.

"그게 무슨 말이니, 샐리?"

매기는 흘려버리지 못하고 다른 두 소녀에게 따졌다.

샐리 브래드퍼드는 남의 흉을 보는 현장을 들켜놓고 창피해하는 낯빛 없이 천연덕스럽게 대답했다.

"네 진짜 출신과 태생을 아는 사람이 아무도 없다는 뜻이야."

"난 캘리포니아 출신이야. 지금은 여기 살고 있구."

"그건 확실하지. 하지만 네 태생은 어떻지? 웹스터 가문의 진짜 친척이 아니잖아. 그 부부가 네 숙부와 숙모가 아니라고 우리 엄마에게 똑똑히 들었어. 우리 엄마는 모르는 게 없으셔. 넌 진짜 가족이 한 명도 없는 수수께끼 고아래. 웹스터 부부가 너를 받아준 이유가 친절해서니, 아니면 동정심에서니?"

"난 진짜 가족이 있어. 언니가 있다구. 우리 언니는 테사 켄트야."

매기가 버럭 소리를 질렀다. 전에는 말해 봤자 아무도 믿지 않을 줄 알았기 때문에 입을 다물었던 사실이었다.

"그리고 우리 언니는 웹스터 가문의 확실한 인척이야. 우리 형부가 타일러 숙부의 형이니까 나도 웹스터 가족의 친척이야."

"테사 켄트라구! 그 영화 스타? 우리를 바보로 여기는구나. 얘들아, 매기의 언니가 테사 켄트란다! 매기 호바트, 넌 거짓말쟁이야. 홍, 세상에 무슨 이름이 호바트일까."

"감히 내 형가리 핏줄을 깔고 뭉개? 호바트는 나무랄 데 없는 이름이야, 이 쌍년아!"

"나보고 쌍년이라고 했어? 과연 보고들은 게 없이 자랐구나. 내가 가만히 있을 줄 알구, 선생님에게 당장 고해바칠 거야."

"일러, 어서 일러. 넌 쥐구멍에 우라질 쌍년이야!"

"너 이제 죽었다, 매기 호바트!"

며칠 후 테사가 매기에게 주일 정기 전화를 걸었을 때 매디슨 웹스터가 끼어들었다.

"매기, 내가 통화하는 동안 실례해 줄래?"

"실례하다니요?"

"너희 언니에게 개인적으로 할말이 있다는 뜻이야."

"아하, 알았어요. 위층으로 올라갈게요."

매기는 침실로 올라갔다. '우라질'은 로디 감독의 입에서 떠나지 않으니까 그리 나쁜 욕이 아니다. 또 선생님은 '쥐구멍' 같은 표현을 한 번도 가르치지 않았지만 심한 욕설에 속하지 않았다. 물론 '쌍년'은 진짜 나쁜 욕이지만 샐리 브래드퍼드에게 딱 어울리니, 매디슨 숙모가 언니에게 고해바치지 않겠지.

"테사, 매기의 학교 일로 귀찮게 하고 싶지 않았어요. 하지만 며칠 전 앤더슨 담임 선생님이 매기와 다른 소녀가 크게 다퉜다고 하더군요."

"왜요?"

"매기가 샐리 브래드퍼드란 소녀와 말씨름을 하면서 당신을 언니라고 털어놓았대요. 하지만 샐리가 통 믿지 않으니까 욕설을 퍼부었다는 거예요. 물론 주먹다짐으로 발전하진 않았지만 담임 선생님의 말로는 매기가 거짓말쟁이라는 소문이 학교 전체에 퍼졌대요."

"저런……."

"아이들이 어떤 줄 알죠? 당신과 매기는 이름이며 생김새가 워낙 다르잖아요. 그래서인지 매기가 가족도, 뿌리도 없는 수수께끼 고아로 손가락질당하고 있어요."

"상상이 가요. 몹쓸 계집애들 같으니. 내가 다음주에 학교를 방문하겠어요. 지금 당장 달려가고 싶지만 영화의 전쟁 장면 촬영이 수요일에나 끝나요. 그러나 화요일까지 영국에서의 촬영을 일단 마무리짓고 수요일에 그곳에 다녀오면 금요일부터 세트 촬영을 재개할 수 있어요. 매디슨, 수고스럽겠지만 돗드 교장 선생님께 전화해서 수요일 오후에 찾아뵐 테니 매기의 수업을 빼달라고 하세요. 차라리 방문을 약간 늦췄다가 학부형 참관일로 맞춰버릴까…… 그러면 훨씬 효과적이잖아요. 할리우드의 감춰진 뒷이야기도 몇 가지 공개하고 말이에요. 아니, 됐어요. 깜짝 방문으로 만족하죠. 교장 선생님께 매기를 놀라게 하고 싶으니까 아무 말씀도 하지 말아 달라고 해주세요."

"알겠어요, 학교에 알릴게요."

"매기가 그 학교에서 따돌림을 당한다면 좋은 기숙 학교에 입학시키는 편이 낫겠어요.”

“어머어머, 그러지 마세요. 어느 학교에서든 사소한 언쟁이나 싸움
은 일어나는 법이에요.”

매디슨은 공포를 감추고 서둘러 테사를 만류했다. 매기가 다른 곳으
로 떠나는 사태야말로 일대 위기를 예고했다. 남편 타일러는 노발대발
할 테고 루크는…… 그의 반응은 예상을 불허하기 때문에 더 끔찍했다.

“교장 선생님이 매기를 얼마나 칭찬하는데요. 그 아이가 몹시 똑똑
하고 매우 인기 있다고 했어요. 유일한 문제라면 당신과 매기가 워낙
닮은 구석이 없다는 거죠.”

“내가 알아서 하겠어요. 그런데 매기가 샐리라는 소녀에게 무슨 욕
설을 했대요?”

“흠흠……. ‘쓰’자로 시작되는 말이에요.”

“매기가 엄청 약올랐군요. 하긴 주변에 루크처럼 거친 호주 남자와
로디 감독같이 거침없는 할리우드 타입이 득실거리니까.”

테사는 소리 없는 웃음으로 온몸을 떨었다. 잘했어, 매기. 너는 이
세상의 샐리 브래드퍼드 같은 족속들에게 쓴맛을 보여줘야 해.

테사는 엘름 카운티 학교를 찾게 된 날이 우중충한 가을 날씨여서
반가웠다. 인디언 섬머(봄날처럼 화창한 날씨)는 그녀가 염두에 둔 극적
인 연출과 어울리지 않으니까. 의상부터 극적인 효과를 노려, 베이지
트위드 천의 지방시 맞춤 투피스는 칼라와 소매단에 러시아산 흑담비
털을 덧대어 화려하고 당당한 분위기를 더했으며 멋들어지게 가다듬
은 머리에도 앙증맞은 담비 베레모를 썼다. 거기에다 암갈색 악어가죽
하이힐을 신고, 크림색 실크 블라우스 위에 세 줄짜리 천연 진주 목걸
이까지 더하니 현대판 안나 카레니나의 재현이었다. 낮에는 다이아몬
드가 천박해 보일 듯하여 루크가 그녀의 올해 생일 선물로 사줬던 이
백만 달러짜리 세 줄 진주 목걸이로 참은 터였다.

화장은 어찌나 완벽하고 빈틈없이 했던지 국회의사당의 뒷줄에서도

테사의 미모가 유감없이 도드라질 정도였다. 오늘은 점잖거나 은은함을 찾을 계제가 아니었다. 머리부터 발끝까지 빠뜨리지 않고 스타답게 보이는 것이 주안점이었다.

또한 뉴욕의 자동차 임대 회사에 연락해 암녹색 롤스로이스와 반듯한 정복 차림의 기사까지 알선해 놓은 이유는 오로지 한 가지, 평소와 달리 순수한 할리우드풍으로 소녀들의 넋을 빼놓자는 뜻이었다.

테사가 학교에 도착해서 운전사의 도움을 받아 차에서 나오자, 일단의 저학년 소녀들이 정문을 빠져나가다가 일제히 멈춰서 입을 벌렸다.

"안녕?"

그녀는 한 소녀에게 말을 걸었다.

"미안하지만 교장실이 어디에 있는지 알려줄래?"

"당신은…… 당신은 테사 켄트!"

"그래, 맞아. 하지만 사실은 매기 호바트의 언니란다."

"하느님 맙소사!"

소녀의 손이 입 쪽으로 올라갔다.

"우리 매기가 이 언니를 창피하게 여기고 아무 말도 하지 않은 게로구나?"

"아니에요, 그럴 리가요."

"돗드 교장 선생님의 사무실이 어디니?"

그녀는 다정하게 소녀의 기억을 되살렸다.

"제가 안내해 드릴게요. 어머, 이건 꿈이야, 꿈!"

"고마워. 정말 친절하구나."

테사와 흥분한 소녀는 몇 마디 나누며 교장실로 향했다.

"처음 뵙겠습니다, 돗드 선생님. 좀더 빨리 방문했어야 옳은 줄 알면서도 선생님의 인망을 믿고 동생을 맡겨둔 채 미적거렸어요. 매기가 학교 생활에 잘 적응한다면서요?"

"아, 사실입니다. 아주 인기 있는 학생이에요."

회색 머리가 성성한 여교장은 윔블던 테니스 대회의 챔피언과 비슷한 정도의 근육질이었다. 인근의 부유층 마나님들을 다루는 데 이골이 난 그녀도 테사에게는 혼비백산했다. 이렇게 아름다운 미녀가 살아 숨 쉰다는 게 실감나지 않았다.

"그 말씀을 들으니 정말 기뻐요. 그리고 오늘 매기의 수업을 빼고 저에게 학교 안내를 시켜 주셔서 감사합니다."

"뭘요. 아, 여기 매기 학생이 도착했군요."

매기가 기쁨의 탄성을 터뜨리고 테사의 품으로 뛰어들었다.

"언니, 웬일이야?"

매기는 교장실에서 만나리라곤 예상조차 못했던 언니의 출현이 너무 반가운 나머지 눈물을 찔끔거렸다.

"오늘은 영화 배우처럼 보여."

"그게 사람들의 일반적인 생각이란다."

테사는 매기의 머리카락을 쓰다듬고 뺨에 키스하고 소곤거렸다.

"자, 교장 선생님께서 허락하셨으니까 너희 반으로 가서 급우들을 소개시켜 주지 않을래?"

"다들 화학실에서 실험하고 있어."

"그곳으로 가자. 난 학교 구석구석을 놓치지 않고 구경하고 싶어. 하지만 우선 네 친구들부터 만나보자."

테사는 매기의 약간 지저분한 손을 잡고 즐겁게 흔들었다.

매기가 화학실을 안내하는 동안 모든 실험이 중단되었다. 테사는 싱글벙글하는 동생을 옆에 끼고 소녀들에게 각기 다른 말을 걸고 다정하게 인사했다.

"그래, 네가 셀리 브래드퍼드로구나."

테사는 예쁘장한 금발 소녀의 손을 잡으며 말했다. 큰 목소리를 내지 않아도 풍부한 성량과 발음 훈련의 덕택으로 목소리가 실험실 전체로 울려퍼졌다.

"너를 만나서 반갑다. 우리 매기를 통해 듣자니, 너희 어머니께서 가계 조사의 전문가시라면서?"

샐리가 얼굴이 빨개져서 중얼거렸다.

"전문가까진 아니어도 누가 누군지 다 아세요."

"너희 어머니께 내 말을 전해줄래? 약간 복잡한 내용이지만 너라면 충분히 기억할 수 있을 거야. 내 남편은 루크 블레이크란다. 그이의 의붓동생이 앨리스와 캔디스의 부친인 타일러 웹스터야. 내 동생 매기는 남편의 처제로서 웹스터 부부와 핏줄이 섞인 친척 사이가 아니지. 하지만 어렸을 때부터 그분들을 숙모와 숙부로 불러 왔단다. 매기가 웹스터 저택에서 사는 이유는 사 년 전 우리 부모님이 자동차 사고로 돌아가셨기 때문이야. 나는 첫 영화를 찍을 때 개명했어. 진짜 이름은 테사 켄트가 아니라, 테레사 호바트란다. 이제 알아들었니? 한 번 외워볼래?"

"으음…… 매기는 당신의 친동생이에요."

"그리고?"

"당신의 남편이 블레이크 씨이고 웹스터 씨의 형님이세요."

"아냐, 웹스터 씨의 의붓형님이지. 내 남편의 아버님께서 첫 부인을 잃고 웹스터 씨의 어머님과 결혼하셨어."

"아하."

"좀 복잡하지?"

"예."

"그리고 네가 이미 잘못된 사실을 아는 상황에선 더 이해하기 힘들겠지. 하지만 너희 어머니께 내 말을 전해드려라. 참, 우리 매기에게 많은 관심을 보여주셔서 감사하다는 말도 잊지 말구."

테사는 말을 마치고 돌아섰다. 그리고 몇 발자국 발걸음을 떼었다가 문득 멈추고 샐리의 눈을 뚫어지게 응시했다.

"이제 모든 '수수께끼'가 풀렸기를 바란다."

샐리는 마룻바닥을 내려다본 채 고개를 주억거렸다.

"잘됐구나."

테사는 냉담하게 말하고 다음 소녀에게 갔다.

18

양키들의 오스카 수상식은 더럽게 지루해. 전세계의 이목을 집중하려고 온갖 과장과 허식을 총동원하여 저따위 우스꽝스런 쇼를 벌이다니 망할 놈들!

루크 블레이크는 로스앤젤레스의 벨 에어 호텔방을 쉼없이 맴돌며 울분을 삼켰다. 텔레비전의 화면은 오스카 수상식의 생중계에 맞춰졌지만 처음부터 최소로 조정됐던 음량이 점점 작아져서 이제는 완전히 죽여진 터였다.

테사의 출연작도 최우수 영화상 부분에 지명되었으므로 그녀는 오늘 오후 일찍이 쫙 차려입고 로디 펀스터월드와 함께 리무진에 올랐다.

루크가 작년에 저 미치광이들의 소동 속으로 뛰어들었던 이유는 딱 하나였다. 테사가 마샤 메이슨, 수잔 서랜든, 다이안 키튼, 제시카 랭지 등의 쟁쟁한 호적수와 여우주연상을 놓고 각축을 벌였기 때문이었다. 루크는 그런 어마어마한 긴장 속에서 아내가 홀로 애간장을 태우며 결과를 기다리게 놔두는 꿈조차 꿀 수 없었다. 그가 수상식 내내 아내의 손을 잡아줬던 헌신은 보답을 받아 그녀는 두 번째 여우주연상을 거머

쥐었다. 하지만 올해는 실질적인 본선 부문에 지명되지 않은데다 그녀에게 쏟아지는 짧은 관심의 순간을 위해 긴긴 권태를 참아야 하는 걸 루크가 대단히 곤혹스러워하므로 테사는 특유의 달래는 어조로 이렇게 말했다.

"당신은 이곳에서 생중계를 보세요. 실제 현장에 있는 것보다 화면 쪽이 훨씬 근사해 보일 거예요."

그리고는 라일락 색조의 새틴 드레스 차림으로 호텔을 나섰다. 그 드레스의 상체는 장갑처럼 꼭 맞고 허리 아랫부분부터 수백만 겹의 속치마로 한껏 부풀려져 움직일 때마다 요동치는 종처럼 보였다. 게다가 루크의 최근 선물인 파베르제 디자인의 보석 세트까지 곁들여 환상적이고 극적인 자태였다. 예전에 러시아 제국의 대공작 부인이 소유했었던 거미집 모양의 목걸이와 영롱한 펜던트형 귀걸이, 무려 여덟 개가 한 쌍인 팔찌와 거대한 눈송이 같은 머리 장식으로 구성된 이 보석 세트는 18세기의 품격 있고 섬세한 디자인과 거의 완벽에 가까운 세팅으로 인하여 테사가 고개를 돌릴 때마다 서리와 얼음으로 반짝거리는 듯, 아니 밤새도록 무도회에서 춤추기 위해 폭설 속으로 두 걸음을 내딛은 공주님처럼 아름답기 그지없었다.

하지만 그 동화 속의 공주님은 루크에게 극히 현실적인 충고와 키스를 남기며 떠났다.

"아홉 시가 될 때까지 TV를 켜지 마세요, 달링. 수상식은 짧게 잡아야 네 시간이고 내 얼굴은 막판에나 잠깐 비춰질 테니까요."

테사가 과연 짐작이나 할까? 어쩔 수 없이 그녀를 영화계와 공유해야 할 때마다 루크를 사로잡는 이 미칠 듯하고 괴물 같은 질투심에 대하여 단편적이나마 눈치챘을까? 그래서 오늘밤 도로시 챈들러 파빌리온에 도착하자마자 그녀에게 쏟아질 군중들의 함성을 향유하고 동료들과 자유롭게 즐기기 위해 루크를 떼어놓고 간 걸까?

지난 몇 달 동안 테사의 연례 영화 촬영으로 인하여 그들은 불가피하게 미국의 새로운 본거지인 텍사스 목장에서 멀리 떨어진 로스앤젤레스에 머물러야 했다. 올해의 영화는 더스틴 호프만과 호흡을 맞춘 로맨틱 코미디였다. 테사가 아침에 스튜디오로 출근했다가 밤에 돌아올 때까지 루크는 질투어린 초조함으로 돌아버릴 것 같았다.

이제 그는 창가에서 TV 수상기 앞까지 카펫이 마르고 닳도록 왔다갔다하며 테사에게 보였던 자신의 행동과 반응을 수천 번에 걸쳐 다각도로 모색한 끝에야 지난 결혼 생활 동안 치명적인 질투심을 감쪽같이 감춰 왔다는 결론에 이르렀다. 하지만 테사가 그의 생각보다 훨씬 감수성이 예민하다면? 아무리 잘 위장한다 한들 그의 심정을 알아차렸다면?

하느님 보우하사……. 루크는 테사의 모든 것을 원했다. 테사를 철두철미하게 혼자 갖고 싶었다. 테사의 세포 하나까지 남김없이 독차지하고 싶었다. 그녀의 미소는 전적으로 루크에게만 베풀어져야 마땅하며 그녀의 시선은 오롯이 그에게만 맞춰져야 지당하다. 테사가 동료들에게 둘러싸이고 새로운 사람과 만나 혹시라도 개인적인 수준으로 연루된다는 생각만 해도 숨이 탁탁 막혔다. 테사는 자신의 사소한 말조차 발렌타인 데이처럼 로맨틱하다는 사실을 모르는 걸까?

특히 루크가 제외된 테사의 인생 중 일부분을 차지한 옛날 친구들은 엄청난 위협이었다. 그들로 말미암아 루크의 무한한 상상력은 활짝 날개를 펴고 그를 바닥 없이 비참한 나락에서 헤매도록 충동질했다. 테사가 로디나 피오나와 나누는 말 한 마디 한 마디가 루크의 폐부를 찌르는 단도였다. 에이전트인 아론과의 통화는 매번 그의 심장을 쥐었다놨다. 저 몹쓸 자식이 테사가 일년에 한 편으로 정한 출연 규정을 깰 만큼 저항할 수 없이 멋진 역할, 근사한 영화를 은쟁반에 갖다바치면 어떻게 하지?

그럼에도 불구하고 루크는 고질적인 질병과도 같은 질투심을 잘 다스려 왔노라고 자신했다. 사실 작년에 테사가 두 번째 오스카상을 받았던 출연작 <스타 박사의 겨울>을 촬영할 때 그가 치러야 했던 자기 희생은 거의 성인의 반열에 오를 정도였다.

그 영화에서 테사는 심장 전문의로 분하여, 소생할 가능성이 희박한 환자인 로버트 레드퍼드를 상대로 열연한 터였다. 그들의 키스 장면만 생각해도 루크는 피가 거꾸로 솟았다! 촬영 스튜디오에 영화 관계자들이 득실거리고 감독의 명령과 지시에 의하며 키스의 각도와 시간이 결정되며, 그게 일에 불과하다는 사실은 루크의 광기를 조금도 누그러뜨리지 못했다. 젠장할, 키스는 키스다. 바지 두른 사내치고 테사와 키스하면서 흑심 품지 않을 놈이 어디 있으랴. 루크는 로버트 레드퍼드나 더스틴 호프만의 존재에 초연해지려고 무진장 노력했다. 그들을 물리쳤노라고 자위했다. 뭐, 아무리 그 자식들이 막강한 매력과 낯간지러운 유머 감각과 특별한 남성미를 풍긴다 해도 말이다.

<스타 박사의 겨울> 이후 테사는 수십 건에 이르는 영화 제의를 거절하고 신중에 신중을 기한 끝에 올해 더스틴 호프만과 일하기로 결정했다. 사실 아론 주커는 끊임없이 전화질해, 테사가 최절정기에 있는 이 마당에 열심히 일하지 않는다는 건 미친 짓이라고 설득했다. 그 끈질긴 머저리는 일년에 한 편만 영화를 찍겠다는 테사의 결정을 절대로 받아들이지 못하는 눈치였다. 평소에도 아론 주커에 대한 반감이 지대했던 루크는 테사의 소감을 들으면서 그 에이전트에게 거의 살의를 느꼈다.

"아론의 설득을 토씨 그대로 옮겨보자면 '지금이 우라질 영화계를 아침거리로 구워삶아서 잘근잘근 씹고 꿀꺽 삼켜야 할 때'래요. 불쌍한 아론이 제발 비유법을 훼손하지 말고 놔둬야 하지 않을까요, 여보?"

당시 루크는 대단히 신중하게 대답했다.

"그의 관점에서 보면 우리가 결혼할 즈음 당신이 약속했던 출연 제한 조항이 위법 사항처럼 느껴졌겠지."

"아휴, 아론이 언제쯤 정신을 차리고 내 선언에 구멍이 없다는 걸 깨닫게 될지 궁금해요."

테사의 단호한 말에 루크는 하늘을 날 듯 행복해졌다.

오늘 일찍이 그와 로디 펀스터월드는 테사가 옷을 입고 머리를 다듬는 동안 잠시 이야기를 나누었다. 로디 감독은 테사의 경력을 꽃피운 장본인으로 잘난 척하는 게 눈꼴시었지만 결코 만만찮은 자라고 항상 경계해 온 터였다. 그 로디가 이렇게 말했다.

"테사가 물건이라는 걸 첫눈에 알아봤지. 그녀의 빛나는 개성과 대중의 취향이 잘 맞아떨어지리라고 말일세. 테사는 만인을 끌어당기는 흡인력과 신비로움을 갖췄어. 거기에다가 현명하게도 출연 작품수를 제한하고 폭넓은 역할을 선택함으로서 불후의 스타로서 자신을 조형해 왔지. 이보게 루크, 테사 켄트 유형은 전무후무하며 그녀 같은 배우는 결코 만들어지지 않아. 한마디로 말해서 모방될 수 없는 존재야. 저 외적인 아름다움에 개성마저 갖췄으니 할리우드 역사의 한 장을 길이 장식할 걸세. 캐서린 헵번처럼 절대로 시들지 않을 그런 스타야."

"시들다니? 테사는 이제 겨우 스물여섯이야."

루크는 테사가 대중의 인기를 잃고 완전히 그만의 것이 되기를 평생의 소원으로 삼았으면서도 반론을 참을 수 없었다.

"그건 영화계를 몰라서 하는 말이야. 테사는 갓 스물둘에 오스카 여우주연상을 타고 할리우드의 정상에 올랐어. 대부분의 배우들이라면 그 다음은 내리막길이지. 사실 나는 개인적으로 <아이비 리그>를 내 최고의 걸작으로 친다네. 테사가 외견상으로는 평범하고 정상적인 대학원생이지만 서서히 광기와 살의로 미쳐가면서, 관록과 존재감에서 결코 무시 못할 클린트 이스트우드를 상대로 교수의 행복한 결혼을 파경으로 몰아넣는 역할을 그토록 멋지게 소화해 낼 줄 누가 알았겠나? 나는 한 달에 한 번씩 그 영화를 집에서 감상한다네. 아, 테사는 뛰어난 배우야! 천재야! 여느 여배우들이라면 사악한 역할을 또 연기하고픈 유혹을 참지 못할 텐데 테사는 그렇지 않거든. 자신의 재능을 마음껏 발휘하기가 무섭게 자네와 에쩨의 보금자리로 날아갈 생각뿐이라구."

"그 시골집을 워낙 좋아해서 그래."

루크는 좋아서 덩실덩실 춤추고 싶은 속마음과 달리 무뚝뚝하게 대응했다.

"웃기지 말게. 테사는 자네에게 미쳤어. 다른 여배우들이 소위 '예술'에 대한 충동이랄지, 자기도취와 명성에 대한 심리적인 요구나 야망에 광분할 때 테사는 오직 자네에게만 매달리잖나. 루크, 자네는 이 지구상에서 가장 복받은 사내야.”

루크는 자꾸 벌어지는 입을 가까스로 꾹 다물고 있었다.

“하긴 나에게 과분한 여자지.”

“아무렴! 테사에게 어울릴 짝이 누가 있겠나!”

이제 그는 시간을 확인하고 TV 수상기 앞에 앉았다. 카메라가 관중을 한바퀴 훑는 순간 테사와 로디 사이를 차지한 매기가 잠깐 포착되었다. 불쌍한 매기, 앞좌석 사내의 머리통 때문에 무대를 제대로 볼 수 없으면서도 저렇게 좋아하는 얼굴이라니.

루크로서는 테사가 무슨 구실을 대고 동생을 학기중에 데려왔는지 신통했지만 드디어 내일이면 저 육십 킬로그램에 육박하는 소녀를 온전히 뉴저지행 비행기에 실어보낼 수 있다, 야호! 13살 소녀가 꼴불견스런 성장기를 저토록 실감나게 대변할 수 있다는 게 신기했다. 정말 테사와 같은 유전자를 타고난 친자매일까? 매기는 치아 교정 장치를 한 여드름 박사에다 숱 많은 머리는 날씨 여하에 따라 부스스하거나 꼬불거리지 않으면 축 늘어졌다. 하지만 그 중에서 최악은 발육이 멈추지 않는다는 점이었다. 어쩌다 한 번씩 볼 때마다 키가 쑥쑥 커 있었고 가슴은 이미 성인 여성에 육박했다.

본인도 이례적인 신체 성장을 곤혹스러워하며 딱할 정도로 자의식에 사로잡혔기 때문에 루크는 가능한 처제와 눈이 마주치지 않도록 신경 썼다. 하지만 테사의 각별한 애정을 받는 매기에게 질투를 억누를 수 없었다. 완전히 그의 소유였던 테사의 시간과 관심이 매기와 함께 지낼 때마다 분산되기 때문이다. 그래서 테사가 되도록 그의 출장 기간과 매기의 방문이 겹치도록 조정해 온 걸까? 아냐, 그럴 리 없어. 루크는 단호하게 고개를 저으며 결론내렸다. 진한 자매애에 대한 그의 질투를 테사는 의심조차 못해. 그걸 안다면 다른 진실도 눈치챘다는 뜻이야.

아무튼 루크의 지시에 따라 의붓동생인 타일러가 정기적으로 보내는 보고 편지에 따르면 매기는 흡족한 생활을 한다지만 뛰어난 미남미녀의 집합체인 웹스터 일가 사이에서 미운 오리 새끼처럼 소외감을 느낄게 뻔하다. 예를 들어 조카딸 앨리스는 열여섯의 눈부신 미녀로 탈바꿈했고, 졸업반인 캔디스도 그럭저럭 매력적인 숙녀로 성장했다지 않은가. 전통적인 데뷔 무도회는 사교계에서 여전히 위세를 떨치고 있는지, 매디슨은 그 준비로 눈코 뜰새없이 바쁘단다.

테사는 그런 편지에 일견 안심하면서도 매기에게 웹스터 일가와의 생활이 조금이라도 불편하면 언제든 기숙사 학교로 보내줄 테니까 말만 하라고 신신당부했다. 어린 속물들에게 따돌림당하던 매기를 위해 친히 엘름 학교까지 행차했었던 사건 이후 테사는 동생의 학교 생활을 우려해 왔지만 본인이 기숙사 입학을 거부했다.

"언니, 낯선 학교에서 처음부터 다시 시작하고 싶지 않아. 나는 수줍음을 많이 타잖아. 그리고 더 이상 거짓말쟁이라든가 가족도 없는 떠돌이라는 놀림을 당하지 않구. 친구들도 몇 명 생겼어. 내 걱정은 하지 마."

장본인이 괜찮다는데 걱정할 필요 없지, 루크는 자위했다. 여차하면 매기를 늙은 이모들에게 맡길 뻔했던 상황에서 옳은 결정을 내린 거다. 까놓고 말해서 제부(弟婦)인 매디슨이 못 미덥지만 매기는 구박당하거나 불편한 내색을 한 번도 하지 않았다.

이제 루크는 초조하게―테사가 TV 화면에 비출 때가 아직 멀었으므로―다시 의자로 돌아가서 눈을 감고 상념에 잠겼다. 그가 필요불가결한 욕구에 떠밀려서 바치는 보석의 참뜻을 다행스럽게도 테사는 이해하지 못한다. 단순히 관대하고 사치스런 애정 표시로 받아들였다. 보석 한 점 한 점이 그녀가 루크 블레이크의 것이라는 증거요, 그의 여자라는 낙인이며, 세상에서 오직 루크 블레이크만이 그녀의 주인이라는 표식임을 까맣게 모르는 것이다.

테사의 보석 컬렉션 목록에는 끝이 없었다. 종종 그가 옷을 벗고 침대에 누우라고 꼬드기면 그녀는 정확하게 루크의 소망대로 눈을 감고 다리를 꼭 붙인 채 누워서 남편이 그녀의 가슴과 거뭇한 음모를 제외하고 목부터 발까지 보석으로 휘감도록 내버려뒀다. 루크는 테사가 완벽하게 수동적이 되려고 애쓰는 모습을 지켜보면서 스스로 고통스러워질 때까지 기쁨을 연장하며 뽀얀 피부를 캔버스삼아 천천히 보석 모자이크를 완성해 갔다.

마침내 보석 상자가 바닥나면 루크의 혀가 깃털인양 섬세하게 음모를 지분거리며 진짜 게임이 시작되었다. 게임의 규칙상 테사는 보석 밧줄에 묶인 여신, 혹은 하룻밤 그에게 성적인 환상을 채우도록 허락한 여신처럼 움직이거나 말하지 않고 가만히 누워 있어야 했다. 그는 하루 종일 어떤 방법으로 그녀를 가질지 궁리하곤 했다. 자존심 강한 테사가 서두르라는 말과 몸짓을 억누르기 위해 사랑스런 얼굴을 일그러뜨릴 때까지 입술로만 공략할까, 아니면 좀더 강도 있게 이까지 동원하여 풍만한 가슴을 고문할까? 그는 가슴이 부풀어오르고 젖꼭지가 발딱 설 때까지 뜸들이다가 손가락을 써서 슬쩍슬쩍 그녀의 성감대를 자극하곤 했다. 계속 그런 식으로 애를 태우고 감질나게 하다보면 결국 참다 못한 테사가 모든 보석을 바닥에 떨어뜨리곤 야만스럽게 루크에게 달려들었다. 또 어느 날에는 마치 그녀가 무가치하고 의미 없는 그의 죄수인 것처럼 사전 예고 없이 너무도 갑작스럽고 단도직입적으로 가졌다. 하지만 시작은 어땠건 간에 그 끝마무리는 깨끗했다. 루크는 손과 입술과 성기를 총동원하여 테사를 흥분시키고야 말았으며 그녀가 만족할 때까지 놔주지 않았다.

오늘밤은 오스카 수상식에서 돌아온 테사를 어떻게 가질까? 루크는 궁리했다. 무슨 수를 써야 나 이외의 다른 세상을 완전히 잊어버릴까?

19

5년 후, 테사는 생일 다음날부터 피임을 중단했다. 루크가 자기 입으로 그녀가 서른이 되면 슬슬 자식을 갖자고 말했고 드디어 때가 되었으니까.

하지만 잠시 입을 다물기로 결심했다. 부부끼리 별별 이야기를 다 나눴지만 임신을 염두에 두고 사랑을 나누고 싶지 않았기 때문이다. 한편으로 루크가 오붓한 생활을 일년만 더 연장하자고 조를까 봐 은근히 걱정스럽기도 했다.

테사는 남편의 생각과 달리 그를 손금 보듯 훤히 꿰뚫은 터였다. 아내에 관한 한 루크 블레이크는 질투와 소유욕의 화신이었다. 하지만 그게 말할 수 없이 좋았다. 루크는 영화 촬영을 제외한 그녀의 나머지 시간을 독점하고 자기 멋대로 좌지우지했지만 그의 대책 없는 이기적인 본성마저 사랑스러웠다. 테사는 일편단심 루크에게 모든 것을 바쳤고 다른 여자와 우정을 나눌 시간이나 필요를 느끼지 못했다. 그녀와 인간 관계를 맺은 성인층은 영화 관계자와 루크뿐이었다.

일부, 아니 대부분의 여자들이 억압감을 느낄 법한 긴밀하며 전폭적인 부부 관계로 발전하고 유지되기에는 루크뿐 아니라 테사도 한몫을 톡톡히 했다. 사실 그녀에게 이런 관계는 공기나 물처럼 필수불가결한 요소였다. 루크의 곁에 있음으로 월드 스타라는 성공조차 보장해 주지 못하는 안전함을 느꼈으며 안도감이야말로 무엇보다 중요했기 때문이다. 테사는 여태껏 그 감정을 당연하게 받아들일 수 없었고 루크와 만나기 이전의 세월을 결코 잊지 못했다.

하지만 이제는 자식을 원했다. 절망적으로. 지금까지 초조감을 비추지 않고 그들의 거래, 아니 루크의 일방적인 선언을 무조건 수용해 왔으니 그녀가 원하는 것을 얻을 때도 되었다.

7개월이 흘러도 아이 소식이 없자 테사는 걱정하기 시작했다. 혹시 루크에게 이상이 있는 게 아닐까? 어엿한 증거가 있다시피 그녀 쪽은 임신에 문제가 없다. 반면, 그가 지저분한 전과 없이 마흔다섯까지 독신을 지킬 수 있었던 건 철저한 피임 덕분이 아니라 원래 무능력자이기 때문일지도……. 갖가지 의심과 우려가 싹트는 속에서 테사는 대범해지려고 노력했다.

'난 더 이상 십대가 아냐. 나이를 먹을수록 임신이 어려워지는 게 주지의 사실이지. 또한 모순적이게도 자식을 원하면 그렇지 않을 때보다 훨씬 애먹는 법이고.'

이듬해 초가 되어서야 마침내 달거리가 멈췄다. 테사는 루크에게 함구하고 좀더 확신을 구했다. 엄마에게 들켰던 헛구역질을 아침마다 기다렸다. 그게 첫달부터 시작되었던가, 둘째 달이었던가? 당시의 세부적인 기억이 좀처럼 떠오르지 않았다. 인생의 많은 부분이 아예 존재하지 않았던 것처럼 말끔히 잊혀진 채 고마운 공백으로 텅 비어 있었다.

다행히 루크의 출장이 세계 곳곳의 유능한 인재를 등용시킨 것과 발맞춰 줄어들었던 탓에 그 해 봄은 에쎄에서 한가로이 즐길 수 있었다. 테사는 최근 촬영 종료에 따른 피로를 변명삼아 되도록 외출을 삼갔다. 가끔 마을까지 산책하는 경우를 제외하고 무려 삼 주일이나 테라스에서 책을 읽거나, 포도덩굴의 새순과 하루가 다르게 무성해지는 라벤더 덤불을 감상하고, 사이프러스와 올리브 나무에 감도는 미풍 소리를 들으며 백일몽에 잠겼다. 지중해의 햇살 속에서 꾸벅꾸벅 조는 고양이인양 각별히 몸조심을 했다.

프랑스 전역이 예년과 다름없이 각종 사건으로 떠들썩했지만 이곳은 평화 그 자체였다. 너무 심심하다 싶으면 마을 카페에서 은퇴한 주민들이 카드 게임을 하며 핏대 높이는 광경을 구경했다. 예상치 않은 순간에 터지는 그러한 소란도 테사와 루크의 일상으로 굳어진 세계 여행, 거기에 따른 복잡다단한 상황, 영화 제작과 비교하면 예측 가능한 리듬이 있었다. 그들 부부의 삶에서 유일하게 고정된 요소라곤 변화성이었다.

아이가 생기면 생활이 어떻게 바뀔까? 전 세상의 모든 가능성이 활짝 열려진 앞에서 테사는 도저히 가늠이 가지 않았다. 여하튼 지금까지의 생활과 많이 달라지리란 것은 분명하다. 우선 그녀는 여러 해 동안 일을 포기해야 할 테고, 루크는 출장 빈도를 늘이거나 줄여야 하리라. 방랑자 생활을 청산하는 대신 텍사스 목장이나 멜버른, 혹은 캡페랏 부근의 별장에 정착해야 하고. 아예 새로운 곳은 어떨까? 영화 촬영 때마다 근거지로 삼았던 캘리포니아에 새집을 사는 것도 괜찮고 지구상에서 가장 아름다운 곳으로 손꼽히는 산타바바라도 그럴 듯하지. 하지만 거기에 좋은 학교가 있을까? 어쨌거나 정착이 관건이다. 그렇지 않으면 아이에게 불공평하니까.

테사는 낮잠으로 빠져 들어가며 한 가지를 결정했다. 물론 우리 자식은 미국에서 태어나야 해…….

"당신 유방이 말이지……."

여러 날이 지난 후 루크가 잠자리에서 그녀의 잠옷을 벗기고 가슴을 만지작거렸다.

"뭐가 어때서요?"

"전보다 팽팽하고 따끈따끈해졌어. 갓 구워낸 빵 두 덩어리처럼. 천국의 빵 같다고나 할까. 그리고 유두도 약간 커지면서 색이 짙어졌잖아.”

“걸걸한 입심하고는! 어쩜 그렇게 거침없이 말하죠?”

테사는 화제를 돌리려고 미약한 시도를 했다.

“달링, 언제쯤 털어놓을 작정이었소?”

“… 확실해졌을 때요.”

“얼마나 더 걸릴까?”

“며칠 더 있어야 해요. 한 일주일 정도.”

“내가 확실하다고 단정내린다면?”

“당신이 행복해하면 나도 긍정적인 확신을 내리겠죠.”

그녀는 자신 없이 들릴락 말락한 목소리를 냈다.

“행복? 지금 내 기분을 형용하기에는 어처구니없이 모자라. 테사, 난 당신을 죽도록 사랑하오. 얼마나 더 기다려야 우리 아기와 상면식을 할 수 있소?”

테사는 환희에 겨워 마음껏 웃었다.

“일곱 달 후에요. 정확하진 않아요.”

“예정보다 좀 늦군?”

“예?”

“우리가 합의한 시기는 서른이었잖소. 나는 근 일년 동안 기다려 왔다구. 당신이 눈치챘는지 모르겠지만 나름대로 다소 노력도 하면서.”

“기억하고 있었군요!”

“약속은 반드시 지키지.”

“당신, 우리 아이와 나를 공유해도 괜찮겠어요?”

“난 간간이 인간의 한계를 벗어나지 못하고 앞으로도 그럴 거요. 하지만 지난 10년 이상, 세간의 말에 따르면, 당신 인생의 절정기를 독차지해 왔으니까 그럭저럭 참아보리다.”

“이것으로 절정기가 끝은 아니겠죠?”

“지당한 말을 하는군.”

루크는 자신이 쉰여섯 번째 생일을 넘겼으며 그녀가 고작 서른에 불과하다는 사실을 떠올리지 않으려고 애썼다. 서른이라…… 하느님 맙소사, 나는 서른일 때 철부지 아이였어.

"당신도 알다시피 난 세평에 동의해 본 역사가 없다구."

테사는 에쩨 빌리지 쇼핑가의 치즈 가게 앞에 서 있었다. 평소에는 다섯 종류의 치즈를 하나씩 고르는 일이 낙이었다. 네 가지는 항상 먹어 왔던 것으로 선택하고 나머지 하나는 왕성한 식욕과 구미에 따라 손 가는 대로 골랐다. 프랑스는 변덕스런 정부 방침과 상관없이 새로운 종류의 치즈가 마를 날이 없었지만 왠지 오늘은 치즈 냄새를 생각만 해도 역겨웠으므로 루크에게 혼자 가게 안으로 들어가라고 권했다.

"테사, 치즈는 다음에 삽시다. 꼭 필요한 것도 아니잖아."

"나 때문에 당신까지 금식하는 건 말도 안 돼요. 난 괜찮다니까요. 여기 밖에서 기다릴 테니까 어서 다녀오세요."

그녀는 루크를 항상 북적거리는 가게 안으로 떠밀다시피했다.

하지만 내가 정말 괜찮은 건가? 그녀는 자문을 금치 못했다. 여전히 헛구역질의 낌새가 보이지 않았다. 지난 일주일은 아무 생각 없이 가뿐한 몸상태를 반겼지만 이제 신경이 곤두서고 초조해졌다. 짐작대로 임신 두 달째로 접어들었는지 어쩐지의 여부는 좀더 두고보면 자연히 알게 될 일이지만 혼자 애를 태우느니 당장 몬테카를로의 산부인과 의사를 찾아가자고 결심한 터였다.

지금까지 진찰을 미루어 온 이유라면 프랑스인 의사들이 싫기 때문이었다. 그들은 가정집의 거실을 개조한 진찰실에서 칸막이나 진찰복조차 제공하지 않고 환자들에게 옷을 벗으라고 지시한다. 차라리 스트립쇼를 시키지! 간호사마저 없는데도 프랑스 여자들은 이상하게 여기는 대신 오히려 한술 더 떠서 특별히 값비싸고 아름다운 속옷을 구입했다. 이 대비책으로 테사는 면가운을 가져가서 뒷판을 앞으로 돌려 입기로 했다.

루크가 왜 이렇게 오래 걸리지? 갑자기 훈훈한 햇살이 지나치게 뜨겁고 선선한 미풍이 너무 차갑고 한적한 거리가 시끌벅적하게 다가왔다. 미스트랄(지중해 연안에 부는 찬 북서풍)의 첫 징후일까? 분명히 그럴 거야. 게다가 나는 홀몸이 아니잖아. 테사는 치즈 가게의 창문을 초조하게 두드릴 요량으로 한 걸음 내딛었다가 비틀거리며 옆의 밤나무를 잡았다. 복부에서 알싸한 통증이 느껴졌다. 그녀는 아픔을 죽이려고 나무를 부여안았지만 통증이 대단히 빠르게 더욱 강렬해졌다. 칼로 후벼파는 듯한 아픔으로 허리를 꺾는 순간 바지 가랑이에서 간편화 사이의 자갈 보도로 똑똑 떨어지는 핏방울이 눈에 들어왔다. 하느님, 안 돼요, 안 돼……

하지만 루크가 그녀를 자동차까지 들쳐업고 구불구불한 산길을 위험한 속도로 달려 몬테카를로로 향할 때 테사는 일의 전후상황을 파악했다. 유산. 굳이 프랑스 의사의 소견을 듣지 않아도 하혈이 멈추지 않는 이유는 명확했다.

매기는 웹스터 일가와 함께 살기 시작했을 때부터 정해 뒀던 특별 서랍에서 여러 주일 전에 받았던 언니의 엽서를 다시 꺼냈다. 책상 서랍에는 지난 11년 동안 세계 도처에서 보내온 수십, 아니 수백 통의 엽서가 한 가득이었지만 그 내용은 매기가 여섯, 일곱 살 때의 것이나 열여섯이 된 지금이나 그다지 다를 바 없었다.

"형부와 언니는 남미나 극점, 혹은 목성에 있겠지."

매기는 혼잣말을 했다.

"형부는 열심히 일할 테고—그렇지 않을 때가 있었나?—언니는 열심히 내조하겠지— 언제 안 그럴 때가 있었느냐구. 혹은 할리우드나 촬영지에서 영화를 찍거나. 안 봐도 뻔해."

따분하고 지루하기 짝이 없는 엽서들. 단지 접촉하는 수단에 불과할 뿐이지 진짜 생각이나 기분을 알기엔 턱없이 모자르다.

매기는 지난 몇 년 동안 매달 테사에게 장문의 편지를 써놓고 부치지 않았다. 여행, 아내 노릇, 영화 배우 노릇으로 눈코 뜰새없이 바쁜 언니는 어리석은 사춘기 동생의 시시한 문제를 귀찮아할 테니까. 소소한 재난을 미주알고주알 털어놓아 언니의 죄책감을 유발시키느니 지면에 토로한 후 찢는 편이 훨씬 낫다.

열여섯의 관점에서 바라봤을 때 지난 몇 년의 고문스러웠던 자기연민이 철저한 낭비로 판명된 만큼 그걸 전부 마음속에 간직해 두길 잘했다 싶었다. 성장과 변화에 따른 기적의 소산으로 거의 하룻밤 사이에 미운 오리 새끼에서 백조로 탈바꿈했기 때문이다.

이제 난 근사해졌어. 상당한 미녀로 통할 정도지. 매기는 엽서 서랍을 닫고 최근 들어 한없이 매혹적인 주제로 등장한 자신의 외모를 하나씩 되짚었다.

하늘 높은 줄 모르고 쑥쑥 자랐던 키가 거인도, 난쟁이도 아닌 수준에서 멈췄다. 얼굴에 만발했던 여드름이 싹 죽어서 깨끗한 피부가 탱탱했으며 드디어 교정기를 벗어던지자 그 식견에 있어서 웬만한 치열교정의를 버금가는 매디슨 숙모마저 완벽한 치아라고 인정했다. 항상 부스스했던 머리카락도 대세에 따르기로 결정했는지 요즘은 말을 잘 들었다. 비록 숙모는 '천한 아일랜드계의 특성'으로 폄하했지만 눈송이처럼 흰 피부와 발그레한 뺨, 매끄러운 검은머리와 새파란 눈동자는 아름답기만 했다. 안녕, 미녀 아가씨?

뚱뚱했을 때는 고민거리였던 가슴도 이제 다른 부분에 살이 내리자 최고의 자랑거리로 떠올랐다. 필드 하키팀 동료들이 인정했다시피 그녀는 2학년에서 가장 풍만했다. 섹시한 가슴을 일생일대의 축복으로 여기는 여학교 분위기 속에서 전과목 A의 업적 따윈 빛을 잃었다. 매기는 가슴을 위로 바짝 치켜올려 키스하며 뭇사내들의 입술이 닿는 감촉을 상상했다. 아직 데이트를 한 번도 해보지 못한 주제에 너무 발랑까진 생각일까?

자기 젖꼭지에 키스하는 건 수없는 시도 끝에 불가능으로 판명되었지만 부드러운 가슴살에 입술을 대는 것만으로도 자지러질 만큼 좋았다. 캔디스의 결혼식 때문에 집안은 북새통이었고 화훼업자와 연회업자들이 수시로 들락날락거렸다. 그러나 주님의 은총으로 유일하게 문을 잠글 수 있는 화장실이 있었다. 매기는 하루에도 여러 번 걷잡을 수 없이 흥분될 때마다 화장실로 달려가 두툼한 러그에 누워 팬티 위를 자극함으로써 재빠른 오르가슴을 맛봤다.

시도 때도 없이 불쑥불쑥 고개를 내미는 욕망을 이렇게나마 해소하지 않으면 미쳐버렸으리라. 학교에선 수업 짬짬이 화장실의 좁은 공간에 서서 미진하게 회포를 풀었다. 말(馬)에 대한 두려움을 극복한 보너스로 이제는 승마를 통해서도 엄청난 성적 희열을 맛봤다. 그 동물들은 율동적으로 터덜거리는 리듬이 인간에게 미치는 영향력을 의식하고 있을까? 안장과 섹스를 나누는 게 가능한 일일까? 아니면 그 동안 강요당해 왔던 승마 기법을 드디어 체득한 걸까? 어쨌든 숲속에는 은밀한 곁길이 부지기수였고 말들은 그녀가 뭘 하는지 상관하지 않았다.

매기는 하루라도 빨리 이 천국 같은 기쁨을 철저히, 완벽하게 누리고 싶었다. 열네 살 때부터 성당에 나가지 않아서 다행스러웠다. 대체 뭐라고 고백성사를 한단 말인가?

'신부님, 저는 음란한 행위에 빠졌습니다.'

'어떤 행위냐?'

'순결한 성령을 더럽힌 죄입니다.'

'무슨 죄악이냐?'

'자위를 했습니다.'

'자매의 성령이 깃드는 신전을 몇 번이나 속되게 했느냐?'

'고백성사를 한 뒤로 25번입니다.'

'최근에 고백성사했을 때가 언제지?'

'지난 주예요, 신부님.'

사제는 그녀가 곧장 지옥으로 떨어지리라고 확신할 것이다. 이런 저런 면에서 고려할 때 신앙심을 잃은 건 축하해야 할 최대의 사건이다. 미사 불참을 선언하고 한달 동안은 찜찜했지만 매디슨 숙모는 예상치 못한 이해심을 발휘했다. 당시에는 그런 반응이 놀라웠지만 이제는 어느 정도 수긍이 갔다. 개신교 집안에서 천주교인 꼬마는 성가신 골칫 덩어리였으리라.

쯧쯧, 불쌍한 숙모…… 그녀가 주니어 리그(상류 여성들로 조직된 사회 복지 단체) 가입을 권유했을 때 매기는 차라리 공산당에 입당하겠다고 쏘아붙였다. 사교계 데뷔 파티에 대한 언질을 줬을 때는 신나를 뿌리고 자결하겠노라고 버텼다.

근래 들어 매기는 매디슨 숙모를 자유자재로 조종했다. 그 전부 숙모가 그녀를 두려워한 탓이었다. 왜일까? 지금껏 매디슨 숙모는 온정의 기미를 눈곱만치도 비치지 않았지만 그 냉정함과 무관심이 생활의 일부가 되었을 정도로 익숙해졌다고 매기는 자위했다. 물론 그 때문에 상처받아 왔다는 점은 여전히 혼자만의 비밀이지만.

20

다음 해 테사는 임신 삼 개월을 넘기지 못하고 또 유산했다. 로스앤젤레스에서 손꼽히는 명의는 그 특정한 원인을 찾지 못했다. 연이은 두 번의 유산을 영구 불임의 증거로 받아들이지 말 것이며, 테사는 임신과 출산의 최절정기를 넘겼지만 그래도 전성기에 해당하는 서른한 살이니까 기회가 얼마든지 있다고 누누이 안심시켰다. 루크 역시 건강면에서 실제 나이의 절반이므로 재시도를 해보라는 진단이 떨어졌다.

'재시도'란 말만 들어도 테사는 몸서리가 쳐졌다. 테사는 루크와 사랑을 나눌 때마다 시다르-시나이 병원의 과장급 의사들도 한 침대에 누워 있고 하버드와 UCLA 출신의 인턴들이 주위에서 '한 번 더, 더!' 하고 응원하는 기분이었다.

최소한 향후 6개월은 고역스런 수태에서 벗어난 셈이다. 의사들이 피임을 명령했기 때문이다. 임신에 적대적인 스트레스와 긴장, 초조불안을 반드시 피해야 한단다. 맙소사, 머리를 쓰지 않고 할 일이 뭐가 있단 말인가? 아무튼 의사들이란……!

루크는 57살이 되었다. 그의 생일날 테사의 눈에 비쳐진 사내는 처음 만났을 때와 거의 똑같았다. 관자놀이의 짙은 빨강머리가 회색으로 바래긴 했다. 눈가와 입가의 주름도 깊이 파이고 늘었지만 첫눈에 사랑에 빠졌던 강인하고 남성다운 용모는 그대로였다. 가공할 파괴력을 자랑하는 세월의 힘마저 루크를 건드리지 못한 것이다. 단지 그녀를 바라보는 시선이 방심한 순간마다 유산에 대한 슬픔으로 처연해질 따름이었다. 루크는 죄책감에 시달렸다. 좀더 빨리 자식을 갖자고 했더라면 어떻게 되었을까? 하지만 과거를 돌이킬 순 없고, 테사도 임신 연기에 동의했다는 점을 들어 가까스로 아픈 마음을 달랬다.

두 번째 유산을 하기 직전, 그들은 테사의 일을 고려하여 로스앤젤레스에 주택을 구입한 터였다. 엄청난 시련과 당면하자 루크는 일이 그녀에게 가장 좋은 치료제임을 깨닫고 더 이상 출연작을 일년에 한 편으로 제한하지 않았다. 오히려, 연간 두 편씩 영화를 찍었던 작년과 올해의 각각 육, 칠 개월 동안 사업상의 출장을 극도로 제한하고 테사의 곁을 지켰다.

그들의 보금자리는 비벌리힐스에서도 선셋대로의 구불거리는 북쪽 도로를 따라가야 마주치는 역사적인 윌라스 네프 저택으로 흰색 석회 도료와 보라색 나팔꽃 덩굴로 뒤덮인 외관이 노르망디의 장원 스타일이었다. 언덕배기 지형을 살려 테라스 정원에서 수영장, 마지막으로 테니스 코트로 이어진 오천 평은 울창하고 정교한 조경으로 이웃의 시선을 완벽하게 차단했다. 에쎄처럼 평화롭지만 다른 점이 있다면 인근 마을이 아르마니와 샤넬 등 유수한 부티크가 시작되는 로데오 거리라는 것이었다.

어느덧 테사와 루크는 할리우드적인 분위기에 흠뻑 빠져들었다. 일년 중 구 개월을 한 곳에 터잡고 사는 입장이므로 더 이상 잦은 여행을 핑계삼아 디너 파티, 자선 파티, 시사회, 만찬과 같이 지역 사회의 주요한 모임을 외면할 수 없었다. 내친 김에 이웃 사람들이 각자의 말리부 비치 별장으로 이동하는 여름에는 행동을 같이하여 끼리끼리 어울렸다.

잦은 사교 행사는 관심을 분산해 준다는 측면에서 환영받았으며 특히 테사가 유명한 보석 컬렉션을 자주 착용할 기회를 제공했으므로 루크의 은밀한 기쁨을 촉발했다. 유례 없는 호경기의 절정인 오늘날, 많은 여성들이 앞다투어 보석을 수집했지만 어느 누구도 테사의 진귀한 명품 컬렉션을 따라잡지 못했다.

"오늘밤에는 무슨 보석을 할까요, 여보?"

테사는 빙그르르 돌며 순백색 실크 정장 차림을 선보였다. 피오나가 제작한 첫 영화 촬영의 종료 축하 파티가 레스토랑 '르 돔'의 사실(私室)에서 조촐하게 열리는 날이었고, 흰색 옷에는 아무 보석이나 어울리므로 그녀는 수많은 가능성을 고심하며 남편의 대답을 기다렸다.

"루비가 어떨까요?"

"좋다마다."

루크는 아내의 성장(盛裝)을 관람하는 지정석인 옷방의 의자에서 흐뭇한 미소를 지었다.

"어떤 루비로 하죠?"

테사는 옷장 안으로 들어가 붙박이형 비밀 금고를 열었다.

"요즘 유행 추세와 달리 요란 떨고 싶지 않은데 내 루비들은 오늘밤 모임에 좀 과하다 싶어요. 어휴, 내가 루비를 가뿐하게 착용하는 날은 영영 오지 않을 거예요. 루비 자체가 워낙 범상하지 않은 기운을 발하잖아요. 그렇다고 싫다는 건 아니에요. 여보, 이리 와서 고르는 걸 도와주세요……. 아니에요, 차라리 내가 몽땅 갖고 갈게요."

그녀는 검정색의 벨벳 보석함 여섯 개를 들고 옷장에서 나간 순간, 비명을 지르며 손에 든 것을 떨어뜨렸다. 루크가 의자에서 비스듬하게 쓰러져 있었던 것이다. 왼팔이 대롱대롱 흔들렸고 고개와 어깨마저 기울어져 있었다.

테사는 젖 먹던 힘까지 총동원하여 그를 의자에 제대로 앉혔다. 그의 고개가 힘없이 수그러져 턱이 쇄골에 닿았다.

"루크! 루크! 왜 이래요? 눈을 뜨세요, 맙소사, 심장이 아파요?"

그는 움직이지도, 눈을 뜨지도, 말하지도 않았다.

공포에 질린 테사는 초인간적인 힘을 발휘하여 한 손으로 루크를 지탱하면서 다른 손으로는 전화기를 끌어당겨 긴급 구조대를 불렀다.

이이는 기절한 거야. 의자에서 쓰러지게 하면 안 돼. 그녀는 가까스로 응급요원에게 집주소를 대고 전화를 끊었다. 참, 루크의 맥박을 확인해야지! 손목을 잡자 그의 상체가 기우뚱 쏠리기 시작했다. 이제는 맥박이고 자시고 간에 루크를 의자에 앉히기 위해 무거운 체중과 악전고투해야 했다.

그렇게 루크의 중심을 잡은 채 제발 눈을 뜨라고 애원하는 동안 두 명의 의료요원이 도착했다. 테사는 남편이 바닥에 눕혀질 때만 뒤로 물러섰을 뿐 그의 곁을 떠나지 않았다. 의료요원은 각각 루크의 동공과 혈압, 맥박을 재빨리 확인한 후 세동 제거기를 준비했다. 그 중 한 명이 테사에게 설명했다.

"부군의 가슴에 충격을 주겠습니다."

"우리 이이는 심장 문제로 고생해 본 적이 없어요."

그녀는 요새처럼 안전한 집에서 돌연히 발생한 이 황당한 사태를 기막혀 하며 울부짖었다.

"이이의 심장은 완벽하다구요! 대체 왜 이런 거죠, 뭐가 잘못된 거예요?"

"잘 모르겠습니다."

의료요원은 환자의 심장이 정지되었음을 밝힐 의도가 없었다. 그건 다행스럽게도 의사가 할 일이니까.

"어떻게 모를 수 있죠? 어서 손을 써보세요. 어떻게든 해보란 말이에요!"

"가능한 조치를 모두 취하겠습니다."

그는 안심시키듯 말하고 동료와 시선을 교환했다. 환자의 동공은 이미 고정되고 확장되었으며 맥박과 혈압이 잡히지 않았지만 소생할 가능성은 항상 있다는 전제하에서 일하도록 훈련받아 온 터였다. 그들은 심장 충격 요법을 취하는 동시에 기도를 확보하고 정맥 주사를 놓았다.

"병원에 연락해."

의료요원이 동료에게 말한 순간, 멀쩡한 사람이 갑자기 쓰러졌다는 테사의 연락을 받고 달려온 세 명의 소방수들이 들이닥쳤다. 모두 힘을 합쳐 루크에게 산소통을 달고 들것에 눕히는 동안 의료요원은 테사 몰래 목소리를 낮춰 병원에 알렸다.

"심장경색증 환자예요…… 예, 지금 출발하겠습니다."

테사는 루크가 들것에 실려 저택 현관 앞에 대기중인 응급차로 옮겨가는 뒤를 부리나케 따라갔다. 뒤늦게 하나둘 모여들기 시작한 하인들은 눈에 들어오지 않았다. 그녀가 응급차에 올라서 루크를 들것과 통째로 안아도 의료요원과 소방수들은 말리지 않았다.

"가능한 빨리 병원으로 모시겠습니다, 부인."

누군가 그들이 할 수 있는 유일한 위로의 말을 건넸다. 이 낯익고 일그러진 얼굴의 여자에게 남편이 죽었다고 밝힐 만큼 배짱 있는 사람은 아무도 없었다. 그가 돌처럼 싸늘하게 죽었다는 건 확실했다. 마른 하늘의 날벼락처럼 건강한 사람이 빠르게 절명하는 방법은 심장경색 이외엔 딱 하나다. 장전된 권총을 입에 넣고 방아쇠를 당기는 것.

매기와 웹스터 일가, 심지어 캔디스의 새신랑까지 피오나를 통해 루크의 사망 소식을 듣자마자 로스앤젤레스로 날아왔다.

다른 가족은 일단 비벌리힐스 호텔에 남고 매디슨과 타일러와 매기만 곧장 테사의 집으로 향했다. 그곳에는 이미 피오나, 아론 주커, 로디 감독이 거실을 지키고 있었다.

"언니는 어디에 있어요?"

매기의 다급한 질문에 피오나가 대답했다.

"침실에. 도무지 나오려 하질 않아."

"그럼 형부가 죽은 이래 아무도 언니를 못 봤다는 거예요?"

"내가 유일한 사람이란다."

피오나가 말했다.

"어젯밤 테사의 전화를 받고 병원에 가서 집으로 데려오니까 곧장 침실로 올라가더구나. 그때부터 방문을 걸어 잠그고 두문불출이야. 실내 인터콤에 응답하지 않고 음식도 거부해 왔어. 침실 밖에서 동정을 살폈는데 내가 무슨 말을 해도 침묵으로 일관해. 우는 소리도 들리지 않고."

"방문을 부수어야겠어. 이대로 놔둬선 안 돼."

로디의 제안을 들은 척하지 않고 매기가 피오나에게 질문을 퍼부었다.

"아줌마가 병원에 갔을 때 언니는 어떻던가요?"

"완전한 쇼크 상태였어. 말하지도, 울지도 않고 겨우 숨만 쉬고 있더라. 어떻게 집에 왔는지조차 깨닫지 못했을 거야. 나에게 맨 처음 연락을 취한 것도 어젯밤 파티를 겨우겨우 떠올렸기 때문이겠지."

"병원에서는 형부의 사인(死因)이 뭐래요?"

매기는 사태를 완전히 파악하기 위해 노력했다.

"뇌동맥에 문제가 있었다는구나……."

피오나는 애매하게 답하고 로디와 아론에게 했던 설명을 반복했다.

"어떤 사람들은 그럴 소지를 안고 태어난대. 하지만 늙어 꼬부라질 때까지 까딱없는 사람이 있는가 하면 루크처럼 어느 날 갑자기 죽을 수도 있다는 거야. 뒷목과 연결된 뇌동맥에 기포랄지 포도송이 같은 것이 누적되었다가 막히면 눈 깜짝할 사이에 죽는대. 자신이 거기에 해당되는지 여부는 알 수 없을 뿐더러, 설령 안다 해도 어쩔 수 없다더라. 오늘 아침에 병원 검시의가 해부 결과를 통보해 줬어."

"세상에……."

매기는 꺼져가는 목소리로 탄식했다.

"그렇다면 언니는 왜 형부가 죽었는지 아직 모르겠군요."

"난 로디에게 동감이오."

아론이 끼어들었다.

"무슨 조치를 취해야 해. 우리가 손놓고 수수방관할 순 없다구. 방문의 경첩을 떼어내는 게 어떨까?"

매기가 나섰다.

"내가 언니를 설득할게요. 이제 언니의 가족이라곤 내가 전부잖아요."

피오나가 찬성표를 던졌다.

"구구절절 옳은 말이야. 내가 함께 가줄까?"

"예, 부탁드려요. 이 집은 처음이라 언니 방이 어디인지 모르거든요."

함께 계단을 오르며 피오나는 여러 해 동안 얼굴을 대하지 못했던 매기의 차분한 걸음새와 확고한 언동에 놀람을 감추지 못했다. 얘가 다 컸네. 몇 살이나 됐지? 열일곱을 넘진 않았을 텐데 어른스럽기도 하지.

"너희 언니가 루크 없이 어떻게 살아갈지 걱정이야, 매기."

"동감이에요."

테사의 방에 도착하자 매기는 문을 두들겼다. 안에서 아무 대답도 들리지 않자 그녀는 문틈에 대고 목소리를 높였다.

"언니, 매기야. 내가 왔어. 제발 들여보내 줘. 언니는 혼자 틀어박혀선 안 돼. 누군가와 함께 있어야 한다구. 나는 피를 나눈 동생이잖아, 응? 언니도 알다시피 나도 형부를 사랑해. 처음 봤을 때 형부는 내 손을 잡아줬더랬어. 부모님의 장례식 생각나지? 그날 형부는 내 곁을 떠나거나, 겁에 질리도록 놔두지 않았어. 나는 다섯 살에 불과한 어린애였지만 형부가 나를 돌봐주리란 걸 알았어. 이제 형부는 언니가 혼자 있는 걸 원치 않을 거야. 제발 문 열어봐."

"매기? 너 혼자니?"

"피오나가 옆에 있어. 하지만 언니가 원하지 않으면 갈 거야."

드디어 방문이 열리고 테사가 모습을 드러냈다. 여전히 어젯밤의 순백색 정장 차림이었고 하얗게 질린 얼굴과 화석처럼 생기 없이 퀭한 눈이 보기 안쓰러웠다. 그녀는 묘하게 무감각한 어조로 입을 뗐다.

"매기로구나. 루크 일을 알겠지."

"응, 그래서 달려온 거야. 안으로 들어가도 될까?"

"루크에게 무서운 일이 생겼어, 이해 못할 일이."

“알아. 우선 차 한잔하면서 가볍게 배를 채우자, 언니.”

매기와 피오나는 방으로 들어가 전날 테사가 떨어뜨려 핏방울인양 흐트러진 루비 목걸이와 팔찌, 귀걸이들을 피해 조심스럽게 발걸음을 옮겼다.

테사가 멍하니 매기의 말을 반복했다.

“차 한잔.”

“그리고 먹을 것도.”

“아, 미안해. 잊고 있었어, 시간이 어떻게 되었는지. 매기 네가 어디에서 왔는지를.”

그녀는 모든 감정과 호기심이 꺼져버린 듯 기계적인 목소리였다.

“물론 뉴저지에서 왔지. 타일러 숙부와 매디슨 숙모가 아래층에 있어. 아론과 로디 아저씨도.”

“사람들이 많이 모였네. 피오나까지. 루크의 변고를 다들 아는구나.”

“모두 언니와 함께 있기 위해 모였어.”

“왜?”

처음으로 그녀의 어조에 의문이 어렸다. 피오나가 대답했다.

“그저 함께 있기 위해서지. 테사, 너를 사랑하니까.”

테사가 멍하니 물었다.

“내 곁에 있어 준다구? 그게 도움이 될까요?”

“약간은. 혼자 있는 것보다는 좋아.”

“아아…… 그렇지 않아요, 피오나…… 똑같아요. 함께 있는다 해도 혼자 있는 것과 똑같아요.”

장례식을 치른 후에야 테사는 루크의 죽음을 서서히 받아들이기 시작했다. 닷새 동안 그녀는 치명상을 입은 작은 짐승처럼 침대에 틀어박혀 루크를 애도했다. 거의 잠도 자지 않고 목숨을 부지할 정도의 음식으로 연명하며 쉼없이 눈물만 흘렸다. 루크, 단 하나뿐이고 유일한 사랑이 영원히 사라졌다. 동시에 그녀의 안전도 사라졌다. 더 이상 살아야 할 이유가 없지만 죽을 방법도 없다. 삶의 무게와 거기에 따른 위험을 선고받은 죄수의 신세로 전락한 것이다. 루크를 제외한 세상만사를 다 잊고 무익한 비탄에 빠져 있던 테사의 이성이 다시 작동하면서 느리고 무디게 현실을 인식했다.

목숨이 붙어 있으니까 루크 없이 사는 법을 배워야 해, 테사는 거짓 용기를 내어 혼잣말을 했다. 씩씩한 척하면 언젠가 정말 씩씩해질지도 몰라. 그녀가 아는 유일한 방법이자, 만신창 누더기가 된 가슴을 꿰매기 위한 수단은 하나뿐이었다.

테사는 에이전트에게 전화했다.

"일이 필요해요, 아론. 일주일 내로 구해 주세요."

"해괴한 소리를 다 듣겠군. 웬 망상이지?"

"꼭 일해야겠어요. 가능한 야외 로케가 많고 어려워서 생각하거나 느낄 틈을 주지 않는 것일수록 좋아요."

"조용히 마음을 추스른 후에……."

"계속 앉아서 추모하라구요? 남은 평생을 해도 모자라요. 애도를 멈춰야 할 이유가 없으니까요. 아론, 난 정말 그렇게 될까 봐 두렵다구요……. 그 길은 너무 쉬워요, 너무나도…… 유혹적이에요. 이대로 주저앉아서 영영 일어서지 못할까 봐 무서워 죽겠단 말이에요."

테사는 단호하게 자리를 박차고 일어섰다.

"죽은 듯이 살지 않으려면 일하는 수밖에 없어요. 루크도 그걸 바랄 거예요. 일마저 없다면 앞으로 어떻게 살아갈 수 있겠어요? 지금 나에게 남은 것은 일밖에 없어요."

"여동생이 있잖소. 그 아이는 당신과 함께 살고 싶어해. 당신의 곁에서 힘을 북돋아주길 원한다구."

"매기는 정말 마음씨가 고운 아이예요. 뜻은 가상하지만 나 때문에 가장 중요한 학창 시기를 희생시킬 수 없어요. 일년만 있으면 지금까지 열심히 공부해 왔던 결과를 얻게 돼요. 소망해 왔던 자리를 정복하고 의기양양하게 날개를 펴는데 나보고 그 애의 창창한 앞길을 막으라

구요? 이 세상에서 가장 이기적인 여자가 아니고서야 그럴 순 없어
요."

"내 생각은 좀 달라."

"아론, 그렇게 모르겠어요? 지금은 아무도 나에게 위안을 줄 수 없
어요. 오직 영화계에 복귀하여 내 일부를 사용함으로써 죽지 않았다는
사실을 스스로 확인하고 위안을 얻을 수밖에 없단 말이에요. 나는 영
화 배우이고 당신의 일은 나를 돕는 거예요. 반면에 매기의 자리는 학
교예요. 순진한 열일곱의 소녀를 말벗삼아 촬영지마다 끌고 다니라구
요? 그건 도의에 어긋나요. 내가 필요로 할 때 곁을 지켜준 것만으로
도 그 아이는 도에 넘치도록 나를 도왔어요. 하지만 이제는 각자 자기
길을 가야 해요."

"하늘 아래 둘밖에 없는 친자매끼리 일년쯤 졸업을 뒤로 미루고 서
로 돕는 게 뭐가 어때서 그래? 오히려 혈육의 정을 돈독히 하고……."

"절대로 안 돼요."

테사는 일방적으로 대화를 잘랐다. 남편을 잃은 마비 상태에서 다소
벗어나자 뭐가 옳고 그른지 선명해졌다. 이제 스스럼없이 매기에게 진
실을 밝힐 수 있게 되었다. 하지만 모녀지간이라는 폭로로 말미암아
매기는 그녀에게 더욱 위안을 주려 할 테고, 그런 매기의 젊음과 용기
에 의지하고픈 충동이 지금보다 깊어지리라. 암울한 상황에서 하나밖
에 없는 자식에게 매달릴 것이다. 아무리 인지상정이라 해도 그건 옳
지 않다. 이 미칠 듯한 공허감이 둔화될 때까지, 비탄과 상실감으로 실
체를 잃고 한낱 존재의 그림자에 불과한 상태를 벗어날 때까지 진실을
보류해야 한다.

"매기를 내일 돌려보내겠어요."

테사는 아론과의 입씨름에 종지부를 찍었다.

"매디슨에게 전화해서 학교 문제를 부탁하겠어요. 결석 일수 때문에
졸업에 차질이 생기지 않아야 할 텐데."

"그럼 나는 매기가 죄책감을 갖지 않도록 좋게 설명하리다. 그 아이

는 당신을 내팽개치는 듯한 기분이 될 거야."

테사는 못 들은 척하고 뒷말을 이었다.

"아까 내가 말했던 조건의 일을 일주일 내로 찾으세요. 당장 촬영에 들어갈 수 있다면 뭐든 좋아요. 작품 질은 따지지 말구요. 당신만 믿고 일주일 후에 아마존이나 북극으로 떠날 수 있도록 지금부터 짐을 싸겠어요. 그리고 내 마음은 굳어졌으니까 더 이상 가타부타하지 마세요. 힘 낭비예요. 아론, 지금 시작하지 않으면 나는 영영 일하지 못해요. 루크…… 루크라면 내 결정을 지지할 거예요. 당신도 기억하죠, 그이가 나를 얼마나 자랑스러워했는지……?"

21

조금만 더 참으면 돼. 이 시련도 얼마 안 남았어.

매디슨 웹스터는 쿵쾅거리며 요란하게 계단을 달려 내려오는 매기의 인기척에 두 주먹을 움켜쥐며 자신에게 되뇌었다. 저 천한 농사꾼의 딸 같은 계집애가 고교 졸업을 목전에 두고 이런저런 모임에 정신없이 불려 다니는 이 시기만 넘기면 곧 대학으로 가버릴 것이다. 그 '곧'이 아무리 빨라도 빠르지 않지만. 지금 당장 매기를 내쳐도 되건만 그놈의 체면 때문에 고교 졸업식까지는 꾹꾹 참아야 하는 현실을 못내 유감스러워하며 매디슨은 침실의 탁자 앞에서 은행 거래 내역서를 살폈다.

과거 십삼 년 동안 남편 몰래 쌈짓돈을 털어 한푼두푼 투자했던 액수가 지난 경기 호황에 힘입어 제법 쏠쏠한 재산으로 늘어난 터였다. 이건 전부 작년의 주가 폭락 전에 심상찮은 냄새를 맡고 재빨리 주식 시장에서 빠져나올 만큼 예리한 금전 감각과 본능에 힘입은 덕분이었다. 하지만 수천 가지 방법을 동원하여 허리띠를 졸라매고 생활비를 저축하여 모은 이 거금도 남편이 루크에게 물려받은 이천만 달러에 비하면 주머니 푼돈에 불과했다. 아직 시아주버니의 문어발 식으로 산재한 부동산이 완전히 정리되지 않아 유산이 남편 손에 들어오진 않았지만 그들은 이미 상상을 불허하는 부자가 되었다. 하지만 그럼에도 매디슨은 짠순이 생활 방식을 바꾸지 않았다.

루크는 의붓동생에게 이천만 달러의 유산을 남겨주었을 뿐 아니라, 회사의 최고 경영진 여섯 명에게는 향후 십년 간 봉직하라는 조건하에 각각 천만 달러씩 남기고 오랫동안 2인자 자리를 지켜 왔던 부사장 렌 존스를 회장으로 지명함으로써 자신의 사후에도 회사가 번창하도록 말끔하게 처리해 놓았다. 그리고 다양한 자선 기관에 총액 칠천만 달러를 남겼으며 매기에게는 서른다섯이 될 때까지 언니와 세금 관계 변호사를 유일한 수탁인으로 하는 이천만 달러의 신탁을 설정한 이외에 모든 재산을 테사에게 물려주었다.

남들에게 수천만 달러씩 성큼성큼 집어줄 정도라면 시아주버니가 대체 아내에게는 얼마나 남겼을까? 자신이 테사라면 천문학적인 액수의 유산에 겁을 집어먹고 감히 쓸 엄두도 내지 못할 거라는 게 매디슨의 솔직하고도 만족스런 심정이었다. 아무리 많은 돈이 생겨도 획기적인 변화를 원하지 않을 만큼 확고한 생활 방식에 익숙해졌다는 사실은 역설적이지만 깊은 안도감마저 주었다.

오히려 매디슨은 자신이 알뜰하게 모은 쌈짓돈에 전보다 더 집착했다. 이거야말로 진짜 돈이기 때문이다. 이거야말로 이천만 달러보다 그녀를 더 부자처럼 느끼게 해주기 때문이다. 무엇보다 이천만 달러는 남편의 돈이지 그녀의 돈이 아니니까.

대대로 부자인 집안은 돈 씀씀이에 보수적인 법이다. 그녀의 친정은 재치 있게 체면치레를 유지할 따름이지 지난 이 세기 동안 진짜 '대대로 부자 집안'의 범주에서 벗어났지만 아무튼 유서 깊은 부자들은 돈을 귀히 여긴다. 승마용 말과 승마 장비에만 신경 쓸 뿐, 도배조차 선뜻 하지 않고 낡은 벽지를 닦고 또 닦는가 하면 너무 무거워서 사용하기 불편한 그런 옛날 투박한 은식기, 우중충한 그림과 가족들의 초상화나 할머니에게 물려받은 식탁보, 증조모 시대의 낡아빠진 오리엔탈 풍 깔개 등등에 둘러싸여 성장했듯이 그대로 지키며 사는 게 진정한 명가의 생활 방식이다. 나에게 돈이 있다는 사실은 유일하게 중요한 존재인 친구들에게만 인정받으면 되지 공연히 낭비할 필요가 없다는 것이 매디슨의 금전 철학이었다.

아, 하지만 유산이 손에 들어오는 즉시 자축삼아 한 가지에만은 아낌없이 돈을 펑펑 써볼 작정이었다. 매기의 침실 장식을 새로 바꾸어 과거의 흔적을 싹 지워버리리라. 천박하게 젖통만 커다랗고 칠칠치 못한 저 계집애가 일단 대학으로 가버리면 매디슨은 그 객실을 전용 사무실로 개조할 터였다. 남편에게는 적정한 가격의 씨 좋은 종마나 몇 마리 구입하는 일만 맡기고 그녀는 그 사무실에서 종마 사육장의 안팎을 장악하여 과거에는 실행하지 못했던 각종 계획들을 차근차근 현실로 옮겨 이윤을 내리라.

이제 매기는 테사의 책임이다. 무엇보다 저 아이가 대학에 진학할 나이가 되어 더 이상 안정된 가정을 필요로 하지 않을 때까지만 양육하기로 처음부터 시아주버니와 합의 보지 않았던가. 그러니 이제는 테사가 여동생을 맡으라지! 이제는 테사가 동생에게 브래지어를 착용하도록 설득하라지!

어쩌면 테사는 동생을 돌보는 데 아무 문제도 없을지 모른다. 매기가 알아서 학교 친구들의 집에서 여름 방학이며 휴일을 보낼 가능성이 지대하니까. 예를 들어 매디슨의 아들 버니는 거의 일년 내내 집에 코빼기도 비추지 않았다. 친구들의 초대를 받아 여름 방학은 네바다의 목장에서, 크리스마스는 보스턴에서, 추수감사절은 필라델피아에서 보냈다. 그렇게 인기가 좋은데 성적쯤이야 바닥을 긴들 어떠리. 오 년 전 그 아이를 필립 앤도버에 집어넣을 때 매디슨이 가장 염두에 두었던 주안점은 성적이 아니라 괜찮은 교우 관계였다.

암튼 남편은 이천만 달러의 유산을 지금껏 매기를 키운 희생에 따른 대가로 받아들이는 눈치다. 남편의 생각이 옳을지도 모르지만 그렇게 따지자면 그들이 매기보다 더 많은 액수를 받아야 했다는 게 매디슨의 계산이었다. 무엇보다 남편은 루크의 의붓동생이고 매기는 고작 처제에 불과하지 않은가. 하지만 공정함은 루크의 장점이 아니었다. 공정함은 매디슨의 장점이었다. 그 장점을 되살리고 시아주버니가 제수의 관대함을 제대로 평가하지 않았다는 사실에 입각하여 매기 계집애의 18살 생일 파티이자 졸업 축하 파티를 생략하는 게 어떨까?

매기는 원형의 승마 연습장 울타리에 걸터앉았다. 졸업을 일주일 앞둔 따사로운 늦봄의 금요일 하루가 화려한 석양 속에서 저물어가고 있었다. 말들은 마사로, 여섯 명의 일손들은 퇴근하여 가족들 곁으로 돌아가 이곳은 그녀의 독차지가 되었다. 어린 시절에는 참담한 공포와 수치를 경험했던 이곳을 둘러보노라니 놀랍게도 애틋한 향수로 가슴 한구석이 아려 왔다. 그러나 한 번도 집이었던 적이 없었던 이곳, 그녀를 야단칠 만큼의 애정도 따뜻함도 베풀어주지 않았던 무골충 타일러 숙부와 살모사 매디슨 숙모의 곁에서 떠나 대학으로 가게 된다는 기대감이 주님께 맹세코 훨씬 컸다.

이곳에 향수를 느낀다고? 그럴 리 없다. 여기는 가까운 사람이라곤 요리사인 엘리자베스 아줌마뿐이고 십삼 년이 흐른 지금도 불쾌한 침입자 혹은 열등한 외부인 같은 기분을 안겨주며 괜히 주눅들게 하는 그런 곳이다. 그녀를 원하지 않지만 참을 수밖에 없다는 식, 울며 겨자 먹기로 자선을 베풀 수밖에 없다는 식의 숙부숙모 태도는 아무리 따져 봐도 이치에 닿지 않았다.

매디슨 숙모의 태도는 이제 확실해져 그녀를 싫어하고, 줄곧 싫어해 왔음이 분명해졌다. 그 동안은 캔디스와 앨리스를 의식해서 자제해 온 모양이지만 딸들이 결혼하고 특히 루크 형부가 죽은 후로는 도무지 그 이유를 가늠할 수 없는 무조건적이며 무자비한 적대감을 하루하루 더 많이 내놓으며 그녀를 미워했다.

그러니 향수랄지 상실감을 느낀다면 버니와 함께 지냈던 시간들에 초점이 맞추어진 것이리라. 그녀를 헌신적으로 보호해 주었던 버니는 옛친구를 까맣게 잊어버리고 잘난 새 친구들과 정신없이 펑펑 돌아가는 근사한 세계로 사라져버렸다. 심지어 그녀의 놀랄 만큼 향상된 승마 실력을 보여줄 기회조차 없었다. 버니는 집에 잘 오지도 않을 뿐더러, 온다 해도 셔츠를 빨고 다릴 정도밖에 머물지 않는데다, 그나마도 부모님과 집으로 데려온 대단한 친구들에게 꽉 잡혀 매기와는 '안녕!' 하고 인사나 하는 게 고작이었다.

흥, 그깟 사내자식은 엿 먹으라지! 매기는 앵돌아져 혼잣말을 중얼거렸다. 일주일만 있으면 난 18살이라 이거야. 성숙하려면 아직 한참 멀었고 풋내나 팍팍 풍기는 17살 6개월짜리에게 무시당한다고 섭섭해하는 사춘기 소녀가 더 이상은 아냐. 다 자란 진짜 여자라구.

게다가 그녀는 학년 수석이다. 다른 여자아이들에게 두루두루 인기 있고 교지 편집장과 토론반 반장에 컴퓨터도 능수능란하게 다루었으며 스미스 대학과 바자 여대와 미시건 대학교의 입학 허가서를 따놓았다. 물론 그녀는 두말할 나위 없이 미시건 대학교로 정했다. 왜냐하면 거기에는 진짜 사내들, 안팎으로 물오른 참신한 남정네들이 우글거릴 테니까.

이곳의 학창 시절 동안 남자는 초등학교 과정을 제외하고 천연 희귀 동물에 속했다. 그리고 매기가 사교계 데뷔 파티에 나가지 않겠다는 뜻을 밝히자 매디슨 숙모는 친구 아들들을 일절 소개시켜 주지 않았기 때문에—뭐, 그런 속물 녀석들과 만나고 싶지도 않았지만—가뭄에 콩나는 듯한 매기의 남자 경험이라곤 동급생들의 밍밍한 오빠들이 고작이었는데 개들은 힘 좋은 말(馬)만큼도 그녀를 흥분시키지 못했다.

일단 미시건 대학교로 가면 일주일쯤 조신하게 참았다가 곧장 학생 보건과로 달려가 페서리(여성용 피임기구) 사용법을 문의해서 만반의 준비를 갖추리라. 필(경구 피임약)은 복용하지 않을 생각이었다. 임신 가능 연령을 최소한 마흔여덟로 잡을 때 열여덟 살 때부터 필을 복용하기 시작하면 건강에 좋지 않다는 찬반양론 기사를 너무 많이 접한 터라 페서리 쪽이 안전해 보였기 때문이다.

매기는 대학 초년병 시절에 짝을 만나게 될 거라고 확신했다. 그녀
처럼 탱탱하게 무르익고 성경험을 열렬하게 희구하는 여자가 일년씩
숫처녀로 남아 있을 리 없다. 설령 제 짝을 잘못 찍은 것으로 판명된
다 해도 상관없고 당연히 실수로 판명되리라. 매기는 제정신을 지닌
사람의 능력이 허락하는 한 많이 사랑에 빠졌다가 헤어 나오고 싶었
다. 4년 간에 걸친 자유분방한 연애질, 그게 바로 대학 교육의 부수적
인 목적이니까. 물론 학교에서 제적당하지 않을 선의 학점은 유지해야
겠지만 그녀의 전공은 '정열'이 될 것이다.

그리고 대학을 졸업한 다음에는 뉴욕 시티로 가서 뭐든 근사한 직
업을 잡고 다시 오 년쯤 화려한 싱글로 멋들어지게 살다가 결혼하기로
착착 계획을 세워놓았다. 미운 오리 새끼처럼 자란 그녀의 궁극적인
목표는 자신만의 가정을 꾸리는 것이었다. 또 그게 무엇보다 절실하게
필요했다. 일단 결혼하면 기억 속에 어렴풋이 남아 있는 엄마처럼 그
녀도 전업주부가 되어 자식들에게 진짜 엄마가 되어 줄 작정이었다.

아, 이 모든 야망을 하루 속히 이루고 싶어! 매기는 한창 꿈에 젖어
속으로 부르짖었다. 난 전부를 다 갖고 다 누리겠어! 말(馬)이 중심인
이 지루하고 답답한 시골에서 벗어나 넓은 세계, 멋진 세계에 이를 박
고 한 입씩 몽땅 베어먹으며 그 달콤한 맛을 철저하게 만끽할 거야.
내 앞에는 커다란 성공이 기다리고 있어. 미지의 모험과 흥분과 경이
가 약속되어 있어. 그게 골수에까지 새겨진 내 운명이야. 난 알아, 뼛
속에서부터 느껴져. 그리고 난 그 전부를 송두리째 거머쥘 준비가 되
어 있어! 준비된 이상이고 말고!

"안녕?"

나지막한 목소리가 그녀의 등뒤에서 들려왔다.

매기는 깜짝 놀라 하마터면 울타리에서 굴러 떨어질 뻔했지만 근육
질의 강한 두 손이 그녀의 허리를 재빨리 잡아주었다.

"소리 지르지 마. 나야, 버니."

그가 다급하게 매기의 귀에 속삭인 다음 그녀를 아주 가볍게 울타

리에서 들어올려 땅에 내려놓았다.

"버니? 너 여기 웬일이니? 이번 학기는 다음주에나 끝나잖아. 어떻게 된 거야? 그리고 왜 소곤거리니?"

"나 퇴학당했어."

"뭐야! 왜?"

"뽕을 사오다가 걸렸어. 친구들이 기다리고 있던 내 방으로 올라가다 말이야."

"이 빙충이! 바보병신! 인생을 말아먹었잖아. 다른 애들은?"

"모르는 일이라고 딱 잡아떼면서 빠져나갔어."

"친구 한 번 잘 사귀었다."

"걔들로선 당연하지 뭐. 골이 비지 않은 이상 공범 혐의를 인정할 이유가 없잖아. 그래서 나만 쫓겨났어, 졸업을 일년 앞두고."

"여기까지는 어떻게 왔니?"

"내 오토바이로. 중고를 사서 시내 차고에 놓고 새것보다 더 좋게 고쳐놨거든. 난 오토바이 쪽으로 끝내 줘. 내 천직이라구."

"얼씨구, 이지 라이더*의 부활이네."

매기가 말꼬리를 빼며 비아냥거렸다.

버니는 씨익 웃었다.

"나라도 그 부활에 앞장서야지."

"너희 엄마아빠가 참도 좋아하시겠다."

"실은 그게 가장 큰 문제야. 우리 마구실로 가자. 그럴 듯한 거짓말을 지어내는 데 좀 도와줘."

"거짓말이 통할 상황이 아냐. 너희 학교에서 곧 통지가 올 거라구. 이 상황에서 빠져나가느니 차라리 알카트로즈(경비가 삼엄하기로 악명 높았던 교소도)에서 탈옥하는 편이 더 쉬울걸."

"알카트로즈라면 벌써 탈옥해 왔지. 퇴학 처분이 내려지자마자 짐도 싸지 않고 곧장 오토바이를 타고 달려왔거든."

"너, 학교를 좋아하는 거 아니었니?"

"전혀. 난 공부할 머리가 아냐. 얌전한 범생이가 되려고 노력은 해 봤지만 호박에 줄긋는다고 수박되냐? 친구들은 많이 사귀었지만 그 녀석들은 하나같이 아버지 뒤를 이을 생각뿐이라 나하고는 안 맞았어. 내 적성은 기계 쪽이야. 두 손에 기름칠을 하고 일하는 쪽이라구. 난 오토바이 가게를 하고 싶어. 그게 내 꿈인데 부모님이 문제야. 천한 노동자 아들! 하, 우리 엄마아빠가 허락이나 하실 거 같니? 어림없지, 뇌물이라도 써서 나를 똥통 대학이라도 집어넣으실 거야."

그는 마구실로 들어가 불을 켠 다음 등뒤로 문을 닫았다.

"휴우, 이제 살았다! 네가 아직도 말(馬)이랑 악다구니를 벌일 것 같아서 오토바이를 헛간 뒤에 숨겨놓고 제일 먼저 이곳으로 온 거야."

"얘가 사람 우습게 보네. 난 이 근방에서 못 타는 말이 없어졌어."

"그래?"

"그래."

둘은 마주 보고 서서 기쁨의 미소를 멈추지 못했다. 서로의 얼굴을 살피는 이 순간, 시간이 거미줄처럼 가느다랗게 한껏 연장되어 끊어질 듯 말 듯한 소강 상태에 빠지고 두 사람의 말문조차 막아버렸다.

버니는 훌쩍 자라 백팔십 센티미터를 간단히 넘겼다. 태양의 자국이 군데군데 하얀 줄로 새겨진 금발은 오토바이를 타고 오는 길에 바람에 휘날려 이마를 텁수룩하니 덮었고 그 아래로 드러난 얼굴은 가무잡잡한 구릿빛이었다. 명랑한 개구쟁이의 이목구비는 어느덧 사내답게 강하고 굵어졌지만 아직 어린 티를 완전히 벗어버리지 못한 변화 단계에 있었다. 특유의 뻔뻔스런 미소와 주근깨만이 매기가 다섯 살 때부터 알아 왔던 그 소년의 흔적으로 남아 있었다.

"네 승마 실력이 그렇게 좋아졌을 리 없어."

버니가 계속 미소를 지으며 도발적으로 입을 뗐다.

“한 번 보행성 인간은 영원한 보행성이라구. 네가 못 타는 말이 분명히 있을 거야. 우리, 내기할까?”

“뭘 걸고?”

“키스.”

“내가 못 타는 말이 있으면 너에게 키스해 주고, 내가 모든 말을 다 타면 네가 나에게 키스한다구? 그게 무슨 내기니? 모로 치나 메로 치나 넌 이기고 난 지는 거잖아. 고맙지만 사양하겠어.”

“좋아. 내기는 관두자. 그런데 너, 기똥차게 섹시하고 예뻐진 거 알아?”

“당연히 알지.”

“하지만 난 몰랐어.”

버니는 양손으로 그녀의 얼굴을 잡고 고개를 기울여 키스했다. 길고 끈적끈적하고 화끈한 키스였다. 매기는 뱃속 깊은 곳에 폭탄이 투하된 듯한 경이적인 충격에 사로잡혀 눈을 동그랗게 뜨고 전심전력을 다하여 열렬하게 키스를 되돌렸다. 마구실이 회오리에 휘말린 것 같았다. 고삐, 안장, 승마용 모자들, 일렬로 가지런히 놓여진 부츠, 수십 개의 말(馬) 사진 액자들이 빠른 속도로 회전하는 바람에 매기는 현기증으로 비틀거렸다. 오직 버니의 힘찬 두 팔만이 의지할 수 있는 유일한 버팀목이었다.

버니는 그녀의 반응에 넋이 나갔다.

“너…… 주, 죽여준다.”

“그럼 더 죽여줄게. 저 소파로 가자.”

“매기, 우린 친척 사이나 뭐 그런 거 아니지?”

“우리는 피 한 방울도 안 섞였어. 그저 옛친구 사이라구.”

“네가 이렇게 근사해지는 동안 난 어디에 있었지?”

“노느라 너무 바빴지 뭐.”

“난 정말 눈알이 삔 바보천치야.”

“맞아. 그러니까 이제 입 닥쳐.”

매기는 버니의 목에 팔을 걸고 힘껏 잡아당겨 입을 막았다. 입술과

입술 사이로 호기심에 찬 순진한 혀가 뜨거운 혀와 숨가쁘게 얽히자
누구의 것인지 모르는 신음이 흘러나왔다. 키스가 거듭될수록 매기는
기쁨으로 전율하며 금발에 손가락을 더 깊이 박고 버니를 더 가까이
끌어당겼다. 주체할 수 없는 욕망에 사로잡혀 그를 밀어냈다가 당기면
서 낯선 체취를 들이키고 사랑스럽고도 거친 얼굴 전부에 키스를 퍼부
었지만 매번 벌어진 입술로, 부끄러움 없이 그녀를 찾는 솔직한 혀로
돌아갔다. 버니는 남자…… 생면부지의 낯선 남자였다.

애를 사랑해, 매기는 혼미해진 정신으로 생각했다. 난 한 남자로서
애를 사랑해.

"네 가슴을 느끼고 싶어."

버니의 속삭임에 매기는 즉시 블라우스의 단추를 따고 젖가슴을 아
낌없이 내주었다. 자위와는 완전히 다른 감각이 몰려왔다. 굉장히 강
하고, 무진장 따뜻하고, 극도로 초점이 맞추어진 버니의 손길이 신세
계가 여는 듯했다.

그녀는 어느 순간부터인가 그의 몸 아래 누워 젖가슴을 내밀고 있
었다. 버니는 탐욕스럽게 젖꼭지를 빨며 몽둥이처럼 딱딱해진 페니스
를 그녀의 청바지 위에 대고 미친 듯이 문질러댔다. 눈 깜짝할 사이에
그리고 둘다 옷을 걸친 채 절정에 이르러 매기는 가쁜 숨을, 버니는
짓눌린 신음을 내뱉었다.

말을 하기엔 완전히 얼이 빠지고 움직이기엔 너무도 놀란 나머지
그들은 몸을 포갠 자세로 서로에게 있는 힘껏 매달렸다. 얼마 후 매기
가 먼저 움직였다. 그녀는 버니의 체중에서 벗어나 옆에 눕고 그를 가
까이 껴안았다. 버니는 예상치 못한 절정의 세기에 흐느적거렸으며 그
녀는 생전 처음 맛보는 기쁨으로 온몸에서 힘이 빠졌다.

마침내 버니가 경이에 사로잡혀 중얼거렸다.

"우린 심지어 아무것도 안 했는데."

"우리가 아무것도 안 한 거니?"

"본론에는 들어가지도 않았어."

“나 실은 한 번도 해본 적이 없어. 넌?”

“해봤어, 많이는 아니지만. 너 굉장히…… 빠르다.”

“그게 좋은 거니?”

“엄청 좋지. 아, 매기, 난 꼭 다시 해야만 해.”

“나도 그래.”

“이번에는 나를 만져 줘, 제발 만져 줘. 난 너를 항상 사랑해 왔어.”

“알아.”

“너 그 청바지 벗으면 안 되니? 나도 너를 만지고 싶어.”

“좋아. 하지만 만지기만 하는 거다, 알았지?”

“약속해.”

몇 초 후 두 사람은 나신이 되어 키스와 애무를 교환하며 서로의 은밀한 부위들을 보고 거칠다 싶을 정도로 뜨겁게 어루만졌다. 둘다 진심으로 원하는 그 부분만은 자극하지 않으려고 애썼지만 결국은 호기심과 욕구로 미칠 듯이 열이 올라 자제를 포기하고 젖은 손가락과 축축한 입술로 서로의 다리 사이를 탐색했다. 곧…… 너무나도 빨리 매기와 버니는 온몸을 가르는 듯한 세기의, 영혼을 진동시키는 듯한 깊이의, 감겨 있던 눈이 떠지는 듯한 새로움의, 죽을 때까지 영원히 잊지 못할 그런 폭발적인 절정을 경험했다.

버니가 마구실에서 잠으로 빠져드는 사이에 매기는 뒷계단을 통해 침실로 올라갔다. 중간에 혹시 들킬까 봐 젖 먹던 힘까지 짜내어 태연한 척했지만 다행히 아무와도 만나지 않은 채 후들후들 떨리는 걸음으로 방에 들어가 문을 닫았다.

그녀는 콩콩거리며 자신의 냄새를 맡았다. 시큼한 섹스내. 온몸과 청바지, 심지어는 머리칼에서도 버니와 끈끈한 정액의 멋진 향기가 배어 있었다. 만일 누군가 방문을 두들기며 저녁 먹으라고 다그칠 가능성만 아니라면 지금 이대로 가능한 오랫동안 있고 싶었지만 당장 샤워하는 수밖에 없었다.

샤워를 한 다음 매기는 잠옷으로 갈아입고 자리에 누웠다. 이래야 몸이 좋지 않아 저녁을 건너뛰겠다는 구실이 통할 테니까. 그녀는 불을 끄고 반듯하게 누워 억지로 생각을 가다듬었다. 도대체 나에게 무슨 일이 일어났던 거지?

버니.

사랑스런 버니만이 떠오르는 전부였다. 그의 물건, 황금빛의 소복한 음모에서 일어난 그것의 매끄러운 감촉, 파란 혈관이 불끈불끈 서고 굵은 그것, 시시각각 오만하고 초조하게 성내며 커질수록 그녀의 눈에는 문자 그대로 우주의 중심처럼 보여 갔던 그것의 변화를 떠올리는 것만으로도 머리부터 발끝까지 전율이 달리고 신경에서 신경까지 찌릿찌릿했다. 버니에게는 그녀가 미처 몰랐던 힘이 있었던 것이다. 아까 그가 요구했더라면 저항하지 못했으리라. 끝까지 가고야 말았으리라. 지금도 마구실로 되돌아가 끝까지 가고 싶으니까.

하지만 걔는 겨우 열일곱이야, 매기는 자꾸 가빠지는 숨을 가까스로 진정시키며 이성적으로 상황을 분석하려고 노력했다. 걔가 그냥 서 있어도 청바지 앞섶이 불룩하게 튀어나올 만큼 가랑이 사이에 커다란 물건이 달려 있다는 이유 하나만으로 내가 성인의 문턱에 선 반쪽짜리 사내에게 쪽도 못 쓰고 미친 짓을 저질러야 할까?

안 돼, 절대로!!!

그 말이 머리 속에서 튀어나온 뒤를 이어 영혼 깊은 곳에서 충고성 경고가 강물처럼 흘러나왔다.

마구실에서 버니를 다시 만나면 정말 끝이야. 보나마나 걔는 내일 동이 트자마자 몰래 오토바이를 타고 나가 콘돔을 사올 게 분명해. 그리고 매기 너를 감언이설로 꼬셔서 해도 괜찮다는 생각이 들게 할 거야. 왜냐하면 너도 버니와 똑같이 그걸 하고 싶어하니까.

이제 매기는 겁에 질렸다. 다시 버니의 품에 안겨 키스하고 그의 체취를 들이키며 맥없이 무너질 자신을 생각하자 죽도록 무서웠다. 오늘 밤 나누었던 그런 애무와 접촉을 중간에 멈추게 할 힘이 그녀에게는 없기 때문이다. 아마도 영원히 없으리라.

몇 시간 전보다 섹스에 대해 몇 배나 더 많이 알게 된 지금은 섹스의 강력한 영향력을 깨달았다. 특히, 버니의 물건이 그녀의 정신을 홀라당 빼놓을 수 있다는 사실을 알기에 이르렀다. 그리고 남녀 관계에 대한 지식은 얼마 없지만 버니와의 관계가 보편적이고 평범하고 안전한 게 아니라는 것도 직감했다.

지금 그들은 서로를 향한 병적인 집착의 가장자리에 서 있다. 정말 시작만 했다 하면 그들은 함께 있기 위해 물불을 가리지 않을 테고 종국에는 발각되어 어마어마한 치욕을 당할 것이다, 매디슨 숙모와 타일러 숙부에게. 그건 안 돼! 절대로 싫어!

현실적으로 그녀는 대학 진학을 목전을 두고 있다. 반면에 버니는 퇴학당했고 학교로 돌아가고 싶어하지도 않는다. 그녀에게는 미지의 모험과 화려한 미래가 펼쳐져 있다. 반면에 버니는 오토바이 가게 이외에 별다른 야심도 없다. 다시 말해 그들은 지향하는 삶이 다르고 공통점이 없다는 뜻이다. 그 커다란 차이는 섹스로 좁혀지지 않으리라. 젖비린내나는 사랑으로도 좁혀지지 않으리라. 지금 둘이 함께 있어 봐야 결국에는 현실에 짓눌릴 뿐이다. 무엇보다 그들은 너무 젊다. 성인의 몸을 한 소년소녀에 불과하다.

그럼 어떻게 해야 할지에 대한 대답은 하나뿐이야, 매기는 침대에서 몸을 동그랗게 웅크리고 결론을 내렸다. 그녀는 여전히 꿈을 이루고 싶었다. 전부를 가지고 싶었다. 세상을 거머쥘 야망이었다. 오늘밤 버니의 등장은 그 어떤 것도 바꾸어 놓지 못한다. 재회한 시간대가 좋지 않았다.

황홀한 버니, 사랑스런 버니, 천국과도 같은 버니. 하지만 너 때문에 나 자신을 포기할 순 없어. 우린 끝났어. 끝내야 해. 선택의 여지가 없어.

아까 그 일은…… 나의 첫번째 하룻밤 사랑이었어. 매기는 눈물을 흘리며 생각했다.

다음날 점심경에야 매기는 아래층으로 내려왔다. 그녀는 식탁에 앉아 한참을 기다렸지만 아무도 밥 먹으러 오지 않자 마침 식당에 들어선 요리사에게 물었다.

"숙부와 숙모님이 어디 가셨어요, 엘리자베스 아줌마?"

"두 분 다 버니의 학교로 날아간 모양이야. 아침상에서 그런 대화가 오가더라. 뭔지 모르겠지만 큰일이 터진 것 같았어."

"아줌마는 혹시 이 주변에서…… 누구 못 봤어요?"

"네가 더 잘 알면서 왜 묻니?"

매기는 시침을 떼며 반문했다.

"어머, 그게 무슨 말씀이세요?"

"오늘 아침에 버니가 집 근처를 맴돌고 있기에 하는 말이야. 내가 주방 음식을 절반쯤 싸서 보냈어."

"버니? 걔가 왜 여기에 있죠?"

"그것도 네가 더 잘 알 텐데."

"난 정말 몰라요."

매기는 짐짓 느긋하게 마구간으로 향했다. 버니는 사람들 눈을 피하느라 마구실이나 헛간이나 마구간 근처에 없을 거야.

"드디어 나왔구나. 네가 절대로 안 나타날 줄 알았어."

버니가 길가의 작은 숲에서 튀어나왔다.

"이리 와, 이리 와, 매기 달링. 난 밤새도록 네 생각만 했어."

"안 돼."

그녀는 길 한가운데 우뚝 멈추어 섰다.

"어제 일은 내 평생 가장 멋있고 근사한 경험이었어. 영원히 잊지 못할 거야. 하지만 버니, 난 그만 두겠어. 난 할 수가 없어."

버니의 얼굴에 떠오른 상처받은 표정에 그녀의 마음도 아팠지만 매기는 단호하게 말을 이었다.

"우리는 안 돼. 절대로 잘될 리 없어. 그리고 난 너를 사랑하기 때문에 감히 지금보다 더 많이 사랑할 수가 없어."

"말장난은 관둬!"

"너에겐 말장난으로 들릴지 몰라도 나에게는 아냐."

"이리 와서 무슨 뜻인지 제대로 설명해 봐."

"안 돼. 내가 여기 온 건 어제 일을 없었던 셈치자고 말하기 위해서야. 그리고 너희 부모님이 네 퇴학 소식에 학교로 달려가셨어. 너를 다시 받아달라고 갖은 수를 다 쓰시겠지. 그러니까 부모님에게 잡히기 전에 떠나. 네가 정말 잘하는 일, 진짜 하고 싶은 일을 해. 뉴욕으로 가서 오토바이 일을 하란 말이야. 네 인생을 개척해."

버니가 기막힌 어조로 반문했다.

"너 지금 나에게 직업 상담을 해주려고 여기 왔어?"

"그래. 돈은 있니?"

"하, 기가 차서!"

"있어 없어?"

"있을 만큼은 있어."

"뉴욕에서 자리잡으면 주소를 알려줄래?"

"나를 보러 올 거야?"

"모르겠어. 언젠가는 어쩌면. 하지만 난 우선 대학에 가야 해, 버니. 우리는 둘다 많이 커야 해."

"젠장, 네가 옳은 말을 할 때는 진짜 밥맛이야."

"너도 아는구나."

"그래. 우린 뒹굴기엔 너무 어려, 지금은. 하지만 영원히 어리진 않을 거야. 그걸 잊지 마, 매기. 나를 잊지 말아 줘. 난 너를 처음 본 순간부터 사랑했어. 지금도 사랑하고 앞으로도 영원히 사랑할 거야. 넌 나의 매기니까. 이제 난 튀는 게 좋겠다. 내 주소를 알려줄게. 마지막으로 작별의 키스나 해줘."

"나중에 해줄게. 지금은 한 번의 키스로도 우린 어제 시작했던 그 시점으로 돌아갈 거야. 행운을 빌어, 사랑하는 버니. 굿바이."

22

"매기, 잠깐 주방으로 좀 와줄래? 너에게 긴히 할말이 있어."

요리사가 은밀하게 속삭였다. 내일 토요일 밤에는 매기의 생일 겸 졸업 축하 파티가 열릴 예정이었다. 매디슨 웹스터는 왜 시아주버니가 처제에게도 이천만 달러씩 남겨야 했는지 납득할 수 없었지만 남편이 물려받은 유산 액수를 고려하여 아직은 한지붕 밑에 살고 있는 매기의 생일과 졸업을 챙기는 게 그녀의 의무임을 마지못해 깨달았다.

버니의 퇴학 사건이 터지고 일주일 내내 매기는 웹스터 부부를 좀처럼 보지 못했다. 그들 부부는 아들에 대한 분노를 접어두고 일단 그 녀석을 잡아 내년에 대학 진학이 가능할 만한 다른 학교에 집어넣으려고 동분서주했기 때문이다. 그러므로 매기의 파티가 처음부터 요리사에게 맡겨지지 않았다면 아예 잊혀졌겠지만, 요리사인 엘리자베스는 이 집 두 딸의 사교계 데뷔 파티와 결혼 피로연을 치른 몸이라 매디슨의 지시 없이도 매기의 졸업반 학우들인 스물세 명의 아가씨들을 위한 성대한 만찬쯤은 완벽하게 처리할 수 있었다.

엘리자베스 아줌마가 어떤 특별 상차림을 염두에 두고 있을까? 매기는 궁리하며 넓은 주방으로 갔다.

"생일 케이크는 사전에 공개하면 안 되는 거 아니에요?"

매기는 요리사의 허리를 껴안으며 뺨에 뽀뽀했다.

"신랑이 결혼식 전에 웨딩 드레스 차림의 신부를 보면 불행한 일이 생기는 것처럼?"

"저기 식품 저장실로 가자."

요리사는 평소와 달리 심각한 어조였다. 그녀는 식품 저장실의 문을 닫은 다음 겉봉에 그녀의 이름이 적힌 편지 한 통을 내밀었다.

"이걸 어떻게 해야 할지 모르겠구나. 자, 읽어보렴."

매기는 간략한 편지 내용을 살폈다. 버니가 보낸 것이었다. 이 편지를 매기에게만 전해 달라고 요리사에게 부탁하는 말과 함께 그의 뉴욕 주소가 적혀 있었다. 자기는 잘 있고 일자리를 찾고 있다, 학교로 돌아갈 뜻이 없으니 부모님에게는 자신의 거주지를 알리지 말아 달라는 내용이었다.

"내가 어떻게 해야 되겠니?"

요리사인 엘리자베스가 물었다.

"웹스터 부부에게 이 편지를 보여주어야 할까?"

"그냥 나에게 맡기고 아줌마는 잊어버리세요. 숙부숙모님은 버니 걱정이 대단하시잖아요. 적어도 걔가 잘 있다는 것만은 알려드려야죠."

안도의 한숨을 쉬며 요리사는 편지를 매기에게 건네고 파티 준비로 돌아갔다. 매기는 버니의 주소를 암기한 후 편지를 잘게 찢어 휴지통에 버렸다. 나중에 예금을 전부 인출해 버니에게 부쳐주어야지. 걔는 돈이 얼마 없을 테고 그녀는 용돈의 대부분을 저축해 온 터였다.

매기는 초조하게 기다리다, 점심 시간에 나타난 웹스터 부부에게 짐짓 쭈뼛거리며 말했다.

"두 분이 안 계신 동안 버니의 전화가 왔었어요. 아주 잘 있으니 걱정하지 마시래요. 학교로 돌아갈 뜻은 없대요. 지금 일자리를 찾는 중이래요."

"걱정하지 말라구?"

매디슨이 화가 나서 부들부들 떨며 언성을 높였다.

"일을 이 지경으로 만들어놓고 걱정하지 말라니! 지금 어디에 있다고 하든?"

"제가 물어봤지만 대답을 피했어요. 정말 죄송해요."

"그 망할 녀석, 내 손에 잡히기만 해봐라!"

타일러가 펄펄 뛰었다.

"부모를 우습게 아는 놈 같으니! 제까짓 놈 주제에 무슨 얼어죽을 일자리야! 자기와 똑같은 쓰레기들과 대마초나 피우며 뒹굴고 있을 게 뻔해!"

"목소리는 아주 멀쩡했어요."

매기는 버니를 감쌌다.

"환각제에 취해 해롱거리는 목소리가 아니었어요."

"네가 전화를 받았으면,"

매디슨이 매기에게 분풀이를 했다.

"무슨 수를 써서든 그 아이의 소재를 알아냈어야지! 하지만 넌 그런 노력도 안 했지? 이제 어디에서 그 녀석을 찾으면 좋단 말이니? 어떻게 부모인 우리를 피해 숨을 수가 있지?"

"노력은 했어요. 하지만 버니가 말을 안 하는데 어떡해요."

"됐다! 변명은 그만해. 아주 넌덜머리가 나. 별 수 없지, 돈이 다 떨어져서 집으로 기어 들어올 때까지 기다리는 수밖에. 내가 아는 버니라면 오래지 않아 돌아올 거야."

그녀는 비위가 어긋나 심술맞게 뒷말을 이었다.

"그리고 매기, 너희 언니가 내일 파티에 오기로 되어 있어. 너를 깜짝 놀라게 해주고 싶으니 알리지 말랬지만 내 머리가 너무 복잡해서 이것저것 담아둘 수 없구나."

빌어먹을 테사의 영화 스타다운 깜짝 계획과 빌어먹을 매기 같으니, 매디슨은 속으로 욕을 퍼부었다. 매기 저 계집애는 언제나 버니와 한

패거리의 도둑마냥 손발이 잘 맞았으면서 그 녀석의 소재지를 모른다
고 씨알도 안 먹히는 거짓말이나 늘어놓는 것 좀 보라지.

이제 매기가 기쁨과 놀람에 사로잡혀 다시 확인했다.

"테사 언니가 온단 말이죠?"

"런던에서 콩코드로 내일 아침에 도착, 칼라일 호텔에 여장을 풀고
네 파티 시간에 맞추어 이곳에 왔다가 다시 호텔로 돌아가 하룻밤 묵
은 다음 일요일에 런던 촬영장으로 돌아간다더라."

"정말요? 아, 믿을 수 없어!"

매기는 넘치는 기쁨을 주체하지 못했다. 그녀의 생일날 테사 언니가
외주리란 희망은 벌써 여러 달 전에 버렸기 때문이다.

약 일년 전 루크 형부가 죽은 직후 테사 언니는 재빨리 일에 나섰
다. 지독한 독감으로 쓰러진 미셸 파이퍼의 대역으로 발탁되어 촬영지
인 그리스의 작은 마을로 떠난 것이다. 그 역할에 장장 넉 달이나 묶
여 있다 풀려나기가 무섭게 겨우 일주일 만에 의상 가봉을 끝내고 머
천트-아이보리 사(社)의 신작 촬영차 영국의 전원 마을에 칩거했다. 그
리고 지금은 제프/랭지 프로덕션에서 새 작품을 받아 파리와 런던을
오가는 중이었다.

테사는 비벌리힐스의 저택과 텍사스의 목장, 심지어는 캡페랏의 별
장마저 팔아버렸다. 여기에 대해 <피플>지(誌)는 '상심한 영화 스타,
과거의 행복을 되돌아보지 않을 기세'라고 논평했는데 이건 매기가 보
기에도 사태를 정확하게 꿰뚫은 기사였다.

부동산뿐 아니라 테사는 보석을 제외한 일체의 소지품까지 전부 없
애버린 듯했다. 지난 해 그녀의 사진이라곤 영화 촬영팀과 그리스의
작은 해변가 카페에서 밤에 어울린 한 차례와, 그 장소마저 불확실한
영국풍 펍에 두 번 외출했다 찍힌 모습이 전부였다. 그때마다 테사는
주위의 소박한 분위기나 동료들의 편한 옷차림과 동떨어지게 보석을
휘감고 있었다. 아마 루크에게 받은 갑옷으로 하루 24시간 완전 무장
할 필요를 느끼는 모양이다.

테사는 언제나 그래 왔듯이 지난 해에도 잊지 않고 짤막짤막한 엽서를 동생에게 보냈지만 귀국 일정에 대해서는 밝히지 않았다. 그래서 매기는 걱정하다 못해 에이전트인 아론 주커에게 전화를 걸어 언니의 향후 계획을 물어봤다.

"난 에이전트도 아냐."

그가 우는소리를 늘어놓았다.

"오히려 우편 배달부에 가깝단다. 괜찮은 영화 대본이 입수되는 즉시 모조리 테사에게 발송하여 직접 선택하게 하고 있거든. 대본은 끊이지 않고 물밀 듯이 들어오는데 그녀는 어떤 문제에 대해서도 내 충고를 받아들이려 하질 않아. 무슨 생각을 하고 있는지 도통 알 수가 없구나. 아니, 생각할 틈 없이 바빠야 한다는 생각 외에는 아무 생각도 없는 눈치야. 이게 죽은 루크에 대한 애도의 한 방법이겠지만, 이렇게 바쁜데 뭘 애도할 시간이나 있을지 의아스럽기까지 해."

"아무 생각도 하지 않고, 아무 느낌도 갖고 싶지 않은 거겠죠."

"하지만 그건 사는 게 아냐. 너라면 그렇게 살 수 있겠니?"

"모르겠어요, 아론 아저씨. 난 언니가 선택한 삶의 방식이 옳은지 그른지 말할 만큼 언니에 대해 잘 알지 못하거든요."

"둘은 자매 사이잖아."

"아는 것에도 차이가 있어요. 나는 내 평생 언니를 알아 왔지만 우리 둘이 함께 한 시간을 합해 봐야 얼마 되지 않고, 그것도 대부분이 내가 어렸을 때예요. 언니와의 만남은 일종의 모험이었지, 일상 속에서 서로를 속속들이 파악해 가는 관계는 아니었어요. 그리고 아저씨라면 아무리 한핏줄이라 해도 테사 언니와 나만큼 나이 차이가 많은 동생과 진솔한 대화를 나눌 수 있겠어요? 오히려 아저씨나 로디 감독님, 피오나 아줌마가 나보다 언니에 대해 더 많이 안다는 편이 옳아요. 나에게 테사 언니는 다른 혹성에서 뚝 떨어진 멋진 이방인, 보석을 채워 주고 재미있는 이야기를 해주는 요정 같은 존재에 가까워요. 우리는 성숙된 관계로 발전될 기회가 없었어요."

아론은 위로조로 말했다.

"영화 스타들이란 죄다 그 모양이야. 네가 이해해라."

"언니가 이 촬영장에서 저 촬영장으로 바삐 쫓아다니는 걸 멈추어야 서로를 이해하든 말든 하죠."

"정곡을 찌르는구나, 꼬마야. 그녀의 다음 계획을 입수하는 즉시 너에게 연락할게."

매기는 아론과 통화한 후 그 어느 때보다 언니와 소원해진 듯한 섭섭함에 사로잡혔다. 과거에는 최소한 언니의 다음 방문을 손꼽아 기다리고 꿈꿀 수 있었지만 지금은 그마저도 없기 때문이다.

"너희 언니는 고작 동생의 생일 파티 때문에 지나친 수고를 감수하는구나."

매디슨이 매기의 기대감으로 환해진 표정에 밸이 꼬여 쏩쓸하게 쏘아붙였다.

테사 언니다운 행동이야, 매기는 생각했다. 오로지 테사 켄트만이 친동생을 일년의 360일 동안 다른 사람에게 떠맡기고 딱 한 번의 만남에 온갖 수고와 지극 정성을 아끼지 않으리라.

"아, 그건 사실이에요, 매디슨 숙모님. 테사 언니의 수고가 정말 대단할 거예요!"

매기는 행복의 눈물을 터뜨리기 전에 허둥지둥 위층 침실로 올라갔다. 테사 언니가 온다! 나를 만나러 온대!

이틀 전, 테사는 신작의 촬영을 앞두고 이 준비 저 준비로 눈코 뜰 새없이 바쁜 일정에서 숨을 돌릴 겸 하루 전체를 뺐다. 마침 런던은 유례없이 맑은 하늘을 자랑하는 가운데 봄기운이 콧노래를 흥얼거리듯 그 위력을 발휘하고 있었다. 완벽을 약속하는 날이 아니라 완벽한 봄날, 일년에 딱 한 번뿐인 그런 화사한 봄날로서 집집마다 창틀을 장식한 화분에서 꽃망울이 터지고 오래된 공원의 고목들마다 새 잎을 파릇파릇하니 틔우며 봄의 도래를 노래하는가 하면, 가장 신중한 영국 남자마저 우산을 집에 놔둔 채 외출하고 가장 알뜰한 영국 여자마저 새 모자를 두어 개쯤 장만하러 나서는 그런 날이었다.

세인트 제임스 파크의 일광욕 의자에 길게 누운 테사는 나무 꼭대기들을 테두리삼아 동그랗게 드러난, 절묘하다고밖에 말할 수 없는 파스텔 톤의 푸른 하늘과 작은 구름 세 점의 항로를 지켜보았다.

날씨가 항상 오늘만 같으면 런던 생활도 좋겠다는 생각마저 들었다. 캘리포니아 주민이라면 이제 슬슬 황혼이 지겠구나 하고 예상할 오후 네 시가 되기도 전에 벌써 가로등에 불이 훤하게 들어오는 이곳의 겨울을 지난 해에 겪어보지 않았더라면 벌써 런던에 집을 한 채 장만했으리라. 하지만 아담한 공동 정원이 딸린 아파트를 사들여 호텔 생활을 면하고 봄과 가을에만 머무르는 것도 괜찮을 거야…….

한가로이 명상하던 테사는 화들짝 놀랐다. 어느덧 미래를 구상하고 있는 자신의 상태를 인식했기 때문이다. 루크가 죽은 뒤로 앞날의 계획을 잡아보긴 이번이 처음이었고, 그래서 갑자기 온몸에서 분출하는 듯한 생기와 함께 의자에서 뛰어 일어나 종종걸음으로 공원을 가로지르며 깊은 생각에 잠겼다.

어떤 계획을 세울 수 있는 상태라면—설령 날씨에 기반을 둔 스쳐 지나가는 계획이라 해도—문상 기간이 막바지에 접어들었다는 뜻이다. 루크의 죽음에 대한 애도는 외상이 전혀 드러나지 않는 속병으로 혼자서만 끙끙 앓는 것과 같아서 그 회복 단계는 오직 마음이 어떻게 흘러가고 있는지 여부로만 판단 가능할 따름이었다.

그간 테사는 하루하루 힘겹게 연명해 왔다. 미래는 생각조차 못한 채 그저 아침에 일어나 일하러 가는 나날의 연속이었는데 드디어 슬픔의 시간이 다된 것이다. 이곳에 집을 장만해 뿌리내릴 생각까지 할 정도라면 매기에게 전적으로 의지하거나, 그 아이를 통탄의 구덩이로 끌어들일 걱정 없이 매기와 함께 지낼 수도 있을 만큼 치유되었다는 뜻이다.

테사는 넘치는 기쁨으로 전율했다.

아, 매기를 학교로 돌려보내 제대로 졸업시키길 잘했어. 작년은 지옥 같은 한 해였음에도 불구하고 난 비참한 기분에 치우쳐 주위의 사랑하는 사람들에게 상처 주는 일없이 정시에 촬영장에 도착해 완벽하게 배역을 소화해 내고 최선을 다해 연기해 왔어.

매기는 이번 토요일에 열여덟이야, 테사는 호텔로 발걸음을 돌리며 떠올렸다. 내 딸이 열여덟이 돼! 어서 콩코드 비행기에 좌석을 구하자. 어서 미국으로 돌아가자. 이제 더 이상은 미루지 말고 진실을 털어놓자. 대학 신학기가 시작되기 전에 매기와 런던에서 여름을 함께 보내며 엄마와 딸로서의 관계를 새로이 시작할 수도 있으리라…… 매기가 과거를 좋게 받아들여만 준다면.

테사의 걸음이 빨라져 어느덧 뜀박질로 변했다. 할 일이 너무나도 많았다. 밝은 희망이 너무나도 많이 기다리고 있었다.

생일날 아침, 매기는 여느 때보다 일찍 눈을 떴다. 간밤의 꿈 내용은 잠에서 깨자마자 잊혀졌지만 황금빛으로 반짝거리는 머랭 과자 같은 구름들 위에서 한바탕 경쾌하게 춤을 춘 듯한 그런 신나는 꿈이었다. 그 좋은 기분이 여전히 남아 일종의 결전감마저 안겨주었다.

그녀는 샤워하고 진주 목걸이만 단 채 목욕탕의 전신 거울 앞에서 다양한 포즈를 취해 보며 한 여성으로 거듭난, 발그레하니 물들고 풍만하며 섹시한 스스로를 감탄의 눈으로 요리조리 뜯어본 다음 한순간의 광기에 사로잡혀 엉덩이를 실룩거리며 어린 시절의 자신과 영원한 이별을 고했다. 그리고는 옷을 입으며 오늘을 맞이하는 감회에 다시 한 번 빠져들었다.

18살 생일은 인생살이의 중요한 이정표다. 창창한 앞날을 예고하는 신호탄이요, 어떤 누구도 함부로 무시하지 못할 성인이 되었다는 딱지와도 같다. 이 요술 같은 날이 마침내 도래했으며, 이날을 완벽하게 장식하기 위해 테사 언니마저 정오경 뉴욕에 도착하는 것이다. 언니가 예전에 했던 말을 미루어 보면 그 초음속 비행기는 런던-뉴욕 사이를 단 세 시간 만에 가로지르기 때문에 콩코드의 승객들은 기내에서 한 번, 뉴욕에 도착해서 또 한 번 늦은 아침을 먹을 수 있을 정도라고 했다. 내가 버스를 타고 뉴욕까지 언니를 마중하는 게 어떨까? 그럼 생일 파티 전에 언니와 둘이서만 즐길 수도 있을 거야.

그 생각에 더 한층 흥분한 매기는 아침을 먹기 위해 누구보다 빨리 아래층 주방으로 달려갔다.

"자, 생일 카드 받아라."

요리사가 미소를 지으며 봉투를 내밀었다.

"캘리포니아에 계시는 네 대부모는 매년 생일뿐 아니라 크리스마스와 부활절에도 잊지 않고 꼬박꼬박 너를 챙겨주시는구나. 그런데 이번 건 카드라기보다 편지처럼 보이는걸. 너에게 해주고 싶은 좋은 충고가 많으신가 봐. 하긴 대부모의 역할이 그런 거지. 아무리 네가 주님의 요람을 반쯤 떠났다 해도 말이야."

매기가 봉투를 찢자 안에서 대부인 브라이언 켈리의 편지 한 통과 또 다른 편지가 나왔다. 매기는 요리사 아줌마의 다정하지만 훔쳐보는 눈길을 피해 얼른 식당으로 들어가 대부의 편지를 읽기 시작했다.

소중한 대녀 매기에게.

너희 부친과 돈독한 사이였던 나는 그 동안 너와 멀리 떨어져 살았지만 네 대부가 되었던 영광을 보석처럼 귀히 여기고 있단다. 너희 아버지가 18살이 된 너에게 이 편지를 직접 전하지 못할 경우를 대비하여 나에게 맡기더구나. 그 불쌍한 친구는 이른 죽음을 예감했었던 모양이다.

매기야, 멋진 생일이 되길 진심으로 바란다. 언제 캘리포니아에 올 기회가 있으면 우리를 꼭 방문하거라. 이제 어엿한 숙녀가 되었을 네가 보고 싶구나.

사랑을 다하여
브라이언 아저씨와 헬렌 아줌마가.

매기는 동봉된 편지를 앞뒤로 거듭하여 살폈다. 그 내용이 궁금하기도 하고, 이제는 얼굴마저 희미한 아버지에 대한 경건함마저 샘솟았다. 봉투의 모서리가 노랗게 바랜 편지 겉면에는 그녀가 처음 보는 고상하며 단정한 필체로 '메리 마가렛 호바트에게'라고 적혀 있었다.

메리 마가렛.

그 이름을 매기는 입 속으로 여러 번 굴려보았다. 아버지에게 그녀는 매기가 아니라 메리 마가렛이었음을 알자 기분이 묘해졌다. 만일 부모님이 살아 계셨더라면 그녀는 메리 마가렛이라 불렸을 테고 지금과는 다른 사람이 되었으리라.

아버지의 편지를 여기에서 읽을 순 없어, 매기는 단호하게 결정했다. 매디슨 숙모나 타일러 숙부가 언제 나타날지 모르는 식당에서 이토록 중요한 편지를 개봉하는 건 돌아가신 아버지에 대한 모독처럼 느껴졌다.

그녀는 재빨리 침실로 올라가 책상 서랍을 열었다. 거기에서 버니가 어느 해 여름 캠프의 기념품으로 깎아주었던 나무칼을 꺼내 변색된 봉투가 찢어지지 않도록 조심조심 편지를 뜯었다. 비록 편지지는 아주 오랫동안 접혀 있어 주름이 깊이 잡혔지만 우아한 필체는 인쇄된 활자처럼 읽기 쉬웠다.

사랑하는 메리 마가렛 보아라.

네가 이 편지를 받아보는 일이 없길 주님에게 기도한다. 지금 난 고작 쉰다섯 살이니 앞으로 십삼 년 후에도 살아 있어야 옳겠지만 미래는 누구도 장담할 수 없고, 네 나이 열여덟이면 진실을 알아야 한다고 판단했다. 하지만 내가 그보다 빨리 세상을 떠날 경우에는 너에게 사실을 말해 줄 사람이 과연 있을지 의문이기에 이렇듯 편지를 남긴다.

진정한 예수 그리스도의 교회에 속한 나, 샌도르 호바트는 아내인 아그네스와 딸 테레사와 입을 맞춰 너에게 거짓말을 해왔다.

이 거짓이 비록 선의의 거짓이라 해도 교회의 관점에서 보면 하느님의 여덟 번째 계명인 '이웃에게 불리한 거짓 증언을 하지 말아라'에 어긋나는 것이므로 대죄가 아닐 수 없다.

이 커다란 죄에 대해 우리 교구의 빈센트 신부님과 상의한 끝에 네가 커서 머리가 여물었을 때 모든 사실을 밝힌다면 이 죄가 사하여질 수 있으리라는 합의에 이르렀다.

메리 마가렛, 실은 네 언니 테레사가 너의 생모란다. 그녀는 겨우 열네 살 때 너를 낳았다. 네 생부가 누구인지는 우리도 모른다. 너를 내 딸로 삼은 데에는 여러 가지 인간적인 이유들이 있다. 무엇보다 우리 부부는 하나밖에 없는 딸 테레사를 미혼모로 만들 수 없었다. 둘째, 네 할머니는 친정에 체면을 지키고 싶어했고 난 자식을 소망했기 때문에 캘리포니아로 이사와 너를 우리 딸로 키웠다.

세간에는 테사 켄트로 알려지고 이제 갓 스물인 네 생모는 영화를 찍으러 스코틀랜드로 떠날 참이다. 스타가 된 그녀가 언제 너에게 출생의 비밀을 고백할 마음인지는 미지수이지만 그날이 빨리 오기를 두 손 모아 기도하는 바이다. 그날이 오면 난 이 편지를 찢어버릴 것이요, 우리가 너에게 저지른 죄는 비로소 사해질 것이다.

너는 순하고 착하고 튼튼한 아이다, 메리 마가렛. 너로 인하여 크나큰 기쁨을 맛보았지만 이 기쁨은 거짓된 대죄에서 잉태된 터라 한시도 죄책감에서 해방될 수 없구나.

네 삶이 다하는 날까지 주님의 가호와 축복이 깃들기 바란다. 그리고 할 수만 있다면 나를 용서해다오.

네 할아비 샌도르 호바트.

편지를 읽어 내려가며 매기는 본능적으로 책상 의자에서 일어나 화장실로 향했다. 유일하게 문을 걸어 잠글 수 있는 그곳에 숨어선 편지를 되풀이하여 읽고 또 읽으며 엄청난 충격을 소화하려 애썼다. 처음 읽었을 때도 편지의 요지는 파악이 되었지만 가슴에 와닿지 않았다. 그래서 문맥을 하나씩 끊어 조립하면 그 내용이 바뀔까 싶어 한 글자씩 천천히 읽었지만 마지막으로 읽을 때는 어쩔 수 없이 그 가공할 진실을 자신의 비무장된 의식 속에 받아들여야 했다.

하지만 머리보다 가슴이 먼저 반응했다. 뾰족한 톱니가 달린 치명적인 뭔가가 복부 한가운데에서 단단하게 응어리 맺히더니 곧이어 활동을 개시해 오장육부를 다 찢어놓았다. 그 아픔으로 목이 조여들고 특히 턱 아랫부분이 사정없이 졸리는 듯하여 숨조차 쉬기 어려웠다.

매기는 그저 숨고만 싶었다. 출생과 더불어, 아니 태어나기도 전부터 교묘하게 직조된 이 배신과 비밀과 거짓의 이야기에서 모습을 감추고만 싶었다. 존재 자체를 부인하는 이 모욕으로 곤죽이 되도록 두들겨 맞은 기분이었다. 사지육신이 찢겨나간 기분이었다. 그녀는 세상의 눈에 버러지만도 못했던 것이다. 아무도 원하지 않았던 존재다. 어떤 권리도 지니지 못했고 어디에도 속하지 못한 존재였다. 실수의 결과, 반드시 고백되어야 할 죄악의 산물이었다. 쓰고 버리는 장난감. 이런 걸 지녔다는 사실마저 숨겨야 할 만큼 부끄러운 대상.

오랫동안 매기는 화장실 바닥에 주저앉아 두 손에 얼굴을 묻고 있었다. 완전히 넋이 나가버려 눈물조차 나오지 않았다. 그녀는 자기 보호의 껍질 속에 틀어박혔다. 시공을 초월하고 과거나 미래도 존재하지 않는 이 무아 상태에서 숨을 헐떡거리며 오직 암담함과 수치심을 견디는 것만이 고작이었다.

아주 천천히 이성이 돌아오기 시작했다.

난 매기 호바트야. 나를 원했던 사람이 아무도 없었다 해도, 내가 존재하고 하나의 독립된 인간이라는 사실만은 어떤 누구도 빼앗아갈 수 없어. 이 편지가 작성됐던 시점의 다섯 살배기가 이제 매기 호바트가 된 거야. 더 이상은 불쌍한 어린애 메리 마가렛이 아니라 당당한 성인 여성인 매기 호바트가.

그렇게 정신을 수습하고 나니 그녀의 인생을 영원히 바꾸어놓은 한 통의 편지가 거미줄처럼 자아낸 혼미함이 걷히고 한 가닥의 핵심만이 남았다.

나의 진짜 엄마는 테사 켄트였어.

매기는 자리에서 벌떡 일어나 거울 앞에 섰다. 오늘 아침 행복의 황홀경에서 깨어났던 그 여자와 동일인물처럼 보였지만 지금은 순수한 분노로 활활 타올랐다. 그녀에게서 발산된 분노가 대기중에 칙칙하게 떠돌았다. 내면의 아픔이 도저히 참을 수 없는 격렬한 분노로 시시각각 변해갔다. 두 눈이 분노로 번쩍거렸으며, 두 뺨은 분노로 벌겋게 달아올랐고, 심장은 그 분노의 세기로 거칠게 쿵쾅거렸다.

단 몇 분 만에 그녀는 옷을 갈아입었다. 작은 가방을 꾸리고 핸드백을 챙겨 맨해튼으로 떠날 차비를 마친 후 아래층으로 내려가 홀의 장식용 탁자에서 매디슨 숙모의 자동차 열쇠를 낚아챘다. 이어 식당에서 들려오는 말소리와 접시 부딪히는 나직한 소음을 뒤로하고 집을 나섰다. 아직 운전면허증은 따지 못했지만 차를 몰고 집 주변을 살살 돌아다닌 게 여러 해였기 때문에 한 시간 반도 못 되어 칼라일 호텔 근처의 차고에 자동차를 대는 데 성공했다. 그녀는 가방을 차의 트렁크에 놔두고 성큼성큼 호텔로 가, 프론트 담당자에게 자신의 신분을 밝혔다.

“올라가셔도 됩니다, 호바트 양.”

담당자가 내선 전화를 끊고 말했다.

“테사 켄트 양께서 기다리십니다. 900호실입니다.”

“고마워요.”

승강기에서 내리자마자 매기는 그녀의 생모와 얼굴을 마주했다. 테사가 객실 앞 복도에서 두 팔을 활짝 벌린 채, 흥분과 기쁨과 어떤 모호함의 미소를 만면에 가득 지은 채 기다리고 있었기 때문이다.

“매기 달링! 너를 깜짝 놀라고 해주고 싶었는데 매디슨이 실토했구나. 너에게 하고 싶은 말이 아주 많단다. 그런데 일년 사이에 어쩜 이렇게 많이 컸니? 못 알아볼 지경이야. 아, 키스해 주렴, 나의 매기."

"됐어요."

매기는 무뚝뚝하게 쏘아붙이고 테사의 옆을 지나 객실 안으로 들어
갔다. 테사가 어리둥절해서 매기를 뒤따라 들어왔다.

"키스 인사를 하기에는 너무 컸다는 소리니? 그럴 나이를 넘겼어?"

"당신이 이럴 나이를 넘긴 거죠."

"뭐?"

아직 미소가 가시지 않은 테사의 얼굴에 대고 매기는 신랄하게 퍼
부었다.

"32살씩이나 먹었으면서 친딸에게 계속 거짓말할 작정인가요?"

무거운 침묵이 내려앉았다. 두 사람은 그저 서로를 응시할 따름이었
다. 매기의 험악하며 도전적인 표정 앞에서 테사의 미소가 사라지고
초록빛 두 눈에 사태를 파악한 이해의 빛이 어리기 시작했다.

"실은 이번에 진실을 고백하기 위해 미국으로 돌아왔는데…… 이보
다 빨리는 말할 수 없었어. 왜냐하면……."

"거짓말하지 말아요!"

"아냐, 정말로……."

"거짓말! 당신 말은 두 번 다시 믿지 않겠어! 절대로!"

"네가 이러는 것도 당연하지만 제발, 제발 내 말을 들어보려무나.
그럼 너도……."

"내가 진실을 어떻게 알았는지 궁금하지 않아요?"

테사는 생각이 미치지 못했던 부분에 드디어 도달하자 충격에 찬
침묵 속으로 빠졌다. 그녀는 혐오감으로 일그러진 매기의 얼굴에서 고
개조차 돌릴 수 없었다.

"난 오늘 아침에 죽은 사람으로부터 한 통의 편지를 받았어요. 그
편지를 쓴 사람은 샌도르 호바트—내가 아버지라고 알아 왔고 우리
아버지로서 땅에 묻었지만, 사실은 외할아버지였던 남자에게서! 그분
은 당신이 잘못될 경우 나에게 진실을 일깨워 줄 사람이 없을까 봐—

외동딸의 됨됨이를 아주 잘 알고 계셨던 셈이죠—13년 전에 그 편지를 써서 나의 대부에게 맡겨놓았어요. 열여덟이 된 나에게 생일 선물로 주라고 말이에요!”

“그런 게 아냐…….”

테사는 힘없이 소파에 주저앉았다.

“너로서는 이해 못하겠지. 하지만 난 겨우 열넷이었어. 매기, 너도 열네 살이었던 때가 있으니 그 나이에 임신한 기분이 어땠을지 최소한 상상이나 해볼 순 없겠니?”

“물론 그 기분은 상상이 가고 이해도 돼요. 당신이 천주교인이 아니었다면 당장 낙태수술을 받았겠죠. 그런데 나를 입양시키지 않았던 이유는 뭐죠?”

“아버지가 허락하지…….”

테사는 엉겁결에 고백해 놓고 얼른 손으로 입을 막았다. 그런 그녀를 향해 매기는 오히려 연장자인 듯이 고개를 끄덕거렸다.

“예, 다른 자식을 원했다고 할아버지의 편지에 써 있었어요. 할아버지만 허락하셨다면 당신은 나를 입양시켰겠군요.”

“어쩌면. 어머니가 원하신 게 그거였으니까.”

“할머니는 나를 입양시키고 싶어하셨다. 하지만 할아버지는 반대하셨다. 그럼 당신은 나를 어떻게 하고 싶었죠?”

“모르겠어. 기억이 안 나. 난 그저 모든 게 꿈이길 바랐어. 겨우 열네 살짜리가 어떻게 아이를 낳고 키울 수 있겠니? 그래서 부모님의 결정에 따랐어. 그분들이 시키는 대로 따를 수밖에 없었던 거야. 게다가 그 당시, 넌 매기가 아니었어. 아기에 불과했어.”

“거기에 대해선 당신을 비난하지 않겠어요.”

“아, 매기…….”

테사는 매기의 관대한 말과 침착한 어조에 자그마한 희망이 솟았다. 탁하게 가라앉았던 초록빛 눈에도 빛이 되돌아왔지만, 매기가 가차없이 그 희망을 잘라버렸다.

"그밖의 다른 모든 건 용서 못해요. 할머니할아버지가 돌아가셨을 때 왜 나를 키우지 않았죠? 난 고작 다섯 살이었어요, 나를 딸이라고 밝히고 키우기엔 늦지 않았을 때라구요. 하지만 당신은 거짓과 기만을 선택했어요. 심지어 나를 결혼식에조차 초대하지 않았고, 나를 원하지 않았던 타인들에게 13년씩이나 맡겨버렸죠."

"매기……."

"나를 떠맡기는 대가로 웹스터 부부에게 얼마나 주었나요? 하긴 나처럼 귀찮은 존재에게서 벗어날 수만 있다면 천만금도 아깝지 않았겠죠. 왜냐하면 당신은 유명한 스타 노릇을 하는데 너무 바빴으니까. 부유한 남자의 아내 노릇, 전 세계를 제 집처럼 돌아다니는 제트족 노릇, 잘난 사람들과 어울리는 화려한 생활을 하느라 친딸이 애정이라곤 한 방울조차 받지 못하고 삭막하게 크든 말든 아랑곳하지 않았어요. 오직 루크가 주위에 없어 심심할 때만 나를 곁으로 불러들여 보석을 채워주고 놀아주고 관심의 찌꺼기만 베풀었죠. 그 잠깐을 제외하고 난 웹스터 집안에서 침입자가 된 듯한 기분을 곱씹어야 했어요. 그곳에는 버니와 요리사 아줌마밖에 나를 위해 주는 사람이 없었다구요! 어떻게 어린아이, 그것도 친딸에게 그토록 잔인한 짓을 할 수 있죠!"

"네가 행복한 줄로만 알았어……."

"설령 행복했다 해도 그들은 나와 피 한 방울 섞이지 않은 타인들이에요. 반면에 당신은 친엄마잖아요! 그런데도 나를 남에게 맡기고 언니인 척해 오다니, 당신은 인간도 아냐."

"루크가 아무것도 몰랐기 때문이야."

테사는 들릴락 말락하게 속삭였다.

"그이에게 알릴 수 없었어."

"루크가 죽은 지 일년이나 됐어요. 그에게 숨기기 위해 나를 멀리해야 했다면 지난 일년 동안 계속 입 다물었던 이유는 뭐죠? 거짓말은 그만하세요."

"곧장 진실을 밝힐 순 없었어. 그건 너에게 공평하지 않으니까."

“공평? 흥, 관두세요, 테사.”

매기는 진주 목걸이를 풀어 탁자에 내려놓았다.

“앞으로는 당신을 만나고 싶지 않아요. 당신에게선 어떤 것도 받고 싶지 않아요. 루크의 유산도 거절하겠어요. 매디슨에게 주차증을 보낼 테니 자동차를 찾아가라고 전해주세요. 그리고 파티도 취소하라고 전하세요. 그 집으로는 돌아가지 않을 테니까.”

그리고 걸음이 허락하는 한 빠르게 밖으로 나갔다. 테사는 온몸이 굳어버려 감히 쫓아가려는 시도조차 못하고 매기의 뒤로 방문이 닫히는 모습만 멍하니 지켜보았다.

“난 진실을 고백하기 위해 이곳에 왔어.”

테사는 두 팔로 가슴을 껴안은 채 몸을 앞뒤로 흔들며 자그마한 목소리로 뇌까렸다.

“저 아이에게 사실을 털어놓으려고 이곳에 왔어. 하지만 이보다 빨리 밝힐 수는 없었던 걸까? 정말로?”

23

매기는 센트럴 파크의 벤치에 하염없이 앉아 있었다. 오전 나절의 폭로와 거기에 따른 감정 소진으로 완전히 탈진해 이 벤치에서 다시 일어날 엄두조차 나지 않았다. 머리 속은 마치 노른자와 흰자가 빠져버린 계란 껍질처럼 텅 비어 있었다.

이런데도 억지로 몸을 추슬러 움직인 건 순전히 와플 가판대가 눈에 들어온 덕분이었다. 와플 세 개와 오렌지 주스 두 잔을 먹고 마셔 혈당치가 정상으로 돌아오자 힘이 났다. 심지어 어린 소년이 이쪽으로 놓친 공을 주어 도로 던져주기까지 했다. 그 소년은 좋아라 하며 또 공을 던져 그녀를 놀이에 끌어들였다. 매기는 기꺼이 공놀이를 하며 남은 하루를 보낼 의향이 있었지만, 얼마 후 소년의 보모가 반항하는 아이를 끌고 갔기 때문에 마지못해 현실로 돌아와 자신의 입장을 따져 보았다.

과거는 진짜 과거가 되어버렸다. 대학은 물건너갔다. 왜냐하면 대학 진학은 테사의 돈을 받아야 한다는 뜻이고, 테사 켄트와 관련된 미래는 생각조차 불허했기 때문이다. 결론적으로 그녀는 온전히 자신의 힘

으로 미래를 개척해야 하는 상황에 처한 것이다. 그런데 지닌 재산이
라곤…… 버니에게 주려 했던 현금 8백 달러와 소지품 가방 하나, 현
재 몸에 걸치고 있는 가장 좋은 춘추복 한 벌, 반들거리는 구두 한 켤
레가 전부였다. 아! 버니의 주소도 알고 있다. 이 정도면 상대적으로
유리한 조건으로 새로운 인생의 출발점에 선 셈이다. 이제 직장과 살
곳만 구하면 돼.

결연한 마음가짐과 씩씩한 걸음으로 매기는 주차장으로 돌아가 가
방을 찾고 그곳의 화장실을 이용한 다음 택시를 잡았다. 그리고는 버
니의 집으로 향했다.

콜럼버스와 암스테르담 애버뉴 사이의 동네에 속한 그곳은 단칸방
세입자들을 위한 임대 거주지로 개조된 갈색의 옛 건물로서 이웃한 빌
딩들과 달리 고급 주택화의 신호조차 보이지 않았다. 세련된 취향의
소규모 상점도, 카페도, 소수 민족의 향토 음식점도 들어서지 않은 그
건물에는 잘 손질된 놋쇠 손잡이나 집집의 창문마다 예쁘게 걸린 커튼
도 없었다. 어떤 집은 창 밖에 부착된 화초 받침대는 고사하고 창틀마
저 제대로 달리지 않은 터였다.

그곳의 세입자와 각각 연결된 건물 입구의 여러 초인종들 가운데
하나 옆에 버니의 이름이 휘갈겨 써 있었지만 마침 외출중인지 응답이
없었다. 매기는 계단에 앉아 그를 기다렸다. 오히려 잘됐다 싶었다. 변
명거리를 짜낼 시간이 필요했으니까.

그녀는 진실을 감추기로 즉각 결정했다. 사실대로 말할라 치면 십계
명을 어긴 대죄가 이러니저러니했던 할아버지할머니까지 끄집어내야
하는데 그건 고딕 소설만큼이나 복잡하고 황당하며 고리타분해서 누
구도 곧이 듣지 않을 테고, 버니나 그녀의 새로운 인생과는 무관한 이
야기였기 때문이다.

매디슨과 타일러.

바로 그거야! 웹스터 부부만으로도 충분한 변명거리가 된다고 생각
하며 매기는 인파와 소음과 먼지가 뒤엉킨 채 생동하는 거리를 멍하니

구경했다. 이 거리에선 활기뿐 아니라 위험의 향기도 느껴졌다. 그녀는 핸드백과 가방을 단단히 쥐고 지친 눈을 잠시 감았다.

"매기!"

버니의 목소리가 들린 다음 순간, 그녀는 힘센 두 팔에 번쩍 들려 그의 품에 꼭 안겼다.

"나 없이는 못 산다는 걸 알았구나! 그럴 줄 알았어, 나의 매기, 스위트하트……."

"잠깐만! 버니, 입 닥치고 내 말부터 들어. 넌 지금 완전히 착각한 거야. 겉보기와 달리 나는 너와 같이 살려고 여기 온 게 아냐. 실은 집에서 뛰쳐나왔어. 이제는 내 길을 갈 거라구. 만일 요리사 아줌마가 네 주소를 알려주지 않았더라면 호텔로 직행했을 거야."

"집에서 뛰쳐나와? 오늘은 네 생일이잖아. 생일날 가출하는 사람이 어디 있니?"

"바로 여기 있지."

"매기, 맙소사, 대체 어떻게 된 일이야?"

"너희 부모님에게 정나미가 다 떨어졌어. 그런데 오늘로서 난 법적 성인이 되었잖니. 더 이상은 참을 필요가 없어진 거지. 그래서 집을 나왔어. 참, 네 소식은 전해드렸어. 너희 아빠는 펄펄 뛰셨고, 너희 엄마는 네가 돈 떨어지면 집으로 기어들어올 거래."

"웃기지 말라고 해!"

"거기에 대해 난 침묵을 지켰지."

으스대는 미소와 함께 뒷말을 이었다.

"점잖은 성인답게 말야."

"쳇. 여기에서 떠들지 말고 올라가자, 오늘로서 점잖은 성인아."

버니는 그녀의 가방을 들고 앞장섰다. 그는 뒷골목을 면한 일층의 어느 방문을 활짝 열며 자랑스럽게 말했다.

"호화판 궁전은 아니지만 '홈 스위트 홈'이야."

그 방의 창문으로는 먼지를 뒤집어쓴 나무 한 그루가 보였다. 사방

벽에는 오토바이 포스터들이 잔뜩 붙고, 너덜너덜한 러그가 바닥을 반쯤 덮은 공간의 한구석에는 필수적인 가재도구—중고 카세트, 핫플레이트, 살충제—가 작은 탁자 위에 얹혀 있었다. 그 옆에선 구식 냉장고가 윙윙거렸으며 한쪽 벽에 부착된 세면대에는 비누통과 치약칫솔이 놓여 있었다. 그 방은 커튼이 달리지 않은 창문부터 시작해 전부가 초라하고 남성적이었지만 청결하긴 했다.

"여기는 옷장이고 복도 끝에 화장실이 있어. 방 안에서 요리와 설거지도 가능해. 5분 당 25센트만 내면 옆집의 샤워기도 빌려 쓸 수 있고. 프랑스식으로 치면 '르 투 콩포(다양한 편의시설)'를 다 갖췄지."

"전화는?"

"건물 모퉁이를 돌아가면 드럭스토어가 있어. 자, 이만하면 어때?"

"완벽해. 네가 이렇게 깔끔한 줄 몰랐어. 이게 너의 참모습이었구나, 버니. 오토바이는 어디에 있니?"

"내가 일하는 가게에 안전하게 모셔났지. 거긴 할리 오토바이 대형 수리점인데 충충시하이긴 해도 정상까지 치고 올라갈 여지가 많아. 난 거기 고참들과 맞먹는 실력이지만 발톱을 숨기는 매처럼 지금은 조신하게 굴고 있어."

"잘했어."

매기는 닥치는 대로 재료를 긁어모아 엉성하게 손수 만든 간이 소파에 조심스럽게 앉았다.

"이 생활이 좋으니?"

"일분 일초가 행복해. 난 개과천선한 몸이라구."

"네가? 일주일만에?"

"그래. YMCA에 가입해서 역기도 들고, 맥주도 뽕도 끊고, 일찍 자고 일찍 일어나고, 월급의 반을 저금하고, 빈둥거리며 싸돌아다니지도 않고, 햄버거와 스크램블 에그 만드는 법도 혼자 터득했어. 참치 캔도 딸 수 있다구. 심지어 참치를 마요네즈에 버무릴 줄도 알아. 뭐 먹을래, 오늘로서 점잖은 성인?"

“배고파 죽을 지경이야.”

“그럼 이렇게 하자. 넌 우선 한숨 자. 지금도 눈이 반쯤 감겼잖아.
그 동안 내가 저녁거리랑 트윈키 초콜릿이랑 초를 사올게. 우리 둘이
오붓하게 생일 파티를 하자.”

“안 돼, 버니. 난 살 곳부터 구해야 해.”

매기는 그를 바라보며 진한 유감을 느꼈다. 버니는 일주일 사이에
한 살은 더 먹은 것처럼 성숙해 보였다. 그리고 열 배는 더 사랑스러
워졌기 때문에 키스라도 시작하면……. 그녀는 얼른 자리를 박차고
일어났다.

“하룻밤 정도는 여기에 묵어도 괜찮아.”

버니가 너그럽게 말했다.

“너에게 뛰어들지 않을게.”

“정말?”

“정확히 뛰어들진 않겠지만…… 일종의 생일 선물로 어떤 ‘제안’은
할지도 몰라. 무엇보다 넌 이제 점잖은 성인이 됐잖아.”

“절대로 안 돼.”

그녀는 무뚝뚝한 어조로 딱 부러지게 못박고 화제를 바꾸었다.

“이 건물에 아직 남은 방이 있을까?”

“다 찼어. 내가 행운의 마지막 세입자였거든. 하지만 드럭스토어에
가면 이웃들이 이용하는 벽보판이 있어. 중고 매매, 연분이나 잃어버
린 고양이 찾기, 룸메이트 구함 등등 온갖 벽보가 붙었어.”

“당장 가자. 그 드럭스토어에선 소다수도 만들어 파니?”

“아마 사십 년 전에는.”

“그럴 듯한 거 찾았니?”

버니가 물었다. 그는 매기가 벽보판을 훑어보는 동안 아이스크림과
콜라를 사온 터였다.

“이거 어떨까? 잘 들어봐. ‘입주자 구함 : 여성일 것 편견 없는 사고

의 소유자일 것 충격적인 구석이 없어야 할 것 얌전하고 수수할 것 비흡연자 애완동물 사절 문신이나 바디 피어스한 사람 절대 사절 비틀즈 이후의 음악 취향도 사절—P. 귈덴스턴에게 연락 요망.’ 그리고 전화 번호가 적혀 있어.”

“충격적인 구석이 없어야 할 것은 뭐고, 문신한 사람 사절은 또 뭐야? 아무래도 괴짜 같다.”

“그게 뭐 어때서? 아무래도 전화해 봐야겠어. 손해볼 거 없잖아.”

“이 귈덴스턴이란 자가 여자인지 아닌지도 모르잖아.”

“그러니까 전화해 본다는 거지.”

매기는 웃으며 공중전화의 숫자판을 꼭꼭 눌렀다. 신호음이 떨어지고 이어 걸걸하며 나직한 목소리가 응답했다.

“여보세요.”

“P. 귈덴스턴 씨를 부탁합니다.”

“본인이에요.”

꾸민 듯한 남자 목소리가 정상적인 여자의 음색으로 바뀌었다.

“매기 호바트라고 하는데요, 당신의 벽보를 보고 전화하는 거예요. 저는 문신도 없고 충격적인 구석도 없고 절대 비흡연자예요. 방이 아직 남아 있나요?”

“상황에 따라서.”

“그게 무슨 뜻이죠?”

“당신이 안성맞춤의 세입자인지 아닌지에 달렸다는 거예요.”

“저는 얌전하고 수수하기도 해요.”

“그거야 주관적인 판단에 좌우되는 문제죠. 이리 와보세요, 내가 직접 판단하게. 드럭스토어에서 세 블록 떨어졌고 암스테르담 애버뉴의 모퉁이에 위치한 건물의 꼭대기 층이에요. 난 잘 훈련된 독일산 셰퍼드를 기르고 있으니까 허튼 수작하지 말아요.”

“허튼 생각도 안 할게요. 저도 만일의 사태를 대비해서 친척을 데려가도 될까요?”

"그 친척이 남자예요, 여자예요?"

"남자요."

"그럼 안 돼요. 그 친척은 건물 일층에서 기다리게 하고 당신만 올라와요."

웃음을 참는 듯 가느다랗게 떨리는 목소리가 이어졌다.

"우리 집 문을 열어둘 테니 만일의 사태에는 소리지르도록 해요."

"곧 찾아뵐게요."

매기는 전화를 끊었다.

"이 여자가 나보다 몇 십 배는 더 겁먹은 것 같아, 버니. 독일산 셰퍼드는 고사하고 뚱뚱한 고양이조차 없을걸."

그녀는 아이스크림을 마저 먹은 후 콤팩트를 꺼내 립스틱을 고치고 분을 살짝 덧발랐다.

"내가 얌전하고 수수해 보이니?"

버니는 형용사 남발을 최대한 자제해 긍정했다.

"왕 얌전, 왕 수수해."

6층 건물의 꼭대기까지 헐떡거리며 단숨에 뛰어올라간 매기는 '미니어처 취급'이라는 자그마한 명패가 걸린 하늘색 문을 두들겼다.

튼튼한 안전체인이 걸린 채 문이 열리고, 그 틈으로 냉철한 눈빛을 가장한 커다란 회색 눈동자가 빼꼼 내다봤다. 매기는 사방으로 뻗친 적색 곱슬머리를 검정 리본으로 묶은 약 153센티미터의 고운 여자를 내려다보았다. 작고 오똑한 코하며 장미꽃 봉오리 같은 입술이 빅토리아 시대의 섬세한 미녀를 연상시키는 그 여자의 옆에는 거의 그녀 만한 독일산 셰퍼드가 짧은 끈에 묶인 채 앉아 있었다.

"안녕하세요, P. 퀼덴스턴 양."

매기가 웃음기 없는 얼굴로 무게 있게 입을 떼자 상대도 수상쩍어하는 어조로 인사를 건넸다.

"안녕하세요."

"매기 호바트라고, 아까 전화했던 사람이에요."

"아, 그럴 것 같았지만 확신이 안 서서……. 모르는 사람들이 종종 찾아와서……."

그녀는 애매하게 말꼬리를 흐리며 매기의 머리부터 발끝까지 휙 훑어봤다.

"당신 친척은 아래층에 있나요?"

"버니, 아직 거기에 있지?"

매기의 부름에 버니가 일층에서 소리쳤다.

"응!"

"그 사람에게 계속 거기에 있으라고 하세요."

"좋았어, 버니, 조금만 기다려."

귈덴스턴 양이 안전체인을 풀고 문을 열었다.

"내 이름은 폴리예요. 자, 안으로 들어와요."

"어머나, 집이 근사하네요."

매기는 오후의 햇살이 키 큰 창문들을 통해 쏟아져 들어오는 스튜디오인 듯한 공간에서 감탄사를 연발했다.

"화가이신 모양이군요."

"미니어처 초상화 전문이에요."

"그런 초상화가 아직도 제작되는 줄 미처 몰랐어요."

"카메라의 등장 이후 그 주문 숫자가 급격히 줄었죠."

폴리는 아쉬움이 묻어나는 목소리로 대답했다.

"하지만 특별 주문하는 사람들이 가끔 있어요. 일감이 꾸준하다고는 못하지만 내가 가장 잘하는 일이에요."

"일반 그림처럼 종이에 그리나요?"

"송아지 피지나 모조 피지를 써요. 그런데 그게 방 임대와 무슨 상관이 있죠?"

"그냥 흥미가 나서요."

매기는 호기심어린 눈으로 스튜디오 저편의 작업대를 주목했다. 그 작업대 위의 고풍스럽게 낡고 큼지막한 상자는 작은 서랍들이 촘촘하게 달렸고 상자의 뚜껑 부분은 이젤처럼 비스듬하니 세워져, 현재 작업중인 듯한 작은 그림을 받치고 있었다.

"방을 둘러보러 가요, 호바트 양."

"그렇다면 제가 안성맞춤의 세입자라는 뜻인가요?"

"안성맞춤까진 아니어도 거기에 근접은 하군요."

폴리 퀼덴스턴은 코웃음 섞어 대답하곤 복도를 가로질러 안쪽의 방문을 열었다. 그녀는 방 안으로 들어가 창문 두 개를 모두 열었다.

"눅눅한 냄새가 나죠? 방이 빈 다음부터 창문을 잠가 놨어요. 이제 곧 환기가 될 거예요."

매기는 주위를 둘러보았다. 하늘색과 흰색의 고급스럽지만 낡은 다마스크 조각천의 캐노피가 늘어진 사주 침대가 방 안을 지배했으며, 흰 바탕의 벽지는 누렇게 바랬지만 노랑색의 잔잔한 꽃무늬와 어우러져 차분한 분위기를 자아냈다. 그리고 눈 닿는 곳마다 자수 혹은 날염된 꽃무늬 일색이라 정원이 연상됐다. 두 개의 팔걸이형 의자보, 원형 탁자보, 커튼은 오래되었지만 우아한 꽃무늬의 무명이나 새틴, 실크 조각들을 이어 만든 것이었다. 심지어 바닥 러그까지. 그 어떤 조각도 산뜻한 새 천은 아니었지만 하나같이 흐릿한 파스텔 톤으로 바랬기 때문에 전체적으로 완벽한 조화를 자아냈다. 옛날 동화책의 삽화와도 같은 방이었다.

"이건…… 천국이야!"

"난 오래된 천을 수집한답니다."

폴리가 겸손하게 설명했다.

"그 수집품을 빛이 닿지 않는 곳에 보관하지만 대책 없이 낡아빠진 것들은 이런 식으로 활용하죠."

"꿈꾸는 기분이에요. 아니, 꼭 박물관에 온 거 같아요. 저 침대에는 눕는 것조차 겁나요! 잘못해서 이곳의 뭔가를 찢거나 커피를 엎으면 어떡하죠? 그럼 저 자신을 용서하지 못할 거예요."

"안심해요. 이곳의 전부가 열두 번도 더 다른 천으로 덧대진 것들이니까. 다 함께 뭉뚱그려 보면 그럴 듯하지만 뭐 하나 값나가는 건 없어요. 저기에 옷장이 있고 이쪽은 화장실이에요. 한 번 보겠어요?"
"예! 그런데…… 취사 공간은 없군요?"
"겉보기가 전부는 아니에요."
폴리는 새침하게 대답한 다음 한쪽에 우아하게 늘어뜨려진 덩굴 무늬의 천을 젖혔다. 작지만 완벽한 주방이 드러났다.
다양한 크기의 플라스틱 계량스푼 뭉치를 집어들면서 매기는 울음을 터뜨렸다. 한 번 눈물을 흘리기 시작하자 막을 수 없었고 이곳의 정교한 의자에 앉을 엄두조차 나지 않았기 때문에 그녀는 바닥에 앉아 통곡하다시피 했다.
폴리가 잠시 후 휴지통을 내밀며 물었다.
"계량스푼 때문에 서러워진 건 아니죠?"
매기는 엉엉 울며 고개를 끄덕거렸다.
폴리는 이 덩치 큰 낯선 여자의 감정 폭발에 난처한 기색도 없이 침대에 가만히 앉아 매기의 눈물이 그칠 때까지 기다렸다.
"죄송해요."
드디어 매기의 눈물이 멎고 말문이 터졌다.
"오늘은 한꺼번에 일이 몰아닥쳐 힘들었어요. 게다가 생일이기도 하구요. 열여덟이 된 날이에요."
"난 스물여섯이에요. 차 한잔할래요?"
"아…… 예, 주세요."
"월세 이백 달러면 괜찮겠어요?"
"제가 안성맞춤의 세입자라고 결정하신 건가요?"
"딱 떨어지는 안성맞춤이에요. 하지만 대화부터 해야 해요."
"꼭 해야 해요?"
"미안하지만 그래요. 스튜디오로 가서 차를 마시도록 하죠."
매기는 화장을 고친 후 얌전히 앉아 찻물이 끓기를 기다리는 동안 차 준비를 하는 폴리를 찬찬히 관찰했다.

내 가슴에 사랑이 내린다 259

P. 컬덴스턴의 하얀 면 드레스는 근래 디자인이 아닌 점으로 미루어 백발백중 헌옷가게의 구입품이었다. 그 드레스 위에 두른 앞치마의 재질도 독특해서 백년 전쯤 널리 사용된 '디머티'라고 돋음무늬가 새겨진 무명이 바로 저게 아닐까 싶었다. 그런 옷차림에 발레화를 신고 로켓 목걸이를 건 그녀는 확실히 괴짜는 괴짜이되, 실용적이며 비판적인 지성의 괴짜 같았다.

"다름 아니라,"

그녀는 찻잔에 설탕을 넣으며 입을 열었다.

"난 동성애자예요."

"예에?"

"내 첫인상으로는 그쪽이 아니올시다라는 거 알아요. 하지만 난 진짜 동성애자예요. 공정을 기하기 위해 미리 밝히는 거예요."

매기는 너무 놀란 내색을 하지 않으려고 애쓰며 성실하게 말했다.

"난 아무래도 상관없어요."

"그래도 내가 당신을 그쪽 상대로 찍었는지 궁금할 테죠? 마음 놔요, 당신은 대단히 보기 좋은 용모의 소유자지만 내 취향은 아니니까. 난 문신과 바디 피어스를 한 동성만 좋아해요. 검정 가죽이니 부츠 같은 것에도 약하고. 그래서 입주자를 찾는 벽보에 '문신이나 바디 피어스를 한 사람 절대 사절'이라고 명시한 거예요. 내 취향에게는 방을 세놓지 않기로 했거든요."

"참…… 분별 있는 원칙이네요."

"어렵게 터득한 원칙이죠. 그녀 때문에 가슴이 무너졌었어요."

"무너진 가슴은 원상복구됐나요?"

"그럼요, 벌써 수십 번째."

폴리는 고상하게 키득거렸다.

"난 정절만 제외한 모든 덕목을 다 갖췄거든요."

"아참, 버니! 걔가 아직도 밑에서 기다리고 있을 거예요."

"정절 이야기가 나오자 친척을 떠올린 것으로 봐서 그 버니는 정절을 지키는 부류?”
“눈 한 번 돌리지 않아요.”
“음, 그렇다면 차를 대접할 테니 불러와요.”
그녀는 집채만한 세퍼드에게 명령했다.
“가만히 있어, 토토.”
“귀여운 치와와도 아닌데 토토라니!”
“감히 웃을 생각도 말아요.”
매기는 숨죽여 킬킬거리며 밖으로 나가 소리쳤다.
“버니, 이제 올라와도 돼.”
“그럴 때도 됐지.”
구시렁거리며 버니가 한 번에 두 계단씩 뛰어올라왔다.
“폴리, 이쪽은 버니 웹스터예요. 버니, 폴리 귈덴스턴 양에게 인사드
려. 그리고 이 개는…… 토토야.”
버니는 질린 표정으로 세퍼드를 대했다.
“웬 썰렁!”
“버니!”
매기의 날카로운 질책과 달리 폴리는 웃음을 터뜨렸다.
“괜찮아요, 다들 그런 반응을 보이니까. 버니, 차 한잔하겠어요?”
“예, 감사합니다.”
그는 주위를 두리번거리며 연이은 경이에 사로잡혀 고개를 설레설
레 저었다.
“끝내주는 집이네요! 여기에서 오래 사셨어요?”
“대충 오 년쯤 됐어요.”
“우리 매기하고 말은 잘됐나요?”
“그래요, 필수적인 공감대를 쌓았죠.”
그녀 특유의 킬킬거리는 웃음을 지으며 덧붙였다.
“내가 안성맞춤의 동거인인지 신상조사하고 싶어요?”
“아뇨! 그런 게 아니라…… 저기, 당신이 벽보의 내용과 달리 숙녀

다워서요. 참한, 몹시 참해요. 또 예쁘구요."

"고마워요."

폴리는 버니 웹스터를 까다롭게 선별된 그녀의 친애 대상 동아리에 즉각 포함시켰다.

"둘은 촌수가 어떻게 되는 친척이죠? 난 가계도에 관심이 많아요."

"그게 좀……."

버니는 대답을 못하고 미적거렸다.

"설명하기 복잡해요. 우리 아빠의 의붓형이 매기의 언니와 결혼했지만 지금은 고인이 되셨어요."

"진짜 친척은 아니라는 소리군요."

"하지만 우리는 함께 자랐어요."

매기가 서둘러 보충 설명을 했다.

"아주 어렸을 때부터요."

폴리는 버니와 매기를 몇 번 번갈아 보기도 전에 그들 관계의 본질을 파악했다. 오호, 귀엽고 예쁜 것들. 그녀는 미소를 지었다. 아무 관계도 아닌 척 시치미를 떼려고 애쓰지만 서로에게 달콤한 애정을 품고 있는 풋풋한 모습이 보기 좋았다.

"버니, 폴리는 화가야."

매기는 얼굴로 몰리는 피를 의식하며 서투르게 화제를 바꿨다.

"송아지 피지에 미니어처 초상화를 그리는 화가."

"농담이지?"

"내 작품을 보겠어요?"

폴리의 제안에 매기는 열렬하게 응했다. 그녀는 처음부터 미니어처 초상화를 보고 싶어서 죽을 지경이었지만 예의를 차리느라 먼저 청하지 못한 것뿐이었다.

폴리는 작업대로 향하며 설명했다.

"사람들은 튀어 보이기 위해, 때로는 소중한 이와 더 가까운 사이가 되고 싶어서 미니어처 초상화를 주문해요. 가장 큰 크기의 초상화는

작은 이젤에 얹어 전시할 정도이고, 가장 작은 것은 로켓 목걸이용이
죠. 붓은 동물털로 만들어지는데 16세기에는 주로 다람쥐의 꼬리털을
썼어요."
매기와 버니는 작업대 위로 허리를 숙이고 겨우 3센티미터가 될까
말까한 초상화를 들여다보았다.
"이런 건 난생 처음이에요."
매기는 조심스럽게 말을 골랐다.
"이 작품은 극도로, 너무도, 정말로 아름다워요, 폴리."
"고마워요. 미니어처 초상화는 실전된 예술이에요. 일부 박물관에서
작품을 수집하고 가끔 가다 경매에 한 점씩 나오지만, 지금 이 일을
하고 있는 다른 동료 화가는 못 만나봤어요."
"우와."
버니는 그 초상화에서 눈을 떼지 못했다. 그 작품의 모델은 짧은 머
리에 가죽바지를 걸친 여성 폭주족으로 모든 문신과 가죽 상의에 보석
처럼 박힌 금속이 사진처럼 정교하고 사실적이면서도 색감은 훨씬 풍
부하게 표현되어 있었다. 또 다른 작품은 그의 상상조차 초월하는, 완
벽하고 풍만한 젖가슴을 그린 것이었다. 상반신도 아니라 오직 가슴만
이 햇살 속에 노출되어 싱싱하고도 선정적인 살내음을 물씬 풍겼다.
"진짜…… 걸작이네요."
"맞아요."
폴리가 진지하게 동의하자 버니의 얼굴이 새빨갛게 달아올랐다. 폴
리는 눈을 내리깔아 장난기를 숨기며 약속했다.
"다음에는 나 혼자 즐기는 작품들을 보여줄게요."
"좋죠! 저기 매기, 내가 네 가방을 가져올까? 그 다음에 저녁 먹으러
가자."
"그래 줄래? 정말 고마워."
버니가 총알처럼 밖으로 뛰어나갔다. 그 뒤에서 매기와 폴리는 소리
죽인 웃음으로 어깨를 들썩거리며 시선을 교환했다.

“남자들이란,”
폴리가 먼저 관조적으로 평했다.
“예, 남자들이란”
매기도 동의했다.
“너무 쉽게 겁을 집어먹죠.”

24

"매기, 이 서류를 복사해서 복사본은 철해 놓고 원본은 헨드릭스 양에게 준 다음 나에게는 클립 두 통과 작은 크기의 포스트잇 세 통을 가져오고, 저 먹다 남은 베이글을 치우고, 커피를 새로 뽑아놓은 후에는 동전 수집부의 렉스포드 씨에게 가서 할 일을 달라고 하도록."

"예, 선생님."

매기는 복사기를 향해 뛰다시피 했다. 여기 애니메이션 부서의 제이미슨 씨가 지시한 일들을 되도록 빨리 처리하고 동전 수집부로 내려가고 싶어 마음이 급했다. 그만큼 동전 수집부가 좋다기보다 그 부서는 원시부족 문화부, 갑옷과 무기부, 수집부와 이웃했기 때문이다. 수집부는 이 '스콧 앤 스콧' 경매사의 59개 부서들 가운데 매기가 가장 좋아하는 곳이라 아무리 바빠도, 그리고 노상 바쁜 와중에도 빼놓지 않고 그곳에 눈도장을 찍었다.

매기는 여기저기에서 임시직원으로 일한 지 3개월이었지만 이 회사만큼 재미있고 경이적인 직장은 다시 없었다. 평생 일해도 이 거대 경매사의 미로와도 같은 복잡다단한 운용을 완전히 이해하지 못할 것 같았다. 그녀는 지난 2주일 동안 이곳의 신비를 엿볼 수 있는 것만으로도 행복해하며 각종 잔무를 처리하느라 종종걸음쳤다.

특히, 수집부는 보물창고였다. 매기는 어쩌다 한 번씩 반쯤 열린 문틈으로 기웃거려, 그 부서의 담당자인 래디시 양이 개인 소장가들에게 사들인 어마어마하게 다양한 물건들—인형, 박제된 동물, 포도주 마개 뽑기, 원예용 도구, 스포츠 용품, 옛날 장난감 등의 가치를 감정하고 스콧 앤 스콧 사의 경매에 내놓을지 여부를 결정하는 작업을 훔쳐봤다.

단돈 일 달러에 미키 마우스 시계를 샀던 사람들은 언젠가 경매장을 가득 채운 부자들이 그 시계를 갖지 못해 혈안이 되어선 서로 경쟁적으로 가격을 올리고 마침내는 어떤 승리자가 몇 천 달러에 그걸 차지해 의기양양한 미소를 짓게 될 거라고 상상이나 했을까?

스콧 앤 스콧 경매사는 전 세계를 돌아다니며 보는 족족 사들이는 낙으로 사는 괴벽스럽고 광신적이며 병적인 물질 숭배론자인 고조에 증조 할머니의 다락방과 세상에서 제일 부티나며 삐까뻔쩍한 중고가게를 합쳐놓은 곳이었다.

여기에선 '미술품 및 보석부'가 가장 이윤을 많이 내는 핵심부서인 듯했지만 매기처럼 타자나 치고 서류나 철하고 기타 잡무를 도맡아하는 임시직원은 84번 가의 한 블록 전체가 이 회사 건물인 중에서도 최상층을 차지한 그 부서나 경매장은 얼씬거릴 기회조차 주어지지 않았다.

매기는 폴리의 집으로 이사한 다음주 월요일에 전화번호부를 샅샅이 뒤져 제법 큰 직업소개소에 등록했다. 컴퓨터 취급 능력과 시급의 많고 적음에 상관없이 어떤 일이든 하겠다는 적극적인 자세까지 지닌 터라 일자리를 구하는 데 곤란을 겪진 않았다.

그녀의 직장은 끊임없이 바뀌었는데, 매번 바뀔 때마다 전의 직장보다 더 따분하고 반복적인 일이었으며 고작 며칠만 일손을 요했다.

하지만 스콧 앤 스콧 경매사에는 붙박이가 될 기회, 자리를 잡을 여지가 많았다. 이 회사는 소수 정예의 정식 직원을 제외하고 나머지 자리는 임시직원으로 메웠기 때문이다. 이곳에선 문서들이 모든 책상에

산처럼 쌓이다 못해 책상 옆 바닥에도, 어떨 때는 벽까지 줄지어 늘어
서 있었다. 스콧 앤 스콧은 소더비나 크리스티와 비교하면 소규모였지
만 12개국에 39개의 지점을 둔 국제적인 회사였다. 연간 정기 경매의
횟수가 수백에 이르는데 반해 그 방대한 정보의 입력 및 출력을 소화
하기엔 컴퓨터 관련자가 적어, 매기는 그녀의 일손을 필요로 하는 수
십 건의 절박한 요청으로 눈코 뜰새없이 바빴다.

　그래도 임시직원은 이름으로 불려지기 전까지는 임시직원에 불과하
다는 사실을 매기는 경험을 통해 터득했다. 그녀는 '매기, 이리 좀 와
봐'라고 불려질 때마다 혼자 힘으로 생계를 꾸려나가고 삶의 모든 책
임을 걸머진 독립 상태에 서서히 적응하는 전쟁에서 작은 승리감과 존
재감을 맛봤다.

　아늑한 거주공간도 그녀의 독립 상태 적응을 거들었다. 폴리가 양배
추 스튜를 자주 만들어 초대함으로써 매기가 완전한 외톨이라는 기분
에서 벗어나게 해주는 것도 빠른 적응을 도왔다.

　버니가 가까이 있다는 사실 역시 보탬이 되었지만, 서로를 향한 정
열이 폭발할 때만 기다리며 부글부글 끓고 있는 지금은 예전처럼 격의
없이 그를 벗삼을 수 없었다. 둘의 관계가 깊어지면 종국에는 환상이
깨지고 오랜 우정이 깨질 테니까. 버니는 사시사철, 심지어는 한겨울
에도 서늘한 옷장에 보관해 두어야 할 따뜻한 모피 코트와도 같은 존
재였다. 그게 어디 있는지 아는 것만으로도 위안이 되는 코트.

　뉴요커로서의 외적 변신도 기대했던 이상으로 큰 도움이 되었다. 처
음 몇 주의 토요일 오후마다 매기는 고급이긴 하지만 시시한 그 정장 차
림으로 매디슨 애버뉴를 어슬렁거리며 시찰한 결과, 머리부터 발끝까지
검정색으로 통일하면 그럭저럭 뉴요커 대열에 설 수 있음을 깨달았다.

　그래서 다음주 토요일 오후부터 꾸준히 이스트사이드의 헌옷가게들
을 들락거렸고 두 벌의 검정색 미니스커트—한 벌은 모직, 다른 하나
는 가죽—과 검정색 스웨터, 발목까지 오는 검정색 모직 코트, 폭넓은
검정색 벨트, 굽 낮은 검정색의 롱부츠, 불투명한 검정색 팬티 스타킹

을 백 달러도 안 되는 값에 장만했다. 그 외에 형광 오렌지색과 샛노 랑과 삼박한 초록색의 머플러를 구입하는 데 십 달러를 투자했으며, 과감하게 무려 이십 달러나 내고 작은 굴렁쇠 모양의 은귀걸이를 사서 치약으로 반짝반짝하게 닦았다.

머리가 지나치게 길어, 매기는 거울 속의 자신을 보고 판단했다. 머 리털의 비중이 적을수록 뉴요커야. 그녀는 허름한 이발소로 달려가, 미래지향적이며 혁신적이리만큼 짧게 잘랐다. 화장으로는 할인 매장의 재고 세일품인 까만 마스카라와 시뻘건 립스틱을 발랐고 폰즈 콜드 크 림이 기초 화장품의 전부였다.

이렇게 화장하고, 검정 일색으로 차려입고, 도전적으로 머플러를 휘날 리며 거리를 누비는 매기는 영락없이 뉴욕의 진짜배기 직장 여성이었다. 아니, 무채색의 옷차림으로 한층 돋보이는 짙푸른 눈과 핑크색 볼과 하 얀 피부로 인해 걸어다니는 팝아트*의 작품처럼 보이기까지 했다.

하지만 독립 생활에 잘 적응하는 와중에서도 외로움은 사라지지 않 았다. 그녀는 상심한 컨트리 뮤직 가수의 노래 구절처럼 진짜 외로웠 지만 유일한 혈육인 테사 생각은 스스로에게 허락하지 않았다. 테사 켄트는 금지된 주제, 마감된 주제, 더한 가슴앓이만 안겨주는 주제였 다. 테사? 일년에 몇 번 엽서나 보내고 가뭄에 콩나듯 별안간 방문하 는 그런 존재는 차라리 없는 편이 낫다고 매기는 거듭거듭 뇌까리며 외로움의 이유를 대학 진학이 무산된 데에서 찾았다. 아무리 국제적인 회사에 소속되었다 한들, 임시직원 신세와 일류 대학의 신입생이 되는 건 하늘과 땅 차이니까.

뭐, 또래의 남들보다 한발 앞서 교육 본연의 목표인 사회 진출을 했 을 뿐이라고 자신을 위로하며 이제 매기는 커피 메이커를 씻기 위해 차 준비실로 갔다. 거기에는 키만 멀대같이 큰 남자가 싱크대 앞에 버 티고 있었다. 낡은 트위드 재킷에 회색 면바지 차림의 남자였다.

---

* 20세기 후반, 순수미술의 엘리티시즘에 반하여 매스미디어와 광고 등 대중문화적인 시 각이미지를 미술의 영역에 적극적으로 수용하고자 했던 구상 미술의 한 경향.

매기는 그 남자의 뒤에 바짝 서서, 차 준비실은 사유하는 공간이 아님을 일깨우려고 손톱으로 커피 메이커를 톡톡 쳐 소음을 냈다. 하지만 그는 깊은 생각에 잠긴 게 아니었다. 다른 커피 메이커를 분해해 빈 공간마다 늘어놓은 터였다. 그가 분해한 부분을 재조립하려 들지 않고 속수무책으로 바라보기만 하자, 매기가 참다못해 물었다.

"어떤 부분을 잃어버렸어요?"

"이 망할 기계를 어떻게 끼워 맞춰야 하는지 잊어버렸어요."

"저기 비켜 봐요, 내가 해줄 테니."

그녀는 초조하게 종알거렸다.

"애초부터 임시직원에게 맡겼으면 좋았잖아요. 이 회사에선 남자 직원들에게 커피 만드는 법을 알리란 기대치조차 안 가지고 있어요. 여긴 여성 우대 지향적인 일터가 아니란 말이에요."

"나는 해파리 과(科)예요. 임시직원을 귀찮게 할 군번이 아니죠."

그가 우아하게 돌아서 안경 너머로 매기를 빤히 내려다보았다. 그녀에게 눈이 닿자마자 그저 수사학적인 표현이 아니라 정말 그녀에게 반해버린 것이다. 완벽하게 익은 순간의 복숭아 같은 여자야!

"해파리 과라뇨?"

매기는 개수대로 허리를 숙이며 물었다.

"이 회사에 임시직원보다 낮은 직급도 있나요?"

"임시직원은 모든 실용적인 기술들을 갖춰야 하죠. 하지만 해파리는…… 물결 따라 흐느적거리며 업무 보조, 경매품 안내장 팔기, 물건 운반, 청소, 커피 만들기부터 시작해서 오직 신만이 아시는 기타 등등의 일들을 하되 잔물결이나 불필요한 소음은 만들지 말아야 해요."

그는 그녀의 관심을 가능한 오래 잡아두기 위해 너스레를 떨었다.

"해파리의 수칙은 신속, 과묵, 협조, 순종, 그리고 무엇보다 유동적으로 일한다예요. 그밖에 또 무수하게 세분화된 수칙이 있지만 오늘이 입사 첫날이라 아직 모르겠군요."

"그럼 당신도 대학 졸업자가 아니군요?"

"난 하버드 대학에서 미술학과 경영학으로 석사 학위를 땄고 일년 간 V&A에서 수학했어요."

상당히 유감스럽다는 투였다.

깜짝 놀란 매기는 가방끈이 엄청나게 긴 머저리를 다시 봤다. 다듬을 필요가 절실한 적갈색 장발. 커다란 갈색 눈에는 왠지 몰라도 그녀에 대한 관심이 가득 담겼고 이틀쯤 면도를 거른 듯 얼굴이 거칠했다. 길쭉한 코에는 작은 일회용 반창고처럼 뿔테 안경이 슬쩍 걸쳐졌지만 입술만은 큼지막하고 모양도 좋았다. 요약하자면, 부스스한 학구적인 머저리였다.

매기는 호기심어린 어조로 캐물었다.

"V&A는 어디죠?"

"빅토리아 앤 앨버트 박물관*. 그곳에는 나 같은 사람들에게 거의 필수적인 강좌가 있어서요."

"당신 같은 사람들이라뇨?"

"도자기 인간 지망생."

"아하, 어쩐지 말하는 게 연약하더라."

매기는 까르르 웃고 그에게 조립된 커피 메이커를 내밀었다.

"도자기 쪽이면 유리 인간이기도 하겠군요."

"천만에! 목에 힘주고 하는 말이 아니라—우리 친척들 사이에서만 목에 힘을 줍니다—도자기와 유리는 별개의 분야예요. 유리는 아르누보*와 아르데코*, 또는 서적과 필사본처럼 다 합치면 무게가 만만찮은 종이와 붙어 다니죠."

"이 업계의 종목 나누기에선 그럴지 몰라도 진짜 경매장에서 자기

---

* 1866년 영국의 런던에서 개관된, 빅토리아 여왕과 그 남편인 앨버트 공의 이름을 따서 붙여진 박물관.
* 19세기 말에서 20세기 초에 걸쳐 유럽 및 미국에서 유행한 양식. 물 흐르는 듯한 자연미, 단순미, 기술적인 완전성을 이상으로 함.
* 1920년~30년대 파리를 중심으로 한 장식미술. 아르누보와는 대조적으로 화려한 색채의 기하학적인 형태를 지향.

접시 세트를 구입하면 유리잔에도 손이 가는 게 인지상정이잖아요.”

“구구절절 옳으신 말씀. 그러나 스콧 앤 스콧은 직원들에게 주관적인 생각을 권장하지 않아요.”

“말단 임시직원은 제외예요. 그보다 더 말단인 해파리 과도.”

그녀는 이제 짧은 머리임을 깜박 잊고 무심코 머리카락을 뒤로 넘기는 동작을 했다.

“난 매기 호바트예요.”

그가 미소와 함께 따뜻하고 커다란 손을 내밀었다.

“앤디 맥클라우드라고 합니다.”

“앤디!”

한 여비서가 차 준비실로 뛰어들어와 빽 소리를 질렀다.

“그놈의 망할 커피 메이커를 당장 가져오지 못해! 악기부 전체 회의가 우리 상관의 사무실에서 열리기 직전이야!”

“갑니다, 가! 매기, 저녁을 대접할 테니 커피 만드는 법을 가르쳐주지 않겠어요?”

매기는 낯선 남자의 예상치 못한 저녁 초대에 어리둥절했다.

“저녁?”

“오늘밤 퇴근 후에 만나요.”

그는 서두르다 커피 메이커를 떨어뜨릴 뻔하며 밖으로 달려갔다.

데이트 신청을 받았구나, 매기는 흥분을 감추지 못했다. 첫번째 진짜 데이트! 그렇다면 반드시 레스토랑으로 가야 해. 왜냐하면 앤디를 잘 모르고 그는 요리하는 법도 모를 것 같으니까 그의 집으로 갈 순 없지.

앤디 맥클라우드라. 어수선하고도 매력적인 해파리 과야. 하지만 도자기 인간이면 열에 아홉은 동성애자인데…… 그러나 새 친구를 사귄다는 건 아무튼지 좋은 일이지.

해밀턴 스콧과 그의 여동생인 엘리자베스 스콧 싱클레어, 그리고 한참 아래의 막내 여동생은 1810년에 설립된 이후 줄곧 친족 회사의 형태를 지켜온 스콧 앤 스콧의 소유자들이었다.

막내를 제외하고 위의 둘은 1930년대 후반에 신축된 건물의 펜트하우스를 사무실삼아 경매업계와 회사 경영에 깊이 몸담아 왔다. 그들은 격주로 리즈(엘리자베스의 애칭)가 사십 년 전 존 싱클레어와 결혼한 직후 소더비 경매에서 낙찰받은 도자기 명품 세트로 차를 마시며 연간 8억 달러 규모의 사업 운용에 대해 의견을 나누었다.

"썩어빠질 괴짜 앤디 워홀*과 썩어빠질 그의 괴상한 쿠키 단지 같으니!"

해밀턴 스콧은 찻잔에 설탕을 더 넣으며 노발대발했다. 그의 잘생긴 얼굴이 분노로 일그러져 있었다.

"쿠키 단지라니! 경을 칠 노릇이야!"

"쿠키 단지는 우리 회사에서 늘 다루어 온 품목이잖아요. 어차피 오라버니가 불알처럼 아끼는 다른 애장품들을 위홀 작품전 경매에 내놓아야 할 상황이니 욕해 봤자 소용없어요."

리즈는 불난 집에 부채질을 하는 격인 차분한 어조로 달랬다. 그녀는 오빠와 많이 닮은, 잘생기고 매력적인 용모였다. 맨해튼에서 가장 고상한 은발 여인으로 공인된 그녀를 시기하여 많은 여자들이 스콧 앤 스콧의 이윤을 몽땅 용모 관리에 쏟아부은 결과라고 숙덕거렸지만 그건 총이윤의 정확한 액수를 몰라서들 하는 소리였다.

"넌 네 황금기가 막바지에 접어들수록 입이 걸어지는구나."

해밀턴이 뒤틀린 심사를 노골적으로 드러내며 쏘아붙이자 리즈는 애정어린 미소와 함께 말을 받았다.

"그리고 오빠의 황금기는 오르막에 접어들수록 인내심이 점점 쪼그라들구요."

이 회사의 소유권은 불쌍한 오빠에게 지속적인 분노를 가져다주는 근원이야, 리즈 싱클레어는 속으로 생각했다. 막대한 이윤의 1/3을 갖

---

* 1928년 출생. 팝아트의 거장으로 60년대 미국 예술계를 대표하는 존재.

는 데 이성적으로 만족하는 대신, 해밀턴은 결코 이기지 못할 운명의 소더비나 크리스티와의 경쟁을 절대 포기하지 않았다. 그 두 군데 거대 경매사의 연간 이윤이 1조를 웃돈다 해도 회사가 공개돼 주주들의 소유인데 반하여, 그녀와 해밀턴은·업계 3위의 경매사 연말 결산 내역을 여동생 미니만 빼고 누구에게도 공개할 필요가 없었다.

해밀턴은 왕년의 일류 폴로 선수이자 요트 애호가였던 전력이 말해 주듯 전 세계의 거물급 부호들이나 귀족들과의 친분이 돈독했고, 그 자신이 첫손 꼽히는 경매인이었기 때문에 그의 지인들은 더 큰 회사보다 스콧 앤 스콧과 거래하는 편을 선호했다.

막내 여동생인 미니는 대대로 가보를 소장해 왔고 새것을 보충해 온 뼈대 있는 부호 집안으로 시집가, 남편과 함께 수많은 주요 박물관의 이사이자 예술 후원가 부부로 명성을 날림으로써 예술계에서 스콧 앤 스콧의 발판을 다져주었다.

한편, 리즈는 일류 사교계 인사들의 허다한 자선단체에 가입해 개인적인 관계를 강화·확대해 나가며 부동산·동산 처분으로 이어지기 마련인 그 동아리 일원의 죽음, 이혼, 경제적인 재난을 느긋하게 기다렸다. 스콧 앤 스콧의 주요 결정권자는 다름 아닌 리즈였다. 그녀는 결단력과, 오빠와는 달리 인간적인 면모까지 갖추었기 때문이다.

"미국, 영국, 유럽의 가구부 부장들에게 불벼락을 내려야겠어."

해밀턴이 투덜거렸다.

"그 녀석들은 진취적이라는 말뜻도 몰라. 넌 어떠냐, 리즈?"

"난 빗지 퍼네스와 점심을 했어요. 그녀는 로커스트 밸리의 대저택을 매각할 결심이에요. 알다시피 남편이 여직원과 바람났잖아요. 그 대저택에는 박물관급 물건들이 그득한데, 빗지 남편은 이혼하려면 그녀에게 사실상 전부를 줘야 할 판이에요. 빗지가 그 물건들을 어디로 넘길진 아직 모를 일이지만 소리소문 없이 처리하려는 눈치로 봐서 우리에게 맡길 거예요."

"잘했다, 동생아. 다른 부서장들도 너 같았으면 좋으련만. 호박이 넝

쿨째 굴러 들어오기만 기다리고 앉아 있으니 답답한 노릇이야.”
　“다른 부서장들은 빗지 같은 부류의 최소한 절반쯤과 한 학교를 다니지 않았잖아요.”
　“그러니 불행이지.”

　“매기, 우리 집으로 직행해 가볍게 한잔하며 커피 만드는 법을 가르치겠어요, 아니면 가볍게 한잔과 저녁부터 먹고 우리 집에서 커피 강의를 하겠어요? 당신 마음대로 선택해요.”
　직원용 출입구에서 만난 앤디 맥클라우드의 질문에 매기는 가소롭다는 듯 코웃음을 쳤다.
　“댁이 커피 만드는 법을 정말 모른다는 걸 아니까 망정이지, 그렇지 않았더라면 방금 그 발언을 여자 꼬시는 전대미문의 엉터리 수작으로 여겼을 거예요.”
　“당신 같은 아가씨는 만나는 남자마다 의심할 근거가 충분하겠죠.”
　“나 같은 여자가 어떤 여자인데요?”
　“첫눈에 모든 남자들의 넋을 빼놓는 세련된 뉴욕 토박이.”
　매기는 활짝 웃었다.
　“눈치코치가 제법이군요. 아주 잘 봤어요.”
　“그럼, 당신의 선택은?”
　“가볍게 한잔과 저녁만 먹는 쪽. 난 커피 만드는 법을 가르치겠다고 약속한 적 없어요, 당신이 넘겨짚은 거지.”
　“설마 그렇게 필요막급한 직무 전수를 거절하겠다는 뜻? 뇌쇄적이면서 골수까지 착하고 상냥한 얼굴을 하고 야박하게 굴면 안 되죠.”
　그는 은근슬쩍 그녀의 손을 잡고 성큼성큼 걷기 시작했다.
　“저쪽에 지거(칵테일 혼합용 계량컵)를 사용하지 않는 아담한 바가 있어요. 지거처럼 악랄한 발명품도 없죠. 그건 즐거움을 뒤로 미루어야 한다는 개똥 철학의 의도성에서 나온 산물이에요. 살면 얼마나 산다고 즐거움을 미루어야 한단 말입니까? 영화에서 지거 쓰는 바텐더 봤어요? 그런 영화가 있다면 관객들은 극장에서 뛰쳐나가 환불을 요구할 거예요.”

“정말 그런 영화는 한 편도 못 봤어요.”

매기는 헐떡거리며 동의했다. 앤디 맥클라우드는 키가 큰 만큼 보폭도 넓었지만, 그녀는 질질 끌려간다기보다 그의 활력을 흡수해 붕붕 날아가는 기분이었다. 그녀는 뉴욕에서……, 실은 다른 곳에서도 바에 가본 적이 없었다. 내가 어려 보인다고 술을 안 팔면 어떡하지? 그게 무슨 창피야!

“다 왔어요.”

앤디는 그녀를 끌고 어두컴컴한 동굴 같은 곳으로 들어갔다.

“여기는 전통을 중시하는 술집이라 텔레비전도, 오락기도, 할인 시간대도 없어요. 고장난 주크박스 한 대가 고작이죠. 덕분에 경기 중계를 꼭 봐야 하는 정신나간 스포츠광들에게 시달리지 않아도 되요.”

“어떤 스포츠 광들이요?”

“종목은 상관없어요. 스포츠 경기는 일년 365일 열리니까. 자, 뭘 마시겠습니까?”

“드라이 셰리로 할게요.”

매디슨이 항상 마시는 술이 그거였으니 적절한 선택임에 틀림없다고 자부하며 매기는 코트를 벗어 옆자리에 놨다. 바의 조명 부족도 반경 내 모든 남자들의 시선이 그녀에게 쏠리는 사태를 차단하지 못했다.

앤디는 남몰래 군침을 삼켰다. 저 가슴! 풍만함을 강조하려고 교태 부리거나 자랑하지 않고 그냥 저 신체 일부로 하여금 담담하지만 유창하게 연설하게끔 놔두는 매기의 태도로 인해 더 돋보여.

“조, 이 숙녀에게는 드라이 셰리, 난 온더락으로 부탁해.”

그는 주문한 후 매기에게 관심을 집중했다.

“고풍스런 장소에 어울리게 고풍스럽게 시작할까요? 당신부터 이력을 공개해 봐요.”

“거의 초면이나 다름없는 사람에게 내가 왜 이력을 공개해야 하죠? 당신과 친해진 다음이라면 또 모르겠지만.”

그녀는 무심한 어조를 냈지만 속으로는 자신의 머리를 쥐어박았다. 이 바보! 일하는 틈틈이 화장실의 거울 앞에서 안달복달하지 말고 신상에 관한 이야기를 꾸며냈어야지!

"입만 열면 구구절절 옳으신 말씀이군요, 매기. 그럼 나부터 시작하죠. 교육 배경과 직업에 대해선 이미 아니까 생략하고……. 나는 바로 여기 맨해튼의 이스트사이트에서 출생 및 성장, 가족 관계는 양친 부모와 누이 한 명, 그밖에 순전히 여자 사촌들 다수, 댄스 교습 등등으로 시달린 평범한 유년기의 후유증으로 고통받고 있음, 두 번의 파혼과 다섯 번의 로맨스 파경, 현재 사귀는 사람 없음."

매기는 깔깔거렸다.

"장황했던 직무 묘사만도 못한 자기 소개네요."

"그때는 어떻게 하면 자연스럽게 저녁을 청해야 좋을지 머리를 굴리느라 횡설수설한 거예요."

"머리 굴리기가 보통이 아니군요. 왜 두 번이나 파혼했죠?"

"상호합의에 의한 파혼이었어요."

"왜?"

"전반적으로 미숙했기 때문에."

"어느 쪽이 미숙했는데요?"

"양쪽 모두."

"음, 이해가 가네요."

조심스럽게 셰리를 한 모금 마시고 뒷말을 이었다.

"그럼 그 모든 로맨스의 파경은요?"

"난 어울리지 않는 여자, 신경질적인 여자, 감히 쳐다보지도 말았어야 할 여자, 나를 진정으로 사랑해 주는 대신 엉뚱한 남자를 쫓아다니는 여자에게 반하는 경향이 있어요. 재능만 없다뿐이지, 감리교도인 우디 알렌*인 셈이죠."

---

* 1935년 뉴욕 브룩클린에서 출생한 유태인 영화 배우 겸 감독 겸 시나리오 작가 겸 제작자.

"슬프디 슬픈 사연이네요."

그녀는 애써 동정어린 목소리를 냈다. 이 남자, 천부적인 거짓말쟁이에 이성애자구나. 그녀는 앤디의 안경을 벗기고 금갈색 눈을 좀더 자세히 보고 싶어서 손이 근질근질했다. 저 머리칼이 겉보기처럼 부드러운 감촉일까? 저 수염 그루터기는 얼마나 깔깔할까?

"뭐, 난 아직 어리니까 절망하긴 일러요."

앤디가 말했다.

"언젠가 연분을 만날 때가 오겠죠. 이제 겨우 스물일곱인 걸요."

그녀는 짐짓 호들갑스럽게 놀란 척했다.

"스물일곱 살이나 됐으면서 아직도 해파리 꽈라니!"

"어떻게든 첫발을 딛어야 하잖아요."

"나중에 커서 뭐가 되고 싶어요?"

"전문가죠, 그야 물론."

"고작 도자기 전문가?"

"일차적인 목표는."

앤디 맥클라우드는 슬그머니 미소를 지었다. 매기는 그럴 듯하게 폼 잡아도 21살을 넘지 않았구나. 이쪽 분야에 대해 전혀 모르는 걸 보면. 도자기 업계의 전문가가 되기란 하늘의 별 따기이다. 하지만 그의 야심은 더 컸다.

"회사 경영진은 언제든 교체될 수 있지만,"

그는 부연설명에 나섰다.

"한 분야의 전문가는 죽을 때까지 대접받죠. 이제 내 이야기는 그만하고 당신에게 마이크를 넘길까요? 아니면 더 궁금한 거라도?"

"양친 부모 사망."

매기는 재빨리 대답했다. 그녀는 말하고 싶지 않은 부분을 무자비하게 삭제한 그의 자기 소개를 모방했다.

"무남독녀 외동딸. 먼 친척의 손에서 성장. 금전 부족으로 고등 교육 포기. 약혼 경력 전무. 현재 교제하는 남자 없음."

외계인에게도 해당될 듯한 그녀의 지나치게 간략한 자기 소개에 앤디는 호기심이 솟았다. 매기는 몸짓, 억양, 태도에서 그가 속했고 익숙해진 계급의 냄새를 풍기는데 왜 배경을 숨길까?

"초등학교는 어디를 나왔죠?"

"시골 학교예요."

향수에 젖은 그녀의 미소는 네브래스카의 산간마을에서 교실 하나짜리 학교를 다녔다는 식이었다.

"임시직원으로 일한 지 얼마나 됐어요?"

"꽤 됐어요."

"그 전에는 무슨 일을?"

"언론계에 있었지만 거기에선 장래가 보이지 않았어요."

고교의 신문부도 언론계는 언론계지.

"연애는 많이 해봤어요?"

"그건 댁이 상관할 바 아니죠."

그녀는 새침하게 쏘아붙일 수밖에 없었다. 열여덟 살이 넘도록 연애다운 연애는 한 번도 못해 봤고 성적인 자극이라곤 승마를 통해서만 느껴 봤다고 고백하느니 죽고 말지.

"취조는 다 끝난 건가요?"

"이런! 내가 무례했군요. 정말 미안합니다. 셰리를 더 하겠어요? 많이 배고파요?"

"이상하게도 밥 생각이 없어요."

매기는 이미 한 가지 결론에 도달한 터였다.

"지금 당장은…… 음, 커피나 한 잔 하고 싶군요."

"조, 계산서 빨리!"

그들의 택시가 매디슨 애버뉴에서 얼마 떨어지지 않은 한 건물 앞에 섰다. 앤디가 아직 부모 집에서 독립하지 못했나? 매기는 번듯한 로비를 가로질러 승강기 쪽으로 향하며 궁리했다.

"여긴 법적으로 임대비가 고정된 아파트예요."

그가 매기의 속생각을 읽고 문을 따며 설명했다. 그리고는 그녀에게 실내를 둘러볼 틈조차 주지 않고 껴안았다.

"안 돼요."

그녀는 고개를 뒤로 젖혀 키스를 피했다. 온몸이 열렬한 기대감으로 가느다랗게 떨렸다.

"… 그 안경을 벗기 전에는."

나직하게 속삭이며 자발적으로 그의 목에 팔을 감았다. 바로 이거야, 매기는 키스를 거듭하는 그에게 매달려 생각했다. 한 그루의 나무처럼 키다리인 그가 굳건하게 느껴졌다.

그녀는 황홀해서 반쯤 감긴 눈을 하고 그를 따라 침실로 들어갔다. 침대에 걸터앉아 부츠와 팬티 스타킹을 벗은 후 똑바로 누워 눈을 꽉 감았다.

아아, 해파리 과 남자가 이토록 끈질긴 입술의 소유자일 줄이야……. 차 준비실에서 장승처럼 서 있던 남자가 초특급으로 알몸이 되어 옆에 누울 줄이야……. 커피 메이커조차 조립하지 못하는 남자가 그녀의 옷을 이렇게 노련하게 벗길 줄이야…….

"매기, 눈 좀 떠봐요."

"아직은 안 돼요."

"왜?"

"난 깜짝 놀라고 싶으니까."

그리고는 앤디의 머리를 젖가슴으로 유도했다. 그녀는 손에 느껴지는 비단 같은 가슴털과 피부에 스치는 깔깔한 수염 그루터기의 대조적인 감촉을 만끽하는 한편, 젖가슴에 집중된 그의 관심이 절제된 욕망의 그것임을 알아차렸다. 앤디 맥클라우드는 어른이구나, 소년이 아냐.

앤디의 애무는 정교하고도 감질났다. 어떨 때는 사나우며 맹렬했다. 얼마 되지 않아 그녀는 가슴을 비롯해 전신이 발그스름한 홍조와 땀방울로 물든 채 끊임없이 이어지는 전율로 몸부림쳤다. 그때서야 그는 서두르지 않고 자신의 즐거움을 찾았다. 하지만 낯선 벽과 부딪치자 깜짝 놀라 얼어붙었다.

"매기……?"

"맞아요."

"맙소사! 처녀였다니!"

"아까 말했듯이…… 그건 당신이 상관할 바 아니에요."

"하지만…….."

그녀는 하체를 들어올려 재촉하며 한 손가락으로 그의 척추 아랫부분을 문질렀다.

"중단하지 말아요. 그것만은 못 참아요."

"난 참을 수 있을 것 같아?"

가능한 한 부드럽되, 거센 욕망의 흔적이 고스란히 묻어나는 몸짓으로 앤디는 그녀를 완전히 가졌다. 나중에 그는 자신의 무지를 사과하듯 기술을 총동원해 다시 애무를 시작했고 그녀의 욕망을 부활시켰다.

25

폴리 귈덴스턴은 그녀의 인생 자체만으로도 구미 당기는 뒷공론과 쑥덕거림을 잉태하고 즐길 소지가 충분한지라 신규 입주자에게 호기심을 가질 여력이 없었다.

하지만 추수감사절과 크리스마스를 넘기자 매기 호바트에게 슬그머니 관심이 생겼다. 매기가 전통적인 가족 명절에도 갈 곳이 없는 눈치였고, 어떤 사정으로 한자리에 모이지 못하는 가정 상황에 대해 당연한 유감도 표명하지 않았기 때문이다. 그녀는 풀이 죽기는커녕 느긋하게 늦잠을 자고 작은 주방에서 달그락거리고 책을 산더미처럼 쌓아놓고 읽고 영화 보러 가고 폴리가 초대받은 추수감사절과 크리스마스 만찬에서 싸온 음식을 감사히 먹어치우며 휴일을 즐겼다.

매기가 고아일까? 폴리는 자문을 거듭했다. 만일 고아라면 어렸을 때부터 함께 자랐다던 버니의 집에서 왜 명절을 쉬지 않지? 그리고 버니와는 사이가 틀어진 걸까? 외박이 잦은 걸 봐서 애인이 최소한 한 명 이상인 모양인데, 버니가 그 애인 같지는 않아.

이 전부가 폴리처럼 따뜻한 천성의 소유자에게는 수수께끼였다. 그녀는 매기의 외로운 처지에 짜증스럽게도 모성애어린 걱정마저 느꼈지만 상대가 먼저 청하기 전에는 남의 일에 참견하지 않는 게 폴리의 원칙이었다. 그녀가 할 수 있는 일이라곤 저녁 초대 횟수를 세 배쯤 늘려, 스튜 한 솥이 보글보글 끓을 때마다 매기의 자리도 항상 마련되어 있는 식탁이 세상에 적어도 한 곳은 있다고 넌지시 위로하는 것뿐이었다.

그 해 겨울과 이듬 해 초를 거쳐 폴리와 매기는 둘도 없는 친구가 되었다. 매기는 여전히 스콧 앤 스콧에서 임시직원으로 일하며 몸으로 습득한 경매업계 지식을 가지고 폴리를 매혹시켰고, 급기야는 앤디 맥클라우드에 대해서도 미주알 고주알 털어놓기에 이르렀다. 폴리는 몸서리를 쳤다. 그녀가 들은 바에 따르면, 앤디라는 남자도 매기만큼이나 가족들에 대해선 입이 무거웠기 때문이다. 그의 누나가 영국 발레단 소속이라는 사실 이외에는 서로의 가족에 대해 깜깜한 남녀 관계? 그토록 삭막한 관계가 진지하면 얼마나 진지할 수 있을까?

그럼에도 폴리는 적극적인 참견을 자제해 왔다.

하지만 평소에는 건물 아래층의 우편함을 정상적으로 애용해 오던 우편 배달부가 1월 중순부터 일주일에 한 번씩 꼬박꼬박 무거운 배달 가방을 어깨에 둘러멘 채 6층까지 오르내리며 매기 앞으로 온 등기 우편을 전달하고 폴리의 서명을 받을 때마다 투덜거리자 그녀의 대인 관계 원칙이 심하게 흔들리기 시작했다. 그 등기 우편물이 매번 '버틀러, 오닐, 존스'라는 법률 회사에서 보낸 것들이기에 더 그랬다. 나중에 그 편지들은 뜯긴 흔적조차 없이 겉봉에 '수취인 불명'이라고 적힌 채 아래층 우편함에 얌전히 들어 있다가 폴리의 눈에 띄곤 했다. 매기가 고소라도 당한 걸까? 그런 사안은 남의 사생활을 염탐한다는 오해를 감수하지 않는 한 대놓고 물어볼 성질의 것이 아니었으므로 폴리는 입을 다물었다. 하지만 그녀의 호기심은 증폭되었다.

어느 날 오후, 건물 아래층과 연결된 초인종이 울렸다. 그리고 호감가는 여자 목소리가 자신은 '버틀러, 오닐, 존스' 사(社)에서 나온 로빈슨이라며 메리 마가렛 호바트 양을 만나고 싶다고 청했다.

"호바트 양은 일 나갔어요."

"이런! 얼어죽는 한이 있어도 여기에서 그녀의 귀가를 기다리는 수밖에 없겠군요. 아니면……, 저…… 죄송하지만 호바트 양의 직장이 어디인지 알려주시면 안 됩니까? 꼭 서명받아야 할 서류가 있습니다."

폴리는 망설였다. 낯선 사람에게 매기의 직장을 알려줄 마음은 없었지만, 듣기 좋은 중저음이고 말씨도 공손한 동성을 이 폭설 속에 세워 둔다는 건 그녀의 천성이 용납하지 않았다.

"집으로 올라오세요. 어쩌면 내가 도움을 줄 수 있을지도 모르죠."

"정말 고맙습니다!"

넌 방금 호기심에 밀려 원칙을 저버린 거야, 폴리는 오똑한 코에 주름을 잡으며 자신을 심하게 꾸짖고는 찻물을 올려놓았다.

매력적인데다 젊기까지 한 제인 로빈슨은 문 앞에 젖은 검은 부츠를 벗어두고는 안으로 들어와 두툼한 외투를 벗고 겁도 없이 토토와 놀아준 다음 뜨거운 차를 후르르 마셨다.

"이게 제가 처음으로 맡은 건입니다."

그녀는 걸쭉한 목소리로 소탈하게 설명했다.

"법대를 막 졸업한 신참이에요. 첫 건부터 실패하면 당장 해고당할 테고 여기만큼 좋은 회사에 재취업하지 못할 겁니다. '버틀러, 오닐, 존스'는 월스트리트에서 알아주거든요. 그러니 도와주겠다고 나선 아가씨에게 뭐라고 감사해야 할지……. 게다가 이렇게 차까지 대접해 주시고……."

"쿠키 좀 드셔 보세요. 내가 직접 구운 기랍니다."

"복 받으십쇼! 실은 점심도 걸러서요. 호바트 양이 벌써 삼 주째 편지를 뜯어보지도 않고 되돌려 보내자 버틀러 씨의 심기가 점점 꼬이기 시작했어요. 그러다 오늘 반송된 편지를 보고는 드디어 터졌죠. 그녀에게 직접 서명을 받아오라며 나를 회사에서 내쫓더군요. 이야, 이건 초콜릿 쿠키잖아. 제일 좋아하는 건데…… 더 먹어도 될까요?"

“그럼요, 얼마든지.”

“이 스튜디오는 천국이에요! 아가씨는 이상한 나라의 앨리스처럼 보이고요.”

“폴리라고 불러주세요.”

제인 로빈슨은 은근한 눈웃음을 던진 후 하소연을 늘어놨다.

“그럼, 폴리. 저에게도 예술적인 재능이 있었다면 좋았을 텐데 불행히도 법대와 버틀러 씨에게 낙찰된 운명입니다. 으윽, 버틀러 씨! 그 사람은 모든 직장인의 악몽과도 같은 상사예요. 이 서류는 제 몰락을 가져올 신호탄이구요.”

“서류?”

“아주 중요한 서류입니다. 여기에 호바트 양의 서명을 받아야만 우리 회사에서 죽은 의뢰인의 유산을 집행할 수 있거든요. 사무실 내에 떠도는 소문에 의하면 윗대가리 세 분은—버틀러 씨, 오닐 씨, 존스 씨—유산 집행이 지연될까 봐 전전긍긍이래요. 죽은 의뢰인이 우리 회사의 가장 큰 고객이었으며 이 건이 가장 큰 건수래요.”

“그렇게 중요한 일이라면 왜 윗대가리들이 직접 나서지 않죠?”

폴리는 얼굴조차 모르는 그 고인에게 감사 기도를 올렸다. 그가 아니었다면 제인 로빈슨이 여기까지 찾아올 일이 없었을 테니까.

“하늘이 금지할 노릇이죠!”

충격에 찬 얼굴로 제인이 외쳤다.

“윗대가리는 윗대가리이기 때문에 서명이나 받으려고 쫓아다니지 않아요. 그런 허드렛일은 저 같은 신참의 일이죠.”

“그리고 윗대가리들은 우리 동네의 늙은 우편 배달부가 계단을 오르내리든 말든 상관하지도 않겠죠. 귀찮게 그 모든 편지들을 일일이 수령해야 하는 내 불편에 대해서도.”

“버틀러 씨의 머리 속에 그런 생각은 떠오르지조차 않을 겁니다. 불쌍한 버틀러 부인. 몰지각한 남편을 참고 살아야 하는 그 기구한 팔자란! 그건 그렇고 폴리, 제 대신 이 편지를 호바트 양에게 전해 주고 이

번만은 반송하지 말아 달라고 부탁 좀 해주시겠어요? 그럼 제가 빈손으로 돌아가도 버틀러 씨가 봐줄 겁니다.”

“글쎄요. 소환장을 발급하는 입장이 된 기분이지만 한 번 해보죠. 하지만 그녀가 또 반송하면? 편지 수취조차 거부한다면?”

“십중팔구 버틀러 씨가 ‘몸소’ 그녀의 직장으로 쳐들어갈 겁니다. 겪어본 제가 장담하건대, 버틀러 씨는 신중하거나 남의 입장을 고려해주거나 고분고분한 사람이 아니에요. 호바트 양은 동료들 앞에서 망신당할 각오를 해야 할 거예요.”

“버틀러 씨가 그녀의 직장을 어떻게 알고 쳐들어가겠어요?”

“또 사립탐정을 고용하겠죠.”

“또?”

“그녀의 이곳 주소도 그런 식으로 캐내서 등기 우편을 보낸 걸요. 호바트 양은 집에서 실종된 것으로 알려졌습니다.”

폴리는 말문을 잃었다. 매기가 가출 소녀? 사립탐정이 동원돼 그녀가 이곳에 산다는 걸 알아냈다고?

“소사소사 맙소사.”

“우리 할머니라면 ‘말세야, 말세’라고 하실 노릇이죠.”

폴리와 제인의 시선이 마주쳤다. 찌르르 전기가 통하는 가운데 둘은 어떤 이해에 도달했으며, 어느 쪽도 이 운명적인 드라마의 주인공이 된 즐거움을 숨기려 하지 않았다.

“제인…….”

마침내 폴리가 의미심장한 침묵의 탐색전을 먼저 깼다.

“그 가죽 바지 정장이 불편하지 않아요? 매기 호바트 양의 퇴근 시간까진 네 시간이나 남았어요. 외박할지도 모르고.”

“덥긴 하군요. 아, 이렇게 아늑한 곳과 당신의 친절함을 뒤로하고 빈손으로 눈보라 속을 헤쳐 사무실로 돌아갈 생각만 해도…….”

“그럼 쉬었다 가세요. 버틀러 씨에게 실망스런 소식을 빨리 전해 봤자 좋을 거 없잖아요?”

"하기는…… 이런 날씨에 택시가 잡힌다는 보장도 없죠."

"담요를 가져올 테니,"

폴리는 천연덕스럽게 제안했다.

"옷을 벗고 편안히 소파에 눕는 게 어때요? 밖에서 휘몰아치는 눈을 바라보며 꾸벅꾸벅 조는 것처럼 근사한 휴식도 없죠."

"이렇게 하는 건 어떨까요? 제가 당신의 귀엽고 깜찍한 옷가지를 한 번에 하나씩 천천히, 아주 천천히 벗기는 겁니다. 그 다음에 낮잠은 건 너뛰고……?"

내 육감이 맞아떨어졌구나! 폴리는 만족스런 고양이처럼 가르릉거리는 소리를 냈다.

"그게 낫겠어요. 당신의 소맷단 밖으로 살짝 드러난 문신을 전부 볼 수도 있을 테니까."

"처음부터 궁리했습니다, 당신이 긴가 아닌가 하고. 그렇길 바랐죠."

다음날 밤, 매기가 전날을 앤디와 보내고 회사에서 시달린 후 마침내 귀가하자 폴리는 일할 때만 쓰는 안경을 벗으며 말을 걸었다.

"같이 저녁 먹을래? 겨자에 무치고 레몬즙을 뿌린 닭요리야."

"당신은 정녕 천사예요! 난 완전히 전원이 나가버렸어요, 녹초가 됐다구요. 눈(雪)이라면 이제 지긋지긋해! 길이 막혀서 집까지 오는 데 몇 시간이나 걸린 거 있죠. 얼른 목욕하고 나올게요."

폴리는 걸신들린 듯 먹어치우는 지친 소녀의 접시에 닭조각을 계속 얹어주고 포도주를 세 잔이나 따라주며 편안한 침묵 속에서 식사를 즐겼다.

"자, 이만하면 배가 찼을 테니까,"

매기가 두 조각째 애플 파이를 먹을 즈음 폴리가 입을 뗐다.

"내 의무를 수행할게. 이걸 먼저 줘서 네 식욕을 떨어뜨리고 싶지 않았어."

"뭔데요?"

"등기 우편이야."

폴리는 매기의 손에 편지를 쥐어줬다.

"어제 도착한 거야. 배달한 사람의 말에 의하면, 거기에는 네가 반드시 서명해야 할 서류가 들어 있다면서 꼭 전해 달라더라. 일이 이렇게 되어 유감이지만 매기, 우편 배달부의 노고를 생각해서라도 편지를 반송하지 마. 불쌍한 아저씨가 계속 6층까지 오르내리다 심장발작을 일으키면 그 양심의 가책을 어떻게 감당하려고 그래?"

"엿먹을!"

매기는 편지를 노려보며 거칠게 욕설을 내뱉었다. 그녀의 성난 얼굴에 폴리는 호기심이 한층 불타오르는 걸 느꼈다.

"내용도 보지 않고 왜 그렇게 질색부터 하니?"

"안 봐도 무슨 내용인지 다 알아요. 젠장맞을, 내 거처를 어떻게 찾아냈지? 겉봉에 '수취인 불명'이라고 써서 반송하면 내가 여기에 사는지 모를 줄 알았는데."

"법률 회사에서 사립탐정을 고용했다더라. 그리고 네가 이번에도 서류에 서명하지 않으면 머리가 하늘 꼭대기에 닿을 만큼 지존하신 변호사 나리께서 네 직장까지 찾아갈 거래."

"뭐! 뭐요!"

매기는 분개한 나머지 눈물까지 글썽거렸다.

"누가 그래요, 폴리?"

"그 편지를 가져온 사람에게 캐물었어. 네가 사람들에게 시달리는 꼴은 보기 싫었어."

매기는 결국 눈물을 터뜨렸다.

"왜 나를 가만히 내버려두지 않는 거죠? 돈을 원하지 않는다고 이미 밝혔으면 된 거 아니에요? 그런데도 그녀는 나에게 사립탐정을 붙이고 내 거처를 알아내고 심지어는 내 뒤를 밟게 하고……. 아, 폴리, 난 정말이지 어떻게 해야 할지 모르겠어요."

"그 돈이 무슨 돈인데?"

"유산이에요."

"공돈이 들어오는 게 뭐 그리 끔찍하니?"

눈물 젖은 눈으로 매기는 폴리의 우려와 애정에 찬 얼굴을 응시했다. 폴리 겉덴스턴은 그녀의 하나밖에 없는 친구, 요리사 엘리자베스 아줌마를 제외하고 정을 베풀어 준 유일한 여자, 앤디와 버니를 제외하고 그녀를 아껴주는 유일한 사람이었다.

매기는 눈물을 닦으며 소파에 털썩 주저앉았다. 그리고 떨리는 목소리로 설명했다.

"소위 엄마라는 여자의 남편이 죽으면서 남긴 돈이거든요."

"친아빠가 아냐?"

"예. 그리고 난 그의 돈을 원치 않아요."

"앞뒤가 맞지 않는걸. 계부가 의붓딸에게 싫다는 돈을 억지로 남긴 이유는 뭐고, 엄마를 왜 소위 엄마라는 여자라고 부르니? 넌 가족 이야기는 한마디도 하지 않았잖아. 명절에도 집에 가지 않았고."

"내가 지금부터 하는 말을 남에게 옮기지 않겠다고 약속해 줄래요? 이 비밀을 아는 사람은 나를 낳아준 여자와 나뿐이에요."

"약속할게. 내 약속은 믿어도 좋아. 하지만 정말 나에게 말하고 싶은지 다시 생각해 봤으면 해."

그 어느 때보다 진지한 태도였다.

"친구에게 비밀을 털어놓은 다음에 괜히 고백했다고 후회하는 건 사상최악의 불상사야. 그렇게 해서 깨진 우정이 널렸다구. 그럴 위험을 감수할 만큼 가치 있는 비밀은 없어. 난 너를 잃으니 차라리 아무 소리도 듣고 싶지 않아."

"난 누군가를 붙잡고 말해야 해요! 아무리 생각하지 않으려 해도 이 비밀이 밤낮으로 내 곁을 떠나지 않아요. 꿈까지…… 몹시 슬픈 꿈까지 자주 꿔요. 당신과 이 비밀을 공유하면 기분이 한결 나아질 거예요, 틀림없이. 왜냐하면 난 당신을 전적으로 믿으니까. 이 세상에 당신보다 동정심 많은 사람도 없으니까."

폴리는 소리를 낮추어 쿡쿡거렸다.

"그래, 난 '차와 동정을 대접하는 폴리 컬덴스턴'이지."

"차와 동정. 그 누구도 거부할 수 없는 조합이죠."

"좋아, 그렇다면 어서 말해 봐."

매기는 숨을 크게 들이쉰 후 관련 당사자의 이름은 밝히지 않고 가능한 한 간략하게 사연을 털어놓았다. 새록새록 떠오르는 추억을 막으려는 듯 눈을 오직 무릎에만 못박은 채……. 그녀의 말이 이어질수록 폴리는 분개했으나 일단은 끝까지 들었다. 그리고 이야기가 끝나자 드디어 화를 폭발시켰다.

"친자식에게 그러는 엄마가 세상 천지에 어디 있어!"

"테사 켄트가 있죠. 테레사 호바트라는 본명의 그 여자가 나에게 그랬어요."

"네가 테, 테사 켄트의 딸?"

"생물학적으로는."

"테사 켄트라니…… 맙소사, 어떻게 그럴 수가! 테사 켄트가 어떻게 그럴 수가!"

"그게 내가 수없이 되풀이해 온 자문이에요."

"제정신 지닌 사람이라면 누구나 같은 자문을 할 거야."

"그렇죠? 내가 틀린 게 아니죠? 난 입장을 바꿔놓고 생각하려 애썼지만 변명거리를 찾을 수 없었어요."

"당연하지, 왜냐하면 변명거리가 없으니까! 그녀의 짓거리는 피도 눈물도 없는 인간말종이나 할 짓이야. 영화 배우들 가운데 미혼모가 된 사실을 떳떳하게 밝히는 사람들이 하나둘이니? 요즘 세상에, 최소한 할리우드에서 그건 더 이상 추문거리도 아냐. 그렇다고 테사 켄트가 구세대도 아니잖아. 그녀는 젊어. 고작해야 나이가……."

"서른셋이에요."

"매기, 네 처지는 비극이야. 그밖에는 어울리는 표현이 없다. 아무리 동정해도 모자란 비극. 하지만 지금 당장은 현실적으로 대응해야 해.

노발대발한 변호사가 네 직장으로 쳐들어와 구설수에 오르지 않으려
면 그 서류의 내용이 뭔지 확인해.”

“당신 말이 옳아요.”

매기는 편지를 뜯고 동봉된 서류를 훑어봤다.

“내 추측이 옳았어요. 테사 켄트의 죽은 남편이 남긴 부동산이 다
정리되었으니 유산을 수령하려면 이 서류에 서명하라는 내용이에요.
내가 서른다섯이 될 때까지 유산은 신탁으로 돌려질 거래요.”

“그 돈을 정말, 진심으로 원치 않는 거 확실하니?”

“100퍼센트 진심이에요. 유산 수령을 거부하는 편지를 강력하게 써
서 이 서류와 함께 보내야겠어요.”

“나라면 다시 생각해 보겠어. 별도 수입은 해될 거 없어.”

“그런 돈 따윈 필요하지도, 원하지도, 원해 본 적도 없어요.”

“좀 때늦었다는 소리구나?”

“아녜요, 폴리. 완전히 때늦었다는 소리예요.”

26

"여기에 임시직원 있으면 나와! 긴급상황이야!"

매기는 복사하다 말고 고개를 들어, 리 메인이라고만 알고 있는 여자를 주시했다. 그 홍보부 부장은 개성적인 얼굴에 난감한 표정을 지은 채 승강기 앞에서 초조하니 발을 동동 구르고 있었다. 매기는 복사를 놔두고 얼른 그쪽으로 다가갔다.

"제가 임시직원입니다. 무슨 일이시죠?"

"무슨 일? 잘 물어봤어. 이건 어처구니없는 일이야! 난 미국 식민지 시대의 경매 때문에 십 분 내로 필라델피아로 떠나야 하는데 우리 부서가 텅 비었어! 과장은 주말에 조기분만을 하지 않나, 다른 직원은 지난주에 배신을 때리고 소더비로 옮겨가 그 자리가 아직 공석으로 남아 있지. 엎친 데 덮친 격으로, 유일하게 멀쩡하던 직원은 독감에 걸렸다고 아까 전화해 왔다구! 그래서 아가씨가 우리 부서의 전화 좀 받아줘야겠어. 내일 내가 돌아올 때까지 누가 아가씨에게 다른 일을 맡기려들면, 화장실 갈 때만 빼고 사무실을 비웠다간 리 메인에게 죽음을 당할 거라고 전해."

매기는 그녀보다 족히 12센티미터쯤 작은데다 은발이 성성한 연장자의 아름답고 까만 눈동자를 굽어보며 피식 웃었다.

"미리 말씀드리는데요, 저는 순순히 살해당하진 않을 거예요."

"미리 경고하는데, 난 유머 감각이라곤 약에 쓰려 해도 없어. 아주 아주 독한 사람이라구."

찔끔해서 매기는 재빨리 약속했다.

"소변 보러 가지도 않을 게요."

"그 편이 신상에 좋아. 우리 사무실을 지키는 동안 직원들의 책상에 쌓인 일감을 뒤져보고 할 만한 일이 있으면 해도 좋아. 하지만 전화 받는 일이 가장 중요해! 전화는 우리의 생명줄이야!"

"아무 걱정하지 마세요."

"죽음의 고통이 닥쳐도 자리를 비우면 안 돼. 절대로!"

재차 못박은 다음 리 메인은 적색 롱코트의 허리띠를 졸라매고 코사크풍의 까만 양가죽 모자를 눌러쓰고는 한마디 말도 없이 휙 돌아서서 매기에게 스스로 홍보부 사무실을 찾아헤매게 했다.

그로부터 5분도 채 못 되어 매기는 어느 홍보부 직원의 책상에 자리를 잡고 거기에 널려 있던 다양한 경매용 카탈로그를 정리하기 시작했다. 다시 얼마 지나지 않아, 그녀는 카탈로그에 박힌 날짜로 미루어 일정이 코앞으로 다가온 경매들 태반이 어떤 형태의 홍보도 사실상 이루어지지 않았음을 발견했다.

카탈로그마다 첨부된, 홍보를 목타게 애원하는 관련 부서와 통화한 메모들과 각종 자료 설명은 시일이 지난 것들로 일목요연하게 문서화되어 있지도 않았다. 지금 당장 보도자료를 작성하여 언론매체에 뿌리지 않으면 사장될 위기에 처한 경매가 수두룩했다.

매기는 학교 신문부를 이끌어나갈 때 가벼운 단막소식에서 묵직한 사설까지 그녀의 글로 도배하다시피 교지를 발행했던 유능한 부장답게, 스콧 앤 스콧의 지난 보도자료들을 쭉 훑어보며 그 작성 요령을 단박에 꿰뚫었다. 별거 아니었다. 카탈로그에서 가장 이야깃거리가 될 만한 품목을 고르고 그걸 집중적으로 강조하여 한눈에 들어올 만큼 짧지만, 구매력 있는 수집가들의 상상력을 자극할 정도의 길이로 보도자료를 작성하면 되는 거였다.

이 정도라면 나도 쓸 수 있지, 매기는 장황하고도 두서없는 내용의 보도자료철을 넘기며 미소지었다. 훨씬 잘 쓸 자신이 있어.

수시로 울려대는 전화벨 소음 속에서 점심경이 되자 그녀는 책상 하나를 뒤덮었던 일감을 다 끝내고 어느 해파리에게 부탁해서 사온 샌드위치를 먹어가며 다음 책상에 도전했다. 안면이 있는 비서에게 사무실을 잠깐 맡기고 부랴부랴 화장실도 다녀왔다. 소변 보러 가지 않겠다던 약속은 자연이 허락하지 않았으니까.

밤 아홉 시가 되자, 매기는 악마에게 쫓기듯 필사의 힘을 다해 드디어 마지막 책상 위까지 비웠다. 모든 보도자료를 레이저 프린터로 뽑아 각각의 카탈로그와 함께 철하여 리 메인의 책상에 차곡차곡 올려놓았으며, 그 옆에는 수북한 전화 메시지도 갖다났다.

다음날 아침 그녀가 홍보부 부장실 밖의 책상 하나 앞에 얌전히 앉아 있을 때 리 메인이 출근해 따발총처럼 질문을 퍼부었다.

"어디에서 전화 왔었어? 무슨 일은 없었고? 아가씨가 할 만한 일은 있던가?"

"전부 부장님 책상 위에 올려났습니다."

매기는 부장실의 문이 닫히자 신경질적으로 아랫입술을 깨물었다. 주제넘은 짓을 한 건 아닐까? 내가 작성한 보도자료들이 다 틀렸으면 어떡하지? 부장실에서는 벌써 반 시간이나 침묵만이 감돌았다. 그리고 갑자기 문이 벌컥 열림과 동시에 리 메인이 득달같이 달려나왔다.

"아가씨 이름이 어떻게 되지?"

"매기 호바트예요."

"무슨 개인사정이 있어서 임시직원으로만 일하는 거야?"

"아뇨! 제 야망은 이 회사의 정식 노예가 되는 거예요."

"완벽해. 이제부터 자기는 내 사람이야. 하지만 한 가지 조건이 있

어. 이렇게 열심히 일하지 마. 아니면 다른 직원들의 모가지가 날아가
자기 업무량이 폭주하고 결국 과로사하게 될 테니까. 그리고 보도자료
를 다음부터는 좀더 길게 쓰도록. 언론사의 담당자들에게 우리 보도자
료의 내용을 자를 여지를 줘야 해. 왜냐하면 그게 그네들의 일이거든.
보도자료가 너무 완벽하면 그들의 밥줄이 끊어진다구.”

매기는 잔뜩 흥분하고 고무되어 냉큼 물었다.

“남들에게 제 직위를 뭐라고 말하면 될까요?”

“스콧 앤 스콧 사의 언론 공보관.”

“언론 공보관? 아, 부장님, 정말 감사합니다!”

“감사는 내가 해야지. 그리고 부장님이라는 호칭 대신 이름으로 불
러. 나를 정말로 아는 다른 사람들처럼. 여기는 언제 왔지? 오늘 몇 시
에 출근했냐는 소리가 아니라, 우리 회사에서 얼마나 일했냐는 소리야.
작업량을 보면 어젯밤 회사에서 홀딱 새운 게 분명하니 출근 시간은
물어볼 필요도 없지.”

“작년 9월에 들어왔어요.”

“임시직원으로 오 개월이나 썩었다는 소리잖아! 자기 같은 인재를
왜 아무도 몰라봤지?”

“복사와 팩스 이외에 다른 일을 할 기회가 없었어요. 복사가 저의
주요한 자기표현 수단이었고, 팩스 보내기가 하루의 주요 업무였죠.”

“다들 눈이 삐었군 삐었어.”

리 메인은 혀를 끌끌 찼다.

“아무래도 좋아. 매기, 저 보도자료들의 복사본을 관련 부서에 돌리
고, 내가 필라델피아에서 긁어온 자료들을 카탈로그 제작부로 가져가
서 프레드 캐시미어와 손발을 맞춰 일해 봐. 그 사람이 업무 내용을
잘 설명해 줄 거야. 난 경매실로 달려가야 해. 현대 판화전의 경매 및
전시가 있어서 주요 언론 관계자들의 비위를 맞춰야 하거든. 잠깐! 그
러면 우리 사무실이 또 비게 되잖아. 어디 가서 임시직원을 잡아다 전
화기 앞에 꽁꽁 묶어두는 것부터 시작해.”

“당장 시행하죠. 인사과에는 뭐라고 말해야 할까요?”

“승진했다고 아냐, 납치당해서 이제부터는 내 밑에서만 전폭적으로 일하게 됐으니까 자기의 후임 임시직원을 구하라고 해.”

“저……, 봉급은요?”

“현재 받는 액수에 주당 25달러 인상 더하기 공짜 점심 잔뜩. 홍보란 이 경매사가 잘 굴러가도록 도모하면서 점심을 공짜로 먹는 일이거든.”

그리고 리 메인은 손을 팔랑팔랑 흔들며 사라졌다.

언론 공보관 매기 호바트.

매기는 몇 번이고 발음해 보았다. 새로운 직함이 매번 혀에게 매끄럽게 굴러 달콤한 여운을 남겼다. 언론 공보관! 오, 예스! 폴리는 자기 일처럼 좋아하리라. 그리고 앤디는…….

아찔한 황홀경 속에서 매기는 불현듯 앤디의 직급이 여전히 해파리임을 떠올렸다. 그녀의 승진에 앤디가 질투하거나 속상해하진 않을까? 아냐, 그럴 리 없어. 왜냐하면 그는 비천한 직급에 상당히 만족해하는 눈치니까. 야망이라곤 전혀 지니지 않은 듯한 그런 태도는 매기에게 의아하기까지 했다.

다른 한편으로, 그녀도 인정하다시피 앤디의 업무는 번듯한 직함만 결여되었을 뿐 임시직원의 그것보다 열 배는 더 흥미진진했다. 그는 물결 따라 흐느적흐느적 토론토로 가서 중요한 영국 가구전의 경매를 돕는가 하면, 어느 멕시코인 수집가의 저택 내용물을 감정·정리하기 위해 일단의 전문가들과 함께 멕시코시티로 흘러가기도 하고, 인상파 작품의 부서장을 따라 L.A.를 다녀오기도 했다. 그곳의 한 미망인이 화랑 주인이었던 남편의 그림자에서 벗어날 겸 세계적으로 유명한 수집품들을 치우고 현대 화가들의 작품을 사는 데 여생을 바치기로 결심했기 때문이다.

“나를 피자 심부름꾼으로 써먹으려고 데려간 거였어.”

그게 부러움 섞인 매기의 업무 질문에 대한 앤디의 대답이었다.

굵직굵직한 부서를 돌아다니며 애매하고 다양한 허드렛일을 수행하는 그의 업무 반경에는 매기로선 접근조차 해보지 못한 스콧 앤 스콧 사의 중역실도 포함되어 있었다. 그녀가 멀리서 해밀턴 스콧 씨와 리 즈 싱클레어 부인을 보고 그들에 대한 질문을 할 때마다 앤디는 그저 '남보다 좀 돈이 많을 뿐이지 평범한 피자를 좋아하는 보통 사람들'이 라고 일축했다.

비록 해파리 족이지만, 회사 주인들의 피자 기호까지 아는 특권이라 면 특권인 위치가 그의 구김살 없는 직무 태도에 영향을 미치는 거라 고 매기는 분석했다. 어쩌면 그는 목표했던 대로 언젠가 도자기 전문 가로 일할 자격과 능력을 겸비했기 때문에 현재의 비천한 일에 그닥 마음 상해하지 않는 것일지도.

하지만 그 언젠가가 과연 언제일까? 매기는 그를 처음 만났을 때나 지금이나 앤디의 성공 일정표 계획에 깜깜하다는 사실을 이제야 깨달 았다.

매기는 침대에서 일어나 앉아, 곤히 잠든 앤디의 얼굴을 물끄러미 바라보았다. 며칠만에 만났기 때문인지 그가 오늘밤에는 유독 열렬하 게 달려드는 통에 승진 소식을 전하는 건 고사하고 퇴근 후 식사나 둘 이 잘 가는 바에서 칵테일 한잔조차 생략한 채 침대로 직행한 터였다. 남자에게 이 정도로 원해진다는 건 우쭐해할 만한 것일지는 몰라도 이 상적으로 영양가 높은 밤 생활은 결코 아니다. 여자의 자존심면에서는 그럭저럭 통과, 예의면에서는 빵점. 욕구 해소에는 만점, 사려 깊은 배 려면에서는 또 빵점. 이런 밤은 두 번 다시 허락하지 말아야지.

앤디의 숙면도 진짜 마음에 안 들었다. 왜 남자들은 섹스만 했다 하 면 이토록 기진맥진해 무의식 세계로의 여행을 떠나야 할까? 그녀는 그 어느 때보다 살아 있다는 기분이 되는데! 하지만 섹스를 나눈 상대 라곤 앤디뿐이니, 모든 남자를 싸잡아 매도하는 건 무리이다.

대학 진학을 꿈꾸며 계획했던 무궁무진한 연애 생활을 떠올리자 한 숨밖에 나오지 않았다. 참 순진무구했던 시절이었다. 그로부터 일년도 채 되지 않은 지금의 모습을 좀 보라. 굶주린 배를 껴안고 한 남자—벌써 몇 달째 관계를 이어왔으며 이제 코까지 고는 남자의 옆에 조신하게 누워 있는 신세이지 않은가.

그러나 연인으로서 앤디는 창의적이고 열렬한 만큼 신세 한탄할 필요는 없어, 매기는 철학적으로 자신을 위로했다.

하지만 이건 지나치게 부부 같은 관계다! 그런 동시에 어떤 면으로는 전혀 부부 같은 관계가 아니었다. 예를 들어 추수감사절에 앤디는 그녀를 집으로 데려갔다간 약혼했다는 식으로 부모님의 오해를 살 거라며 쏙 빠져나갔고, 크리스마스에는 수단 좋게 휴가를 받아내 신년 주말까지 장장 열흘씩이나 하버드 대학의 동기들과 스키 여행을 떠나면서 또 둘러대길 남자들끼리의 모임이라고 했다.

앤디의 입에선 사랑한다는 말이 한 번도 나오지 않았다. 하지만 사랑을 고백하지 않기는 매기도 마찬가지였다. 사실, 그녀는 그를 사랑하는 건지 아닌지조차 가늠이 되지 않았다. 사랑에 빠졌다는 기준의 척도라고는 버니에게 느껴봤던 감정이 전부인데, 그 행복하기도 하고 애달프기도 한 복잡한 느낌의 아비규환과 비교할 때 앤디를 향한 감정의 색깔은 밍밍했다. 앤디는 매력적이고 함께 있으면 재미있고 외모도 괜찮은 남자지만 왠지……. 그녀가 사랑에 빠질 준비가 안 된 모양이다. 사랑에 빠질 준비가 되었다는 건 어떻게 알 수 있을까?

이제 매기는 기존의 검정 일색 의상들이 스콧 앤 스콧 사의 언론 공보관에게 적당할지 궁리했다. 주급 25달러 인상이면 검정색 옷가지를 한 벌 더 장만할 정도밖에 안 되니까 그냥 때우자고 결정한 후 앤디를 부드럽게 흔들어 깨웠다. 빨리 승진 소식을 전하고 싶어 기다릴 수 없었다. 하지만 그는 저쪽으로 돌아누우며 한층 깊이 꿈나라로 빠져들었다. 이번에는 귀를 세게 잡아당기자 겨우 깨어나는 기척이 보였다.

"앤디, 앤디 달링, 일어나 봐."

"왜애애……?"

그가 짜증스런 목소리로 중얼거렸다.

“지금 몇 시야?”

“저녁 먹을 때야. 그건 그렇고 앤디, 리 메인이 누군지 알지?”

“리 메인. 음…… 믿음직스런 일꾼…… 해밀턴 외삼촌에게…… 높은 평가를 받아온 분이지.”

여전히 3/4쯤 잠에 취한 채 앤디는 그녀의 젖가슴에 고개를 묻고 재차 혼수상태에 빠져들려 했다. 매기는 그의 말뜻을 완전히 납득하자마자 불에 댄 듯 앤디를 밀어버렸다.

“해밀턴 외삼촌이라니?”

“히익, 주여!”

앤디가 화들짝 놀라며 정신을 차리고 눈을 깜박거렸다.

“내가 해밀턴 외삼촌이라고 했던가?”

“분명히 그랬어. 그 외삼촌이 설마……?”

“젠장젠장젠장!”

“해밀턴 스콧이 자기 외삼촌, 맞구나! 그렇다면 싱클레어 부인은 자기 이모! 왜 지금까지 입 다물고 있었지?”

그는 된통 꼬리를 잡힌 표정으로 어물거렸다.

“어, 저기, 내 정체를 알면 자기가 그 영향을 받을까 봐.”

매기는 침대에서 뛰어 내려와 가운을 걸치고 앤디에게 멀리 떨어진 벽에 붙어 팔짱을 낀 채 그를 노려봤다.

“어떤 식의 영향?”

“죽도록 멍청한 생각이지만, 그 때문에 자기가 나를 더 좋아하거나 혹은 덜 좋아하거나 혹은…… 내가 자기를 위해 변칙적으로 힘을 써 줄 거라는 기대를 품거나 뭐 그런…….”

“내가 자기의 연줄을 이용하려고 침대에서 함께 뒹굴 거라는 생각을 했단 말이지? 어쩜 나를 몰라도 그렇게 모를 수가!”

“난 자기를 물론 잘 알아! 매기 호바트는 세상에서 가장 자기 감정에 충실한 사람이야. 하지만 그만큼 알았을 때는 어떻게 진실을 밝혀야 할지 난감했어.”

　그는 이불을 허리에 두르며 최선을 다해 당당한 척하며 자리에서 일어나 한마디 변명을 더했다.

　"사실을 고백하기에 적당한 기회가 없었다구."

　"추수감사절은 적당한 기회가 아니었어? 그때 자기 부모님이 누구고 왜 나를 집으로 초청할 수 없는지 솔직히 밝혔어야지."

　"그건 정말 미안해. 진심으로 자기를 집에 데려가고 싶었어. 하지만 우리 엄마가—해밀턴 외삼촌과 리즈 이모의 동생이야—몇 년 전부터 집안의 추수감사절 만찬 제공자로 나섰기 때문에 친척이란 친척들이 죄다 우리 집에서 모여. 난 추수감사절에 한 번도 여자친구를 데려간 적이 없는데 자기를 초대하면 다들 질문공세를 퍼붓고……. 어떤 난리가 벌어졌을지 짐작이 가지?"

　"아무렴, 짐작이 가고도 남아."

　"회사에서 내 정체를 아는 사람은 거의 없어. 리 메인과 몇몇 부서장과 해외 지사장 등 사실상 내 평생 알아 왔던 사람들이 전부야. 난 일종의 연수삼아 해파리로 일해 왔어……."

　"흥, 피자 심부름이 성공의 사다리를 오르는 자기 방법인가보지?"

　"피자 심부름은 수사학적인 표현이고 난 정말 엉덩이에서 땀이 날 만큼 열심히 일해 왔어. 회사 조직의 정상에서 밑바닥까지 운영 흐름과 업무 체계를 파악하기 위해서. 왜냐하면…… 언젠가 스콧 앤 스콧의 대표가 될 테니까. 아주 오랜 후의 일이긴 하지만 우리 집안에서 이쪽 일에 투신하려는 아이는 아무도 없어. 리즈 이모의 두 딸은 캘리포니아에서 각자 바쁘게 살고 있고, 해밀턴 외삼촌의 아들은 둘다 의사야. 우리 누나는 발레에 미쳤고. 결국 남은 건 나뿐이지."

　"그러면서 도자기 전문가가 되고 싶다고 뻥을 쳐?"

　"그건 틀림없는 진실이야. 회사의 대표이사가 어떤 분야의 전문가여선 안 된다는 법은 없잖아. 그래서 내가 하버드에서 경영학 학위도 받았던 거야. 제발 이리 와, 매기 달링, 나를 괴물 보듯 하지 말고."

　매기는 제자리에서 꼼짝하지 않았다.

"이 아파트의 임대비가 법적으로 고정되었다는 말, 사실이야?"

"사실이고 말고, 주님에게 감사하게도. 하지만 해파리족 월급으로만 생활하는 건 아냐. 작지만 쏠쏠한 다른 수입이 있어."

"그밖에 내가 또 알아야 할 건 없어?"

"… 하나 있어."

"당장 털어놓는 편이 좋을 거야."

"젠장맞을! 실은 나, 다음 달에 제네바로 가게 됐어."

"경매 때문에?"

"… 아니, 일년 동안. 내가 원해서가 아냐! 해밀턴 외삼촌의 결정이야. 제네바 지사장의 직속으로 일하고 런던 지사에서 일이 년 더 수련하라는 명령이 떨어졌어."

"하나가 아니라 세 가지 고백이네."

"난 떠나기 전에 자기에게 다 말할 작정이었어. 그간의 정이 있는데 내가 설마 아무 말도 하지 않고 훌쩍 떠날 것 같아?"

"그 정도까지는 못하겠지. 그건 자기의 기준에도 지나친 거짓말이 될 테니까."

그녀는 옷장 문 뒤에 서서 재빨리 옷가지를 걸쳤다.

"거짓말이라니! 매기, 난 거짓말한 적 없어. 사실대로 말하지 않은 것과 거짓말은 차원이 달라!"

"말장난하지 마."

방패막이로 삼은 옷장 문 뒤에서 걸어나와 매기는 샛노란 머플러를 목에 감으며 혐오감에 찬 눈으로 그를 매섭게 노려봤다.

"내가 자기를 이용하지 않을 사람임을 알면서 지금까지 함께 지냈던 밤마다 자기는 나에게 거짓말을 해온 거야. 오늘밤에도 잠결에 말실수를 하지 않았더라면 계속 거짓말을 했을 테고. 진실을 지속적으로 등한시하는 건 거짓에 속해. 앤디, 하버드에서 그건 못 배웠어?"

"매기, 가지 마. 난 자기에게 완전히 미쳤다구!"

"그래서 나를 제네바에 데려가기라도 할 거야?"

"내가 어떻게 그럴 수 있겠어? 그저 내 생각으로는……."

"막판까지 기다렸다 폭탄을 투하하는 편이 낫다고 생각했겠지."

매기는 침묵으로 긍정하는 앤디의 얼굴을 찬찬히 살폈다.

그래, 난 앤디 맥클라우드와 사랑에 빠지지 않았어. 어떻게 그런 자문을 할 수 있었지? 그를 향한 감정은 강렬한 육체적인 끌림에 불과했다. 단지 그의 거짓말에 상처를 받았고, 이런 상처는 매기의 과거로 인해 그녀에게 앞으로도 지금처럼 최악의 아픔을 유발하게 될 것이다. 그러나 앤디가 특별히 못돼먹은 인간이라곤 할 수 없다. 그는 어떤 약속도 하지 않은 채 여자를 곁에 두고 싶어하는 다른 남자들처럼 행동했을 뿐이다. 덧붙여 공정을 기하자면, 그녀 역시 더 이상의 관계 진전을 요구한 적이 없었다. 결국 둘은 동점을 기록한 셈이다.

"앤디, 다른 여자에겐 이러지 마. 저질스럽고 불공평한 짓이야."

그녀는 다정하게 충고했다.

"하지만 이번에는 내가 자기에게 진 빚을 고려해서 용서해 줄게."

"빚이라니? 대체 무슨 말을 하는 거야?"

"난 자기에게 백 점 만점의 독창적이고 관능적인 교육을 빚졌어. 향후 유용하게 써먹을 산교육. 무엇보다 앤디, 자기는 내 첫 남자였잖아. 하지만 내 생애의 유일한 남자로 삼을 생각은 애초부터 없었어."

"아, 매기! 제발 가지 마!"

"굿바이, 앤디. 난 피자 사먹으러 가야겠어."

27

　36살이 되자 테사는 독립 프로덕션을 차렸다. 에이전트인 아론 앞으로 들어오는 영화 출연 제의의 숫자는 꾸준했지만, 그녀는 주연급 여배우들이 어느 날 아침에 일어나 마흔 살이 가까워질수록 역할의 폭이 줄고 있음을 발견하는 경우를 숱하게 봐온 터라 그런 입장이 되지 않으리라 결심했다.

　마흔이 가까워질수록 얼굴에도 나이의 여파가 드러나기 마련이다. 다행히 테사는 가장 가혹하며 전문적인 잣대를 들이대도 피부, 이목구비, 머릿결, 몸매에서 어떤 흠도 잡아낼 수 없었다. 하지만 그녀 자신은 눈 아래의 변화와 중후해진 표정을 의식했다. <작은 아씨들>의 조마치 역으로 연기 생활을 시작했던 소녀가 이제는 여인, 자기 몫의 인생과 사랑과 아픔을 두루 맛본 성숙한 여인의 역할을 연기할 수 있고 연기해야 하는 나이가 된 것이다.

　한때 그녀의 매니저였던 피오나 브릿지는 이 프로덕션의 설립에 기꺼이 동참했으나 테사가 죽는 날까지 매년 한 편씩 자사 영화를 찍어야 한다는 조건을 내걸었다. 테사처럼 국제적으로 사랑받는 스타의 출연 여부가 상대적으로 소규모인 독립 제작사의 흥망을 좌우하기 때문이다. 이리하여 '켄트-브릿지' 프로덕션이 발족되었다. 피오나는 회사의 공동 대표로서 경영 전면에 나서는 한편, 아론 주커는 테사의 에이전트로 계속 일하며 회사의 재정 고문을 맡았다.

'켄트-브릿지' 프로덕션의 첫 성공작은 테사와 브루스 윌리스가 출연한 영화였다. 이 작품에서 테사는 변호사, 브루스 윌리스는 살인 혐의로 투옥된 피고 역할을 맡았다. 윌리스의 눈부신 호연과 남녀 주인공 사이에 오가는 뜨거운 교감에 힘입어 영화는 흥행에서 대박을 터뜨렸지만 그의 살인적인 출연료 때문에 재정적인 이윤이 뭉텅 줄어들었다.

다음 해 가을이 되자, 37살을 가볍게 넘긴 테사는 일생일대의 대표작이 될 만한 영화를 찍기로 마음을 굳혔다.

"아론, <레이디 카산드라 레녹스의 일생> 다 읽었어요?"

그녀의 초조한 질문에 아론이 자랑스럽게 대답했다.

"무려 997쪽에 이르는 그 대작을 어젯밤에 끝냈지. 내 자신이 대견스러워. 하루 평균 독서량이 삼백 쪽을 넘었고 새벽 두 시까지 읽어젖혔다구. 우리 마누라가 또 내 곁을 떠나기 일보 직전이었어."

"당신 보기에 어땠어요?"

"빅토리아 여왕 시대에 그런 귀부인이 존재했다니 놀라버렸어. 그녀가 당대 스캔들의 여왕으로 군림했던 것도 당연해. 손가락 발가락을 다 합해 꼽아도 모자란 숫자의 애인들하며, 마구 싸질러 낳은 그 사생아들하며, 유럽의 사교계란 사교계는 모조리 휩쓸고, 다른 여자의 남편을 눈에 띄는 족족 빼앗았는데 누가 좋아했겠어?"

"작품 판권은 확인했어요?"

"오늘 아침에 당장. 저자인 엘리엇 S. 콘웨이가 작품의 영화화 제의를 전부 딱지 놓았더군. 그의 출판 에이전트 말에 의하면 워너브라더스는 레이디 카산드라 역으로 미셸 파이퍼를, 제프/랭지 프로덕션은 글렌 크로스를, 제작가인 파울라 웨인스턴은 수잔 서랜든을 내세워 교섭해 왔대. 우디 알렌과 바브라 스트라이샌드만 잠잠한 모양이야. 그

콘웨이 박사라는 작가는 할리우드가 레이디 카산드라의 남성 편력에
만 초점을 맞추고 그녀가 대변했던 알맹이는 쏙 빼놓을 거라면서 영화
화에 반대한대."

테사는 어처구니가 없었다.

"영화화 제의를 거절하다니? 돈과 명성이 싫다는 작가도 있단 말이
에요?"

"콜롬비아 대학의 역사학 교수라잖아. 자기는 고고한 상아탑에 산다
이거겠지."

"그 잘난 자아만큼이나 엄청난 유산을 물려받은 게 틀림없어."

피오나가 끼어들었다.

"아니면 엄청나게 부유한 마누라를 뒀던가. 부모님의 유산과 부유한
마누라를 둘다 겸비했을지도 모르지."

"내가 작가와 담판을 짓겠어요."

테사는 결연하게 선언했다.

"레이디 카산드라 역할은 내 거예요. 어떤 여배우도 감히 넘보지 못
해. 아론, 그의 출판 에이전트를 통해 만남을 주선해 주세요. 내가 뉴
욕으로 날아가 그 세상 물정 모르는 박사님을 알현하죠."

"만남을 거절당하면?"

"내가 그의 열렬한 팬이라고 해요. 가볍게 술 한잔 사면서 작품의
뛰어남을 토로하고 책에 서명을 받고 싶어한다고."

"엘리엇 S. 콘웨이 박사가 그런 헛소리에 끝까지 안 넘어온다면?"

테사는 답답해서 한숨을 쉬었다.

"그 박사가 바지 두른 남자라면 나를 만나고 싶어해야 해요. 동성애
자라도 나를 만나고 싶어할 테고, 외계인이라면 번식 목적으로 자기
혹성으로 데려가기 위해 절대적으로 나를 만나고 싶어할 거예요."

"맞아, 아론. 이 여자는 다름 아닌 테사 켄트잖아."

피오나가 쐐기를 박았다. 그녀는 비관적인 아론의 태도에 항상 그래
왔듯이 속으로 고개를 저었다. 테사 켄트의 에이전트로 근 이십 년의

세월을 보내고도 여전히 맹꽁이 같은 소리를 하는 아론이 딱했다. 테사 켄트와의 만남을 마다할 남자가 있을지도 모른다고 가정하다니 구제불능의 염세주의자야.

아론이 한숨을 억누르며 중얼거렸다.

"최선을 다해보지."

2주 후 테사는 콜롬비아 대학 부근인 웨스트사이드의 동네 술집에서 엘리엇 S. 콘웨이 박사를 벌써 삼십 분째 기다리는 처지가 되었다. 그가 일정이 빡빡하다며 시내로 나와 칼라일 호텔의 바나 그녀의 전용 객실에서 만나길 일언지하에 거절한 결과였다. 그리고 이제는 약속 시간에 맞추어 나타나는 예의조차 보이지 않자, 테사는 작은 술집을 발 디딜 틈 없이 채운 사내들의 노골적인 시선을 피하기 위해 <레이디 카산드라 레녹스의 일생>에 몰두한 척하는 연기마저 포기한 채 조용히 분통을 터뜨렸다.

술집에서 외로이 궁상을 떨어보긴 난생 처음이었다. 온갖 어중이떠중이들이 드나드는 이런 허름한 선술집은 물론이거니와 특권층을 상대로 하는 고급 바에서조차도 낯선 사람이나 친구들을 혼자 기다려 본 적이 없었다. 그녀는 이목을 피해 이 선술집의 동네 어귀에 세워놓은 리무진에서 내리자마자 약혼 반지의 거대한 녹색 다이아몬드가 손바닥으로 가도록 돌려 꼈다. 어떤 도시에서든 거리에 나설 때마다 해왔던 자동적인 행동이었다.

그녀는 이 만남에 철저하게 대비했다. 포도주빛 정장과 순백의 고급스런 레이스 블라우스는 그 자체만으론 영화 의상 같은 현란함이랄지 과장됨이 없었다. 그러나 상의 단추가 아래쪽에 달려 가슴을 감싸는 동시에 공개하고 가느다란 허리를 강조하면서 360도 원형으로 재단된 치마로 확 퍼지는 실루엣은 빅토리아 여왕 시대의 분위기를 충실하게 재현했다. 고풍스런 카메오를 중심으로 한 세 줄 진주 목걸이는 목에 밀착되는 디자인이었으며, 얼굴 주변에 기교적으로 잔머리를 남기고 하나로 틀어올린 복고적인 머리형 덕분에 작고도 섬세한 카메오 귀걸이가 돋보였다. 호텔을 나설 때는 나무랄 데 없는 차림으로 보였다.

하지만 청바지와 베이스볼 재킷이 제복인 이 선술집에서는 마치 가장 무도회에서 뛰쳐나온 사람처럼 겉돌았다.

그녀는 시간이 갈수록 배가되는 곤혹스러움을 달래려고 애썼다. 영화 스타가 영화 스타답게 차려입어 대중의 기대에 부응하는 건 스타의 의무잖아? 그리고 그녀의 일상복 가운데 어떤 옷을 골랐다 해도 이런 장소에선 튀었으리라. 이왕 튈 바에야 은근함 따윈 쓰레기통에 내던질 걸. 머리부터 발끝까지 완벽하게 빅토리아 시대 의상으로 차려입어 레이디 카산드라 역할을 얼마나 원하는지 보여줌으로써 그 거만한 박사의 자존심을 채워주는 편이 더 효과적일지도. 아니면 가장 선정적인 드레스나, 신성처럼 등장한 일본인 디자이너의 미래 지향적인 복장으로 스타다움을 과시해서 제 잘난 맛에 사는 그 역사학 교수를 초장에 압도해 버리든가. 아, 망할! 오늘 카산드라 레녹스 역할을 놓치면 난 나 자신을 절대로 용서하지 않겠어.

"그 책 좀 봅시다."

한 남자가 그녀의 옆자리에 털썩 주저앉았다. 털털한 가죽점퍼에 코듀로이 바지를 걸친 곰 같은 사내였다. 한 번 이상 부러졌던 듯한 코, 우직하지만 꾀바르다는 느낌을 주는 눈빛, 텁수룩하니 뻗친 금빛의 고수머리는 우람한 체구나 솥뚜껑처럼 커다란 손과 더불어 영락없는 부두 노동자였다. 말 등에 앉아 있지 않으면 조각배를 타고 강풍과 싸우는 모습이 연상되는 사내였다.

그는 깜짝 놀라 눈을 동그랗게 뜨고 있는 테사를 무시한 채 그녀의 손에서 책을 빼앗아 휘리릭 넘겨보았다.

"당신이 직접 읽었거나 남이 읽은 책을 가져왔군."

그리고는 손을 내밀어 악수를 청했다.

"내가 바로 샘 콘웨이요. 그런데 어느 쪽이지? 이 책의 주인이 당신이오, 남이오?"

“당연히 내 책이에요.”

테사는 어리둥절했다. 깐깐한 작가이자 고고한 상아탑의 역사학 교수인 줄 알았던 엘리엇 S. 콘웨이가 예상과 너무 달랐을 뿐더러, 그의 다짜고짜 접근이 황당할 뿐이었다.

“지금 뭐하시는 거죠?”

“확인. 책기둥이 많이 꺾여 있고 책장의 윗부분에 규칙적으로 손자국이 나 있는 것으로 봐서 건너뛰지 않고 제대로 다 읽었군.”

그녀는 어처구니가 없어 실소를 터뜨렸다.

“차라리 퀴즈를 내시지 그러세요? 난 여주인공 캐시에 대해 선생님만큼이나 모르는 게 없답니다, 콘웨이 교수님.”

“중간 이름인 샘이면 족하오. 엘리엇이나 콘웨이 교수는 내 취향이 아니라서. 그런데 왜 여주인공을 캐시라고 부르지?”

“레이디 카산드라 레녹스는 작품의 삼백 쪽을 넘긴 후부터 지나치게 딱딱해 보였어요. 그래서 캐시라고 애칭을 붙여줬죠. 당신의 귀에 거슬리지 않기를 바래요, 샘.”

“실은 나도 그렇게 불러 왔소. 그녀는 팔팔한 투사니까.”

“대적할 상대가 없는 투사죠.”

“뭘 마시겠소? 아, 그건 그렇고 늦어서 미안하오. 선처를 바라는 학생에게 학점을 못 주는 이유를 설명하느라 시간을 잡아먹었소.”

“낮은 점수라도 주고 약속 시간을 지키지 그러셨어요?”

“그럴 순 없지!”

샘 콘웨이는 진짜 대경실색한 표정이었다.

“당신의 도덕관을 어디에 팔아먹었소? 자, 음료는?”

“보드카 스트레이트로 주세요.”

그 정도의 알코올 도수라면 술잔에 버글거릴 어떠한 세균도 소독되리라는 게 그녀의 포석이었다.

“짐, 스톨리스 스트레이트 두 잔. 숙녀의 잔에는 빨대를 끼워주게.”

“어떻게……?”

“난 독심술사거든.”

그는 씨익 웃어 테사에게 아주 오랫동안 낯설었던 감정을 불러일으켰다.

“당신이 별로 편해 보이지 않아서. 여긴 허름하긴 해도 식기 세척기 정도는 갖추고 있소. 그래도 빨대로 마시는 편이 낫겠지?”

나도 솔직한 매력으로 승부를 걸자, 테사는 순간적으로 결정했다.

“내 집처럼 편하지는 않군요. 혼자 술집에 죽치고 있기는 처음이에요. 특히 여자를 처음 보는 것처럼 노골적으로 응시하는 남자들이 드나드는 이런 곳은. 대부분은 초연한 척 눈자위로 훔쳐보거든요.”

“당신이 이곳에 나타나 준 덕분에 난 적어도 4백 달러는 벌었소.”

“예?”

“내가 테사 켄트에게 술 한잔 살 거라니까 다들 코웃음을 쳤소. 정말 그러면 손가락에 장을 지지겠다며 5달러씩 걸더군. 그래서 당신을 뚫어져라 살피는 거요, 진짜인지 가짜인지 확인하려고.”

“맙소사, 지금 나이가 몇인데 그런 짓을!”

“서른여덟이오.”

“그런데도 아이들 장난을 한단 말이에요?”

“하면 왜 안 되지?”

“당신은 빅토리아 시대를 전공한 역사학 박사에 뛰어난 작가, 근엄한 정교수잖아요. 또 삼십대 후반이면 그런 유치한 장난을 할 나이는 한참 넘었어요.”

“내 마음은 언제나 유치한 이팔청춘이랬소, 우리 집사람이.”

그는 유감스러운 듯 고개를 설레설레 흔들었다.

“부인의 논평이라면 정확하겠군요.”

“전처요. 난 유치한 정신연령에서 벗어날 수 없었지.”

“결혼을 몇 번이나 했는데요?”

“딱 한 번. 옛날 옛적에. 이십대에는 더 유치찬란했소.”

“아이들은 있나요?”

"없소. 당신은?"

"화려한 싱글이에요."

"십대의 자유분방한 영혼을 지닌?"

"난 열넷에 다 커버렸어요. 십대의 영혼을 키울 틈이 없었죠."

"딱한 일이야. 생의 멋진 부분을 놓쳤군. 하지만 결코 늦진 않았소. 내 주위에 있으면 그 시절로 되돌아갈 수 있지."

테사는 지금이 기회다 싶어 얼른 동의하고 나섰다.

"나도 당신 주위에 있고 싶어요. 캐시가 되게 해주세요. 그 역을 꼭 연기하고 싶어요."

"물론이시겠지. 빅토리아 시대의 분위기를 은근하게 팍팍 풍기는 그 의상으로 이미 알아봤소. 하지만 판권을 팔 생각은 없소."

"샘, 당신은 돈에 구애받지 않을지 몰라도 그 작품이 영화화되면 레이디 카산드라 레녹스의 삶이 얼마나 널리 알려질지 고려해야 해요. 그녀가 대중과 친숙해질 기회를 박탈하는 건 불공평해요."

"내 책은 타임스의 베스트셀러 순위에서 정상을 차지하고 있소."

그는 만족에 겨워 우쭐거렸다.

"재주문 수치를 근거로 한 출판 에이전트의 예상에 따르면 적어도 향후 육 주는 끄덕 없이 정상을 지킬 거랬소. 어쩌면 다른 대형 작품이 출간될 두 달 후까지도."

"그래 봤자 양장본의 최대 판매량은 고작 4만 부예요. 왜냐하면 독자 대부분은 침대에서 편히 읽을 수 없는 작품에 좀처럼 돈을 쓰지 않으니까."

테사는 피오나에게 주워들었던 출판계의 실상을 떠올리며 얼떠게 반격했다.

"또한 천 쪽이 넘는 분량의 대작은 원래 판매에서 고전해요. 책이 두꺼울수록 휴대성이 떨어지거든요. 그러므로 내년부터 문고본으로 나온다 해도 2백5십만 부가 팔리면 많이 팔리는 거예요. 아, 거기에 대학 서점을 중심으로 한 고급 독서 인구의 구매력을 더하고 해외판매량도 따지면 총 3백만 부쯤 되겠죠. 하지만 영화화되면 사정이 달라져요. 원작의 판매량이 사실상 0이 되는 이 년 후에 영화가 개봉되면 그 인기에 힘입어 책도 다시 베스트셀러 순위에 진입해요. 영화가 재개봉되거나 텔레비전을 통해 상영될 때마다 작품의 판매 수치도 따라서 상승하죠. <바람과 함께 사라지다>가 지금까지 재판되는 이유가 바로 그 때문이에요."

"그 작품이야말로 내가 영화화에 반대하는 주된 이유요."

샘은 이쪽으로 돌아앉아 그녀를 직시했다. 푸른 눈에서 강렬한 안광이 분출되었다. 이 공간을 가득 메운 듯한 그의 존재감으로 갑자기 숨쉬기조차 어려워졌다. 샘 콘웨이는 강의실을 휘어잡고 학생들을 매료시키는 카리스마적인 교수이리라. 그의 남성적인 박력에 꼼짝없이 사로잡힌 테사는 체모가 언뜻 엿보이는 셔츠의 벌어진 목 부분에서 눈을 뗄 수 없었지만 이건 공적인 만남이라고 자신을 나무라며 억지로 그의 말에 귀를 기울였다.

"<바람과 함께 사라지다>는 주도면밀한 자료 조사가 곁들여지고 남부의 관점에서 바라본 역사서라 해도 과언이 아니오. 그런 명작이 영화화되어 어떤 꼴이 되었지? 비비언 리의 의상 갈아입기와 소모적인 사각관계에 대한 것으로 끝났잖소. 그 영화는 원작의 5퍼센트도 제대로 담아내지 못했소. 남북전쟁은 남녀의 애정 행로를 뒷받침하는 배경으로만 축소되었으며 원작의 낭만적인 필체는 완전히 죽어버렸지."

"하지만 당신 작품은 전쟁에 대한 이야기가 아니잖아요. 고리타분한 역사적인 사실을 열거해 놓은 왕묘 같은 작품이 아니에요. 걸출했던 한 여인에 대한 이야기죠. 캐시가 작품의 처음이자 끝이요. 또한 작품의 기둥이며, 남북전쟁과 스칼렛과 레트와 애슐리와 심지어는 불쌍한 멜라니까지 전부 합해놓은 주인공이에요. 책의 한쪽 한쪽마다 카산드라 레녹스가 살아 숨쉬고 있어요. 당신은 소설처럼 전기를 써놓고 이제 와서 역사학자처럼 생각하는군요."

"당신은 장사꾼처럼 생각하고."

테사는 그를 죽일 듯이 노려봤다.

"그렇지 않아요!"

"농담 한마디했을 뿐이오, 당신의 반응이 보고 싶어서."

샘은 그녀의 분노 앞에서 얼른 말을 번복했다.

"사실 당신은 역할과 사랑에 빠진 배우 같아. 맞소?"

그녀는 샐쭉하니 침묵을 지켰다.

그가 다시 끈질기게 채근했다.

"캐시와 사랑에 빠진 거요, 아니오?"

"흥, 맞아요. 그 역을 원하는 다른 여배우들도 나 같은가요?"

"아니, 모든 영화화 이야기는 서로의 대리업자들 사이에서만 오갔소. 난 뒤로 빠진 채 계속 안 된다고만 했지."

"당신 작품이 소중하다면 유연하며 사려 깊은 태도를 취하는 편이 좋을 거예요. 그렇게 학자연한 뻣뻣한 자세는 작품의 미래에 하등 도움이 되지 않아요."

샘은 그녀의 도발에 느물거리는 웃음만 지었다.

"대학 4년 내내 운동장을 구르다가 역사에 반한 나 같은 전직 풋볼 선수에게서 학자연한 뻣뻣한 자세가 제대로 나올 리 없지. 당신이야말로 할리우드의 속물 행세는 좀 버리는 게 어떻소?"

테사는 작전을 변경하기로 했다. 작품 판권을 노리는 다른 경쟁자들의 자격 미비를 상기시켜 영화화에 대한 반감 자체에서 샘의 관심을 돌려놓자.

"수잔 서랜든이 캐시의 역에 어울릴 것 같아요?"

"전혀. 그녀는 너무 미국적인 빨강머리에, 작품 초반부를 소화하기엔 너무 성숙해."

"미셸 파이퍼는요?"

"지나치게 연약하지. 타고난 비련의 여주인공감이야. 캐시는 그보다 강인한 생명력과 두둑한 배짱의 소유자요."

"글렌 크로스는?"

"그녀 특유의 당당함이 아름답긴 하지만 관능적인 면이 좀 떨어지지. 그러나 메릴 스트립이라면……."

"스트립!"

테사는 파르르 떨었다. 강력한 경쟁자의 새로운 등장 앞에서 샘을 구슬리려던 작전 따윈 하얗게 잊혀졌다.

"농담이오."

"나를 놀리는 재미가 쏠쏠하길 바래요."

그녀가 냉랭하게 쏘아붙였다.

샘은 대단히 흐뭇한 미소와 함께 받아넘겼다.

"쏠쏠한 것 이상이오. 한 잔 더 하겠소?"

"할리우드 최정상급 스타들이 캐시 역에 몸달아 있으니 당신의 자만심이 터지기 직전까지 부풀었겠군요."

좌절감으로 말이 곱게 나오지 않았다. 카산드라 레녹스를 세상에 소개하는 것보다 자신의 소중한 원작권을 보호하는 데 더 관심 많은 이 완강한 남자를 설득하긴 그른 것 같았다. 더 이상 고개 숙이지 말고 물러서는 편이 이롭지 않을까?

"꼭 그렇진 않소."

샘 콘웨이가 어울리지 않게 갑자기 수줍어하며 천천히 말했다.

"내 자만심이 폭발 직전까지 팽창된 건 사실이지만 그건…… 바로 당신, 테사 켄트가 캐시 역을 원하기 때문이오. 난 그 작품의 자료를 조사하고 저술하면서 줄곧 당신을 떠올렸소. 이런 낯간지러운 소리가 곧이 들리지 않겠지만, 난 당신의 원년 팬이오. <작은 아씨들>을 보며 우는 바람에 고교 친구들에게 개망신을 당했었지. 베스가 아니라 꿋꿋한 조가 내 심금을 울렸던 거요. 당신은 너무도 아름다웠소……, 거의 지금만큼이나. <제미니 섬머>는 언제나 내 정력을 되살리는 즉효약이었고. 그래서 지금껏 작품의 영화화 제의를 거절해 왔던 거요. 당신을 위해 아껴두느라. 하지만 난 당신이 그 작품을 읽었는지 알고 싶었소. 당신이 나를 찾아와 주길 고대해 왔소. 왜냐하면…… 나의 유치찬란하지만 불멸의 십대 영혼이 당신에게 반했으니까. 구제불능으로.”

그녀는 너무 놀란 나머지 샘 콘웨이를 바라보기만 했다. 그의 얼굴이 벌겋게 달아올라 있었다. 하지만 그는 이글거리는 눈으로 그녀가 수줍어 먼저 시선을 돌릴 때까지 테사의 눈길을 잡고 놓아주지 않았다.

“이제…….”

샘이 어설프게 중얼거렸다.

“록펠러 센터로 스케이트 타러 갑시다, 지금 당장. 당신 복장은 스케이트 타기에 딱이오. 그리고 내일은 각자 대리업자에게 전화해서 계약하라고 하지. 어떻소?”

“난 열여섯 살 때 이후로 스케이트를 타본 적이 없는데…….”

“걱정할 거 없소, 내가 선수니까. 당신을 꼭 잡고 놔주지 않으리다. 테사 켄트가 대중 앞에서 엉덩방아를 찧을 순 없지.”

“샘, 난 캐시를 멋지게 연기해 내겠어요. 약속해요.”

“그건 이미 오래전부터 알고 있었소. 짐, 술값은 내 장부에 올려두고 내기 상금을 거둬주게. 그럼 친구들, 잘 있으라구. 5달러 어치의 눈요기는 넘었지?”

박수와 휘파람과 환호성의 태풍 속에서 테사는 샘의 손에 이끌려 술집을 나서며 십대의 영혼을 갖는 기분이 어떤 것인지를 깨달았다.

28

매기는 기내 좌석이 허락하는 한 가장 편안한 자세를 취했다. 홍콩에서 뉴욕으로 돌아가는 유월의 오늘이 그녀의 생일이라는 것을 이 비행기의 아무도 모르는 덕분에 기내 서비스로 23개의 초가 꽂힌 생일케이크를 모면했고 그래서 감사하기까지 했다.

작년에는 리 메인을 필두로 한 홍보부 직원들이 돌아가며 서로 챙겨주는 부서의 전통에 의거해 스물두 살이 된 매기의 생일도 빠뜨리지 않고 축하해 주었다. 하지만 모두가 의례 행복한 표정을 지어야 하는 그런 분위기 속에서 기쁨과 놀라움을 가장한 채 정말 끔찍스러운 '해피 버스데이'를 끝까지 다 들어야 하는 건 쑥스러운 고역이었다. 어른들에겐 그런 의식을 금지하는 법안이 국회에서 통과돼야 한다. 이제 매기는 경력에 굵직한 획을 긋는 경매 후의 극심한 피로 때문인지 생일에 대해 더 한층 격렬한 반감을 느꼈다.

지난 이 주에 걸쳐 그녀는 홍콩에서 스콧 앤 스콧 사의 경매를 성공시키기 위해 홍보라는 이름의 방아를 쉬지 않고 돌려 구수한 이야깃거리를 쿵쿵 빻아낸 터였다.

해외 출장 한달 전부터 뉴욕에서 중국의 통신사들과 홍콩의 2대 영자 신문사와 수십 개에 이르는 현지의 주요한 잡지사를 상대했으며, 홍콩에 도착해서는 수백이 넘는 기자들 앞에서 한 차례 공식 회견을 하고 중국어 일간지에 실릴 기사들이 천편일률적으로 겹치지 않도록 하나의 경매를 매번 다른 각도로 조명하여 새로운 뉴스거리를 제공했다. 리젠트 호텔의 대형 무도장에서 개최된 경매 상품의 일주일 전시와 본 경매를 위해 꽃과 음식을 세심하게 준비하는 일도 결코 만만하지 않았다. 경매가 진행되는 중에는 어떤 구입자가 자신의 이름이 기사화돼도 좋다고 흔쾌히 허락해 줄지 가려내 접촉하고, 언론 관계자들 사이와 통신 입찰 센터를 바삐 오가는 틈틈이 룸서비스의 스크램블 에그와 참치 샌드위치로 연명하면서, 밤늦게 호텔의 수영장을 왕복하는 것으로 긴장을 풀며 새벽까지 일했다.

드디어 귀향길에 오른 매기의 심정은 로마 시민들 앞에서 개선 행진하는 시저의 그것까지는 아니지만 전리품을 가득 실은 코끼리 수송단의 대장쯤은 된 기분이었다.

이번 경매에서 도자기, 중국 가구, 중국 그림, 그리고 중국인들이 추앙해 마지않는 옥(玉)과 시계와 유색 다이아몬드를 주로 한 보석류의 총 거래액이 수백만 달러에 이르렀기에 그 수수료가 어마어마했다. 거기에 백일곱 개의 염주를 꿰어만든 옥 목걸이 한 점이 무려 백칠십만 달러에 낙찰됨으로써 이 분야 세계 기록을 갱신하고 스콧 앤 스콧 사에는 십 퍼센트의 경매 수수료와 홍콩에서의 확고한 기반까지 안겨준 것이다.

불과 5년 전까지만 해도 학벌도 경력도 없던 일개 임시직원이 이제는 리 메인에 이은 명실공히 이인자가 되어 세 명의 직원들을 거느리고 모든 경매의 홍보를 기획·책임지는 이런 성공담이 가능하다니? 회사로 돌아가기가 무섭게 또 제네바로 날아가 후기 인상파의 경매를 도모하는 일이 과연 가능할까?

불가능할 것도 없지, 매기는 남자 승무원이 줄기차게 제공하는 샴페인을 홀짝거리며 생각했다.

경매업계에서 구른 5년은 다른 업계의 15년 경력에 해당된다. 가령, 모든 경매 회사들을 호텔과 국제 공항과 각종 편의시설이 갖추어진 버뮤다만한 크기의 섬에 모아놓고 홍보만 제대로 해도 세상의 돈 있는 사람들은 꾸역꾸역 몰려들 것이다. 본인이 직접 오지 못하면 전화나 이메일을 통해서라도 입찰하리라.

바로 이런 업계의 언론 공보관으로 살아남기 위해선 한계까지, 아니 한계를 넘어서까지 일하고 전심전력을 다하는 자세가 필수적이었다. 리 메인은 매기에게 그렇게 일하다 순직할 거라고 경고하며 규칙적인 운동을 권했지만 운동은커녕 사생활을 누릴 시간마저 여의치 않았다. 그러나 시간은 활용하기 나름이라는 것이 매기의 지론이었다.

매기는 섹스에 관해선 남자들만큼이나 담백했다. 어떤 대상과 느낌이 통하면 그의 구애를 기다리거나 원하지 않았다. 구애란 소중한 시간을 잡아먹는 허례허식이니까. 그녀는 곧장 본론으로 들어갔으며, 동침하고픈 마음이 생길 것 같지 않은 남자에게는 술 한잔 함께 하는 기회조차 주지 않았다.

그런 식의 급진적인 관계와 일단 흥미가 떨어지면 애인을 단칼에 잘라버리는 매기에게 심지어는 폴리마저 경악을 금치 못했다.

"넌 지나치게 정력적이야."

폴리의 최근 충고였다.

"그래서 뭘 어쩌자는 거지? 자기 꼬리를 잡으려고 빙글빙글 도는 강아지 같아. 한 남자와 진득하니 육 개월쯤 사귀면서 서로를 향한 감정에 깊이를 가져봐."

"당신과 제인 로빈슨 양처럼?"

매기는 깔깔거리며 놀렸다.

"둘이 하나가 된 계기는 나와 폭설 덕분임을 명심하세요."

"마음껏 웃어. 누가 뭐래도 난 행복하니까."

행복이란 폴리에게 부부처럼 안정적인 관계를 뜻했다. 하지만 매기에게는 아니었다. 그녀는 양적으로 많은 재미를 누리는 데 족했다. 누구와도 결혼할 의향이 없었고, 그래서 상대가 진지하게 나오면—그런 불상사는 너무 잦았다—그를 단호하게 차버렸다. 한 남자에게 헛된 희망을 품고 그녀 주위를 맴돌게 하느니 딱 끊어주는 편이 더한 친절이 아닐까?

폴리가 충고를 하긴 했지만 매기의 남성 편력 실태를 정확하게 파악하고 한 말은 아니었다. 왜냐하면 그들은 더 이상 한 집에 살지 않았기 때문이다. 매기는 홍보부 내의 승진과 더불어 월급을 인상받았다. 많은 액수는 아니었고, 또 아무리 많이 받는다 해도 그녀의 업무량에 비하면 늘 부족하겠지만, 오 년 전의 짧은 머리를 언제나 똑같은 길이로 유지하고 값비싼 월포드의 강력 서포팅 팬티 스타킹을 착용하며 언제 어디서나 무난한 경제적인 구두들을 장만해 잘 손질해 신고 여전히 검정 일색의 의상에 가끔 파격을 줄 정도의 봉급은 됐다. 매기는 절약에 절약을 더해 폴리네 아래층의 방 두 개짜리 아파트를 좋은 가격으로 임대했다. 이로써 자유분방한 사생활이 보장된 동시에, 경매에서 물건을 한 점씩 구입하는 계기도 되었다.

"샴페인을 더 하시겠습니까?"

승무원이 물었다.

"예, 조금만 더."

매기는 잔을 내밀었다. 자칫하면 허물어질까 봐 포도주마저 멀리했던 지난 이 주일 동안 팽팽하게 조율된 긴장이 벌써 상당한 양의 샴페인을 들이켰는데도 불구하고 좀처럼 풀어질 줄 몰랐다.

폴리네 아래층으로 독립한 후 매기의 속에서 깊숙이 잠들어 있던 소유욕이 고개를 들었다. 평생 남의 집에서 살다 자신만의 공간이 생기자 나만의 물건에 대한 집착이 떠오른 것이다. 스콧 앤 스콧 사의 전문가들로부터 가구, 미술품, 골동품 등등의 지식을 충분히 얻어들었기에 물욕이 한층 심해졌다. 그들은 자기네 분야의 경매에 대한 매기의 재기발랄한 홍보에 별도의 애정과 관심까지 담겨지길 기대하며 그녀를 교육시키는 데 앞다투어 나섰다. 이러한 지식과 굉장한 행운에 힘입어, 그녀가 눈독들였던 경매품이 입찰자들의 흥미를 끌지 못하는 경우가 가끔 있었다. 매기는 그런 기회를 놓치지 않았다. 그리고 폴리를 위해 근사한 옛 직물들도 낚아채 그간 얻어먹었던 음식에 보답했다. 언제나 그녀를 반갑고 따뜻하게 대해 주는 폴리의 우정에는 그 무엇으로도 보답할 수 없으리라.

아파트를 치장하는 일에 열성을 기울였음에도 그 공간은 유행을 거부하는 매기의 취향 때문에 여전히 텅 빈 것이나 다름없었다. 그럼에도 불구하고 그곳은 그녀가 항상 갈망해 온 '홈'이었다.

하지만 그곳에서 유유자적하게 즐길 만한 시간은 얼마 되지 않았다. 연일 거듭되는 야근은 물론이거니와 점심 시간은 노상 일류 레스토랑에서 보냈기 때문이다. 점심은 업무의 연장이었다. 그녀는 홍보 담당자로서 알아야 할 필요가 있는 사람들—주요 언론사의 기자들을 비롯하여 미술 및 골동품 계열 잡지사, 패션 잡지사, 종합 잡지사, 수집가들을 위한 전문 잡지사의 담당자들과 인기 최고의 레스토랑에서 식사하며 교제했다. 이 일을 해온 지 여러 해가 넘었음에도 그녀는 테디 베어 수집가들을 위한 잡지가 두 개나 되고, 상태가 좋은 슈타이프* 사의 곰인형이 천정부지의 가격으로 거래된다는 사실에 여전히 놀람을 금할 수 없었다. 라이프지(誌)는 스콧 앤 스콧 사의 지난 테디 베어 경매를 특집으로 다뤘으며 다음번 골동품 인형 경매를 열렬하게 기다리는 중이었다.

아, 난 행복해!

이제 매기는 만족에 찬 한숨을 쉬며 술잔을 내려놓았다. 그녀는 일을 사랑했다. 마음에 드는 연인들과 즐겼다. 사랑하는 친구들도 됐다. 폴리, 리 메인, 제인, 해밀턴 스콧, 리즈 싱클레어…… 그리고 버니. 언제나 곁에 있어 준 옛친구이자 아련한 아픔과 치열한 갈망 없이는 떠

---

* 1902년 테디 베어를 처음 선보였고 지금껏 최대의 테디 베어 제작사인 독일의 장난감 회사.

올릴 수조차 없는 버니를 떼놓을 순 없지. 성공과 사랑과 우정, 이 전부를 향유하는 사람이 이 세상에 몇이나 될까? 나보다 더한 행운아는 없을 거야.

중국의 한 황제는 인도 사과처럼 말간 초록색의 옥(玉)을 수집해 삼천 칸으로 나누어진 상아 장식장에 보관했다고 한다. 그 전부가 다 어디로 사라졌을까? 107개의 옥 염주 목걸이가 170만 달러에 거래되었다면 실종된 황제의 보물들은 얼마나 나갈까? 그리고 그 염주 목걸이의 옥 한 알에 얼마라는 소리지? 매기는 계산하려 애쓰다 스르르 잠속으로 빨려 들어갔다.

그 해 9월의 첫번째 토요일 하루가 저물자 매기는 버니를 찾아갔다. 그는 몇 해 전 자금력이 든든한 투자자와 손잡고 '초퍼 두드'라는 주문제작형 오토바이 가게를 열었다. 그야말로 오토바이 광들만 상대하는 이런 가게가 살아남을 수 있을까 싶은 매기의 우려와 달리, 이 세계는 오토바이 좌석만 무려 250가지 종류나 전문적으로 생산하는 회사가 있는가 하면, 일흔 살의 기업 총수가 애지중지하는 스프링거(앞모습이 가장 아름답다는 할리 소프테일 기종)의 모든 금속 부분—심지어는 브레이크, 클러치, 카뷰레터 보호막까지—을 도금하는 데 사 년씩 들이는 등 괴짜들이 바글거렸다.

매기와 버니는 서로의 분야에 대해 언급하지 않기로 합의한 터였다. 가장 대중적인 오토바이 상표조차 매기의 귀에는 외국어나 마찬가지이듯 그는 치펜데일 티 테이블처럼 상식적인 고가구마저 몰랐기 때문이다. 그녀는 남자와 스피드의 관계를 이해하길 포기했다. Y염색체의 쓸데없는 유전적인 형질 탓이라고 돌려버린 지 오래였다.

"테스토스테론(남성호르몬)이 넘쳐흐르는 이곳에서 얼른 벗어나자."

오토바이 숍에 들어서자마자 매기가 성화를 부렸다.

"너에게 할말이 있어."

버니는 하던 일을 중단하고 재빨리 그녀를 따라나섰다. 그는 9번 가를 가로지르며 볼멘소리를 냈다.

"몇 달씩 어디 틀어박혔던 거야? 첫, 얼굴 보기 되게 힘들다."

"일했어."

그녀의 무심한 대답에 버니는 더 상처받아 툴툴거렸다.

"얼마나 일을 열심히 했길래 전화 한 통화 못하냐?"

"또 홍콩에 다녀왔어. 이제 됐니?"

매기는 톡 쏘아붙였다. 홍콩 소리는 거짓말이었지만, 사람 마음을 싱숭생숭하게 유인하는 여름의 나른한 밤마다 네가 죽도록 보고 싶어서 오히려 멀리했다는 고백은 할 수 없었다. 오늘 이렇게 버니를 찾기까지 얼마나 많은 변명과 이유를 스스로에게 둘러댔는지 모른다.

"그래, 됐다. 홍콩에 왜 갔었는지는 생략해도 돼."

"말할 생각도 없었네. 너처럼 무식한 공돌이에게 말해 봤자 입만 아프니까."

"무식한 공돌이 맛 좀 볼래, 깜찍아?"

"아주 좋지."

가볍게 받아넘기며 그녀는 부산한 거리에서 벗어나 작년의 올림픽 열기를 반영하듯 바르셀로나 분위기를 모방한 작은 술집으로 들어갔다. 그들은 잠자코 앉아 술이 나오길 기다렸다. 아니, 함께 있다는 행복을 만끽했다. 매기는 괴물 같은 기계를 만들고 시험주행을 하느라 근사하게 조형된 그의 근육질 체구와 가무잡잡한 피부를 차근차근 살폈다.

예전보다 훨씬 성숙해졌구나. 이교도적이야…… 야성적이야…… 제왕다운 당당함이 풍겨. 젊은 왕자처럼 자신만만해 보이고. 이제 버니는 진짜 사내가 된 것이다. 그러면서도 따가운 햇살이 내리쬐는 과수원의 싱그러운 사과향 같은 그의 독특한 체취는 여전했다.

"자, 문제가 뭐야?"

버니가 먼저 입을 뗐다.

"일은 잘 돌아가는 눈치니까 남자 문제겠구나."

"남자 문제가 아냐."

안도감이 버니를 덮쳤다. 그는 매기가 제 짝을 만나는 날이 올까 봐 마음을 졸여 왔다. 그건 그녀에게 잘된 일이고 당연히 축하해 줘야 하고 그날의 도래는 피할 수 없음을 알면서도 매기를 잃고 어떻게 살아가야 할지 눈앞이 깜깜했다.

미리부터 그런 걱정을 하지 않으려고 노력해 봐야 헛수고였다. 매기를 떠올릴 때마다 5년 전에 빼앗겼던 기회와 거기에서 파생되었을 황홀한 미래가 사무치도록 아쉽고 원통했으니까.

젠장. 왜 나는 안 된다는 거지! 나보다 그녀를 사랑하는 남자는 없는데 왜, 왜, 왜!

그리고 어떻게 저리 예뻐질 수 있는 거야! 버니는 분통이 터졌다. 그녀는 그의 생각에 완벽한 상태에서 풍만한 가슴만 빼고 살이 또 빠져 늘씬해진데다 제복처럼 신비스러운 검정색 의상만 걸쳐 세련된 뉴요커의 전형이 되었지만 피부만큼은 여전히 챙모자를 쓰고 장미 정원에서 하루를 보내는 아일랜드 아가씨의 그것이었다. 하지만 매기처럼 짙푸른 눈을 한 아일랜드 여자는 없을 거야, 버니는 확신했다. 짧은 머리가 저토록 섹시하게 어울리는 여자도, 웃음소리만으로 반경 오십 미터 내의 모든 남자들을 흥분시키는 여자도 없어.

"일 문제도 남자 문제도 아니라면 오토바이를 사기로 결심했니?"

"시도는 좋았지만 완전히 빗나간 추리야. 버니, 믿거나 말거나 이건 내 미래에 대한 문제야. 실은 나…… 스카웃 제의를 받았어. 지금보다 훨씬 큰 경매 회사에서 연봉과 직위를 올려주겠대."

"어느 회사? 소더비, 아니면 크리스티?"

매기는 깜짝 놀랐다.

"네가 그런 회사들을 어떻게 알아?"

"클래식 자동차와 오토바이 경매를 통해서."

"그럼 그렇지. 그 생각을 미처 못했던 내가 어리석었어."

"그래서 어느 쪽이야?"

"소더비."

“그쪽으로 이직하기 싫은 이유는?”

“내가 언제 회사를 옮기기 싫다고 했지?”

“마음이 있었다면 나에게 상의할 필요도 없이 벌써 옮겼을걸.”

“음. 너, 옛날보다 엄청 똑똑해졌다.”

“머리 굴리는 면으로는 아버지의 유전자를 물려받지 않은 것 같아, 다행히.”

“어느 면으로도 너희 사랑스런 어머니의 유전자는 물려받지 않았고, 천만다행으로.”

“우와, 오늘은 칭찬하는 날이니?”

버니는 싱글벙글하며 좋아했다.

“난 입양되었거나 산부인과에서 바뀐 아이인 모양이지.”

“부모님은 찾아뵈니?”

“가끔 찾아뵌다는 거 알고 있잖아. 우리 부모님은 나를 반쯤 인정하는 분위기야. 그분들의 기대에서 엇나가긴 했지만 어쨌거나 성공한 대가지. 매기, 말 돌리는 것 그만해. 그리고 더 좋은 직장으로 옮기기 싫다는 이유를 대봐.”

“생각하고 또 생각했지만 항상 원점으로 돌아가. 문제는 충성심이야. 리 메인과 스콧 해밀턴 씨, 리즈 싱클레어 부인은 나에게 굉장히 잘해 줬어. 인내심과 애정을 갖고 나를 키워줬잖아. 정말 고맙고 좋은 분들이야. 난 그분들 모두를 사랑해. 게다가 우리 부서에서 내 일을 대신할 수 있는 직원도 없는데 내가 쏙 빠져버리면 리의 입장이 얼마나 곤란하겠니? 특히, 결혼을 앞둔 시점에서.”

“결혼? 리 메인은 오십대 아니었어?”

“나이랑 결혼이랑 무슨 상관이니? 리는 경매를 위탁한 수집가와 일하다 그와 사랑에 빠져버렸어. 결혼 후에도 직장은 계속 다닐 생각이지만, 남편이 부자이고 휴가 여행을 자주 다니기 때문에 지금처럼 일하진 못할 거야.”

“네 업무량이 늘어나겠구나.”

"말하나마나지."

"월급은 늘어나니?"

"아마. 하지만 소더비에서 제의한 정도만큼은 아닐 거야."

"그럼 이야기는 끝났네. 이직 생각은 집어쳐."

"왜?"

"회사 사람들을 사랑한다고 네 입으로 말했잖아. 지금 있는 곳에 눌러 붙어 있어야 할 이유로 그보다 더 타당한 건 없어."

"으으음…… 난 충성심에 대해서만 생각해 왔지만 사랑…… 일상적인 사랑, 기본적인 사랑이 있다면 사정이 달라지지. 그런 사랑보다 세상에 더 중요한 건 없으니까. 역시 너에게 상의하길 잘했다. 그런데 버니, 네 팔에 그거 뭐니?"

그는 허둥지둥 소맷자락을 잡아 내렸다.

"아무것도 아냐."

"아무것도 아니긴. 빨리 보여줘!"

겸연쩍어 몸을 배배 꼬며 버니는 소매를 슬며시 들어올려 문신을 살짝 공개했다.

"맙소사, 안 돼, 버니 너마저! 이리 좀 와봐."

"싫어."

"어서 이리 오지 못해!"

매기는 우악스럽게 그의 팔을 잡고 소맷자락을 위로 확 들쳤다. 화살이 관통된 하트 모양의 문신이 그의 알통을 큼지막하게 장식한 터였다. 하트의 양쪽에는 매기의 M과 버니의 B가 새겨져 있었다.

그녀의 입에선 '아'라는 감탄사밖에 나오지 않았다. 한참 침묵을 지킨 후에 그녀는 겨우 말문을 되찾았다.

"문신을 몇 개나 새겼니?"

"이거 하나뿐이야. 정말이야. 못 믿겠으면 내 몸을 수색해 봐."

"믿어줄게."

"왕창 늦긴 했지만, 행복한 발렌타인 데이였기 바래."

매기는 그의 몸짓에 결코 인정할 수 없을 만큼 감격했다.

"고마워, 버니."

"어쨌든 이런 문신을 또 새기진 않을 거야. 무슨 뜻인지 알지? 이 문신을 새겼을 때 나는 맨 정신이었어……. 뭐, 아주 쪼금은 취했었지만 아주아주 오랫동안 원해 왔던 일이었다구."

"알아, 다 알아. 넌 진짜 로맨틱해. 나를 위해서라면 전쟁이라도 불사하고, 나를 위해서라면 용과 맞서싸우고, 나를 위해서라면 뱀 구덩이에도 뛰어들 거야. 그렇지?"

"물론이지! 내가 그러리라는 걸 너도 알잖아!"

버니는 열정적으로 대답했다. 자신의 마음을 다 알면서 공연히 떠보는 매기가 섭섭하고 그 좌절감으로 미칠 것만 같았다.

"난 너를 위해서라면 이 세상에 못할 짓이 없어. 너를 위해서라면 우주로도 나갈 거야. 우주선이 있든 없든. 하지만 불행하게도 지금 당장은 그럴 필요가 없어 보이는구나. 왜냐하면 넌 성공의 사다리를 타고 승승장구하고 있으니까."

"그건 너도 마찬가지잖아."

그녀는 딴 생각에 골몰해 대충 받아넘겼다. 버니와는 빠르든 늦든 매듭을 지어야 해. 벌써 5년이나 질질 끌어온 이 문제가 나와 다른 남자의 관계를 가로막아 왔어. 그걸 더 이상 부인할 수 없어. 내가 일반적으로 남자들에게 못되게 굴고 매정하게 차버렸던 것도 이 때문이었어. 그리고 이건 버니에게도 좋을 거 없어. 얘가 나에게 소년다운 풋풋한 연정을 품고 있다는 증거가 바로 저 문신이잖아? 그런 감정이 정리되었다면 버니는 다른 여자를 찾았을걸, 오래전에. 우리는 둘다 과거에 발목 잡혀 행복해질 기회를 놓치고 있어.

이 해결책은 단 하나뿐이야, 매기는 짧은 머리칼을 긁어 올리며 결정했다.

지금 이대로 순수한 옛 친구로 남아 있는 한, 서로에게 접근하지 않는다는 묵시적인 약속을 지키는 한, 그들은 오래된 환상의 노예로 남아 있게 된다. 하지만 그 환상이 현실화된다면 환상은 더 이상 환상이 아니게 되고 액면 그대로의 현실을 받아들여 서로에게서 자유로워질 수 있다.

"매기, 무슨 생각을 그렇게 열심히 하니? 여전히 그 스카웃 제의에 대해 고민하는 건 아니겠지?"

"응? 아냐, 그저…… 쉬고 있는 거야. 오늘은 토요일 밤이잖아. 데이트하는 밤."

"하지만 우리는 데이트하는 게 아니잖아."

버니는 어깨를 축 늘어뜨리고 푸념을 늘어놓았다.

"이건 데이트가 아니라 죽마고우, 단짝 동무, 참호 속을 뒹굴었던 전우들의 회합이야. 술이나 한잔하며 좋았던 시절의 이야기를 주거니 받거니 하는 풍파에 닳고닳은 두 명의 카우보이들처럼. 왜 그렇게 내 마음을 몰라주니? 왜 내가 너를 사랑한다는 걸 모르는 척…… 젠장! 미안. 내가 말실수를 했다. 다음부터 조심할게."

"아, 버니. 난 정말 몰랐어."

"정말 몰랐을까? 언제나 알고 있었으면서. 우리 관계에 대한 모든 해답을 쥐고 있던 쪽은 바로 너잖아. 맨 처음부터. 그렇다고 내가 씁쓸해하는 건 아냐. 말은 좀 씁쓸하게 나왔지만 에잇, 사실이 좀 씁쓸하기도 하지만 괜찮아. 난 이대로도 살아갈 수 있어."

"그대로 살아갈 필요가 없다면?"

"세상에서 제일 행복한 놈이 되겠지. 하지만 부담 갖지 마. 이건 네 문제가 아니니까."

그는 무뚝뚝하게 말했다.

"이건 엄밀하게 내 문제야. 그러니까 신경 꺼."

"하지만 만일 그 문제가 해결된다면……?"

매기는 끈질기게 캐물었다.

"버니, 씁쓸한 기분을 떼어버릴 수 있다면 어떡하겠니?"

"뇌 절제 수술을 받으란 소리니?"

“아니.”

그녀는 자리에서 벌떡 일어나 버니의 눈을 똑바로 들여다보았다. 얼굴이 화끈거렸지만 이 말은 반드시 분명하게 해야 해.

“난 사랑을 나누자는 소리야. 우리 둘이서, 전에는 해보지 않았던 식으로, 처음으로 그걸 해서 그 생각을 우리 머리 속에서 깨끗하게 날려버리자.”

“그, 그게…… 그 소리였구나.”

버니가 갑자기 꼬리를 사리며 신중하게 나왔다.

“농담이지?”

“진담이야.”

매기는 자신의 판단이 옳다는 확신에 젖다 못해 압도당했다.

“우리는 사랑을 나눠야 해. 그게 논리적이며 바른 해결책이야.”

“만일, 만일 한 번 사랑을 나눠보고 너는 나를 떨쳐버리는데 나는 못 그러면? 그럼 어떻게 되는 거지?”

“네가 집을 나가던 때, 기억하지? 그때 난 우리가 사랑을 나눌 수 없다고 했고 너도 인정했잖아. 난 항상 옳아. 이제 우리는 다 컸어. 지금은 사랑을 나눌 수 있어.”

그녀는 그의 예상치 못한 반대에 부딪치자 더 결심이 굳어져 막무가내로 밀고 나갔다.

“우린 서로를 향한 환상을 백일하에 드러내 깨뜨려야 해. 그러지 않으면 점점 질퍽거리게 될 거야.”

“네 말을 요약해 볼게. 넌 우리가 더 이상 미련이 남지 않도록 냉혈한들처럼 계산적으로 사랑을 나누자는 제의를 하고 있어.”

“정확해.”

그녀는 확신으로 눈을 빛내며 힘주어 말했다.

“미련을 갖고 서로의 주변을 맴도는 건 아이들 짓이야.”

버니가 숨조차 쉬지 못하고 얼른 물었다.

“언제 어디에서?”

"오늘밤 당장. 빠르면 빠를수록 좋아. 우리 집이든 너희 집이든 장소는 상관없어."

"너 돌았구나. 완전히 미쳤어."

"난 지금처럼 제정신일 때가 없어."

"너희 집으로 정하자. 그래야 내가 나중에 일어나서 집으로 가야 하는 쪽이 되니까."

"좋아."

"지금 당장?"

"지금 당장."

그녀는 단정적으로 못박았다. 입이 마르고 발이 차가워졌다. 버니를 향한 갈망으로 손바닥에서 땀이 나고 손톱까지 근질거렸으며 뱃속에선 모닥불이 지펴진 듯했다. 지금 당장 해야 해. 왜냐하면 일을 치른 다음에는, 모든 환상이 깨진 다음에는, 이런 참을 수 없는 욕구가 말끔하게 사라질 테니까.

한밤중에 매기는 훤한 대낮인양 말뚱한 정신으로 실낱만큼의 의심도 없이 확신했다. 태어나서 이렇게 행복해 보긴 처음이라고. 그녀의 인생은 버니가 똑바로 누워 한 팔을 그녀의 젖가슴에 얹은 채 자고있는 이 침대라는 항구를 향해 긴긴 항해를 해왔다. 그리고 지금은 마치 초봄에 씨앗이 뿌려져 온갖 가능성을 풍요롭게 잉태한 채 한낮의 태양을 받고 있는 들판이 된 기분이었다.

그녀는 조심스럽게 돌아누워 팔베개를 하고서 커튼 사이로 새어들어 온 가로등의 흐릿한 불빛으로 버니를 살폈다.

애는 내 남자야. 꿈의 구현체. 새벽녘의 하늘을 물들인 핑크색 빛줄기, 꿀처럼 달콤한 한 여름날의 환상, 황혼의 아련한 쪽빛이야. 내가 사랑을 나누자고 주장할 만큼 똑똑했기에 망정이지, 아니었다면 버니가 일생일대의 사랑이었음을 영원히 알아차리지 못했을 거야.

맨해튼 전체가 이불이 구겨진 이 침대로, 곤히 잠든 버니의 사랑스런 얼굴을 중심으로 좁혀지는 듯했다. 매기는 남자를 처음 안 여자가 된 기분이었고 엄밀하며 정확하게 따져 사실 숫처녀나 다름없었다. 왜냐하면 이토록 완벽한 감정적인 충족감, 다른 사람의 일부가 된 느낌, 자신의 한계를 넘고 다른 이와 하나가 되어 영원한 사랑으로 묶인 경험은 어떤 누구와도 맛보지 못했으니까.

얼마나 많은 여자들이 버니를 정복해 이토록 멋진 연인으로 가다듬었을까? 매기는 질투심을 지그시 눌렀다. 우리가 이 순간을 기다리는 동안 무엇을 했는지에 대해서는 입에 올리지 말자. 과거는 과거야.

"아직 나를 떼어버리지 않을 거지?"

버니가 눈을 감은 채 졸린 목소리로 물었다.

매기는 함박웃음을 지었다.

"아냐, 아냐, 아냐, 아직은 아냐."

"영원히 아니게 될까? 약속해?"

"응."

29

딱 일년이 되었구나, 샘과 만난 지도.

테사의 38번째 생일이 여름 끝 무렵에 왔다 지나갔지만 그런 하찮은 기념일을 일일이 기억해 내기엔 너무도 충만한 나날의 연속이었다. 그녀와 샘은 스케이트를 타러 갔던 밤 이후 줄곧 붙어 다녔다. 그들 사이는 종이 한 장 비집고 들어갈 틈이 없었으며 그들의 우주는 어떤 누구도 그 무엇도 파괴할 수 없었다.

그녀는 살아오면서 두 번씩이나 사랑에 빠진 것이다. 그것도 둘다 첫눈에 불꽃이 점화된 사랑에. 이런 행운을 누리는 여자가 몇이나 될까? 번개에 맞듯 갑작스럽고 철저하게 존재의 전부를 사로잡아 버리는 감정은 청춘남녀만의 전유물이 아니었고, 이에 테사는 행복에 겨워 하늘에 감사드렸다.

샘 콘웨이는 루크와 흡사한 면이 많았다. 그는 루크처럼 대담했다. 단호했다. 당당했다. 트인 사고의 소유자였다. 하지만 종횡무진 세계를 누비며 끊임없이 일거리를 만들고 수하의 몇 백, 몇 천 명을 한 번에 부리고 늘 새로운 정복거리를 찾으려 하진 않았다. 샘의 자신감은 돈이나 재산, 카리스마적인 통솔력과 무관했다. 그는 가르치는 일과 창작에서 깊은 만족감을 발견했으며 성공을 재는 자신만의 척도를 가지고 있었다. 좋은 강의를 하는 것, 학생들의 학구열을 자극하는 것, 신작을 쓰는 것에서 하루하루 보람을 느꼈기에 유머감각과 소년다운 열정을 잃지 않고 세상을 바라봤다.

그와 함께 하는 삶은 느긋한 박자로 흘러갔다. 테사가 첫 영화에 출연하기 전의 생활보다 더 차분하며 단조로웠다. 샘이 콜롬비아 대학교 수였으므로 그들은 내내 뉴욕에 묶여 있었고, 여름 방학이 되자 세미나 참석차 애스펀에 함께 갔다 그가 객원 강사로 초빙받은 버클리 대학을 방문한 후 로스앤젤레스에서 몇 주일 보내며 피오나와 아론을 비롯한 영화계 지인들과 친교를 다졌다. 심지어 테사는 하루 열 시간씩 <레이디 카산드라 레녹스의 일생>을 각색중인 뛰어난 영화대본 작가 엘리 번스타인과 만나도록 샘을 구슬렸다.

"난 그 엘리라는 친구를 보고 싶지 않아."

샘이 그렇게 불편한 심정을 털어놓았다.

"사랑하는 자식을 토막내며 즐기는 살인범과 만나고 싶은 부모가 어디 있겠소?"

하지만 그들은 만나자마자 서로에게 호감을 느꼈다. 작품 여주인공인 캐시의 심리상태에 대한 토론은 다음 며칠 동안 줄기차게 이어졌다. 후에 샘은 엘리와 작품 분석의 일치를 봤고 그 공감대가 영화대본에 고스란히 반영되리란 기대를 품었다.

그런 기대대로라면 상업적인 영화가 아니라 다큐멘터리가 될 거라고 생각하며 테사는 샘이 콜롬비아 대학에 출강한 오후를 틈타 쇼핑한 후 칼라일 호텔로 돌아가는 발걸음을 재촉했다. 요즘 그녀는 새로이 진입한 세계에 맞추어 평범한 옷가지만 구입했다.

샘의 친구들은 테사를 소개받자 처음에는 얼떨떨해하며 방어적으로 거리를 두었다. 그녀는 소탈하려고 신경 쓴 기색 없이 소탈해 보이기 위해 온갖 기교를 총동원했다. 국제적인 스타로서의 명성이 손톱만큼이나 자연스럽게 꼬리표로 달린 이상 스타가 아닌 척할 수는 없었지만 주위의 다른 여자들에게 자신이 초라하다는 느낌은 주지 않으려고 노력했다. 그리고 모두를 똑같이 호의적으로 대했다. 이런 노력이 결실을 맺어, 각자의 분야에선 상당히 중요한 위치를 차지한 샘의 친구들은 테사를 별나라에서 온 이해할 수 없는 생명체가 아니라 한 인간으로 받아들이기에 이르렀다.

이제 그녀의 보석들은 손에서 빼본 적이 없는 약혼 반지와 석 줄짜리 진주 목걸이처럼 기본 가운데 기본적인 품목만 제외하고 모조리 은행의 안전금고로 유배당했다.

그녀는 루크가 살아 생전 제정했던 갖가지 기념일을 꼭꼭 지켜 새로운 보석을 사들여 왔기 때문에 재력과 안목을 겸비한 수집가로 떠오른 터였다. 더 이상은 부유한 남편에게 선물받은 컬렉션을 소장한 여자로 고려되지 않았다. 그런 그녀가 보석 구입을 딱 중단한 것이다. 경매에도 참석하지 않았고 카탈로그도 쳐다보지 않았다. 보석에 대한 흥미 자체를 완전히 잃었다.

그렇다고 소장한 보석에 대한 애착심마저 놓아버렸다는 뜻은 아니었다. 되려 테사는 그것들의 존재에 더 한층 끈끈하게 매달렸다. 그 보석들은 루크와 함께 한 세월을, 루크의 사랑을, 그가 죽은 후 홀로 서기 위해 악전고투했던 노력을 대변했다.

가끔 샘이 늦은 강의로 옆을 비울 때마다 테사는 벨벳 상자에 담겨 은행의 안전금고 안에서 쉬고 있는 보석들 한 점 한 점을 떠올리며 그걸 달고 대중들 앞에 나섰을 때의 기분을 떠올렸다. 라일락빛 새틴 드레스에 파베르제의 다이아몬드 세트로 치장하고 오스카 수상식에 참석했던 날이 정말 있었던가? 수도 없이 그녀는 은행의 베이지색 벨벳으로 치장된 사실(私室)에 틀어박혀 보석들에게 인사하고 애정어린 손길로 어루만지고 몸에 달아보았다. 그 시간만은 또 다른 테사 켄트가 되었다. 영원히 계속될 것 같은 승리와 영광의 광휘 속에서 존재하는 여인이. 아, 어떻게 이 보석들을 사랑하지 않을 수 있으랴. 이 가운데 어느 것 하나 빼놓지 않고 전부를 사랑했다. 이것들은 그녀의 인생이자 자서전이었다.

샘을 만난 후 테사는 영화 출연 제의를 거절해 왔다. 그와 만들어가는 새로운 삶의 리듬을 바꾸고 싶지 않아서 심지어는 뉴욕에서 찍는 영화마저 퇴짜를 놨다.

하지만 엘리 번스타인이 <레이디 카산드라 레녹스의 일생> 대본 작업을 끝내면—아무리 늦어도 두 달 후가 되리라—테사는 로스앤젤레스로 가서 요즘 한창 주가를 올리고 있는 싱싱한 배우들 중에서 여주인공의 연인들 역할을 뽑고 영국과 유럽 전역에서 촬영지를 선정해야 한다. 그녀는 자신만을 위해 만들어진 배역과 단 하루도 떨어지고 싶지 않은 남자 사이에서 벌써부터 두 조각이 나는 기분이었다.

걱정은 나중에 해도 늦지 않아, 테사는 신발을 벗고 온몸에서 우드득 소리가 날 때까지 기지개를 편 다음 차를 시켰다. 룸서비스 웨이터가 차와 함께 저녁 메뉴까지 가져왔다.

"혹시나 싶어 가져왔습니다."

웨이터가 공손히 말했다.

"콘웨이 박사님과 오늘밤 외식하지 않으실 경우를 대비해서요."

"고마워요, 조셉. 나중에 봐서 주문하죠."

호텔 생활의 즐거움 가운데 하나라면 24시간 룸서비스이다. 그리고 샘과 사는 즐거움 중 하나는 그가 일상의 사소한 부분에서 사나이의 체면을 따지지 않고 무조건 그녀에게 양보할 만큼 자신감이 강하다는 거다. 샘이 이곳으로 옮겨온 게 그 증거다. 하지만 리버사이드 드라이브에 위치한 그의 아파트에서 동거하는 것이 샘에게 중요했다면 그녀는 기꺼이 이사했으리라. 그를 위해서라면 청소도 하고 빨래도 하고 요리까지 할 용의가 있었다……, 적어도 시도는 해봤을 것이다. 테사 켄트가 타고난 주부감으로 밝혀졌을지 누가 알라.

"괜찮은 진통제 좀 없을까요?"

테사는 피오나에게 물었다. 대본의 진척 상황을 놓고 뉴욕—로스앤젤레스를 가로지르는 잦은 장거리 통화가 막바지에 이른 즈음이었다.

"왜?"

"월경통 때문에 미치겠어요."

아픔으로 이맛살을 찌푸린 채 테사가 힘없이 대답했다.

피오나의 목소리에 걱정이 어렸다.

"의사에게 가봤어?"

"병원 구경은 일년 전에 해본 게 마지막이에요. 샘과 만난 직후 경구 피임 처방을 받으러 갔을 때. 또 임신과 유산을 반복하고 싶지 않았거든요. 그때, 매년 해왔듯이 자궁암과 유방암 정기 점진도 받았죠. 난 원래 내 몸에 대해서는 지나치다 싶을 만큼 철저하잖아요. 하지만 당시에는 월경통이 지금처럼 심하지 않았어요."

"우리 어머니도 자주 그러셨지. 월경통이 심할 때마다 마이돌 세 알을 미지근한 진과 복용하고 즉시 자리에 누워 버리셨어. 온탕기를 껴안고 하룻밤 푹 쉬고 나면 거뜬해지시더라구. 지금 돌이켜보면 그런 식으로 한달에 사흘쯤 집안 일과 아이들과 남편에게 벗어나 작은 평화를 누리신 것 같아."

"미지근한 진? 어휴, 난 지금 같아선 차가운 마티니 냄새만 생각해도 역겨운데."

"반드시 실온의 진이어야 해. 유감이지만 어쩔 수가 없어. 그게 유명한 민간요법이야."

"룸서비스로 주문해 보죠."

"코를 잡고 한 번에 쭉 들이켜."

피오나가 충고했다.

"금세 살 만해질 거야. 그런데 온탕기는 어떻게 하지? 그런 거 안 키우잖아."

"호텔 측에 부탁해서 사오라고 해야죠 뭐. 샘이 옆에 있으면 좋을 텐데, 세미나 때문에 일주일 예정으로 예일 대학에 갔어요. 난 월경과 겹칠 것 같아서 뒤에 남은 거예요."

다음날 피오나가 전화해 왔다.

"좀 어때?"

"월경통에 숙취까지 겹쳤어요."

테사는 다 죽어 가는 목소리로 대답했다.

"앞으로 무슨 일이 있어도 진은 입에 대지 않겠어. 이건 독약이에요, 독약. 당신 어머니는 부끄러운 줄 아셔야 해요."

"당장 병원에 가봐."

"미지근한 진이라고? 진짜 대단한 민간요법이네요."

다음날 테사는 내진을 잘하기로 소문난 산부인과 전문의를 찾아갔다. 헬렌 로렌스 박사는 자그마한 체구에 인상이 좋은 중년 여성으로, 테사를 검진한 다음 차분하게 설명했다.

"초음파 검사를 해야겠어요. 자궁내막증이 우려돼요."

"자궁내막증이 뭐죠?"

"자궁내막의 조직이 내막 표면 이외의 장소에서 증식하는 병이에요. 그 두드러진 증세가 월경통이죠."

"그 검사가 많이 아파요?"

"초음파 검사? 하나도 안 아파요."

로렌스 박사는 방사선 전문의의 명함을 테사에게 건넸다.

"검사하는 데 오래 걸려요?"

"금방 끝나요. 제가 미리 전화를 걸어 진료 약속을 잡아 놓겠어요. 헨리 윙 박사는 대단히 유능하신 분이에요."

"가능한 한 빨리 예약을 잡아주세요. 우리 그이가 돌아오기 전에 병을 고치고 싶어요."

"윙 박사라고 합니다. 켄트 양을 부탁드립니다."

"제가 본인이에요."

테사는 초조하게 응답했다.

"그렇지 않아도 선생님의 전화를 기다리는 중이었어요. 검사 결과가 자궁내막증으로 나왔나요?"

"자궁 쪽은 정상입니다."

"뭐예요!"

그녀의 입에서 노성이 터져나왔다. 몸의 어디에 이상이 생겼는지 단번에 집어내지 못하는 의사들에 대한 분노와 혹시 중병은 아닐까 싶은 불안이 드디어 폭발한 것이다.

"그럼 초음파 검사를 괜히 받았다는 소리잖아요! 당신네 의사들은 도대체가……."

"대신 췌장에서 이상을 발견했습니다."

"췌장 때문에 월경통이 생겨? 그런 헛소리는 처음 들어요. 지금 사람 데리고 장난하는 거예요, 뭐예요?"

"켄트 양, CT 촬영을 해보시기 바랍니다. 그리고 확실을 기하기 위해 생체 조직을 떼어내어 검사해 볼 필요도 있습니다. 다시 한 번 이곳으로 나오세요."

"새, 생체 조직…… 검사?"

혼란이 피할 수 없는 악취처럼 뱃속에서 스물스물 올라왔다.

"어느 기관의 조직을 떼어내겠다는 거죠?"

"췌장입니다."

"왜요?"

"췌장이 비대해졌기 때문입니다. 그 이유를 규명해야 해요."

"점입가경이군! 환자가 제풀에 나가떨어질 때까지 검사만 받게 하겠다는 수작은 어느 병원이든 다 똑같아. 그 검사들을 거부한다면 어떡하시겠어요?"

"주치의인 로렌스 박사와 상의부터 해보십시오."

"그러죠! 안녕히 계세요, 윙 박사님."

테사는 수화기를 내동댕이치려다 간신히 참았다. 흰 가운만 걸치면

다야? 쥐뿔도 모르면서 생명을 담보로 제 뱃속만 차리는 돌팔이들 같
으니! 의사라면 지긋지긋해!

"피오나, 좋은 소식이라면 내 자궁이 정상이고 이제 월경통이 가셨
다는 거예요. 나쁜 소식은 CT 촬영을 하게 됐다는 거구요."
테사는 헬렌 로렌스 박사와 통화를 마치기가 무섭게 피오나에게 보
고했다.
"CT 촬영이라니?"
"컴퓨터라이즈드 테모그라피(전산화 단층 촬영기)의 약자래요. 그리고
CT로 유도되는 바늘로 내 췌장의 조직을 떼어내겠대요. 첨단 컴퓨터
가 동원된 검사에 바늘이 왜 쓰이는 건지 원! 의사들은 죄다 지옥으로
떨어져야 해. 하지만 헬렌이 나보고 그 검사를 꼭 받아야 한다는 거예
요. 알다시피 헬렌 로렌스는 뉴욕 최고의 산부인과 의사잖아요. 그래
서 내일 검사를 받으러 가기로 했어요. 샘이 오기 전에 이 웃기지도
않는 짓거리를 끝내야죠."

"테사, 다른 의사를 한 명 더 추천해 드리겠어요."
헬렌 로렌스는 모든 검사 결과를 살핀 후 침착하게 말했다.
"이번에는 수잔 힐 박사예요."
"월경통 때문에 이 난리라니! 그냥 진과 온탕기로 견디겠어요."
"그래도 힐 박사는 만나야 해요."
"그 박사의 전공은 또 뭐죠?"
"… 내종양 전문의입니다."
"내종양?"
테사는 깜짝 놀랐다. 심장이 공중제비를 도는 기분이었다.
"하지만, 하지만 헬렌…… 내종양이라면 암이잖아요! 지금 무슨 소
리를 하는 거예요? 난 암에 걸릴 수가 없어요. 논의할 가치도 없어요.
월경통이 어떻게 암과 연결될 수 있죠? 말도 안 돼!"

"당신의 월경통은 단순 월경통이 아니에요."

"아무리 그래도 암 전문의라뇨? 너무 동떨어져요. 헬렌, 왜 나를 이 빌어먹을 도시의 모든 의사들에게 돌리는 거예요? 그냥 당신이 치료해 주면 되잖아요."

"그 기분은 십분 이해해요. 하지만 당신은 나보다 더 많이 아는 의사를 만나볼 필요가 있어요."

헬렌 로렌스는 굳은 얼굴을 하고 단호하게 잘라 말했다.

"내가 이미 예약을 했어요. 수잔 힐 박사가 당신을 위해 오늘 오후 시간을 비워뒀어요. 그녀는 최고예요. 그 바쁜 일정에 마침 빈 시간이 생겼다는 걸 다행으로 아세요."

"하지만…… 하지만, 왜 이리 서두르는 거죠? 난 멀쩡해요. 생리통도 매달 그랬던 것처럼 싹 가셨고 더 이상 불편한 데가 없어요."

"무슨 병이든 빨리 발견해 낼수록 좋아요. 그리고 당신의 신사 친구분도 아직 돌아오지 않았잖아요. 맞죠?"

"그건 그렇지만……."

샘이 언급되자 테사의 저항이 누그러졌다. 그녀는 마지못한 아이처럼 볼멘소리로 꼬투리를 잡았다.

"내 예약이 오늘 오후에 잡혔다고 했죠? 보통은 뉴욕에서 진료를 받으려면 무한정 기다려야 하잖아요. 혹시 그 의사가 나를 생체실험 대상으로 삼은 거 아니에요? 수상하군요."

"힐 박사가 마음에 들 거예요."

"어련하겠어요. 마음에 들다 못해 그녀에게 반해버리겠죠. 암 전문의를 만나보는 게 내 평생의 꿈이었으니까."

무슨 암 전문의가 이렇게 예쁘게 생길 수가 있지? 저 화려한 빨강머리하며 고작 해봐야 서른여덟, 아홉이나 됐을까?

테사는 수잔 힐 박사와 책상을 마주 보고 앉아 불안을 달래기 위해 열심히 딴 생각에 빠져들었다. 하고 많은 의학 분야 중에서 하필이면 암을 전공한 이유가 뭘까? 이상성격자가 틀림없어.

"힐 박사님, 전문의가 되신 지 얼마나 되셨죠?"

테사는 관록이 붙은 노의사와 만날 줄 알았는데 뜻밖에 젊은 미녀가 담당의로 밝혀지자 신경이 날카로워졌다. 솔직히 의사에 대한 믿음이 전혀 가지 않았다.

암 전문의는 미소를 지었다.

"십이 년째 들어섰습니다, 켄트 양."

"수잔이라고 불러도 될까요?"

충동적인 질문이었다. 오 초마다 꼬박꼬박 '박사님'을 찾을 필요가 없어지면 기분이 한결 좋아질 것 같았다.

"물론이에요. 이제부터는 서로 이름으로 부르기로 해요."

"좋아요."

테사는 이곳을 방문한 목적을 회피하기 위해 머리에 떠오르는 대로 즉흥적으로 물었다.

"그 머리색은 천연이에요?"

수잔 힐은 웃으며 선선히 대답했다.

"오 년 전까지만 해도 천연이었지만 지금은 약간의 도움을 받고 있어요. 이 색이 아니면 내가 아닌 다른 사람이 된 듯해서요."

"의대는 어디를 나오셨죠?"

"로스앤젤레스 출신이라 UCLA 의대를 졸업했고 인턴과 레지던트 과정은 뉴욕 병원에서 밟았습니다. 남편과 이쪽으로 옮겨왔거든요. 왜 의사들이 졸업장과 자격증을 저만큼 벽에 걸어놔 그 내용이 잘 보이지 않게 하는지 평소 궁금했는데, 그게 내 일이 되니 별 수 없더군요. 벽밖에는 걸어놓을 공간이 없으니까요."

켄트 양의 질문거리는 곧 바닥이 날 거야, 수잔 힐은 속으로 생각했다. 하지만 그녀에게는 원하는 만큼 질문할 권리가 있어. 암 전문의의 진찰을 받는 입장이 되면 누구든 그 담당의에 대해 개인적으로 알아야 할 필요를 느끼기 마련이지. 이 정도의 질문은 놀이 단계에도 미치지 못해. 조만간 저 여인—스크린을 통해 열두 번도 더 봤고 실물이 그보다 백 배나 더 아름다운 테사 켄트는 내 이력을 줄줄 꿰차게 될 거야.

"암 전문의가 되신 이유라면? 피부과나 성형외과 쪽이 현실적인 여러 면에서 유리할 텐데요?"

힐 박사는 눈까지 미치는 진짜 미소를 지었다.

"암 연구는 오늘날 의학계에서 가장 역동적인 분야예요. 도전할 여지도, 그에 상응하는 이상의 결과가 나올 소지도 많아요."

"그럼 내 병명이 정확하게 뭔지 말씀해 보세요."

테사는 갑자기 허를 찔렀다. 꼭 해야 할 질문을 놔둔 채 딴소리를 하며 시간을 잡아먹는 것도 이제는 넌더리가 났다.

의사의 얼굴에서 미소가 사라졌다. 너무 빨리 본론으로 들어가게 된 걸 유감스러워하며 그녀는 천천히 입을 뗐다.

"방사선과 생체조직 검사 보고서를 주도면밀하게 살펴봤어요. 췌장에 악성종양이 생긴 듯합니다."

"악성종양이라면…… 암?"

"예."

죽음이 피부로 느껴졌다. 테사는 눈을 꼭 감았다. 전신에서 맥이 탁 풀려 고개가 저절로 숙여졌다. 머리칼을 뒤로 넘기기 위해 손을 들어올리는데도 필사의 힘을 짜내야 했다. 얼음장 같은 안개가 머리 속에서 피어올라 그녀를 무의식의 미궁으로 잡아당기는 듯했다.

테사는 전력을 다해 그 아른거리는 안개의 인력에 저항했다. 죽음이라는 단어와 싸웠다. 암은 죽음과 동의어가 아냐. 암은 암이야. 고칠 수 있는 병이야. 그녀는 어느 틈엔가 책상을 돌아와 자신의 어깨를 부축하고 있는 의사의 손을 의식했다.

"미안해요."

그녀는 가까스로 고개를 들었다.

"요즘 세상에도 기절하는 사람이 있는 줄은 몰랐어요."

"드물긴 하죠."

수잔 힐이 얼른 물잔을 내밀었다.

테사는 물을 마시며 생각을 가다듬었다.

"췌장이 어디에 붙어 있는 기관이죠?"

암에 걸렸다면 화학 요법을 받아야겠구나. 하지만 난 머리칼이 빨리 자라니까 괜찮아. 화학 요법으로 설령 대머리가 된다 해도 가발을 쓰면 돼. 가발이라면 익숙해졌지. 아무도 눈치채지 못할 거야.

"이 인체도를 봐주세요, 테사. 여기 가로로 길쭉한 장기가 췌장이에요. 보다시피 한 쪽은 도톰하고 다른 쪽은 가늘게 생겼는데, 십이지장과 간과 쓸개에 둘러싸여 있어요. 당신 경우에는 종양이 췌장의 가느다란 끝 쪽에 생겼습니다."

"보기 좋게 생긴 기관은 아니군요."

그녀는 있는 힘껏 만용을 부려보았다.

"아주 중요한 기관인가요? 심장이나 간처럼?"

대단한 여자야, 힐 박사는 속으로 혀를 내둘렀다. 이런 환경에서 결코 소화해 내지 못할 정보를 이해하고 더 나아가 그 대책까지 찾으려는 환자는 드물다.

"꼭 그렇진 않아요. 어떤 환자들은 국소절제나 적출 수술이 가능합니다. 그런 수술을 받은 후에는 남은 평생 동안 음식물의 소화를 돕는 인공 이자액과 인슐린 공급 주사를 맞아야 해요."

"나도 그 어떤 환자의 범주에 들어가나요?"

"수술은 종양이 다른 기관으로 전이되지 않았을 경우에만 가능해요. 하지만 당신은 거기에 속하지 않아요. 그게 바로 췌장암의 문제입니다. 수술이 가능한 초기 단계에서는 아프지도 않고 아무런 증상도 나타나지 않기 때문에 때를 놓치기 일쑤입니다. 당신만 해도 다른 이유로 병원을 찾았다가 췌장암임을 발견했으니까요."

"헬렌 로렌스 박사가 나를 방사선과로 보내지 않았더라면……."

"이 시점에서 발견되었을 가능성은 전무해요."

이제 남은 질문은 하나뿐이구나, 힐 박사는 각오를 다졌다. 그녀는 환자 쪽에서 먼저 그 질문을 해오기 전에 앞서 정보를 주지 않았다. 그건 쉽게 할 수 있는 질문이 아니었기 때문이다. 또한 마음의 준비가 되지 않은 환자에게 던져주기에는 너무도 가혹한 정보였다. 하지만 테사 켄트는 저 비범한 색조의 초록 눈에서 발하는 안광으로 보건대 앉은자리에서 끝장을 낼 태세였다. 그걸 선택했다면 정직하게 말해 줄 수밖에. 그녀에게는 알 권리가 있으니까. 하지만 저 나이에…… 이제 겨우 서른여덟인데……. 아, 하느님, 테사 켄트는 너무 젊습니다. 이런 일을 당하기엔 지나치게 빨라요.

"난 암이 췌장에만 국한되지 않은 경우라고 하셨죠?"

"예."

"어디까지 퍼졌죠?"

"췌장과 가까운 림프관과 다른 장기까지 전이되었어요. 수술은 불가능합니다."

"그럼 선택의 여지가 없군요."

테사는 의연하게 어깨를 폈다.

"어떤 치료를 받아야 하죠? 화학 요법? 방사선 치료? 아니면 둘다 병행해야 해요?"

"암 치료법에 대해 많이 아시는군요."

"잡지에서 읽었어요. 흔하디 흔한 게 암에 관한 기사잖아요. 자, 내 병을 어떻게 치료하실 계획인지 말씀해 주세요."

힐 박사는 조심스럽게 말을 골랐다.

"정확하게 '치료'라고 할 수 없습니다. 췌장암 처치는 생명 연장에 불과하니까."

"연장?"

"예."

"연장……. 뭐 그런 말이 다 있죠? 이봐요, 수잔!"

테사는 벌컥 화를 내며 다그쳤다.

"애매한 말로 사람 약올리지 말고 어떻게 하면 완치될 수 있을지,

그 기간이 얼마나 소요될지 딱 부러지게 말해요!”

“그건 환자마다 달라요.”

“빌어먹을, 그럼 평균치를 대보세요!”

“처치가 성공적으로 진행된다면…….”

“그 처치 기간은?”

“일년 육 개월에서 길어봐야 이 년입니다.”

“겨우?”

테사는 예상했던 것보다 치료 기간이 짧게 나오자 안도감으로 눈앞이 핑 도는 한편, 마음 한구석에서 뭔가 이상하다는 불신이 싹텄다. 그녀는 다시 한 번 확인을 구했다.

“일년 육 개월만 치료를 받으면 병이 낫는단 말이에요?”

“… 이미 지적했다시피 당신의 경우에는 수술이 불가능하고, 수술 이외의 방법으로 췌장암은 완치가 불가능해요.”

“지금, 지금 내가 불치병 환자라는 소리예요? 일년 육 개월 후에 죽는다는 소리예요?”

드디어 이해했군, 수잔 힐 박사는 저도 모르게 아랫입술을 깨물었다. 그녀는 극구 피하고 싶었던 ‘불치병’이라는 단어를 이끌어 낸 테사 켄트의 용기랄지 무모함에 감탄을 뛰어넘어 비애마저 느꼈다. 왜 이 여자는 이리도 강하고, 고집스럽고, 저돌적이어서 스스로에게 크나큰 상처를 입혀야만 할까? 왜 죽음의 선고를 재촉해야 할까? 아무리 자신보다 자신의 생사를 결정할 권리가 더 큰 타인은 없다고 하지만.

“그래요, 테사. 당신의 말을 부인하고 싶지만 그럴 수가 없군요. 이런 종류의 암에는 기적이 없습니다. 무어라 형용할 수 없이 유감입니다. 제가 해드릴 수 있는 것이라곤 당신의 고통을 줄여드리는 게 전부예요.”

테사는 침묵을 지켰다. 그녀를 갑옷처럼 뒤덮고 이성을 마비시키는 충격 속에서도 어떻게든 정신을 가다듬어 생각을 하려 발버둥칠 따름이었다. 또 물어봐야 할 게 없을까? 희망적인 대답이 나올 만한 어떤 질문이?

"불치병이라면 화학 요법이나 방사선 치료를 받을 이유가 없겠군요?"

가까스로 끄집어낸 질문이었다.

힐 박사는 연민을 품는 것조차 이 강인한 여자에게 불경죄를 짓는 듯하여 감정을 지운 얼굴로 조용히 고개를 끄덕거렸다.

"생명이 조금 더 연장되긴 합니다. 그래서 일부 환자는 부작용을 각오하고 치료를 선택해요. 그 대부분이 자녀의 대학 졸업식이나 손녀의 결혼식 또는 금혼식처럼 특별한 행사를 앞둔 경우예요."

"그건…… 즉, 내가 췌장암 환자치곤 젊다?"

"이례적으로 젊은 나이죠."

"더 알아야 할 사항은 없을까요? 빠뜨린 의문사항을 집으로 돌아가 떠올리고 싶진 않아요."

"이 정도로 가능한 모든 질문을 하고 내 진찰실을 나선 환자는 지금까지 한 명도 없어요. 당신은 전부를 다 알고 있다고 봐도 과언이 아닙니다."

"죽음밖에 대안이 없다는 것. 그게 전부라는 소리로군요."

"오늘은 제가 이 직업을 택한 게 후회되는 날이에요. 테사, 언제든 어떤 경우이든 연락주세요. 아무리 사소한 질문이라도 좋습니다. 밤이든 낮이든 상관없이. 그리고 당신의 결심이 어떤 식으로든 섰을 때 제가 최선을 다하겠습니다."

"치료를 받다 죽느냐, 그냥 죽느냐 하는 결심?"

"……."

"솔직하게 대답해 주셔서 고마워요."

테사는 비틀거리지 않기 위해 조심스럽게 자리에서 일어났다. 등을 곧게 펴고 작은 미소도 지었다.

"나중에 봐요, 수잔."

"예, 테사. 언제 어느 때이든 당신을 위해 시간을 비워놓겠어요."

30

테사가 진찰실에서 나와 다시 정신을 차렸을 때는 그로부터 세 시간이 흐른 뒤였다. 시간의 흐름을 놓쳐 그 동안 뭘 했는지 가물가물했는데 지금은 매디슨 애버뉴의 작은 여행사 사무실에 앉아 있었다. 그냥 앉아 있는 게 아니었다. 내년 1월 로스앤젤레스에서 유람선인 '크리스털 하모니' 호(號)를 타고 하와이를 거쳐 태양을 따라 서쪽으로 항해하는 96일 간의 세계 일주 여행을 막 예약하려는 찰나였다.

"미안해요."

그녀는 고개를 흔들어 머리 속에 낀 자욱한 먼지를 털어내며 여행사 직원에게 횡설수설했다.

"이런 장기 여행은 떠날 수 없어요. 96일이라니! 돌아도 한참 돌았지……. 당신 시간을 빼앗아서 미안해요, 정말 미안해요."

"켄트 양, 조금 전까지만 해도 이 유람선 여행을 고집하셨잖아요. 연줄을 동원해 간신히 잡은 자리예요."

"나도 가고 싶지만 불가능해요. 미안하게 됐어요."

중얼중얼 사과하며 한아름이나 되는 쇼핑백을 부랴부랴 챙겨 도망치듯 여행사를 박차고 나왔다.

내가 버그도프 백화점을 급습했구나, 테사는 칼라일 호텔로 돌아와 쇼핑한 물건들을 확인했다. 열 켤레도 넘는 화려한 샌들, 다섯 벌의 비키니와 그 위에 걸치는 각각의 수영 가운, 고급 레이스 속옷, 디자이너 브랜드의 립스틱이 무려 일곱 개, 야시시한 섬머드레스……. 하나같이 유람선 여행에나 어울림직한 것들이었다.

전부 내일 반품하면 된다고 생각하자 불현듯 콧마루가 시큰거렸다. 처음에는 방울방울 쏟아지던 눈물이 어깨를 들썩거리는 오열로 변했고 급기야는 비명과도 같은 날카로운 흐느낌마저 쉼없이 터져나왔다. 테사는 온몸을 쥐어짜듯 통곡했다. 대상이 확실하지 않은 서러움으로 미칠 것만 같았다. 심장이 터질 것만 같았다. 침대 위를 뒹굴며 주먹으로 매트리스를 쳐봐도 이 기막힘, 이 원통함, 이 애달픔은 가시지 않았다.

그렇게 통곡하기를 얼마나 했을까, 울고 싶어도 목이 깔깔하고 눈이 아파 더는 울 수 없었다.

그녀는 비틀거리며 일어나 거울 앞에 섰다. 새빨갛게 충혈된 눈, 짓무른 눈꺼풀, 썩어 터지기 직전의 과일처럼 퉁퉁 부은 피부. 처참하다는 표현밖에는 어울리지 않는 얼굴이었다. 거기에 머리는 깨질 듯 지끈거렸으며 허기는 뾰족한 손톱으로 속을 긁어댔다.

이 마당에 어떻게 배가 고플 수 있지? 테사는 메마른 실소를 내뱉으며 룸서비스로 식사를 주문했다. 이어 뜨거운 물로 아주 오랫동안 샤워하고 자리에 앉아 식기의 금속 뚜껑을 열어 미지근한 스크램블 에그를 게눈 감추듯 먹어치웠다. 토스트도 잼 한 종지를 다 발라 꾸역꾸역 입에 넣었다. 몸에 음식과 수분이 공급되자 또 눈물이 왈칵 쏟아졌지만, 여기에서 무너지면 샘의 앞에서도 찔찔 짜대는 울보가 되어버릴 것만 같아 이를 악물고 참았다. 식사를 마친 후에는 얼음주머니를 만들어 소파에 길게 누워선 그걸 부은 눈두덩이 위에 올려놓았다.

넌 지쳤어, 그녀는 자신에게 암시를 걸었다. 지금은 쉬어야 해. 푹 쉬어.

하지만 몇 초도 되지 않아 분노가, 파괴적인 분노가 치솟아 도저히 누워 있을 수 없었다. 그녀는 보드카를 따른 술잔을 들고 서성거리며 지금까지 얻어들었던 상소리를 토해내는 중간중간 목을 축였다. 누군가를 죽여버리고 싶었다. 아니, 그 누군가가 죽을 때까지 치고 박고 고문하고 싶었다. 권능만 지녔다면 수백 명의 처형을 명령했으리라. 천둥번개와 해일을 일으켜 지구상의 도시란 도시는 전부 쓸어버렸으리라. 그리고 또…….

테사는 세찬 분노의 힘으로 왔다갔다하며 말도 되지 않는 독백을 열정적으로 쏟아냈다. 그러기를 몇 시간이 넘자 기운이 쪽 빠졌다. 그녀는 자리에 뻗어버렸다.

이럴 리 없어, 이럴 순 없어, 뭔가 잘못된 거야.

별안간 그런 확신이 담요처럼 이성을 에워싼 충격 속에서 아주 명료하게 떠올랐다.

심한 월경통 때문에 죽음을 선고받게 되었다는 이야기는 전대미문이야. 헬렌 로렌스와 윙 박사와 수잔 힐 박사, 그들이 알면 얼마나 알겠어? 실력도 변변치 않은 것들이 한통속이 되어 나를 가지고 논 거야. 내일은 유능한 의사를 찾아가자. 이 전부가 실수라고 말해 줄 의사를 찾아야지. 내가 이 뉴욕에서 가장 악질적인 돌팔이 집단의 오진극에 휘말렸다고 선언해 줄 의사다운 의사를 찾겠어. 벽에 학위를 붙어놓고 아무 이유도 없이 거짓말에 거짓말만 늘어놓는 돌팔이들 말고 진짜 의사를.

아무 이유도 없는 거짓말.

의사들이 그런 거짓말을 할 이유가 없다는데 생각이 미치자 다시 하늘이 무너지는 듯한 절망감이 몰려왔다. 게다가 헬렌 로렌스와 윙 박사와 수잔 힐 박사는 모두 일류다. 그렇다면 난 정말……?

그녀는 극도의 혼란에 휩싸여 거울 속에 비친 자신을 뚫어지게 응시했다. 결코 집에 데려가지 못할 그런 위험한 부류의 낯선 남자와 하룻밤을 보낸 것처럼 얼굴이 엉망진창이었다. 하지만 아무리 보아도 살날이 2년밖에 남지 않은 여자 같지는 않았다. 2년. 그것도 행운이 따랐

을 때의 이야기다. 그렇지 못하면 1년 6개월 후에는 죽는다. 마흔도 못
되어서.

어리석으며 복받은 여자들에게는 재난처럼 취급당하는 마흔 번째
생일을 그녀는 맞이하지 못하는 것이다.

이건 불공평해! 이제 그녀는 안다, 주름살이 축복이라는 걸. 나잇살
과 탄력을 잃은 근육이 살아 있다는 아름다운 증거요 신들의 축복임을
안다. 그걸 모르는 채 나이를 속이고 삼십대에 매달리는 사람들은 투
덜거리며 늙어가고 그녀는 죽는다는 건 부당하다! 부조리해! 이보다
공평하지 못한 일이 세상천지에 또 있을까. 본분을 망각한 일부 세포
들의 광기 이외에는 탓할 대상이 없기에 더 부당하게 느껴졌다. 정의
를 모르는 자기 멋대로의 어떤 힘에 의해 무릎 꿇려 처벌받고 물걸레
인 것처럼 마루를 질질 끌려다니는 기분이었다. 산채로 껍질 벗겨지고
생선처럼 창자가 발라지는 듯했다. 무작위로 뽑혀 십자가에 못 박히는
심정이었다. 최소한 예수 그리스도는 당신이 왜 죽는지 알았고, 그게
가치 있는 죽음이라는 확신도 있었다. 하지만 내가 이 나이에 죽어야
하는 이유는 대체 뭐지!

여기에는 가공할 집단의 음모가 도사렸다는 의혹마저 들었다. 자신
도 모르는 사이에 그 집단의 원한을 사서 저주를 받아 왔던가, 그들이
암세포를 일으키는 물질을 그녀에게 먹여 왔다는 황당한 음모이론까
지 뇌리를 스쳤다. 아무래도 좋아, 제발 마흔다섯까지만 살게 해줘! 모
든 여배우들의 악몽이자 그녀에게는 천국인 중년이 될 수만 있다면 다
시 주님의 요람으로 돌아가 새벽미사와 주일미사와 전례주년을 절대
로 빼먹지 않으리라. 미식(美食), 미주(美酒), 꽃 등등 세상의 아름다운
것들을 탐내지 않으리라. 일을 그만 두고 샘을 포기하고 일주일에 이
십 시간씩 노예처럼 사회복지 단체에서 자원봉사하리라. 마흔다섯만
될 수 있다면 뭐든 하리라. 심지어는 수녀가 되는 것도.

수녀가 돼? 맙소사.

테사는 쓴웃음을 흘리며 무심코 아래를 내려다봤다. 넝마조각이 되

어버린 옷가지들이 주위에 널려 있었다. 저도 모르는 사이에 하늘하늘
한 섬머드레스를 자신에게 있는 줄조차 몰랐던 힘으로 갈가리 찢어버
린 것이다. 이게 소위 비상시에만 발현된다는 인간의 잠재력일까? 이
능력으로 불치병을 극복할 수도 있을까? 기적이 없다는 췌장암도 고
칠 수 있을까? 그건 모를 일이다.

그러나 한 가지만은 분명하게 안다. 어떤 치료도 받지 않겠다는 것
하나는. 병원을 들락거리며 화학 요법이나 방사선 치료를 받는 건 시
간낭비다. 그녀에게는 결혼식을 앞둔 손녀가 없다. 금혼식 따윈 부럽
기만 한 소리이다. 졸업식 같은 인생의 전환점을 앞둔 사랑하는 사람
도 없다. 샘과 함께 하는 미래도, 혼신의 힘을 다하여 연기할 일생일대
의 작품도, 적당한 시점에 이르면 현명하게 프로덕션에서 손을 떼자고
이야기해 왔던 피오나와의 대화도 더 이상은 없다. 주름살 제거 수술
을 받을까 말까 고민할 필요도, 인생의 황금기를 넘어서는데 따른 유
감을 느껴볼 기회도, 주연배우 자리를 내놓고 뒷방 신세가 되어 늙음
을 한탄할 일도 없게 된 것이다.

냉엄한 현실과 직면하자 찬물을 뒤집어쓴 것처럼 정신이 번쩍 났다.
이제부터 뭘 해야 하는지 당장 떠올리지 못하면 그녀에게 남은 2년이
란 시간을 자기연민의 지옥에서 탕진하리란 깨달음이 깃들기 시작했
다. 시간 낭비라면 루크의 죽음 이후 넌더리나도록 하지 않았던가. 그
때는 살 이유가 없다고 진심으로 믿었다. 어떻게 그토록 어리석을 수
있었을까! 비탄에 사로잡혀 소중한 하루하루를 흘려버리다니. 과거의
추억에 묶여 부질없이 보내다니. 하지만 더 이상은 그럴 시간이 없다.
자신을 위해 슬퍼하는 짓조차 그녀에게는 감당하지 못할 사치였다.

나에게 남은 게 뭐가 있을까?

테사는 생각을 한데 모아 자문했다.

샘? 조만간 사실을 고백하고 고이 떠나보내야 할 남자다. 루크의 깊
고 변치 않은 사랑을 받은 후 샘을 만나 일년을 함께 했으니 여자로서
여한이 없다. 일? 당장 내일 <레이디 카산드라 레녹스의 일생> 촬영에

들어가도 제때 끝내리란 보장이 없는 지금으로선 메릴 스트립이나 다른 여배우를 선정하고 피오나의 영화제작을 돕는 게 최선이다. 스타로서 군림했던 영광과 갈채의 지난 나날에 감사한다. 친구들? 그들에게 미리 알려 슬픔의 시간을 연장시키지 말자. 친구와 일과 샘, 그게 전부일까? 죽음을 앞두고 인생을 정리할 부분이 그 세 가지 영역밖에 안 된단 말인가? 남은 시간 동안 어떤 차이를 만들 부분이 정말 없을까?

매기.

그래, 나에게는 매기가 있었어! 내 핏줄. 내 딸. 그 아이는 내가 스크린 밖에서도 이 세상에 존재했다는 증거이고, 언젠가는 딸이나 아들을 낳아 내 일부를 영원히 존재하게 해줄 거야. 그 애와 화해하는 데 여생을 바치자. 우리 둘 사이에 자리잡은 골을 메우는 데 나서자. 나에게는 어미로서의 권리가 있어, 암 환자이든 아니든. 그리고 매기는 그 권리를 인정해야 해, 좋든 싫든.

내일 당장 매기를 만나러 가야지.

테사의 머리 속에서 흥분에 찬 생각들이 줄달음질을 쳤다. 매기가 루크의 유산 수취를 거부해 다시 한 번 강력하게 절연의 뜻을 선언했던 것도 벌써 5년 전 일이야. 그 동안 매기는 변했을 거야. 너그러워졌을 거야. 어른이 되었을 거야. 해가 뜨는 즉시 그 아이를 찾아가자. 반년마다 사립탐정을 써서 조용히 주거지를 확인해 왔지만 매기에게 말도 붙여보지 못하고 문전박대를 당할 것만 같아 차마 얼씬거리지 못했던 그 아파트로 가자. 난 심장이 콩알만한 겁쟁이였어, 이 오랜 세월 동안 맥놓고 있기만 했다니. 하지만 내일은 매기를 만나고야 말겠어. 살날이 얼마 남지 않은 이 어미의 이야기를 제발 들어만 달라고 매달리겠어.

죽어 가는 여인의 청은 아무도 거절하지 못하리라.

31

실신했던 것처럼 잠들었다가 다음날 오전 늦게 깨어난 테사는 눈을 뜨기도 전에 매기와 만날 계획이 구멍 투성이의 허술한 것임을 깨달았다.

죽어 가는 여인으로 접근해 동정을 구한다면 매기의 용서는 쉽게 받는다 해도 인간 대 인간의 진정한 관계는 이루지 못한다. 사랑으로 가득 찬 관계에서마저 한 쪽이 불치병에 걸리면 기존의 균형을 유지하기 어려운데 그녀와 매기는 정답긴커녕 남남보다 못하지 않은가. 그 전에도 나이 차이가 많은 자매지간이었지 대등하게 주고받는 사이는 아니었다. 그러므로 어른답게 성숙한 관계를 형성하기 위해선 건강과 무관하게 얽힐 수 있는 방법을 찾아야 한다.

매기의 직장을 노리는 게 어떨까?

그 생각이 아침을 먹으며 궁리하는 테사의 머리 속에 번개처럼 떠올랐다. 그녀는 스콧 앤 스콧의 사주(社主)인 리즈 싱클레어와 친분이 있었다. 루크의 살아 생전에 내왕했던 한 사교 울타리에 속했고 자선 행사나 경매에서도 자주 얼굴을 대하는 처지였다.

하지만 어떻게? 무슨 구실로? 리즈에게 뭐라고 둘러대야 매기 호바트를 개인적으로 만나도 어색해 보이지 않을까?

아, 그렇지!

몇 분 후 테사는 리즈 싱클레어에게 전화를 걸었다.

“정말 오랜만이에요, 테사! 그 동안 별고 없었죠? 그 근사한 교수님에 대한 풍문은 들었지만 어쩜 그렇게 꼭꼭 숨어 지낼 수 있어요? 그렇지 않아도 해밀턴 오빠와 당신 이야기를……”

“지금은 예의 차릴 시간이 없어요. 한 십 분쯤 다정하게 서로의 안부를 확인했다 치고 본론으로 들어가기로 해요. 리즈, 내 보석 컬렉션을 경매에 부칠 계획이에요. 녹색 다이아몬드와 진주 몇 점만 제외하고 전부 다.”

“테사!”

“물론, 자선 경매이고 스콧 앤 스콧 사에 의뢰할까 해요. 하지만 조건이 하나 있어요. 경매 홍보 담당자를 매기 호바트로 해주세요. 리 메인의 유능함은 익히 잘 알고 있지만, 난 매기를 원해요. 왜냐구요? 그 애가 또 자존심을 내세워 함구했을 줄 알았어요. 우리는 자매지간이에요. 내 본명은 테레사 호바트예요.”

“세상에! 꿈에도 몰랐어요!”

“그랬겠죠. 매기와 나는 지난 몇 년 동안 뭐랄까, 소원했어요. 실은 연락조차 끊고 살아왔죠. 시시한 집안 문제로 말이에요. 대충 감이 잡히죠? 하지만 이제는 동생과 화해하고 싶어요, 당장!”

“하지만…… 보석을 전부 팔겠다니! 진심이에요? 일단 내놓으면 그 정도의 컬렉션을 다시 수집하기가 불가능할 텐데……”

테사는 초조하게 면박을 주었다.

“해밀턴이 방금 당신의 발언을 들었다면 기절초풍했을 거예요. 당연히 난 진심이에요. 보석은 그저…… 보석일 뿐이에요. 아주 사랑스런 귀중품이긴 하지만 심장은 없는 물건.”

“아, 그럼요, 그렇고 말구요. 하지만, 하지만 테사……”

리즈 싱클레어는 하늘에서 떨어진 이 행운 앞에서 아연실색한 나머지 좀처럼 정신을 차릴 수 없었다.

테사는 일사천리로 뒷말을 이었다.

"이건 윈저 공작부인*의 컬렉션에 이어 단일 소장가에 의한 사상 최고의 보석 경매가 되리라 확신해요. 내 보석들은 질적으로나 양적으로나 그녀의 것과 비등하니까. 그리고 난 살아 있어요, 리즈. 죽은 공작부인이 아니에요. 여기에서 사우디 아라비아까지 경매 홍보 여행을 다닐 수 있고 또 그렇게 할 생각이에요. 하지만 이건 전부 당신이 매기를 구슬려 나와 함께 일하게 하느냐 마느냐에 달렸어요. 그 아이는 보나마나 거절할 거예요. 매기가 이 건을 맡지 않으면 나도 보석을 팔지 않겠어요. 스콧 앤 스콧이든 어디에든. 그러니 되도록 일을 빨리 진척시켜 주세요. 준비 작업에서 경매까지 6개월 안에 끝내기로 해요. 너무 촉박하다는 건 알지만 그래도 어쩔 수 없어요."

테사는 단호하게 말을 맺었다. 경매에 반년 이상을 들인다면 매기에게 쏟을 시간, 엄마 노릇을 제대로 해볼 시간이 줄어든다.

"관련 담당자끼리 회의부터 하기로 해요. 매기도 그 자리에 있어야 해요."

"무슨 소리인지 알았어요. 매기와 대화하고 즉시 전화하죠."

"고마워요. 당신의 설득력을 총동원하세요. 이건 긴요긴급한 일이에요."

"걱정하지 마세요, 그녀의 마음을 돌려놓고야 말 테니까. 그러다 죽는 한이 있어도 기필코."

"죽기살기로 덤벼야 할 사람은 당신만이 아니에요, 리즈."

"매기, 싱클레어 부인의 소집 명령이 떨어졌어요."

홍보부 직원이 내선 전화를 끊으며 알렸다.

---

* 1896~1986. 영국의 에드워드 8세가 왕위를 버리고 선택했던 미국 출신의 이혼녀. 그들의 첫 만남 때 그녀가 입고 있었던 옷 색깔이자 평생 아껴 왔던 청색을 '심프슨 블루'라고 한다.

“왜?”

“모르겠어요. 당장 위층으로 올라오래요.”

“미즈(미스와 미세스를 합친 경칭) 리즈,”

매기는 리즈 싱클레어의 사무실로 들어서며 경쾌하게 말했다.

“저를 찾으셨다구요?”

“그래요. 일단 앉아서 차 마셔요, 매기.”

“감사하지만 차는 됐어요. 무슨 일로 부르셨죠?”

“회사의 미래가 걸린 일 때문이에요.”

“그게 무슨 말씀이신지……?”

“알다시피, 우리 회사는 업계 선두가 아니고 그렇게 될 가능성도 요원해요.”

“하지만 스콧 앤 스콧의 지명도는 알아주잖아요.”

“소더비의 스카웃 제의를 거절한 이유를 말해 주겠어요, 매기?”

“아주 간단해요. 이 회사를 사랑하기 때문이에요. 부인과 해밀턴 씨, 리와 일하는 게 더 좋아요. 그깟 돈 몇 푼과 비교할 수 없는 은혜를 여러분에게 입었잖아요. 하지만 리즈, 봉급을 인상해 주려고 저를 부르셨다면 기꺼이 받겠어요.”

“당신을 부른 이유는 도움을 청하기 위해서예요. 오직 당신만이 우리 회사가 환상적인 기회를 포착하게 해줄 수 있어요.”

매기는 고개를 갸웃거리며 열렬하게 물었다.

“어떤 기회인데요?”

“세계에서 손꼽히는 보석 컬렉션을 소장한 어떤 사람이 우리에게 역사적인 경매를 맡기겠다고 제의해 왔어요.”

“엄청난 소식이네요! 그 사람이 누구죠?”

“이 건만 잡으면 우리 스콧 앤 스콧 사는 창립한 이래 처음으로 진정한 업계 1위가 돼요. 향후에는 모든 수집가들이 소장품을 매각할 때 당연히 스콧 앤 스콧을 떠올릴 거예요. 과장이라곤 한마디도 안 보태고 말해서 우리 미래를 영원히 바꿔놓을 건이에요.”

"문제의 그 소장가가 누군지 아직 말씀을 안 하셨어요. 그리고 리메인은? 왜 리를 통하지 않고 저에게 그 소식을 직접 알리시는 거죠?"

"왜냐하면 이 경매가 열리느냐 마느냐는 전적으로 당신에게 달렸기 때문이에요."

"설마! 어떻게 저에게 그런 힘이 있을 수 있겠어요?"

"그 소장가는…… 실은…… 테사 켄트예요."

경악한 매기는 청각을 의심했다.

"지금 뭐라고 하셨죠?"

"둘이 자매지간이라는 거 알고 있어요. 오늘 아침에 테사와 통화하면서 들었어요. 언니와 사이가 틀어졌다는 것도 알아요. 하지만 매기, 그녀는 당신과 화해할 기회를 얻기 위해 기꺼이 보석까지 내놓겠다는 거예요. 매기 호바트가 그 경매의 홍보 담당 자리를 거절하면 이 일을 없던 것으로 돌리겠대요. 이 얼마나 대단한 기회인지 생각 좀 해봐요! 당신은 세기적인 경매의 전권을 진 거예요."

"난 싫어요."

"매기, 인생의 선배로서 말하건대, 나이가 들면 들수록 핏줄이 최고라는 걸 새록새록 실감하게 돼요. 가족과 좋은 벗이 없는 인생은 살았다고 할 수도 없어요. 나만해도 남편을 사랑하긴 하지만 두 딸과 해밀턴 오빠와 여동생 미니가 있기에 삶이 한층 풍요로워졌다고 단언해요."

"안 돼요, 리즈."

"자매 사이에 어떤 갈등이 있는지는 모르겠지만 막판에 기댈 사람은 역시 혈육밖에 없기 마련이에요. 시간이 가면 옛 상처와 반감은 하찮게 보이게 돼요. 처음에 왜 싸웠는지조차 희미해져요. 그리고 언니와 함께 했던 시간들, 둘만이 기억하는 가족사, 부모님과 할머니, 할아버지에 대한 추억만이 소중해지고……."

"저만큼 가족의 존재를 필요로 하고 그 중요성을 아는 사람이 있으면 나와보라고 하세요."

매기는 자꾸 오르는 핏대를 최대한 자제했다.

“하지만 우리 집안 문제는 어떤 경매로도 바로잡힐 수 없어요.”

“자자, 미리부터 단정짓지 말아요. 테사는 경매 홍보를 전폭적으로 돕겠다고 밝혔어요. 다름 아닌 테사 켄트가! 스타 가운데 스타이지만 사생활을 공개하지 않기로 유명해서 좀처럼 인터뷰에도 응하지 않는 그녀가 이 경매를 위해 여행도 다니고, 사진도 찍고, 텔레비전에도 출연할 거예요. 매기, 제발 생각 좀 해봐요, 그 어마어마한 파장 효과를! 감히 돈으로 환산할 수도 없어요. 테사 켄트가 전면에 나서는 것만으로도 우리 회사의 주가는 당장 치솟을 거예요. 그러니 그녀의 소원대로 육 개월 내에 경매를 매듭지어야 해요. 물론 당신이 세 배로 바쁘게 뛰어야 하긴 하겠지만 회사 차원에서 무제한으로 물적·인적 자원을 공급해 줄 테니…….”

“지금 6개월이라고 하셨어요? 덜도 더도 아닌 딱 반년?”

“그래요.”

“테사 켄트가 경매를 6개월 안에 해치우라고 못박았단 말이죠? 그렇다면 저에게도 생각해 볼 시간을 6분 이상은 주세요.”

자리에서 일어서는 매기의 얼굴은 시시각각 험해지는 심정을 반영하듯 시뻘개져 있었다.

“폴리, 할말이 있어요.”

매기는 아파트 문 밖에서 고함을 쳤다. 리즈 싱클레어의 사무실에서 벗어나자마자 폴리와 상담할 요량으로 곧장 달려온 터였다. 이건 버니에게 말할 성질의 문제가 아니었다. 그는 테사와 그녀의 관계에 대해선 아무것도 몰랐다.

“문 좀 그만 두드려. 지금 나간다구.”

폴리는 문을 열고는 성난 돌개바람처럼 쏜살같이 안으로 들어와 이리저리 서성거리는 매기를 차분하게 지켜봤다.

“제발 앉아줄래? 정신 사나워 죽겠다. 대체 무슨 일이야? 버니와 싸웠니? 벌써?”

"아니에요. 테사 때문이에요, 무려 5년이나 흐른 지금에 와서!"

"그녀가 또 너와 접촉하려고 시도했니?"

"접촉? 흥, 하긴 그것도 접촉은 접촉이죠. 가장 악랄한 방법으로 나를 협박했으니까. 테사는 스콧 앤 스콧 사를 통해 자기의 보석 컬렉션을 경매에 붙이되, 나에게 홍보를 맡겨야 한다는 조건을 붙였어요. 반 년 동안 거의 매일 얼굴을 보게 생겼다구요. 방금 리즈 싱클레어와 만났는데 가관이더군요. 내 귓전에 대고 우정의 목소리로 사이렌의 노래를 불러대지 않나, 인생의 선배로서 장미꽃 만발하고 비둘기 나는 가정의 소중함을 늘어놓지 않나, 직장 상사로서 회사의 장래가 나에게 달렸다고 압력을 넣지 않나. 이건 협박이야 협박! 그러니 내가 진정할 수 있겠어요?"

"소사소사 맙소사."

"말 한 번 잘했어요, 폴리. 정말이지 소사소사 맙소사예요. 문제는 테사의 컬렉션이 엄청나다는 데 있어요. 그녀와 어깨를 나란히 할 만한 소장가로는 보석을 하고 공석에 나올 수 없는 사우디의 몇몇 여성 왕족들이랑 브루나이 술탄의 본처들이랑 엘리자베스 여왕 정도예요."

폴리의 표정이며 목소리가 심각해져 갔다.

"너와 화해하지 못해 막바지까지 몰렸구나."

"죄책감 때문이죠. 왜 갑자기 죄책감에 발동이 걸렸는지는 상상조차 못하겠지만."

"상상이 안 가긴 나도 마찬가지야. 하지만 뭐라도 있는 편이 아무것도 없는 것보다 낫지. 여자가 보석을 포기할 정도면 죄책감을 느껴도 보통 느낀다는 소리가 아냐."

"특히 테사에게 그 보석 컬렉션이 갖는 의미는 대단해요. 그거 하나만은 장담할 수 있어요. 우리는 그걸 가지고 놀기도 하고 이야기도 많이 하고 또……"

매기는 얼핏 떠오른 추억에 반발해 격하게 외쳤다.

"하지만 난 그녀를 마음속에서 몰아냈어. 완전히 지워버렸어요. 테사보고 그 오랜 세월 동안 친자식을 유기한 죄책감에 죽도록 시달리라죠, 그건 내 일이 아니니까.”

“그게 공정하다고 생각해?”

“상대는 나에게 공정을 기대할 권리조차 없는 여자예요! 전후 사정을 빤히 알면서 어떻게 그런 답답한 질문을 할 수 있죠? 홍, 공정이라니! 얼어죽을 소리.”

“네가 바라는 게 뭐니? 처벌? 지난 5년 동안 그녀의 편지를 한 통도 개봉하지 않고 반송해 왔듯이 계속 벌주는 것?”

“그래요, 처벌을 원해요. 난 적어도 그녀를 벌줄 자격이 있어요.”

“처음에는 유산 수취를 거절하고, 다음에는 편지를 되돌려보내더니, 지금은 경력에 큰 보탬이 될 경매 홍보를 맡지 않겠다?”

“이미 리즈에게 싫다는 식으로 말해 놨어요.”

“그럼으로써 테사 켄트는 물론이고 리즈와 해밀턴과 스콧 앤 스콧의 전 사원들까지 네 벌을 받게 되었다는 건 모르겠니? 이제 그만해, 매기. 원한에 사로잡힌 뻣뻣하고 고고하고 독선적이며 무정한 태도는 제발 버려. 그건 너답지 않아. 내가 알고 사랑하는 매기 호바트가 아냐.”

“도대체 언제부터 내 양심의 소리가 되기로 결정한 거예요?”

“처량하게 가방 하나만 달랑 들고 살 곳을 절실하게 찾아 우리 집을 찾아온 너에게 나의 아름다운 방을 내주었던 순간부터 그 후로 몇 달씩, 아니 정확하게는 몇 년씩 네 배를 채워주며 너의 가장 좋은 친구가 되었던 지금까지.”

“그건 반칙이에요.”

“그래서?”

“생각해 볼게요. 정말 못됐어!”

32

"오늘밤은 어떻게 할까, 스위트하트? 여기에서 먹고 싶소, 아니면 나가서 중국음식을 사 먹을까?"

샘이 강의를 마치고 돌아오기가 무섭게 테사에게 물었다. 그녀가 리즈 싱클레어와 통화하고 사흘이 지난 오후였다.

테사는 온 힘을 다하여 그를 껴안으며 반문했다.

"많이 배고파요?"

"전혀. 학과장과 점심을 거나하게 해서 지금까지 배가 꺼지지 않았소. 그 사람은 대식가거든. 게다가 자기 식사량에 못 맞추는 상대를 싫어하기도 하고. 어떤 젊은 교수가 샐러드만 시켰기 때문에 해고당했다는 전설이 지금까지 전해오는 정도요."

"그럼 이야기 좀 해요."

"불길하게 들리는데. 설마 사랑이 식진 않았겠지? 나에게 짐을 싸가지고 나가라는 소리는 아니기 바라오. 왜냐하면 나를 떼어버리려면 무력을 동원해서 쫓아내야 할 테니까. 그런데 당신은 내 체격의 반도 되지 않잖소."

“그런 이야기가 아니에요, 나에 대한 거지.”

“드디어 ‘나는 말이에요……’로 시작되는 대화를 하자? 이야, 반가운걸. 그건 우리의 관계가 안정궤도에 진입했다는 뜻이니까. 어서 시작해 봐요.”

샘의 사랑은 너무도 노골적이고 너무도 꾸밈없이 행복해하는 기색이 완연해서 그를 보는 것만으로도 괴로워졌다. 테사는 자멸하는 심정으로 무뚝뚝하게 입을 열었다.

“난 열네 살 때 아이를 낳았어요, 매기라는 딸을. 우리 부모님은 집안의 수치를 감추기 위해 그 아이를 친자식으로 키우셨어요. 그 3년 후에 난 <작은 아씨들>에 출연해 테사 켄트가 됐죠. 그리고 내 미래와 야망에 사로잡혀 친딸을 모질게 외면했어요. 엄마가 매기를 완전히 독점하도록 놔뒀어요. 거기에 대해 반발조차 하지 않았죠. 오히려 다행으로 여겼어요. 스타로서의 명성, 화려한 인생의 방해물이 줄어들었으니까.”

“테사…….”

“듣기만 하세요, 제발. 그리고 난 루크를 만났어요. 스무 살 때였어요. 난 매기에 대해 입을 다물었어요. 사실을 고백할 기회도 있었고 사실대로 고백해도 루크가 이해하리란 걸 알면서 거짓말을 선택했어요. 나를 처녀라고 믿고 있는 그이의 기대를 깨고 싶지 않았던 거예요. 나에 대한 사랑이 조금이라도 덜해질까 봐 두려웠어요. 처음 만났을 때부터 거짓말을 하자 다음에는 차마 진실을 밝힐 수 없더군요. 아니, 솔직해져야 한다는 생각조차 못했어요. 그래서 루크와 결혼한 직후 부모님이 돌아가셨을 때 매기를 의붓 시동생 부부에게 맡겨버렸어요. 내 딸을 타인들에게 내팽개친 거예요. 매기의 언니가 아니라 엄마라고 나설 용기가 없었어요. 난 비겁한 겁쟁이였어요.”

“자학하지 말아. 누구나…….”

“자학이 아니라 사실이에요. 나는 딸 아이를 다섯 살 때부터 열여덟 살 때까지 피 한 방울 섞이지 않은 남의 집에 맡겨놓고 아주 가끔씩만 보러 간 나쁜 엄마예요. 그 애가 그곳에서 행복한지 불행한지 물어보지도 않았어요. 실은 묻고 싶지 않았던 거예요. 모르는 편이 마음 편하니까. 덜 복잡하니까. 루크와의 생활이 무엇보다 중요했으니까. 난 나쁜 엄마에 좋은 언니 노릇도 못한 셈이죠. 그리고 진실을 밝히려고 겨우 결심했을 때는…… 매기가 먼저 알아버렸어요. 그 이후 5년째 그 아이의 얼굴도 못 봤어요. 편지를 보내도 소용없었구요. 이제 남은 기회는 딱 한 번뿐이에요."

"무슨 기회?"

"매기와 가까워질 수 있는 기회요."

"딸의 용서를 바라오?"

"물론이죠!"

"그래, 그게 인지상정이지."

"매기는 스콧 앤 스콧이라는 경매사의 홍보부에서 일하고 있어요. 난 거기 소유주이자 친구에게 전화했어요. 내 보석 컬렉션 경매를 그곳에 맡기는 대신 매기 호바트를 붙여 달라고 했죠. 그럼 우리는 경매가 끝날 때까지 지속적으로 만나게 될 테니 이야기도 나누고 어쩌면……. 하지만 매기가 그 일을 하게 될지 어떨지 아직은 몰라요."

"보석 컬렉션이라니?"

그가 의외라는 표정으로 물었다.

"내가 아는 당신의 보석이라곤 이 가짜 같은 초록색 돌멩이와 진주 몇 점이 전부인데. 참, 우리가 처음 만난 날 당신이 달았던 카메오 세트도 있지."

"아, 샘, 달링 샘, 나보다 보석을 많이 가진 여자는 역사상 클레오파트라밖에 없을 거예요. 난 그저 당신이나 당신 친구들 앞에서 삼갔을 뿐이에요. 지나치게…… 있는 척하는 것처럼 보일까 봐."

"수백만 달러어치의 보석을 가졌단 말이지, 당신이?"

샘의 어조는 도저히 못 믿겠다는 식이었다.

"수억만 달러어치예요."

“그렇다면 가난뱅이 책벌레들 앞에서 삼갈 만도 하군.”
그는 코웃음을 치며 고개를 설레설레 내저었다.
“당신 딸이 일을 맡게 될지 여부는 언제쯤 알 수 있소?”
“리즈라는 내 친구가 전화해 올 때요. 난 거의 희망을 접었어요.”
“만약 경매를 하게 되면 언제 열리지?”
“반년 안에 매듭짓자고 요구했어요. 질질 끌고 싶지 않아서.”
“그 경매가 당신 시간을 많이 잡아먹는 일이오?”
“내 시간 전부를 들여야 해요.”
“테사, 우리가 함께 한 지난 일년 동안 당신은 매기에 대한 이야기
를 하지 않았소. 동생이 있다는 말조차 흘리지 않았소. 그런데 왜 지금
와서 고백하지? 경매 때문이오?”
“아니에요, 샘, 그런 게 아니에요! 경매 때문이라면 그게 열리리란
확신이 섰을 때까지 기다렸다 말했을 거예요. 난 거짓말하고 싶지 않
았어요. 침묵으로 당신을 속이는 건 더 이상 참을 수 없었어요.”
그리고 한 번에 전부를 고백할 수도 없어요, 테사는 죄책감에 사로
잡혀 속으로 덧붙였다.
샘은 예리한 직관의 빛이 어린 눈으로 그녀를 응시했다.
“내가 진실을 알면 당신에 대한 사랑을 거둬들일지도 모른다고 생
각하면서도 고백한 거로군, 그렇지?”
“어떻게 나 같은 여자를 계속 사랑할 수 있겠어요?”
“당신은 잘못된 판단에 의거해서 만회할 수 없는 실수를 저질렀소.
형편없는 엄마이기도 했소. 심지어 좋은 언니도 아니었소. 하지만 그
건 지난 일이고 지금은 지금이오. 지금 당신은 구제할 여지가 있어, 테
사 켄트. 그런 당신의 과거 때문에 내 마음이 변할 것 같소? 정말 그렇
게 생각했단 말이오?”
“예.”
“아직 나를 몰라도 한참 모르는군.”
샘은 그녀를 와락 품에 껴안았다. 그리고는 극도의 안도감으로 흐느

끼는 테사가 갓난아기라도 되는 양 그녀의 머리칼에 키스하고 등을 쓰다듬어 주었다.

마침내 그녀가 마스카라 섞인 눈물로 흠뻑 젖은 얼굴을 들었다.

"경매 때문에 영화 제작이 얼마나 지연되느냐는 질문조차 하지 않는군요, 당신은."

"무슨 영화?"

다음날 매기는 끊임없이 양심을 긁어대는 폴리와의 논쟁에 지치고 강한 애사심에 밀려 테사 켄트의 보석 경매 홍보를 담당하기로 결정했다.

그 이튿날, 스콧 앤 스콧 사에선 회의가 열렸다. 참석자는 오직 리즈 싱클레어와 해밀턴, 테사와 매기, 보석부 부장인 몬티 포이와 마케팅 이사인 줄리엣 트리로 국한되었다. 어떤 경매 회사든 이렇게 큰 건은 처음부터 몇몇 고위 간부들의 손에서만 진행되고 비밀 보장이 엄밀하게 지켜진다.

매기를 제외하고 다른 사람들은 정각에 자리에 앉았다. 리즈는 몬티 포이와 줄리엣 트리만 먼저 소집해, 당사(當社)가 황송하게도 테사 켄트의 경매를 처리하게 된 유일한 이유라면 그녀의 여동생인 매기 호바트가 여기에서 일하기 때문이라고 귀띔해 두었다. 혹시라도 리 메인의 부재를 놓고 회의중에 불미스런 질문이 나올 가능성 자체를 사전에 차단한 것이다.

이제 리즈는 속이 바짝바짝 타들어갔다. 그녀의 단단한 보장에도 불구하고 테사가 위임서 서명을 미룬 채 여동생이 정말 회의실에 나타나기만 기다리고 있었기 때문이다. 그런데 문제의 매기는 약속 시간을 칼같이 지키는 평상시와 달리 오늘따라 벌써 십 분이나 늦고 있었다.

리즈 싱클레어는 직원 회의 때마다 항상 여주인 노릇을 도맡아왔기에 조지 시대의 은제 찻잔 세트를 만지작거리며 말했다.

"누구 커피나 차를 더 드실 분?"

"커피 한 잔 더 주십시오, 리즈."

어떤 경우에도 평정을 잃지 않는다는 평판의 보석부 부장인 몬티 포이가 안절부절못하고 대머리를 문지르며 청했다.

몬티 부장에게 카페인까지 먹이면 신경발작증을 일으킬 거라고 생각하며 리즈는 남몰래 카페인 제거 커피를 준비한 자신의 선구안에 감사했다. 솔직히 이건 그녀 자신이 카페인에 취해 이 중차대한 회의에서 횡설수설할까 두려웠던 탓이었다. 오빠인 해밀턴은 활처럼 팽팽하게 긴장한 것이 말조차 붙이기 무서웠다.

테사 켄트의 존재감이 이 회의실에 팽배한 긴장의 수위를 시시각각 올리는 주범이었다.

경매란 대부분이 죽은 수집가의 소장품을 처리하는 일이었다. 때문에 이 업계 사람들은 적절한 조의와 동정과 겸양으로 고인의 후계자를 대하는 데 익숙해진다. 요컨대 경매는 파는 쪽과 사는 쪽 모두를 만족시켜야 하는 중개업이지만, 본질적으로는 귀중품을 계속 소장할 여력이 없어서 내놓을 수밖에 없는 이들의 불행에 뿌리를 박고 있으므로 그들의 쓰라린 심정을 절대로 건드리지 말아야 하는 섬세한 기술이 요구되는 고차원적인 업종이다.

하지만 영화사에 남을 대스타가 회의에 참석하여 그런 경매업계의 핵심부터 뒤흔들어 놓았다. 이 자리의 모두에게 테사 켄트는 무수한 상징의 복합체였다. 그 불멸의 영화들, 몇 번이나 거머쥔 오스카상, 할리우드의 환상적인 신화, 20년이나 스크린의 여왕으로 군림해 온 찬란한 금자탑, 어마어마한 갑부 루크 블레이크의 아내였다는 위치, 세기적인 보석 컬렉션의 주인…… 이 전부를 합해 놓은 존재가 바로 테사 켄트인 것이다. 또한 그녀에게서 눈을 떼기란 불가능했다. 돌연변이가 아니고서야 인간이 저토록 아름다울 순 없다.

"켄트 양,"

마케팅 이사인 줄리엣 트리가 침묵을 깼다.

"올해 11월에 제네바에서 열릴 글로리아 공비의 소장품 경매에 관한 소더비의 카탈로그를 보셨는지요?"

“훑어보긴 했어요.”

구미호 뺨치게 영리한 줄리엣이 어쩌자고 이런 순간을 골라 다른 경매 회사를 들먹이지? 리즈 싱클레어는 치를 떨었다.

“관심이 있으실 줄 알았어요.”

줄리엣이 남의 속도 모르고 떠들어댔다.

“글로리아 공비 같은 경우는 대단히 희귀하니까요. 여러 사람의 소장품을 하나의 주제로 묶어 처리하지 않고 한 경매에서 한 사람의 것들만 취급하긴 드물지요. 그럼, 그 카탈로그에서 트룬 운트 탁시스 집안의 가계도에도 주목하셨겠군요?”

“어떻게 지나칠 수 있었겠어요? 왕자들, 공주들, 대공, 공녀, 심지어는 재위중인 왕의 이름까지 줄줄이 나열되어 있는데. 유럽 귀족들의 절반 이상이 5백 년 전 신성 로마 제국을 위해 우편 서비스를 시작한 그 독일 가문의 친인척인 모양이에요. 그래서인지 글로리아 공비의 소장품에는 보석관이 많더군요. 하지만 오늘날 보석관을 찾는 사람이 몇이나 될지……? 내 마음에 가장 드는 보석이라면 녹주석과 다이아몬드로 된 브로치였어요.”

내가 왜 이렇게 조잘거리지? 테사는 식은땀으로 홍건해진 손바닥을 치맛자락에 슬며시 닦으며 궁리했다. 항상 그녀는 말하는 쪽이 아니라 듣는 쪽이었다. 특히 초면인 사람들 앞에서는.

“지금 그 말씀은…… 켄트 양, 컬렉션을 매각한 후에도 계속 보석을 구입하겠다는 뜻입니까?”

몬티 포이가 담배를 떨어뜨리면서까지 입을 헤 벌리고 놀람을 감추지 못했다.

저 싸가지 없는 놈을 죽여버릴 테야, 리즈는 이를 갈았다. 아니, 저 놈에게는 죽음조차 과분해.

“내 컬렉션을 매각하게 될지 어떨지 누가 알겠어요?”

테사는 가볍게 받아넘겼다.

“아무래도 매기가 나타날 것 같지 않잖아요. 하지만 질문에 대답은 해드리죠, 포이 씨. 난 다른 보석을 수집하기 위해 기존의 컬렉션을 내놓은 게 아니에요. 그저 글로리아 공비의 녹주석에 흥미를 느꼈을 따름이죠. 연두에 가까운 녹색을 띠고 있더군요. 나는 원래 녹색 계열의 보석을 선호해 왔어요. 에메랄드라면 꼼짝도 못하죠. 그래서 남편을 잃고 지난 4, 5년 간 직접 수집해 왔답니다. 여러분들 앞에서 고백하기가 창피하지만 그 대부분은 익명으로 전화 입찰해서 경매에서 구입하고 택배로 받은 것들이에요."

하늘에 계신 우리 아버지시여! 리즈는 저도 모르게 부르르 떨었다. 그렇다면 테사 켄트의 컬렉션은 보석을 하고 사진에 찍혔던 것보다 더 엄청나다는 소리잖아. 아, 매기, 지금 어디에 있는 거야?

테사가 뒷말을 이었다.

"난 어젯밤 소더비의 카탈로그를 다시 봤어요. 트룬 운트 탁시스 하우스를 배경으로 한 글로리아 공비의 소장품 칼라 사진들은 수준 높긴 하지만 내 성에는 차지 않더군요. 이 회사의 카탈로그 담당은 누구죠?"

"저예요, 켄트 양."

줄리엣 트리가 대답했다.

"그건 우리 마케팅 부서의 일입니다."

"내 컬렉션 사진은 어빙 펜에게 맡겨주세요. 그의 꽃 사진집처럼 영구적으로 보관할 가치가 있는 카탈로그가 되도록 말이에요."

"어빙 펜! 하지만 그의 몸값은 천문학적이에요!"

"알고 있어요, 에스테 로더 화장품 회사도 기겁할 정도라는걸. 그 비용은 내가 부담하죠. 스콧 앤 스콧은 그저 경매 회사에 불과하니까."

리즈는 경쟁사의 이름이 자꾸 들먹여지는 카탈로그 이야기를 조마조마하게 듣다 못해 얼른 나서서 화제를 바꿨다.

"자선 경매의 수익금을 어떤 공공사업에 돌릴 계획이죠, 테사?"

"암 연구에 돌릴까 생각중이에요. 유방암 등등을 비롯한 치유 가능한 암 연구에. 하지만 그것도 경매가 열린다는 전제에서나 존재하는 계획이에요."

몬티 포이가 호기심에서 물었다.

"폐암도 포함됩니까?"

"저런, 모르시는군요? 폐암은 불치병에 속해요."

세련된 몬티의 얼굴이 하얗게 질렸다. 그는 금연을 맹세했다. 폐암의 위험성을 빨리 알았으면 좋았을 텐데. 그러면 아까 피운 마지막 담배 맛이 더 좋았으리라. 어쩌면 더 썼을지도.

해밀턴 스콧은 더 이상 침묵을 지킬 수 없었다.

"켄트 양, 당신의 표현대로 경매가 열린다는 전제하에서 말하건대, 우리는 그 경매가 소더비나 크리스티의 동일 품목 빅세일과 겹치지 않도록 신중을 기해야 하오. 그리고 어빙 펜을 잡으려면 오늘부터 봉화를 피워야 할 거요."

테사는 짜증스레 눈썹미를 찌푸렸다.

"육 개월 내에 처리해야 해요. 처음부터 내가 누누이 강조했다고 리즈에게 못 들으셨나요?"

그는 꿋꿋하게 버텼다.

"당신의 뜻은 마땅히 존중하는 바지만, 왜 그리 서둘러야 하는지 납득이 가지 않소."

아무리 테사 켄트가 창사 이래 최대의 물주라 해도 우리 집안은 이 회사를 2백 년에 가깝게 경영해 왔다 이거야.

테사는 쏘아붙였다.

"굳이 납득할 필요 없어요. 내 뜻에 따라주세요."

어빙 펜을 못 잡으면 그에게 비견되는 다른 사진작가를 섭외하면 돼. 그리고 할리우드에 반년의 시간을 주면 그깟 경매쯤이야 수십 번도 더 열었다 끝낼 거야. 여기 경매업계 사람들은 굼벵이처럼 왜 이 모양들이지? 테사는 슬슬 화가 치밀기 시작했다. 잘난 척하는 저 해밀턴 스콧, 진짜 마음에 안 드는군. 소더비로 확 가버릴까? 하지만…… 매기의 직장은 여기야, 불행하게도.

"커피를 더할 사람? 차는 어때요?"

리즈 싱클레어의 입에서 비명에 가까운 새된 목소리가 튀어나왔다. 데니시 패스트리나 베이글을 가져와서 시간을 끌어야겠어. 매기, 이 망할 년 같으니! 삼십 분이나 늦다니. 마음이 바뀐 게 틀림없어. 그럼 그렇다고 전화나 한 통 해주면 어디 덧나나?

"차나 한 잔 마시자구나, 리즈."

해밀턴 스콧이 투덜거렸다.

"이 커피를 누가 끓였는지 몰라도 당장 해고감이야."

"커피를 새로 뽑아오게 할게요."

리즈는 그녀의 눈빛이 죽음의 광선이어서 오빠를 당장 연기처럼 사라지게 해주기를 바랐다.

"죄송해요! 정말 죄송해요, 여러분. 버스가 고장나서 승객들이 하차해야 했는데 다음의 버스 세 대가 전부 만원이라 그냥 지나가는 바람에 남은 길을 걸어왔어요."

매기가 늦은 이유를 숨가쁘게 늘어놓으며 마케팅 이사와 보석부 부장 사이의 빈 의자에 앉았다. 그녀는 회의실의 어느 누구와도 눈을 맞추지 않고 고개를 푹 숙인 채 핸드백에서 필기도구를 꺼내느라 부산을 떨었다. 일체의 표정이 제거된 얼굴이었다.

테사는 매기의 목소리를 듣는 순간 벅찬 감격으로 진저리를 쳤다. 감정을 숨길 갑옷을 찾을 길이 없었다. 그녀는 난생 처음으로 발가벗겨지는 기분이었다.

"이제 시작할 수 있겠군요."

리즈 싱클레어는 무릎 꿇고 감사기도를 드리고 싶은 속내를 가까스로 감추고 옆자리의 테사에게 위임서를 내밀었다. 드디어 거기에 서명이 되자 리즈는 위엄을 살려 한마디 더했다.

"이제부터 매기, 운전사 딸린 회사차를 타고 다녀요. 당신의 소중한 시간을 단 일 초도 낭비해선 안 돼요."

"잘됐네요."

매기는 수첩을 펴고 필기도구들을 그녀도 모를 어떤 질서에 따라

가지런히 배열하며 중얼거렸다.

물기어린 눈으로 테사는 매기를 굶주린 듯 응시했다. 5년이란 세월 동안 낯선 뉴요커로 변했구나. 명랑하고 통통했던 내 딸이, 고된 어린 시절과 사춘기를 거친 내 딸이, 빈손으로 독립한 내 딸이 자신만만하며 강한 여인이 되었어. 멋지게 성공한 직업인이 되었어. 여러분, 쟤가 바로 내 딸이에요!

그녀는 떨리는 입술을 뗐다.

"매기, 좋아 보이는구나."

"기분이 좋아서겠죠."

매기는 모호하게 회의실의 한 지점을 향해 고개를 끄덕이며 짧게 대꾸했다.

저 애는 이쪽으로 눈도 돌리지 않을 생각이야, 테사는 깨달았다. 하지만 이곳에 나타나긴 했다. 시작 테이프는 끊은 셈이다. 감사합니다, 주님.

33

이 상황을 굳이 한마디로 정의하자면 '꼴사나운 조급함'이었다. 그보다 좋게 말하자면 '효율적인 시간 관리'라고 반추하며 테사는 보석들이 스콧 앤 스콧으로 넘어가는 과정을 지켜보았다. 그녀가 위임서에 서명하기 무섭게 향후 반년의 일정이 빡빡하게 짜여지고 경매가 현실로 성큼 다가왔다.

아침 회의가 끝난 지 겨우 두 시간 후인 지금, 몬티 포이 부장은 두 명의 휘하 직원들과 함께 이 은행의 지하 2층 사실(私室)에서 그녀의 컬렉션 목록을 열심히 작성하는 중이었다.

그들은 극히 조심스럽게 각각의 보석 상자를 열고 내용물을 꺼내어 나지막한 무채색의 목소리로 그 모양과 특기 사항을 한 점 당 세 번에 걸쳐 묘사하고 확인했다. 그런 식으로 모든 보석마다 별도 작성된 인도서가 몬티 포이의 손에서 그녀에게 넘겨져 서명되면 보석들은 다시 상자에 넣어져 특수 봉인되었다.

방문 너머에는 무장 경호팀이 대기하고 있었다. 그리고 방 안의 사람들 발치에는 두툼한 천으로 된 가방, 낡은 서류 가방, 튼튼하게 생긴 쇼핑백이 수북하게 쌓인 채 포이 부장이 작업 기간으로 어림잡은 사흘 간 매일 보석들을 담아 특별 대절된 택시와 평범한 차량으로 스콧 앤 스콧으로 옮겨지기를 기다리고 있었다.

일견 허술해 보이는 이런 방식의 운반은 보석업계의 관행이다. 해리 윈스턴에서는 그 귀한 것들을 우체국의 특배로 보낸다. 반 클리프의 경우에는 평범한 마닐라 봉투를 사용한다. 오직 티파니만이 예외였다. 그 보석상에서는 고객에게 일단 내용물이 전달된 후에도 자사의 얼굴 이 되어버린 그 터키석 색상의 쇼핑백이 뜯어질 때까지 갈색의 점심 봉투를 넣어 다니는 데 쓰이길 고집했다.

산처럼 쌓인 채 뚜껑이 열려지길 기다리는 벨벳 보석상자의 숫자가 좀처럼 줄어들지 않는 동안, 고도로 훈련받은 전문가 세 명의 집중적 인 관심을 받고 봉인된 상자들이 공항의 화물 수송 차량을 축소해 놓 은 듯한 금속 운반기에 천천히 쌓여갔다.

이 작업을 가능한 한 빨리 해치우는 것이 관건입니다, 몬티 포이 부 장이 설명했다. 그래야 스콧 앤 스콧 사의 전문가들이 보석을 한 점씩 감정하고 가치를 추산할 수 있다고 한다. 이미 제네바와 취리히, 런던 지사의 상주 감정가들에게 뉴욕으로 달려와 방대한 작업량을 거들라 는 동원령이 떨어진 터였다.

카탈로그에는 모든 품목의 크기와 상태, 거기에 박힌 보석의 숫자를 비롯해 지난 날 누구누구의 소유였는지까지 상세히 기술되고, 감정인 들이 스콧 앤 스콧 사의 보석 연구소와 협력해 추산한 시장 유통가의 최고치와 최저치도 실리게 될 것이다.

시장 유통가는 그 보석의 가치에 소매업자의 이윤, 보험료, 업소의 이름값, 광고비, 경영 부대 비용 등등이 포함되어 책정된다. 그러나 보 통의 경매에서는 그 시장가의 최고 5, 60퍼센트에서 최저 25퍼센트 가 격으로 거래되는 것이 평균이었다.

그러므로 유명 업소에서 보석을 구입하여 집으로 가져오는 행위는 일종의 호사인데, 루크는 대부분의 소비자들처럼 세계 일류의 보석상과 거래하는 즐거움을 만끽하고 제품의 질에 대한 확고한 믿음을 가질 수 있으며 자신이 원할 때 원하는 물건을 사고자 하는 인간의 욕망에 의거하여 기꺼이 초과비용을 감수했다.

보석 상자가 하나씩 열릴 때마다 테사는 점점 심난해졌다. 몬티 포이 부장과 두 직원은 마치 예배를 집전하는 성직자들처럼 경건하며 엄숙하기 이를 데 없었지만, 아무리 전문가라도 낯선 타인이 내 물건을 만지는 광경은 지켜보기 괴로웠다. 그녀는 겁탈당하는 기분이었다.

위임서에 서명할 때는 이 광경, 이 가공할 모욕, 이 강간 현장을 목격하게 될 줄 정녕코 몰랐다! 저자들은 루크의 마음이 깃든 선물을 주무르며 그 선물이 전달된 다음에 항상 부부끼리 나누었던 사랑의 추억까지 도륙하고 있었다.

이제 몬티 포이가 니코틴에 찌든 손으로 에메랄드 목걸이를 들고 밋밋하며 느끼한 목소리로 중얼거렸다.

"에메랄드 목걸이 한 점. 진주 모양의 에메랄드 다섯 개가 일렬로 연결. 그 중간에 진주 모양의 탈부착형 펜던트. 총 여섯 개의 에메랄드가 각각 다이아몬드로 장식된 형태."

포이 부장의 건조한 묘사와 더불어 그 목걸이를 받던 당시의 소중한 기억들―결혼식 후 신혼여행을 떠났을 때의 안도감, 첫날밤의 두근거림과 감격, 지상의 천국으로 머리 속에 남은 에쩨의 정경, 루크와 발견했던 육체의 환희, 벅찬 행복이 흐리죽죽한 잿더미로 화했다.

테사는 가슴이 찢어지는 듯 아파 고개를 숙였다. 저 약탈자들의 모습과 목소리에서 벗어나기 위해 보석 인도증에 서명해야 하는 순간을 제외하고는 내내 약혼 반지에만 시선을 집중했다. 자신을 향한 분노가 깜짝 놀랄 만한 세기로 몰려왔다.

곰곰이 숙고하지도 않고 즉흥적으로 결정내린 머저리! 보석을 경매에 내놓는다는 것이 한 남자에게 사랑받은 과거의 추억을 빼앗기는 것임을 깨닫지 못했던 바보! 완벽하게 보호받던 아내, 완벽하게 안전했던 세상의 상징을 그저 값비싼 물건으로 추락시킨 멍텅구리! 나만의 은밀한 순간이 고스란히 담긴 저 보석들이 조만간 다른 여자들의 손가락에서, 목에서, 귀에서, 팔에서 반짝거리며 '호호, 잘 보셨어요. 이건 테사 켄트의 것이었답니다'라는 자랑거리로 폄하되리라. 이토록 고통스런 상실을 꼭 대가로 치러야 하는 걸까? 매기와 화해할 길이 이것뿐이었을까? 루크와의 과거를 지키며 딸을 되찾을 방법은 정말 없었을까?

아가리 닥쳐, 테사는 자신을 호되게 나무랐다. 오늘 회의중에 매기에게 철저히 외면당했다고 투덜거리지 마. 아직 반년이나 남아 있어. 매기가 이 경매의 홍보를 맡았다는 사실에 만족해.

"석 줄짜리 루비 목걸이 한 점. 다이아몬드로 에워싸인……."

포이 부장의 작업 대상이 이제 루비 컬렉션으로 넘어갔다. 보석상자의 어둠 속에서 지난 5년 동안 긴긴 잠에 빠져 있던 것들이었다. 테사의 마음 같아서는 루크가 죽은 후 루비란 루비는 전부 치워버리고 싶었지만, 그 끔찍한 날을 떠올리게 하는 핏빛 보석들을 보는 건 고사하고 생각하는 것조차 참을 수 없었기에 내내 무시하는 쪽을 택했다.

그녀는 자리에서 벌떡 일어났다.

"커피를 마시고 오겠어요."

"그럼 일을 진척할 수 없습니다."

포이 부장이 만류했다.

"켄트 양의 확인과 인도서 서명이 없으면 우리는 다음 보석에 손대지 못합니다."

"여보세요, 포이 씨, 난 당신을 믿어요. 보석을 주머니에 쑤셔 넣거나 담배 연기와 함께 사라지게 할 분이 아니라고 말이에요. 나 없이 루비 컬렉션의 작업을 진행하세요."

"안 됩니다. 대리인을 지정 참석시키지 않는 한, 켄트 양께서는 이 자리를 비우실 수 없습니다."

"경비요원들 가운데 아무나 데려오세요."

한 보석 감정가가 문 밖에 바짝 서 있던 경비원을 불러들였다.

테사가 그에게 물었다.

"이름이 어떻게 되죠?"

"알렌이라고 합니다."

"알렌 씨, 나를 대신해서 보석들의 적요가 작성되는 과정을 지켜보고 저기 부장님이 내미는 서류에 서명해 주세요. 나중에 내가 다시 서명하겠어요."

"알겠습니다."

그가 난처한 표정으로 질문하듯 몬티 포이를 바라보자 포이 부장은 어깨를 으쓱거리며 자리에 앉으라고 손짓했다.

테사는 밖으로 나가 화장실로 향했다. 그때, 승강기의 문이 열리고 한 여자가 복도의 형광등 불빛 속으로 나왔다. 온통 검정색 옷으로 차려입은 날씬하며 훤칠한 여자였다.

매기! 아, 매기!

테사는 기쁨의 탄성이 튀어나오려는 입으로 두 손을 가져갔다. 하지만 놀라움과 반가움은 잠시였다. 이쪽으로 다가오는 여자는 매기가 아니었기 때문이다.

"안녕하세요, 켄트 양? 저는 자넷 코비츠라고 스콧 앤 스콧 사의 홍보부 직원입니다. 앞으로 켄트 양의 편의를 도모하는 일을 맡게 되었어요. 차나 코카콜라나 페리에를 가져올까요? 심부름시키실 일은 없으세요? 혹시 전화해야 할 곳은요?"

"다 괜찮아요, 자넷. 고마워요. 그런데 누가 당신을 보냈죠?"

"직속 상사인 매기 호바트의 명령을 받았어요. 그녀는 이번 경매와 관련하여 홍보팀을 짰는데 저에게 이 임무를 배정했습니다. 원래는 매기가 시간 날 때마다 해야 할 일이지만 좀처럼 짬이 날 것 같지 않았나 봐요."

"그랬군요. 아, 커피를 한 잔 가져다주겠어요? 난 여기에서 기다리며 잠시 숨을 돌릴게요."

복도를 왔다갔다하며 테사는 막막해진 머리를 쥐어짰다. 부하 직원을 내세워 직접 접촉을 되도록 피하려는 매기의 수를 격파할 만한 방법을 찾았다. 얼마 후, 방문이 열리고 알렌이라는 경비원이 나왔다.

"루비 정리 작업이 완료되었습니다."

"수고했어요, 알렌 씨. 이제 한 아가씨가 커피를 가져오면 말 좀 전해 주시겠어요? 커피는 됐고 사무실로 돌아가도 좋다고."

테사가 안으로 들어섰을 때, 몬티 포이가 티파니 진주를 상자에서 꺼낸 참이었다. 그녀는 한 걸음에 방을 가로질러 그 목걸이를 낚아챘다.

"이건 계속 내가 소장하겠어요."

포이 부장이 이해한다는 식으로 고개를 주억거렸다.

"예, 다른 보석들에 비해 현저하게 격이 떨어지니까요. 감상적인 가치가 있는 것이리라 짐작했습니다."

"당신의 폐보다 더 가치 있는 건 없어요, 포이 씨."

34

"오늘 회의는 어땠소?"

샘이 테사에게 키스하고 열띠게 물었다.

보석 컬렉션이 어제 날짜로 사흘만에 스콧 앤 스콧 사로 완전히 인도되자 테사는 팽팽하게 잡아 늘어진 신경 위에서 살금살금 줄타기를 하는 곡예사와도 같았다. 그녀의 관심은 위임서에 서명한 후 처음으로 매기와 한 공간에 있는 오늘 회의에만 오롯이 집중되었었다. 그 동안 천국과 지옥을 오르내리며 감정을 추스르지 못하는 그녀의 낯선 모습에 샘은 그 망할 회의가 끝나기만 고대했다.

"모르겠어요."

그녀는 생기와 확신이 빠져나간 하얀 목소리를 냈다.

"잘 모르겠어요. 아무래도 내가 다 망쳐버린 것 같아요."

"지나친 비관이야."

샘은 그녀의 입술에 스치듯 키스하며 위로했다.

"오늘은 사전 전략 회의에 지나지 않는다고 했잖소. 그런데 어떻게 당신이 초판에 육 개월의 장기전을 망칠 수 있지? 그건 인생을 말아먹는 능력이 탁월한 당신에게도 힘에 부치는 일이오.”

테사는 웃으려 했지만 미소를 시늉낸 구슬픈 표정에 머물렀다. 샘은 진짜 걱정되기 시작했다.

“무슨 일이 있었소? 내가 당신 대신 상황을 분석해 주리다.”

“나와 홍보팀이 모였어요. 이번 경매를 위해 특별히 그 팀에 배정된 전용 회의실에서…….”

“홍보팀의 인원이 몇 명이나 되오? 누구누구지? 역사학자가 되었다고 가정하고 시시콜콜하게 묘사해 봐요.”

“다 합해서 다섯 명이에요. 매기, 내가 전에 말했던 그 자넷이라는 빨강머리, 싹싹하고 보기보다 더 똑똑한 금발의 아가씨인 던―이 셋은 정사원이에요. 나머지는 매기에게 뽑힌 해파리 이인조로 둘다 검은머리에 확실히 머리와 열성을 겸비했더군요. 이름은 에이비바와 조앤이라고 해요.”

“어른은 당신밖에 없었소?”

“아뇨, 마케팅 이사인 줄리엣 트리도 회의에 참석했어요. 사십대이고 경력으로 보나 차림으로 보나 진짜 프로예요. 반면에 홍보팀은 컬트적이었어요. 매기처럼 검정 일색으로 빼입고 짧은 커트 머리를 한 것이 무슨 신흥종교 집단 같았어요. 매기의 말이라면 교주의 강령인양 떠받들어서 더 그렇게 보였죠.”

“그 여자들 무리 속에서 당신은…… 어떻게 보였을까?”

“영화 스타 비슷하게 보였겠죠. 아, 샘, 난 무슨 옷을 입을지 어젯밤 잠을 설쳐가며 고민했어요. 당신네 학과장과 만날 때처럼 수수하게 차려입는 건 그 회의에서의 내 위치와 어울리지 않을 듯해서 테사 켄트에 대한 사람들의 기대치에 부합하되 너무 튀지 않는 선으로 결정하고 우리가 처음 만난 날 입었던 옷을 골랐어요. 다시 행운이 따르길 기도하며.”

“하지만 이건 감안했어야 해, 내가 십대 시절부터 당신에게 홀딱 반해 있었다는 것. 어쨌든 다음은?”

"난 조신하게 행동했어요. 매기가 회의를 주재하는 동안 공격적이거나 무관심한 인상을 주지 않도록 테이블에서 적당히 거리를 두고 물러앉아 잠자코 듣기만 했어요. 그 아이의 홍보 전략은 공식 기자 회견 때까지 비밀을 지키는 거예요. 깜짝 놀랄 빅세일이 잡혀 있다고 슬슬 냄새를 피워 언론의 호기심을 고조시켜 놓고 확 터뜨려서 세계적인 일면 기사로 만들자는 거죠. 그러려면 나도 해밀턴 스콧 사장과 함께 기자회견에 응해야 한대요. 그 부분에서 홍보팀의 금발머리가 적잖이 놀라더군요. 영화 배우는 대본 없이 입도 못 떼는 줄 아나봐요. 그래서 난 걱정하지 말라고 말해 줬어요."

"거기까지는 아주 좋군."

"이야기를 시작하자마자 칭찬이군요. 입에 발린 소리는 관둬요. 그런 중간 평가는 달갑지 않다구요, 젠장!"

"뭐 마시고 싶지 않소?"

"알코올이 들어가면 기분이 더 가라앉을 것 같아요."

"그래도 마셔야 한다고 생각하지 않소?"

"그런 생각이 들긴 하네요. 고마워요, 달링."

테사는 그에게 화풀이해서 미안하고 신경질을 좋게 받아넘기는 샘이 고맙기도 해서 푸념조로 덧붙였다.

"내 성질을 다 받아주는 이유가 뭐죠?"

"당신은 내 운명의 여인이잖소. 일생일대의 사랑이지. 생존에 필요한 전부를 넘치도록 제공해 주는 주인이고. 자, 이거 마시면서 계속 설명해요."

"그 즈음 마케팅 이사가 끼어들었어요. 카탈로그 및 언론배포용으로 내 사진이 필요하대요."

"수천 수만 장의 사진이 될 텐데?"

"맞아요. 모든 잡지사에서 정한 각각의 기사 방향과 맞추어 매번 보석을 착용하고 사진을 찍어야 해요. 매기가 표지 기사를 노리는 주요 잡지 가운데 내가 보는 것으로는 <보그>, <타운 앤 컨트리>, <배니티 페어>가 있고 <피플>, <헬로우!>, <라이프>는 안 보는 잡지들이에요. 경매가 열리는 주(週)의 <뉴스위크>와 <타임> 표지 기사까지 매기의 목록에 올랐어요. 텔레비전 토크쇼들은 말할 나위도 없죠. 심지어는 <아키텍추럴 다이제스트>, <하우스 앤 가든>과 같은 실내 장식지도 끼어 있더군요. 그런 잡지의 표지에는 인물 사진이 좀처럼 선정되지 않으니까 우리 집을 공개해야 해요.”

“우리 관계가 공공연하게 드러나도 괜찮겠소? 당신은 지금까지 비밀주의 노선을 지켜 왔잖소.”

“샘, 무슨 말을 하는 거예요? 당신만 허락했다면 난 우리가 동거한다고 <퍼브리셔즈 위클리>에 광고를 냈을 거예요. 여기에서 문제는 당신 기분이에요, 내 쪽이 아니라.”

“난 상관없소.”

상관이 없어? 오히려 쌍수 들어 환영이지! 샘은 처음부터 그들의 관계를 세계만방에 고하고 싶었다. 하지만 테사가 사생활 노출을 극도로 꺼려했다. 그런 그녀의 입장은 이해했다, 머리로는. 하지만 그녀의 남자로 인정받고 싶은 게 솔직한 심정이었다. 그는 공식적인 관계를 열망했다. 만사가 뜻대로 풀렸다면 지금쯤 부부가 되었으리라! 인내심을 가지고 지난 1년 동안 테사를 결혼 쪽으로 잘 몰아 왔는데 뜬금없이 경매가 불거져 나온 것이다. 이제 그녀의 마음은 온통 매기뿐이었다.

“당신의 서재는 성역으로 남을 거예요.”

테사가 말을 이었다.

“책상 앞에 앉은 내 사진은 어떤 잡지사도 원하지 않을 테니까.”

“그렇다면 침실에서도 포즈를 취할 거란 말이오?”

“십중팔구는 그렇게 될 거예요. 거품 목욕을 하고 있는 포즈만 아니면 다 좋다고 해됐거든요. 내 선언에 홍보팀이 좋아서 방방 뛰었어요. 조만간 기자들을 데리고 우리 집에 올 거예요.”

“매기도 좋아했소?”

“아뇨. 언론배포용 사진 관계는 자넷과 던에게, 카탈로그용 사진은 마케팅 이사에게 맡겨버렸어요. 이번 카탈로그는 한정판 책자로도 제작돼요. 경매광, 홍미성 일반 독자, 사진작가인 어빙 펜과 내 팬들을 겨냥해 크리스마스 전후에 내놓으면 수만 부는 그냥 나갈 거예요. 스콧 앤 스콧에서는 그 판매 수익금을 암 연구기금으로 내놓기로 했어요. 내 의견이 먹힌 거죠.”

“언제 그런 의견을 제시했소?”

“오늘 아침에 리즈 싱클레어와 통화할 때요.”

“그게 당신 제안이라는 걸 매기가 알고 있소?”

“당연히 아니죠. 리즈와 해밀턴이 지시한 것으로 해두었어요.”

“잘했소. 역사학자의 견지에서 봤을 때 아주 매끄러워.”

“이제부터 일을 망친 부분이 나와요. 난 회의실을 한번 둘러봤어요. 무조건 협력 의사를 밝혔으니 나도 한팀이라는 공감대가 섰겠지 기대했는데…… 전혀 아니었어요. 여전히 ‘세상에, 저 여자는 진짜 테사 켄트잖아!’ 분위기였어요. 모두 경외심과 불신과 호기심어린 눈길로 나를 힐끗거렸어요, 매기만 빼고. 켄트 양이라는 호칭도 변할 줄 몰랐구요, 매기의 입에서만 빼고.”

샘이 논리적으로 지적했다.

“매기는 당신이 어떻게 생겼는지 알고 있으니 힐끔거리지 않은 거겠지.”

“이유가 그거였다면 문젯거리도 안 되죠. 매기는 나를 한 번도 보지 않았어요. 회의가 두 시간째 들어선 그 시점까지 다른 사람과는 멀쩡하게 눈을 맞추다가도 이쪽을 봐야 할 때는 내 머리 위에 초점을 맞추거나 눈동자를 다른 곳으로 얼른 굴려버렸어요. 내가 투명인간인 것처럼 말이에요. 그리고 내 이름도 부르지 않았어요. 꼬박꼬박 ‘경매 수탁인’이라고 지칭했죠. 마치 내가 그 자리에 없거나, 어느 왕국의 백 살 먹은 귀족인 것처럼.”

“그래서 홧김에 일을 망쳤군?”

“아니에요. 난 우리가 오랫동안 함께 일하게 되었으니 서로 이름을 부르자고 제안했어요. 다들 나를 테사라고 부르면 매기도 분위기에 휩쓸릴 거라고 계산했죠."

"그 제안이 어떻게 잘못될 수 있다는 거지?"

"모두 허락을 구하듯이 매기의 눈치를 살폈어요. 매기는 눈썹을 살짝 치켜세우더군요. 그 싸늘한 표정이란, 꼬리를 마구 흔들어대는 밉살스런 강아지 대하는 듯했어요. 한마디로 개소리 말라는 뜻이죠. 난 완전히 좌절감에 사로잡혔어요. 주인에게 달려들어 흰 치마에 흙발 무늬를 찍어놓는 강아지처럼 그 아이의 관심을 절망적으로 원했어요. 그래서 난 천연덕스런 어조로 사람들에게 이렇게 설명했어요. 매기는 내 친동생이라 덕본다는 오해를 사고 싶지 않아서 저렇게 뻣뻣하게 나오는 거라고."

"흠."

"지금 그게 무슨 뜻이죠?"

"별뜻 없소. 난 그 자리에 없었으니까. 그래, 매기가 어떻게 나왔소?"

"무반응으로 일관했어요. 하지만 다른 사람들은 뒤집어졌어요. 경악과 충격에 찬 감탄사가 터져나오고 모두의 눈이 비상하게 반짝거리는 가운데 매기는 시선을 착 내리깔고 서류만 뒤적거렸어요. 나는 욱 했어요. 그래서 여러분이 이미 아는 줄 알았다, 윗사람들에게 아무 소리도 못 들었느냐…… 이렇게 폭로해 버렸어요. 아, 내가 미쳤지. 내 손으로 일을 망쳐놨어."

"그래도 매기가 아무 반응을 보이지 않던가?"

"예. 회의가 끝날 때까지 계속 나를 보지도 부르지도 않았어요. 오히려 전보다 열 배는 더 냉랭해졌어요. 당연하죠, 한계까지 몰렸으니! 난 돌다리도 두들겨 가며 발걸음도 가볍게 접근하는 대신, 폭풍처럼 달려들어 야구방망이로 매기의 머리를 후려친 거예요."

"이제 알 만해."

샘은 잠시 생각을 가다듬은 후 조리 있게 뒷말을 이었다.

"지금쯤 당신과 매기가 자매지간이라고 회사 안에 파다하게 퍼졌겠

지. 되레 잘됐소. 다들 당신에게 친근감을 느낄 테니까. 신화적인 스타
가 아닌 매기의 언니로, 한 인간으로 볼 거요. 그리고 매기도 더 이상
은 당신을 고객으로만 대할 수 없게 됐소. 어떤 식으로든 반응을 보여
야 하는 입장이오. 처음에는 억지 반응이겠지만, 시간이 흐르면 그게
진짜가 될지 누가 알겠소?”

“진짜 그렇게 생각해요? 그냥 하는 말이 아니라?”

“진심이오. 당신이 대판 일을 벌이긴 했지만—그밖의 다른 표현이
없군—완전히 망쳐놓은 건 아니오. 그게 다 매기를 보게 된다는 기대
에 잔뜩 부풀었던 탓이지. 지붕에 올라가서 외치고 싶을 만큼 들뜬 나
머지 똑똑하게 굴지 못했던 거요. 천하의 테사 켄트도 인간이라는 증
거야. 하지만 만회할 기회는 아직 풍부하오. 육 개월은 아주 긴 시간이
니까.”

“육 개월이 길다구요? 그건 금방이에요!”

“당신이라면 기적을 만들 수 있는 시간이오. 난 일년 전 당신을 만
나기 전에 어떻게 살았는지 상상조차 되지 않는걸.”

“그래요…… 시간은 항상…… 상대적이죠.”

테사는 창가로 다가가 물끄러미 밖을 내다보았다.

6개월, 일년의 딱 절반.

그리고 삼, 사십 년 후에 샘은 근사하게 늙은 명사가 되어 있으리라.
한 가정의 가장으로 행복한 생활을 영위하며 계속 가르치고 작품을 쓰
리라. 아, 샘, 그때도 당신에게 6개월이 긴 시간으로 여겨질까요? 나와
더불어 나이를 먹었다면 어땠을지 몇 번이나 궁리하게 될까요? 나를
얼마나 자주 기억해 주시겠어요?

35

"피곤해 보여."

폴리가 매기의 얼굴을 살피며 말했다.

"지난 두 달 반 동안 너에게 하도 들어서 내가 죄책감을 버릴 수 없었던 그 이유 때문이니? 아니면 다른 이유에서 지친 거니?"

매기는 맥없이 대답했다.

"죄책감에서 해방될 희망은 아예 버려요."

"그녀가 아직도 눈꼴시게 나오니?"

"그 눈꼴심은 직접 봐야 해요. 그렇지 않으면 백날 들어도 소설이에요. 글쎄, 오늘은 또 어땠는 줄 알아요? 많고 많은 인터뷰 약속 중에 런던 타임스 기자 양반과의 점심이 끼어 있었어요. 그 자식은 영화 스타를 발가락 사이의 때만도 못하게 여기는 깐깐한 속물에, 왕실 보석을 몰수하고 왕가 전체를 참수해야 한다고 광분하는 노동당의 극렬 매파였죠. 그런데 식사가 끝날 즈음에는…… 하! 테사의 매력에 흐물흐물 녹아선 황태자의 연금을 늘이는 법안에 동의하고 왕실에서 새 보트를 구입하는 데 쌈짓돈이라도 털어줄 기세였어요. 사람 조종의 대가,

그 이름하여 테사 켄트니라!"

"참 재주도 좋다. 어떻게 그럴 수 있을까?"

"그녀는 소탈하게 말하고 훈훈한 인간미를 피우고 어설픈 농담에 미소짓고 과격한 주장은 못 들은 척해서 결국은 그의 파란만장한 인생 역정을 끌어냈어요. 알고 봤더니 그 녀석, 맙소사, 세 번이나 왕실의 지정을 받은 애스프레이에서 약혼 반지를 구입했더라구요. 그게 아내의 평생 소원이었대요. 그리고 화제가 자연스럽게 여자들이 보석에 집착하는 심리 분석으로 넘어가자, 테사가 슬며시 흑진주 이야기를 꺼냈어요. 여자와 보석은 불가분의 관계이다, 엘리자베스 여왕도 메리 스튜어트의 목을 치기 전에 그 불운한 스코틀랜드 사촌의 흑진주 목걸이를 가로챘다, 뭐 이러면서."

"런던 타임스의 기사 내용은 흑진주가 되겠는걸."

"딱 맞췄어요. 테사의 타이티 흑진주 컬렉션을 중심으로 한 이단 기사가 나갈 거예요. 그녀가 메리 여왕에 관한 영화를 찍으며 흑진주에 관심을 갖게 되었다고 살짝 흘리고 흑진주의 등급이니 색깔에 대해 자세히 열거했거든요. 그 영국인 골통의 코를 완전히 꿴 거죠. 으윽, 역겨워! 에이비바도—그 해파리 알죠?—눈이 하트 무늬가 되었어요."

"보통내기가 아니구나."

폴리가 중얼거렸다.

매기는 침통하게 고개를 끄덕거렸다.

"아주 환장하겠어요. 난 테사와 단 둘이 회사 차를 타고 레스토랑까지 움직이기 싫어서 외부 인터뷰 때마다 다른 사람을 최소한 한 명은 데려가요. 그럼 그녀는 옛날에 나에게 했던 식—보석을 가지고 놀아주고 재미나게 이야기해 주던 식의 성인용 변형판으로 기자들과 우리 팀원을 사로잡아 버리죠. 이제는 홍보팀 전부가 테사 켄트의 추종자가 되었어요. 심지어는 리 메인까지! 아, 난 정말이지 중심을 못 잡겠어요, 폴리……. 그녀는 환상적이에요. 우리 가운데 어느 누구도 그녀처럼 언론을 손바닥 위에 올려놓고 쥐락펴락 못해요. 그야말로 꿈의 홍보요원이죠. 게다가 공공사업을 하기 위한 경매잖아요. 그러니 눈꼴실 구석이 없는데도 난 눈꼴시어요. 테사의 전부가 비위에 거슬려요. 이런 내 자신이 싫지만 어쩔 수가 없어요."

"네 추종자들을 그녀에게 빼앗겨서 질투하는 거 아냐?"

"폴리 귈덴스턴! 그녀가 추종 세력을 끌어모으는 이유는 딱 하나, 나에게 파고들기 위함임을 당신만은 알면서!"

"미안미안. 내가 어쩌다 그런 경칠 소리를 했는지 모르겠다. 이 경매 소동이 애초에 왜 시작되었는지 잠시 깜박했어."

매기는 눈에서 힘을 풀고 한숨을 푹 내쉬었다.

"나도 깜박 잊을 수 있었으면 좋겠어요."

"그녀는 네 표현대로, 너에게 파고들려고 작정한 게 틀림없어."

생각에 잠겨 폴리가 이리저리 따져보았다.

"테사 켄트라면 적대적인 태도의 기자와 점심을 나누며 그를 포로로 사로잡는 것보다 훨씬 신나게 살 수 있잖니. 사실 오늘 같은 일은 그녀의 평생에 얼마 없었을걸."

"맞아요. 토크쇼 출연 교섭 같은 것도 언제나 방송국의 최고 간부들이 직접 해오는 실정이니까."

"그렇다면……."

폴리는 한 가닥 희망을 품고 조심스럽게 설득 작전에 나섰다.

"내가 이런 말을 한다고 죽이려고 달려들진 마. 하지만 그녀는 홍보라는 이름의 시련 속으로 뛰어들어 도토리 키재기처럼 비슷비슷한 인터뷰를 매일 곤죽이 되도록 해왔고 앞으로는 주요 컬렉션의 전시회 때문에 세계 대도시를 날아다니며 더 피곤하게 생겼는데도 불구하고, 네가 인정했다시피 그녀 자신이 아껴마지 않는 보석을 흔쾌히 내놓고 그토록 열심히 도우면서까지 너에게 파고들려는 노력을 가상히 봐서 너도……."

"스톱!"

"너도 조금은, 아주 조금은 빈틈을 내줄 수 있지 않겠니?"

"폴리, 그런 말은 안 하기로 약속했잖아요!"

"그랬지. 하지만 벌써 10주째 똑같은 불평불만을 귀에 딱지가 앉도록 듣다보니 슬슬 그런 생각이 들었어. 내가 네 사연을 안 다음부터 테사 켄트를 어떤 인간으로 여기는지는 너도 잘 알 거야. 엄마가 되어가지고 친딸을 18년이나 외면한 행동은 변명의 여지가 없어. 하지만 여기에서 중요한 건……그게 지난 일이라는 거야. '지금' 그녀는 너와 친해지기 위해 안간힘을 쓰고 있잖니. 너도 마음을 좀 열고 '지금'을 있는 그대로 받아들여봐."

"18년의 외면. 10주의 노력. 그게 형평성에 맞는다고 생각해요?"

"물론 아니지. 제발 형평성과 공평은 네 사전에서 빼. '행복'이란 어휘에만 집중해. 그렇지 않으면 지금처럼 그녀의 끈질긴 접근을 피하면서 계속 고달프게 살게 될 거야. 그리고 솔직히 너, 전혀 생각이 바뀌지 않았다고 할 수 있어? 죽도록 노력하는 그녀를 보면서 실낱만큼도 마음이 움직이지 않았어?"

"빌어먹을. 아무튼 사람 조종하는 수단이 그녀 못지 않다니까. 지금은 당신까지 상대할 수 없어요. 기분이 꽝이란 말이에요. 힘이 바닥났어요."

"한달에 한 번씩 마술에 걸리는 그 시기니?"

"아뇨. 그 마술이 언제 찾아올지도 모르는데요 뭐. 오면 왔나보다 하는 거죠. 원래 불규칙했으니까. 이렇게 생체 리듬이 엉망인 건 스트레스 때문이에요. 뉴욕에 올라와 임시직을 전전할 때도 이랬죠. 요즘은 그녀 때문에 돌아버리겠어요. 그리고 '인생은 공평하지 않다'를 부르짖는 그 누구 때문에도. 난 그만 아래층으로 내려갈게요. 버니가 지금쯤 집에 돌아왔을 거예요."

"홍안의 그 청년하고는 요즘 어때?"

"최고예요."

매기는 밝아진 표정으로 자리에서 일어나, 테사 생각을 머리 속에서 몰아내고 떠날 준비를 했다.

"경매만 없으면 지금이 내 인생의 절정기라고 단언하겠어요. 언뜻언뜻 겁이 날 정도로 행복해요. 버니처럼 누군가를 사랑할 수 있으리라 곤 짐작도 못했어요. 우리는 서로를 위해 태어났어요. 아, 당신은 처음부터 알고 있었다는 그 소리는 제발 참아줘요.”

“오늘을 대비해서 너희 둘이 천생연분이라는 걸 첫눈에 알아봤다고 그날 편지로 써서 봉해 놨다가 증거자료로 제시해야 했는데. 그럼 너는 나를 믿었을 거야.”

“그 당시에 일이 이렇게 전개되었다면 오늘 같은 날은 영영 오지 않았을 걸요. 모든 것에는 때가 있는 법이에요. 그리고 우리에겐 지금이 적기예요.”

폴리는 매기를 문까지 배웅하며 슬쩍 물었다.

“좀 고리타분하게 들리겠지만, 결혼 생각은 안 해봤니?”

“당신마저! 말도 꺼내지 마세요. 버니가 입만 떼면 결혼하자고 법석이니까. 가면 갈수록 더 성화예요.”

그녀는 넌더리를 쳤다.

“하지만 우리는 지금 함께 있고 절대로 헤어지지 않을 텐데 왜 굳이 결혼해야 하죠? 그런 요식행위를 거쳐 매디슨과 테일러를 다시 보라구요? 이래저래 결혼을 서두를 이유는 하나도 없어요.”

“배부른 소리를 하는구나. 나처럼 결혼하고 싶어도 못하는 사람 앞에서.”

폴리는 아쉬운 표정으로 말했다.

“난 제인과 합법적인 관계가 될 수 있는 기회가 주어진다면 당장 달려들 거야. 얘, 네가 전통에 따르기로 결정하면 나에게 결혼식 준비를 맡겨주지 않겠니?”

“나의 관대하고도 불쌍한 친구여, 물론이죠!”

매기는 친구를 열광적으로 껴안고 바닥에서 번쩍 들었다 놨다.

“결혼식 준비뿐 아니라 웨딩 드레스를 고르는 영광까지 줄게요. 내가 실용적인 까만 벨벳 드레스를 입고 식장으로 걸어 들어가게 되는 불상사를 피하려면 그 길밖에 없으니까.”

"어서 버니에게 가봐. 결혼식 생각만 해도 눈물이 나온다."
폴리는 매기를 다정하게 문 밖으로 떠밀었다.

테사는 룸서비스로 방금 올라온 아침상을 살폈다. 약 6주 전부터 홍보팀은 그녀의 제의로 금요일마다 여기에서 느긋하니 조찬을 하며 한 주의 진척 상황을 검토하고 다음 계획을 짜기 시작했다.

이건 복잡다단한 홍보 일정의 진행 과정에 초점을 맞추기 위한 불가피한 조치라고 테사는 자신과 남들에게 설명했다. 스콧 앤 스콧 사에서 두어 차례 회의했을 때 매번 이 경매와 다른 경매에 관한 전화 공세에 시달렸으며 다른 사람의 질문으로 번번이 회의가 중단되었다.

홍보팀과의 회의는 주간 조찬으로 수배했지만 테사는 그래도 최소한 매주 한 번씩 스콧 앤 스콧에 나가야 했다. 리즈 싱클레어, 마케팅 이사인 줄리엣 트리, 사진 작가인 이안 펜, 그리고 보석의 역사와 품질과 관련해 보충 설명이 필요할 경우에는 가끔 보석부 부장인 몬티 포이도 불러서 카탈로그 제작 회의를 해야 했기 때문이다.

카탈로그는 편집이 완료되어 인쇄와 우편 배송을 앞둔 터였다. 여기에 실린 사진들은 그야말로 소비자의 구매욕과 상상력을 극도로 자극하고, 컬렉션을 착용한 소장자가 누가 봐도 알 수 있는 유명인사들과 함께 한 화려한 파티를 배경으로 한 것들이어서 경매 카탈로그의 역사상 최고라고 모두 입을 모아 단언했다.

테사는 오랫동안 매니저 역할을 해왔던 피오나의 스크랩북에서 골라낸 그 사진들을 보며 묘한 거리감을 느꼈다.

그래, 지방시의 파란 새틴 드레스에 물거품처럼 보이는 옅은 색의 사파이어로 치장한 채 베니스의 무도회에서 스페인 국왕과 춤추는 이 여자는 틀림없이 팔 년 전의 나야. 까만 드레스를 입고 톰 행크스와 톰 크루즈, 케빈 코스트너와 웃고 있는 여자도 분명히 나야. 이때가 언제였더라? 아, 삼 년 전 대형 코미디 영화의 시사회 파티였지. 그리고 가짜처럼 보일 만큼 큰 데다 호랑이 눈처럼 노랗게 반짝이는 이 15캐럿짜리 팬시 다이아몬드(유색 다이아몬드의 총칭) 귀걸이는 오직 브루네이 국왕만이 소유했을 거라고 런던의 그라프 보석점에서 장담하며 9백만 달러에 팔았었어…….

하지만 이 여자들은 그녀가 아니었다. 다른 세상, 다른 삶에 속한 다른 여자였다.

그리고 이런 감정적인 이질감을 테사는 감사하게 여겼다. 그렇지 않으면 한공간에서 아무리 많은 시간을 보낸다 해도 매기의 태도가 누그러지지 않을 것임이 시시각각 확실해지는 지금 와선 그녀 자신이 얼마 남지 않은 목숨의 소중한 반년을 쓸데없이 낭비하기로 한 결정에 대해 이루 말할 수 없이 후회했을 테니까.

이제 홍보팀이 한 명씩 나타나 식탁에 모두 둘러앉았다. 다섯 명의 아가씨들은 섬세한 모양의 크로와상에서 스크램블 에그와 훈제 연어, 햄과 소시지를 곁들인 팬케이크에 이르기까지 쥐꼬리만한 월급으론 감히 엄두도 내지 못할 호화판의 푸짐한 아침에 열렬하게 달려들었다.

대단한 아이들이야, 테사는 일에 들어가기 앞서 긴장을 푼 그들의 왕성한 식욕과 쾌활한 잡담을 보고 들으며 생각했다. 서로 친해진 지금은, 혹은 그들이 신화적인 영화 배우의 존재에 어느 정도 익숙해진 지금은 훈훈한 정과 동료의식을 바탕으로 한 진짜 관계가 뿌리를 내렸다. 그녀는 이 젊은 아가씨들과 같은 연배가 된 기분이었다. 십대 후반인 에이비바나 조앤과도 세대차를 느끼지 못했다. 테사는 거리낌없이 던의 금발을 뒤로 넘겨주고 빨강머리인 자넷의 뺨에 키스할 수 있었다. 그녀가 모성애를 느낀다는 점만 빼고는 마치 여섯 명의 친자매들로 구성된 가정처럼 화기애애한 분위기였다.

의견 차이를 보일 때에도 하나로 뭉쳐진 관계였기 때문에 테사는 이들이 남자를 만나 토닥거렸다간 화해하는 모습을 지켜보고, 각자에게 결혼식을 베풀어주고—사람들이 왜 성대한 결혼식을 원하는지 이제는 알 것 같았다. 그건 신부 엄마의 특권이니까—그들의 아이를 안아보고, 그 아이들의 생일 파티에 참석하는 백일몽에 잠기곤 했다. 아,

그런 날까지 살 수만 있다면!

오늘 아침상 분위기는 특히 흥분이 감돌았다. 아마도 그녀와 매기와 던이 내일 토요일 아침 유나이티드 에어라인의 직항기로 상파울로로 가게 되었기 때문이리라.

컬렉션의 첫 외국 전시회 장소가 브라질의 수도로 결정된 것이다. 홍보팀 일행은 회사 돈으로 특급 호텔인 막소드 플라자 호텔에 머물며 다음주 월요일에 남미의 부호란 부호들을 그 호텔의 연회장에 모아놓고 만찬 리셉션을 베풀게 된다. 화요일과 수요일에는 보석을 직접 착용하고 가까이에서 보고 싶어하는 몇몇 우수 고객과의 약속이 잡혀 있었다. 이런 특전을 누리기 위해 다른 나라의 고객들은 뉴욕으로 날아와야만 한다. 브라질은 부와 돈이 넘쳐흐르는 거대한 시장이라곤 할 수 없지만 월요일 오후 기자 회견에 모여들 남미 전체의 언론을 겨냥해 스콧 앤 스콧 사에서 상파울로에 관대하게 베푼 영광이었다.

외국 전시회에서는 홍보만큼이나 보안도 중요하다. 때문에 보석 컬렉션은 홍보팀과는 다른 비행기 한 채를 전세내 무장 경비팀의 보호 하에 운반될 예정이었다. 그 경비팀은 상파울로 공항에 도착하자마자 현지 지사에서 고용한 다른 경비팀과 합류하고 브라질 경찰의 협력도 아낌없이 받게 된다.

아침 식사가 한창 진행되는 지금, 매기가 슬며시 포크를 내려놓고는 등지고 앉아 있던 거실문으로 살짝 빠져나갔다. 이 자리에서 그녀의 행동을 눈여겨본 사람은 오직 테사뿐이었다. 몇 분 망설이다 테사는 자리에서 일어났다. 손님용 화장실이 복도 끝에 있다는 걸 매기도 알 테지만 그래도 혹시나 싶어서였다.

손님용 화장실 문은 열려 있고 안도 텅 비어 있었다. 얘가 어디로 사라졌지? 테사는 고개를 갸웃거렸다. 다른 볼일이 있어서 먼저 일어선 걸까? 그렇다면 왜 아무 말도 없이 가버렸지? 그녀는 서재에 딸린 화장실을 확인해 본 다음 자신의 침실 화장실로 걸음을 옮겼다.

그곳의 복도 쪽으로 난 문 앞에 도착했을 때 테사는 결코 다른 소리로 착각될 수 없는 소음…… 웩웩거리는 구역질 소리를 포착했다. 몇 초 후에는 숨을 크게 들이키는 매기의 기척이 들려왔다. 마지막으로 변기 물 내리는 소리에 이어 화장실의 대리석 바닥을 가로지르는 발소리가 났다.

성모 마리아여, 저건 헛구역질이야!

저 소리는 죽는 날까지 잊지 못하리라. 매기가 임신했구나. 전 재산을 걸고 단언하건대 저 구역질의 원인은 속병이 아니라 임신이다. 매기가 아이를 가진 것이다.

테사는 가슴을 감싸안고 손으로는 목을 잡아 터져나오는 환성을 중간에 막았다.

안으로 들어가지 마, 그녀는 매기에게 달려가고 싶은 욕망으로 부들부들 떨며 자신에게 충고했다. 딸이 임신했지만 넌 절대로 그 아이에게 아는 척해선 안 돼. 하나밖에 없는 딸이 임신했지만 넌 네 손녀의 아비가 누구냐고, 출산 예정일이 언제냐고 물어봐서도 안 돼. 그저…… 더 이상은 경배하지 않는 신에게 감사드려. 더 이상은 감사할 거리가 없다고 생각했던 주님을 찬양하도록 해.

그녀는 홍분과 기쁨의 눈물을 닦으며 복도를 가로질렀다.

36

매기는 다시 한 번 초조하게 시간을 확인했다. 약속 시간이 훨씬 넘었지만 홍보팀의 던은 공항의 **VIP** 라운지에 나타날 생각조차 하지 않았다. 이렇게 중요한 일을 앞두고 감히 지각을 하다니? 간덩이가 부어도 단단히 부었군. 매기는 속으로 던에게 불을 뿜으며 시계를 힐끔거렸다. 오전 8시 상파울로 행 비행기의 이륙 시간까지 이십 분을 남겨놓고 있었다.

"호바트 양 되십니까? 전화가 와 있습니다."

항공사 직원이 알렸다.

"라운지 내의 저 전화기를 받아보십시오."

매기가 수화기를 낚아채 귀에 대자 전화선 저쪽에서 던이 하소연을 늘어놨다. 아침에 택시를 잡으려고 뛰다 발목을 삐어 지금은 병원 응급실에 있다는 내용이었다. 본인도 분해서 울먹이는 사람에게 매기는 차마 화를 낼 수 없었다.

"그럼 그렇다고 빨리 알려줬어야지. 비행기 뜨기 몇 분 남겨놓고 전화하면 어떡해?"

"저 대신 출장 갈 사람을 구하는 게 급선무라고 생각했어요. 그래서 벌써 한 시간째 응급실의 공중전화를 붙들고 있었지만, 어휴, 자넷은 남자 친구네 틀어박혔는지 몇 번씩 전화해도 응답기만 돌아가고 리 부장님은 부군과 주말 여행을 가셨대요. 에이비바와 조앤은 룸메이트들의 말에 의하면 어젯밤 놀러 나가서 아직 안 돌아왔대요. 둘다요! 말도 안 돼 정말!"

"… 별 수 없지. 아무튼 수고했어."

"아, 매기, 정말 죄송해요!"

"자기가 일부러 발목을 삔 것도 아니잖아. 일은 나에게 맡겨. 마음 편히 가지고 몸조리나 잘해."

매기는 테사에게 가서 사고 소식을 전했다.

"어머, 가엾기도 해라! 던의 기분이 얼마나 비참할까."

입으로는 그렇게 말했지만 테사는 처음으로 딸과 단 둘이 있게 되었음에 희열을 느꼈다.

"그렇지 않아도 아주 비참해하더군요."

매기가 입을 오물려 잘라 말했을 때, 공식 안내 방송을 앞두고 항공사 직원이 먼저 VIP 라운지에 나타나 퍼스트 클래스 승객들의 탑승을 유도했다.

테사와 매기는 완충 역할을 하는 던의 부재를 절절하게 의식하며 기내의 창가 앞뒤 좌석을 차지했다. 꼬박 아홉 시간의 비행 동안 매기는 직무상 꼭 해야 할 말만 하고 가끔 테사의 안위를 확인하는 이외에는 철저하게 거리를 지켰다. 그들은 브라질 현지 시간으로 오후 6시에 상파울로에 도착해 지사장의 영접을 받았다. 우아하며 정력적인 마르타 지사장은 두 명의 고위 간부들을 데리고 나와 테사에게 거대한 꽃다발을 안겨주었다. 일행은 이번 행사를 위해 특별히 임대했으며 냉방장치가 완비된 최신형 벤트리를 타고 인구 천육백만의 거대 도시를 가로질러 막소드 플라자 호텔에 도착했다. 호텔의 정원이 어찌나 넓은지 최상층의 객실에서조차 도시 정경이 잘 보이지 않았기 때문에 외부의 기온과 호화스런 객실을 장식한 봄꽃이 없었다면 브라질이 봄인지조차 느끼지 못할 정도였다.

짐을 푼 다음 테사는 뉴욕의 샘에게 전화를 걸어 던의 사고 소식을 전했다.

"나에게 마침내 기회가 다가왔는데 매기는 내 주위에 얼씬거리지도 않을 작정이에요."

그녀는 거의 체념하고 서글프게 말했다.

"월요일의 기자 회견과 만찬에 대비하여 그 아이는 눈코 뜰새없이 바쁘게 지낼 계획을 다 새워놨어요. 던의 빈 자리를 벌써 마르타 지사장으로 메웠어요. 내일은 전시회장을 둘러보고 호텔의 경비요원과 보석 전시를 맡은 담당자를 만난 다음에 여기 현지에서 몇 주 전부터 준비해 와서 수배가 다 끝난 만찬 요리와 화훼 장식까지 손수 확인할 기세예요. 그러니 우리 둘이 함께 할 시간이라곤 한시도 없을 거예요. 그렇다고 내가 귀찮게 매기의 뒤를 졸졸 따라다닐 수도 없고."

테사는 잠시 말을 쉬고 샘의 위로를 들었다.

"예, 당신 충고대로 가볍게 저녁을 시켜먹고 일찍 잠자리에 들게요. 뉴욕과는 1시간 차이인데도 기내에서 오래 있었더니 시차병이 들었나봐요. 당신은 아직 내가 보고 싶지 않죠? 스위트하트, 다시 말해 주세요……아, 한 번만 더, 제발. 고마워요, 덕분에 힘이 나요. 그나마 책을 세 권이나 가져왔으니 다행이에요. 내일은 지루한 일요일이 될 테니까. 샘, 자주 전화할게요. 만일 외출해서 내 전화를 받지 못하면 이쪽으로 전화해 주세요 알았죠? 아, 정말 사랑해요!"

한밤중에 테사는 작지만 끈질기게 문을 두드리는 소리에 깼다. 객실의 응접실과 연결된 문이었다. 그녀는 놀라 소리쳤다.

"누구세요?"

"매기예요."

테사는 불을 켜고 침대에서 뛰어나갔다.

매기가 목욕 가운 차림으로 문 밖에 서 있었다. 하얗게 질린 얼굴에서 두려움으로 질린 눈만 커다랬다. 그녀는 비틀거리며 문지방에 기댔다.

"귀찮게 하고 싶지 않았지만……"

테사는 얼른 그녀를 방 안으로 이끌었다.

"매기, 왜 그러니? 무슨 일이야?"

"나…… 아, 어쩌면 좋아, 나 하혈해요."

"안 돼! 아기가! 어서 침대에 누워. 그래, 똑바로 누워서 이 베개에 발을 올려놔."

"어떻게 알았……."

"어제 네 헛구역질 소리를 들었어. 하혈한 지 얼마나 되었니?"

"모르겠어요. 15분 전에 일어나 화장실에 가서야 알았는데…… 처음에는 갈색이더니 곧 선홍색이 되고…… 그래서 여기로 온 거예요…… 그밖에는 어떻게 해야 할지……."

"통증은 없니?"

"예. 피만 나와요."

"그럼 진짜 유산은 아닌 것 같구나. 하지만 잠깐 기다려. 내가 얼른 의사를 부를게."

테사는 다급하게 수화기를 집어들었다.

"여보세요, 여기는 테사 켄트예요. 당장 지배인을 연결해 주세요. 아니, 야간 지배인 말고 총지배인 말이에요. 그의 집으로 전화해서 나에게 즉시 전화해 달라고 해요. 이건 비상 사태예요. 아주 심각해요. 거듭 말하겠는데 난 테사 켄트예요. 총지배인과 통화한 다음에는 야간 지배인을 찾아 얼음 두 통과 빈 냉온탕기를 내 방으로 가져오라고 하세요, 지금 당장. 비상 사태예요! 고마워요. 이제 난 전화를 끊고 총지배인의 연락을 기다릴게요. 무슨 말인지 알죠? 지금 당장 총지배인에게 전화해야 해요. 그리고 테사 켄트를 위한 얼음 두 통과 냉온탕기도 잊지 말아요. 물론 사인해 줄게요. 당신이 서둘러 행동을 취해 줄 경우에만."

그녀는 딸을 살폈다. 매기의 얼굴은 공포와 불안으로 일그러진 터였다. 그녀는 목욕탕으로 달려가 수건을 한 아름 가져왔다.

"자, 내가 잠옷 바지를 아래로 당겨줄 테니까 이 수건을 다리 사이에 대. 아직 통증은 없지? 그래, 착하기도 하지."

그리고는 때르릉거리는 전화를 얼른 받았다.

"테사 켄트입니다. 전화 고마워요, 세뇨르. 아시다시피 난 당신의 호텔에 투숙했답니다. 예, 초비상 사태예요. 상파울로 최고의 산부인과 의사가 지금 당장 내 방에 필요해요. 여기에서 제일 좋은 병원이 어디죠? 아, 그럼, 알버트 아인슈타인 종합병원에 당장 연락해 테사 켄트에게 비상 사태가 벌어졌다고 전하세요. 그리고 산부인과의 특진 의사들 연락처를 알아내서 지금 왕진이 가능한 의사를 이쪽으로 데려와 주세요. 만일 병원 측에서 의사들의 연락처를 주지 않으면 원장의 집으로 전화하세요. 비상 사태이니 서두르셔야 해요. 아뇨, 안 돼요. 호텔의 상주 의사는 안 된다니까요! 당신이라면 아내를 호텔 의사에게 보내겠어요? 예, 세뇨르, 당신만 믿어요."

테사는 매기에게 돌아섰다.

"내가 그 수건을 좀 봐도 되겠니? 그래……, 양이 많진 않지만 하혈이 계속되고 있구나. 여기 새 수건으로 갈아. 그리고 편히, 가만히 누워 있어."

매기는 힘없이 중얼거렸다.

"전화 두 통에 그 소리를 그렇게 많이 들어보긴 처음이에요."

"무슨 소리? '비상 사태' 아니면 '지금 당장'?"

"테사 켄트요."

"그게 즉방이야. 아, 얼음이 왔나보다."

테사는 뛰다시피 방을 가로질러 문을 열었다. 그리고 야간 지배인에게 쟁반을 받은 다음 아래층으로 내려가 총지배인을 기다리라고 말했다. 이어 그녀는 능숙하게 냉온탕기에 얼음을 채우고는 그걸 수건으로 둘둘 말아 매기의 배에 올려놓았다.

"냉온탕기에 넣지 않으면 얼음이 금방 녹아버려."

매기는 자신의 관심을 딴 데로 분산하기 위해 일부러 말을 걸었다.

"이런 걸 다 어디에서 배웠어요?"

"산부인과에 드나들어야 할 일이 꽤 많았던 덕분이지."

전화가 다시 울렸다. 총지배인이 테사 켄트 양을 위해 최고의 명의를 모시고 호텔로 출발할 참이라고 보고하는 전화였다.

"사람들이 놀라지 않을까요?"

매기는 의사가 온다는 소식에 적잖이 마음을 놓으며 웃음기 없는 얼굴로 속삭였다.

"그 잠옷 차림의 당신을 보면?"

"맙소사, 그래, 가운을 걸쳐야겠다. 물수건을 갖다줄 테니 이마에 올려놓을래?"

"예, 부탁해요."

"얼음으로 입을 축일래? 아냐, 차라리 광천수를 한 모금 마시는 편이 낫겠어. 어떠니?"

"예, 부탁해요."

부랴부랴 테사는 차가운 물수건을 만들고 물잔을 가져온 후 침대 옆에 의자를 끌어다 앉았다. 그녀는 매기에게 물을 먹이고 침착하게 명령했다.

"이제 눈을 감아. 조금만 기다리면 돼."

매기는 한숨을 쉬며 순순히 복종했다. 테사는 딸이 냉온탕기 위에 두 손을 올려놓는 몸짓을 바라보며 매기를 만지거나 말을 걸지 않기 위해 싸워야 했다. 하나밖에 없는 딸이 단 몇 분만이라도 잠자길 바라며 숨조차 크게 쉬지 않았다. 조만간 의사가 올 테지만 그때까지는 딸을 모든 위험으로부터 지켜주겠다는 각오로 침대 옆 스탠드의 파리한 미색 불빛 속에서 가만히 앉아 있었다.

얼마 지나지 않아 노크소리가 났다. 문 밖에는 세 남자—야간 지배인, 총지배인, 그리고 자신을 닥터 로베르토 골덴버그라고 밝힌 중년의 근육질 미남이 서 있었다.

“고마워요, 신사 여러분. 정말 고마워요.”

테사는 의사의 입실만 허락하고 호텔 관계자들을 돌려보냈다. 의사가 자신감이 넘쳐흐르는 중후한 목소리로 첫마디를 뗐다.

“켄트 양, 어떤 비상 사태이신지요?”

“내 딸이 유산기를 보이고 있어요. 그래서 그 아이를 침대에 똑바로 눕히고 배에 얼음주머니를 올려놓았어요.”

그는 서둘러 침실로 향하며 물었다.

“언제부터 그런 증세를 보였습니까?”

“잘 모르겠어요. 매기가 나를 반 시간 전에 깨워서 알았어요.”

“행동력이 대단하시군요, 켄트 양. 총지배인과 저는 당신이 지금 세쌍둥이를 낳고 있는 줄 알았습니다.”

테사는 농담을 받아줄 기분이 아니었다.

“대체 의대는 어디를 나오셨죠?”

“하버드를 졸업하고 존스 홉킨스에서 수업했습니다. 반가워요, 매기. 난 닥터 로베르토라고 해요.”

그는 하얀 이를 드러내며 미소지었다. 그리고 환자를 향해 몸을 숙이며 테사에게 말했다.

“마망이, 진찰이 끝날 때까지 밖에서 기다려 주십시오.”

테사는 의사의 다정하지만 권위적인 태도에 안심하며 즉시 물러났다. 그녀는 응접실 의자에 걸터앉아 도시의 야경을 바라봤지만 그 어떤 것도 눈에 들어오지 않았다.

잠시 후 의사가 나와 그녀의 옆에 앉았다.

“제 소견으로 따님은 괜찮습니다.”

그는 그녀의 손을 다독거리며 말을 이었다.

“이런 유형의 하혈은 임산부에게 드문 일이 아니고 금방 그칩니다. 그러나 다음 사흘 동안은 절대 안정해야 해요. 화장실을 갈 때만 빼고 따님이 움직이지 못하게 하십시오. 특별히 가려야 할 음식은 없습니다. 따님께서는 섬세한 체질과 거리가 멀더군요, 마망이. 그러므로 휴식에 휴식에 또 휴식하게 하고 수분 공급을 충분하게 해주기만 하면 됩니다.”

“그 아이에게도 말씀하셨어요?”

“지금 당신에게 말하고 있는 것만으로는 부족합니까?”

“매기는 여기 일하러 왔기 때문에 내 말을 듣지 않을 거예요.”

닥터 로베르토는 웃으며 약속했다.

“제 말은 듣게 만들어 놓겠습니다.”

“그런데……그 아이가 임신 몇 달째죠?”

“매기도 같은 질문을 하더군요. 놀라운 일입니다! 제 환자들 같으면 보통 ‘선생님, 제 달거리가 이 주일하고 오 일째 늦고 있어요’라고 말합니다. 매기의 경우에는 임신 삼 개월인 것 같지만 본인이 월경 주기를 모르기 때문에 뭐라 정확하게 말씀드릴 수 없습니다. 참 남달라요, 당신네 북미인들은.”

“내일 다시 와주실 수 있으세요, 선생님?”

“물론입니다, 마망이. 매일 밤이라도 왕진 올 수 있지만 그럴 필요까진 없다고 생각합니다. 화요일쯤 매기를 병원으로 보내십시오. 초음파 사진을 찍어보면 임신 몇 개월인지 좀 확실해질 겁니다.”

테사는 눈을 크게 뜨고 그에게 호소했다.

“선생님께서 초음파 기계를 이쪽으로 가져오시면 안 될까요? 차량과 인파가 붐비는 이 넓은 도시를 가로지르다가 혹시라도 일이 잘못되면…… 아, 너무 두려워요.”

“글쎄…… 이례적이긴 하지만…… 알겠습니다, 마망이. 무엇보다 그 기계는 운반 가능하니까요. 자, 이제 매기에게 닥터 로베르토의 권위를 떨치러 가볼까요?”

의사는 옆에 테사를 대동한 채 환자에게 엄숙한 표정을 던졌다.

“잘 들어요, 매기. 아이를 원한다면 지금 있는 그 자리에서 발을 높이 올린 채 사흘 동안 꼼짝하지 말아야 하오. 물을 많이 마시고 음식은 마음껏 먹어도 좋소. 그러나 반드시 침대에 있어야 하오. 화장실에

갈 때도 아주 조심스럽게 일어나서 살살 걸어야 하오. 하지만 아래층에 내려가 전시장 주변을 맴도는 짓은 금물이오. 절대로 안 되오! 어떤 상황에서든 그런 건 이 닥터 로베르토가 허락할 수 없소. 당신의 마망이에게 시중을 들게 해요. 그리고 마망이의 말씀을 잘 들어야 하오, 알아들었소?"

매기는 미약하게나마 저항했다.

"하지만 할 일이 너무 많아서……."

"당신이 없으면 다른 사람이 그 일을 하게 되어 있소. 특히, 당신의 마망이가 나를 한밤중에 여기까지 오게 만든 그 수완을 발휘하신다면 불가능은 없으리라 확신하오. 난 이만 가볼 테니 푹 쉬도록 하시오."

테사는 의사를 방문까지 배웅했다.

"닥터 로베르토, 선생님은 나의 수호천사예요! 이 감사함을 어떻게 표시해야 할지 모르겠어요."

"뭘요, 제 소임을 다 했을 뿐입니다. 초음파 문제만 빼고. 그런데……."

그는 돌연 수줍어하며 처방서 용지와 펜을 내밀었다.

"사인 좀 부탁드려도 될까요? 우리 집사람에게 줄 사인이라고 둘러대진 않겠습니다. 저는 당신의 열렬한 팬이에요. 당신의 출연작이라면 빼놓지 않고 전부 봤습니다. 에, 이건 엄밀하게 의학인으로서 여쭈어보는 건데, 실제 나이가 어떻게 되시기에 저리 다 자란 따님을 두셨는지요?"

"설명하자면 아주 길어요."

테사는 웃었다.

"그리고 그건 이 세상에서 산부인과 의사들만이 믿을 만한 이야기랍니다."

37

테사는 닥터 로베르토의 등뒤로 문을 닫은 후 새로이 고양된 자신감 넘치는 걸음으로 침실로 되돌아갔다. 매기가 반항적인 얼굴을 한 채 침대에 앉아 있었다.

"하지만 테사……."

"의사 선생님 말씀을 들었지? 넌 아무 데도 가면 안 돼."

아, 모든 어머니들의 입에서 백만 번쯤 나왔을 그 말을 하는 이 기쁨이여! 테사는 희열에 사로잡혔다.

"그 닥터 로베르토? 남성우월주의자 브라질 지부의 대표인사쯤 될 거예요. 당신을 '마망이'라고 부르면서 자신은 삼인칭으로 호칭하던 작태란! 진짜 역겨워."

"전에 브라질에 와본 적이 있어서 아는데, 마망이는 엄마라는 뜻이야."

"좋아요. 내가 아무 데도 못 가고 여기 있어야 한다면 당신이 내 방을 쓰세요."

"굳이 그럴 필요까진 없어. 이 방은 우리 둘이 쓰고도 남을 만큼 넓잖니. 그리고 내가 네 옆을 비우면 닥터 로베르토에게 불호령이 떨어질 거야. 딸이 임신 몇 개월인지조차 모르는 엄마가 다 있냐면서 경악을 금치 못하더라. 그러니까 나를 네 전담 플로렌스 나이팅게일이라고 생각해.”

“내 임신의 세세한 부분을 당신이 모르는 걸 가지고 왜 그 의사 선생님이 경악하죠? 그럴 수도 있지.”

“브라질에서 그건 마망이가 제일 먼저 알아야 하는 지식에 속하나 보지.”

“당신이 제일 먼저 안 거예요. 난 하혈할 때까지 임신했는지조차 모르고 있었는 걸요. 헛구역질은 어제 처음이었고 오늘은 건너뛰었어요. 으악, 내일 아침에 또 하게 될까요?”

“괜찮을 거야.”

테사는 내심 느끼는 확신보다 한층 자신만만하게 단정했지만 혹시 틀릴 경우를 대비해 보충설명을 덧붙였다.

“헛구역질은 임신 초기에 속이 비었을 때, 음식 냄새 때문에, 혹은 생활의 중압감 때문에 심해진단다. 닥터 로베르토의 진단에 따르면 넌 임신 삼 개월에 접어든 것 같다고 했어. 일반적으로 그때쯤이면 헛구역질이 사라질 시기야. 게다가 넌 오늘 아침에 멀쩡했다면서.”

“오늘 아침은 예외일 수도 있어요.”

매기는 심난해하며 반대 의견을 내놓았다.

“헛구역질 걱정보다 더 최악인 건, 버니에게 당장 임신 사실을 알릴 수 없다는 거예요. 걔는 멋진 듀카티와 사랑에 빠져 주말 여행을 떠나버렸거든요. 젠장!”

테사는 정확하게 2초 간 말문을 잃었다가 무표정한 목소리로 중얼거렸다.

“듀카티.”

이 일을 어쩌면 좋아! 내 딸이 무책임한 바람둥이에게 농락을 당했구나.

"듀카티는 버니의 새 오토바이예요. 특별한 기종인 모양이지만 왜 특별하냐고 묻지는 마세요. 나도 모르니까. 버니는 주문 제작 오토바이 가게를 하고 있고 굉장히 잘해요."

"버니."

테사는 버니가 누구냐고 그냥 묻는 것보다 더 강한 질문의 의미를 담아 그 한마디를 내뱉었다. 그리고 잔뜩 긴장한 채 매기의 대답을 기다렸다.

"설마 버니를 잊어버린 건 아니겠죠, 테사? 어떻게 버니를 잊을 수가!"

"내가 아는 버니라곤 처음 만났을 때 다섯 살도 안 된 사내아이뿐이야."

"바로 그 버니예요! 걔가 얼마나 나를 쫓아다녔는지 기억나죠? 나를 얼마나 귀찮게 했는지를?"

"그 버니 웹스터? 너의 그 충실한 산초 판자?"

안도의 한숨이 저절로 흘러나왔다.

"테사! 내 인생에 다른 버니가 있을 턱이 없잖아요."

"그 아이, 끝까지 포기하지 않았구나. 너를 이렇게 옴짝달싹 못하도록 확실하게 잡은 걸 보면."

매기는 잠에 취한 웃음소리를 냈다.

"우리 둘다 포기하지 않은 셈이죠."

"네 임신 사실을 알면 버니가 좋아할까?"

"좋아하다 마다요…… 좋아서 까무러칠 거예요."

그리고는 눈을 감고 침묵을 지켰다.

테사는 매기가 완전히 잠들 때까지 미동도 하지 않은 채 가만히 딸을 지켜보았다. 이어 그녀는 다른 의자를 침대 옆으로 살살 끌어와 두 개의 의자를 서로 마주 보게 놓은 후 여분의 담요와 베개를 가지고 잠자리를 만들었다. 하지만 거기에 가능한 한 편하게 쪼그리고 누워도 잠은 쉽게 오지 않았다. 마음껏 딸을 볼 수 있는 이 천금 같은 기회를 낭비할 수 없었다.

만일……?

잠잘 때조차 생기발랄한 딸을 강렬하게 응시하며 테사는 자문을 거듭했다. 만일 루크와 만나지 못했다면 어떤 인생이 펼쳐졌을까? 루크가 에든버러의 촬영장을 방문해 그녀의 삶을 순식간에 뒤바꾸어 버리지 않았더라면 어떻게 되었을까? 그녀는 부모님이 돌아가신 후 통통한 다섯 살짜리 계집애를 당연히 키웠을 것이다. 일과 양육을 병행했을 것이다. 스튜디오에서 돌아와 매기의 숙제를 봐주고, 매기의 작문에 귀를 기울이고, 매기에게 받아쓰기 시험을 잘 봤냐고 물었으리라. 매기가 넘어져 울며 돌아오면 그 아이의 무릎을 소독하고 반창고를 붙여주었으리라. 매기의 생일 파티를 계획하고 예쁜 드레스와 생애 첫번째 뾰족구두를 함께 사러 나갔으리라. 매기를 가기 싫다며 투덜거리는 여름캠프에 보냈을 테고 그 두 달 후에는 키가 훌쩍 자라 돌아온 아이의 불평불만—캠프 기간이 너무 짧았어!—을 들어야 했으리라.

테사는 그녀가 놓친 전부를 떠올리며 하늘이 꺼져라 한숨을 쉬었다. 딸에게 사랑 나누기와 섹스의 차이에 대해 말해 줄 기회를 놓쳤으며, 매기의 존재를 알고 또한 매기가 좋아할 만한 남자와 결혼할 기회도 놓쳤고, 일상 속에서 진정한 모녀 사이가 될 기회 역시 놓쳤으며, 딸을 딸이라고 밝혔는데 거짓말로 치부되는 이런 무경우 따윈 없었을 것이다.

만일, 만일……

그녀는 잠으로 빠져 들어가며 계속 가정했다. 만일 루크와 만나지 않았다면, 그래서 부모님이 모나코의 결혼식에서 돌아오는 길에 목숨을 잃지 않았다면…… 내 인생은 완전히 바뀌었을 거야…… 상상조차 못할 방향으로 전개되었을 거야…….

다음날 눈을 뜬 매기는 침대 옆 의자에서 자고 있는 테사를 발견했다. 그녀는 소리를 내지 않고 침대에서 빠져나갔다.

바로 그때 테사가 한쪽 눈을 반짝 떴다.

"어디 가려고 그러니?"

"화장실에요. 당신이 곤히 잠든 줄 알았어요."

"맞아."

테사는 담요를 걷고 일어나 하품을 했다.

"하지만 네가 탈출하는 꿈을 꾸고 깨어났어."

매기는 한 발자국씩 조심조심 떼어 화장실로 향하며 대꾸했다.

"지금 나에게 탈출은 꿈에서나 가능해요."

테사는 침실에 달린 응접실 화장실에서 찬물로 세수한 다음 헝클어진 머리칼을 손으로 대충 긁어 넘겼다. 쪼그리고 잤더니 삭신이 쑤셨지만 이런 불편함조차 살아 있다는 증거이므로 반갑기까지 했다. 그녀가 얼른 침실로 돌아왔을 때 매기는 환자답게 침대에 얌전히 누워 있었다.

"하혈은 좀 어떠니?"

"뚝 그쳤어요. 기분도 상쾌하구요. 실은 배고파 죽겠어요."

"아주 좋은 징조구나! 뭘 먹고 싶니?"

"오렌지 주스 한 주전자에 베이컨과 달걀하고 딸기잼 바른 토스트 잔뜩. 그리고 차와…… 참, 지금 몇 시에요?"

"오후 두 시가 다 됐어. 내가 커튼을 젖히고 룸서비스를 주문할게."

"자느라 아침을 건너뛰었다고 점심 식사 후에 헛구역질이 시작되진 않겠죠?"

브라질 봄날의 강렬한 햇살을 방 안 가득히 들이며 테사가 대답했다.

"그런 소리는 못 들어봤어. 하지만 출산할 때까지 내내, 그리고 하루 종일 헛구역질에 시달리는 산모도 몇몇 있다더라."

"맙소사…… 하지만 그래도 좋아요, 아이만 건강하게 낳을 수 있다면! 유산할 뻔하는 공포를 경험하면서 내가 버니와의 아이를 얼마나 원하는지 깨달은 거 있죠. 이건 축복이에요! 임신이 이런 기분을 안겨 주리라곤 상상조차 못했어요. 계획에 없던 임신이기도 하지만. 어쨌든 일이 이렇게 되었으니 결혼식을 올려서 폴리에게도 일생일대의 날을 만들어 줘야지."

“폴리 퀼덴스턴 말이니?”

“다 알면서. 당신이라면 그 사립탐정들의 조사를 통해 폴리의 사회 보장 번호와 정신병력까지 쫘르르 꿰고 있을 걸요. 난 폴리에게 결혼식 준비를 맡기겠다고 약속했어요. 참, 우리가 타일러와 매디슨도 초대해야겠죠?”

테사는 몇 년만에 매기가 ‘우리’라고 지칭하며 충고를 구하자 기쁨으로 가슴이 두근거렸다.

“그건 피할 길이 없지.”

“웹스터 부부는 결혼식에 온다 해도 금방 가버릴 거예요. 내가 며느리가 된다는 걸 알면 매디슨이 어떤 얼굴이 될까? 미세스 매기 호바트 웹스터라. 음, 마음에 들어요! 매디슨이 외출했을 때를 골라 방문해선 그 이름으로 된 명함을 놓고 와야지. 드디어 아침…… 아니, 점심이 왔네! 굉장히 맛있게 보이네요.”

매기는 스크램블 에그를 반쯤 먹어치우고 갑자기 손으로 입을 막았다. 테사는 얼른 자리에서 일어났다.

“헛구역질이니? 속이 불편해?”

“방금 기억이 났는데…… 브라질의 지사장과 세 시에 만나기로 했어요!”

“마르타 지사장이 이 호텔에 도착하면 아래층에서 전화할 거야. 내가 네 일을 대신하게 되었다고 설명할게. 난 설득력 있는 구실을 대는 데 능숙한데다 연기라면 경지에 이르렀어. 너인 척 연기하면서 모든 일을 완벽하게 해치울게.”

“그런 식으로 오늘은 대충 넘긴다 해도 내일은요! 기자회견과 만찬이 있잖아요. 남미의 거물이란 거물은 다 모일 텐데. 아, 이 일을 어쩌면 좋죠?”

테사는 미소를 억누르며 반문했다.

“어떻게 해야 할까?”

매기의 얼굴에 배시시 웃음꽃이 피었다.

“난 당신에게 일을 맡기고 이 침대에 납작 엎드려 있어야 해요. 무엇보다 당신은 테사 켄트니까. 그리고 사람들은 보석도 보석이거니와 우선 당신을 보러 오는 거니까.”

“잘 아는구나. 침대에 납작 엎드려 내 소설책 세 권을 독파하렴. 호텔 로비의 신문 가판대에서 잡지도 몇 권 사다줄게.”

“나중에요. 지금 식사를 다 하신 거예요? 반이나 남겼잖아요. 아까워라…… 아, 고마워요.”

“그거 다 먹고 양치질한 다음에 푹 자도록 해. 네가 화장실에 있는 동안 호텔 메이드를 시켜 침대 정리를 시킬게.”

테사는 신나는 기분으로 엄하게 강조했다.

“하지만 양치질만 해야 한다, 알겠지? 목욕은 절대 안 돼. 그리고 굉장히 굉장히 살살 움직여야 해. 자, 이 잠옷으로 갈아입어.”

“고마워요. 하늘에 대고 맹세코 천천히 움직일게요. 이런 나를 보면 전지전능한 닥터 로베르토가 뭐라고 할까? 그 선생님이 당신에게 후끈 달은 거 눈치챘어요?”

“매기!”

“마망이!”

매기는 거북이처럼 천천히 화장실로 향하며 깔깔 웃어댔다.

38

월요일 밤늦게 테사는 소리를 죽여 문을 살살 열었지만, 신경 쓴 보람도 없이 매기가 침대에 누워 여전히 책을 읽고 있었다.

"궁금해서 당최 잠이 와야죠."

매기는 설명하며 책을 내려놓았다.

"오늘 어땠어요?"

"대성공이야, 끝내주는 만찬이었어!"

흥분을 가누지 못하고 테사는 은빛 새틴의 얇은 끈을 제외하곤 맨살인 어깨에서 드레스와 같은 색으로 반짝거리는 라메 망토를 휙 날리듯 내던졌다.

"사람들의 열기와 관심이 어찌나 뜨겁던지 나까지 경매에 참가해 최고 추정가의 12배라도 내고 모든 보석들을 사들일 마음이 우러났단다. 보석 착용을 원하는 특별 고객들의 숫자가 너무 많아서 마르타 지사장은 오늘밤에 일정에 없던 그 특권을 허락했어."

"하지만……."

"걱정하지 마, 지사장이 본사에 전화해 허락을 받았으니까. 매기 너도 그 자리에 있었으면 좋았을 텐데! 근사했어. 아주 화려했어. 남미인 들은 옷 입을 줄을 아는 사람들이야……, 우리가 상상하는 50년대의 할리우드가 오늘밤 같았을걸. 난 시골쥐가 된 기분이었어.”

“쯧쯧, 불쌍해라. 옷이라고 할 수 없는 그 드레스와 맨살로 버티는 대신 보석을 빌렸어야죠. 헌데 독재적인 의사 선생이 마망이의 초대를 받아들였어요? 오늘밤 나타났어요?”

“물론이지. 그리고 우리는 물론, 탱고를 췄어. 춤이 끝나자 그가 내 귀에 대고 이렇게 속삭이더라, ‘환자가 말을 잘 들어서 닥터 로베르토 가 흐뭇해하더라고 매기에게 전해 주십시오.’”

“마망이는 탱고를 추고 필냐(딸을 가리키는 포르투갈어)는 침대에서 꼼짝 못한다는 건 잘못 돼도 한참 잘못됐어.”

매기가 투덜거렸다.

“그 선생님에게 손등의 키스도 받았겠죠, 물론?”

“너를 침대에 묶어둔 그의 공적을 생각하니 거절하지 못하겠더구나. 탱고만으로는 감사의 뜻을 전할 수 없잖니, 적어도 그 즉석에선.”

올린 머리를 고정한 핀이 차례대로 뽑히고 윤기나는 머리칼이 그녀 의 상기된 얼굴 주위에서 치렁치렁하게 물결쳤다.

“게다가 샘이 탱고 추는 법을 알지 의문이어서 이 기회를 한껏 즐겼 지.”

실은 오늘밤 내내 즐겼어, 테사는 속으로 정정했다. 그녀는 이성과 시시덕거려 본 적이 없었다. 뭐, 있다 해도 진짜 시시덕거린 건 아니었 다. 루크와 샘과는 주위를 맴돌며 탐색전을 벌이지 않고 곧장 사랑으 로 빠져들었으며 그 두 사람 사이의 공백기에는 아무도 없었다. 하지 만 오늘밤 매력적이고 기회만 노리는 남미 사내들로 가득 찬 휘황찬란 한 무도장을 누비며 생전 처음으로 그녀 자신의 잠재력을 깨닫자 아쉬 움이 솟았다. 루크를 만나지 않았더라면, 아니 이 년만 늦게 만났더라 면 시시덕거리는 쪽으로 대가의 경지에 올랐을 텐데……. 그러나 아 주 없느니 늦더라도 한번쯤 경험해 본 쪽이 훨씬 낫다고 생각하며 테사는 딸에게 미소를 담뿍 지었다.

매기도 미소를 되돌리면서 놀렸다.

"오호, 샘이 완벽남은 아니었군요. 그렇죠?"

"탱고를 못 추는 것만 빼고는 완벽해. 버니는 어떠니?"

"어렸을 때 무도 학원에서 탱고까지 배우지 않은 이상 어림없죠."

"기자회견과 만찬이 다 끝나서 마음이 한결 놓이는구나. 집으로 돌아갈 일만 남았잖아. 너도 이제는 좀 쉬렴. 첫 해외 출장이 성공했으니 다음에는 이력이 붙어서 저절로 잘 굴러갈 거야."

"내가 한 일이 뭐 있나요? 지난 이틀 동안 분주하게 뛰어다닌 사람은 테사잖아요. 많이 피곤하죠?"

"좀 피곤하긴 하지만…… 괜찮아. 한 번 살지 두 번 사는 건 아니니까."

그녀는 기지개를 편 다음 드레스를 벗고 화장실로 향했다. 그 동안 매기는 반쯤 눈을 감은 채 기다리다 테사가 가운 차림으로 돌아와 화장대 앞에 앉아서 클린싱 크림 용기의 뚜껑을 열자 베개에 기댔던 허리를 바로 폈다. 그리고 용기를 내어 입을 뗐다.

"내 친부가 누구죠?"

"앗, 깜짝이야! 네가 잠든 줄 알았어."

"대체 누구예요?"

매기는 내처 캐물었다.

"난 친부에 대해 자세히 알고 싶어요. 그러니까 어물어물 넘길 생각은 마세요. 더 빨리 묻고 싶었지만 큰 행사를 앞두고 당신이 동요할까 봐 참은 거예요."

"너희 아버지는 마크 오말리라고 해. 자신만만하고 누구도 저항할 수 없는 매력의 소유자였단다. 넌 네 아버지를 많이 닮았어. 그도 키가 크고 검정색 고수머리에 커다란 푸른 눈이었거든. 정통 아일랜드 계였지. 그리고 우리 동네의 영웅이었단다, 매기. 고교 풋볼팀의 주장이었거든. 난 그에게 이 년이나 몰두했어. 맹목적인 사랑에 빠져 있었던 거야."

“2년에 걸쳐 교제한 사이였군요.”
“교제라고는…… 못해.”
테사는 옛날을 회상하며 진지하게 대답했다.
“내 쪽의 짝사랑이었으니까. 그 사람은 내가 이 세상에 존재하는지
조차 몰랐어. 나 혼자 멀리서 흠모하고 밤낮으로 그에 대한 꿈을 꾸었
지. 전형적인 첫사랑 말이야. 그러다 열네 살이 되었을 때 친구 미미와
함께 그의 집 파티에 쳐들어가 처음으로 인사를 나눴어. 난 나이와 이
름을 속였고 네 아버지는 그걸 믿었어. 우리는 위층으로 올라가……
일이 그렇게 되었단다. 그 후에는 다시 만나지 않았기 때문에 그는 내
가 임신한 줄도 몰라.”
“내 생부가 살아 있다는 뜻이에요?”
“그럼.”
그녀는 웃음을 지었다.
“아내와 풋볼하는 아들을 넷쯤 둔 마흔한 살의 가장으로 어딘가에
서 잘 살고 있을 거야.”
“개자식 같으니!”
“아냐, 매기, 그런 말하지 마! 당시 난 노숙해 보였어. 화장까지 진
하게 했었고. 그로서는 내가 뭘 하고 있는지 안다고 생각한 게 당연해.
나를 덮친 것도 아니었어. 그러니 네 아버지를 탓하지 마. 욕먹을 사람
은 나야. 취한 데다 그걸 원했으니까.”
“하지만 결정적으로 일을 그쪽으로 끌고 간 장본인은 나의 생부잖
아요. 맞죠?”
“그…… 그건 아냐.”
“당신이 유혹했어요?”
“그것도 아냐.”
“어휴, 답답해! 그럼 어쩌다 임신했다는 거예요?”
“너 정말 꼭 알아야겠니?”
“예.”

"미리 경고해 두겠는데 도저히 믿어지지 않을 거야."

매기가 고집을 피웠다.

"난 알 권리가 있어요."

"그는 굉장히…… 흥분한 상태였어. 그래서…… 사, 삽입하는 순간
이 되자…… 흠흠, 그러니까…… 일 인치 정도 들어와서는 그만 절정
에 이르렀어. 그게 전부야."

"1인치! 그렇게 나를 가졌어요? 겨우 1인치로? 맙소사, 그럼 처녀의
몸으로 임신했다는 소리잖아."

"맞아. 하지만 그걸 누가 믿어주겠니? 너희 할머니할아버지는 묻지
도 않으셨어. 그분들 눈에 나는 죄인이었고 그것으로 끝이었어."

"슈퍼 정자를 칠칠맞게 흘리고 다니는 조루의 잔뜩 꼴린 고교 영웅
과 잔뜩 달뜬 여학생에게 내 생명을 빚진 거였다니! 테사, 성교육 시간
에 어디서 뭘 했어요?"

"천주교 계열의 고풍스런 학교에 틀어박혀 있었지."

매기는 고개를 설레설레 흔들었다.

"대단하군요, 정말 대단해."

"생각을 달리 해봐, 그런 일이 없었다면 네가 세상 구경을 못했다는
식으로."

"1인치, 겨우 1인치, 행운의 1인치……."

처음에는 쿡쿡거리다 이내 매트리스가 진동하도록 깔깔거리기 시작
했다.

"우하하하, 딱 한 번의 고작 1인치로 내가 세상 구경을 하게 되었다
는 건 정말이지…… 하하하……."

"제발 그만해, 매기, 제발."

테사의 입에서도 웃음이 새어나왔다.

"솔직히 그 당시에는 전혀 웃기는 일이 아니었지만 네 고집 때문에
돌이켜 생각하니…… 호호, 그래, 정말…… 웃긴다, 호호호, 넌 정말
운명적인 1인치 때문에 태어나게 된 거야…… 호호, 그는 딱 1인치로

명중시켰어…….”

“오, 불쌍한 마망이…… 하하, 내가 특별한 줄은 예전부터 알고 있었지만 처녀 잉태의 산물이라고는 짐작도 못했어…… 하하하, 당신 말대로…… 믿지 못할 일이에요…… 그러나 아무도 안 믿어도 나만은 믿어줄게요.”

그들은 배가 당기도록 웃다가 서로 눈이 마주치자 뚝 그쳤다. 아직 이야기가 끝나지 않은 것이다.

“할아버지의 편지를 받았을 때,”

매기가 정색한 얼굴로 먼저 입을 뗐다.

“나에게 치명적인 분노를 일으켰던 건 십대 미혼모 일이 아니었어요. 그건 누구나 이해할 만해요. 하지만 당신은 나를 친딸이라고 인정하지도 키우지도 않았어요, 기회가 있었음에도 불구하고. 결혼 전에는 배우로서의 경력과 세간의 눈을 의식해서 불가능했다 치지만 루크와 결혼한 후에는, 그리고 할머니할아버지가 돌아가신 후에는 왜 그러지 않았죠?”

“이야기를 하자면 길어.”

“그래도 해보세요.”

“네가 내 딸이라는 걸 루크는 전혀 몰랐어.”

“그에게 아무 말도 안 했어요? 한 마디도?”

“그는…… 아내가 처녀이길 원했어. 그건 루크에게 아주, 아주 중요했어. 일종의 집착에 가까웠어.”

매기는 노발대발했다.

“자기가 무슨 권리로 처녀를 원한다는 거야! 신부보다 나이가 백 살이나 많고 과거에 여자를 백만 명쯤 거쳤으면서 처녀와 결혼하고 싶어해? 뻔뻔스러운 것도 정도가 있지! 숫처녀 제물이라도 요구하는 무슨 신이라도 되는 줄 아나!”

“난 너처럼 따질 배짱도 없었어. 정말 멍청하고, 너무 어리고, 완전히 사랑에 빠져 있었고, 그를 너무도 원했어. 오랫동안 지하에 갇혀 있다 갑자기 신선한 공기를 마신 듯했어. 임신한 이후 처음으로 안도감을 느꼈어. 감히 네 이해는 바라지도 않아. 하지만 난, 나는 루크를 잃을까 봐 두려웠단다. 그래서 처음부터 거짓말을 했고 나중에는 거짓말밖에 할 수 없었어.”

“하지만 아이를 낳았는데 어떻게 처녀라는 거짓말이 통했죠?”

“너를 받아준 의사가 그러더구나, 내 나이를 감안해서 ‘새것’처럼 완벽하게 손질해 놨다고. 난 루크와 첫날밤을 치르면서 그 말뜻을 깨달았어.”

“좋아요, 그건 그렇다고 쳐요. 하지만 어린 내가 보기에도 루크는 당신을 죽도록 사랑했어요. 왜 그를 믿고 진실을 고백하지 않았죠? 왜 그에게 사랑을 증명해 보일 기회를 주지 않았어요?”

“난 겁쟁이였으니까. 나도 루크 없이는 못살 만큼 그이를 사랑했으니까. 그리고 거짓말을 하는 편이 쉬웠으니까. 그 편이 안전했으니까.”

“그렇다면 루크가 죽은 다음에도 나에게 입을 다물었던 이유는 뭐죠?”

“거기에 대해서는 후회하지 않아. 그건 내가 엄마로서 유일하게 행한 옳은 행동, 내세울 만한 행동이야. 난 당시 슬픔과 상실감으로 내 정신이 아니었어. 나 살자고 너를 끌어들여 학업을 쉬게 해야 했을까? 그처럼 이기적인 짓이 또 어디 있겠니? 그래서 난 이를 악물고 일에만 열중해서 그 시기를 극복했단다. 그리고 너에게 사실을 밝히기 위해 돌아왔을 때는 이미 네가 편지를 받은 다음이었어……. 때를 놓친 거지. 하지만 매기, 이것만은 믿어다오. 난 네가 웹스터 식구들과 잘 지내는 줄 알았어. 행복한 줄 알았어.”

“내가 당신에게 그렇게 믿게 했으니까요. 나도 거짓말에는 소질이 있거든요. 그게 핏줄의 내력인 모양이죠, 모전여전.”

“네 마음 씀씀이가 고맙구나. 하지만 내 죄책감을 덜어주기 위해 억지로 그런 말을 할 필요는 없어.”

“억지가 아니라면? 자발적인 거라면?”

매기는 테사의 눈을 똑바로 바라보는 동시에 자신의 마음도 직시하고 충동적이지만 솔직하게 말했다.

"앞으로는 사이 나쁜 언니보다 엄마가 내 옆에 있어 주는 게 나을 것 같아요."

"매기, 아, 매기…… 지금 그 말이 설마……?"

"이제는 때가 됐어요."

매기는 두 팔을 활짝 벌리고 테사를 끌어안았다. 바로 그렇게 그녀는 너무도 오랫동안 너무도 열렬하게 갈망해 왔던 어머니의 달콤한 품 속에서 생전 처음으로 안식을 맛보았다.

39

"언제냐구요?"

닥터 헬렌 로렌스는 매기의 질문을 되풀이했다.

"출산 예정일은 다섯 달 반에서 여섯 달 후가 되지 않을까 싶군요. 하지만 이건 짐작일 뿐이고, 매기가 임신 날짜를 대략이라도 대면 나도 정확하게 말해 줄 수 있어요."

매기는 웃으며, 뉴욕으로 돌아오기 앞서 닥터 로베르토에게 받은 초음파 사진을 챙겼다.

"그걸 모르겠어요. 저는 상대를 믿지 않고 제 쪽에서 항상 피임을 해왔거든요."

"항상?"

"음……."

기억을 뒤져보니 버니와 광기에 휘말려 미친 듯이 서둘렀던 첫날밤이 마음에 짚였다.

"딱 한 번 빼먹었을지도 몰라요. 하지만 그날 딱 하루예요."

"당신이 '항상' 피임을 했다 해도 실패할 확률은 존재해요. 당신과 상대가 둘다 피임에 만전을 기해도 실패할 확률이 있구요. 성생활에서 100% 완벽한 피임은 없어요. 매기, 절대로 정자의 힘을 과소평가하지 말아요."

매기는 장난기로 눈을 빛내며 자기방어에 나섰다.

"무사고 5년이면 대단한 기록이죠 뭐. 제가 처음 이곳에 왔을 때를 기억하세요? 저는 테사의 주치의밖에 주워들어 아는 산부인과 의사가 없었어요."

"기억하다 마다요. 꿈꾸었던 대학 생활의 자유가 무산되었다고 격분한 열여덟의 아가씨를 어떻게 잊겠어요? 차마 진찰료를 받을 수 없겠더군요. 아, 당시에 사귀던 그 도자기 남자는 어떻게 되었죠?"

"앤디 맥클라우드? 참한 책벌레와 결혼했어요. 백작의 딸이래요. 신분과 부와 젊음과 아름다움을 두루 갖춘 귀족 아가씨. 딱 그의 취향이죠. 반년 후에는 본사로 돌아와 경영일선에 뛰어들 거라는 이야기가 있어요."

"이 아이의 아버지는 누구예요? 너무 사적인 질문인가요?"

"아뇨! 선생님도 우리 결혼식에 초대할게요. 아이 아버지는 버니 웹스터라고 내가 평생 알아 왔던 남자예요."

"축하해요, 매기. 요즘 같은 시대에 평생 알아 왔던 남자와 결혼하다니 참신하네요. 그런 아가씨가 몇이나 되겠어요? 결혼식에 잊지 말고 꼭 불러줘요."

"감사합니다."

"아이의 성별을 알고 싶어요? 내가 지금 말해 줄 수 있어요."

"싫어요, 그럼 재미가 한 가지 줄어들잖아요!"

"의외로 또 구식인 데가 있군요. 참, 테사는 어떻게 지내요?"

"아주 잘 지내요. 상파울로의 첫 보석 전시회에서 만루홈런을 날렸답니다. 내 일까지 두 사람 몫을 너끈히 다 해냈어요. 그것도 완벽한 이상으로."

"그녀의 식욕은 어때요?"

"식욕? 눈여겨보지 않아서 잘 모르겠는데요."

"테사에게는 꾸준하게 먹는 게 아주 중요해요."

헬렌 로렌스는 매기에게 시선을 못박은 채 몸을 앞으로 기울여 강조했다.

"그녀가 화학 치료나 방사선 치료를 받지 않기로 결정했다는 소리를 수잔 힐에게 듣고 대경실색했어요. 하지만 당신의 말을 들으니 이해가 가는군요. 치료를 받으면서 그런 종류의 대외적인 일을 하기란 불가능하지요."

매기는 순간적으로 너무 놀란 나머지 의사의 말에 담긴 속뜻을 제대로 파악하지 못했지만, 이 상황에선 침착한 태도를 유지해 더 이상의 정보를 끌어내야 한다는 본능적인 느낌으로 그럭저럭 놀람을 감추었다.

"하긴 그렇죠."

"언니가 고통에 시달리는 눈치는 없어요? 힐 박사라면 모든 방법을 총동원해 고통의 수위를 최저로 낮출 수 있지만 테사는 사람들 앞에 나서는 그 일 때문에 록사놀처럼 강한 약은 거부했을 거예요. 임시방편적인 진통제로 버티면서 괜찮은 척할 게 분명해요."

매기는 손톱이 아프도록 손바닥에 파고들게 주먹을 쥐고선 태연스레 물었다.

"록사놀이라니요?"

"액체 형태의 된 모르핀이에요. 그 효과는 만점이지만 신경이 둔해지고 사람이 멍해져요. 식욕마저 느끼지 못하죠. 그러니 언니와 여행을 함께 다니고 매일 만나는 매기가 각별히 신경 쓰기 바래요. 테사 같은 종류의 암환자는 충격적이리만치 살이 빠지거든요. 내가 그녀를 마지막으로 봤을 때 테사에게는 빠지고 말고 할 살도 없었어요."

"맞아요. 하지만 그런 종류의 암환자라는 게 어떤……?"

매기는 의자에서 뛰어 일어나고픈 충동을 가까스로 참았다. 그리고 가능한 한 표정을 지우고 아무렇지 않은 목소리를 유지하기 위해 총력을 기울였다.

"난 이해가 잘 안 돼요."

"당연해요, 대부분의 사람들이 그러니까. 췌장암은 징후가 좀처럼 나타나지 않기 때문에 뒤늦게 발견하게 되는 게 일반적이에요. 테사의 경우는 사정이 조금 다르지만 때를 놓쳤다는 점에서는 똑같아요."

"때를 놓치다니? 그게 무슨 뜻이죠?"

"치료 시기를 놓쳤다는 뜻이에요. 언젠가는 치료법이 나오겠지만 지금은 아니에요, 매기. 정말 유감이에요. 하지만 당신이 때맞추어 아이를 가졌으니 불행 중 다행인 셈이죠. 덕분에 테사는 몇 달이나마 당신의 아이를 통해 크나큰 행복을 누리게 될 거예요."

"몇 달……. 몇 년이 아니라 몇 달?"

"어쩌면 아이의 돌까지 지켜볼 수도 있겠지요. 그건 신에게 달렸어요. 우리 힘으로는 어쩔 수 없는 문제예요."

"내가 그녀의 향후 해외 출장을…… 말려야 할까요?"

"그러지 말아요. 당신 말을 비추어 볼 때 테사에게는 그 일이 맞는 것 같으니까. 뭘 하든 바쁜 편이 좋아요. 오히려 생각할 시간이 너무 많으면 최악의 경우가 나올 수 있어요. 그리고 남은 시간을 어떻게 쓸 것이냐는 전적으로 테사의 선택이에요."

"그 모르핀은…… 어느 정도 써야 안전하죠?"

"그녀가 원하는 만큼 쓰도록 놔두세요, 매기. 난 죽어 가는 사람의 고통을 줄여 줄 수 있는데도 원칙에 얽매어 손놓고 있는 의사들을 가장 싫어해요. 무엇보다 장기복용으로 모르핀 중독이 될 위험도 없는데 말이에요. 안 그래요?"

"그 생각은 미처 못해 봐서……."

"그렇지요, 당신이 생각해 봐야 했을 이유가 없으니까."

헬렌 로렌스는 얼른 말을 맺고 자리에서 일어나 매기를 문으로 이끌었다.

"내가 처방해 준 비타민제를 복용하고 간호사와 다음달 진찰 약속을 잡아요. 혈액 검사의 결과가 나오는 즉시 연락해 줄게요. 하지만 당신은 아주 건강하니까 여행해도 무리가 없으리라 믿어요. 그런데 안색이 좀 창백하군요. 겨울철 뉴욕에서는 다들 그렇지만. 자, 어머니의 대열에 들어선 걸 진심으로 축하해요, 매기.”

“가, 감사합니다.”

매기는 언제나 그래 왔듯이 분주하고 목적 의식에 가득 찬 걸음으로 렉싱턴 애버뉴를 가로질렀지만 실은 어디로도 향하는 게 아니었다. 자신이 어디로 향하는지도 몰랐고 갈 곳도 없었다. 어젯밤 늦게 테사와 뉴욕에 도착한지라 오전에 회사 일을 보고 조퇴한 후에 진찰을 받으러 온 터였다.

주변의 전부가 현실감을 잃고 공중에 둥둥 떠 있었다. 모든 상점의 진열창, 모든 차량의 불빛, 거리의 모든 남녀들이 초자연적으로 밝고 테두리만 한층 선명해 보여 마치 일차원적인 만화의 세상으로 빨려든 기분마저 들었다. 그녀는 남들이 건널목을 건너면 따라 건너고 아슬아슬하게 달리는 택시들을 요령 있게 피하고 다른 사람과 보조를 맞추어 종종걸음을 쳤지만 머리 속은 온통 헬렌 로렌스의 말로 꽉 차 있었다.

하지만 충격은 없었다. 슬픔도, 놀람도, 연민도 느껴지지 않았다. 그녀는 아무것도 느끼지 못했다. 찬란한 햇빛에 노출된 백지장처럼 텅 비어 있었다. 춥고 까맣고 하얀 기분이었다. 지금 할 수 있는 일이라곤 오직 계속 걷는 것뿐이었다.

문뜩 정신을 차려보니 어느새 칼라일 호텔 앞이었다. 매기는 보통 때와 달리 호텔 접수처 앞을 그냥 지나쳐 승강기를 타고 위로 올라갔다. 초인종을 누르자 호텔 메이드가 문을 열어주었다. 매기는 그녀에게 아무 말도 하지 않고 안으로 들어갔다. 거실에서 테사가 한창 꽃꽂이를 하는 중이었다.

“오늘 오후에 헬렌 로렌스에게 진찰을 받았어요.”

거칠고 성난 목소리가 불거져 나왔다.

“선생님에게 다 들었어요. 당신에 대해, 당신의 암에 대해.”

테사는 장미꽃 한 송이를 조심스럽게 마저 꽂았다. 그리고 될 수 있는 한 천천히 자리에서 일어나 매기와 부딪쳐야 하는 순간을 되도록 뒤로 미루었다. 그녀는 차분하게 입을 뗐다.

“헬렌은 네가 모든 걸 안다고 생각한 모양이구나. 난 때가 되면 내 식으로 말할 생각이었어, 매기 달링. 하지만 아직은 아냐. 아무 증상도 느끼지 못하는 지금은. 난 완벽하게 멀쩡하단다. 암에 걸렸다는 게 믿어지지 않을 정도로.”

“매기 달링이라는 소리는 집어쳐요! 어떻게 이럴 수가? 어떻게 나에게 이토록 잔인하게 굴 수가 있죠? 왜 전부를 뒤집어 놓았냐구요! 당신이 내 앞에 다시 나타나기 전에는 만사형통이었어요. 빌어먹을, 난 당신 따윈 필요 없었어요. 그리워하지도 않았어요. 생각도 하지 않았어요. 증오도 하지 않고 무덤덤하게 내 나름대로의 인생을 누려 왔어요. 하지만 지금은! 난 당신의 덫에 걸렸어요. 어찌 감히 당신이 나에게 파고들 계획을 세우고 엄마를 갖는다는 게 어떤 기분인지 발견하도록 일을 꾸밀 수가 있어요? 죽을 날짜를 미리 잡아놓고 접근하다니! 나에게 당신을 또 사랑하고 또 잃는 과정을 되풀이하게 하는 잔인한 짓을…….”

“그런 게 아니…….”

“부정하지 말아요! 내 말이 다 옳으니까! 우리가 다시 만나 서로를 알게 되면 내 사랑을 되찾을 수 있을 거라고 생각했으면서!”

매기는 서서히 찾아드는 슬픔에 무릎을 꿇지 않기 위해 기를 쓰고 분노에 매달려 거침없이 쏘아붙였다. 그리고 테사는 딸의 비난과 원망을 고스란히, 침착하게 받아들였다.

“그래, 난 네 사랑을 되찾고 싶었어. 내가 저질렀던 실수를 조금이나마 만회하고 싶었어. 네 용서를 받지 못한 채 죽고 싶지 않았다. 왜 너를 십팔 년이나 외면해야 했는지 설명해야만 했어. 거기에 어떤 대가가 따르든 반드시 너에게 창피한 나 자신을 있는 그대로 드러내야 했어.”

“당신 자신.”

매기는 고함을 쳤다.

“언제나 당신 자신이 최고죠! 당신의 필요, 당신의 이유, 당신의 감정, 당신의 거짓말밖에는 생각 못해. 그래서 그 따위로 살아 왔던 거야! 한번이라도 내 입장이 되어 생각해 본 적 있어요? 단 일 초라도? 상파울로에서도 그랬어. 나를 돌보는 데 세상 전체가 걸린 것처럼 자신의 전부를 다 바쳤지만 실은 엄마 노릇을 할 수 있는 기회, 나를 되찾을 수 있는 기회에 달려든 거였어. 그렇지 않았다면 미혼인 내가 이 아이를 바라는지 어떤지도 몰랐으니 유산하든 말든 참견했을 턱이 없지. 결론적으로는 일이 당신에게 유리한 쪽으로 척척 돌아간 거야. 왜, 왜 당신 자신을 돌보지 않았어요? 다 알면서 의자에 쪼그리고 자다니! 내 일을 하느라 호텔을 돌아다니며 그 소중한 힘을 다 써버리다니! 이제 내 기분이 어떤 줄 알아요? 죄책감으로 돌아버리겠어요.”

“내가 여행을 하며 남은 시간을 단축하든, 치료를 받아 삶을 조금 연장하든 결과는 이미 정해져 있단다. 아무 차이도 없어. 하지만 네 아이를 보는 건…… 나에게 커다란 차이를 만들어. 네 아이를 볼 수만 있다면 난 이기적으로 굴 거야.”

“그건 이해하지만, 빌어먹을, 도움이 안 돼요. 그렇게 모르겠어요? 난 그래도 죄책감을 느끼고 전부가 내 잘못인 것 같단 말이에요. 왜 내가 당신 편지를 다 반송해 버렸는지, 왜 내가 그토록 고집을 피웠는지, 왜 내가 당신 입장이 되어 좀더 생각해 보지 못했는지 후회되는 일 투성이예요. 테사, 난 못 참겠어요…… 정말 못 참겠어…… 더 이상은 뭐가 옳고 그른지 모르겠고…… 뭘 해야 될지도 모르겠고…….”

매기는 말을 잇지 못했다. 뒤엉킨 감정이 태풍처럼 몰려와 그녀를 덮쳤고 눈물이 엄청난 세기로 솟구쳤다.

“여기 앉아봐.”

테사는 매기를 소파에 앉혔다. 그녀는 딸의 상기된 얼굴을 끊임없이 적시는 눈물을 다정하게 닦아주고 고수머리를 뒤로 넘겨주고 키스를 흩뿌렸다.

"네 잘못이 아냐, 매기. 잘못이 있다면 전부 내 잘못이지. 그러니까 너 자신을 탓해선 안 돼. 제발 부탁이다. 내가 너였어도 편지를 되돌려 보냈을 거야. 자존심을 지켜 나를 꼿꼿하게 외면했을 거야. 너에게는 그럴 권리가 있어. 나를 미워할 권리가. 그리고 내가 나에게 남겨진 시간이 얼마나 적은지를 미처 몰랐다면 너에 대해 어떤 행동을 취했을지 누가 알겠니? 아마 너를 이랬으면 어땠을까 저랬으면 어땠을까 하는 수많은 가능성 속에 남겨두고 죽었을지도 몰라."

매기는 흑흑거리며 비탄에 잠긴 목소리를 냈다.

"아, 테사, 이제 우리는 어떡하죠?"

"영화 상영 도중에 극장에서 나가 환불을 요청할 순 없어."

테사는 그녀의 얼굴도 온통 눈물에 젖어 있었지만 자신을 조롱하는 기미가 역력한 농담을 시도했다.

"우리는 끝까지 좌석에 눌러 붙어 앉아 있어야 해. 본전을 뽑는 셈 치고 손을 맞잡은 채 다음 상영까지 볼 수도 있고."

"그 밥에 그 반찬인 한 쌍이네요, 우리는."

매기는 흐느꼈다.

"하지만 우리가 정말 뭘 해야 하는 거죠?"

"눈물을 거두고 계속 살아나가야지."

"사랑해요, 테사. 언제나 사랑해 왔어요. 심지어는 당신을 사랑하지 않는다고 생각했던 때조차도. 그리고 지금은 더 한층 사랑해요. 그거 알죠, 그렇죠?"

"알아, 매기 달링, 내 딸, 알고 말고. 우리가 해야 할 일이 바로 그거야. 서로를 사랑하는 것. 아주 많이, 열심히 사랑하자구나. 그게 내가 생각할 수 있는 유일한 답이야."

"이제 내가 싫어할 말이 나올 차례로군."

샘은 그날 밤 자신의 품속에 안겨 있는 테사에게 속삭였다.

"대본 작업이 드디어 끝났소? 그래서 당신이 내일 로스앤젤레스로 날아가야 하는 거지?"

테사는 그의 가슴에 얼굴을 묻은 채 반문했다.

"왜 그런 말씀을 하세요?"

"오늘밤 당신에게 그랬듯이 유혹받아 본 적은 평생 한 번도 없었으니까. 난 마치 나를 진짜 사내로 만들어 주겠다고 결심한 멋진 여인의 유혹에 걸려든 풋내기 숫총각이 된 기분이야. 이게 소위 배우들이 역할에 몰입하는 그 경지요?"

그녀는 고개를 들었다.

"내가 캐시가 되었다고 생각해요? 정열적인 캐시가?"

"내가 상상조차 못해 본 뭔가를 가슴에 품은…… 기막히게 새로운 의도를 지닌 정열적인 테사가 되었다고 생각해."

예를 들면 결혼 생각 같은 거, 그는 속으로 덧붙였다.

그녀는 다시 그의 품에 파고들었다. 오늘밤이 그가 모르는 채, 암을 의식하지 않은 채로 순수한 성적인 즐거움만을 위해 서로를 찾는 마지막이기 때문에 전부를 불태웠던 게 아니라 배역에 몰입하기 위함이었다면 얼마나 좋을까.

"하지만 당신이 아직 모르는 게 한 가지 있소. 짐작도 못했을 사실이."

샘이 뒷말을 이었다.

"난 안식년을 앞당겼어. 영화가 제작되는 동안에도 당신과 함께 있기 위해. 당신과 떨어져선 도저히 못산다는 걸 깨달았거든. 촬영을 지켜보는 건 지루할 테니, 낮에는 내 다음 작품의 자료 조사를 하고 밤에는 당신 옆에 눌러 붙을 생각이오. 어떻소?"

"이루어질 수 없는 꿈 같아요."

"이루어질 수 있소. 이미 학과장의 허락이 떨어졌어."

"그래도 이루어질 수 없는 꿈이에요, 샘."

테사는 침대에서 일어나 앉아 가운으로 나신을 가렸다. 그리고는 숨을 들이켰다. 지금이 아니면 내일이라도 꼭 해야 할 말이라고 거듭 되뇌었다. 샘도 매기와 똑같은 식으로 진실을 알게 할 순 없어. 그녀는 그와 자신에게 비수를 푹푹 꽂는 심정으로 또박또박 말했다.

"왜냐하면 난 영화를 찍을 수 없고, 왜 영화를 찍을 수 없냐 하면, 암에 걸렸기 때문이에요."

샘은 벌떡 일어나 침대 밖으로 나갔다. 이성에 앞선 육체적인 반사작용이었다.

"못 믿겠어."

"믿으세요. 내가 이런 일에 거짓말할 리 없잖아요."

그는 방어적으로 가슴에 팔짱을 끼고 두 주먹을 움켜쥐고 있는 테사를 바라보기만 했다. 이어 그는 재빨리 그녀에게 다가가 있는 힘껏 껴안았다.

"테사, 우리가 함께 싸우면 돼. 달링, 당신은 괜찮아질 거야, 약속해."

"난 괜찮아지지 못해요."

"그런 말하지 마. 시간이 얼마가 걸리든 치료를 받아야 해. 당신에게는 내가 있잖아. 일분 일초도 당신의 옆을 떠나지 않겠소."

"다 소용없대요."

"어떤 작자가 그딴 헛소리를 했지?"

"의사가."

"감히 당신에게 그딴 소리를 해? 고약한 돌팔이 같으니! 테사, 우리 내일 당장 뉴욕에서 제일 가는 의사를 찾아갑시다."

"샘 달링, 제발 내 말을 들어보세요. 난 이미 뉴욕에서 제일 가는 의사를 만났어요. 췌장암은……."

"하느님! 안 돼!"

그는 그녀를 놓고 자리에서 일어나 벽에 주먹을 꽂았다. 손가락뼈에서 으드득 하는 소리가 나도록 세게.

"샘?"

테사가 급격히 내려앉은 침묵을 조심스레 깼다.

"우리 아버지가 그 병으로 돌아가셨어."

“그럼 알겠군요.”

“그래.”

“나이가 어떻게 되셨나요?”

“여든이 가까우셨소. 테사, 오진일 가능성은 없는 거요? 당신은 너무 젊어, 뭔가 잘못된 거야…… 이럴 순 없어…….”

“최고의 명의들에게 모든 검사를 다 받아 봤어요. 오진일 가능성은 없어요. 죽음은 기정사실이에요. 난 어떤 치료도 받지 않을 거예요. 그나마 나에게 남겨진 시간만 헛되이 잡아먹게 될 테니까. 아직 일년, 어쩌면 이 년이나 남았는 걸요. 아, 샘, 안아주세요, 꼭 안아주세요, 나를 놓지 마세요.”

“절대로 놓지 않을게, 나의 아름다운 소녀, 절대로.”

40

3월 마지막 주의 지난 이틀을 뉴욕에서 보내고 이제 피오나 브릿지
는 경매장을 가로질러 테사가 각별히 신경 써서 잡아준 중앙의 특등석
에 다소곳이 앉았다.

피오나는 개회를 기다리며 가로로 족히 이십 센티미터쯤 되는 판에
입찰자 고유 숫자가 적힌 입찰판의 손잡이를 만지작거렸다. 경매중에
귀를 잡아당기든 코를 만지작거리든 얼굴을 찡그리든 어떤 몸짓을 하
든 본인의 자유다. 이 판을 들어올릴 때만 입찰 의사가 있는 것으로
간주된다.

로디 펀스터월드 감독이 오늘밤 내내 안절부절못하는 그녀를 달래
주었지만, 피오나는 추리고 추려져 초대장이 발송되었으며 바로 이 순
간에도 밖에서 길게 줄을 선 채 신원 확인과 입찰자 등록을 기다리고
있는 수백의 엄선된 거부들 대열에서 벗어나 입구의 젊은 여직원들 가
운데 한 명에게 입찰판을 받고 로디와 나란히 자리를 잡을 때까지 떨
림을 가라앉힐 수 없었다. 골동품 수집가인 로디 감독과 달리 그녀에
게는 이번이 첫 경매였기 때문이다.

이게 오스카 수상식이라면 피오나는 본선에 진출한 기술 부분 후보자들로부터 꽤 떨어진 좌석 줄의 본선 진출 스타들 뒷자리에 당당하게 앉아 느긋하니 여유를 부렸을 것이다. 그녀의 독립 영화사에서 기획한 최근 다섯 편이 대박을 터뜨렸고 피오나 브릿지 하면 할리우드의 몇 명 되지 않는 여성 실력자들 가운데 한 명으로 손꼽혔다. 하지만 나비넥타이와 검정색 연미복이 판치는 오스카 수상식조차 서로 아는 척하고 손 흔들고 키스를 나누는 국제적인 초특급 부호들을 한 자리에 모아놓은 이곳과 비교하면 후진 뒷동네의 아이들 집회에 불과했다.

피오나는 이런 행사에 초대해 준 테사에게 다시 한 번 감사하며 목을 길게 뽑아 주위를 두리번거렸다. 그리고 옆자리의 로디 감독에게 속삭였다.

"시골뜨기가 된 기분이에요."

"동감이야."

그는 대답했다.

"이건 금세기 최고, 최대, 최상의 행사야. 윈저 공작부인의 경매가 어땠는지 모르겠지만 그건 제네바에서 열렸잖소. 누가 뭐래도 거기는 이미 한물간 도시지. 반면에 이 경매의 개최지는 뉴욕이야. 오늘 내가 가는 곳마다 테사의 경매 이야기뿐이더군. 심지어는 택시 기사들까지 수선이었소."

"난 초대장을 받았다는 소리조차 입 밖에 못 꺼냈어요. 다들 질투로 눈이 돌아가서 나를 찢어발기려 들 테니까."

"특히 당신은 어떤 보석에도 입찰하지 않을 테니 더 질투를 샀겠지."

"당신은 어때요? 입찰할 생각이에요?"

"그 어마어마한 액수에? 하지만 당신만큼이나 입찰판을 들고 싶은 욕망에 과연 저항할 수 있을지는 의문이오. 무엇보다 난 당신에게 뭐라도 한 점 사주려고 이곳에 왔다는 착각을 사고 있으니까. 여기 모인 여자들 가운데 과연 몇이나 입찰할 것 같소? 한 명도 없어. 사실상 입찰하는 쪽은 여자의 사주를 받은 남자이고, 돈을 내는 쪽도 남자야. 이

자리는 남자들이 부와 힘을 겨루는 경연장이오.”

“당신 영화가 오스카의 최우수 작품상 본선에 올라 테사가 파베르제의 다이아몬드로 휘감고 <한 여름밤의 꿈>에 등장하는 요성들의 여왕인 티타니아처럼 나타났던 해가 11년 전이라는 거 알아요?”

“11년! 세월이 벌써 그렇게 되다니. 그 해의 수상작이 <미싱>이었소 <E.T>였소? 기억이 안 나는군.”

“<간디>예요. 기억력 나쁘기로는 나보다 더 하군요.”

“내 속에 자리잡은 여권론자의 목소리에 따르면 <투씨>*가 오스카를 탔어야 했소. 진짜 경쟁이 치열했던 해였지. 그 당시 영화들의 작품성이 지금보다 우수했기 때문일까, 아니면 우리가 지금보다 젊었기 때문일까?”

피오나는 열렬하게 답했다.

“둘다예요.”

“난 아직도 테사가 왜 보석을 내놓았는지 이해가 되지 않아. 형편이 어려워진 것도 아니잖소. 그 샘이라는 친구와 아무리 학구적이며 소박한 생활을 꾸려간다 해도 대스타로서 그 보석들을 하고 공석에 나서야 할 시간이 앞으로 수십 년이나 남아 있는데.”

“어렵게 생각하지 마세요. 카탈로그 앞장의 ‘소장자가 드리는 말’에서 테사가 밝혔듯이, 재원을 보석에 묶어놓느니 암치료 연구 센터의 설립 기금으로 내놓는 편이 값지기 때문이니까. 이보다 더 간단한 이유가 또 어디 있어요?”

“우리의 테사가 성녀의 위치에 도전한다? 그녀답지 않아.”

로디가 여전히 명상에 잠긴 얼굴로 반박했다.

“이 보석들은 테사 켄트라는 존재의 일부요. 그걸 판다는 건 과거에 작별 인사를 고하는 것과 마찬가지이고. 도무지 말이 되지 않아. 난 보석들이 다른 여자의 소유가 된다는 생각 자체가 싫소.”

---

* 여장 남자를 주인공으로 한 고급 코미디. 더스틴 호프만 주연/시드니 폴락 감독/1982년 콜롬비아 작품. ‘투씨’는 행실이 바르지 못한 여자를 지칭하는 미국 속어.

"이게 우리의 황금기인 80년대의 종말을 알리는 신호일지도 몰라요."

"큰일날 소리! 그런 소리일랑 두 번 다시, 절대로 하지 말아요! 생각조차 금물이오!"

"미안해요, 달링. 80년대의 영광은 향후 삼천 년 동안 이어질 테니 그렇게 기겁하지 마세요."

"정말 그럴까?"

"확신해요."

피오나의 표정은 말과는 달리 회의적이었다. 사실 그녀는 어깨심이 빵빵하게 들어간 값비싼 의상들을 옷장에서 치워버렸다. 그런 권력 지향적이며 권위적인 갑옷은 더 이상 먹히지 않았다. 요즘은 헐렁한 넝마나 해괴한 차림이 환영받고, 패션 잡지의 편집자들마저 갈팡질팡하며, 의상 투자는 사전에서나 찾을 수 있는 시대다. 뭔가 변하고 있고 이 변화에는 분명 방향성이 있을 테지만 피오나는 아직 적응하지 못했다. 그럼에도 불구하고 직업상 이 전환기의 선두에 서야 할 필요가 있다는 게 문제였다.

로디가 다시 입을 뗐다.

"테사의 자리는 어디지?"

"위쪽이에요."

피오나는 고개를 돌리고 거대한 경매실의 이층을 가리켰다.

"저기 벽 사이에 숨어 있는 듯한 유리창들이 보이죠? 저 너머의 사실에서 소장자나 그 상속인이 은밀하게 경매를 지켜보게 되어 있어요."

"만일……?"

"만일 뭐요?"

"만일 테사가 마음이 바뀌면 다른 사람들과 똑같이 입찰할 수도 있지 않겠소? 특별 가설된 전화를 통해서?"

"그건 불법이에요. 가격 조작의 가능성이 있으니까."

로디 감독이 수상쩍어하며 물었다.

"경매에 처음 참가하는 당신이 어떻게 그리 잘 알지?"

"어제 테사와 점심을 하면서 다 들었어요."

"그런 자리에 니만 쏙 빼놓다니!"

"여자들끼리의 회동이었어요, 투씨."

앤디 맥클라우드는 테사 켄트의 보석 경매를 앞두고 일찌감치 귀국했고 지금은 연단 아래의 특권적인 자리에 서서 눈앞에 펼쳐진 광경에 몰입했다.

대형 경매실이 입추의 여지도 없이 꽉꽉 들어찼으며 오늘 참석자의 다수가 소더비나 크리스티를 선호해 스콧 앤 스콧 사에는 와본 적도 없는 부호들이다. 그리고 웨스턴 햄프셔, 비버리힐스, 시카고, 보스턴, 댈러스, 마이애미, 샌프란시스코, 팜비치를 비롯하여 토론토, 몬트리올, 멕시코시티, 상파울로, 리우데자네이루, 부에노스아이레스에는 이곳에서 경매를 이끄는 사장인 해밀턴 스콧의 목소리가 직송될 경매장이 마련되어 있었다. 상기 14개 도시의 현지 호텔 연회장을 빌려 꾸며진 그 경매장들이나 이곳이나 경매 순서에 따라 보석의 확대 사진이 연단 위쪽의 대형 화면에 나타나고 화면 아래쪽의 대형 전광판에는 그 보석의 시시각각 변하는 입찰가가 표시된다.

모든 경매장에는 각각 25개의 통신팀이 배치돼, 지금쯤 카탈로그에 눈을 못박은 채 자택의 전화기 옆에 붙어 앉아 오늘을 위해 특별히 훈련받은 그 통신팀의 수백 상담원들 가운데 한 명과 통화가 되고 그들의 입을 통해 현재의 입찰가는 알지만 경쟁자는 누구인지 모르는 상태에서 그저 경매 진행자의 망치가 연단 탁자를 내리쳐 최후의 승자가 가려지는 순간까지 앞다투어 가격을 올릴 전 세계의 고객들을 상대하기로 되어 있었다.

그 승자의 신원을 알게 될 사람은 딱 세 명—해밀턴 외삼촌, 리즈 이모, 그리고 긴긴 연수를 마침내 끝낸 나 자신뿐이라고 생각하며 앤디 맥클라우드는 흐뭇한 미소를 흘렸다.

그렇게 입찰의 승패가 가려진 후에도 주요한 경매 품목은 세상에 영원히 익명으로 남을 구매자들의 구입 제의로 인하여 그 가격이 더 올라가리라. 보석이란 늘 그래 왔듯이 가장 유동적인 형태의 국제 통화이기 때문이다. 인류가 완전히 멸망하지 않은 한 전통적인 재산 축척 방식으로 남을 테고.

앤디는 비록 도자기에 사로잡히긴 했지만, 이 엄청난 보석 경매의 가히 폭력적인 흥분과 매력에 비견될 만한 건 오직 위대한 명화 경매의 그것뿐이라고 인정할 수밖에 없었다. 마치 지하수의 한 줄기가 오늘밤에는 그 진로 방향을 바꾸어 이 건물 아래에서 흐르고 있는 것처럼 세계 구조 금융의 흐름이 콸콸거리는 소리를 내며 그의 고막을 때리는 듯했다.

그는 현재 분주하게 일하고 있는 스콧 앤 스콧의 다른 직원들과 달리 공식적인 직함이 없었다. 리즈 이모가 다음과 같이 그의 직무를 명시해 주었을 따름이다.

"무엇 하나 놓치지 말고 지켜봤다가 빠짐없이 기억해 둬라."

여기에는 매기 호바트 웹스터를 관찰하는 것도 포함되어 있을까? 앤디는 궁리했다. 그녀는 숫처녀였을 때보다 임신한 지금이 놀랍게도 훨씬 섹시해 보였다. 이 자리에서 그런 판정을 내릴 수 있고 또 그런 자격을 유일하게 갖춘 사람은 자신뿐이라는 자각은 달콤해야 할 텐데 왠지 씁쓸하게 다가왔다. 그의 귀족 출신 아내가 나름대로의 매력과 함께 누구보다 섬세한 금발에, 섬세한 골격에, 섬세한 미소에, 섬세하지만 조금은 단조로운 섬세함까지 갖추었으니 씁쓸해야 할 이유가 없는데도. 하지만 매기……, 외모와 성격이 원래 뻔뻔스러울 만치 선이 굵고 저렇게 남산만한 배를 한 매기가 아내보다 더 여자답고 더 감질나게 보였다. 빌어먹게도.

지금 매기는 이 자리에 초대될 만큼 지명도 있는 열두어 명 가량의 언론인들과 인사를 나누고 그들을 자리로 안내하느라 여념이 없었다. 저런 노력에 힘입어 이 경매는 내일 활자와 전파의 형태로 제2의 위대한 삶을 누리게 될 것이다. 오늘밤 카메라 소지 입장은 철저하게 금지되었다. 수백만 달러짜리 보석을 구입하는 현장이 사진으로 남는 위험을 감수하고 싶어하는 입찰자는 아무도 없기 때문이다. 하지만 일부 언론인의 참석은 환영받았는데, 그건 자신들의 이름이 '분별 있게' 거론되어질 때 거기에 따른 홍보 효과를 마다하는 입찰자도 거의 없었기 때문이다. 그리고 언론인과 입찰자 사이를 오가며 적절한 수준의 '분별'을 중재하는 일은 매기와 홍보팀의 몫이었다. 그녀들은 하나같이 까만 터틀넥 튜닉에 쫙 달라붙은 검정 바지를 걸치고 까만 발레화 형태의 숙녀화를 신고 있었다. 저 다섯 명이 모조리 임신한 걸까? 앤디는 자문을 금치 못했다. 아니면 매기가 새로운 유행을 창조하기라도?

그래, 그녀의 새로운 유행 창조는 있음직한 일이다. 오늘이 있기까지 매기의 공로를…… 아니, 매기와 테사의 공로를 감안하면. 둘이 자매였다는 소식에 앤디는 놀라 까무라쳤다. 우리가 진하게 사귈 때 왜 매기는 아무 말도 하지 않았을까? 나를 못 믿었기 때문에? 그럴 리 없다고 앤디는 힘주어 고개를 가로저었다. 여자들이란 첫 남자에게 모든 걸—최소한, 말해야 할 필요가 있는 건 전부 말한다. 그의 아내도 꽃봉오리가 만개하듯 내면의 섬세하고 소녀다우며 순진한 비밀들을 속속들이 밝히지 않았던가.

아무튼 테사와 매기는 경매 홍보 역사상 무적의 한 팀이다. 호바트 자매는 이 나라에서 저 나라로 날아다니느라 지난 몇 달의 절반을 거의 공중에서 보내다시피 했다. 매기의 남편은 어떤 심정일까? 앤디는 궁금했다. 아내가 저런 몸으로 뒤뚱거리며 세상을 떠도는 걸 보는 심정이 어떨까? 그리고 뭐 하는 작자지? 결혼식에 다녀온 리즈 이모의 촌평으로는 훤칠하게 생긴 오토바이족이라고 했다. 거기에 듀카티를 소유했다는 정보까지 더하면 플레이보이라는 결론이 나온다. 그것도 결혼 전에 속도위반을 한 플레이보이라……

앤디는 이글이글한 시선을 매기에게서 억지로 돌리며 그녀를 향한 목 타는 갈망을 식히려고 애썼다. 불쌍한 매기, 또 속아넘어갔구나.

폴리 퀼덴스턴은 그녀의 옷장에서 가장 최신식이라고 할 수 있는 암녹색의 고풍스런 벨벳 드레스 차림으로 피오나와 로디 감독의 바로 앞줄에 앉아 경매 시작을 기다렸다.

솔직히 폴리는 얼떨떨했다. 맨해튼의 이쪽, 이스트사이트에는 그 혐오스럽도록 화려하고 치떨리도록 현대적인 분위기로 말미암아 발조차 들여놓지 않은 터였다. 그녀는 평화와 정적이 감도는 스튜디오에 틀어박혀 검소하지만 남부럽지 않은 생활을 영위했으며, 짬이 나면 제인과 손에 손을 맞잡고 그들의 취향에 맞는 디스코텍이나 술집에서 오붓한 시간을 즐겼다. 하지만 이곳은! 값비싼 향수 냄새가 감도는 대기, 속닥거림, 손키스 날리기, 드레스의 알록달록한 물결에 마침표를 찍는 정장의 군청색이나 암회색 틈바구니에서 그녀는 정신을 차릴 수 없었다.

이 경매장은 하렘과 집시촌과 음악 빠진 리우 카니발을 모두 합쳐놓은 듯했다. 그래서 폴리는 세 배나 더 뭍에 올라온 물고기가 된 심정이었다. 손 안에서 따로 노는 입찰판 때문에 자신이 이곳에 어울리지 않는다는 자괴감과 어색함이 한층 심해졌다.

그러나…… 폴리는 허리를 쭉 펴고 특유의 새침한 미소를 지었다. 그러나 여기 모인 사람들 가운데 나보다 더 많이 아는 사람은 없어. 경매가 어떻게 있게 되었는지, 왜 시작되었는지, 누가 오늘을 만들었는지 알거나 그 모든 조각을 제대로 맞출 수 있는 사람이 있으면 나와 보라고 해. 나야말로 이 경매의 수호여신이야. 그녀는 득의양양하게 경매장을 한 바퀴 훑어보았다.

"실례하지만……."

한 노부인이 말을 걸었다. 은색 능라 정장이나 고상한 루비 세트로 보건대 재력과 품위를 겸비한 부인이었다.

폴리는 자신만의 생각에서 빠져 나와 옆자리의 그 노부인에게 고개를 돌렸다.

"무슨 일이시죠?"

"당신의 미니어처를 자세히 볼 수 있을까요?"

"그럼요. 목걸이를 아예 풀어서 보여드릴게요."

양손을 목뒤로 넘겨 벨벳 리본을 풀었다. 그렇지 않아도 고풍스런 금테 안에 박아 넣은 이 작품이 자신의 걸작이라고 자부했기 때문에 그 진가를 알아주는 사람을 만나자 반가웠다. 이건 레이스 달린 옛날 남자용 셔츠 위에 검정색 조끼를 느슨하게 걸친 제인의 초상화였다.

"오, 깜찍해라! 이렇게 예쁜 물건은 처음이야. 이 남자 모델의 머리칼 한 올 한 올까지 표현되었네. 어쩜 이다지도 정밀할 수가! 그의 숨결마저 느껴져."

"남자 모델이 아니에요."

폴리는 자랑스럽게 정정했다.

"여자인데 옛날 남자처럼 꾸미고 포즈를 취한 거예요."

"그럼 모델이 살아 있다는 건가요? 이 여자 모델이? 내가 옷차림 때문에 착각했군요. 하지만 이 미니어처가 설마 최근에 제작된 거라는 뜻은 아니겠죠?"

"제가 지난주에 끝냈답니다."

"17세기의 것인 줄 알았는데! 아이작 올리버의 작품이라고 짐작했어요."

"실은 그의 화풍을 모방했어요. 예를 들어 이 바탕색은 엘리자베스 여왕의 컬렉션 가운데 한 점인 존 던의 초상화에서 올리버가 사용한 것과 같은 청색이죠."

"오! 나도 여왕의 컬렉션을 바로 작년에 봤는데 그 초상화는 1717년 거라고 하더군요. 대단해요! 아가씨, 혹시 주문제작도 해요?"

폴리의 콧구멍이 장인 특유의 자부심으로 벌렁거렸다.

"오직 주문제작만 하고 있습니다."

"이렇게 딱딱 맞아떨어질 수가! 난 벌써부터 내년 크리스마스 선물에 대해 고민해 왔어요. 딸 자식이 네 명이고 그 아이들에게 또 각각 어린애가 달려 있으니 선물 걱정을 피할 수 없지요. 아가씨가 어떻게 든 시간을 쥐어짜 우리 손주들의 미니어처를 그려주면 안 될까요? 그러면 내 걱정거리도 싹 사라지고 우리 딸들도 아주 좋아할 거예요. 난 딸 아이들에게 항상 특별한 선물을 해왔는데 오늘밤 경매가는 보나마나 천정부지로 치솟을 거예요. 제 아무리 우리 딸들이 테사 켄트에게 열광한다 해도 손주들의 미니어처라면 그녀의 어느 보석보다 훨씬 정감 있고 의미 있는 선물이 되리라 확신해요.”

“글쎄요…….”

폴리는 미친 듯이 머리를 굴렸다.

“슬하의 손주들이 전부 몇 명이나 되시죠?”

“열하나예요. 갓난아이들을 포함해서. 하지만 갓난아이라고 손주들 명단에서 뺄 수는 없지 않겠어요?”

“갓난아이까지 11명이라. 음…….”

“너무 많나요? 힘들 것 같으면 갓난아이는 빼기로 해요.”

“선주문을 뒤로 미루어 놓고 밤낮으로 일하면 갓난아이들까지 그릴 수 있겠지만…….”

여기에서 말꼬리를 흐리며 한 박자 뜸을 들였다.

“앞서 예약하신 많은 고객들이 실망할 텐데. 하지만 어린 시절은 다시 오지 않으니까…… 예, 좋아요, 긍정적인 방향으로 생각은 해보죠. 전적으로 부인의 정감을 십분 고려해서.”

“정말 고마워요! 아가씨가 긍정적인 결론을 내려준다면 난 이 세상에서 가장 행복한 여자가 될 거예요! 그럼 가격에 대해 말해 보세요.”

폴리가 경고했다.

“싸지는 않아요.”

노부인은 점잖게 대답했다.

“싼값이라곤 생각도 안 했어요.”

“모델의 연령과 관계없이 한 점 당 5천 달러예요. 사실 갓난아이들은 더 그리기 어렵답니다. 그 나이에는 아직 안면근육이 발달되지 않았기 때문에 모델의 미묘한 개성을 포착해 담아내기란 일종의 도전에 가까워요.”

"오, 맞아요, 그럴 거예요. 사진만으로 일할 수 있어요? 그렇지 않으면 깜짝 선물이 안 돼요."

"모델이 아이일 경우에는 종종 사진만으로 작업해요. 아시다시피 아이들은 꼼지락거려서요."

"아주 좋아요. 자, 이 명함을 받으세요. 그 뒷면에 당신의 이름과 주소를 적어주면 내가 내일 당장 회계사에게 연락해 재정 관계를 처리하라고 지시하겠어요. 당신은 그에게 액수만 말하면 돼요. 다른 주문을 포기하는 데 따른 부대 비용까지 쳐서. 정말 고마워요, 아가씨. 덕분에 이제 입찰해야 하나 말아야 하나 갈등할 필요 없이 마음 푹 놓고 경매를 즐길 수 있게 되었어요."

폴리는 온 마음을 다해 동의했다.

"저도 갈등할 필요가 없게 생겼어요."

"그런데……."

"예?"

"내 친구들이 미니어처를 보면 당장 당신에게 달려갈 거예요. 그게 대유행이 되겠지요. 그러니까 내 친구들의 주문을 받기 전에 우선 나에게 연락해 주면 대단히 고맙겠어요. 우리 딸들이 그 희귀성을 적어도 일년은 누렸으면 해요."

폴리는 곤란하다는 듯이 고개를 갸우뚱거렸다.

"일년씩이나?"

"그럼 반년으로 해요. 너무 지나친 부탁인가요?"

"예, 그 정도라면 공정한 것 같네요."

폴리는 천천히 고개를 끄덕거렸다. 정상가의 열 배로 무려 11개나 되는 주문과 미래의 잠정 수요까지 막 확보했으니 대단히 공정한 거래를 한 셈이다.

이 경매의 수호여신이 영지인 맨해튼의 웨스트사이드 밖으로 행차한 보람이 있구나, 그녀는 제인의 초상화를 다시 목에 걸며 흐뭇해했다. 역시 돈을 벌려면 돈 있는 물에서 놀아야 해.

41

샘은 푹신푹신한 소파에 테사와 나란히 앉아 있었다.

경매장 위층의 이 소장인 전용실은 오늘밤 두 사람만을 위하여 모든 입찰자들의 머리가 내려다보이는 탁 트인 전경을 보여주었으며 쌍안경을 동원하면 연단의 해밀턴 스콧 사장이 몇 발자국 밖에 있는 것처럼 가깝게 보였다. 이건 천박한 땀 냄새에서 멀찌감치 떨어진 스카이박스(스포츠 경기장 맨 위의 개인 관람석)에서 현실감 빠진 경기를 고상하게 폼재고 관람하는 것과 같다고 샘은 생각했다.

그는 쌍안경의 배율을 연신 조절했다. 안달이 나서 도무지 가만히 있을 수 없었다. 수시로 나타나 뭐 필요한 게 없냐고 물어대는 스콧 앤 스콧의 해파리들에게 시달린 것도 벌써 한 시간이 되어갔다. 그와 테사는, 명사와 유명인들이 경쟁적으로 가장 장엄한 외관을 갖추고 속속 도착하는 사열식을 벌여 건물 밖에 운집한 군중의 관심을 분산시키는 틈을 타서 직원용 출입구로 살짝 스며든 터였다. 밖에는 경매가 끝나자마자 스콧 앤 스콧의 간부나 귀가하는 입찰자들과 인터뷰하려는 세 군데의 전국 네트워크와 CNN의 방송용 차량들까지 가세해 인산인

해를 이루고 있었다.

이놈의 망할 경매가 정말 시작되긴 할까? 빌어먹을.

샘은 경매가 제발 끝나길, 그래서 테사가 인터뷰와 사진 찍히기와 홍보 여행의 지옥 같은 쳇바퀴에서 벗어나기를 더 이상은 단 일 초도 기다릴 수 없었다. 사실 그녀는 지난 몇 달의 어느 시점에서든 '이만하면 됐어요'를 선언하고 사생활을 누릴 수도 있었다. 설령 그렇게 했다 해도 그녀가 비협조적이며 이기적이라고 손가락질할 사람은 스콧 앤 스콧에서 한 명도 없었을 것이다.

하지만 홍보의 쳇바퀴가 테사를 태우고 일단 돌기 시작하자 그 회전속도를 늦추거나 중도하차를 하기는 불가능했다. 그 쳇바퀴는 가속까지 붙어 무자비하고 무모하며 가히 살인적으로 돌아가며 테사의 소중한 시간을 송두리째 잡아먹었다.

내가 췌장암에 걸렸다면 어땠을까, 샘은 그런 자문을 금치 못했다. 신작이 미완성으로 남고 불후의 명강의를 하지 못한다 해도 가르치고 창작하는 일을 계속해 나갔을까?

죽음을 선고받은 자들 가운데 테사처럼 인생의 방향을 극적으로 선회하는 사람이 몇이나 될지 의문이었다. 예를 들어 소형 보트로 열대의 군도를 떠돌거나, 술과 마약에 전 재산을 탕진하거나, 메인 주의 작은 섬을 매입해 바다가재 낚시에 심취하거나, 파리로 이사가거나, 배우자와 이혼하고 남의 사람과 도망가는 등 이런 식으로 남은 여생을 보내려는 불치병 환자들이 있을까?

아마 한 명도 없으리라. 새로운 시작에는 어려운 사전 준비 과정이 요구되기 때문이다. 소형 보트를 몰려면 항해술을 익혀야 한다. 술과 마약에는 지독한 숙취나 후유증이 뒤따른다. 바다가재 낚시는 춥고 힘들고 고되다. 파리 생활은 프랑스어를 모른다면 외로우며 비참할 뿐이다. 이혼? 누가 인생의 마지막을 거머리 같은 변호사들과 씨름하며 보내고 싶어하랴. 심지어 스키광이 되는 데에도 스키를 탈 줄 알거나 최소한 스키 타는 시늉은 할 줄 알아야 한다. 물론 폴 고갱 같은 인물은 기존의 삶을 훌훌 털어 버리고 떠나 잘먹고 잘살았지만 그 화가는 불치병에 걸리지도 않았을 뿐더러 자신의 작품 세계를 완성해야 한다는 훌륭한 구실까지 있었다.

그러나 테사 켄트는 죽음을 앞두고 인생의 방향을 극적으로 선회했으며 한 가지 커다란 성공을 이루었다. 초기의 결심대로 매기의 엄마가 된 것이다. 거기에는 그가 상상했던 것보다 더 많은 시간이 들었지만 그녀는 매기와 함께 일하고 여행하며 그 동안 가슴에 담아 두었던 진한 사랑으로 딸에게 엄마 노릇을 못했던 지난 세월을 만회했다.

이제 테사는 경매장을 훑어보며 아는 사람이 포착될 때마다 흥분에 찬 탄성을 발하고 피오나와 로디가 고개를 맞댄 채 대화를 나누는 모습에는 웃음을 터뜨렸지만 매번 쌍안경의 초점을 언론인 접대에 바쁜 매기에게 맞추곤 했다.

"달링."

그녀는 쌍안경을 눈에서 떼고 샘에게 고개를 돌렸다.

"나중에 매기가 이리 올라와 우리를 칼라일 호텔까지 무사히 데려다 주기로 했어요. 내가 그 아이와 아래층에서 한잔하는 동안 당신 먼저 방으로 올라가면 안 될까요? 매기에게 할말이 있어서 그래요."

"알았소. 난 그때쯤 녹초가 되어 있을 거요. 사람들이 한자리에 모여 엄청난 돈을 뿌려대는 광경만 봐도 피곤하거든. 전에 한 번 라스베가스에 갔을 때는 블랙잭 테이블 아래에서 쿨쿨 잠들었소."

"오늘밤은 사정이 좀 다를 걸요."

테사는 미소를 지었다. 초록 눈망울에선 애정의 빛이 반짝거리고 도톰한 입술이 야릇한 곡선을 그리는 그 신비로운 미소에 샘은 왈칵 치솟는 눈물을 참기 위해 주먹을 움켜쥐어야만 했다. 지금보다 더 생기발랄한 모습을 본 적이 있었던가? 이보다 더 표정이 풍부한 때가 있었던가? 그녀는 다정한 인내심을 다하여 종말의 서곡을 기다리는 사람처럼 보였다.

샘은 그녀에게 죽음의 고통이 시작되었음을 오늘 처음으로 깨달았다. 강의에 나가기 앞서 그녀와 포옹하면서 블라우스 아래에 있는 이질적인 뭔가를 감지해 낸 것이다.

"이건 나르토-드러제식이라는 경피용 패취제예요. 한 번 붙이면 그 효과가 사흘간 지속돼요."

그녀는 의학의 발전에 거의 희희낙락해하며 설명했다.

"사용자에게 시간 확인의 불편함을 덜어주는 진통제죠."

샘은 가능한 한 진통제를 쓰지 말고 다른 대안을 찾고 싶은 심정에서 물었다.

"고통이…… 어떤 느낌이오?"

"묘사하기 어려워요. 쿡쿡 찌르는 예리한 고통도, 물결처럼 끊임없이 몰려오는 그런 것도 아니에요. 복통이 척추에서 오는 느낌에 가까워요. 아주 경미한 복통이. 그러니까 너무 걱정하지 마세요, 달링."

"언제부터 약을 쓰기 시작했지?"

"며칠 됐어요. 약을 쓰지 않고 버텨 봐야 할 필요를 느꼈거든요, 그 이유는 잘 모르겠지만. 이제 패취제를 붙이니까 훨훨 날아오를 것처럼 가뿐해요."

"점심을 제대로 챙겨먹겠다고 약속해 주겠소?"

"먹지 않을 수 없어요. 왜냐하면 오늘은 매기와 점심을 함께 하기로 했으니까. 그 아이가 내 식사량에 대해 얼마나 잔소리를 하는데요. 그저께는 이 도시에서 제일 열량이 높고 가장 값비싼 요리를 꾸역꾸역 먹어야 했어요. 매기가 아보카도를 반으로 잘라 속살을 긁어내고 대신 고래고기를 채워놓은 걸 무려 네 쪽이나 주문했지 뭐예요."

"매기도 그걸 주문한 건 아니겠지?"

"당연히 아니죠. 임산부는 지나친 염분과 지방 섭취를 피해야 해요. 매기는 생선찜을 주문하고 내가 먹는 걸 응원했어요. 그 아보카도 요리 네 쪽은 나에게 지나쳤어요. 어떤 대식가를 데려와도 남겼을 양이죠. 그래서 매기로서는 나머지를 깨끗하게 먹어치울 수밖에 없었어요. 난 하기 싫은 일을 해야 한다고 옆에서 자꾸 권하면 더 하기 싫어지는 것 같아요. 당신은 어때요?”

“마찬가지요.”

이게 테사가 발암 사실을 고백한 후 두 사람 사이에서 오간 그녀의 몸 상태에 관한 첫번째 대화였다. 그들은 이심전심으로 어떤 이해—아직 충분한 시간이 남아 있다는 이해에 도달했기 때문에 그는 테사가 먼저 꺼내지 않는 화제를 억지로 끄집어내거나 그녀가 내켜 하지 않은 일을 권하지 않았다.

샘이 아는 것이라곤 하나뿐이었다. 자신이 약 1년쯤 걸리는 여행에 나섰고 그 매 걸음걸음마다 테사와 함께 하며 그녀의 옆에 있으리라는 것. 그의 사랑은 나날이 커져 갔다. 샘은 그녀 없는 텅 빈 미래, 자신을 밤낮으로 고문하는 그 공허한 미래의 전망에서 고개를 돌려 테사를 사랑하는 것만이 전부였다.

이제 해밀턴 스콧 사장이 연단에 올라가 망치를 가볍게 내리치자 좌중의 웅성거림이 일시에 죽고 침묵이 흘렀다.

“신사숙녀 여러분,”

그는 특유의 윤택하며 낭낭한 목소리로 선언했다.

“저희 스콧 앤 스콧 사를 찾아주셔서 감사합니다. 이제부터 테사 켄트 양의 컬렉션에 대한 역사적인 경매를 시작하겠습니다.”

카페 칼라일의 실내에는 어느 안개 자욱한 날의 런던에 대해 흥얼거리는 밥 쇼트의 생음악이 흐르고 있었다. 하지만 테사와 매기가 들어서자 가수를 비롯한 그곳의 모두가 약속한 듯 자리에서 일어나 우레와 같은 박수갈채를 보냈다. 경매가 끝남과 동시에 그 결과가 전세계로 퍼졌으며 여기 맨해튼에서는 테사 일행이 호텔에 도착한 것보다 더 빠르게 라디오와 텔레비전과 입에서 입을 통해 뉴스가 이미 한 바퀴 돈 뒤였다.

1억 6천 2백만 달러라는 총 경매 수익금은 지금까지 단일 소장가의 컬렉션에 대한 최대 경매로 알려진 1987년 윈저 공작부인의 경매 수익금의 세 배 이상이었다. 오늘밤 경매에서 최고 추정액의 다섯여섯 배로 낙찰되지 못한 보석은 한 점도 없었으며 모든 보석들이 카탈로그에 명시된 과거의 소매가, 혹은 입찰액 기록을 갱신했다.

테사 켄트는 오늘밤의 결과를 축하하는 동시에 그 엄청난 사재를 공익사업에 바치기로 한 그녀의 결정에 감탄과 존경을 표하는 사람들에게 미소 띤 얼굴로 손을 흔들어 보이며 수석 웨이터의 뒤를 따라 일찍이 예약해 두었던 안쪽 자리로 갔다. 샴페인이 보글거리며 잔에 채워지자 테사는 앉은 자세를 편히 고쳤다. 이제 끝났다는 안도감으로 한숨이 절로 새어나왔다. 중단된 노래를 다시 시작한 밥 쇼트의 목소리에 맞춰 춤추고 싶은 기분이었다.

"경매 놀이는 두 번 할 게 못돼."

그녀는 웃으며 말했다.

"보석이라면 어떤 것도 쳐다보기 싫을 정도야. 이만하면 됐어! 지난 이 년 동안 걸치지 않았던 의상들을 옷장에서 치워버린 것처럼 시원섭섭하구나."

"그 옷장 이론은 익히 들었어요."

매기가 말을 받았다.

"하지만 난 모든 옷을 헤질 때까지 입기 때문에 옷장 정리하는 시원섭섭함이 잘 와닿지 않네요. 아, 생각해 보니 나도 버릴 게 있어요. 버니의 셔츠 네 벌 가운데 하나가 벌써 몇 년 째 옷장에서 썩고 있죠."

"그 셔츠에 손대지 마. 남자들이란 평소에는 까맣게 잊고 지내다가도 꼭 없어지면 애타게 찾는단다. 난 네가 평생 배워도 따라오지 못할 만큼 남자에 대해 잘 알아."

"이견의 여지가 농후한 주장이지만 그냥 넘어가 드리죠. 참, 샘 아저씨가 왜 졸려 죽겠다면서 곧장 위층으로 올라가 버리셨죠? 내가 보기에는 정신이 맑고 목이 꽹장히 타는 표정이시던데."

테사는 웃음을 터뜨렸다.

"경매병에 걸려서 그래. 내 평생 그렇게 흥분한 남자는 처음이었단

다. 전에 슈퍼볼 경기 중계를 시청할 때보다 열 배는 더 흥분했지 뭐
니. 이럴 때는 수면제를 먹고 잠자리에 드는 게 최고야."

"보석 컬렉션의 방대한 양에 놀라신 모양이군요?"

"샘은 카탈로그를 볼 때 사진작가 이안 펜의 실력을 한두 번 칭찬하
고 내 사진들에는 휘파람을 불었어. 하지만 그 내용에는 전혀 주의를
기울이지 않았기 때문에 보석의 숫자와 가치를 실감하지 못했던 거지.
그러다 경매가 시작되어 직접 보고 듣자, 특히 에메랄드 목걸이 한 점
의 가격이 눈 깜박할 사이에 칠백만 달러가 되자, 함성을 지르며 자리
에서 뛰어 일어나더라. 심지어는 나까지 놀랐어."

그때가 경매를 지켜보며 눈물을 참아야 했던 유일한 순간이기도 했
다고 테사는 속으로 덧붙였다. 루크와 함께 했던 그 마법에 걸린 듯한
밤, 라벤더꽃 향기, 나른한 미풍, 크리스찬 디오르의 하얀 드레스……
그런 시간을 또 다시 누릴 수 있을까? 한 번이라도? 딱 한 시간만이라
도? 아니, 더 이상은 없으리라. 단 한 시간조차. 하지만 백 살까지 사
는 것과 이십 년 전으로 혹은 신혼여행 때로 돌아가는 것 가운데 선택
하라면 지금 이 시점에서는 주저하지 않고 전자를 택하리라.

"하긴 경매에 익숙해진 나도 흥분했어요."

매기가 인정했다.

"홍보 일을 하다보면 스스로 만든 환상에 젖어 본질을 잊고 홍보를
위한 홍보를 하게 되죠. 하지만 오늘밤은 그 환상이 환상적인 액수의
진짜 돈으로 나타났잖아요. 그 사람들, 완전히 돌았어요. 테사 켄트의
일부분을 갖기 위해 아귀다툼을 벌이던 꼴이란! 이 경매는 전설이 되
어 남을 거예요. 그건 그렇고, 샘 아저씨와 위층으로 올라가지 않고 나
와 여기 앉아 있는 이유를 말씀해 보세요."

"빈틈이 없구나."

"그럴려고 노력은 해요."

"실은 너에게 일자리를 제의하고 싶어."

"뭐라고요?"

매기는 샴페인 대신 주문했던 스트라이프를 뿜어낼 뻔했다.

"일생일대의 커다란 건을 방금 끝낸 사람에게 일을 제의하고 싶다 구요? 기막혀라. 엄마, 나에게 휴가가 필요하다고 생각하지 않아요? 휴 가를 누릴 자격이 있다고?"

"엄마?"

"그 호칭이 적절하다고 결정했어요. 우리 둘이 있을 때는."

"아주 마음에 드는 호칭이구나. 진짜 엄마가 된 기분이야. 자, 이제 부터 잘 들어보렴. 오늘밤의 총 수익금과 카탈로그 판매 수익금인 오 십만 달러가 새로운 재단 설립에 들어가게 될 거야. 그리고 난 루크의 유산도 그 재단에 바칠 생각이야. 내일부터 유언장 작성에 들어가기로 했어."

매기 너에게도 넉넉하게 남길 거야, 테사는 속으로 토를 달았다. 어 떤 남자를 아무리 사랑한다 해도 그에게 의지하는 일이 없도록. 내 유 산에는 현금뿐 아니라 티파니 진주 목걸이와 귀걸이, 녹색 다이아몬드 반지, 카메오 세트 등과 에쩨에 있는 농가처럼 내가 결코 처분할 수 없었던 보석류와 부동산이 포함되어 있단다. 그리고 매기 네가 외할머 니의 친척들을 알게 되길 바라며 그들 모두의 이름도 상속 목록에 올 려놓았어. 네 뿌리를 찾게 될 시간과 기회는 충분해. 나중에, 아주 나 중에.

"재단 규모가 엄청나겠군요."

"기본 자산이 1조 달러가 넘고 매년 이런저런 신탁에서 이익금이 나 오는 재단이 될 거야. 난 믿을 수 있는 사람에게 그 재단 운영을 맡기고 싶어. 내가 잘 알고 신뢰할 수 있고 혈육인 사람…… 바로 너에게."

"하지만 엄마, 난 조 단위 기금의 재단을 운영하는 데 대해 아무것 도 몰라요!"

"하지만 넌 영리하고 빨리 배우고 조직력이 있잖니. 지금까지 일하 면서 많은 유형의 사람들을 접해 본 데다 부하 직원을 부릴 줄도 알고. 그게 가장 중요해. 재단의 실질적인 운영법이나 매년 암치료 연구 분야에서 가장 두각을 나타난 후보자를 선정하는 데에는 전문가를 기용해 그들의 도움을 받으면 돼."

"하지만 아이, 엄마 손녀는 어떻게 하구요?"

"출산한 후 바로 스콧 앤 스콧에 복직할 거니?"

"아뇨, 난 사표를 낼 생각이었어요. 우리 회사는 월급에 목맨 노예들에게 준 이상 뽑아내거든요. 그래서 이삼 년은 아이만 키우다가 파트 타임으로 일할 수 있는 직장을 알아보고 싶었어요. 버니의 일이 일분 당 오토바이 열 대를 생산해 낼 만큼 잘 되니까 난 집안 일에 다른 사람의 도움을 받아가며 육아와 일을 병행할 수 있어요."

"재단 운영은 집에서도 할 수 있어."

"1조의 재단을 집에서 주무른다구요?"

"그건 1조의 사업체를 경영하는 것과 달라. 도심 한복판에 번드르르한 사무실을 차려놓고 수십 명의 직원들을 거느리며 재단을 운영할 수도 있지. 고용된 책임자의 대부분이 아마 그런 식으로 재단을 운영하려 들 거야. 하지만 그렇게 되면 그 액수가 많든 적든 한정된 기금에서 불필요한 부대비용이 많이 빠져나가게 돼. 재단 운영에 따른 특권을 여한 없이 누리려고 드는 운영자에게 누가 재단을 맡기고 싶겠니?"

매기는 코웃음을 쳤다.

"흥, 그럼 직원도 없이 나 혼자 이리 뛰고 저리 뛰라구요?"

"물론 직원을 채용해야지. 필요한 숫자만큼 뽑아서 너와 그들 모두에게 넉넉한 봉급이 돌아가도록 하렴. 또한 직원들이 일하고 너도 때때로 전문가들과 회의할 수 있는 사무실도 구해. 하지만 네가 매일 규칙적으로 출근할 필요는 없어. 재단 기금은 지금까지 나를 위해 루크의 유산을 관리해 주던 회사에 맡기면 돼. 그리고 재단을 맡자마자 행동에 나서야 할 필요도 없어. 한 계단씩 천천히 일을 배워나가면서 어느 정도 자신감이 생기면 그때……."

"좋아요, 재단을 맡겠어요."

"정말이니? 진심이지? 아, 내가 얼마나 기쁜지 넌 모를 거야. 매기 달링!"

"내가 어떻게 저항할 수 있겠어요? 이야기를 들으면 들을수록 그 재단을 남에게 맡기기 싫어지는데. 그건 엄마의 재단이잖아요. 테사 켄트의 재단. 그러니 엄마의 딸만큼 더 알뜰하고 본뜻에 충실하게 그걸 운영할 수 있는 적임자가 또 어디 있겠어요?"

"그거 말고 다른 문제가 있단다."

"또? 엄마, 내가 모르는 계획을 도대체 몇 가지나 세우신 거예요!"

"계획이 아니라…… 질문이야. 내가 유언장에 그 재단을 여동생에게 남긴다고 해야 좋겠니, 아니면 딸에게 남긴다고 해야 좋겠니?"

"젠장, 젠장, 젠장. 그렇게 커다란 문제를 생각조차 못해 보다니. 젠장맞을!"

매기는 난처한 나머지 입술만 씹으며 어찌할 줄 몰랐다.

테사가 침착하게 말을 이었다.

"그 정도의 재단을 소리소문없이 물려받기란 불가능해. 유언장 내용의 상당 부분이 언론으로 흘러가게 될 거야. 테사 켄트의 딸이 재단을 맡았다는 사실은 주요한 뉴스거리가 되고 대중의 관심이 좀처럼 식지 않겠지. 지금까지 엘비스 프레슬리가 살아 있다는 주장까지 나오는 판이니까. 그러니 이 문제는 전적으로 네 선택에 따르마. 내 사후 여론의 총알받이가 될 사람은 너니까."

"아, 어떤 결정을 내려야 할지 모르겠어요."

매기가 울부짖었다.

"난 테사 켄트의 딸이라고 당당하게 인정받고 싶어요. 이건 진심이에요. 하지만…… 왜 엄마가 일찍 밝히지 않았는지 설명하면서 남은 여생을 보내고 싶진 않아요."

"생각해 볼 시간을 갖고 싶니? 변호사와의 약속은 뒤로 미루면 돼. 우선 버니와 상의해 보고……."

"아니면 폴리와 상의해 보든가……."

"어머, 폴리가 안단 말이니?"

“제일 먼저 안 사람이 폴리인 걸요. 그녀는 속이 깊어요. 입도 무겁고.”

“그럼 진실을 아는 사람은 폴리, 버니, 샘, 너와 나, 그리고 미미가 되는 거로구나.”

“샘 아저씨에게 말씀하셨어요?”

“물론이지. 샘에게까지 거짓말할 순 없었어. 루크를 속인 것만으로도 충분해.”

“우리 여섯 명만 알면 됐어요. 그들에게 내 진짜 존재를 인정받는 것으로 충분해요. 그러니까 유언장에는 ‘여동생’이라고 거론하세…… 참, 닥터 로베르토도 알잖아요!”

매기가 화들짝 놀라며 손으로 입을 막았다.

테사는 짓궂게 웃었다.

“그 의사 선생에 대해서는 걱정할 거 없어. 너처럼 큰딸을 두기엔 내가 너무 젊다고 확신하는 눈치니까. 당시 상황의 급박함을 강조하기 위해 내가 너를 딸이라고 둘러댄 줄 알아.”

“점점 수상해지는데. 엄마, 닥터 로베르토와는 정말 탱고밖에 안 췄어요?”

“매기! 샘에 대한 내 감정을 알면서 그런 소리를 하다니!”

“하지만 거기는 브라질이었잖아요. 브라질에서는 종종…… 예외적인 일이 발생하지요.”

“내 뱃속에서 어떻게 너 같은 딸이 나왔는지 모르겠구나.”

“아버지를 닮은 모양이죠. 그분의 이름이 뭐든 간에.”

테사는 위엄을 살렸다.

“난 기억 안 난다.”

“이하동문이에요.”

42

매기는 스물네 번째 생일이 멀지 않은 6월 첫째 주에 딸을 낳아 버니와 미리 정해 놓았던 대로 테레사 마가렛이라고 이름 붙였다. 하지만 그 아이는 엄마의 품속에 안겨진 순간부터 데이지라고 불려졌다.

이제 드높아진 하늘이 가을로 접어들었음을 알리는 9월의 꿀처럼 달콤한 일요일을 맞이해 데이지는 거의 생후 삼 개월째로 들어섰으며, 그 짧은 생애의 전부를 코네티컷 주의 페어필드 카운티에 위치한 농가에서 자신의 충실한 시종들인 매기와 테사와 샘에게 공주처럼 떠받들려졌다. 오토바이로 출퇴근하는 버니만 딸의 시종 대열에서 피치 못하게 빠져야 했다.

경매 후 테사는 느긋한 생활에 오히려 초조해져 교외 지역의 적당한 집을 찾으며 바삐 지내다가 듬직한 나무들과 넉넉한 택지가 딸린 농가를 발견했다. 그녀는 이 고택(古宅)을 보자마자 자신의 것이 되도록, 그리고 나중에는 매기와 버니의 것이 되도록 운명지워진 집임을 첫눈에 알아보고 즉석에서 계약한 다음 저명한 실내 장식가인 마크 햄프턴에게 집의 보수 수리를 이 개월 안에 끝낸다면 그 비용은 얼마가 되든 좋다는 조건하에 백지수표를 위임했다. 그때까지 버니와 매기가 아직 넓은 아파트를 구하지 못한 터라 아이를 낳은 즉시 이곳으로 이사올 수 있도록 일을 서두른 것이다.

이곳은 고향이 될 수 있는 집이었다. 지난 이백 년 동안 한 가문이 이곳에 터를 박고 대대로 살아 왔으며 마지막 집주인이 신중하게 수도관을 보수하고 새로운 부엌을 덧붙인 덕분에 고풍스런 매력이 고스란히 보존되어 있었다. 키 낮은 천장과 길이 잘든 나무 재질 바닥의 방 방마다 큼직큼직한 벽난로가 설치되어 여름에는 서늘하고 겨울에는 훈훈할 것 같았으며 널찍한 포치, 예쁜 지붕창, 꼭 있어야 할 곳마다 자리잡은 광이 어우러져 식구의 숫자가 아무리 많아도 그들 전부를 넉넉히 보듬어 안는 여유와 아늑함과 편안함을 풍기는 농가였다.

이런 큰 집을 산뜻하게 수리까지 해서 신혼부부에게 준다는 건 도에 넘치는 선물이긴 하다. 하지만 테사는 누구의 허락도 받지 않고 자신이 원하는 일을 하리라 스스로에게 굳게 약속한 터였다. 게다가 첫 손녀의 탄생을 축하하는 할머니의 권리에 이러니 저러니 토를 달 수 있는 사람은 없을 테고.

유월에 이사와 칠월과 팔월을 보내자 매기와 버니와 샘은 올해 뉴욕으로 돌아가지 않기로 암묵적인 합의에 이르렀다. 샘은 매일 여러 시간씩 신작 작업에 몰두했다. 매기는 딸이 낮잠 자는 시간을 적극 활용하여, 저번 경매 홍보팀의 일원이자 스콧 앤 스콧 사에서 쉽게 빼와 자신의 보좌관으로 삼은 금발의 던과 주로 팩스를 이용해 연락하며 재단 설립의 기초 준비에 박차를 가했다. 버니는 장장 삼 주일에 달하는 휴가를 마치고 군소리 없이 다시 뉴욕으로 통근했다.

난 축복받은 사람이야, 테사는 눈 돌릴 때마다 고운 색깔로 물드는 듯한 집 주변의 듬직한 거목들을 둘러보며 생각하곤 했다. 한 해가 막바지에 들어섰다는 너무도 단순한 이유 때문에 이곳을 떠나야 할 필요가 없다는 건 축복이다. 좋아하는 곳에 뿌리를 내리고 그곳의 사시사철을 누릴 수 있다는 건 정녕 축복이었다. 조만간 울긋불긋한 단풍을 자랑하는 뉴잉글랜드의 가을다운 가을이 이곳에 깃들고…… 이어 눈 덮이고 장작이 타는 겨울…… 다음에는 새봄의 환희가 기다리고 있지만 그건 멀게만 느껴지는 훗날의 일이고…… 오늘만으로도 족하다. 지금 이 순간을 누릴 수 있다는 것만으로도.

시골에서 성장한 샘은 엄청난 양의 장작과 진입로에 뿌릴 제설제를 주문해 놓았다. 매기는 인형옷 같은 스키복까지 포함해 지금보다 큰 크기의 따뜻한 아기 의복들과 여분의 담요를 구입했다. 요리사인 캘리는 추수감사절의 만찬 메뉴를 짜놓고 그날이 오기만 학수고대하는 중이었다. 버니는 두 달 전에 충동적으로 손댔던 드넓은 야채밭에 완전히 사로잡혀 이제는 12가지나 되는 종자 카탈로그를 주문했으며 추수에 대비차 샘의 일손을 예약해 놓고 매일 아침마다 자신의 호박이 밤새 얼마나 자랐는지 확인하느라 법석을 떨었다.

그런 매일 아침과 오후, 아이가 잠을 충분히 자고 배도 부른 채 깨어 있어 '데이지 공주의 절정기'라 명명된 시간이면 테사는 손녀와 포치의 그네에 앉아 오붓하게 보냈다.

이제 데이지가 가만히 앉아 있는 것에 질렸는지 안아 달라고 통통한 두 팔을 내밀며 보챘다. 테사가 유아용 좌석의 띠를 풀고 데이지를 안아 올리자, 아이는 할머니의 손가락을 잡고 반지의 반짝거리는 녹색 다이아몬드 알을 입 안에 넣었다.

"벌써 젖니가 나는 거니, 데이지 공주님?"

테사는 마냥 대견해하며 손녀에게 말을 걸었다.

"네 성장속도가 유달리 빠른 건지 이게 정상인지 이 할머니는 잘 모르겠다. 그리고 왜 나를 그런 눈으로 보니? 푸른 눈에 어린 희미한 분개의 빛이 무슨 뜻이지? 속상해하지 마. 너를 무시하는 사람은 아무도 없어…… 앞으로도 없을 거야. 말똥말똥한 그 시선에 담긴 수만 가지 의문이 어떤 내용인지 궁금하구나. 네가 배울 게 많기 때문이니, 아니면 내가 흥미진진해서 그러는 거니? 이제 젖니가 날 때가 되었다면 머리도 길겠지? 너에게 불만인 건 아니지만 우리 집안의 여자들은 삼단 같은 머릿결이 자랑이거든. 아하, 그 소리가 듣고 싶었던 게로구나? 요렇게 방긋 웃는 걸 보니까. 연기에 앞서 칭찬을 원하다니 넌 정말 영리한 아이야.”

우리 데이지 공주가 몸 뒤집는 건 볼 수 있겠다고 생각하며 테사는 손녀의 미소를 되돌렸다. 데이지는 튼튼한 아이였다. 계속 이런 속도로 자라면 다음 몇 달 내로 혼자 몸을 뒤집는 건 물론이거니와 일어나 앉을 수도 있으리라.

어쩌면 아이가 기는 것까지 볼 수 있을지도. 하지만 일어서는 모습은 어떨까? 첫발을 떼는 모습은? 가구를 붙잡고 뒤뚱거리며 걷는 모습도 볼 수 있을까? 테사는 하나의 확신—이 세상에 불가능은 없다—에 기꺼이 매달리기로 했다.

그녀는 최근에 경피용 패취제를 졸업하고 M.S. 코틴이라는 진통제 사용 단계로 이행했다. 이 진통제는 황산 처리된 모르핀으로서 그 효과가 여덟 시간에서 열두 시간까지 지속되었다. 그녀는 가급적 맨 정신으로 ‘데이지 공주의 절정기’를 한껏 누릴 수 있도록 하루에 두 번 약을 사용하는 시간을 조절했다.

아이의 생활 리듬은 테사에게도 잘 맞았다. 하지만 잦은 낮잠이 그녀에게는 고통으로부터의 고마운 도피인 반면, 데이지 공주는 잠자고 일어나면 방실거리는 천사 혹은 악다구니를 쳐대는 악마로 뚜렷한 이중인격적인 성향을 보였다.

그리고 식욕은…… 아, 데이지의 십 분에 일만큼이라도 배고프면 좋으련만! 아이는 하루 여섯 번씩 모유를 먹었는데 그 탐스런 식욕이란 경이적이었다. 가끔 테사는 포치의 흔들의자에 앉아 바로 옆의 그네에서 매기가 수유하는 모습을 지켜봤지만, 딸이 일하느라 커다랗고 아늑한 주방에서 데이지에게 모유를 먹일 때는 그 자리를 살짝 피했다.

주방 특유의 냄새는 그게 아무리 구수한 것이라 해도 테사에게 참을 수 없는 욕지기만을 불러일으켰기 때문이다. 그녀는 유지방이 듬뿍 들어간 바닐라 아이스크림을 냉장고의 냉동실에 쟁여놓고 물릴 때까지 작은 스푼으로 한 입씩 혀에서 녹여 먹었다. 그보다 더 손쉬운 영양 섭취법은 없으니까. 그런 테사의 섭생을 위해 요리사인 캘리는 일주일에 사흘씩 집안 일을 도와주러 오는 현지 여자의 도움을 받아 거의 무취에 가까운 무색 음식들, 예를 들자면 닭 가슴살을 잘게 쪽쪽 찢어 마요네즈에 듬뿍 묻힌 걸 말랑말랑한 흰 빵 사이에 껴서는 한 입에 쏙 들어가도록 작게 자른 샌드위치처럼 먹기 쉽고 소화하기 쉬운 음식들을 만드는 데 전념했다.

비록 테사는 거울 보기를 극도로 피했지만 옷의 품으로 몸이 굉장히 많이 축난 걸 나날이 느꼈다. 몇 달 전만 해도 겉으로 내어 입어야 했던 큼지막한 셔츠가 이제는 바지 속에 넣고 허리띠를 꽉 조여도 바지가 골반에 걸쳐질 정도였으며 모든 옷들이 휘휘 돌아갔다.

그러나 충분한 일광욕과 밝은 계열의 빨강 립스틱, 선천적으로 고집스럽지만 윤나는 고수머리를 자연스럽게 뻗치도록 그냥 내버려둔 덕분에 청순하며 건강한 '섬머걸'처럼 보였다. 그녀는 하루의 태반을 포치의 그네에서 보내며 주위 풍경을 즐기고 손녀를 돌보지 않으면 피오나, 로디 감독, 에이전트인 아론, 미미에게 연락하곤 했다. 하지만 어떤 친구에게도 진실을 말하진 않았다. 그들은 테사의 영화 출연 거부를 촬영차 샘과 헤어지고 싶지 않아서라고 단순히 넘겨짚었다. 그 편이 사랑하는 사람들을 충격과 연민과 근심의 도가니로 몰아넣는 것보다 낫다고 그녀는 굳게 믿었다.

이제 데이지가 산란하게 꼼지락거리자, 테사는 고개를 숙여 그녀의 품안에서 할머니를 빤히 응시하고 있는 손녀와 시선을 맞추었다.

"네가 남자였다면 나와 사랑에 빠졌다고 단언했을 거야. 하지만 네 나이와 성별을 감안하면 그건 아닌 것 같구나."

데이지는 다시 손을 뻗어 반지의 다이아몬드 알을 입에 넣고 오물거리기 시작했다.

"우리 공주님께선 나이가 들면 엄마의 엄마가 어떤 사람이었는지 궁금해지겠지? 그럼 낡은 사진첩이 아니라 경매 카탈로그를 보렴. 거기에 해답이 들어 있단다. 적어도 내가 세상에 알리고 싶었던 만큼은. 나머지는 네 엄마가 말해 줄 거야. 그건 내가 딸에게 밝히고 싶었던 것들이지. 그리고 어떤 여자이든 말하지 않고 남겨두는 부분에 대해서는 너처럼 영리한 아가씨라면 스스로 알아낼 수 있을 테고. 내 인생이 어땠는지 상상이 가니, 데이지? 지금 와선 나에게조차 꿈처럼 여겨지는 순간들이 너무 많단다. 참 이상하게도…… 내 삶은 로디 감독과 폴카를 추었던 그 순간까지 잠들어 있었어. 바로 그 순간에 모든 게 바뀌고 삶이 시작된 거야. 23년 전의 그날 말이야. 데이지 공주 너에게는 끔찍하리만큼 긴긴 시간처럼 보이지? 맞아, 그건 영원처럼 길지만…… 실은 순간에 불과해."

데이지가 갑자기 고개를 돌리자, 테사는 아이의 입에서 주르르 흘러내린 침을 닦아주며 칭찬했다.

"네 타이밍 감각은 정말이지 절묘해."

그녀는 손녀의 시선을 따라갔다. 가물가물한 매기와 샘과 버니의 작은 형상들이 이쪽으로 다가오고 있었다. 그들은 각자 막 따낸 야채 바구니를 든 터였다.

"그래, 데이지 공주, 네가 맞았어. 우리를 사랑하는 사람들이 저기 오고 있구나. 최대한 빠른 속도로."

< 끝 >

생기 넘치며 멋지고 뜨거운 로맨스를 쓰는
수잔 앤더슨

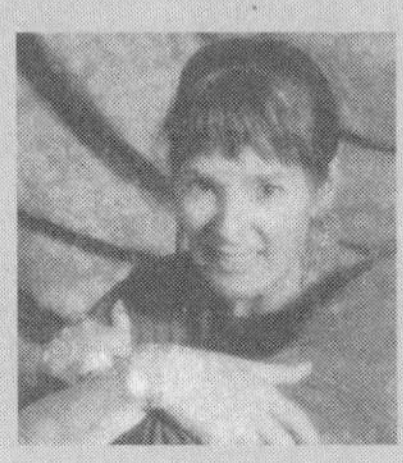

Susan Andersem

믿거나 말거나, 수잔 앤더슨은 태어날 때 한 손에 책을 들고 있었다고
한다. 그리고 어린 시절 그녀가 책을 읽고 있을 때 방해를 하면
아주 약간(?) 성질을 부리곤 했다고도 한다. 결국 커서 필연적으로 작가가
된 수잔 앤더슨은 섹시하며, 완벽하기보다는 약간 결점이 있으며,
가슴 졸이고 걱정하지만 그럼에도 불구하고 서로 이야기도 못하고
속앓이를 하는 주인공들인 나오는 진행이 빠른 로맨스 책을 쓰고 있다.
수잔은 남편과 고양이 스틱스(지옥의 강 이름이다)와 함께
패시픽노스웨스트에 거주하며 계속해서 재미있는 로맨스 소설을 쓰고 있다.
그녀는 독자들의 이야기를 언제나 환영한다. 만약 그녀에게 팬레터를
쓰고 싶다면 P.O.Box 47375, Seattle, WA 98146으로 보내면 된다.
자신의 주소를 적고 반송우표를 붙인 빈 봉투를 함께 넣으면
답장을 받을 가능성이 더 높아진다.

작품 목록 :

Baby, Don't Go | Baby, I'm Yours | Be My Baby
Exposure | All Shook Up (…)

Be My Baby

줄리엣이 그녀의 로미오, 보를 만났을 때!

뉴올리언스 경찰 보는 10년 동안 세 여동생을 키우느라 노심초사,
제대로 청춘을 즐겨 본 적이 없었다. 이제 마지막 동생이 독립을 해나가자
독신 남성의 즐거움을 한껏 만끽하겠다고 꿈에 부풀어 있는데……
밉살스런 경찰서장이 상류사회의 거만한 숙녀 줄리엣을 보디가드하라는
명령을 내린다. 애보기는 이제 그만! 보는 줄리엣이 직접 보디가드를 바꿔
달라고 말하게 하려고 이상야릇(?)한 곳으로 데리고 다니는데…….
키스를 한 게 문제다! 가슴도 크지 않은 그녀가 세상에서
가장 섹시해 보이다니.

새침떼기 숙녀 줄리엣 로즈 로웰은 뉴올리언스에 세운 아빠의 새 호텔
개막식에 가는 데 보디가드는 필요 없었다, 특히 더할 나위 없는
마초 경찰 보 듀프리는 절대절대 사절이었다. 그는 너무 크고,
너무 뻔뻔하며, 너무 사내다운 데다…… 어쨌든 그의 전부 다가 너무 크다.
하지만 그의 굶주린 눈길이 그녀의 주의 깊게 갈고 닦은 얼음 같은 태도를
뒤흔들어 놓았다. 그녀의 마음 깊숙한 곳의 반항심을 끌어냈다!